HEYNE

Das Buch:
Biloxi ist eine verschlafene Kleinstadt an der Golfküste des Bundesstaats Mississippi; doch durch einen aufsehenerregenden Prozeß rückt es in den Mittelpunkt bundesweiten, wenn nicht sogar weltweiten Interesses. Die Frau eines an Lungenkrebs verstorbenen Rauchers hat den Zigarettenfabrikanten Pynex auf Schadensersatz verklagt. Besonders lebhaftes Interesse am Verlauf des Prozesses hat verständlicherweise die Tabakindustrie, für die es um viele Millionen Dollar geht; denn der Ausgang dieser Klage kann die Börsensituation der betroffenen Firmen wesentlich beeinflussen, außerdem wird eine Welle vergleichbarer Klagen auf die Tabakindustrie zukommen. Obwohl die Auswahl der Jury mit Zustimmung der Klägerin und der Beklagten erfolgt ist, eine normale Verfahrensweise bei Geschworenenprozessen, kehrt schon bald große Unruhe unter den Geschworenen ein. Einige Jurymitglieder fühlen sich nach den Verhandlungen verfolgt. Der Richter ordnet an, daß alle Angehörigen der Jury unter strengen Sicherheitsvorkehrungen in einem Motel untergebracht werden. Doch weiterhin legen die Jury-Mitglieder ein merkwürdiges Verhalten an den Tag, und eine junge Frau kann sogar vorhersagen, was sich innerhalb der Jury jeweils zutragen wird. Sind Manipulationen im Gange? Und wenn ja, wer manipuliert und zu welchem Zweck? Erst das Urteil kann Klarheit darüber bringen.

Der Autor:
John Grisham, geboren 1955, ist einer der meistgelesenen Bestsellerautoren weltweit. Mit seinem Roman *Die Firma* begann seine phänomenale Erfolgsgeschichte. Zahlreiche seiner Romane dienten als Vorlage zu Hollywoodfilmen, die allesamt zu Kassenschlagern wurden. Grisham war Abgeordneter im Parlament des US Bundesstaates Mississippi und führte lange Jahre eine eigene Anwaltskanzlei, bis er sich Mitte der Achtziger Jahre ganz dem Schreiben widmete. Er lebt mit seiner Familie in Virginia und Mississippi.

JOHN GRISHAM

DAS URTEIL

Roman

Aus dem Amerikanischen
von Christel Wiemken

WILHELM HEYNE VERLAG
MÜNCHEN

Titel der Originalausgabe
The Runaway Jury

Umwelthinweis:
Dieses Buch wurde auf chlor- und säurefreiem Papier gedruckt.

Taschenbuchausgabe 03/2006

Printed in Germany 2006
Umschlagillustration: CORBIS / Ed Bock
Umschlaggestaltung: Nele Schütz Design, München
Druck und Bindung: GGP Media GmbH, Pößneck

ISBN-10: 3-453-72084-9
ISBN-13: 978-3-453-72084-8
www.heyne.de

Tim Hargrove
(1953–1995)
zum Gedächtnis

DANKSAGUNGEN

Wieder einmal stehe ich in der Schuld meines Freundes Will Denton, jetzt in Biloxi, Mississippi, für einen Großteil der Recherchen und viele von den Stories, die diesem Buch zugrunde liegen, und seiner reizenden Frau Lucy für die Gastfreundschaft, die sie mir während meines Aufenthalts an der Küste gewährte.

Mein Dank gilt auch Glenn Hunt in Oxford, Mark Lee in Little Rock, Robert Warren in Bogue Chitto und Estelle, die mehr Fehler entdeckt hat, als mir lieb sein konnte.

1. KAPITEL

Das Gesicht von Nicholas Easter war durch ein mit schlanken, schnurlosen Telefonen gefülltes Schauregal halbwegs verdeckt, und er schaute nicht direkt in die versteckte Kamera, sondern eher nach links, vielleicht zu einem Kunden oder vielleicht auch zu einem Tisch, an dem eine Gruppe von Jugendlichen bei den neuesten Computerspielen aus Asien herumlungerte. Obwohl aus einer Entfernung von vierzig Metern von einem Mann aufgenommen, der ziemlich starkem Fußgängerverkehr im Einkaufszentrum ausweichen mußte, war das Foto klar und zeigte ein nettes Gesicht, glattrasiert, mit kraftvollen Zügen und jungenhaft gutaussehend. Easter war siebenundzwanzig, soviel wußten sie bestimmt. Keine Brille. Kein Nasenring oder irrer Haarschnitt. Keinerlei Hinweis darauf, daß er einer der üblichen Computerfreaks war, die für einen Fünfer die Stunde in dem Laden arbeiteten. In seinem Fragebogen stand, daß er seit vier Monaten dort war, und außerdem stand darin, er sei Teilzeitstudent, aber sie hatten an keinem einzigen College im Umkreis von dreihundert Meilen irgendwelche Immatrikulations-Unterlagen gefunden. In diesem Punkt hatte er gelogen, da waren sie ganz sicher.

Er mußte gelogen haben. Ihre Recherchiermethoden waren zu perfekt. Wenn der Junge Student wäre, dann wüßten sie auch wo, seit wann, welches Studienfach, wie gut seine Noten waren oder wie schlecht. Sie wüßten es. Er war Verkäufer in einem Computerladen in einem Einkaufszentrum. Nicht mehr und nicht weniger. Vielleicht hatte er vor, sich irgendwo immatrikulieren zu lassen. Vielleicht hatte er sein Studium auch abgebrochen und bezeichnete sich trotzdem noch gern als Teilzeitstudent. Möglicherweise fühlte er sich damit besser, so als hätte er ein Ziel vor Augen, oder es hörte sich einfach gut an.

Auf jeden Fall war er kein Student, weder jetzt noch irgendwann in der jüngsten Vergangenheit gewesen. Also, konnte man ihm trauen? Zweimal war diese Frage bereits hier im Zimmer durchdiskutiert worden, jedesmal, wenn sie auf der Liste auf seinen Namen stießen und sein Gesicht auf der Leinwand erschien. Sie waren so gut wie entschlossen, das Ganze als harmlose Lüge zu betrachten.

Er rauchte nicht. Im Laden herrschte striktes Rauchverbot. Aber er war gesehen (nicht fotografiert) worden, wie er im Food Garden ein Taco aß, zusammen mit einer Kollegin, die zu ihrer Limonade zwei Zigaretten rauchte. Der Rauch schien Easter nicht zu stören. Zumindest war er kein fanatischer Antiraucher.

Das Gesicht auf dem Foto war schlank und braungebrannt und lächelte leicht mit geschlossenen Lippen. Das weiße Hemd unter dem roten Ladenjackett hatte einen nicht angeknöpften Kragen, und er trug eine geschmackvoll gestreifte Krawatte. Er wirkte nett, gut in Form, und der Mann, der das Foto gemacht hatte, hatte sogar mit Nicholas gesprochen, angeblich auf der Suche nach irgendeinem veralteten Ersatzteil, und meinte, er sei redegewandt, hilfsbereit, kenntnisreich, ein netter junger Mann. Sein Namensschild wies Easter als Co-Manager aus, aber es gab in dem Laden noch zwei weitere Verkäufer mit demselben Titel.

Einen Tag, nachdem das Foto aufgenommen worden war, betrat eine attraktive junge Frau in Jeans den Laden und zündete sich, während sie sich die Software anschaute, eine Zigarette an. Zufällig war Nicholas Easter der ihr am nächsten stehende Verkäufer oder Co-Manager oder was immer er war, und er trat höflich auf die Frau zu und bat sie, ihre Zigarette auszumachen. Sie gab sich verärgert, ja beleidigt, und versuchte ihn zu provozieren. Er blieb dennoch zuvorkommend und erklärte ihr nur, daß in dem Laden ein striktes Rauchverbot herrsche. Es stünde ihr frei, woanders zu rauchen. »Stört es Sie, wenn geraucht wird?« hatte sie gefragt und einen Zug getan. »Eigentlich nicht«, hatte er erwidert. »Aber es stört den Mann, dem dieser Laden hier gehört.« Dann hatte er sie abermals gebeten, ihre Zigarette auszumachen. Im Grunde sei sie ja auch wegen eines neuen

Digitalradios da, erklärte sie ihm, also, wäre es wohl möglich, daß er ihr einen Aschenbecher besorgte? Nicholas holte eine leere Coladose unter dem Tresen hervor, nahm ihr die Zigarette ab und drückte sie aus. Sie unterhielten sich zwanzig Minuten über Radios, während sie sich bemühte, ihre Wahl zu treffen. Sie flirtete schamlos, und er nützte die Chance. Nachdem sie das Radio bezahlt hatte, gab sie ihm ihre Telefonnummer. Er versprach, sie anzurufen.

Die Episode dauerte vierundzwanzig Minuten und wurde von einem kleinen, in ihrer Handtasche versteckten Recorder aufgezeichnet. Das Band war beide Male abgespielt worden, während die Anwälte und ihre Experten sein auf die Leinwand projiziertes Gesicht studierten. Ihr schriftlicher Bericht über das Zusammentreffen lag in der Akte, sechs maschinegeschriebene Seiten mit ihren Beobachtungen über alles, von seinen Schuhen (alte Nikes), über seinen Atem (Zimt-Kaugummi) und sein Vokabular (College-Niveau) bis hin zu der Art, wie er mit der Zigarette umging. Ihrer Ansicht nach, und sie hatte Erfahrung in solchen Dingen, hatte er nie geraucht.

Sie lauschten seiner angenehmen Stimme mit dem professionellen Verkäufertonfall und seinem netten Geplauder, und sie mochten ihn. Er war intelligent und kein absoluter Tabakhasser, nicht gerade ihr Modell-Geschworener, aber eindeutig jemand, den man im Auge behalten mußte. Das Problem mit Easter, Anwärter auf das Amt eines Geschworenen Nummer sechsundfünfzig, war, daß sie so wenig über ihn wußten. Wie es schien, war er vor weniger als einem Jahr an der Golfküste gelandet, und sie hatten keine Ahnung, wo er herkam. Seine Vergangenheit lag vollkommen im dunkeln. Er hatte acht Blocks vom Gerichtsgebäude von Biloxi entfernt eine kleine Wohnung gemietet – sie hatten Fotos von dem Mietshaus – und zuerst als Kellner in einem der Kasinos am Strand gearbeitet. Dann war er schnell zum Geber am Black Jack-Tisch aufgestiegen, hatte aber nach zwei Monaten gekündigt.

Kurz nachdem Mississippi das Glücksspiel legalisiert hatte, waren über Nacht an der Küste ein Dutzend Kasinos aus dem Boden geschossen und hatten einen heftigen Konjunkturaufschwung ausgelöst. Jobsucher kamen aus allen Richtungen, und so konnte man mit einiger Gewißheit annehmen, daß Nicholas Easter aus denselben Gründen nach Biloxi gekommen war wie zehntausend andere Leute auch. Das einzig Merkwürdige daran war, daß er sich so schnell in die Wählerliste hatte eintragen lassen.

Er fuhr einen VW-Käfer von 1969; ein Foto davon wurde auf die Leinwand projiziert und nahm den Platz seines Gesichts ein. Na großartig. Er war siebenundzwanzig, ledig, angeblicher Teilzeitstudent – der perfekte Typ für so einen Wagen. Keine Aufkleber. Nichts, was auf politische Neigungen oder seine soziale Einstellung oder auch nur eine Lieblings-Baseballmannschaft hindeutete. Kein Parkausweis von einem College. Nicht einmal eine verblichene Händlerreklame. Der Wagen sagte ihnen gar nichts, außer daß sich sein Eigentümer am Rande der Mittellosigkeit befand.

Der Mann, der den Projektor bediente und den größten Teil des Redens besorgte, war Carl Nussman, ein Anwalt aus Chicago, der nicht mehr in seinem ursprünglichen Beruf tätig war, sondern statt dessen seine eigene Juryberater-Firma leitete. Für ein kleines Vermögen konnten Carl Nussman und seine Leute jedem die richtige Jury zusammenstellen. Sie sammelten Material, machten Fotos, zeichneten Stimmen auf, ließen genau im richtigen Moment Blondinen in engen Jeans aufmarschieren. Carl und seine Mitarbeiter umschifften sämtliche Klippen von Gesetz und Ethik, aber man konnte sie einfach nicht dafür drankriegen. Schließlich war nichts Illegales oder Unethisches am Fotografieren potentieller Geschworener. Sie hatten vor sechs Monaten, dann noch mal vor zwei Monaten und vor einem Monat wieder erschöpfende Telefonumfragen in Harrison County durchgeführt, um herauszufinden, wie man dort über das Thema Tabak dachte und danach Modelle der perfekten Geschworenen auszuarbeiten. Sie ließen kein Foto unaufgenommen, keine schmutzige Wäsche unberührt. Über jeden potentiellen Geschworenen hatten sie eine eigene Akte.

Carl drückte auf einen Knopf, und an die Stelle des VW trat ein nichtssagendes Foto von einem Mietshaus mit abblätternder Farbe, das Heim, irgendwo drinnen, von Nicholas Easter. Dann ein Klick, und wieder zurück zu seinem Gesicht.

»Also haben wir nur die drei Fotos von Nummer sechsundfünfzig«, sagte Carl mit einem Anflug von Frustration, während er sich umdrehte und den Fotografen anfunkelte, einen seiner zahllosen Privatschnüffler, der erklärt hatte, er könnte den Jungen einfach nicht erwischen, ohne dabei selbst erwischt zu werden. Der Fotograf saß auf einem Stuhl an der hinteren Wand, mit dem Gesicht zu dem langen Tisch voller Anwälte, Anwaltsgehilfen und Jury-Experten. Er war ziemlich angeödet und hätte sich am liebsten verdrückt. Es war sieben Uhr am Freitagabend. Nummer sechsundfünfzig war auf der Leinwand, hundertvierzig standen noch bevor. Das Wochenende würde furchtbar werden. Er brauchte einen Drink.

Ein halbes Dutzend Anwälte in zerknitterten Hemden und mit aufgerollten Ärmeln kritzelte endlose Notizen und schaute gelegentlich auf das Gesicht von Nicholas Easter dort hinter Carl. Alle möglichen Jury-Experten – Psychiater, Soziologen, Schriftanalytiker, Juraprofessoren und so weiter – hantierten mit Papieren und blätterten in daumendikken Computerausdrucken. Sie waren nicht sicher, was sie mit Easter anfangen sollten. Er war ein Lügner, und er verbarg seine Vergangenheit, aber auf dem Papier und auf der Leinwand sah er trotzdem okay aus.

Vielleicht log er ja auch nicht. Vielleicht war er im vergangenen Jahr Student an irgendeinem billigen Junior College im Osten von Arizona gewesen, und vielleicht war ihnen das einfach entgangen.

Laßt es dem Jungen durchgehen, dachte der Fotograf, sprach es aber nicht aus. In diesem Zimmer voller hochgebildeter und hochbezahlter Anzugträger war er der letzte, dessen Ansicht zählte. Es war nicht sein Job, auch nur ein einziges Wort zu sagen.

Carl räusperte sich, warf noch einen Blick auf den Fotografen, dann sagte er: »Nummer siebenundfünfzig.« Das verschwitzte Gesicht einer jungen Mutter erschien auf der Leinwand, und mindestens zwei Leute im Zimmer brachten ein Kichern zustande. »Traci Wilkes«, sagte Carl, als wäre Traci eine alte Freundin. Rings um den Tisch herum wurden Papiere umgeschichtet.

»Alter dreiunddreißig, verheiratet, Mutter von zwei Kindern, Arztfrau, Mitglied in zwei Country Clubs, zwei Fitneßclubs, einer ganzen Latte von Vereinen.« Carl rasselte diese Informationen aus dem Gedächtnis herunter, während er seinen Projektor bediente. An die Stelle von Tracis rotem Gesicht trat ein Schnappschuß, auf dem sie einen Gehsteig entlangjoggte, schweißglänzend in einem rosa und schwarzen Spandexanzug und fleckenlosen Reeboks und mit einer weißen Sonnenblende über dem Neuesten an reflektierenden Sportsonnenbrillen, das lange Haar zu einem hübschen, perfekten Pferdeschwanz zusammengerafft. Sie schob eine Joggingkarre mit einem Baby darin. Traci lebte für Schweiß. Sie war braungebrannt und fit, aber nicht so dünn, wie zu erwarten gewesen wäre. Sie hatte ein paar schlechte Angewohnheiten. Ein weiterer Schnappschuß von Traci in ihrem schwarzen Mercedes-Kombi mit Kindern und Hunden an jedem Fenster. Ein weiterer von Traci beim Einladen von Tüten voller Lebensmittel in denselben Wagen, Traci mit anderen Laufschuhen und knappen Shorts und dem präzisen Erscheinungsbild von jemandem, der es ständig darauf anlegt, athletisch zu wirken. Sie war leicht zu beschatten gewesen, weil sie immer bis an die Grenze der Erschöpfung beschäftigt war und nie lange genug innehielt, um sich umzusehen.

Carl zeigte die Aufnahmen vom Haus der Wilkes, eine große Vorstadtvilla, die überall den Stempel Arzt trug. Er vergeudete nur wenig Zeit mit ihnen und sparte sich das Beste bis zuletzt auf. Traci erschien, wieder einmal schweißgebadet. Ihr Designer-Fahrrad lag nahebei im Gras, und sie saß unter einem Baum im Park, weit weg von allen anderen Leuten, halb versteckt – und rauchte eine Zigarette!

Der Fotograf grinste verlegen. Es war sein bestes Stück

Arbeit, dieser Schnappschuß aus hundert Meter Entfernung: eine Arztfrau, die heimlich eine Zigarette rauchte. Er hatte keine Ahnung gehabt, daß sie rauchte, sondern hatte gerade selbst zufällig in der Nähe einer Fußgängerbrücke in aller Ruhe eine Zigarette geraucht, als sie vorbeisauste. Er hielt sich ungefähr eine halbe Stunde in dem Park auf, bis er sah, wie sie anhielt und in die Satteltasche ihres Fahrrads griff.

Die Atmosphäre im Zimmer war einen flüchtigen Augenblick lang etwas entspannter, während sie Traci unter dem Baum betrachteten. Dann sagte Carl: »Es versteht sich wohl von selbst, daß wir Nummer siebenundfünfzig nehmen werden.« Er machte sich eine Notiz auf einem Blatt Papier, dann trank er einen Schluck Kaffee aus einem Pappbecher. Natürlich würde er Traci Wilkes nehmen! Wer hätte nicht gern eine Arztfrau in der Jury, wenn die Anwälte der Klägerin Millionen verlangten? Carl wollte nichts als Arztfrauen, aber er würde sie nicht bekommen. Die Tatsache, daß sie Zigaretten rauchte, war lediglich ein kleiner Bonus.

Nummer achtundfünfzig war ein Werftarbeiter bei Ingalls in Pascagoula – fünfzig Jahre alt, weiß, geschieden, Gewerkschaftsfunktionär. Carl projizierte ein Foto seines Ford Pick-ups auf die Leinwand und war gerade im Begriff, seine Lebensumstände zusammenzufassen, als die Tür aufging und Mr. Rankin Fitch das Zimmer betrat. Carl brach ab. Die Anwälte richteten sich auf ihren Sitzgelegenheiten auf und waren auf der Stelle völlig hingerissen von dem Ford. Sie machten sich eifrig Notizen auf ihren Blocks, als ob sie womöglich nie wieder einen solchen Wagen zu sehen bekommen würden. Auch die Jury-Berater brachen in hektische Betriebsamkeit aus und machten sich gleichfalls angestrengt Notizen. Allesamt vermieden es tunlichst, den Mann anzusehen.

Fitch war wieder da. Fitch hatte den Raum betreten.

Er machte langsam die Tür hinter sich zu, tat ein paar Schritte auf den Tisch zu und funkelte einmal in die Runde. Es war schon fast eher ein bösartiges Fauchen. Das schwammige Fleisch um seine dunklen Augen herum verkniff sich. Die tiefen Querfalten auf seiner Stirn zogen sich zusammen.

Seine massige Brust hob und senkte sich langsam, und ein oder zwei Sekunden lang war Fitch der einzige Mensch, der atmete. Seine Lippen öffneten sich zum Essen und Trinken, gelegentlich zum Reden, aber nie zu einem Lächeln.

Fitch war wütend, wie gewöhnlich; das war nichts Neues. Der Mann schlief sogar in einem Zustand der Feindseligkeit. Aber würde er fluchen und Drohungen ausstoßen, vielleicht sogar mit Gegenständen werfen, oder lediglich unter der Oberfläche brodeln? Bei Fitch wußte man das nie. Er blieb an der Tischkante zwischen zwei jungen Anwälten stehen, die Juniorpartner waren und erfreuliche sechsstellige Gehälter bezogen, Angehörige der Kanzlei, die in diesem Zimmer, in diesem Gebäude ansässig war. Fitch dagegen war ein Fremder aus Washington, ein Eindringling, der jetzt seit bereits einem Monat auf ihren Korridoren knurrte und bellte. Die beiden jungen Anwälte wagten nicht, zu ihm aufzuschauen.

»Welche Nummer?« fragte Fitch Carl.

»Achtundfünfzig«, sagte Carl schnell, bestrebt, einen guten Eindruck zu machen.

»Gehen Sie zurück zu sechsundfünfzig«, befahl Fitch, und Carl klickte rasch, bis das Gesicht von Nicholas Easter abermals auf der Leinwand erschien. Rings um den Tisch herum raschelten Papiere.

»Was wissen Sie?« fragte Fitch.

»Genauso viel wie vorher«, sagte Carl, den Blick abwendend.

»Fantastisch. Wie viele von den hundertneunundsechzig sind immer noch unklar?«

»Acht.«

Fitch schnaubte und schüttelte langsam den Kopf, und alle warteten auf einen Ausbruch. Statt dessen strich er langsam über seinen sorgfältig gestutzten, schwarzgrauen Spitzbart, sah Carl an, ließ den Ernst des Augenblicks einsickern und sagte dann: »Sie werden bis Mitternacht arbeiten und morgen früh um sieben wieder hier sein. Auch am Sonntag.« Nach diesen Worten schwenkte er seinen dicklichen Körper herum und verließ das Zimmer.

Die Tür schlug zu. Die Luft wurde erheblich leichter, und dann sahen alle, die Anwälte, die Jury-Berater, Carl und jedermann sonst gleichzeitig auf die Uhr. Ihnen war gerade befohlen worden, neununddreißig der nächsten dreiundfünfzig Stunden in diesem Zimmer zu verbringen und Fotoprojektionen zu betrachten, die sie allesamt bereits gesehen hatten, und sich die Namen, Geburtsdaten und Lebensumstände von fast zweihundert Leuten ins Gedächtnis zu prägen.

Und niemand im Raum hegte auch nur den geringsten Zweifel, daß sie genau das tun würden, was ihnen befohlen worden war. Aber auch nicht den allergeringsten.

Fitch ging über die Treppe ins Erdgeschoß des Gebäudes, wo sein Fahrer auf ihn wartete, ein großer Mann namens José. José trug einen schwarzen Anzug, schwarze Cowboystiefel und eine schwarze Sonnenbrille, die er nur abnahm, wenn er duschte oder schlief. Fitch öffnete eine Tür, ohne anzuklopfen, und unterbrach eine Konferenz, die bereits seit Stunden andauerte. Vier Anwälte und ihre diversen Mitarbeiter schauten sich die auf Video aufgenommenen Anhörungen der ersten Zeugen der Anklage an. Das Band kam nur Sekunden nach Fitchs Hereinplatzen zum Stillstand. Er wechselte ein paar Worte mit einem der Anwälte, dann verließ er das Zimmer. José folgte ihm durch eine kleine Bibliothek auf einen anderen Korridor, wo er eine weitere Tür aufriß und eine weitere Schar Anwälte erschreckte.

Mit achtzig Anwälten war die Kanzlei Whitney & Cable & White die größte an der Golfküste. Die Kanzlei war von Fitch selbst ausgewählt worden, und seine Wahl bedeutete, daß sie Millionen an Honoraren kassieren würde. Aber um dieses Geld zu verdienen, mußte die Kanzlei die Tyrannei und die Rücksichtslosigkeit von Rankin Fitch ertragen.

Als er sicher sein konnte, daß sich jedermann seiner Anwesenheit bewußt war und in Angst und Schrecken schwebte, verließ Fitch das Gebäude. Er stand in der warmen Oktoberluft auf dem Gehsteig und wartete auf José. Drei Blocks entfernt, in der oberen Hälfte eines alten Bankgebäudes, sah er eine hell erleuchtete Bürosuite. Der Feind war noch an der Arbeit. Da oben hatten sich die Anwälte der Klägerin versammelt, zusammengedrängt in verschiedenen Räumen, saßen mit Experten zusammen, betrachteten grobkörnige Fotos und taten so ziemlich dasselbe wie seine Leute. Der Prozeß begann am Montag mit der Auswahl der Geschworenen, und er wußte, daß auch sie über Namen und Gesichtern schwitzten und sich fragten, wer, zum Teufel, Nicholas Easter war und wo er herkam. Und Ramon Caro, Lucas Miller, Andrew Lamb, Barbara Furrow und Delores DeBoe? Wer waren diese Leute? Nur in einer hinterwäldlerischen Gegend wie Mississippi gab es derart veraltete Listen von potentiellen Geschworenen. Fitch hatte vor diesem hier die Verteidigung in acht Fällen dirigiert, in acht verschiedenen Staaten, in denen man Computer benutzte und die Unterlagen auf dem laufenden hielt, und wo man, wenn man von der Gerichtskanzlei die Liste der Geschworenen bekam, sich nicht erst fragen mußte, wer von ihnen tot war und wer nicht.

Er starrte leeren Blickes auf die fernen Lichter und fragte sich, wie die gierigen Haie das Geld aufteilen würden, wenn sie es schafften, den Prozeß zu gewinnen. Wie in aller Welt würden sie sich je über die Verteilung des blutigen Kadavers einigen können? Der Prozeß würde ein sanftes Scharmützel sein im Vergleich zu dem Schlachtfest, zu dem es kommen würde, wenn sie ihr Urteil bekamen und ihre Beute.

Er haßte sie, und er spuckte auf den Gehsteig. Er zündete sich eine Zigarette an und quetschte sie fest zwischen seine dicken Finger.

José fuhr an den Bordstein, in einem funkelnden, gemieteten Suburban mit dunklen Scheiben. Fitch ließ sich auf seinem gewohnten Platz auf dem Beifahrersitz nieder. Auch José schaute zu den Fenstern des Feindes hinauf, als sie vorbeifuhren, aber er sagte nichts, weil sein Boß Gerede nicht ausstehen konnte. Sie fuhren am Gerichtsgebäude von Biloxi vorbei und dann an einem halb aufgegebenen Billigladen, in dem Fitch und seine Mitarbeiter eine versteckte Suite von

Büros unterhielten, mit frischem Sägemehl auf dem Boden und billigen, gemieteten Möbeln.

Am Strand bogen sie nach Westen auf den Highway 90 ab und quälten sich durch dichten Verkehr. Es war Freitagabend, und die Kasinos waren voll von Leuten, die ihr Haushaltsgeld verspielten, fest entschlossen, es morgen wieder zurückzugewinnen. Sie gelangten langsam aus Biloxi heraus und fuhren dann durch Gulfport, Long Beach und Pass Christian. Dann bogen sie von der Küste ab und passierten bald darauf eine Sicherheitskontrolle in der Nähe einer Lagune.

2. KAPITEL

Das Strandhaus war modern und weitläufig, ließ aber den Vorzug eines Strandes vermissen. Eine Pier aus weißgestrichenen Brettern erstreckte sich in das stille und von Pflanzen überwucherte Wasser der Bucht, doch der nächste Sandstrand war zwei Meilen entfernt. An der Pier war ein sechs Meter langes Fischerboot verankert. Das Haus war von einem Ölmann aus New Orleans gemietet worden – für drei Monate, Bargeld, keine Fragen. Zur Zeit wurde es von einigen sehr wichtigen Leuten als Refugium benutzt, als Versteck und als Schlafplatz.

Auf einer Terrasse hoch oberhalb des Wassers genossen vier Herren ihre Drinks und schafften es, sich über belanglose Dinge zu unterhalten, während sie auf einen Besucher warteten. Obwohl ihre Geschäfte normalerweise von ihnen verlangten, erbitterte Feinde zu sein, hatten sie an diesem Nachmittag gemeinsam achtzehn Löcher Golf gespielt und dann Shrimps und Austern vom Grill gegessen. Jetzt tranken sie und schauten in das schwarze Wasser hinunter. Sie haßten es, hier an der Golfküste zu sein, an einem Freitagabend, weit weg von ihren Familien.

Aber es ging ums Geschäft, wichtige Angelegenheiten, die einen Waffenstillstand erforderten und das Golfspiel fast erfreulich gemacht hatten. Jeder der vier war Generaldirektor eines großen Konzerns. Jeder dieser Konzerne gehörte zu der Liste der fünfhundert ertragreichsten Firmen in *Fortune*, ihre Aktien wurden an der New Yorker Börse gehandelt. Der kleinste hatte im Vorjahr einen Umsatz von sechshundert Millionen gehabt, der größte einen von vier Milliarden. Alle hatten Rekordprofite, hohe Dividenden, glückliche Aktionäre und Generaldirektoren, die Millionen für ihre Leistungen verdienten.

Jeder dieser Konzerne war ein Konglomerat verschiedener Unternehmen mit einer Vielzahl von Produkten, fetten

Werbeetats und nichtssagenden Namen wie Trellco oder Smith Greer, Namen, die von der Tatsache ablenken sollten, daß sie im Grunde nichts anderes waren als Tabakfirmen. Die Geschichte von allen vieren, in Finanzkreisen allgemein die Großen Vier genannt, konnte ohne sonderliche Mühe bis zu den Tabakmaklern des neunzehnten Jahrhunderts in den Carolinas und in Virginia zurückverfolgt werden. Sie produzierten Zigaretten – zusammen achtundneunzig Prozent aller Zigaretten, die in den Vereinigten Staaten und Kanada verkauft wurden. Sie produzierten auch andere Dinge wie Brecheisen und Maisflocken und Haarfärbemittel, aber man brauchte nur bis dicht unter die Oberfläche zu graben, um festzustellen, daß der wirkliche Profit mit Zigaretten gemacht wurde. Es hatte Fusionen gegeben und Namensänderungen und eine Reihe von kosmetischen Bemühungen, um in der Öffentlichkeit besser dazustehen, aber die Großen Vier waren von Verbrauchergruppen, Ärzten und sogar Politikern gründlich isoliert und an den Pranger gestellt worden.

Und jetzt saßen ihnen die Anwälte im Genick. Die Hinterbliebenen von toten Leuten da draußen hatten sie verklagt und forderten riesige Geldbeträge, weil, wie sie behaupteten, Zigaretten Lungenkrebs verursachten. Sechzehn Prozesse bisher, und Big Tobacco hatte alle gewonnen. Aber der Druck stieg. Und sobald eine Jury zum erstenmal einer Witwe ein paar Millionen zugesprochen hatte, würde die Hölle los sein. Die Prozeßanwälte würden sich überschlagen, Tag und Nacht für sich Reklame machen und Raucher und die Hinterbliebenen von Rauchern anflehen, sie sofort zu engagieren und zu klagen, solange sich das Klagen lohnte.

In der Regel unterhielten sich die Männer über andere Dinge, wenn sie allein waren; aber der Alkohol hatte ihre Zungen gelockert. Die Bitterkeit drängte an die Oberfläche. Sie lehnten am Geländer der Terrasse, starrten ins Wasser und begannen, die Anwälte und das amerikanische Haftungsrecht zu verfluchen. Jeder ihrer Konzerne hatte in Washington Millionen von Dollar an verschiedene Gruppen gezahlt, die versuchten, die Haftungsgesetzgebung zu ändern, damit verantwortungsvolle Konzerne wie die ihren vor Prozessen geschützt werden konnten. Sie brauchten einen Schutzschild gegen diese sinnlosen Attacken von angeblichen Opfern. Aber wie es schien, hatte alles nichts genützt. Und jetzt saßen sie irgendwo im finstersten Mississippi und mußten schon wieder einen Prozeß durchstehen.

Die Großen Vier hatten auf den ständig wachsenden Druck durch die Gerichte reagiert, indem sie Geld in etwas einzahlten, das einfach *Der Fonds* genannt wurde. Er war unbeschränkt und hinterließ keine Spuren. Er existierte nicht. Der Fonds wurde für skrupellose Taktiken bei Prozessen genutzt: zum Anheuern der gerissensten Verteidiger, der glattzüngigsten Sachverständigen, der erfahrensten Jury-Berater. Der Fonds hatte uneingeschränkten Handlungsspielraum. Nach sechzehn Siegen fragten sie sich manchmal selbst, ob es etwas gab, was der Fonds nicht bewirken konnte. Jeder Konzern schöpfte jährlich drei Millionen ab und ließ das Geld im Kreis herumwandern, bis es schließlich im Fonds gelandet war. Kein Buchhalter, kein Finanzexperte, kein Steuerprüfer hatte je von diesem Schwarzgeld Wind bekommen.

Der Fonds wurde von Rankin Fitch verwaltet, einem Mann, den sie alle verabscheuten, dem sie aber trotzdem zuhörten und, wenn es sein mußte, auch gehorchten. Und jetzt warteten sie auf ihn. Sie kamen zusammen, wenn er sagte, sie sollten zusammenkommen. Auf seinen Befehl hin reisten sie ab und kehrten zurück. Solange er gewann, ertrugen sie es, nach seiner Pfeife tanzen zu müssen. Fitch hatte schon bei acht Prozessen die Fäden gezogen. Er hatte außerdem dafür gesorgt, daß zwei weitere ergebnislos abgebrochen wurden, aber dafür gab es natürlich keine Beweise.

Ein Assistent erschien mit einem Tablett voll frischer Drinks auf der Veranda, jeder nach speziellen Anweisungen gemixt. Die Gläser wurden gerade vom Tablett genommen, als jemand sagte: »Fitch ist da.« Die Gläser schossen gleichzeitig hoch und dann wieder nieder – jeder der vier hatte rasch einen großen Schluck gekippt.

Sie eilten ins Wohnzimmer, während Fitch seinen Wagen unmittelbar vor der Haustür halten ließ. Ein Assistent reichte ihm sein Mineralwasser, ohne Eis. Er trank nie Alkohol, in einem früheren Leben hatte er allerdings so viel konsumiert, daß ein Kahn darauf hätte schwimmen können. Er bedankte sich nicht bei dem Assistenten und nahm auch seine Anwesenheit nicht zur Kenntnis, sondern bewegte sich zu dem imitierten Kamin und wartete darauf, daß sich die vier auf den Sofas um ihn scharten. Ein weiterer Assistent wagte sich mit einem Teller voller übriggebliebener Shrimps und Austern heran, aber Fitch winkte ab. Es ging das Gerücht, daß er gelegentlich etwas aß, aber er war noch nie dabei beobachtet worden. Der Beweis war allerdings vorhanden, die massige Brust und die füllige Taille, der fleischige Wulst unter seinem Spitzbart, die allgemeine Dicklichkeit seines Körpers. Aber er trug dunkle Anzüge und hielt das Jackett zugeknöpft und schaffte es hervorragend, seine Masse mit Würde zu tragen.

»Eine kurze Zusammenfassung«, sagte er, sobald er das Gefühl hatte, lange genug darauf gewartet zu haben, daß die großen Bosse sich niederließen. »In diesem Augenblick arbeitet das gesamte Team der Verteidigung nonstop, und dabei wird es auch das ganze Wochenende über bleiben. Die Geschworenen-Recherchen verlaufen planmäßig. Die Prozeßanwälte sind bereit. Alle Zeugen sind vorbereitet, alle Sachverständigen bereits in der Stadt. Bis jetzt ist nichts Ungewöhnliches zu vermelden.«

Es folgte eine Pause, lediglich eine kleine Unterbrechung – sie warteten, um sicher zu sein, daß Fitch fürs erste fertig war.

»Was ist mit diesen Geschworenen?« fragte D. Martin Jankle, der nervöseste der vier. Er leitete U-Tab, wie es früher genannt wurde, die Abkürzung für eine alte Firma, die jahrelang Union Tobacco geheißen hatte, aber nach einer Marktbereinigung jetzt unter dem Namen Pynex gehandelt wurde. Der bevorstehende Prozeß trug die Bezeichnung

Wood gegen Pynex, also hatte das Glücksrad Jankle auf den heißen Stuhl befördert. Der Größe nach war Pynex Nummer drei, mit einem Umsatz von fast zwei Milliarden im vorigen Jahr. Außerdem verfügte Pynex, nach dem letzten Quartalsstand, zufällig über die größten Bargeldreserven von den vieren. Der Prozeß hätte zu keiner ungelegeneren Zeit kommen können. Mit einigem Pech konnte es passieren, daß den Geschworenen die Bilanzen von Pynex gezeigt wurden, hübsche, säuberliche Kolonnen, die einen Bestand von gut achthundert Millionen an Bargeld ausweisen würden.

»Wir arbeiten daran«, sagte Fitch. »Bei acht von ihnen bestehen noch Unklarheiten. Vier könnten entweder tot oder verzogen sein. Die anderen vier sind am Leben und werden am Montag bei Gericht erwartet.«

»Ein faules Ei unter den Geschworenen kann Gift sein«, sagte Jankle. Er hatte in Louisville als Firmenanwalt gearbeitet, bevor er bei U-Tab eintrat, und ließ es sich immer angelegen sein, Fitch darauf hinzuweisen, daß er von der Juristerei mehr verstand als die anderen drei.

»Dessen bin ich mir vollauf bewußt«, fauchte Fitch ihn an.

»Wir müssen diese Leute genau kennen.«

»Wir tun unser Bestes. Es ist nicht unsere Schuld, wenn die Geschworenenlisten hier nicht so auf dem laufenden sind wie in anderen Staaten.«

Jankle trank einen großen Schluck und starrte Fitch an. Schließlich war Fitch letzten Endes nicht mehr als ein gut bezahlter Sicherheitsgangster, nicht im entferntesten auf der gleichen Ebene wie der Generaldirektor eines großen Konzerns. Man konnte ihn nennen, wie man wollte – Berater, Agent, Organisator –, Tatsache war, daß er für sie arbeitete. Natürlich verfügte er im Augenblick über einigen Einfluß, gefiel sich darin, groß aufzutreten und herumzubellen, weil er auf die Knöpfe drückte, aber, verdammt noch mal, er war schließlich nur ein besserer Gangster. Diese Gedanken behielt Jankle für sich.

»Sonst noch etwas?« fragte Fitch Jankle, als wäre seine anfängliche Frage gedankenlos gewesen, als sollte er, wenn er nichts Produktives zu sagen hatte, einfach den Mund halten.

»Trauen Sie diesen Anwälten?« fragte Jankle, nicht zum erstenmal.

»Über dieses Thema haben wir bereits gesprochen«, erwiderte Fitch.

»Was nicht ausschließt, daß wir noch einmal darüber sprechen, wenn ich es will.«

»Weshalb machen Sie sich Sorgen wegen unserer Anwälte?« fragte Fitch.

»Weil – nun ja, weil sie hier zu Hause sind.«

»Ich verstehe. Und Sie meinen, es wäre klug gewesen, ein paar Anwälte aus New York herbeizuschaffen und vor den Geschworenen reden zu lassen? Oder vielleicht ein paar aus Boston?«

»Nein, es ist nur so, daß sie noch nie Verteidiger in einer Tabaksache waren.«

»Hier an der Küste hat es noch nie eine Tabaksache gegeben. Wollen Sie sich darüber beschweren?«

»Ich habe nur kein gutes Gefühl bei diesen Leuten, das ist alles.«

»Wir haben die Besten engagiert, die es in dieser Gegend gibt«, sagte Fitch.

»Weshalb arbeiten sie so billig?«

»Billig. Voriges Jahr haben Sie sich Sorgen wegen der Kosten der Verteidigung gemacht. Jetzt verlangen Ihnen unsere Anwälte nicht genug. Entscheiden Sie sich.«

»Voriges Jahr haben wir den Anwälten in Pittsburgh vierhundert pro Stunde gezahlt. Diese Leuten hier arbeiten für zweihundert. Das beunruhigt mich.«

Fitch sah Luther Vandemeer, Generaldirektor von Trellco, an. »Ist mir hier irgend etwas entgangen?« fragte er. »Meint er das ernst? Wir stehen bei fünf Millionen Dollar für diesen Fall, und er hat Angst, daß ich jeden Cent dreimal umdrehe.« Fitch machte eine Handbewegung in Richtung Jankle. Vandemeer lächelte und trank einen Schluck.

»In Oklahoma haben Sie sechs Millionen ausgegeben«, sagte Jankle.

»Und wir haben gewonnen. Ich kann mich nicht daran erinnern, daß sich irgend jemand beschwert hat, als das Urteil gesprochen war.«

»Ich beschwere mich auch jetzt nicht. Ich sage nur, daß ich mir Sorgen mache.«

»Großartig! Ich werde in die Kanzlei zurückkehren, sämtliche Anwälte zusammenrufen und ihnen sagen, daß meine Kunden sich wegen ihres Honorars Sorgen machen. Ich werde sagen: ›Hört mal, Leute, ich weiß, daß wir euch reich machen, aber das genügt nicht. Meine Kunden wollen, daß ihr ihnen mehr berechnet. Nehmt uns aus. Ihr arbeitet zu billig.‹ Halten Sie das für eine gute Idee?«

»Keine Aufregung, Martin«, sagte Vandemeer. »Der Prozeß hat noch nicht einmal angefangen. Ich bin sicher, daß wir von unseren eigenen Anwälten die Nase voll haben werden, bevor wir von hier abreisen.«

»Ja, aber dieser Prozeß ist anders. Das wissen wir alle.« Jankle verstummte und hob sein Glas. Er hatte ein Alkoholproblem, als einziger von den vieren. Sein Konzern hatte ihn vor sechs Monaten in aller Stille ausgetrocknet, aber der Druck des Prozesses war zu groß. Fitch, der früher selbst ein Trinker gewesen war, wußte, daß Jankle in Schwierigkeiten steckte. In ein paar Wochen würde er gezwungen sein, vor Gericht auszusagen.

Als ob Fitch nicht ohnehin schon genügend Probleme gehabt hätte, stand er nun auch noch vor der Aufgabe, D. Martin Jankle bis dahin nüchtern zu halten. Fitch haßte ihn wegen seiner Schwäche.

»Ich nehme an, die Vertreter der Klägerin sind bereit«, fragte ein anderer Generaldirektor.

»Vermutlich«, sagte Fitch mit einem Achselzucken. »Es sind genügend von ihnen da.«

Acht nach der letzten Zählung. Acht der größten auf Haftungsfälle spezialisierten Kanzleien des Landes, von denen angeblich jede zur Finanzierung dieses entscheidenden Schlags gegen die Tabakindustrie eine Million Dollar beigesteuert hatte. Sie hatten die Klägerin ausgesucht, die Witwe eines Mannes namens Jacob L. Wood. Sie hatten das Forum ausgesucht, die Golfküste von Mississippi, weil der Staat prächtige Haftungsgesetze hatte und weil Jurys in Biloxi gelegentlich großzügig sein konnten. Den Richter hatten sie sich nicht ausgesucht, aber sie hätten nicht mehr Glück haben können. Der ehrenwerte Frederick Harkin war Klageanwalt gewesen, bis eine Herzattacke ihn aufs Richterpodium befördert hatte.

Es war kein gewöhnlicher Tabakfall, und alle im Zimmer Anwesenden wußten es.

»Wieviel haben sie ausgegeben?«

»Über diese Information verfüge ich nicht«, sagte Fitch. »Wir haben Gerüchte gehört, denen zufolge ihre Kriegskasse vielleicht nicht ganz so gut gefüllt ist, wie sie behaupten. Möglicherweise machen ein paar der beteiligten Anwälte Schwierigkeiten beim Leisten der Vorauszahlung. Aber sie haben Millionen ausgegeben. Und ein Dutzend Verbrauchergruppen steht in den Startlöchern und wartet nur darauf, gute Ratschläge zu erteilen.«

Jankle ließ die Eiswürfel klirren, dann leerte er sein Glas bis auf den letzten Tropfen. Es war sein vierter Drink. Im Zimmer herrschte einen Moment Stille, während Fitch wartend dastand und die Generaldirektoren den Teppich betrachteten.

»Wie lange wird es dauern?« fragte Jankle schließlich.

»Vier bis sechs Wochen. Die Auswahl der Geschworenen geht hier schnell. Wahrscheinlich werden wir am Mittwoch eine Jury haben.«

»Allentown hat drei Monate gedauert«, sagte Jankle.

»Wir sind hier nicht in Kansas. Wünschen Sie sich einen Dreimonats-Prozeß?«

»Nein, ich wollte nur, also …« Jankle verstummte kläglich.

»Wie lange sollen wir hierbleiben?« fragte Vandemeer, instinktiv auf die Uhr schauend.

»Das ist mir egal. Sie können gleich abreisen oder auch warten, bis die Geschworenen ausgewählt sind. Sie haben ja alle so einen großen Jet. Wenn ich Sie brauche, weiß ich, wo ich Sie finden kann.« Fitch stellte sein Mineralwasser auf den Kaminsims und sah sich im Zimmer um. Er war plötzlich wieder bereit zum Aufbruch. »Sonst noch etwas?«

Kein Wort.

»Gut.«

Er sagte etwas zu José, der ihm die Haustür öffnete, dann war er verschwunden. Sie starrten stumm auf den teuren Teppich, machten sich Sorgen wegen Montag, machten sich Sorgen wegen einer Menge Dinge.

Schließlich zündete sich Jankle mit zitternden Händen eine Zigarette an.

Wendall Rohr hatte sein erstes Vermögen im Verklagespiel gemacht, als zwei Ölarbeiter auf einer Offshore-Plattform von Shell im Golf schwere Verbrennungen erlitten. Sein Anteil betrug fast zwei Millionen, und er hielt sich rasch für einen Prozeßanwalt, mit dem man zu rechnen hatte. Er gab sein Geld mit vollen Händen aus, übernahm weitere Fälle, und im Alter von vierzig Jahren hatte er eine aggressive Kanzlei und einen beachtlichen Ruf als gewiefter Prozeßanwalt. Dann ruinierten Drogen, eine Scheidung und ein paar schlechte Investitionen sein Leben für eine Weile, und im Alter von fünfzig Jahren überprüfte er Rechtstitel und verteidigte Ladendiebe wie eine Million anderer Anwälte auch. Als eine Welle von Asbest-Prozessen über die Golfküste hinwegbrandete, war Rohr wieder am rechten Ort. Er machte sein zweites Vermögen und schwor sich, es nie wieder zu verlieren. Er baute seine Kanzlei aus, richtete eine großartige Suite von Büroräumen ein und fand sogar eine junge Frau. Frei von Alkohol und Tabletten richtete Rohr seine beträchtlichen Energien darauf, amerikanische Firmen im Namen Geschädigter zu verklagen. Bei seinem zweiten Anlauf stieg er in den Kreisen der Prozeßanwälte sogar noch schneller auf. Er ließ sich einen Bart stehen, ölte sein Haar, wurde zum Radikalen und war auf Vortragsreisen beliebt.

Rohr lernte Celeste Wood, die Witwe von Jacob Wood, durch einen jungen Anwalt kennen, der kurz vor dessen Tod Woods Testament aufgesetzt hatte. Jacob Wood war im Alter von einundfünfzig Jahren gestorben, nachdem er fast dreißig Jahre lang drei Schachteln pro Tag geraucht hatte. Zum Zeitpunkt seines Todes war er leitender Angestellter in einer Bootswerft gewesen und verdiente vierzigtausend im Jahr.

In den Händen eines weniger ehrgeizigen Anwalts schien der Fall nicht mehr zu sein als ein toter Raucher, einer unter zahllosen anderen. Rohr dagegen hatte sich seinen Weg in einen Bekanntenkreis mit den grandiosesten Träumen gebahnt, die Prozeßanwälte je gehegt hatten. Alle waren Spezialisten für Produkthaftung, alle hatten Millionen kassiert mit Brustimplantaten und Asbest. Jetzt trafen sie sich mehrmals im Jahr und überlegten, wie man die Hauptader des amerikanischen Haftungsrechts ausbeuten konnte. Kein legal hergestelltes Produkt in der Weltgeschichte hatte so viele Menschen getötet wie die Zigarette. Und die Taschen ihrer Hersteller waren so tief, daß das Geld darin verschimmelte.

Rohr hatte die erste Million bereitgestellt, und sieben andere schlossen sich an. Völlig mühelos gewann die Gruppe die Unterstützung der Tobacco Task Force, der Coalition for a Smoke Free World und des Tobacco Liability Fund sowie einer Handvoll weiterer Verbrauchergruppen und Industrie-Wachhunden. Ein Rat von Prozeßanwälten wurde gebildet, wie nicht anders zu erwarten mit Wendall Rohr als Vorsitzendem und designiertem Hauptakteur im Gerichtssaal. Mit so viel Aufsehen, wie sie nur erregen konnte, hatte Rohrs Gruppe vier Jahre zuvor beim Bezirksgericht von Harrison County, Mississippi, Klage erhoben.

Fitchs Recherchen zufolge war die Sache *Wood gegen Pynex* die fünfundfünfzigste ihrer Art. Sechsunddreißig waren aus den verschiedensten Gründen abgewiesen worden. Sechzehn waren vor Gericht gegangen und hatten mit Urteilen zugunsten der Tabakkonzerne geendet. Zwei waren ergebnislos abgebrochen worden. Bei keinem war es zu einem Vergleich gekommen. Nie war einem Kläger in einem Zigarettenfall auch nur ein Penny gezahlt worden.

Rohrs Theorie zufolge hatte hinter keiner der anderen vierundfünfzig Klagen eine so formidable Gruppe von Anwälten gestanden. Noch nie war eine Klägerin von Anwälten vertreten worden, die über genügend Geld verfügten, um das Spielfeld zu ebnen.

Fitch hätte das eingeräumt.

Rohrs langfristige Strategie war simpel und brillant. Da draußen gab es hundert Millionen Raucher, nicht alle mit Lungenkrebs, aber doch bestimmt eine ausreichende Zahl, um ihn beschäftigt zu halten, bis er sich zur Ruhe setzte. Wenn er den ersten gewann, brauchte er sich nur noch zurückzulehnen und auf den großen Ansturm zu warten. Jeder Feld-Wald-und-Wiesen-Anwalt mit einer trauernden Witwe würde mit einem Fall von Lungenkrebs anrufen. Rohr und seine Gruppe konnten in aller Ruhe ihre Wahl treffen.

Er operierte von einer Bürosuite aus, die die oberen drei Stockwerke eines alten Bankgebäudes nicht weit vom Gericht einnahm. Am späten Freitagabend öffnete er die Tür zu einem dunklen Zimmer und stellte sich an die hintere Wand, während Jonathan Kotlack aus San Diego den Projektor bediente. Kotlack war für die Recherchen und die Auswahl der Geschworenen zuständig, obwohl Rohr den größten Teil der Befragung vornehmen würde. Der lange Tisch in der Mitte des Zimmers war übersät mit Kaffeebechern und zusammengeknülltem Papier. Die Leute am Tisch betrachteten mit erschöpften Augen ein weiteres Gesicht, das auf der Leinwand erschien.

Nelle Robert (Roh-bair ausgesprochen), sechsundvierzig, geschieden, einmal vergewaltigt, arbeitete als Bankkassiererin, rauchte nicht, war sehr übergewichtig und deshalb Rohrs Philosophie der Geschworenen-Auswahl zufolge disqualifiziert. Dicke Frauen kamen nicht in Frage. Ihm war egal, was die Experten ihm sagen würden. Ihm war egal, was Kotlack dachte. Rohr nahm nie dicke Frauen. Schon gar keine ledigen. Sie neigten dazu, knauserig zu sein und ohne Mitgefühl.

Er hatte sich die Namen und Gesichter eingeprägt, und jetzt reichte es ihm. Er hatte diese Leute studiert, bis sie ihm zuwider waren. Er verließ das Zimmer, rieb sich auf dem

Korridor die Augen und ging die Treppe seiner opulent eingerichteten Kanzlei hinunter in den Konferenzraum, in dem das für die Dokumente zuständige Komitee unter Leitung von André Durond aus New Orleans damit beschäftigt war, Ordnung in Tausende von Papieren zu bringen. In diesem Augenblick, um fast zehn Uhr am Freitagabend, waren in der Kanzlei von Wendall H. Rohr mehr als vierzig Leute intensiv bei der Arbeit.

Er sprach mit Durond, während sie für ein paar Minuten die Anwaltsgehilfen beobachteten. Er verließ das Zimmer und strebte, jetzt schnelleren Schrittes, dem nächsten zu. Das Adrenalin pumpte.

Die Tabakanwälte ein Stück die Straße hinunter arbeiteten ebenso intensiv.

Es gab nichts Aufregenderes als einen großen Prozeß.

3. KAPITEL

Der Hauptsaal des Gerichtsgebäudes von Biloxi lag im ersten Stock. Über die geflieste Treppe gelangte man in die vom Sonnenlicht überflutete Vorhalle. Die Wände waren gerade weiß übergestrichen worden, und der Fußboden funkelte von frischem Bohnerwachs.

Um acht Uhr am Montagmorgen versammelte sich bereits eine große Menschenmenge in der Vorhalle außerhalb der hohen, in den Gerichtssaal führenden Holztür. Eine kleine Gruppe drängte sich in einer Ecke zusammen; sie bestand aus jungen Männern in dunklen Anzügen, die einander auffallend ähnlich sahen. Sie machten einen gepflegten Eindruck, hatten geöltes, kurzes Haar, und die meisten von ihnen trugen entweder eine Hornbrille oder ließen unter ihren maßgeschneiderten Jacketts Hosenträger sehen. Sie waren Finanzanalytiker von der Wall Street, Spezialisten für Tabakaktien, in den Süden geschickt, um die Anfangsstadien der Sache *Wood gegen Pynex* zu verfolgen.

Eine weitere Gruppe, größer und von Minute zu Minute wachsend, scharte sich locker im Zentrum der Vorhalle zusammen. Jede dieser Personen hielt verlegen ein Stück Papier in der Hand, eine Geschworenen-Vorladung. Nur wenige kannten einander, aber die Papiere wiesen sie aus, sie kamen miteinander ins Gespräch, und bald herrschte vor dem Gerichtssaal leises, nervöses Geplauder. Die Männer in den dunklen Anzügen aus der ersten Gruppe verstummten und beobachteten die potentiellen Geschworenen.

Die dritte Gruppe trug finstere Mienen und Uniformen und bewachte die Tür. Nicht weniger als sieben Deputies waren abgestellt worden, um am Eröffnungstag für Ruhe und Ordnung zu sorgen. Zwei hantierten vor der Tür mit dem Metalldetektor. Zwei weitere beschäftigten sich hinter einem improvisierten Pult mit Papieren. Sie rechneten mit einem vollen Haus. Die anderen drei tranken Kaffee aus Pappbechern und beobachteten das Anwachsen der Menge.

Genau um halb neun öffneten die Wachtposten die Tür, überprüften die Vorladung jedes einzelnen Geschworenen, ließen einen nach dem anderen durch die Detektorschleuse ein und teilten den Zuschauern mit, daß sie noch eine Weile warten müßten. Dasselbe galt für die Analytiker und für die Reporter.

Auf einem Ring aus Klappstühlen in den Gängen rund um die gepolsterten Bänke herum fanden ungefähr dreihundert Personen Platz im Gerichtssaal. Jenseits der Schranken würden sich bald an die dreißig weitere um die Tische der Anwälte drängen. Die Vorsteherin der Gerichtskanzlei, allgemein beliebt und von der Bevölkerung gewählt, überprüfte jede einzelne Vorladung, lächelte und umarmte sogar einige der Geschworenen, die sie kannte, und dirigierte sie mit sehr viel Erfahrung zu ihren Plätzen. Sie hieß Gloria Lane und war seit elf Jahren Kanzleivorsteherin des Bezirksgerichts von Harrison County. Sie dachte nicht daran, sich diese Gelegenheit entgehen zu lassen, zu zeigen und zu dirigieren, Namen mit Gesichtern zu verbinden, Hände zu schütteln, um Wählerstimmen zu werben, einen kurzen Moment im Rampenlicht ihres bislang bedeutendsten Prozesses zu genießen. Drei jüngere Frauen aus ihrem Büro assistierten ihr, und um neun waren alle Geschworenen ihren Nummern entsprechend untergebracht und damit beschäftigt, eine weitere Runde von Fragebögen auszufüllen.

Nur zwei fehlten. Von Ernest Duly hieß es, er wäre nach Florida verzogen, wo er vermutlich gestorben war; und es gab keinerlei Hinweise auf den Aufenthaltsort von Mrs. Tella Gail Ridehouser, die sich 1959 in die Wählerliste hatte eintragen lassen, aber nicht im Wahllokal erschienen war, seit Carter Ford geschlagen hatte. Gloria Lane erklärte die beiden als nicht existierend. Links von ihr saßen in den Reihen eins bis zwölf 144 potentielle Geschworene, und rechts enthielten die Reihen dreizehn bis sechzehn die restlichen 50. Gloria beriet sich mit einem bewaffneten Deputy, und

Richter Harkins schriftlicher Anweisung entsprechend wurden vierzig Zuschauer eingelassen und im hinteren Teil des Saales untergebracht.

Die Fragebogen waren rasch ausgefüllt und wurden von den Gehilfinnen der Kanzleivorsteherin eingesammelt, und um zehn erschienen die ersten der zahlreichen Anwälte im Gerichtssaal. Sie kamen nicht durch die Haupttür, sondern von irgendwo hinter dem Richtertisch, wo zwei Türen zu einem Labyrinth aus kleinen Zimmern und Büros führten. Sie trugen ausnahmslos dunkle Anzüge und intelligent gerunzelte Stirnen, und alle versuchten das Unmögliche – die Geschworenen zu mustern und dabei gleichzeitig einen desinteressierten Eindruck zu machen. Jeder einzelne von ihnen bemühte sich erfolglos, den Anschein zu erwecken, als hätte er wichtigere Dinge im Kopf, indem sie in Akten blätterten und geflüsterte Konferenzen abhielten. Einer nach dem anderen erschien und nahm seinen Platz an einem der Tische ein. Rechts stand der Tisch der Anklage und daneben der der Verteidigung. Jeder Zentimeter Platz zwischen den Tischen und der Holzschranke, die sie von den Zuschauern trennte, war mit Stühlen ausgefüllt.

Die Reihe Nummer siebzehn war leer, gleichfalls auf Harkins Anweisung, und in Reihe achtzehn saßen steif die Typen von der Wall Street und betrachteten die Rücken der Geschworenen. Hinter ihnen saßen ein paar Reporter, dann kam eine Reihe mit ortsansässigen Anwälten und anderen Neugierigen. In der hintersten Reihe tat Rankin Fitch, als läse er Zeitung.

Weitere Anwälte erschienen. Dann nahmen die Jury-Berater in dem engen Raum zwischen den Anwaltstischen und der Schranke ihre Plätze ein und machten sich an die unerfreuliche Arbeit, in die fragenden Gesichter von 194 Fremden zu starren. Die Berater musterten die Geschworenen, zum einen, weil sie dafür gewaltige Honorare kassierten, und zum anderen, weil sie behaupteten, einen Menschen anhand der verräterischen Enthüllungen seiner Körpersprache gründlich analysieren zu können. Sie beobachteten und warteten begierig darauf, daß Arme vor der Brust verschränkt wurden, daß Finger nervös an Zähne wanderten, daß sich Köpfe verdächtig zur Seite neigten, auf hundert weitere Gesten, die angeblich einen Menschen entblößten und die allergeheimsten Vorurteile erkennen ließen.

Sie machten sich Notizen und musterten stumm die Gesichter. Geschworener Nummer sechsundfünfzig, Nicholas Easter, erhielt mehr als seinen Anteil an eindringlichen Blikken. Er saß in der Mitte der fünften Reihe, angetan mit einer khakifarbenen Hose und einem Hemd mit angeknöpftem Kragen, ein gutaussehender junger Mann. Er schaute gelegentlich auf, aber seine Aufmerksamkeit war auf ein Taschenbuch gerichtet, das er mitgebracht hatte. Niemand sonst hatte daran gedacht, ein Buch einzustecken.

Weitere Stühle nahe der Schranke wurden besetzt. Die Verteidigung hatte nicht weniger als sechs Jury-Sachverständige zum Studieren von Gesichtszuckungen und Hämorrhoidalkrämpfen aufgeboten. Die Anklage benutzte nur vier.

Nur wenigen der potentiellen Geschworenen gefiel es, auf diese Weise abgeschätzt zu werden, und fünfzehn peinliche Minuten lang reagierten sie mit finsteren Mienen auf das Angestarrtwerden. Dann erzählte ein Anwalt in der Nähe des Richtertisches einen Witz, und das Lachen löste die Anspannung ein wenig. Die Anwälte plauderten und flüsterten, aber die Geschworenen hatten Angst, etwas zu sagen.

Der letzte Anwalt, der den Saal betrat, war natürlich Wendall Rohr, und wie gewöhnlich konnte man ihn hören, bevor man ihn sah. Da er keinen dunklen Anzug besaß, trug er die von ihm an Eröffnungstagen bevorzugte Kleidung – ein graukariertes Sportjackett, eine nicht dazu passende graue Hose, eine weiße Weste, ein blaues Hemd und eine rot-gelbe Paisley-Fliege. Vor dem Tisch der Verteidigung angelangt, fuhr er einen Anwaltsgehilfen an, wobei er die dort sitzenden Anwälte ignorierte, als hätten sie gerade irgendwo im Hintergrund ein hitziges Scharmützel beendet. Er sagte laut etwas zu einem anderen Anwalt der Anklage, und sobald er die Aufmerksamkeit des Saales hatte, richtete er den Blick auf die potentiellen Geschworenen. Das waren seine Leute. Das war sein Fall, einer, den er in seiner Heimatstadt eingebracht hatte, damit er eines Tages in diesem, seinem, Gerichtssaal stehen und seine Leute um Gerechtigkeit bitten konnte. Er nickte einigen zu, bedachte andere mit einem Augenzwinkern. Er kannte diese Leute. Gemeinsam würden sie die Wahrheit finden.

Sein Erscheinen erschreckte die Jury-Berater der Verteidigung, von denen keiner Wendall Rohr bisher zu Gesicht bekommen hatte, aber alle waren ausgiebig mit seinem Ruf vertraut gemacht worden. Sie sahen das Lächeln auf den Gesichtern von einigen Geschworenen, Leuten, die ihn tatsächlich kannten. Sie lasen die Körpersprache, als die ganze Gruppe sich zu entspannen und auf ein vertrautes Gesicht zu reagieren schien. Rohr war eine lokale Legende. Fitch verfluchte ihn von der hintersten Reihe aus.

Schließlich, um halb elf, riß ein Deputy die Tür hinter dem Richtertisch auf und rief: »Man erhebe sich!« Dreihundert Menschen sprangen auf, als der ehrenwerte Frederick Harkin erschien, sich auf seinem Stuhl niederließ und alle aufforderte, sich wieder zu setzen.

Für einen Richter war er recht jung, fünfzig, ein Demokrat, der vom Gouverneur für den Rest einer nicht abgelaufenen Amtszeit berufen und dann vom Volk gewählt worden war. Da er früher Anklageanwalt gewesen war, ging das Gerücht, er sei jetzt ein Anklagerichter, aber das entsprach nicht der Wahrheit. Nur Klatsch, unauffällig von der Verteidigung verbreitet. In Wirklichkeit war er ein anständiger Allround-Anwalt in einer kleinen Kanzlei gewesen, die sich nicht durch Siege im Gerichtssaal hervorgetan hatte. Er hatte schwer gearbeitet, aber seine Leidenschaft hatte immer der Lokalpolitik gegolten, einem Spiel, das er geschickt gespielt hatte. Sein Glück hatte sich mit einer Ernennung zum Richter ausgezahlt, und als solcher verdiente er jetzt achtzigtausend Dollar im Jahr, mehr, als er je als Anwalt verdient hatte.

Der Anblick eines mit so vielen wichtigen Wählern gefüllten Gerichtssaals war dazu angetan, das Herz jedes

Wahlbeamten zu erwärmen, und Seine Ehren konnte ein breites Lächeln nicht unterdrücken, als er die Geschworenen in seinem Bau willkommen hieß, als wären sie freiwillig erschienen. Das Lächeln verging allmählich, während er eine kurze Begrüßungsansprache hielt und sie darauf hinwies, wie wichtig ihre Anwesenheit war. Harkin stand nicht in dem Ruf, liebenswürdig oder humorvoll zu sein, und er wurde schnell ernst.

Und das mit gutem Grund. Vor ihm saßen mehr Anwälte, als an die Tische paßten. In der Gerichtsakte waren acht als Vertreter der Klägerin aufgeführt und neun für die Verteidigung. Vier Tage zuvor hatte er beiden Seiten unter Ausschluß der Öffentlichkeit ihre Plätze zugewiesen. Sobald die Jury ausgewählt worden war und der eigentliche Prozeß begann, durften für jede Partei nur sechs Anwälte ihre Füße unter den Tisch strecken. Die übrigen wurden auf die Reihe von Stühlen verbannt, auf denen jetzt die Jury-Berater saßen und beobachteten. Er hatte auch den Parteien ihre Plätze zugewiesen – Celeste Wood, der Witwe, und dem Vertreter von Pynex. Die Sitzverteilung war schriftlich niedergelegt worden und jetzt in einer Broschüre mit den sämtlichen Regeln enthalten, die Seine Ehren für diesen Anlaß verfaßt hatte.

Die Klage war vier Jahre zuvor eingereicht und von Anfang an gründlich verfolgt und von der Gegenseite angefochten worden. Jetzt füllten die Unterlagen elf große Aktenkartons. Um bis zu diesem Punkt zu gelangen, hatte jede Seite bereits Millionen ausgegeben. Der Prozeß würde mindestens einen Monat dauern. In diesem Moment hatten sich in seinem Gerichtssaal einige der intelligentesten Juristenhirne und größten Egos des Landes versammelt. Fred Harkin war entschlossen, ihnen nichts durchgehen zu lassen.

In sein Mikrofon sprechend, lieferte er eine kurze Zusammenfassung der Sachlage, aber nur aus informatorischen Gründen. Die Leute sollten doch wissen, weshalb sie hier waren. Er sagte, daß der Prozeß mehrere Wochen dauern würde und daß die Geschworenen nicht isoliert und eingeschlossen würden. Es gab mehrere Rechtsgrundlagen, die eine Entlassung aus der Geschworenenpflicht vorsahen, erklärte er, und fragte dann, ob jemand, der älter als fünfundsechzig war, durch den Computer gerutscht war. Sechs Hände schossen hoch. Er machte einen verblüfften Eindruck und schaute Gloria Lane an, die die Achseln zuckte, als passierte das ständig. Den sechsen stand es frei, den Saal sofort zu verlassen, und fünf von ihnen taten es. Herunter auf 189. Die Jury-Berater schrieben eifrig und strichen Namen durch. Auch die Anwälte machten sich Notizen.

»So, und haben wir jemanden hier, der blind ist?« fragte der Richter. »Ich meine, blind im Sinne des Gesetzes?« Es war eine leichthin gestellte Frage, die einiges Lächeln auslöste. Weshalb sollte eine blinde Person erscheinen, um ihrer Geschworenenpflicht nachzukommen? So etwas hatte es noch nie gegeben.

Langsam erhob sich in der Mitte der Menge, in Reihe sieben, eine Hand. Geschworener Nummer dreiundsechzig, ein Mr. Herman Grimes, Alter neunundfünfzig, Computerprogrammierer, weiß, verheiratet, keine Kinder. Was, zum Teufel, war das? Hatte irgend jemand gewußt, daß dieser Mann blind war? Auf beiden Seiten steckten die Jury-Experten die Köpfe zusammen. Die Herman-Grimes-Fotos waren Aufnahmen seines Hauses gewesen und ein oder zwei Schnappschüsse von ihm auf seiner Vorderveranda. Er wohnte seit ungefähr drei Jahren in der Gegend. Die Fragebögen gaben keinen Hinweis auf seine Behinderung.

»Bitte, stehen Sie auf, Sir«, sagte der Richter.

Herman Grimes erhob sich langsam, mit den Händen in den Taschen, in Freizeitkleidung und mit einer normal aussehenden Brille. Er machte keinen blinden Eindruck.

»Ihre Nummer bitte«, sagte der Richter. Im Gegensatz zu den Anwälten und ihren Beratern hatte er sich nicht die Mühe machen müssen, sich jedes verfügbare Detail über jeden Geschworenen einzuprägen.

»Äh, dreiundsechzig.«

»Und Ihr Name?« Er blätterte in seinem Computerausdruck.

»Herman Grimes.«

Harkin fand den Namen, dann schaute er in das Meer von Gesichtern. »Und Sie sind blind im Sinne des Gesetzes?«

»Ja, Sir.«

»Also, Mr. Grimes, damit sind Sie unseren Gesetzen entsprechend von der Geschworenenpflicht entbunden und dürfen gehen.«

Herman Grimes rührte sich nicht vom Fleck. Er betrachtete lediglich, was immer er sehen konnte, und fragte: »Weshalb?«

»Wie bitte?«

»Weshalb muß ich gehen?«

»Weil Sie blind sind.«

»Das weiß ich.«

»Und, nun ja, Blinde können nicht als Geschworene dienen«, sagte Harkin, zuerst nach rechts und dann nach links schauend. »Sie dürfen gehen.«

Herman Grimes zögerte, während er darüber nachdachte, wie er reagieren sollte. Im Saal herrschte Stille. Schließlich: »Weshalb können Blinde nicht als Geschworene dienen?«

Harkin griff bereits nach einem Gesetzbuch. Seine Ehren hatte sich gewissenhaft auf diesen Prozeß vorbereitet. Er hatte bereits vor einem Monat damit aufgehört, sich anderen Fällen zu widmen, und sich in sein Amtszimmer zurückgezogen, wo er über Schriftsätzen, Beweisaufnahmen, den einschlägigen Gesetzen und den neuesten Verfahrens-Entscheidungen gebrütet hatte. Seit er als Richter tätig war, hatte er schon Dutzende von Jurys ausgewählt, alle möglichen Jurys für alle möglichen Prozesse, und glaubte, schon alles erlebt zu haben. Und jetzt war er in den ersten zehn Minuten der Geschworenen-Auswahl in einen Hinterhalt geraten. Und natürlich war der Gerichtssaal brechend voll.

»Sie möchten als Geschworener fungieren, Mr. Grimes?« fragte er in dem Versuch, der Situation einen leichten Anstrich zu geben, während er Seiten umblätterte und die Fülle der in seiner Nähe versammelten juristischen Talente ansah.

Mr. Grimes wurde aggressiv. »Sagen Sie mir, weshalb ein Blinder nicht Geschworener sein kann. Wenn das in den Gesetzen steht, dann sind die Gesetze diskriminierend, und ich werde dagegen klagen. Wenn es nicht in den Gesetzen steht und nur üblicherweise so gehandhabt wird, dann werde ich um so schneller klagen.«

Es konnte kaum ein Zweifel daran bestehen, daß Prozesse für Mr. Grimes kein Neuland waren.

Auf der einen Seite der Schranken saßen zweihundert kleine Leute, diejenigen, die die Kraft des Gesetzes in diesen Saal gezerrt hatte. Auf der anderen Seite saß das Gesetz selbst – der auf seinem Podium über allen anderen thronende Richter, die Horde von steifen Anwälten, die ihre niederträchtigen Nasen rümpften, die Kanzlisten, die Deputies, die Gerichtsdiener. Mr. Herman Grimes hatte im Namen der Verpflichteten dem Establishment einen schweren Schlag versetzt und wurde dafür mit Gekicher und leisem Gelächter von seinen Kollegen belohnt. Ihm war das gleichgültig.

Jenseits der Schranke lächelten die Anwälte, weil die potentiellen Geschworenen lächelten, und sie rutschten auf ihren Stühlen herum und kratzten sich am Kopf, weil niemand wußte, was er tun sollte. »Das habe ich noch nie erlebt«, flüsterten sie.

Im Gesetz hieß es, daß ein Blinder von der Geschworenenpflicht entbunden werden *kann*, und als der Richter das Wort *kann* sah, beschloß er schleunigst, Mr. Grimes zu besänftigen und sich später mit ihm zu beschäftigen. Es hatte keinen Sinn, sich im eigenen Gerichtssaal verklagen zu lassen. Es gab andere Wege, ihn von der Geschworenenpflicht zu entbinden. Er würde mit den Anwälten darüber sprechen. »Wenn ich mir's recht überlege, Mr. Grimes, glaube ich, daß Sie einen vorzüglichen Geschworenen abgeben würden. Bitte, nehmen Sie wieder Platz.«

Herman Grimes nickte, lächelte und sagte höflich: »Danke, Sir.«

Wie bezieht man einen blinden Geschworenen in seine Überlegungen ein? Die Experten ließen sich diese Frage durch den Kopf gehen, während sie zusahen, wie er sich langsam bückte und sich hinsetzte. Welche Vorurteile hatte er? Für welche Seite würde er sich entscheiden? In diesem Spiel ohne Regeln war man durchweg der Ansicht, daß Leute mit Handicaps und Behinderungen großartige Anklage-Geschworene waren, weil sie besser verstanden, was Leiden bedeutet. Aber es gab unzählige Ausnahmen.

In der hintersten Reihe beugte sich Fitch nach rechts, in dem vergeblichen Versuch, Blickkontakt mit Carl Nussman aufzunehmen, dem Mann, der für das Auswählen der perfekten Jury bereits 1,2 Millionen Dollar erhalten hatte. Nussman saß inmitten seiner Kollegen, hielt einen Block in der Hand und musterte die Gesichter, als hätte er genau gewußt, daß Herman Grimes blind war. Er hatte es nicht gewußt, und Fitch wußte es. Es war eine unbedeutende Tatsache, die durch das riesige Netz ihrer Recherchen hindurchgerutscht war. Was war ihnen sonst noch entgangen? fragte sich Fitch. Er würde Nussman das Fell abziehen, sobald die Sitzung unterbrochen wurde.

»Also, meine Damen und Herren«, fuhr der Richter fort, jetzt mit etwas schärferer Stimme und begierig, weiterzukommen, nachdem er gerade eine sofortige Klage wegen Diskriminierung abgewendet hatte. »Wir kommen jetzt zu einer Phase der Geschworenen-Auswahl, die etwas zeitraubend ist. Dabei geht es um körperliche Gebrechen, die Ihre Entlassung bewirken könnten. Wir wollen Sie nicht in Verlegenheit bringen, aber wenn Sie ein körperliches Problem haben, dann müssen wir jetzt darüber sprechen. Wir beginnen mit der ersten Reihe.«

Als Gloria Lane im Gang neben der ersten Reihe Position bezogen hatte, hob ein ungefähr sechzigjähriger Mann die Hand und ging durch die kleine Schwingtür der Schranke. Ein Gerichtsdiener führte ihn zum Zeugenstand und schob das Mikrofon beiseite. Der Richter rückte ans Ende des Podiums und beugte sich herunter, damit er sich flüsternd mit dem Mann unterhalten konnte. Zwei Anwälte, einer von jeder Seite, ließen sich unmittelbar vor dem Zeugenstand nieder und nahmen den Zuschauern die Sicht. Die Protokollführerin vervollständigte das Grüppchen, und als alle ihre Plätze eingenommen hatten, erkundigte sich der Richter leise nach dem Leiden des Mannes.

Es war ein Bandscheibenvorfall, und er hatte einen Brief von seinem Arzt dabei. Er wurde entlassen und verließ eiligst den Saal.

Als Harkin um zwölf für die Mittagspause unterbrach, hatte er dreizehn Personen aus medizinischen Gründen entlassen. Die Langeweile hatte eingesetzt. Sie würden um halb zwei wieder zusammenkommen, um noch eine ganze Weile auf diese Art weiterzumachen.

Nicholas Easter verließ das Gerichtsgebäude allein und wanderte sechs Blocks zu einem Burger King, wo er einen Whopper und eine Cola bestellte. Er saß in einer Nische in der Nähe des Fensters, schaute Kindern zu, die auf einem kleinen Spielplatz schaukelten, überflog ein *USA Today* und aß langsam, weil er anderthalb Stunden Zeit hatte.

Dieselbe Blondine, die, damals in engen Jeans, in den Computerladen gekommen war, trug jetzt weitgeschnittene Shorts, ein lose sitzendes T-Shirt und neue Nikes, über ihrer Schulter hing eine kleine Sporttasche. Sie führte eine zweite Begegnung herbei, indem sie mit ihrem Tablett in der Hand an seiner Nische vorbeiging und stehenblieb, als sie ihn wiederzuerkennen schien.

»Nicholas«, sagte sie, Unsicherheit vortäuschend.

Er sah sie an, und eine peinliche Sekunde lang wußte er, daß sie sich schon einmal begegnet waren. Ihr Name fiel ihm nicht ein.

»Sie erinnern sich nicht an mich«, sagte sie mit einem freundlichen Lächeln. »Ich war vor vierzehn Tagen in Ihrem Geschäft und suchte ein ...«

»Ja, jetzt fällt es mir wieder ein«, sagte er mit einem raschen Blick auf ihre gebräunten Beine. »Sie haben ein Digitalradio gekauft.«

»Richtig. Und ich heiße Amanda. Wenn ich mich recht erinnere, habe ich Ihnen meine Telefonnummer gegeben. Ich nehme an, Sie haben sie verloren.«

»Möchten Sie sich setzen?«

»Danke.« Sie ließ sich rasch nieder und nahm sich ein paar Pommes frites.

»Ich habe die Nummer noch«, sagte er. »Ich wollte ...«

»Macht nichts. Ich bin sicher, daß Sie mehrmals angerufen haben. Mein Anrufbeantworter funktioniert nicht.«

»Nein, ich habe noch nicht angerufen. Aber ich habe daran gedacht.«

»Natürlich«, sagte sie fast kichernd. Sie hatte perfekte Zähne und genoß es, sie ihm zu zeigen. Ihr Haar war zu einem Pferdeschwanz zusammengerafft. Sie sah zu gut und zu gepflegt aus, um eine Joggerin zu sein. Und auf ihrem Gesicht war keine Spur von Schweiß zu sehen.

»Und was tun Sie hier?« fragte er.

»Ich bin auf dem Weg zu meinem Aerobic-Kurs.«

»Sie essen Pommes frites, bevor Sie Aerobic machen?«

»Weshalb nicht?«

»Ich weiß nicht. Es kommt mir irgendwie nicht richtig vor.«

»Ich brauche die Kohlenhydrate.«

»Ich verstehe. Rauchen Sie vor dem Aerobic?«

»Manchmal. Haben Sie deshalb nicht angerufen? Weil ich rauche?«

»Eigentlich nicht.«

»Heraus mit der Sprache, Nicholas. Ich kann es verkraften.« Sie lächelte immer noch und versuchte, kokett zu sein.

»Okay, es ist mir durch den Kopf gegangen.«

»Macht Sinn. Sind Sie je mit einer Raucherin ausgegangen?«

»Nein, nicht soweit ich mich erinnere.«

»Weshalb nicht?«

»Vielleicht will ich den Rauch nicht aus zweiter Hand einatmen. Ich weiß es nicht. Das ist nichts, worüber ich mir den Kopf zerbreche.«

»Haben Sie je geraucht?« Sie knabberte ein weiteres Kartoffelstäbchen und musterte ihn eingehend.

»Natürlich. Als Junge versucht das jeder mal. Als ich zehn war, habe ich einem Klempner, der gerade im Haus arbeitete, eine Schachtel Camel gestohlen. Habe sie binnen zwei Tagen aufgeraucht. Mir wurde schlecht und ich habe mir eingebildet, ich würde an Krebs sterben.« Er biß ein Stück von seinem Whopper ab.

»Und das war's?«

Er kaute und dachte nach, bevor er sagte: »Ich glaube schon. An andere Zigaretten kann ich mich nicht erinnern. Weshalb haben Sie damit angefangen?«

»Weil ich blöd war. Ich versuche, es aufzugeben.«

»Gut. Sie sind zu jung.«

»Danke. Und lassen Sie mich raten. Wenn ich aufgehört habe, rufen Sie mich an, stimmt's?«

»Vielleicht rufe ich auch so an.«

»Das habe ich schon öfters gehört«, sagte sie mit einem spöttischen Lächeln. Sie tat einen langen Zug durch ihren Strohhalm, dann sagte sie: »Darf ich fragen, was Sie hier tun?«

»Ich esse einen Whopper. Und Sie?«

»Das habe ich doch schon gesagt. Ich bin unterwegs zur Turnhalle.«

»Richtig. Und ich bin gerade vorbeigekommen, hatte in der Innenstadt zu tun, und habe gemerkt, daß ich hungrig bin.«

»Weshalb arbeiten Sie in einem Computerladen?«

»Sie meinen, weshalb ich mein Leben damit vergeude, für einen jämmerlichen Lohn in einem Einkaufszentrum zu arbeiten?«

»Nein, aber so ungefähr.«

»Ich bin Student.«

»Wo?«

»Nirgendwo. Ich mache gerade eine Pause.«

»Und wo haben Sie zuletzt studiert?«

»An der North Texas State.«

»Und wohin wollen Sie anschließend?«

»Wahrscheinlich an die Southern Mississippi.«

»Was studieren Sie?«

»Informatik. Sie stellen eine Menge Fragen.«

»Aber nur solche, die leicht zu beantworten sind, finden Sie nicht?«

»Doch. Wo arbeiten Sie?«

»Ich arbeite nicht. Ich habe mich gerade von einem reichen Mann scheiden lassen. Keine Kinder. Ich bin achtundzwanzig und ledig und möchte auch, daß das so bleibt, aber gegen die eine oder andere Verabredung hätte ich nichts einzuwenden. Weshalb rufen Sie mich nicht mal an?«

»Wie reich?«

Darauf mußte sie lachen, dann schaute sie auf die Uhr. »Ich muß los. Mein Kurs fängt in zehn Minuten an.« Sie stand auf, griff sich ihre Tasche, ließ das Tablett aber stehen. »Bis irgendwann.«

Sie fuhr in einem kleinen BMW davon.

Der Rest der Kranken wurde rasch nach Hause geschickt, und um drei Uhr nachmittags war die Zahl auf 159 geschrumpft. Richter Harkin ordnete eine Unterbrechung von fünfzehn Minuten an, und als er auf seinen Stuhl zurückkehrte, verkündete er, daß sie jetzt zu einer anderen Art des Auswahlverfahrens kommen würden. Er hielt einen strengen Vortrag über staatsbürgerliche Verantwortung und warnte praktisch jedermann, ihm nicht mit einem nicht-medizinischen Härtefall zu kommen. Den ersten Versuch unternahm ein mitgenommen aussehender leitender Angestellter, der im Zeugenstand Platz nahm und dem Richter, den beiden Anwälten und der Protokollantin leise erklärte, daß er achtzig Stunden in der Woche für eine große Firma arbeitete, die eine Menge Geld verlor, und jede Stunde fern von seinem Büro verheerende Folgen haben würde. Der Richter schickte ihn auf seinen Platz zurück, wo er weitere Anweisungen abwarten sollte.

Der zweite Versuch kam von einer Frau in mittleren Jahren, die bei sich zu Hause als Tagesmutter arbeitete. »Ich hüte Kinder, Euer Ehren«, flüsterte sie, gegen die Tränen ankämpfend. »Das ist alles, was ich kann. Ich nehme zweihundert Dollar pro Woche ein, und damit komme ich mit knapper Not aus. Wenn ich in dieser Jury sein muß, dann muß ich jemanden einstellen, der sich um die Kinder kümmert. Das wird den Eltern nicht gefallen, und außerdem kann ich es mir nicht leisten, jemanden zu bezahlen. Es wäre mein Ruin.«

Die potentiellen Geschworenen sahen interessiert zu, wie sie den Gang entlangging, an ihrer Reihe vorbei, und den Saal verließ. Sie mußte eine verdammt gute Story aufgetischt haben. Der mitgenommen aussehende leitende Angestellte kochte innerlich.

Um halb sechs waren elf Personen entlassen und sechzehn andere auf ihre Plätze zurückgeschickt worden, weil sie es nicht geschafft hatten, sich genügend bedauernswert anzuhören. Der Richter wies Gloria Lane an, einen weiteren, ausführlicheren Fragebogen zu verteilen und forderte die übriggebliebenen Geschworenen auf, ihn bis neun Uhr am nächsten Morgen auszufüllen. Er entließ sie mit strengen Ermahnungen, nicht mit Fremden über den Fall zu reden.

Rankin Fitch war nicht im Gerichtssaal, als die Verhandlung am Montagnachmittag vertagt wurde. Er saß in einem Büro ein Stück die Straße hinunter. An der North Texas State gab es keinerlei Unterlagen über einen Nicholas Easter. Die Blondine hatte ihre kleine Unterhaltung im Burger King aufgenommen, und Fitch hatte das Band zweimal abgehört. Es war seine Entscheidung gewesen, sie zu einer Zufallsbegegnung loszuschicken. Das war riskant gewesen, aber es hatte funktioniert. Jetzt saß sie in einem Flugzeug zurück nach Washington. Ihr Anrufbeantworter in Biloxi war eingeschaltet und würde eingeschaltet bleiben, bis die Geschworenen ausgewählt waren. Falls Easter sich zu einem Anruf entschließen sollte, was Fitch bezweifelte, würde er sie nicht erreichen können.

4. KAPITEL

Er enthielt Fragen wie: Rauchen Sie Zigaretten? Wenn ja, wie viele Schachteln pro Tag und seit wann? Und wenn Sie rauchen, wollen Sie dann damit aufhören? Haben Sie jemals gewohnheitsmäßig Zigaretten geraucht? Hat ein Familienangehöriger oder jemand, den Sie gut kennen, unter einer auf das Rauchen zurückzuführenden Krankheit gelitten? Wenn ja, wer? (Bitte den leeren Raum benutzen und den Namen der Person und die Art der Krankheit nennen und angeben, ob die Person erfolgreich behandelt wurde oder nicht.) Glauben Sie, daß Rauchen die Ursache ist von (a) Lungenkrebs, (b) Herzkrankheiten, (c) Bluthochdruck, (d) nichts von alledem, (e) allen genannten Leiden?

Seite drei enthielt die schwerwiegenderen Angelegenheiten: Was halten Sie davon, daß die medizinische Behandlung von mit dem Rauchen in Zusammenhang stehenden Gesundheitsproblemen mit Steuergeldern unterstützt wird? Was halten Sie davon, daß die Tabakfarmer mit Steuergeldern subventioniert werden? Wie stehen Sie zu einem Rauchverbot in allen öffentlichen Gebäuden? Welche Rechte sollten Raucher Ihrer Meinung zufolge haben? Für alle Antworten stand reichlich freier Raum zur Verfügung.

Auf Seite vier waren die Namen der siebzehn Anwälte aufgeführt, die offiziell als Prozeßbevollmächtigte eingetragen waren, und dann die von achtzig weiteren, die mit den ersten siebzehn auf irgendeine Art zusammenarbeiteten. Kennen Sie einen dieser Anwälte persönlich? Sind Sie je von einem dieser Anwälte vertreten worden? Waren Sie je in irgendwelche juristischen Verfahren mit einem dieser Anwälte verwickelt?

Nein. Nein. Nein. Nicholas hakte die Fragen rasch ab.

Auf Seite fünf standen die Namen der potentiellen Zeugen, zweiundsechzig Personen inklusive Celeste Wood, der

Witwe und Klägerin. Kennen Sie eine dieser Personen? Nein.

Er machte sich eine weitere Tasse Instantkaffee und tat zwei Stücke Zucker hinein. Er hatte am Vorabend eine Stunde mit diesen Fragen verbracht, und an diesem Morgen bereits eine weitere Stunde. Die Sonne war noch kaum aufgegangen. Sein Frühstück hatte aus einer Banane und einem altbackenen Croissant bestanden. Er biß ein kleines Stück von dem Croissant ab, dachte über die letzte Frage nach und beantwortete sie dann mit einem Bleistift in einer säuberlichen, fast umständlichen Handschrift – alles in Blockbuchstaben, weil seine normale Schrift unausgeglichen und kaum leserlich war. Und er wußte, daß, noch bevor es dunkel wurde, eine ganze Horde von Handschriftenexperten beider Seiten über seinen Worten brüten würden, weniger an dem interessiert, was er sagte, als an der Art, wie er seine Buchstaben formte. Er wollte ordentlich und nachdenklich wirken, intelligent und vorurteilsfrei, imstande, mit beiden Ohren zu hören, und zu fairen Entscheidungen fähig, ein Unparteiischer, den sie haben wollten.

Er hatte drei Bücher über alle mit der Handschriftenanalyse verbundenen Probleme gelesen.

Er blätterte zu der Frage nach den Tabaksubventionen zurück, weil sie besonders schwierig war. Er hatte eine Antwort parat, weil er viel über das Thema nachgedacht hatte, und wollte sie klar formulieren. Oder vielleicht auch vage. Vielleicht auf eine Art, die seine Ansicht nicht verraten, aber keine der beiden Seiten verschrecken würde.

Ein Großteil genau derselben Fragen war auch bei dem Cimmino-Fall im vorigen Jahr in Allentown, Pennsylvania, gestellt worden. Nicholas war damals David gewesen, David Lancaster, Teilzeit-Filmstudent mit einem echten dunklen Bart und einer falschen Hornbrille, der in einem Videoverleih arbeitete. Er hatte den Fragebogen kopiert, bevor er ihn am zweiten Tag der Geschworenenauswahl abgeliefert hatte. Es war ein ähnlicher Fall gewesen, aber mit einer anderen Witwe und einem anderen Tabakkonzern, und obwohl an die hundert Anwälte beteiligt gewesen waren, trat keiner von ihnen auch hier in Erscheinung. Nur Fitch war derselbe geblieben.

Nicholas/David hatte damals die ersten beiden Ausscheidungen überstanden, war aber noch vier Reihen entfernt gewesen, als man sich bereits über die Auswahl der Geschworenen geeinigt hatte. Einen Monat später rasierte er sich den Bart ab, entledigte sich der falschen Hornbrille und verließ die Stadt.

Der Klapptisch vibrierte leicht, als er schrieb. Dies war sein Eßzimmer – der Tisch und drei nicht zusammenpassende Stühle. Der kleine Wohnraum rechts von ihm war mit einem klapprigen Schaukelstuhl, einem auf einer Holzkiste stehenden Fernseher und einem staubigen Sofa möbliert, das er für fünfzehn Dollar auf einem Flohmarkt gekauft hatte. Er hätte es sich vermutlich leisten können, ein paar bessere Möbelstücke zu mieten, aber Mieten war mit Formularen verbunden und hinterließ eine Spur. Da draußen liefen Leute herum, die praktisch seine Mülltonne durchwühlten, um herauszufinden, wer er war.

Er dachte an die Blondine und fragte sich, wo sie wohl heute aufkreuzen würde, vermutlich mit einer Zigarette in der Hand und begierig, ihn in ein weiteres banales Geplauder über das Rauchen zu verwickeln. Der Gedanke, sie anzurufen, war ihm überhaupt nicht gekommen, aber die Frage, für welche Seite sie arbeitete, war recht interessant. Wahrscheinlich für die Tabakkonzerne, weil sie genau der Typ war, den Fitch gern als Agentin einsetzte.

Nicholas wußte aus seinem Jurastudium, daß es im höchsten Grade unethisch war, wenn die Blondine oder irgendein anderer Mietling direkten Kontakt mit einem potentiellen Geschworenen aufnahm. Er wußte außerdem, daß Fitch über genügend Geld verfügte, um die Blondine spurlos von hier verschwinden zu lassen, nur um sie beim nächsten Prozeß als Rothaarige mit einer anderen Lebensgeschichte und einem Interesse für Gartenbau wieder auftauchen zu lassen. Manche Dinge ließen sich einfach nicht belegen.

Das Schlafzimmer wurde fast vollständig von einer großen Matratze ausgefüllt, die ohne Untergestell auf dem Boden lag, eine weitere Erwerbung vom Flohmarkt. Eine Reihe von Pappkartons diente als Kommode. Der Fußboden war mit Kleidungsstücken übersät.

Es war ein provisorisches Zuhause, ganz so wie eine Bleibe, die man vielleicht ein oder zwei Monate benutzte, bevor man mitten in der Nacht die Stadt verließ; was genau das war, was er vorhatte. Er wohnte bereits seit sechs Monaten hier, und die Nummer des Apartments war seine offizielle Adresse, jedenfalls diejenige, unter der er sich in die Wählerliste eingetragen und seinen Führerschein für Mississippi erhalten hatte. Vier Meilen entfernt hatte er eine hübschere Unterkunft, konnte aber nicht das Risiko eingehen, dort gesehen zu werden.

Also lebte er glücklich in Armut, einer mehr von den vielen mittellosen Studenten, ohne Besitztümer und mit nur wenigen Verpflichtungen. Er war fast sicher, daß Fitchs Schnüffler seine Wohnung nicht betreten hatten, aber er überließ nichts dem Zufall. Die Wohnung war zwar billig, aber sorgfältig hergerichtet. Hier war nichts Verräterisches zu finden.

Um acht war er mit dem Fragebogen fertig und las ihn noch ein letztes Mal durch. Den im Cimmino-Fall hatte er ganz normal geschrieben, in einer vollkommen anderen Schrift. Nach einem Monat des Übens war er sicher, daß man ihn nicht enttarnen würde. Damals hatte es dreihundert potentielle Geschworene gegeben, und jetzt waren es fast zweihundert, und weshalb sollte jemand auf die Idee kommen, daß er in beiden Gruppen sein würde?

Von einem über das Küchenfenster gespannten Kopfkissenbezug verdeckt, überprüfte er rasch den Parkplatz auf Fotografen oder andere Eindringlinge. Vor drei Wochen hatte er einen von ihnen gesehen, der geduckt hinter dem Lenkrad eines Pick-ups saß.

Heute keine Schnüffler. Er schloß seine Wohnung ab und verließ das Haus zu Fuß.

Gloria Lane ging an diesem zweiten Tag wesentlich effektiver mit ihrer Herde um. Die verbliebenen 148 potentiellen

Geschworenen wurden an der rechten Seite untergebracht, jeweils zwölf in einer Reihe, dicht gedrängt in zwölf Reihen mit den restlichen vier im Gang. Der Umgang mit ihnen war einfacher, wenn sie alle auf einer Seite des Gerichtssaals saßen. Die Fragebogen wurden eingesammelt, als sie den Saal betraten, und dann rasch kopiert und beiden Seiten ausgehändigt. Um zehn wurden die Antworten von Jury-Beratern analysiert, die in einem fensterlosen Raum eingeschlossen worden waren.

Auf der anderen Seite des Gangs saß eine manierliche Schar von Finanzexperten, Reportern, Neugierigen und anderen Zuschauern und musterte die Anwälte, die ihrerseits die Gesichter der Geschworenen studierten. Fitch war unauffällig in die vorderste Reihe vorgerückt, um seinem Verteidigungsteam näher zu sein, flankiert von zwei gutgekleideten Lakaien, die auf seine nächsten Anweisungen warteten.

Richter Harkin war ein Mann mit einer Mission an diesem Dienstag und brauchte nicht einmal eine Stunde, um die nichtmedizinischen Härtefälle zu erledigen. Sechs weitere wurden entlassen, wonach noch 142 übrigblieben.

Endlich war es Showtime. Wendall Rohr, der allem Anschein nach dasselbe graukarierte Sportjackett, weiße Weste und gelb-rote Fliege trug, erhob sich und trat an die Schranke, um sich an sein Publikum zu wenden. Er ließ laut seine Knöchel knacken, öffnete dann die Hände und lächelte breit und dunkel. »Willkommen«, sagte er dramatisch, als wäre das, was folgen sollte, ein Ereignis, das sie auf immer und ewig im Gedächtnis behalten würden. Er stellte sich und die Mitglieder seines Teams vor, die an dem Prozeß beteiligt sein würden, und dann bat er die Klägerin, Celeste Wood, sich zu erheben. Während er sie den potentiellen Geschworenen präsentierte, gelang es ihm, zweimal das Wort ›Witwe‹ einzuflechten. Sie war eine zierliche Frau von fünfundfünfzig, in einem schlichten schwarzen Kleid, schwarzer Strumpfhose und schwarzen Schuhen, die hinter der Schranke nicht zu sehen waren, und bedachte sie mit einem schmerzlichen kleinen Lächeln, als wäre sie noch immer im

Stadium des Trauerns, obwohl ihr Mann seit vier Jahren tot war. Sie war sogar nahe daran gewesen, eine neue Ehe einzugehen, ein Ereignis, das Wendall Rohr, sobald er davon erfuhr, im letzten Moment verhindert hatte. Sie können den Mann ruhig lieben, hatte er ihr erklärt, aber tun Sie es in aller Stille, und heiraten können Sie ihn erst nach dem Prozeß. Der Sympathiefaktor. Man erwartet von Ihnen, daß Sie trauern, hatte er ihr erklärt.

Fitch wußte über die verhinderte Heirat Bescheid, aber er wußte außerdem, daß kaum Aussicht bestand, die Sache vor die Geschworenen zu bringen.

Nachdem Rohr alle auf seiner Seite des Saals offiziell vorgestellt hatte, lieferte er eine kurze Zusammenfassung des Falls, ein Vortrag, den die Anwälte der Verteidigung und der Richter mit immensem Interesse verfolgten. Sie waren offensichtlich bereit, sofort zuzuschlagen, falls Rohr die unsichtbare Barriere zwischen Tatsachen und Schlußfolgerungen durchbrechen sollte. Er tat es nicht, aber es machte ihm Spaß, sie zu quälen.

Dann wurden die Geschworenen wortreich gebeten, offen und ehrlich zu sein und sich nicht zu scheuen, ihre schüchternen kleinen Hände zu erheben, wenn sie auch nur das Geringste beunruhigte. Wie sonst könnten sie, die Anwälte, Gedanken und Gefühle erkunden, wenn nicht sie, die potentiellen Geschworenen, sich zu Wort meldeten? »Wir können das schließlich nicht, indem wir Sie nur anschauen«, sagte er und ließ abermals die Zähne aufblitzen. Im Augenblick befanden sich im Gerichtssaal nicht weniger als achtzig Leute, die verzweifelt versuchten, aus jeder gehobenen Augenbraue und jeder geschürzten Lippe ihre Schlüsse zu ziehen.

Um die Sache ins Rollen zu bringen, griff Rohr nach einem Notizblock und warf einen Blick darauf. Dann sagte er: »Also, unter Ihnen sind eine ganze Reihe von Leuten, die schon einmal Geschworene in einem Zivilprozeß waren. Bitte heben Sie die Hand.« Ein Dutzend Hände wurde brav gehoben. Rohr ließ den Blick über sein Publikum schweifen und dann auf einer Dame in der vordersten Reihe zum Stillstand kommen. »Mrs. Millwood, nicht wahr?« Ihre Wangen röteten sich, als sie nickte. Alle Augen im Saal starrten auf Mrs. Millwood oder versuchten es zumindest.

»Soweit ich informiert bin, waren Sie vor ein paar Jahren Geschworene in einem Zivilprozeß?« sagte Rohr herzlich.

»Ja«, sagte sie, räusperte sich und versuchte, laut zu sprechen.

»Was für ein Fall war das?« fragte er, obwohl er praktisch jedes Detail kannte – vor sieben Jahren, derselbe Gerichtssaal, anderer Richter, kein Pfennig für den Kläger. Die Akte war Wochen zuvor kopiert worden. Rohr hatte sich sogar mit dem Anwalt des Klägers unterhalten, der ein Freund von ihm war. Er hatte mit dieser Frage und dieser Frau angefangen, weil es ein leichtes Aufwärmen war, eine sanfte Masche, um den anderen zu beweisen, wie schmerzlos es war, die Hand zu heben und Dinge zu erörtern.

»Es ging um einen Verkehrsunfall«, sagte sie.

»Wo fand der Prozeß statt?« fragte er interessiert.

»Genau hier.«

»Oh, in diesem Saal.« Er hörte sich überrascht an, aber die Anwälte der Verteidigung wußten, daß er simulierte.

»Sind die Geschworenen in diesem Fall zu einem Urteil gelangt?«

»Ja.«

»Und wie lautete das Urteil?«

»Er hat nichts bekommen.«

»Und mit ›er‹ meinen Sie den Kläger?«

»Ja. Wir waren nicht der Meinung, daß er wirklich verletzt worden war.«

»Ich verstehe. War Ihre Tätigkeit als Geschworene eine angenehme Erfahrung für Sie?«

Sie überlegte einen Moment, dann: »Es war okay. Aber eine Menge vergeudete Zeit, wissen Sie, wenn die Anwälte sich wegen diesem und jenem in die Haare gerieten.«

Ein breites Lächeln. »Ja, dazu neigen wir leider. Nichts an dem damaligen Fall würde Ihre Fähigkeit beeinträchtigen, auch diesen zu hören?«

»Nein, ich glaube nicht.«

»Danke, Mrs. Millwood.« Ihr Mann war früher Buchhalter in einem kleinen Krankenhaus gewesen, das schließen mußte, nachdem es in einem Prozeß unterlegen war, in dem es um einen ärztlichen Kunstfehler ging. Urteile mit hohen Geldstrafen waren etwas, was sie insgeheim verabscheute, und aus gutem Grund. Jonathan Kotlack, der für die endgültige Auswahl der Geschworenen zuständige Anklageanwalt, hatte ihren Namen schon lange von der Liste der Wünschenswerten gestrichen.

Aber an dem keine drei Meter von Kotlack entfernten Tisch der Verteidigung rangierte sie sehr hoch. JoAnn Millwood würde ein erstklassiger Fang sein.

Rohr stellte anderen Geschworenen-Veteranen dieselben Fragen, und die Dinge wurden rasch monoton. Dann brachte er das heikle Thema der Reform des Haftungsrechts zur Sprache und stellte eine Reihe langatmiger Fragen über die Rechte der Opfer, ungerechtfertigte Prozesse und die Kosten von Versicherungen. Einige seiner Fragen grenzten an Mini-Schlußfolgerungen, aber er umging alle Probleme. Es war fast Mittag, und die Geschworenen hatten schon seit einiger Zeit das Interesse verloren. Richter Harkin unterbrach für eine Stunde, und die Deputies räumten den Saal.

Aber die Anwälte blieben. Von Gloria Lane und ihren Gehilfinnen wurden Kartons mit durchgeweichten kleinen Sandwiches und roten Äpfeln verteilt. Dies sollte ein Arbeitslunch sein. Es mußte über ein Dutzend anhängige Anträge entschieden werden, und Seine Ehren war diskussionsbereit. Es gab Kaffee und Eistee.

Die Verwendung von Fragebögen erleichterte die Auswahl der Geschworenen beträchtlich. Während Rohr im Gerichtssaal Fragen stellte, studierten anderswo Dutzende von Leuten die schriftlichen Antworten und strichen auf ihren Listen Namen durch. Die Schwester eines Mannes war an Lungenkrebs gestorben. Sieben weitere hatten gute Freunde oder Familienangehörige mit schwerwiegenden Gesundheitsproblemen, die sie allesamt dem Rauchen zuschrieben. Mindestens die Hälfte der potentiellen Geschworenen rauchte oder hatte früher regelmäßig geraucht. Die meisten derjenigen, die rauchten, erklärten, daß sie gerne aufhören würden.

Die Daten wurden analysiert und dann in Computer eingegeben, und am frühen Nachmittag des zweiten Tages wurden die Ausdrucke verteilt und überarbeitet. Nachdem Richter Harkin um halb fünf am Dienstag vertagt hatte, ließ er abermals den Gerichtssaal räumen und setzte die Verhandlung unter Protokoll fort. Fast drei Stunden lang wurde über die schriftlichen Antworten diskutiert und debattiert, und am Ende waren dreiunddreißig weitere Namen von der Liste gestrichen worden. Gloria Lane wurde beauftragt, die Ausgeschiedenen sofort anzurufen und ihnen die gute Nachricht zu übermitteln.

Harkin war entschlossen, die Auswahl der Geschworenen am Mittwoch abzuschließen. Die Eröffnungsplädoyers waren für Donnerstag morgen vorgesehen. Er hatte sogar die Möglichkeit von Samstagsarbeit angedeutet.

Um acht Uhr am Dienstag abend entschied er über einen letzten Antrag, danach schickte er die Anwälte nach Hause. Die Anwälte für Pynex trafen sich mit Fitch in der Kanzlei von Whitney & Cable & White, wo sie eine weitere köstliche Mahlzeit aus kalten Sandwiches und fettigen Pommes frites erwartete. Fitch wollte arbeiten, und während die Anwälte langsam ihre Pappteller füllten, verteilten zwei Anwaltsgehilfen Kopien der neuesten Handschriftenanalysen. Eßt schnell, befahl Fitch, als ob sie diese Mahlzeit auch noch genießen könnten. Die Zahl war auf 111 herunter, und morgen fing das Auswählen an.

Der Vormittag gehörte Durwood Cable, oder Durr, wie er die Küste hinauf und hinunter genannt wurde, in einer Gegend, die er im Laufe seiner einundsechzig Lebensjahre nie länger verlassen hatte. Als Seniorpartner von Whitney & Cable & White war er von Fitch sorgfältig dazu auserwählt worden, vor Gericht den Hauptteil der Arbeit für Pynex zu tun. Als Anwalt, dann als Richter und jetzt wieder als Anwalt hatte Durr den größten Teil der letzten dreißig Jahre damit verbracht, Jurys anzusehen und mit ihnen zu reden.

Für ihn waren Gerichtssäle Orte der Entspannung, weil sie Bühnen waren – keine Telefone, kein Fußgängerverkehr, keine herumrennenden Sekretärinnen, jeder spielte eine Rolle, jeder hielt sich an seinen Text, und die Anwälte waren die Stars. Er bewegte sich und redete wohlüberlegt, aber zwischen seinen Schritten und Sätzen entging ihm nichts. Wo Wendall Rohr, sein Gegenspieler, laut und anbiedernd und grell war, war Durr zugeknöpft und eher steif. Der obligatorische dunkle Anzug, eine etwas kühne goldfarbene Krawatte, das übliche weiße Hemd, das hübsch mit seinem braungebrannten Gesicht kontrastierte. Durr war ein leidenschaftlicher Hochseeangler und verbrachte viele Stunden auf seinem Boot und in der Sonne. Sein Scheitel war kahl und sehr braun.

Einmal hatte er es geschafft, sechs Jahre lang keinen Fall zu verlieren, aber dann hatte Rohr, sein Gegner und früherer Freund, ihn bei einer Schadensersatzklage nach einem Verkehrsunfall besiegt und zwei Millionen eingeheimst.

Er trat an die Schranke und schaute ernst in die Gesichter der 111 Leute. Er wußte, wo jeder von ihnen lebte und wie viele Kinder und Enkelkinder sie hatten oder nicht hatten. Er verschränkte die Arme, griff sich ans Kinn wie ein nachdenklicher Professor und sagte mit einer angenehm vollen Stimme: »Mein Name ist Durwood Cable, und ich vertrete Pynex, eine alte Firma, die seit neunzig Jahren Zigaretten produziert.« Da, er schämte sich deshalb nicht! Er sprach zehn Minuten über Pynex und leistete hervorragende Arbeit – es gelang ihm, den Konzern weicher zu zeichnen und seinen Mandanten freundlich und flauschig, fast liebenswert erscheinen zu lassen.

Sobald er damit fertig war, stürzte er sich furchtlos in das Thema der freien Entscheidung. Während Rohr auf der Sucht herumgeritten war, widmete Cable seine Zeit der Entscheidungsfreiheit. »Sind wir uns alle einig, daß Zigaretten potentiell gefährlich sind, wenn sie mißbraucht werden?« fragte er und sah zu, wie die meisten Köpfe zustimmend nickten. Wer wollte das bestreiten? »Also gut. Da diese Tatsache allgemein bekannt ist, können wir uns also darauf einigen, daß ein Mensch, der raucht, um die damit verbundenen Gefahren wissen sollte?« Weiteres Nicken, noch keine erhobenen Hände. Er musterte die Gesichter, insbesondere das ausdruckslose Gesicht, das Nicholas Easter gehörte, der jetzt in Reihe drei saß, als achter vom Gang aus. Wegen der Entlassungen war Easter jetzt nicht mehr Geschworener Nummer sechsundfünfzig. Er war bei jeder Sitzung weiter vorgerückt bis auf Nummer zweiunddreißig. Sein Gesicht verriet nichts als gespannte Aufmerksamkeit.

»Das ist eine sehr wichtige Frage«, sagte Cable langsam, wobei seine Worte in der Stille widerhallten. Mit einem ausgestreckten Finger zeigte er auf sie und sagte: »Ist unter Ihnen jemand, der nicht glaubt, daß ein Mensch, der sich für das Rauchen entschieden hat, die Gefahren kennen sollte?«

Er wartete, beobachtete sie, zerrte ein wenig an der Angelschnur und fing schließlich etwas. In der vierten Reihe hob sich langsam eine Hand. Cable lächelte, trat einen Schritt näher heran und sagte: »Ich glaube, Sie sind Mrs. Tutwiler. Bitte stehen Sie auf.« Wenn ihm wirklich viel daran gelegen hatte, daß sich jemand meldete, so war sein Glück von kurzer Dauer. Mrs. Tutwiler war eine zierliche Sechzigjährige mit einem zornigen Gesicht. Sie stand kerzengerade da, hob ihr Kinn und sagte: »Ich habe eine Frage an Sie, Mr. Cable.«

»Natürlich.«

»Wenn alle Leute wissen, daß Zigaretten gefährlich sind – weshalb fährt Ihr Mandant dann fort, welche herzustellen?«

Einige ihrer Kollegen in der Gruppe grinsten. Alle Augen ruhten auf Durwood Cable, der weiterhin lächelte und nicht mit der Wimper zuckte. »Sehr gute Frage«, sagte er laut. Er hatte nicht die Absicht, sie zu beantworten. »Sind Sie der Ansicht, daß die Herstellung von Zigaretten verboten werden sollte, Mrs. Tutwiler?«

»Ja, das bin ich allerdings.«

»Auch wenn es Leute gibt, die von ihrem Recht Gebrauch machen möchten, sich für das Rauchen zu entscheiden?«

»Zigaretten machen süchtig, Mr. Cable, das wissen Sie.«

»Danke, Mrs. Tutwiler.«

»Die Hersteller reichern sie mit Nikotin an, um die Leute süchtig zu machen, und dann werben sie wie verrückt, um mehr davon verkaufen zu können.«

»Danke, Mrs. Tutwiler.«

»Ich bin noch nicht fertig«, sagte sie laut, umklammerte die Rückenlehne der Bank vor ihr und richtete sich noch gerader auf. »Die Hersteller haben immer bestritten, daß Rauchen süchtig macht. Das ist eine Lüge, und sie wissen es. Warum schreiben sie das nicht auf ihre Schachteln?«

Durr verzog keine Miene. Er wartete geduldig, dann fragte er überaus freundlich: »Sind Sie fertig, Mrs. Tutwiler?« Es gab noch andere Dinge, die sie gern gesagt hätte, aber jetzt dämmerte ihr, daß dies vielleicht nicht der richtige Ort dafür war. »Ja«, sagte sie fast flüsternd.

»Danke. Meinungsäußerungen wie Ihre sind überaus wichtig für den Prozeß der Geschworenen-Auswahl. Haben Sie vielen Dank. Sie können sich wieder setzen.«

Sie schaute sich um, als ob einige der anderen gleichfalls aufstehen und mit ihr kämpfen sollten, sank aber, alleingelassen, auf ihren Platz zurück. Sie hätte den Saal ebensogut gleich verlassen können.

Cable wandte sich rasch weniger heiklen Themen zu. Er stellte eine Menge Fragen, provozierte ein paar Antworten und gab seinen Experten für Körpersprache eine Menge, worüber sie nachgrübeln konnten. Er machte um zwölf Schluß, gerade rechtzeitig für einen schnellen Lunch. Harkin forderte die potentiellen Geschworenen auf, um drei Uhr wieder da zu sein, wies die Anwälte aber an, schnell zu essen und in einer Dreiviertelstunde zurückzukehren.

Um ein Uhr, als der Gerichtssaal leer und abgeschlossen war und die Anwälte dicht gedrängt an ihren Tischen saßen, erhob sich Jonathan Kotlack und informierte das Gericht: »Die Anklage akzeptiert Geschworene Nummer eins.« Niemand wirkte überrascht. Alle schrieben etwas auf einen Computerausdruck, auch Seine Ehren, der nach einer kurzen Pause fragte: »Die Verteidigung?«

»Die Verteidigung akzeptiert Nummer eins.« Auch keine große Überraschung. Nummer eins war Rikki Coleman, eine junge Frau und Mutter von zwei Kindern, die nie geraucht hatte und als Aktenverwalterin in einem Krankenhaus arbeitete. Kotlack und seine Crew hatten ihr anhand ihrer schriftlichen Antworten, ihrer Arbeit im Gesundheitswesen, ihres College-Studiums und ihres offenkundigen Interesses an allem, was bisher gesagt worden war, 7 von 10 möglichen Punkten gegeben. Von der Verteidigung hatte sie 6 erhalten, und sie hätte sie abgelehnt, wenn nicht in der ersten Reihe etliche ernstlich Unerwünschte gesessen hätten.

»Das war einfach«, murmelte Harkin fast unhörbar. »Also weiter. Geschworener Nummer zwei, Raymond C. LaMonette.« Mr. LaMonette gab Anlaß zum ersten strategischen Scharmützel bei der Auswahl der Geschworenen. Keine Seite wollte ihn – bei beiden hatte er 4,5 Punkte. Er rauchte stark, wollte aber unbedingt aufhören. Seine schriftlichen Antworten waren total unleserlich und völlig nutzlos. Die Körpersprachler beider Seiten erklärten, daß Mr. LaMonette alle Anwälte haßte und alles, was mit ihnen zu tun hatte. Vor drei Jahren war er von einem betrunkenen Autofahrer beinahe getötet worden. Sein Prozeß hatte ihm nichts eingebracht.

Den Regeln der Geschworenen-Auswahl zufolge wurde jeder Seite eine Reihe von Ablehnungen ohne Angabe von Gründen, sogenannte Streichungen, zugestanden, mit deren Hilfe man unerwünschte Geschworene loswerden konnte. In Anbetracht der Wichtigkeit dieses Falles hatte Richter Harkin den Parteien anstelle der üblichen vier zehn Streichungen bewilligt. Beide wollten LaMonette loswerden, aber beide mußten ihre Streichungen für noch unerwünschtere Figuren aufsparen.

Die Anklage mußte als erste reagieren, und nach kurzem Zögern sagte Kotlack: »Die Anklage streicht Nummer zwei.«

»Das ist Ablehnung ohne Angabe von Gründen Nummer eins für die Anklage«, sagte Harkin und machte sich eine Notiz. Ein kleiner Sieg für die Verteidigung. Auch Durr Cable hatte sich im letzten Moment entschlossen, ihn notfalls zu streichen.

Die Anklage verbrauchte eine Streichung für Nummer vier, die Frau eines leitenden Angestellten, und ebenso für Nummer fünf. Die strategischen Streichungen gingen weiter und löschten Reihe eins praktisch aus. Nur zwei Geschworene überlebten. In Reihe zwei nahm das Gemetzel ab, wobei fünf der zwölf die unterschiedlichen Ablehnungen überlebten, darunter zwei durch den Richter selbst. Sieben Geschworene waren ausgewählt, als man zu Reihe drei überging. Auf dem achten Platz saß hier der große Unbekannte Nicholas Easter, Geschworener Nummer zweiunddreißig, der bisher immer einen sehr aufmerksamen Eindruck gemacht hatte und irgendwie annehmbar erschien, obwohl er beiden Seiten nicht recht geheuer war.

Wendall Rohr, der jetzt für die Anklage sprach, weil Kotlack mitten in einer geflüsterten Diskussion mit einem Experten über zwei der Gesichter in Reihe vier steckte, lehnte Nummer fünfundzwanzig ohne Angabe von Gründen ab. Es war die neunte Streichung durch die Anklage. Die letzte war für einen sehr gefürchteten und berüchtigten Republikaner in der vierten Reihe reserviert, falls man so weit kommen sollte. Die Verteidigung strich Nummer sechsundzwanzig und verbrauchte damit ihre achte Ablehnung. Die Geschworenen Nummer siebenundzwanzig, achtundzwanzig und neunundzwanzig wurden akzeptiert. Geschworene Nummer dreißig wurde von der Verteidigung mit Begründung abgelehnt und das Gericht gebeten, die Geschworene im gegenseitigen Einverständnis zu entlassen, ohne daß eine der beiden Seiten eine Streichung vergeudete. Durr Cable bat den Richter, die Protokollierung zu unterbrechen, da er etwas Privates mitzuteilen hätte. Rohr war ein wenig verblüfft, erhob aber keinen Einspruch. Die Protokollantin unterbrach ihre Arbeit. Cable händigte sowohl Rohr als auch dem Richter eine dünne Akte aus. Er senkte die Stimme und sagte: »Euer Ehren, wir haben aus einer verläßlichen Quelle erfahren, daß Geschworene Nummer dreißig, Bonnie Tyus, süchtig ist, und zwar nach dem verschreibungspflichtigen Medikament Ativan. Sie wurde nie behandelt, nie verhaftet, hat ihr Problem nie eingestanden. Und sie hat es weder auf den Fragebögen erwähnt noch während der Befragung der Geschworenen. Sie schafft es, ein unauffälliges Leben zu führen mit Job und Ehemann, allerdings bereits dem dritten.«

»Wie haben Sie das erfahren?« fragte Harkin.

»Im Laufe unserer eingehenden Ermittlungen über alle potentiellen Geschworenen. Ich versichere Ihnen, Euer Ehren, daß es keine unerlaubten Kontakte mit Mrs. Tyus gegeben hat.«

Fitch hatte es herausgefunden. Ihr zweiter Ehemann war in Nashville aufgetan worden, wo er in einer durchgehend geöffneten Fernfahrer-Raststätte die Zugmaschinen von Sattelschleppern wusch. Für hundert Dollar hatte er ihnen bereitwillig alles erzählt, was er über seine Ex-Frau wußte.

»Was meinen Sie dazu, Mr. Rohr?« fragte Seine Ehren.

Ohne auch nur eine Sekunde zu zögern, log Rohr: »Wir haben dieselbe Information, Euer Ehren.« Er warf Jonathan Kotlack einen liebevollen Blick zu, woraufhin dieser einen anderen Anwalt anfunkelte, der für die Gruppe zuständig gewesen war, zu der Bonnie Tyus gehörte. Bisher hatten sie für die Ausforschung der Geschworenen bereits mehr als eine Million Dollar ausgegeben, und diese wichtige Tatsache war ihnen entgangen!

»In Ordnung. Geschworene Nummer dreißig ist aus gutem Grund gestrichen. Zurück zum Protokoll. Geschworener Nummer einunddreißig?«

»Dürfen wir uns ein paar Minuten beraten, Euer Ehren?«

»Ja. Aber machen Sie's kurz.«

Nach dreißig Namen waren zehn ausgewählt worden; neun waren von der Anklage gestrichen worden, acht von der Verteidigung, und drei hatte das Gericht entlassen. Es war unwahrscheinlich, daß die Auswahl die vierte Reihe erreichen würde, deshalb sah sich Rohr, der nur noch eine Streichung hatte, die Geschworenen einunddreißig bis sechsunddreißig an und fragte sein dichtes Grüppchen von

Mitarbeitern im Flüsterton: »Welcher davon ist am schlimmsten?« Die Finger deuteten einhellig auf Nummer vierunddreißig, eine fette, niederträchtige Weiße, vor der ihnen vom ersten Tag an gegraust hatte. Sie hieß Wilda Haney, und seit einem Monat hatten sie sich alle geschworen, die dicke Wilda auszumustern. Sie betrachteten ihre Liste noch ein paar Minuten länger und einigten sich dann darauf, die Nummern einunddreißig, zweiunddreißig und fünfunddreißig zu nehmen, die zwar alle nicht gerade besonders attraktiv waren, aber immer noch weit besser als die dicke Wilda.

In einem noch dichteren, ein paar Schritte entfernten Grüppchen entschieden sich Cable und seine Mitarbeiter dafür, einunddreißig zu streichen, zweiunddreißig zu nehmen, dreiunddreißig anzufechten, weil dreiunddreißig Mr. Herman Grimes, der Blinde, war, dann vierunddreißig, Wilda Haney, zu nehmen und, falls erforderlich, Nummer fünfunddreißig zu streichen.

So kam es, daß Nicholas Easter als elfter Geschworener in der Sache *Wood gegen Pynex* ausgewählt wurde. Als die Sitzung um drei Uhr wieder eröffnet worden war, rief Richter Harkin die Namen der zwölf Auserwählten auf. Sie gingen durch die Pforte in der Schranke und nahmen die ihnen zugewiesenen Plätze auf der Geschworenenbank ein. Nicholas hatte Platz zwei in der vorderen Reihe. Mit siebenundzwanzig war er der zweitjüngste Geschworene. Es gab neun Weiße, drei Schwarze, sieben Frauen, fünf Männer, einer davon blind. Drei Ersatzleute ließen sich auf gepolsterten, in einer Ecke der Geschworenenbank dicht aneinandergerückten Klappstühlen nieder. Um halb fünf standen die fünfzehn auf und wiederholten ihren Geschworeneneid. Dann hörten sie eine halbe Stunde lang zu, während Richter Harkin ihnen, den Anwälten und allen anderen Beteiligten eine Reihe von strengen Warnungen erteilte. Jeder irgendwie geartete Kontakt mit den Geschworenen würde harte Sanktionen zur Folge haben. Geldstrafen, vielleicht ein Scheitern des Prozesses, Ausschluß aus der Anwaltskammer – selbst die Todesstrafe schien im Bereich des Möglichen zu liegen.

Er verbot den Geschworenen, mit irgend jemandem über den Fall zu sprechen, nicht einmal ihren Ehemännern oder Ehefrauen, dann entließ er sie mit einem freundlichen Lächeln, wünschte ihnen eine gute Nacht, wir sehen uns morgen früh Punkt neun Uhr.

Die Anwälte schauten zu und wünschten sich, sie könnten gleichfalls gehen. Aber sie mußten noch arbeiten. Als der Saal von allen bis auf die Anwälte und die Kanzlisten geräumt war, sagte Seine Ehren: »Meine Herren, Sie haben diese Anträge eingereicht. Jetzt müssen wir darüber verhandeln.«

5. KAPITEL

Teils aus einer Mischung von Eifer und Langeweile, teils weil er irgendwie ahnte, daß jemand ihn erwartete, schlüpfte Nicholas Easter um halb neun durch die unverschlossene Hintertür des Gerichtsgebäudes, stieg die selten benutzte Hintertreppe hinauf und gelangte in den schmalen Korridor hinter dem Gerichtssaal. Die meisten der County-Büros wurden um acht geöffnet, deshalb konnte er Geräusche und Bewegungen aus dem Erdgeschoß hören, aber im ersten Stock herrschte fast vollständige Stille. Er warf einen Blick in den Gerichtssaal und stellte fest, daß niemand dort war. Die Aktenkoffer waren eingetroffen und in einer bestimmten Ordnung auf den Tischen abgelegt worden. Die Anwälte waren vermutlich irgendwo im Hintergrund, in der Nähe der Kaffeemaschinen, erzählten sich Witze und bereiteten sich auf die Schlacht vor.

Er kannte das Terrain gut. Drei Wochen zuvor, am Tag, nachdem er seine Ladung zum Geschworenen erhalten hatte, war er hergekommen und hatte sich umgeschaut. Der Gerichtssaal war gerade leer und unbenutzt gewesen, und er hatte die Korridore und Räume in seiner Umgebung erkundet – das vollgestopfte Amtszimmer des Richters; den Raum, in dem die Anwälte an altertümlichen, mit alten Zeitschriften und neuen Zeitungen übersäten Tischen saßen und sich unterhielten: die improvisierten Zeugenzimmer mit Klappstühlen und ohne Fenster; die Haftzelle, in der die mit Handschellen Gefesselten und Gefährlichen auf ihre Strafe warteten; und natürlich das Geschworenenzimmer.

An diesem Morgen hatte seine Ahnung nicht getrogen. Ihr Name war Lou Dell, und sie war eine pummelige Frau um die Sechzig in einer Polyesterhose und alten Turnschuhen und mit einer grauen Ponyfrisur. Sie saß auf dem Korridor vor der Tür zum Geschworenenzimmer, las in einem zerfledderten Liebesroman und wartete darauf, daß jemand in ihr Reich eindrang. Sie sprang auf, griff nach einem Blatt Papier, auf dem sie gesessen hatte, und sagte: »Guten Morgen. Kann ich Ihnen helfen?« Ihr ganzes Gesicht war ein einziges Lächeln. Ihre Augen funkelten vergnügt.

»Nicholas Easter«, sagte er und ergriff ihre ausgestreckte Hand. Sie drückte sie fest, schüttelte sie kräftig und suchte in ihren Unterlagen nach seinem Namen. Ein weiteres, noch breiteres Lächeln, dann: »Willkommen im Geschworenenzimmer. Ist das Ihr erster Prozeß?«

»Ja.«

»Kommen Sie herein«, sagte sie und schob ihn praktisch durch die Tür in das Zimmer. »Kaffee und Doughnuts sind hier drüben«, sagte sie, wobei sie an seinem Ärmel zupfte und in eine Ecke deutete. »Die backe ich immer selbst«, sagte sie stolz und hob einen Korb mit fettigen, schwarzen Muffins hoch. »Eine Art Tradition. Die bringe ich am ersten Tag immer mit, nenne sie meine Jury-Muffins. Greifen Sie zu.«

Auf dem Tisch befanden sich mehrere Arten von Doughnuts. Jeweils auf einem anderen Tablett. Zwei volle Kaffeekannen dampften vor sich hin. Teller und Tassen, Löffel und Gabeln. Zucker, Sahne, verschiedene Arten von Süßstoff. Und in der Mitte des Tisches stand der Korb mit den Jury-Muffins. Nicholas nahm eines, weil ihm nichts anderes übrigblieb.

»Die backe ich seit achtzehn Jahren«, sagte sie. »Früher habe ich Rosinen hineingetan, aber das mußte ich lassen.« Sie verdrehte die Augen, als wäre der Rest der Geschichte einfach zu skandalös.

»Weshalb?« fragte er, weil er sich dazu gezwungen fühlte.

»Verursachten ihnen Blähungen. Manchmal hört man im Gerichtssaal jeden Laut. Sie verstehen, was ich meine?«

»Ich denke schon.«

»Kaffee?«

»Ich kann mir selber welchen eingießen.«

»Gut.« Sie wirbelte herum und zeigte auf einen Stapel Papiere in der Mitte des langen Tisches. »Da ist eine Liste mit Anweisungen von Richter Harkin. Er will, daß jeder Geschworene ein Exemplar nimmt, es sorgfältig durchliest und abzeichnet. Ich werde sie später einsammeln.«

»Danke.«

»Ich bin draußen vor der Tür, falls Sie mich brauchen sollten. Und da bleibe ich auch. Diesmal ordnen sie mir so einen verdammten Deputy bei, können Sie sich das vorstellen? Mir wird regelrecht schlecht bei dem Gedanken. Wahrscheinlich so einen alten Esel, der mit seiner Schrotflinte nicht einmal eine Scheune treffen würde. Aber schließlich ist das vermutlich der größte Prozeß, den wir je hatten. Zivil, meine ich. Sie werden es nicht glauben, was für Strafprozesse wir schon gehabt haben.« Sie ergriff den Türknauf und zerrte ihn auf sich zu. »Ich bin draußen, falls Sie mich brauchen.«

Die Tür wurde geschlossen, und Nicholas betrachtete die Muffins. Langsam nahm er einen kleinen Bissen. Sie bestanden fast nur aus Kleie und Zucker, und er dachte eine Sekunde lang an die Geräusche im Gerichtssaal. Er warf den Muffin in den Papierkorb und goß schwarzen Kaffee in einen Plastikbecher. Die Plastikbecher würden verschwinden müssen. Wenn sie wollten, daß er hier vier bis sechs Wochen kampierte, dann sollten sie für ordentliche Becher sorgen. Und wenn sich das County hübsche Doughnuts leisten konnte, dann konnte es bestimmt auch für Bagels und Croissants aufkommen.

Es war kein koffeinfreier Kaffee da. Er notierte es sich. Und kein heißes Wasser für Tee, nur für den Fall, daß einige seiner neuen Freunde keine Kaffeetrinker waren. Und der Lunch würde gut sein müssen. Er dachte nicht daran, sich die nächsten sechs Wochen von Thunfischsalat zu ernähren.

Um den Tisch in der Mitte des Zimmers waren zwölf Stühle verteilt. Die dicke Staubschicht, die er vor drei Wochen darauf gesehen hatte, war verschwunden; das Zimmer war viel sauberer und benutzungsbereit. An einer Wand hing eine große Tafel mit Schwämmen und frischer Kreide. Jenseits des Tisches, an der gegenüberliegenden Wand, gab es drei vom Fußboden bis zur Decke reichende Fenster mit Ausblick auf den Rasen des Gerichtsgebäudes, der immer noch grün und frisch wirkte, obwohl der Sommer vor mehr als einem Monat zu Ende gegangen war. Nicholas schaute zu einem der Fenster hinaus und beobachtete die Fußgänger auf den Gehsteigen.

Das Neueste von Richter Harkin war eine Liste mit einigen Dingen, die sie tun, und einer Unmenge, die sie vermeiden sollten: Organisieren Sie sich. Wählen Sie einen Obmann, und wenn Ihnen das nicht gelingt, teilen Sie es Seinen Ehren mit, und er wird die Wahl an Ihrer Stelle treffen. Tragen Sie ständig die rot-weißen Geschworenen-Buttons. Lou Dell wird sie verteilen. Bringen Sie sich für Wartezeiten etwas zu lesen mit. Scheuen Sie sich nicht, um irgend etwas zu bitten. Sprechen Sie nicht untereinander über den Fall, bevor Sie von Seinen Ehren dazu aufgefordert werden. Sprechen Sie mit überhaupt niemandem über den Fall, Punktum. Verlassen Sie das Gerichtsgebäude nicht ohne Erlaubnis. Der Lunch wird geliefert und im Geschworenenzimmer eingenommen. Jeden Tag vor Eröffnung der Sitzung um neun Uhr wird eine Tageskarte herumgereicht. Informieren Sie das Gericht unverzüglich, falls jemand mit Ihnen oder jemandem, den Sie kennen, hinsichtlich Ihrer Beteiligung an diesem Prozeß in irgendeiner Weise Kontakt aufnimmt. Informieren Sie das Gericht unverzüglich, wenn Sie etwas Verdächtiges sehen, hören oder bemerken, das möglicherweise mit Ihrer Tätigkeit als Geschworener in diesem Fall zusammenhängt.

Seltsame Anweisungen, diese letzten beiden. Aber Nicholas war über die Details eines Tabakprozesses im Osten von Texas informiert, eines Prozesses, der nach nur einer Woche aufflog, nachdem man herausgefunden hatte, daß mysteriöse Agenten in der kleinen Stadt herumschlichen und den Verwandten von einigen Geschworenen riesige Geldsummen offerierten. Die Agenten verschwanden, bevor sie erwischt wurden, und es kam nie heraus, für wen sie gearbeitet hatten, weil beide Seiten sich gegenseitig beschuldigten. Kühlere Köpfe wetteten hoch darauf, daß die Leute von den Tabakkonzernen dahintersteckten. Die Jury schien eine starke Sympathie für die Gegenseite zu haben, und die Verteidigung war hocherfreut, als der Prozeß für gescheitert erklärt wurde.

Obwohl es keine Möglichkeit gab, dies zu beweisen, war Nicholas sicher, daß Rankin Fitch das Phantom hinter den Bestechungsversuchen gewesen war. Und er wußte, daß sich Fitch auch bei seiner Gruppe von neuen Freunden rasch an die Arbeit machen würde.

Er zeichnete die Liste ab und ließ sie auf dem Tisch liegen. Auf dem Flur waren Stimmen zu hören. Lou Dell empfing einen weiteren Geschworenen. Die Tür wurde mit einem Tritt und einem Klopfen geöffnet, und Mr. Herman Grimes erschien als erster, mit seinem Gehstock vor sich hertappend. Seine Frau war dicht hinter ihm. Sie berührte ihn nicht, inspizierte aber sofort das Zimmer und beschrieb es ihm leise: »Langes Zimmer, siebeneinhalb mal viereinhalb Meter, Länge vor dir, Breite von links nach rechts, langer, in Längsrichtung im Zimmer aufgestellter Tisch mit Stühlen darum herum, der dir am nächsten stehende Stuhl ist zweieinhalb Meter entfernt.« Er stand ganz still, während er das in sich aufnahm, wobei sich sein Kopf immer in Richtung dessen bewegte, was sie beschrieb. Hinter ihr stand Lou Dell auf der Schwelle, hatte die Hände auf die Hüften gestemmt und konnte es kaum abwarten, den blinden Mann mit einem Muffin zu füttern.

Nicholas kam ein paar Schritte näher und stellte sich vor. Er ergriff Hermans ausgestreckte Hand, und sie tauschten Höflichkeiten aus. Er begrüßte Mrs. Grimes, dann führte er Herman an den Tisch, wo er ihm Kaffee einschenkte und Zucker und Sahne hineinrührte. Er beschrieb die Doughnuts und die Muffins, ein Präventivschlag gegen Lou Dell, die in der Nähe der Tür lauerte. Herman war nicht hungrig.

»Mein Lieblingsonkel ist blind«, sagte Nicholas, so daß alle drei es hören konnten. »Ich würde es als Ehre betrachten, wenn ich Ihnen während des Prozesses helfen dürfte.«

»Ich bin durchaus imstande, allein zurechtzukommen«, sagte Herman mit einem Anflug von Entrüstung, aber seine Frau konnte ein freundliches Lächeln nicht unterdrücken. Dann zwinkerte sie ihm zu und nickte.

»Ich bin sicher, daß Sie das sind«, sagte Nicholas. »Aber ich weiß, daß es Unmengen von kleinen Dingen gibt. Ich möchte nur behilflich sein.«

»Danke«, sagte er nach einer kurzen Pause.

»Danke, Sir«, sagte seine Frau.

»Ich bin draußen auf dem Flur, falls Sie etwas brauchen sollten«, sagte Lou Dell.

»Wann soll ich ihn abholen?« fragte Mrs. Grimes.

»Um fünf. Falls es früher wird, rufe ich an.« Lou Dell schloß die Tür und ratterte dabei Anweisungen herunter.

Hermans Augen waren hinter einer dunklen Brille verborgen. Sein Haar war braun, dicht, gut frisiert und noch kaum ergraut.

»Da ist ein bißchen Papierkram zu erledigen«, sagte Nicholas, sobald sie allein waren. »Setzen Sie sich auf den Stuhl vor Ihnen, und dann gehen wir es durch.« Herman ertastete den Tisch, stellte seinen Kaffeebecher ab und tastete dann nach einem Stuhl. Er umriß ihn mit den Fingerspitzen, stellte fest, wo er sich befand, und setzte sich. Nicholas nahm das Blatt mit den Anweisungen und begann vorzulesen.

Nachdem für die Auswahl Vermögen ausgegeben worden waren, gab es jetzt die Ansichten als Dreingabe. Jeder hatte eine. Die Experten der Verteidigung beglückwünschten sich zu der prächtigen Jury, die sie zustande gebracht hatten, auch wenn der größte Teil des Angebens und Posierens nur dazu diente, die rund um die Uhr arbeitende Schar von Anwälten zu beeindrucken. Durr Cable hatte schon schlechtere Jurys gesehen, aber auch schon wesentlich freundlichere. Er hatte außerdem schon vor langer Zeit gelernt, daß es praktisch unmöglich war, vorherzusagen, was eine Jury tun würde. Fitch war glücklich, oder jedenfalls so glücklich, wie sein Naturell das erlaubte, doch das änderte nichts daran, daß er auch weiterhin alles und jedes knurrend beanstandete. Unter den Geschworenen waren vier Raucher. Fitch klammerte sich an die unausgesprochene Überzeugung, daß die Golfküste mit ihren Oben-Ohne-Bars, ihren Spielkasinos und ihrer Nähe zu New Orleans zur Zeit kein schlechter Ort war, weil sie Laster tolerierte.

Auf der anderen Straßenseite erklärten Wendall Rohr und seine Kollegen ihre Befriedigung über die Zusammensetzung der Jury. Besonders erfreut waren sie über die unerwartete Zugabe von Mr. Herman Grimes, dem ersten blinden Geschworenen, soweit sich irgend jemand erinnern konnte. Mr. Grimes hatte darauf bestanden, ebenso beurteilt zu werden wie ein sehender Mensch und juristische Schritte angedroht, falls das nicht geschehen sollte. Daß er so schnell mit Prozeßandrohungen bei der Hand war, hatte die Herzen von Rohr und Genossen erwärmt, und seine Behinderung war der Traum jedes Anklagevertreters. Die Verteidigung hatte aus allen nur erdenklichen Gründen Einspruch erhoben, darunter dem, daß er nicht imstande sein würde, die vorzulegenden Beweisstücke zu sehen. Richter Harkin hatte den Anwälten gestattet, Mr. Grimes in dieser Hinsicht zu befragen, und er hatte ihnen versichert, er könnte alle Beweisstücke sehen, sofern sie eingehend schriftlich beschrieben wurden. Daraufhin hatte Seine Ehren verfügt, daß Beschreibungen der Beweisstücke von einer Protokollantin getippt werden sollten. Danach sollte eine Diskette angefertigt werden, die Mr. Grimes in seinen Braille-Computer einlegen und abends lesen konnte. Das machte Mr. Grimes sehr glücklich, und er hörte auf, über Klagen wegen Diskriminierung zu reden. Die Verteidigung beruhigte sich ein wenig, zumal als sie erfuhr, daß Mr. Grimes viele Jahre lang geraucht hatte und es ihm nichts ausmachte, sich im Umkreis von Leuten aufzuhalten, die es auch weiterhin taten.

Also waren beide Seiten einigermaßen erfreut über die Jury. Sie enthielt keine Radikalen. Man hatte bei niemandem eine negative Voreingenommenheit entdecken können. Alle zwölf hatten Abgangszeugnisse von der High-School, zwei waren auf dem College gewesen und weitere drei hatten diverse Abschlüsse. Easters schriftliche Antworten gestanden den Abschluß der High-School ein, aber sein Studium war nach wie vor ein Geheimnis.

Und während beide Seiten sich auf den ersten vollen Tag des eigentlichen Prozesses vorbereiteten, ging ihnen ständig die große Frage durch den Kopf, die Frage, über die sie endlose Vermutungen anstellten. Sie studierten die Sitzordnung, musterten zum millionstenmal die Gesichter und fragten sich immer und immer wieder: »Wer wird der Anführer sein?«

Jede Jury hat einen Anführer, und von ihm hängt am Ende das Urteil ab. Wird er sich gleich zu erkennen geben? Oder läßt er sich Zeit und übernimmt erst während der Beratungen das Ruder? Das wußten zu diesem Zeitpunkt noch nicht einmal die Geschworenen selbst.

Um Punkt zehn Uhr ließ Richter Harkin den Blick über den vollbesetzten Gerichtssaal schweifen; jedermann befand sich an seinem Platz. Er klopfte leicht mit seinem Hammer, und das Geflüster brach ab. Alle waren bereit. Er nickte Pete, seinem alten Gerichtsdiener in seiner ausgeblichenen braunen Uniform, zu und sagte: »Holen Sie die Jury.« Aller Augen richteten sich auf die Tür neben der Geschworenenbank. Lou Dell erschien zuerst, wie eine Glucke, die ihre Küken anführt, dann kamen einer nach dem anderen die zwölf Auserwählten und nahmen ihre Plätze ein. Die drei Stellvertreter setzten sich auf die Klappstühle. Nach einer kurzen Zeit der Unruhe, in der sie Sitzkissen und Rocksäume zurechtrückten und Handtaschen und Taschenbücher auf dem Fußboden deponierten, kamen die Geschworenen zur Ruhe und registrierten natürlich, daß sie angestarrt wurden.

»Guten Morgen«, sagte Seine Ehren mit lauter Stimme und einem breiten Lächeln. Die meisten von ihnen reagierten mit einem Nicken.

»Ich nehme an, Sie haben das Geschworenenzimmer gefunden und sich miteinander bekannt gemacht.« Eine Pause, in der er aus irgendeinem Grund die fünfzehn abgezeichneten Formulare hochhob, die Lou Dell verteilt und dann wieder eingesammelt hatte. »Haben wir einen Obmann?« fragte er.

Alle zwölf nickten gleichzeitig.

»Gut. Wer ist es?«

»Ich, Euer Ehren«, sagte Herman Grimes von der ersten Reihe aus, und einen kurzen Moment lang litten die gesamte Verteidigung, ihre sämtlichen Anwälte, die Jury-Berater und die Vertreter des beklagten Konzerns unter einem kollektiven Herzkrampf. Dann atmeten sie wieder, langsam, gaben aber nicht einmal den geringsten Hinweis darauf, daß sie für den blinden Geschworenen, der jetzt der Obmann war, etwas anderes empfanden als nur die allergrößte Liebe und Zuneigung. Vielleicht hatte der alte Junge den anderen elf Geschworenen einfach nur leid getan.

»Sehr schön«, sagte Seine Ehren, erleichtert, daß seine Jury imstande gewesen war, diese Routinewahl ohne erkennbare Verbitterungen zu treffen. Er hatte schon viel Schlimmeres erlebt. Eine Jury, halb weiß, halb schwarz, war außerstande gewesen, einen Obmann zu wählen. Später hatte es auch noch eine Schlägerei wegen der Lunch-Speisekarte gegeben.

»Ich gehe davon aus, daß Sie meine schriftlichen Anweisungen gelesen haben«, fuhr er fort und stürzte sich dann in einen detaillierten Vortrag, bei dem er alles, was er bereits zu Papier gebracht hatte, noch zweimal wiederholte.

Nicholas Easter saß in der vorderen Reihe, als zweiter von links. Er ließ sein Gesicht zu einer nichtssagenden Maske erstarren, und während Harkin seinen Text herunterleierte, machte er sich daran, die restlichen Mitspieler zu mustern. Fast ohne den Kopf zu bewegen, ließ er seine Augen über den Gerichtssaal schweifen. Die Anwälte, um ihre Tische geschart wie Geier, die im Begriff sind, sich auf ein überfahrenes Tier zu stürzen, starrten ausnahmslos völlig unverfroren die Geschworenen an. Aber das würden sie bestimmt bald satt haben.

In der zweiten Reihe hinter der Verteidigung saß Rankin Fitch; das speckige Gesicht und der finstere Spitzbart waren direkt auf die Schultern des vor ihm sitzenden Mannes gerichtet. Er versuchte, Harkins Ermahnungen zu ignorieren und tat so, als wäre er an der Jury nicht im mindesten interessiert, aber Nicholas wußte es besser. Fitch entging nichts.

Vierzehn Monate zuvor hatte Nicholas ihn beim Cimmino-Prozeß im Gerichtssaal von Allentown, Pennsylvania, gesehen, wo er ziemlich genauso ausgesehen hatte wie jetzt – dick und nichtssagend. Und er hatte ihn während des Glavine-Prozesses auf dem Gehsteig vor dem Gerichtsgebäude von Broken Arrow, Oklahoma, gesehen. Das genügte. Nicholas wußte, daß Fitch inzwischen wußte, daß er nie an der North Texas State studiert hatte. Er wußte auch, daß Fitch sich über ihn mehr Gedanken machte als über jeden anderen Geschworenen, und das mit gutem Grund.

Hinter Fitch saßen zwei Reihen von Anzugträgern, elegant gekleidete Klone mit finsteren Gesichtern, und Nicholas wußte, daß das die geplagten Typen von der Wall Street waren. Der Morgenzeitung zufolge hatte der Markt nicht auf die Zusammensetzung der Jury reagiert. Pynex stand unverändert bei achtzig Dollar pro Aktie. Er konnte nicht anders, er mußte lächeln. Wenn er jetzt plötzlich aufspringen und rufen würde: »Ich finde, die Klägerin sollte Millionen bekommen!«, dann würden diese Anzugfritzen zur Tür stürzen, und bis Mittag wäre Pynex um zehn Dollar gefallen.

Auch die anderen drei – Trellco, Smith Greer und Con-Pack – wurden unverändert gehandelt.

In der vordersten Reihe gab es kleine Grüppchen von gequälten Seelen. Nicholas war sich ziemlich sicher, daß sie die Geschworenen-Experten waren. Jetzt, da die Auswahl abgeschlossen war, waren sie zur nächsten Phase übergegangen – dem Beobachten. Ihre wichtigste Aufgabe war es, sich jedes Wort jedes Zeugen anzuhören und zu prophezeien, wie die Geschworenen die Aussage aufnahmen. Die Strategie sah so aus, daß ein Zeuge, wenn er einen schwachen oder sogar nachteiligen Eindruck auf die Geschworenen machte, sofort aus dem Zeugenstand entfernt und nach Hause geschickt wurde. Dann konnte vielleicht ein anderer, überzeugenderer Zeuge dazu benutzt werden, den Schaden wieder zu reparieren. Aber das wußte Nicholas nicht so genau. Er hatte eine Menge über Jury-Berater gelesen und sogar ein Seminar in St. Louis besucht, wo Prozeßanwälte

Kriegsgeschichten über Urteile mit dicken Entschädigungssummen erzählt hatten, aber er war sich immer noch nicht sicher, ob diese angeblich so einflußreichen Experten im Grunde nicht doch kaum mehr waren als gerissene Schwindler.

Sie behaupteten, Geschworene allein anhand noch so winziger Körperreaktionen auf das, was gesagt worden war, beurteilen zu können. Nicholas lächelte wieder. Und wenn er nun einen Finger in die Nase steckte und ihn fünf Minuten lang nicht wieder rausnahm? Wie würde diese kleine körpersprachliche Äußerung wohl interpretiert werden?

Die restlichen Zuschauer konnte er nicht einordnen. Zweifellos war eine Reihe von Reportern anwesend und außerdem die übliche Kollektion von gelangweilten Anwälten aus dem Bezirk und anderen regelmäßigen Gerichtsbesuchern. Die Frau von Herman Grimes saß in einer der hinteren Reihen und strahlte vor Stolz über die Tatsache, daß ihr Mann in eine so wichtige Position gewählt worden war. Richter Harkin beendete seinen Monolog und gab Wendall Rohr ein Zeichen, der daraufhin langsam aufstand, sein kariertes Jackett zuknöpfte, die Geschworenen mit seinen falschen Zähnen anlächelte und selbstbewußt zum Rednerpult schritt. Dies war sein Eröffnungsplädoyer, erklärte er, und in ihm würde er den Fall für die Geschworenen umreißen. Im Saal war es sehr still.

Sie würden beweisen, daß Zigaretten Lungenkrebs verursachten und, präziser, daß der Verstorbene, Mr. Jacob Wood, ein prächtiger Mensch, an Lungenkrebs erkrankt war, nachdem er fast dreißig Jahre lang Bristols geraucht hatte. Die Zigaretten haben ihn umgebracht, verkündete Rohr ernst, wobei er an dem spitzen, grauen Bart unter seinem Kinn zupfte. Seine Stimme war rauh, aber präzise, und er konnte sie modulieren, wie immer es für den dramatischen Effekt erforderlich war. Rohr war ein erfahrener Schauspieler, dessen schiefsitzende Fliege, klickendes Gebiß und nicht zusammenpassende Kleidung den Zweck hatten, ihn dem Durchschnittsmenschen sympathisch zu machen. Er war nicht perfekt. Sollten die Anwälte der Verteidigung in ihren makellosen dunklen Anzügen und teuren Seidenkrawatten sich doch mit gerümpften Nasen an die Geschworenen wenden. Aber nicht Rohr. Das hier waren seine Leute.

Aber wie wollten sie beweisen, daß Zigaretten Lungenkrebs verursachen? Dafür gab es massenhaft Beweise. Zuerst würden sie einige der namhaftesten Krebsexperten und Forscher im Lande aussagen lassen. Jawohl, diese großen Männer waren unterwegs nach Biloxi, um hier zu sitzen, zu dieser Jury zu sprechen und unmißverständlich und mit Bergen von Statistiken zu beweisen, daß Zigaretten in der Tat Lungenkrebs verursachen.

Danach, und Rohr konnte ein boshaftes Lächeln nicht unterdrücken, als er diese Eröffnung vorbereitete, würde die Anklage den Geschworenen Leute präsentieren, die früher einmal für die Tabakindustrie gearbeitet hatten. Schmutzige Wäsche würde ans Licht kommen, und zwar hier in diesem Gerichtssaal. Sie konnten sich auf vernichtendes Beweismaterial gefaßt machen.

Kurzum, die Anklage würde beweisen, daß Zigarettenrauch, weil er natürliche Karzinogene und Pestizide und radioaktive Partikel und asbestähnliche Fasern enthält, Lungenkrebs verursacht.

Zu diesem Zeitpunkt zweifelte im Saal kaum jemand daran, daß Wendall Rohr das nicht nur beweisen konnte, sondern ihm der Beweis auch nicht sonderlich schwerfallen würde. Er hielt einen Moment inne, zupfte mit allen zehn gedrungenen Fingern an seiner Fliege, warf einen Blick auf seine Notizen und begann dann, sehr ernst, über Jacob Wood zu sprechen, den Verstorbenen. Geliebter Ehemann und Vater, unermüdlicher Arbeiter, frommer Katholik, Mitglied des Softballteams der Kirche, Kriegsveteran. Hatte als Junge angefangen zu rauchen und war sich, wie damals jedermann, der Gefahren nicht bewußt gewesen. Ein Großvater. Und so weiter.

Einen Moment lang übertrieb es Rohr ein bißchen mit der Dramatik, schien sich dessen aber durchaus bewußt zu sein.

Er kam kurz auf das Thema Entschädigung zu sprechen. Dies war ein großer Prozeß, verkündete er, ein Prozeß mit weitreichenden Konsequenzen. Die Anklage rechnete mit einer Menge Geld und würde sie auch fordern. Nicht nur einen Schadensersatz – für den ökonomischen Wert des Lebens von Jacob Wood und den Verlust seiner Liebe und Zuwendung, den die Angehörigen erlitten hatten – sondern auch ein hohes Strafgeld.

Rohr redete eine Weile über Strafgelder, wobei er ein paarmal den Faden zu verlieren schien, und den meisten Geschworenen war klar, daß er von der Vorstellung einer immensen Entschädigungssumme für seine Mandantin so hingerissen war, daß er ganz aus dem Tritt kam.

Richter Harkin hatte schriftlich jeder Seite für ihr Eröffnungsplädoyer eine Stunde zugestanden. Und er hatte, gleichfalls schriftlich, damit gedroht, jeden Anwalt auszuschließen, der diese Zeit überzog. Obwohl Rohr unter der weit verbreiteten Anwaltskrankheit litt, zuviel des Guten zu tun, vermied er es doch, mit der Uhr des Richters in Konflikt zu geraten. Er endete nach fünfzig Minuten mit einem eindringlichen Appell an die Gerechtigkeit, dankte den Geschworenen für ihre Aufmerksamkeit, lächelte, ließ sein Gebiß klicken und setzte sich.

Fünfzig Minuten auf einem Stuhl ohne Unterhaltung und nur sehr wenig Bewegung fühlen sich an wie Stunden, und Richter Harkin wußte das. Er ordnete eine Pause von fünfzehn Minuten an, nach der die Verteidigung ihr Eröffnungsplädoyer halten würde.

Durwood Cable war in weniger als einer halben Stunde mit seinen Ausführungen fertig. Er versicherte den Geschworenen kühl und selbstsicher, daß Pynex über seine eigenen Sachverständigen verfügte, Forscher und Wissenschaftler, die eindeutig beweisen würden, daß Zigaretten keineswegs Lungenkrebs verursachen. Die Skepsis der Geschworenen war einkalkuliert, und Cable bat sie nur um ihre Geduld und Unvoreingenommenheit. Sir Durr sprach, ohne Notizen zu Hilfe zu nehmen, und bohrte jedes seiner Worte in die Augen eines Geschworenen. Sein Blick bewegte sich die erste Reihe entlang, dann ein wenig höher zur zweiten, wobei er jedem dieser interessierten Blicke einzeln standhielt. Seine Stimme und seine Augen waren fast hypnotisch. Diesem Mann wollte man einfach glauben.

6. KAPITEL

Zur ersten Krise kam es beim Lunch. Richter Harkin unterbrach um zehn Minuten nach zwölf für die Mittagspause, und alle Anwesenden saßen still da, während die Geschworenen den Saal verließen. Lou Dell nahm sie auf dem engen Korridor in Empfang und konnte es kaum abwarten, sie ins Geschworenenzimmer zu scheuchen. »Setzen Sie sich«, sagte sie. »Der Lunch muß jeden Augenblick kommen. Frischer Kaffee ist auch da.« Sobald alle zwölf im Zimmer waren, ging sie hinaus, um nach den drei Stellvertretern zu sehen, die, von den anderen getrennt, in einem kleineren Zimmer am gleichen Korridor untergebracht waren. Nachdem alle fünfzehn an Ort und Stelle waren, kehrte sie an ihren Platz zurück und funkelte Willis an, den schwachsinnigen Deputy, der Befehl hatte, mit geladener Waffe am Gürtel neben ihr zu stehen und irgend jemanden zu beschützen.

Die Geschworenen verteilten sich langsam im Zimmer, einige streckten sich oder gähnten, andere machten sich noch miteinander bekannt, die meisten plauderten über das Wetter. Bei einigen waren die Bewegungen und das Geplauder recht steif: ein Verhalten, mit dem man rechnen mußte bei Leuten, die plötzlich mit ihnen bisher völlig Fremden in einen Raum gepfercht worden waren. Da sie ohnehin nichts anderes tun konnten als essen, wurde der bevorstehende Lunch zu einem wichtigen Ereignis. Was würden sie vorgesetzt bekommen? Das Essen würde doch bestimmt ganz annehmbar sein.

Herman Grimes setzte sich ans Kopfende des Tisches, den Platz, der, wie er fand, dem Obmann zustand, und unterhielt sich bald angeregt mit Millie Dupree, einer freundlichen Seele von fünfzig, die einen anderen Blinden kannte. Nicholas Easter machte sich mit Lonnie Shaver bekannt, dem einzigen Schwarzen in der Jury, der eindeutig nicht als

Geschworener fungieren wollte. Shaver war Geschäftsführer in einem zu einer großen Regionalkette gehörenden Lebensmittelgeschäft und der hochrangigste Schwarze in der ganzen Firma. Er war nervös und zappelig, und es fiel ihm schwer, sich zu entspannen. Der Gedanke, die nächsten vier Wochen fern von seinem Laden verbringen zu müssen, war beängstigend.

Zwanzig Minuten vergingen, und kein Lunch kam. Um genau halb eins sagte Nicholas quer durchs Zimmer: »Hey, Herman, wo bleibt unser Essen?«

»Ich bin nur der Obmann«, erwiderte Herman mit einem Lächeln, während im Zimmer plötzlich Stille herrschte.

Nicholas ging zur Tür, öffnete sie und rief Lou Dell. »Wir haben Hunger«, sagte er.

Sie senkte langsam ihr Taschenbuch, musterte die elf anderen Gesichter und sagte: »Das Essen ist unterwegs.«

»Wo kommt es her?« fragte er sie.

»Von O'Reilly's Deli. Gleich um die Ecke.« Lou Dell gefielen die Fragen nicht.

»Hören Sie, wir sind hier eingesperrt wie eine Herde Haustiere«, sagte Nicholas. »Wir können nicht wie normale Menschen losgehen und essen. Ich verstehe nicht, weshalb man uns nicht soweit vertraut, daß wir die Straße hinuntergehen und einen anständigen Lunch zu uns nehmen können, aber der Richter will es ja wohl so.« Nicholas trat einen Schritt näher und funkelte auf die grauen Ponyfransen über Lou Dells Augen hinunter. »Es wird nicht jeden Tag so einen Schlamassel mit dem Lunch geben, okay?«

»Okay.«

»Ich schlage vor, Sie hängen sich ans Telefon und fragen mal nach, wo unser Lunch bleibt, sonst werde ich wohl ein paar Worte mit Richter Harkin reden müssen.«

Die Tür wurde geschlossen, und Nicholas ging zur Kaffeekanne hinüber.

»Waren Sie nicht ein bißchen grob?« fragte Millie Dupree. Die anderen hörten zu.

»Vielleicht, und wenn es so war, werde ich mich entschuldigen. Aber wenn wir nicht von Anfang an dafür sorgen, daß alles richtig läuft, dann vergessen sie uns einfach.«

»Es ist nicht ihre Schuld«, sagte Herman.

»Es ist ihr Job, für uns zu sorgen.« Nicholas ging zum Tisch und ließ sich neben Herman nieder. »Wissen Sie eigentlich, daß sich die Geschworenen bei praktisch jedem anderen Prozeß wie normale Menschen bewegen und zum Essen rausgehen dürfen? Was meinen Sie, weshalb wir diese Geschworenen-Buttons tragen?« Die anderen bewegten sich näher an den Tisch heran.

»Woher wissen Sie das?« fragte Millie Dupree von der anderen Tischseite aus.

Nicholas zuckte die Achseln, als wüßte er eine Menge, dürfte aber vielleicht nicht darüber sprechen. »Ich weiß einiges über das System.«

»Und woher?« fragte Herman.

Nicholas machte eine effektvolle Pause, dann sagte er: »Ich habe zwei Jahre Jura studiert.« Er trank langsam einen Schluck Kaffee, während die anderen dieses interessante Hintergrunddetail überdachten.

Easters Status unter seinen Kollegen stieg sofort. Daß er freundlich und hilfsbereit war, höflich und intelligent, hatte er bereits bewiesen, aber jetzt wurde er wortlos anerkannt, weil er sich mit dem Gesetz auskannte.

Um Viertel vor eins war immer noch kein Essen gekommen. Nicholas brach eine Unterhaltung abrupt ab und öffnete die Tür. Auf dem Korridor schaute Lou Dell auf die Uhr. »Ich habe Willis losgeschickt«, sagte sie nervös. »Es sollte jetzt jeden Augenblick da sein. Tut mir wirklich leid.«

»Wo ist die Herrentoilette?« fragte Nicholas.

»Rechts, gleich um die Ecke«, sagte sie, erleichtert die Richtung weisend. Er ging gar nicht erst hinein, sondern ging statt dessen in aller Ruhe die Hintertreppe hinunter und verließ das Gerichtsgebäude. Dann folgte er zwei Blocks der Lamuese Street, bis er den Vieux Marché erreicht hatte, eine Fußgängerzone mit hübschen Läden, die einmal das Haupt-Geschäftszentrum von Biloxi gewesen war. Er kannte die Gegend gut, weil sie nur eine Viertelmeile von dem Haus entfernt war, in dem er wohnte. Er mochte die Cafés und Imbißstuben am Vieux Marché. Hier gab es auch eine gute Buchhandlung.

Er bog nach links ab und betrat kurz darauf ein großes, altes, weißes Gebäude, das Mary Mahoney's beherbergte, ein am Ort berühmtes Restaurant, in dem die meisten Juristen der Stadt aßen, wenn ein Prozeß im Gange war. Er hatte diesen Spaziergang eine Woche zuvor geprobt und sogar an einem Tisch in der Nähe von dem des ehrenwerten Frederick Harkin gegessen.

Nicholas betrat das Restaurant und fragte die erste Kellnerin, die er sah, ob Richter Harkin hier aß. Ja. Und wo war er zu finden? Sie sagte es ihm, und Nicholas durchquerte schnell die Bar und ein kleines Foyer und betrat dann einen großen Speisesaal mit Fenstern und Sonnenschein und massenhaft frischen Blumen. Er entdeckte Richter Harkin an einem Vierertisch. Harkin sah ihn kommen, und seine Gabel, auf der eine fleischige gegrillte Garnele steckte, erstarrte auf halbem Wege. Er erkannte das Gesicht als das von einem seiner Geschworenen, und er sah den auffälligen rot-weißen Jury-Button.

»Es tut mir leid, Sie stören zu müssen, Sir«, sagte Nicholas und blieb neben dem Tisch stehen, auf dem warmes Brot, Salatteller und große Gläser mit Eistee standen. Auch Gloria Lane, die Kanzleivorsteherin, war einen Moment lang sprachlos. Die zweite Frau war die Protokollantin und die dritte Harkins Sekretärin.

»Was tun Sie hier?« fragte Harkin. An seiner Unterlippe hing ein Bröckchen Ziegenkäse.

»Ich bin wegen Ihrer Jury hier.«

»Was ist passiert?«

Nicholas beugte sich vor, um kein Aufsehen zu erregen. »Wir haben Hunger«, sagte er und gab seinem Zorn durch zusammengebissene Zähne Ausdruck. Er wurde von den vier betroffenen Gesichtern deutlich registriert. »Während Sie hier gemütlich beim Lunch sitzen, warten wir da drüben in einem engen Zimmer auf unser Imbißessen, das aus irgendeinem Grund nicht seinen Weg zu uns findet. Wir haben Hunger, Sir, mit allem nötigen Respekt. Und wir sind ziemlich aufgebracht.«

Harkins Gabel knallte hart auf seinen Teller, die Garnele flog herunter und landete auf dem Fußboden. Er warf seine Serviette auf den Tisch und murmelte etwas völlig Unverständliches. Er sah die drei Frauen an, wölbte die Augenbrauen und sagte: »Los, sehen wir nach.« Er stand auf, die Frauen folgten ihm, und alle fünf stürmten aus dem Restaurant.

Lou Dell und Willis waren nirgendwo zu sehen, als Nicholas und Richter Harkin und die drei Frauen den Korridor betraten und die Tür zum Geschworenenzimmer öffneten. Der Tisch war leer – kein Essen. Es war fünf Minuten nach eins. Die Geschworenen verstummten und starrten Seine Ehren an.

»Wir warten seit fast einer Stunde«, sagte Nicholas und deutete auf den leeren Tisch. Wenn die anderen Geschworenen erstaunt waren, den Richter hier zu sehen, dann verwandelte ihre Verblüffung sich rasch in Zorn.

»Wir haben ein Recht auf anständige Behandlung«, fauchte Lonnie Shaver, und das gab Richter Harkin den Rest.

»Wo ist Lou Dell?« fragte er in Richtung der drei Frauen. Alle schauten zur Tür, und plötzlich kam Lou Dell angerannt. Sie blieb wie angewurzelt stehen, als sie Seine Ehren sah. Harkin musterte sie kalt.

»Was geht hier vor?« fragte er entschlossen, aber beherrscht.

»Ich habe gerade mit dem Imbiß gesprochen«, sagte sie, atemlos und verängstigt, mit Schweißperlen im Gesicht. »Da ist irgend etwas schiefgelaufen. Sie behaupten, jemand hätte angerufen und gesagt, der Lunch würde erst um halb zwei gebraucht.«

»Diese Leute sind am Verhungern«, sagte Harkin, als wäre das nicht auch Lou Dell inzwischen bekannt. »Halb zwei?«

»Es ist nur ein Mißverständnis. Da muß jemand etwas durcheinandergebracht haben.«

»Welcher Imbiß?«

»O'Reilly's.«

»Erinnern Sie mich daran, daß ich mit dem Besitzer spreche.«

»Ja, Sir.«

Der Richter wandte seine Aufmerksamkeit den Geschworenen zu. »Das tut mir alles sehr leid. Es wird nicht wieder vorkommen.« Er schwieg eine Sekunde, sah auf die Uhr, dann lächelte er sie freundlich an. »Ich lade Sie ein, mir zu Mary Mahoney's zu folgen und mir beim Essen Gesellschaft zu leisten.« Er wandte sich an seine Sekretärin und sagte: »Rufen Sie Bob Mahoney an und sagen Sie ihm, er soll im Hinterzimmer decken.«

Sie speisten Krabbencocktail und gegrillten Schnappbarsch, frische Austern und Mahoney's berühmten Gumbo. Nachdem sie ein paar Minuten nach halb drei mit dem Dessert fertig waren, folgten sie Richter Harkin in gemächlichem Tempo zurück ins Gerichtsgebäude. Als die Geschworenen für die Nachmittagssitzung auf ihre Plätze zurückgekehrt waren, hatten alle Anwesenden die Geschichte von ihrem vorzüglichen Lunch gehört.

Neal O'Reilly, der Besitzer des Imbisses, traf später mit Richter Harkin zusammen und schwor auf die Bibel, daß er mit jemandem gesprochen hatte, einer jungen Frau, die angeblich zum Büro der Kanzleivorsteherin gehörte, und daß sie ihn ausdrücklich angewiesen hatte, den Lunch um genau halb zwei zu liefern.

Der erste Zeuge des Prozesses war der verstorbene Jacob Wood. Er war ein paar Monate vor seinem Tod vernommen und die Vernehmung auf Video aufgezeichnet worden. Zwei Fünfzig-Zentimeter-Monitore wurden vor die Geschworenen gerollt und sechs weitere im Saal verteilt. Die Kabel waren verlegt worden, während die Geschworenen bei Mary Mahoney's schlemmten.

Jacob Wood lag, mit Kissen gestützt, in etwas, das aussah wie ein Krankenhausbett. Er trug ein schlichtes weißes T-Shirt; von der Taille abwärts war sein Körper mit einem Laken bedeckt. Er war dünn, abgezehrt und blaß und wurde durch einen dünnen Schlauch, der von hinten an seinem knochigen Hals entlang zu seiner Nase führte, mit Sauerstoff versorgt. Auf die Aufforderung hin, anzufangen, schaute er in die Kamera und nannte seinen Namen und seine Adresse. Seine Stimme war heiser und kraftlos. Er litt auch an einem Emphysem.

Obwohl er von Anwälten umringt war, war Jacobs Gesicht das einzige, das auf dem Bildschirm erschien. Gelegentlich kam es außerhalb des Aufnahmebereichs der Kamera zu einem kleinen Geplänkel zwischen den Anwälten, aber Jacob schien das nicht zu stören. Er war einundfünfzig, sah zwanzig Jahre älter aus und stand ganz offensichtlich an der Schwelle zum Tod.

Auf Aufforderung seines Anwalts, Wendall Rohr, lieferte er seine Biografie vom Tag seiner Geburt an, und das dauerte fast eine Stunde. Kindheit, Grundschule, Jugendfreunde, Wohnorte, Marine, Heirat, Jobs, Kinder, Hobbies, Freunde als Erwachsener, Reisen, Urlaub, Enkelkinder, Gedanken an den Ruhestand. Einem Toten beim Reden zuzusehen war anfangs recht faszinierend, aber den Geschworenen wurde bald klar, daß sein Leben ebenso eintönig verlaufen war wie das ihre. Der üppige Lunch machte sich bemerkbar, und sie begannen unruhig herumzurutschen. Hirne und Augenlider wurden träge. Sogar Herman, der nur die Stimme hören und sich das Gesicht vorstellen konnte, langweilte sich. Glücklicherweise begann auch Seine Ehren unter demselben Nachmittagstief zu leiden, und nach einer Stunde und zwanzig Minuten ordnete er eine kurze Unterbrechung an.

Die vier Raucher in der Jury brauchten eine Zigarettenpause, und Lou Dell geleitete sie zu einem Zimmer mit einem offenen Fenster neben der Herrentoilette. Es war die kleine Kammer, in der normalerweise kriminelle Jugendliche darauf warteten, dem Gericht vorgeführt zu werden. »Wenn Sie es nach diesem Prozeß nicht schaffen, mit dem Rauchen aufzuhören, dann stimmt aber etwas nicht«, sagte sie mit einem sehr schwachen Versuch, einen Scherz zu machen. Keiner der vier lächelte. »Tut mir leid«, sagte sie und machte die Tür hinter sich zu. Jerry Fernandez, achtunddreißig, ein Autoverkäufer mit hohen Kasinoschulden und einer kaputten Ehe, zündete seine Zigarette als erster an, dann schwenkte er sein Feuerzeug vor den Gesichtern der drei Frauen. Alle taten tiefe Züge und bliesen dicke Qualmwolken in Richtung Fenster. »Auf Jacob Wood«, sagte Jerry als Toast. Keine Reaktion von den drei Frauen. Sie waren zu sehr mit Rauchen beschäftigt.

Mr. Obmann Grimes hatte bereits einen kurzen Vortrag darüber gehalten, daß es ungesetzlich war, über den Fall zu sprechen; er würde es schon deshalb keinesfalls dulden, weil Richter Harkin es immer wieder so nachdrücklich betonte. Aber Herman war nicht im Zimmer, und Jerry war neugierig. »Ich frage mich, ob Jacob je ans Aufhören gedacht hat«, sagte er, niemanden direkt ansprechend.

Sylvia Taylor-Tatum, die heftig an einer schlanken, emanzipierten Zigarette sog, erwiderte: »Ich bin sicher, daß wir das noch erfahren werden«; dann stieß sie eine beeindruckende Menge von bläulichem Dunst aus ihrer langen, spitzen Nase aus. Jerry liebte Spitznamen, und für ihn war sie schon jetzt der Pudel – wegen ihres schmalen Gesichts, der auffallend vorstehenden Nase und des dichten und wirren, langsam ergrauenden Haars, das in der Mitte gescheitelt war und ihr in schweren Strähnen auf die Schultern fiel. Sie war mindestens einsachtzig groß, von sehr kantigem Körperbau, und trug eine beständig gerunzelte Stirn zur Schau, die die Leute auf Abstand hielt. Der Pudel wollte in Ruhe gelassen werden.

»Ich frage mich, wer als nächster drankommt«, sagte Jerry in dem Versuch, eine Unterhaltung in Gang zu bringen.

»Ich nehme an, diese ganzen Ärzte«, sagte der Pudel, zum Fenster hinausschauend.

Die anderen beiden Frauen rauchten einfach nur, und Jerry gab es auf.

Die Frau hieß Marlee, zumindest war das der Deckname, den sie sich für diesen Lebensabschnitt zugelegt hatte. Sie war dreißig, hatte kurzes, braunes Haar und braune Augen, war mittelgroß und schlank; sie trug schlichte Kleidung, sorgfältig so ausgewählt, daß sie keine Aufmerksamkeit erregte. Sie sah großartig aus in engen Jeans und kurzen Rökken, sie sah überhaupt in allem oder in gar nichts großartig aus, aber im Augenblick lag ihr daran, von niemandem bemerkt zu werden. Sie war schon bei zwei früheren Gelegenheiten im Gerichtssaal gewesen – einmal zwei Wochen zuvor bei einer anderen Verhandlung, und einmal während der Auswahl der Geschworenen in dem Tabakfall. Sie kannte sich aus. Sie wußte, wo sich das Amtszimmer des Richters befand und wo er seinen Lunch einnahm. Sie kannte die Namen der Anwälte der Klägerseite und der Verteidigung – keine leichte Aufgabe. Sie hatte die Gerichtsakte gelesen. Sie wußte, in welchem Hotel Rankin Fitch während des Prozesses Unterschlupf gefunden hatte.

Während der Pause passierte sie den Metalldetektor am Eingang und setzte sich in die hinterste Reihe. Zuschauer streckten sich und gähnten, die Anwälte scharten sich zur Beratung um ihre Tische. Sie sah Fitch in einer Ecke stehen; er unterhielt sich mit zwei Männern, von denen sie vermutete, daß es Jury-Berater waren. Er bemerkte sie nicht. Es waren an die hundert Leute im Saal.

Ein paar Minuten vergingen. Sie behielt die Tür hinter dem Richtertisch im Auge, und als die Protokollantin mit einem Becher Kaffee in den Saal trat, wußte Marlee, daß der Richter auch bald erscheinen würde. Sie holte einen Umschlag aus ihrer Handtasche, wartete eine Sekunde und ging dann ein paar Schritte zu einem der Deputies, die den Eingang bewachten. Sie bedachte ihn mit einem netten Lächeln und sagte: »Könnten Sie mir einen Gefallen tun?«

Er war nahe daran, das Lächeln zu erwidern, und bemerkte den Umschlag. »Ich will es versuchen.«

»Ich muß los. Könnten Sie das hier dem Herrn da drüben in der Ecke geben? Ich möchte ihn nicht stören.«

Der Deputy blinzelte in die Richtung, in die sie zeigte, quer durch den Saal. »Welchem?«

»Dem Dicken in der Mitte, mit dem Spitzbart, dunkler Anzug.«

In diesem Moment erschien der Gerichtsdiener durch die Tür hinter dem Richtertisch und rief: »Die Sitzung wird fortgesetzt!«

»Wie heißt er denn?« fragte der Deputy mit gedämpfter Stimme.

Sie händigte ihm den Umschlag aus und deutete auf den darauf stehenden Namen. »Rankin Fitch. Danke.« Sie gab ihm einen leichten Klaps auf den Arm und verschwand aus dem Gerichtssaal.

Fitch beugte sich vor und flüsterte einem der Anwälte etwas zu, und als die Geschworenen zurückkehrten, war er auf dem Weg nach draußen. Für einen Tag hatte er genug gesehen. Wenn die Geschworenen ausgewählt waren, verbrachte Fitch in der Regel nur noch wenig Zeit im Gerichtssaal. Er verfügte über andere Möglichkeiten, den Prozeß zu verfolgen.

Der Deputy hielt ihn an der Tür an und händigte ihm den Umschlag aus. Es war ein kleiner Schock für Fitch, seinen Namen geschrieben zu sehen. Er war ein Unbekannter, ein namenloser Schatten, der sich niemandem vorstellte und unter einem angenommenen Namen lebte. Seine Firma in Washington nannte sich Arlington West Associates, der nichtssagendste Name, den man sich vorstellen konnte. Niemand kannte seinen Namen – ausgenommen natürlich seine Mitarbeiter, seine Mandanten und einige der Anwälte, die er anheuerte. Er funkelte den Deputy an, ohne auch nur ein »Danke« zu murmeln, dann trat er in die Vorhalle hinaus, noch immer ungläubig den Umschlag anstarrend. Die Druckbuchstaben waren offensichtlich von einer weiblichen Hand geschrieben worden. Er öffnete langsam den Umschlag und entnahm ihm ein einzelnes Blatt weißes Papier. Genau in der Mitte stand, gleichfalls in Druckbuchstaben: »Lieber Mr. Fitch: Morgen wird Geschworener Nummer zwei, Easter, einen grauen, mit Rot abgesetzten Golfpullover tragen, eine khakifarbene Hose, weiße Socken und braune Schnürschuhe.«

Der Chauffeur José kam von einem Wasserspender herbeigeschlendert und stellte sich wie ein gehorsamer Wachhund neben seinen Boß. Fitch las die Nachricht noch einmal und starrte José an, ohne ihn wirklich zu sehen. Er ging zur Tür, öffnete sie einen Spaltbreit und bat den Deputy, einen Moment herauszukommen.

»Was ist los?« fragte der Deputy. Sein Platz war drinnen an der Tür, und er war ein Mann, der Befehle befolgte.

»Wer hat Ihnen das gegeben?« fragte Fitch so höflich, wie es ihm möglich war. Die beiden Deputies, die den Metalldetektor bedienten, beobachteten ihn neugierig.

»Eine Frau. Den Namen weiß ich nicht.«

»Wann hat sie es Ihnen gegeben?«

»Kurz bevor Sie gingen. Gerade mal eine Minute her.«

Daraufhin schaute Fitch sich schnell um. »Sehen Sie sie irgendwo?«

»Nein«, erwiderte er nach einem flüchtigen Blick.

»Können Sie sie beschreiben?«

Er war Polizist, und Polizisten sind darauf trainiert, Dinge zu registrieren. »Natürlich. Ende Zwanzig, einssiebzig, vielleicht einsfünfundsiebzig groß. Kurzes, braunes Haar. Braune Augen. Verdammt gutaussehend. Schlank.«

»Was hatte sie an?«

Es war ihm nicht aufgefallen, aber das konnte er nicht zugeben. »Ähem, ein helles Kleid, eine Art Beige, Baumwolle, vorn durchgeknöpft.«

Fitch nahm das auf, dachte einen Moment nach und fragte dann: »Was hat sie zu Ihnen gesagt?«

»Nicht viel. Hat mich nur gebeten, Ihnen diesen Umschlag zu geben. Dann war sie fort.«

»Irgend etwas Ungewöhnliches an der Art, wie sie redete?«

»Nein. Hören Sie, ich muß wieder nach drinnen.«

»Natürlich. Danke.«

Fitch und José stiegen die Treppe hinunter und durchstreiften das ganze Erdgeschoß. Dann gingen sie nach draußen und wanderten um das Gerichtsgebäude herum. Beide rauchten und taten so, als wären sie nur herausgekommen, um ein bißchen frische Luft zu schöpfen.

Es hatte damals zweieinhalb Tage gedauert, bis die Videovernehmung von Jacob Wood beendet war. Richter Harkin hatte die Streitereien zwischen den Anwälten, die Unterbrechungen durch die Krankenschwestern und die irrelevanten Teile der Aussage herausschneiden und das Ganze auf zwei Stunden und einunddreißig Minuten kürzen lassen.

Es kam ihnen vor wie Tage. Zuzuhören, wie der arme Mann seine Rauchergeschichte erzählte, war bis zu einem gewissen Grade interessant, aber die Geschworenen wünschten sich bald, Harkin hätte noch stärker gekürzt. Jacob hatte im Alter von sechzehn Jahren begonnen, Redtops zu rauchen, weil all seine Freunde Redtops rauchten. Bald war es ihm zur Gewohnheit geworden, und er rauchte zwei Schachteln pro Tag. Als er aus der Marine ausschied, gab er die Redtops auf; er hatte geheiratet, und seine Frau hatte ihn überredet, eine Marke mit Filter zu rauchen. Sie wollte, daß er ganz aufhörte. Er konnte es nicht, also ging er zu Bristols über, weil die Werbung behauptete, sie enthielten weniger Teer und Nikotin. Als er fünfundzwanzig war, rauchte er drei Schachteln am Tag. Er erinnerte sich gut daran, weil ihr erstes Kind geboren wurde, als Jacob fünfundzwanzig war, und Celeste Wood hatte ihn gewarnt, wenn er nicht mit dem Rauchen aufhörte, würde er nicht lange genug leben, um sein erstes Enkelkind zu sehen. Sie weigerte sich, Zigaretten mitzubringen, wenn sie einkaufen ging, also besorgte Jacob sie sich selbst. Er brauchte im Durchschnitt zwei Stangen pro Woche, zwanzig Schachteln, und gewöhnlich erstand er zwischendurch noch ein bis zwei Schachteln dazu, bis er sie wieder stangenweise kaufen konnte.

Er wollte unbedingt aufhören. Einmal hatte er es zwei Wochen lang geschafft, und dann hatte er sich in der Nacht aus dem Bett geschlichen und wieder angefangen. Ein paarmal hatte er seinen Konsum auf zwei Schachteln pro Tag reduziert und dann auf eine, aber bevor er recht wußte, wie ihm geschah, war er wieder bei drei angelangt. Er war bei Ärzten gewesen und bei Hypnotiseuren. Er hatte es mit Akupunktur und nikotinhaltigem Kaugummi versucht, aber er konnte einfach nicht aufhören. Er konnte es nicht, nachdem festgestellt worden war, daß er ein Emphysem hatte, und er konnte es auch nicht, als man ihm sagte, daß er Lungenkrebs hatte.

Es war das Blödeste, das er je getan hatte, und jetzt, im Alter von einundfünfzig Jahren, mußte er deshalb sterben. Bitte, flehte er zwischen Hustenanfällen, wenn Sie rauchen, dann hören Sie damit auf.

Jerry Fernandez und der Pudel sahen sich an.

Jacob wurde melancholisch, als er über die Dinge redete, die er vermissen würde. Frau, Kinder, Enkelkinder, Freunde, Angeln vor Ship Island und so weiter. Celeste begann neben Rohr leise zu weinen, und nur wenig später trocknete sich Millie Dupree, Nummer drei, neben Nicholas Easter, mit einem Papiertaschentuch die Tränen ab.

Endlich sprach der erste Zeuge seine letzten Worte, und die Bildschirme wurden leer. Seine Ehren dankte den Geschworenen für einen guten ersten Tag und versprach ihnen für morgen mehr dergleichen. Dann wurde er ernst und ermahnte sie eindringlich, mit niemandem über den Fall zu sprechen, nicht einmal mit ihren Ehegatten. Außerdem, was noch wichtiger war – falls jemand versuchen sollte, mit einem Geschworenen auf irgendeine Weise Kontakt aufzunehmen, sollte dieser ihn sofort informieren. Er ritt gute zehn Minuten auf diesem Thema herum, dann entließ er sie bis neun Uhr am folgenden Morgen.

Fitch hatte schon zuvor mit dem Gedanken gespielt, Easters Wohnung zu filzen, aber jetzt war es erforderlich. Und es war einfach. Er schickte José und einen Gehilfen namens Doyle zu dem Mietshaus, in dem Easter wohnte. Zu dieser Zeit saß Easter natürlich auf der Geschworenenbank und litt mit Jacob Wood. Zwei von Fitchs Leuten beobachteten ihn, nur für den Fall, daß die Sitzung plötzlich unterbrochen wurde.

José blieb im Wagen, in der Nähe des Telefons, und behielt die Haustür im Auge, während Doyle im Gebäude verschwand. Doyle stieg eine Treppe hinauf und fand Apartment 312 am Ende eines nur schwach beleuchteten Flurs.

Aus den Nachbarwohnungen war nichts zu hören. Alle waren bei der Arbeit.

Er rüttelte an dem locker sitzenden Türknauf, dann hielt er ihn fest und schob einen fünfzehn Zentimeter langen Plastikstreifen in den Spalt. Das Schloß klickte, der Knauf ließ sich drehen. Er stieß die Tür vorsichtig fünf Zentimeter weit auf und wartete darauf, daß eine Alarmanlage piepte oder schrillte. Nichts. Das Mietshaus war alt und die Wohnungen billig, und die Tatsache, daß Easter keine Alarmanlage hatte, überraschte Doyle nicht.

Er war in Sekundenschnelle drinnen. Mit Hilfe einer kleinen Kamera mit aufgesetztem Blitzlicht fotografierte er rasch Küche, Wohnzimmer, Bad und Schlafzimmer. Er machte Nahaufnahmen von den Zeitschriften auf dem billigen Tisch, von den auf dem Boden gestapelten Büchern, den CDs auf der Stereoanlage und der Software neben dem ziemlich teuren PC. Sorgfältig darauf achtend, was er berührte, fand er im Schrank einen grauen, mit Rot abgesetzten Golfpullover und machte ein Foto davon. Er öffnete den Kühlschrank und fotografierte seinen Inhalt, dann schaute er in die Küchenschränke und unter den Ausguß.

Die Wohnung war klein und billig möbliert, aber sie wurde offenbar saubergehalten. Die Klimaanlage war entweder abgestellt oder funktionierte nicht. Doyle fotografierte den Thermostaten. Er hielt sich keine zehn Minuten in der Wohnung auf, gerade lange genug, um zwei Filme zu verknipsen und sich zu überzeugen, daß Easter in der Tat allein hier wohnte. Es gab keinerlei Hinweise auf eine zweite Person, und schon gar nicht auf eine Frau.

Er schloß die Tür sorgfältig wieder ab und verließ lautlos das Haus. Zehn Minuten später war er in Fitchs Büro.

Nicholas verließ das Gerichtsgebäude zu Fuß und ging wie zufällig in O'Reilly's Imbiß auf dem Vieux Marché, wo er ein halbes Pfund geräucherten Truthahn und eine Portion Nudelsalat kaufte. Er ließ sich Zeit für den Heimweg; offenbar genoß er die Sonne nach einem Tag drinnen. In einem Eckladen kaufte er eine Flasche kaltes Mineralwasser und trank es beim Gehen. Er schaute ein paar schwarzen

Jungen zu, die auf einem Kirchparkplatz Basketball spielten. Er tauchte in einen kleinen Park ein und hätte beinahe seinen Beschatter verloren. Doch als er, immer noch sein Mineralwasser trinkend, an der anderen Seite wieder herauskam, war er sicher, daß ihm jemand folgte. Einer von Fitchs Gangstern, Pang, ein kleiner Asiate mit Baseballmütze, war in dem Park beinahe in Panik geraten. Nicholas hatte ihn durch eine Buchsbaumhecke hindurch gesehen.

An der Tür zu seiner Wohnung holte er eine kleine Tastatur hervor und gab den vierstelligen Zahlencode ein. Das winzige rote Licht schaltete auf grün, und er schloß die Tür auf.

Die Überwachungskamera war in einem Lüftungsschacht direkt über dem Kühlschrank versteckt und so postiert, daß sie Küche, Wohnzimmer und Schlafzimmertür im Blick hatte. Nicholas ging sofort zu seinem Computer und stellte erstens fest, daß niemand versucht hatte, ihn einzuschalten, und zweitens, daß genau um 16.52 Uhr ein REA – rechtswidriges Eindringen in sein Apartment – stattgefunden hatte.

Er holte tief Luft, schaute sich um und beschloß, die Wohnung zu durchsuchen. Er rechnete nicht damit, irgendwelche Beweise zu finden. An der Tür war nichts festzustellen, der Knauf war locker und das Öffnen einfach. Küche und Wohnzimmer waren genau so, wie er sie verlassen hatte. Seine einzigen Wertgegenstände – die Stereoanlage und die CDs, der Fernseher, der Computer – sahen unberührt aus. Auch im Schlafzimmer fand er keinerlei Hinweise auf einen Einbrecher oder ein Verbrechen. Zum Computer zurückgekehrt, hielt er den Atem an und wartete auf die Show. Er rief eine Reihe von Dokumenten auf, fand das richtige Programm und stoppte dann das Überwachungsvideo. Er drückte auf zwei Tasten, um es zurückzuspulen, dann stellte er es auf 16.52 Uhr. *Voilà!* In Schwarz-Weiß ging auf dem Vierzig-Zentimeter-Monitor die Wohnungstür auf, und die Kamera war genau darauf gerichtet. Ein schmaler Spalt, während sein Besucher auf das Schrillen des Alarms wartete. Kein Alarm, dann ging die Tür auf und ein Mann kam herein. Nicholas hielt das Video an und betrachtete das Gesicht auf seinem Monitor. Er hatte es noch nie zuvor gesehen.

Das Video lief weiter und zeigte, wie der Mann eine Kamera aus der Tasche zog und mit seinen Blitzlichtaufnahmen begann. Er schnüffelte in der Wohnung herum, verschwand für einen Moment im Schlafzimmer, wo er weitere Fotos machte. Er musterte kurz den Computer, rührte ihn aber nicht an. Nicholas lächelte. In seinen Computer einzudringen war unmöglich. Dieser Ganove hätte nicht einmal die Einschalttaste gefunden.

Er war neun Minuten und dreizehn Sekunden in der Wohnung gewesen, und Nicholas konnte nur Vermutungen darüber anstellen, weshalb er gerade heute gekommen war. Das Naheliegendste war, daß Fitch gewußt hatte, daß die Wohnung leer sein würde, bis das Gericht sich vertagte.

Der Besuch beängstigte ihn nicht – er hatte damit gerechnet. Nicholas schaute sich das Video noch einmal an, kicherte leise und bewahrte es dann für späteren Gebrauch auf.

7. KAPITEL

Fitch saß im hinteren Teil des Überwachungswagens, als Nicholas Easter am nächsten Morgen in den Sonnenschein hinaustrat und den Blick über den Parkplatz schweifen ließ. Auf der Tür des Wagens, eines Transporters, standen, mit einer Schablone in Grün aufgemalt, das Firmenzeichen einer Klempnerei und eine fiktive Telefonnummer. »Da ist er«, verkündete Doyle, und alle sprangen auf. Fitch griff nach dem Fernglas, richtete es schnell durch ein geschwärztes Bullauge und sagte: »Verdammt.«

»Was ist?« fragte Pang, der koreanische Techniker, der Nicholas am Vortag gefolgt war.

Fitch beugte sich näher an das runde Fenster heran, mit offenem Mund und hochgezogener Oberlippe. »Das ist doch nicht zu fassen! Grauer Pullover, khakifarbene Hose, weiße Socken, braune Schnürschuhe.«

»Der gleiche Pullover wie auf dem Foto?« fragte Doyle.

»Ja.«

Pang drückte auf den Knopf eines tragbaren Funkgeräts und alarmierte damit einen zweiten, zwei Blocks entfernten Beschatter. Easter ging zu Fuß, wahrscheinlich Richtung Gerichtsgebäude.

In demselben Eckladen kaufte er einen großen Becher schwarzen Kaffee und eine Zeitung und saß dann zwanzig Minuten in demselben Park und überflog die Nachrichten. Er trug eine dunkle Sonnenbrille und registrierte alle Leute, die in der Nähe vorübergingen.

Fitch kehrte geradewegs in sein Büro in der Nähe des Gerichtsgebäudes zurück und konferierte mit Doyle, Pang und einem ehemaligen FBI-Agenten namens Swanson. »Wir müssen die Frau finden«, sagte Fitch immer und immer wieder. Ein Plan wurde aufgestellt, demzufolge ein Mann sich ständig in der hintersten Reihe des Gerichtssaals aufhalten sollte, einer draußen am oberen Ende der Treppe, einer in der Nähe der Getränkeautomaten im Erdgeschoß und einer draußen mit einem Funkgerät. Bei jeder Unterbrechung der Sitzung würden sie ihre Posten wechseln. Die unzulängliche Beschreibung, die sie von ihr hatten, wurde weitergegeben. Fitch beschloß, sich auf denselben Platz zu setzen, auf dem er gestern gesessen hatte, und sich auch ebenso zu verhalten.

Swanson, ein Überwachungsexperte, hielt nichts von diesem Aufwand. »Es wird nicht funktionieren«, sagte er.

»Weshalb nicht?« fragte Fitch.

»Weil sie sich mit Ihnen in Verbindung setzen wird. Sie hat etwas, worüber sie reden möchte, also wird sie den nächsten Schritt tun.«

»Vielleicht. Aber ich will wissen, wer sie ist.«

»Immer mit der Ruhe. Sie wird sich melden.«

Fitch stritt bis fast neun Uhr mit ihm herum, dann ging er forschen Schrittes zum Gericht. Doyle unterhielt sich mit dem Deputy und überredete ihn, ihn auf die Frau aufmerksam zu machen, falls sie noch einmal auftauchen sollte.

Am Freitag morgen hatte Nicholas Gelegenheit, bei Kaffee und Croissants mit Rikki Coleman zu plaudern. Sie war dreißig und hübsch, verheiratet, mit zwei kleinen Kindern, und arbeitete in einer Privatklinik in Gulfport, wo sie für die Akten und Krankenblätter zuständig war. Sie war eine Gesundheitsfanatikerin, die Koffein, Alkohol und natürlich Nikotin mied. Ihr hellblondes Haar war kurz, jungenhaft geschnitten, und ihre hübschen blauen Augen wirkten hinter einer Designerbrille noch reizvoller. Sie saß in einer Ecke, trank Orangensaft und las *USA Today,* als Nicholas auf sie zusteuerte und sagte: »Guten Morgen. Ich glaube, wir haben uns gestern noch nicht richtig miteinander bekannt gemacht.«

Sie lächelte, bei ihr nichts Ungewöhnliches, und streckte ihm die Hand entgegen. »Rikki Coleman.«

»Nicholas Easter. Nett, Sie kennenzulernen.«

»Danke für den Lunch gestern«, sagte sie mit einem kurzen Auflachen.

»Keine Ursache. Darf ich mich setzen?« fragte er, mit einem Nicken auf einen Klappstuhl neben ihr deutend.

»Natürlich.« Sie ließ die Zeitung in den Schoß sinken.

Alle zwölf Geschworenen waren anwesend, und die meisten bildeten kleine Grüppchen und unterhielten sich. Herman Grimes saß allein am Tisch, auf seinem geliebten Stuhl am Kopfende, hielt seinen Kaffeebecher in beiden Händen und lauschte zweifellos auf unerlaubte Bemerkungen über den Prozeß. Auch Lonnie Shaver saß für sich allein am Tisch, in Computer-Ausdrucke von seinem Supermarkt vertieft. Jerry Fernandez war mit dem Pudel auf eine schnelle Zigarette hinausgegangen.

»Und wie finden Sie das Geschworenendasein?« fragte Nicholas.

»Ziemlich öde.«

»Hat gestern abend jemand versucht, Sie zu bestechen?«

»Nein. Sie?«

»Nein. Wirklich ein Jammer. Richter Harkin wird fürchterlich enttäuscht sein, wenn niemand versucht, uns zu bestechen.«

»Weshalb reitet er ständig auf diesen rechtswidrigen Kontaktaufnahmen herum?«

Nicholas beugte sich ein wenig vor, aber nicht zu nahe heran. Auch sie lehnte sich vor und warf einen argwöhnischen Blick auf den Obmann, als könnte er sie sehen. Sie genossen die Nähe und Intimität ihrer kleinen Unterhaltung; wie das bei körperlich attraktiven Menschen gelegentlich geschieht, fühlten sie sich zueinander hingezogen. Nur ein harmloser kleiner Flirt. »Ist schon mal vorgekommen. Mehrfach«, sagte er fast flüsternd. In der Nähe der Kaffeekannen brach Gelächter aus – Mrs. Gladys Card und Mrs. Stella Hulic waren in der Lokalzeitung auf etwas Lustiges gestoßen.

»Was ist schon mal vorgekommen?« fragte Rikki.

»Bestechung von Geschworenen in Tabakfällen. Tatsächlich wurden fast jedesmal solche Versuche unternommen, gewöhnlich von seiten der Verteidigung.«

»Das verstehe ich nicht«, sagte sie. Sie glaubte jedes Wort

und wünschte sich wesentlich mehr Informationen von dem Mann mit zwei Jahren Jurastudium.

»Es hat bereits mehrere derartige Prozesse in verschiedenen Staaten gegeben, und bisher ist die Tabakindustrie noch nie verurteilt worden. Sie geben Millionen für die Verteidigung aus, weil sie es sich nicht leisten können, einen Prozeß zu verlieren. Ein großer Sieg der Anklage, und alle Schleusen brechen.« Er verstummte, schaute sich um und trank einen Schluck Kaffee. »Also greifen sie zu allen möglichen schmutzigen Tricks.«

»Zum Beispiel?«

»Zum Beispiel, indem sie Familienangehörigen von Geschworenen Geld anbieten. Zum Beispiel, indem sie am Ort Gerüchte verbreiten, der Verstorbene, wer immer er gewesen sein mag, hätte vier Freundinnen gehabt, seine Frau geschlagen, seine Freunde bestohlen, wäre nur zu Beerdigungen in die Kirche gegangen und hätte einen homosexuellen Sohn.«

Sie runzelte ungläubig die Stirn, also fuhr er fort. »Das ist wahr und in Juristenkreisen allgemein bekannt. Richter Harkin weiß es bestimmt auch, deshalb diese ständigen Warnungen.«

»Kann man ihnen nicht das Handwerk legen?«

»Noch nicht. Sie sind sehr schlau und gerissen und hinterlassen keine Spuren. Außerdem verfügen sie über Millionen.« Er machte eine Pause, während sie ihn musterte. »Sie haben Sie vor der Auswahl der Geschworenen beobachtet.«

»Nein!«

»Natürlich haben sie das getan. Das ist Standardverfahren bei großen Prozessen. Das Gesetz verbietet ihnen, vor der Auswahl mit einem potentiellen Geschworenen Kontakt aufzunehmen, also gehen sie anders vor. Sie haben wahrscheinlich Ihr Haus fotografiert, Ihren Wagen, Ihre Kinder, Ihren Mann, Ihren Arbeitsplatz. Möglicherweise haben sie mit Kolleginnen von Ihnen gesprochen oder Unterhaltungen im Büro oder beim Lunch belauscht. Man kann nie wissen.«

Sie stellte ihren Orangensaft auf die Fensterbank. »Das hört sich illegal oder unethisch oder so was an.«

»Oder so was. Aber sie kommen damit durch, weil Sie keine Ahnung hatten, daß sie es taten.«

»Aber Sie haben es gewußt?«

»Ja. Ich habe einen Fotografen in einem Wagen vor meiner Wohnung gesehen. Und sie haben eine Frau in den Laden geschickt, in dem ich arbeite, um mich in eine Diskussion über das dort herrschende Rauchverbot zu verwickeln. Ich habe genau gewußt, was sie taten.«

»Aber Sie haben doch gesagt, direkte Kontaktaufnahme wäre verboten?«

»Ja, aber ich habe nicht gesagt, daß sie fair spielen. Ganz im Gegenteil. Sie verstoßen gegen jede Regel, um zu gewinnen.«

»Und weshalb haben Sie es dem Richter nicht gesagt?«

»Weil es harmlos war, und weil ich wußte, was sie taten. Jetzt, wo ich zur Jury gehöre, passe ich besonders genau auf.«

Nachdem er sie neugierig gemacht hatte, hielt Nicholas es für angebracht, weiteren Schmutz für später aufzusparen. Er schaute auf die Uhr und stand unvermittelt auf. »Ich glaube, ich gehe schnell noch mal für kleine Jungs, bevor wir in den Saal müssen.«

Lou Dell platzte ins Zimmer und ließ die Tür in den Angeln rattern. »Zeit zu gehen«, sagte sie, einer Betreuerin in einem Jugendlager mit viel weniger Autorität, als sie gern gehabt hätte, nicht unähnlich.

Die Zuschauermenge war auf ungefähr die Hälfte der gestrigen Zahl geschrumpft. Nicholas musterte sie rasch, während die Geschworenen sich setzten und es sich auf den abgeschabten Polstern halbwegs bequem machten. Fitch saß, wie zu erwarten gewesen war, auf demselben Platz, jetzt mit teilweise von einer Zeitung verdecktem Kopf, als wäre ihm die Jury völlig gleichgültig, und als interessierte es ihn nicht im geringsten, was Easter anhatte. Anstarren würde er ihn später. Die Reporter waren fast alle verschwunden, würden aber im Laufe des Tages eintreffen. Die Typen von der Wall Street machten schon jetzt einen gründlich gelangweilten Eindruck; alle waren jung, hatten gerade das College hinter sich und waren in den Süden geschickt worden, weil sie Anfänger waren und ihre Bosse Besseres zu tun hatten. Mrs. Herman Grimes saß auf ihrem üblichen Platz, und Nicholas fragte sich, ob sie jeden Tag da sein, sich alles anhören und ständig bereit sein würde, ihrem Mann beizustehen.

Nicholas rechnete fest damit, daß er den Mann sehen würde, der in seine Wohnung eingedrungen war, vielleicht nicht heute, aber doch irgendwann im Laufe des Prozesses. Im Augenblick befand er sich nicht im Saal.

»Guten Morgen«, sagte Richter Harkin freundlich zu den Geschworenen, als alle stillsaßen. Lächeln allerseits: beim Richter, dem Gerichtspersonal, sogar den Anwälten, die ihr Flüstern und Tuscheln unterbrochen hatten, um die Jury mit falscher Herzlichkeit zu mustern. »Ich hoffe, es geht Ihnen allen gut.« Er hielt inne und wartete darauf, daß fünfzehn Köpfe verlegen nickten. »Gut. Mrs. Dell hat mich informiert, daß alle auf einen vollen Tag vorbereitet sind.«

Seine Ehren griff nach einem Blatt Papier mit einer Liste von Fragen, die die Geschworenen bald hassen sollten. Er räusperte sich und hörte auf zu lächeln. »Also, meine Damen und Herren Geschworenen, ich werde Ihnen jetzt eine Reihe von Fragen stellen, überaus wichtigen Fragen, und ich möchte, daß Sie darauf antworten, wenn Sie auch nur die geringste Veranlassung dazu sehen. Außerdem möchte ich Sie darauf hinweisen, daß die Nichtbeantwortung, sofern eine Antwort angebracht ist, von mir als Mißachtung des Gerichts angesehen und mit einer Gefängnisstrafe belegt werden kann.«

Er ließ diese ernste Warnung im Saal verhallen, die Geschworenen fühlten sich schon schuldig, nur weil sie ihnen zuteil geworden war. Im Bewußtsein, sein Ziel erreicht zu haben, verlas er dann die Fragen: Hat jemand versucht, mit Ihnen über diesen Prozeß zu sprechen? Haben Sie irgendwelche ungewöhnlichen Anrufe erhalten, seit die Sitzung gestern vertagt wurde? Haben Sie irgendwelche Fremden gesehen, die Sie oder Ihre Familienangehörigen beobachtet haben? Haben Sie irgendwelche Gerüchte oder Bemerkungen über eine der beiden Parteien dieses Verfahrens gehört? Über einen der Anwälte? Einen der Zeugen? Hat irgend jemand mit Ihren Freunden oder Familienangehörigen Kontakt aufgenommen und versucht, über diesen Prozeß zu reden? Hat ein Freund oder ein Familienangehöriger versucht, seit der gestrigen Vertagung mit Ihnen über diesen Prozeß zu sprechen? Haben Sie irgendwelche Schriftstücke gesehen oder erhalten, in denen etwas diesen Prozeß Betreffendes auf irgendeine Weise erwähnt wurde?

Nach jeder Frage auf seiner Liste machte der Richter eine Pause, musterte hoffnungsvoll jeden einzelnen Geschworenen und kehrte dann, offensichtlich enttäuscht, zu seiner Liste zurück.

Was den Geschworenen merkwürdig vorkam, war die Aura der Erwartung, die diese Fragen umgab. Die Anwälte ließen sich kein Wort entgehen; sie schienen sicher zu sein, daß verdammende Antworten von den Geschworenen kommen würden. Die Justizbeamten, normalerweise vollauf damit beschäftigt, mit Papieren oder Beweisstücken zu hantieren oder ein Dutzend Dinge zu tun, die nichts mit dem Prozeß zu tun hatten, saßen völlig still da und warteten darauf, welcher Geschworene gestehen würde. Die finstere Miene und die hochgezogenen Brauen des Richters nach jeder Frage bezweifelten die Integrität jedes einzelnen Geschworenen, und ihr Schweigen grenzte für ihn an bewußte Täuschung.

Als er fertig war, sagte er ruhig: »Ich danke Ihnen«, und der Gerichtssaal schien wieder zu atmen. Die Geschworenen hatten das Gefühl, mißhandelt worden zu sein. Seine Ehren trank einen Schluck Kaffee aus seinem großen Becher und lächelte Wendall Rohr an. »Rufen Sie Ihren nächsten Zeugen auf. Herr Anwalt.«

Rohr erhob sich, mit einem großen braunen Fleck auf seinem zerknitterten weißen Hemd, wie gewöhnlich schiefsitzender Fliege und abgeschabten, von Tag zu Tag schmutziger werdenden Schuhen. Er nickte und lächelte den Geschworenen so freundlich zu, daß ihnen nichts anderes übrigblieb, als das Lächeln zu erwidern.

Rohr hatte einen Jury-Berater beauftragt, alles zu notieren, was die Geschworenen trugen. Wenn einer der fünf Männer an einem Tag zufällig Cowboystiefel trug, dann hatte Rohr ein altes Paar zur Hand. Zwei Paar sogar – mit stumpfer und mit spitzer Kappe. Er war auch bereit, Turnschuhe zu tragen, wenn die Zeit dazu gekommen war. Er hatte es schon einmal getan, als auf der Geschworenenbank Turnschuhe aufgetaucht waren. Der Richter, nicht Harkin, hatte das in seinem Amtszimmer moniert. Er litte an einer Fußkrankheit, hatte Rohr erklärt, und einen Brief von einem Facharzt vorgelegt. Er konnte eine gestärkte khakifarbene Hose tragen, Strickkrawatten, Sportjacketts aus Polyester, Cowboygürtel, weiße Socken, billige Mokassins (entweder blankgeputzt oder abgetragen). Immer wählte er seine Kleidung so aus, daß sie derjenigen der Leute entsprach, die jetzt gezwungen waren, in seiner Nähe zu sitzen und ihm täglich sechs Stunden zuzuhören.

»Wir möchten Dr. Milton Fricke aufrufen«, verkündete er.

Dr. Fricke wurde vereidigt, und der Gerichtsdiener rückte sein Mikrofon zurecht. Es stellte sich rasch heraus, daß seine Qualifikation nach Pfunden gemessen werden konnte – massenhaft Diplome von zahlreichen Universitäten, Hunderte von publizierten Aufsätzen, siebzehn Bücher, Jahre akademischer Lehrtätigkeit, Jahrzehnte der Forschung über die Auswirkungen von Tabakrauch. Er war ein kleiner Mann mit rundem Gesicht und einer schwarzen Hornbrille; er sah aus wie ein Genie. Rohr brauchte fast eine Stunde, um seine verblüffende Sammlung von Qualifikationen zu präsentieren. Als Fricke endlich als Experte ausgewiesen war, wollte Durr Cable sich nicht mit ihm anlegen. »Wir sind ebenfalls der Auffassung, daß Dr. Fricke als Sachverständiger qualifiziert ist«, sagte Cable. Es hörte sich eher wie eine haltlose Untertreibung an.

Im Laufe der Jahre hatte Dr. Fricke sein Arbeitsfeld eingeengt, und jetzt verbrachte er täglich zehn Stunden damit, die Auswirkungen von Tabakrauch auf den menschlichen Körper zu untersuchen. Er war Direktor des Smoke Free Research Institute in Rochester, New York. Die Geschworenen erfuhren bald, daß er schon vor dem Tod von Jacob Wood von Rohr angeheuert worden und bei der Autopsie zugegen gewesen war, die vier Stunden nach seinem Tod an Wood vorgenommen wurde. Und er hatte bei der Autopsie ein paar Fotos gemacht.

Rohr betonte das Vorhandensein der Fotos und ließ keinen Zweifel daran, daß die Geschworenen sie später zu sehen bekommen würden. Aber Rohr war noch nicht soweit. Vorher mußte er sich mit diesem außerordentlichen Sachverständigen noch eine ganze Weile über die Chemie und Pharmakologie des Rauchens unterhalten. Fricke war ganz der Professor. Er bewegte sich behutsam durch gewichtige medizinische und naturwissenschaftliche Studien, jätete die großen Worte aus und präsentierte den Geschworenen, was sie auch verstehen konnten. Er war entspannt und seiner selbst absolut sicher.

Als Seine Ehren die Mittagspause verkündete, teilte Rohr dem Gericht mit, daß Dr. Fricke auch den Rest des Tages im Zeugenstand verbringen würde.

Der Lunch wartete im Geschworenenzimmer. Mr. O'Reilly war selbst erschienen und entschuldigte sich für das, was am Vortag passiert war.

»Das sind Pappteller und Plastikgabeln«, sagte Nicholas, als sie ihre Plätze um den Tisch herum einnahmen. Er selbst setzte sich nicht. Mr. O'Reilly sah Lou Dell an, die sagte: »Na und?«

»Wir haben ausdrücklich gesagt, wir wollten Porzellanteller und richtige Gabeln. Haben wir das nicht gesagt?« Seine Stimme hob sich, und ein paar der Geschworenen wendeten den Blick ab. Sie wollten nur essen.

»Was ist gegen Pappteller einzuwenden?« fragte Lou Dell nervös mit zitternden Ponyfransen.

»Sie saugen das Fett auf. Sie werden schwammig und hinterlassen Flecken auf dem Tisch, klar? Deshalb hatte ich ausdrücklich um richtige Teller gebeten. Und richtige Gabeln.« Er nahm eine weiße Plastikgabel, brach sie durch und warf sie in einen Mülleimer. »Und was mich wirklich sauer macht, Lou Dell, ist, daß der Richter, sämtliche Anwälte und ihre Mandanten, die Zeugen, die Gerichtsdiener, die Zuschauer und alle anderen an diesem Prozeß beteiligten Leute sich jetzt zu einem anständigen Lunch in einem anständigen Lokal niederlassen, mit echten Tellern und echten Gläsern und Gabeln, die nicht zerbrechen. Und sie bestellen gutes Essen von einer reichhaltigen Speisekarte. Das ist es, was mich sauer macht. Und wir, die Geschworenen, die wichtigsten Leute in diesem ganzen verdammten Prozeß, wir sind hier eingesperrt wie Erstkläßler, die darauf warten, ihre Kekse und ihre Limonade serviert zu bekommen.«

»Das Essen ist recht gut«, sagte Mr. O'Reilly in Selbstverteidigung.

»Ich finde, Sie übertreiben ein bißchen«, sagte Mrs. Gladys Card, eine steife kleine Dame mit weißem Haar und einer sanften Stimme.

»Dann essen Sie Ihr matschiges Sandwich und halten Sie sich da raus«, fuhr Nicholas sie an, viel zu grob.

»Haben Sie vor, jeden Tag beim Lunch einen Aufstand zu machen?« fragte Frank Herrera, ein Colonel im Ruhestand, der von irgendwo aus dem Norden stammte. Herrera war klein und dicklich, mit winzigen Händen, und hatte bisher seine eigene Meinung über so ziemlich alles. Er war der einzige, der echt enttäuscht gewesen war, daß man nicht ihn zum Obmann gewählt hatte.

Jerry Fernandez hatte ihm bereits den Spitznamen Napoleon gegeben. Abgekürzt Nap.

»Gestern hat sich niemand beklagt«, schoß Nicholas zurück.

»Laßt uns essen. Ich bin am Verhungern«, sagte Herrera und wickelte ein Sandwich aus. Ein paar der anderen folgten seinem Beispiel.

Der Duft von gebratenem Hähnchen und Pommes frites stieg vom Tisch auf. Als Mr. O'Reilly damit fertig war, einen Karton mit Nudelsalat auszupacken, sagte er: »Ich bringe am Montag gern ein paar Teller und Gabeln mit. Kein Problem.«

Nicholas sagte gelassen »Danke« und setzte sich.

Der Handel war leicht abzuschließen. Die Details wurden im Verlauf eines drei Stunden dauernden Lunchs im Club »21« an der Fifty-second Street zwischen zwei alten Freunden vereinbart. Luther Vandemeer, Generaldirektor von Trellco, und sein früherer Protegé Larry Zell, jetzt Generaldirektor von Listing Foods, hatten sich bereits am Telefon über das Grundsätzliche verständigt, mußten sich jetzt aber bei Essen und Wein von Angesicht zu Angesicht treffen, damit niemand mithören konnte. Vandemeer informierte Zell über den Hintergrund der neuesten ernsthaften Bedrohung unten in Biloxi und verschwieg ihm auch nicht, daß er sich Sorgen machte. Sicher, Trellco selbst war nicht angeklagt, aber die ganze Industrie stand unter Beschuß, und die Großen Vier hielten zusammen. Zell wußte das. Er hatte siebzehn Jahre für Trellco gearbeitet und schon vor langer Zeit gelernt, Prozeßanwälte zu hassen.

In Pensacola gab es eine kleine, regionale Supermarktkette, Hadley Brothers, der auch ein paar Läden an der Küste von Mississippi gehörten. Einer dieser Läden befand sich in Biloxi, und ihr Geschäftsführer war ein intelligenter junger Schwarzer namens Lonnie Shaver. Und Lonnie Shaver war einer der Geschworenen in dem Prozeß dort unten. Vandemeer wollte, daß SuperHouse, eine wesentlich größere Kette in Georgia und den Carolinas, Hadley Brothers aufkaufte, zu jedem geforderten Preis. SuperHouse war eines von an die zwanzig Unternehmen von Listing Foods. Es würde eine kleine Transaktion sein – Vandemeers Leute hatten bereits ihre Rechenaufgaben gemacht – und Listing nicht mehr als sechs Millionen kosten. Hadley Brothers gehörte Privatleuten, deshalb würde das Geschäft kaum irgendwelches Aufsehen erregen. Listing Foods hatte im Vorjahr zwei Milliarden Umsatz gemacht, also waren sechs Millionen ein Pappenstiel. Der Konzern hatte achtzig Millionen in bar und kaum Schulden. Und um den Handel zu versüßen, hatte Vandemeer versprochen, daß Trellco in zwei Jahren Hadley Brothers unauffällig kaufen würde, falls Zell sie dann loswerden wollte.

Es konnte nichts schiefgehen. Listing und Trellco waren

gänzlich unabhängig voneinander. Listing besaß bereits eine Reihe von Supermarktketten. Trellco war nicht direkt in den Prozeß dort unten involviert. Es war ein simples Geschäft per Handschlag zwischen zwei alten Freunden.

Später würde es natürlich Personalveränderungen bei Hadley Brothers geben müssen, eine der üblichen Umstrukturierungen, wie sie mit jedem Aufkauf oder jeder Fusion oder wie immer man es nennen wollte, verbunden sind. Vandemeer würde Zell einige Instruktionen erteilen müssen, die dieser dann nach unten weiterreichen sollte, bis Lonnie Shaver gebührend unter Druck gesetzt werden konnte.

Und es mußte schnell geschehen. Der Prozeß sollte noch weitere vier Wochen andauern. Die erste Woche würde in wenigen Stunden vorbei sein.

Nach einem kurzen Nickerchen in seinem Büro in Manhattan rief Vandemeer die Nummer in Biloxi an und hinterließ eine Nachricht für Rankin Fitch, er möchte ihn im Laufe des Wochenendes in den Hamptons anrufen.

Fitchs Büro befand sich im hinteren Teil eines leerstehenden Billigladens, der schon Jahre zuvor aufgegeben worden war. Die Miete war niedrig und Parkplätze reichlich vorhanden, und außerdem war es nur ein kurzer Weg bis zum Gerichtsgebäude. Es gab fünf große Räume, eilig mit Wänden aus ungestrichenem Sperrholz unterteilt; das Sägemehl lag noch auf dem Fußboden. Die Möblierung war billig, gemietet und bestand überwiegend aus Klapptischen und Plastikstühlen. Das Licht kam von zahlreichen Leuchtstoffröhren. Die Türen nach draußen waren gründlich gesichert und wurden ständig von zwei bewaffneten Männern bewacht.

Wenn beim Einrichten des Büros mit den Pfennigen geknausert worden war, so hatte man bei seiner übrigen Ausstattung jedenfalls keine Kosten gescheut. Überall standen Computer und Monitore. Zu Faxgeräten, Kopierern und Telefonen führende Kabel schlängelten sich in keinem erkennbaren Muster über den Boden. Fitch verfügte über die neueste Technologie und über Leute, die mit ihr umgehen konnten.

Die Wände eines Zimmers waren mit großen Fotos aller fünfzehn Geschworenen bedeckt. An einer weiteren Wand hingen Computerausdrucke, an einer anderen ein riesiger Sitzplan, und ein Angestellter fügte dem Block unter dem Namen von Gladys Card neue Daten hinzu.

Der Raum im Hintergrund war der kleinste. Den normalen Mitarbeitern war der Zutritt strengstens verboten, aber alle wußten natürlich, was dort ablief. Die Tür verriegelte sich automatisch von der Innenseite aus, und Fitch hatte den einzigen Schlüssel. Es war ein fensterloser Vorführraum mit einer großen Leinwand und einem halben Dutzend bequemer Sessel. Am Freitag nachmittag saßen Fitch und zwei Jury-Berater im Dunkeln und starrten auf die Leinwand. Die Experten vermieden es, sich mit Fitch auf eine belanglose Unterhaltung einzulassen, und Fitch hatte auch nicht die Absicht, sie dazu zu ermutigen. Schweigen.

Die Kamera war eine Yumara XLT-2, ein winziger Apparat, der fast überall hineinpaßte. Die Linse hatte einen Durchmesser von zwölf Millimetern, und die Kamera wog weniger als fünfhundert Gramm. Sie war von einem von Fitchs Leuten sorgfältig eingestellt worden und befand sich jetzt in einem abgeschabten braunen Aktenkoffer im Gerichtssaal unter dem Tisch der Verteidigung und wurde heimlich von Oliver McAdoo bewacht, einem Anwalt aus Washington und dem einzigen Ortsfremden, den Fitch dazu auserwählt hatte, neben Durr und den übrigen zu sitzen. McAdoos Job war es, sich Strategien auszudenken, die Geschworenen anzulächeln und Durr und die anderen mit Dokumenten zu füttern. Sein wahrer Job, von dem nur Fitch und ein paar wenige andere wußten, bestand darin, jeden Tag mit den Werkzeugen der Kriegführung im Gerichtssaal zu erscheinen, darunter zwei identischen, großen braunen Aktenkoffern, von denen einer die Kamera enthielt, und sich am Tisch der Verteidigung immer so ziemlich am selben Ort niederzulassen. Jeden Morgen war er der erste Anwalt der Verteidigung im Saal. Er stellte den Aktenkoffer aufrecht hin und richtete ihn auf die Geschworenenbank, dann rief er schnell Fitch über ein Handy an und erkundigte sich, ob die Einstellung stimmte.

Während des Prozesses standen ständig zwanzig oder mehr Aktenkoffer im Gerichtssaal herum, die meisten davon auf oder unter den Tischen der Anwälte; einige waren auch neben dem Tisch der Kanzleivorsteherin aufgestapelt, andere standen unter den Stühlen, auf denen die geringer bezahlten Anwälte saßen, und einige lehnten sogar, scheinbar herrenlos, an der Schranke. Sie unterschieden sich zwar in Größe und Farbe voneinander, sahen einander aber trotzdem ziemlich ähnlich, die von McAdoo eingeschlossen. Den einen davon öffnete er gelegentlich, um ihm irgendwelche Papiere zu entnehmen, aber der andere, der die Kamera enthielt, war so fest verschlossen, daß man ihn nur mit Sprengstoff hätte öffnen können. Fitchs Strategie war simpel – falls die Kamera aus irgendeinem unvorstellbaren Grund Aufsehen erregen sollte, würde McAdoo in dem darauffolgenden Aufruhr einfach die Aktenkoffer vertauschen und das Beste hoffen.

Aber eine Entdeckung war äußerst unwahrscheinlich. Die Kamera machte keinerlei Geräusche und sendete Signale aus, die kein menschliches Ohr hören konnte. Der Aktenkoffer stand neben mehreren anderen; gelegentlich wurde er umgestoßen oder sogar umgetreten, aber die Neueinstellung war leicht. McAdoo suchte sich dann einfach einen ruhigen Ort und rief Fitch an. Sie hatten das System im vorigen Jahr während des Cimmino-Prozesses in Allentown perfektioniert.

Die Technologie war erstaunlich. Die winzige Linse fing die gesamte Breite und Tiefe der Geschworenenbank ein und schickte fünfzehn Gesichter in Farbe die Straße hinunter in Fitchs kleinen Vorführraum, in dem den ganzen Tag über zwei Jury-Berater saßen und selbst das kleinste Zukken und Gähnen registrierten.

Je nachdem, was auf der Geschworenenbank passierte, redete Fitch dann mit Durr Cable und teilte ihm mit, seine Leute im Gerichtssaal hätten dieses oder jenes aufgeschnappt. Weder Cable noch ein anderer der ortsansässigen Verteidiger würden je etwas von dem Ganzen erfahren.

Am Freitag nachmittag registrierte die Kamera dramatische Reaktionen. Leider hatten die Japaner bisher noch keine Kamera erfunden, die innerhalb eines verschlossenen Aktenkoffers herumschwenken und sich auf andere interessante Punkte richten konnte. Deshalb erfaßte die Kamera nur die Geschworenenbank und konnte die vergrößerten Fotos der geschrumpften, geschwärzten Lungen von Jacob Wood nicht sehen: aber die Geschworenen sahen sie. Während sich Rohr und Dr. Fricke durch ihr Skript hindurcharbeiteten, betrachteten die Geschworenen mit unverhohlenem Grauen die fürchterlichen, im Laufe von fünfunddreißig Jahren langsam geschlagenen Wunden.

Rohrs Timing war perfekt. Die beiden Fotos waren auf ein großes Stativ vor dem Zeugenstand montiert worden, und als Dr. Fricke um Viertel nach fünf seine Aussage beendete, war es Zeit für die Vertagung übers Wochenende. Das letzte Bild, das die Geschworenen vor sich sahen, dasjenige, über das sie die nächsten beiden Tage nachdenken würden, und zugleich dasjenige, das sich als unerschütterbar erweisen würde, war das der geschwärzten Lungen, dem Toten entnommen und auf ein weißes Laken gelegt.

8. KAPITEL

Easter legte übers Wochenende eine leicht zu verfolgende Spur. Er verließ am Freitag den Gerichtssaal und ging zu O'Reillys Imbiß, wo er sich leise mit Mr. O'Reilly unterhielt. Man konnte beide lächeln sehen. Easter kaufte eine Tüte voller Lebensmittel und Getränke. Dann ging er direkt zu seiner Wohnung und blieb dort. Um acht am Samstagmorgen fuhr er ins Einkaufszentrum, wo er eine Zwölf-Stunden-Schicht arbeitete und Computer und Zubehör verkaufte. Er aß Tacos und gebackene Bohnen im Food Garden, zusammen mit einem Teenager namens Kevin, einem Arbeitskollegen. Es gab keinen sichtbaren Kontakt mit einer Frau, die auch nur entfernt derjenigen ähnelte, nach der sie Ausschau hielten. Nach der Arbeit kehrte er in seine Wohnung zurück und blieb dort.

Der Sonntag brachte eine erfreuliche Überraschung. Um acht Uhr verließ er seine Wohnung und fuhr zum Jachthafen von Biloxi, wo er sich mit keinem anderen als Jerry Fernandez traf. Sie wurden zuletzt gesehen, als sie die Pier in einem zehn Meter langen Fischerboot verließen, zusammen mit zwei anderen Männern, vermutlich Freunden von Jerry. Sie kehrten achteinhalb Stunden später zurück – mit roten Gesichtern, einer großen Kühlbox mit einer unbestimmbaren Menge von Seefischen und dem ganzen Boot voller leerer Bierdosen.

Das Angeln war das erste feststellbare Hobby von Nicholas Easter. Und Jerry war der erste Freund, den sie hatten entdecken können.

Nirgendwo eine Spur von der Frau, aber Fitch rechnete auch nicht damit, daß er sie finden würde. Sie erwies sich als überaus geduldig, und schon das war aufreibend. Ihr erster kleiner Hinweis war höchstwahrscheinlich nur der Auftakt für den zweiten und den dritten. Das Warten war eine Qual.

Swanson, der Ex-FBI-Agent, war allerdings überzeugt, daß sie sich im Laufe der Woche melden würde. Ihr Plan, wie immer er aussehen mochte, hing von weiteren Kontakten ab.

Sie wartete nur bis Montag morgen, eine halbe Stunde, bevor die Verhandlung fortgesetzt wurde. Die Anwälte waren bereits erschienen und bildeten überall im Saal kleine konspirative Gruppen. Richter Harkin war in seinem Amtszimmer mit einer dringenden Angelegenheit in einem Kriminalfall beschäftigt. Fitch saß in seinem Büro ein Stück die Straße hinunter, in seinem Kommandobunker. Ein Mitarbeiter, ein junger Mann namens Konrad und ein Genie im Umgang mit Telefonen, Kabeln, Tonbändern und High-Tech-Überwachungsinstrumenten, trat durch die offene Tür und sagte: »Da ist ein Anruf, den Sie wahrscheinlich selbst entgegennehmen möchten.«

Wie immer musterte Fitch Konrad und analysierte sofort die Situation. Sämtliche Anrufe, sogar die von seiner Sekretärin in Washington, der er vollauf vertraute, wurden im Vorzimmer entgegengenommen und über eine in die Telefone eingebaute Gegensprechanlage an ihn übermittelt. So wurde es bei jedem Anruf gehandhabt.

»Weshalb?« fragte er überaus argwöhnisch.

»Sie sagt, sie hätte eine weitere Botschaft für Sie.«

»Wie heißt sie?«

»Das wollte sie nicht sagen. Sie ist sehr zurückhaltend, behauptet aber, es wäre wichtig.«

Eine weitere lange Pause, während der Fitch das blinkende Licht an einem der Telefone betrachtete. »Haben Sie eine Ahnung, wo sie meine Nummer herhat?«

»Nein.«

»Spüren Sie dem Anruf nach?«

»Ja. Geben Sie uns eine Minute. Ziehen Sie das Gespräch hin.«

Fitch drückte auf den Knopf und hob den Hörer ab. Ja?« sagte er so freundlich wie möglich.

»Spreche ich mit Mr. Fitch?« fragte sie liebenswürdig.

»Ja. Und wer sind Sie?«

»Marlee.«

Ein Name! Er schwieg eine Sekunde. Jeder Anruf wurde automatisch aufgezeichnet, er konnte ihn also später analysieren. »Guten Morgen, Marlee. Haben Sie auch einen Nachnamen?«

»Ja. – Geschworener Nummer zwölf, Fernandez, wird in ungefähr zwanzig Minuten mit einem Exemplar von *Sports Illustrated* in den Gerichtssaal kommen. Es ist die Ausgabe vom 12. Oktober mit Dan Marino auf der Titelseite.«

»Verstanden«, sagte er, als machte er sich Notizen. »Sonst noch etwas?«

»Nein. Im Augenblick nicht.«

»Und wann rufen Sie wieder an?«

»Das weiß ich noch nicht.«

»Wie sind Sie an meine Telefonnummer gekommen?«

»Das war einfach. Nicht vergessen, Nummer zwölf, Fernandez.« Es gab ein Klicken, und sie war fort. Fitch drückte auf einen anderen Knopf, darin gab er einen zweistelligen Code ein. Das gesamte Gespräch wurde über einen Lautsprecher oberhalb der Telefone wiedergegeben.

Konrad kam mit einem Ausdruck angerannt. »Der Anruf kam von einem Münzfernsprecher in einem Supermarkt in Gulfport.«

»Was für eine Überraschung«, sagte Fitch, griff nach seinem Jackett und rückte seine Krawatte zurecht. »Ich muß zusehen, daß ich ins Gericht komme.«

Nicholas wartete, bis die meisten seiner Kollegen entweder am Tisch saßen oder in seiner Nähe standen, und er wartete, bis eine Art Gesprächspause eingetreten war. Dann sagte er laut: »Na, ist einer von euch übers Wochenende bestochen oder belauert worden?« Es gab einiges Grinsen und leichtes Lachen, aber keine Geständnisse.

»Meine Stimme kann man nicht kaufen, aber mieten kann man sie«, sagte Jerry Fernandez und wiederholte damit einen Spruch, den er am Vortag von Nicholas auf dem Fischerboot gehört hatte. Alle amüsierten sich darüber außer Herman Grimes.

»Weshalb hält er uns immer wieder diesen Vortrag?« fragte Millie Dupree, offensichtlich froh, daß jemand das Eis gebrochen hatte, und begierig auf ein bißchen Geklatsche. Andere rückten näher heran oder beugten sich vor, um zu hören, was der ehemalige Jurastudent davon hielt. Rikki Coleman blieb mit einer Zeitung in der Ecke. Sie hatte es bereits gehört.

»Es haben schon verschiedene andere Prozesse dieser Art stattgefunden«, erklärte Nicholas widerstrebend. »Und dabei hat es einigen faulen Zauber mit den Jurys gegeben.«

»Ich meine, darüber sollten wir nicht reden«, sagte Herman.

»Warum nicht? Es ist harmlos. Schließlich reden wir nicht über Beweise oder Zeugenaussagen.« Nicholas war selbstsicher, Herman entschieden weniger.

»Der Richter hat gesagt, wir sollten nicht über den Prozeß reden«, protestierte er und wartete darauf, daß jemand ihm beipflichtete. Aber niemand tat es. Nicholas hatte das Wort, und er sagte: »Regen Sie sich nicht auf, Herman. Hier geht es nicht um Beweise oder die Dinge, über die wir irgendwann beraten müssen. Hier geht es um ...« Er machte eine kurze, effektvolle Pause, dann fuhr er fort: »Hier geht es um Geschworenen-Beeinflussung.«

Lonnie Shaver ließ seinen Computerausdruck einer Inventurliste sinken und rückte näher an den Tisch heran. Auch Rikki hörte jetzt zu. Jerry Fernandez hatte das alles schon am Vortag auf dem Boot gehört, aber es war unwiderstehlich.

»Vor ungefähr sieben Jahren hat es in Quitman County, Mississippi, einen sehr ähnlichen Prozeß gegeben. Einige von euch werden sich vielleicht daran erinnern. Es war ein anderer Tabakkonzern, aber einige der Akteure waren dieselben, auf beiden Seiten. Und es hat einige ziemlich kriminelle Aktionen gegeben, sowohl vor der Auswahl der Geschworenen als auch nach Prozeßbeginn. Richter Harkin hat natürlich all diese Geschichten gehört, und deshalb paßt er bei uns genau auf. Eine Menge Leute beobachten uns.«

Millie ließ den Blick kurz um den Tisch herumwandern. »Wer?« fragte sie.

»Beide Seiten.« Nicholas hatte sich für Fairplay entschieden, weil in dem anderen Prozeß beide Seiten schwere Verstöße begangen hatten. »Beide Seiten heuern diese Burschen an, die sich Jury-Berater nennen, und sie kommen aus dem ganzen Land, um bei der Auswahl der perfekten Jury zu helfen. Die perfekte Jury ist natürlich nicht eine, die fair entscheidet, sondern die, die das Urteil fällt, das sie haben möchten. Sie forschen uns aus, bevor wir gewählt werden. Sie ...«

»Wie machen sie das?« unterbrach ihn Mrs. Gladys Card.

»Nun, sie fotografieren unsere Häuser und Wohnungen, unsere Wagen, unsere Nachbarschaft, unsere Büros, unsere Kinder und ihre Fahrräder, sogar uns selbst. Das ist alles legal und ethisch vertretbar, aber sie gehen bis ganz hart an die Grenze. Sie überprüfen öffentliche Unterlagen wie zum Beispiel Gerichtsakten und Steuerlisten, um mehr über uns zu erfahren. Manchmal reden sie sogar mit unseren Freunden, Arbeitskollegen und Nachbarn. Das ist bei großen Prozessen heutzutage fast die Regel.«

Alle elf hörten zu, rückten näher heran und versuchten sich zu erinnern, ob sie irgendwelche Fremden gesehen hatten, die mit Kameras um die Ecken peilten. Nicholas trank einen Schluck Kaffee, dann fuhr er fort: »Nachdem die Geschworenen ausgewählt worden sind, verändern sie ihre Taktik ein wenig. Unsere Zahl ist von zweihundert auf fünfzehn geschrumpft, deshalb sind wir wesentlich leichter zu beobachten. Während des ganzen Verfahrens hat jede Seite eine Gruppe von Jury-Beratern im Gerichtssaal, die uns ständig beobachten und versuchen, unsere Reaktionen zu deuten. Sie sitzen gewöhnlich in den ersten beiden Reihen, wechseln aber häufig die Plätze.«

»Sie wissen, wer sie sind?« fragte Millie ungläubig.

»Ich kenne ihre Namen nicht, aber sie sind ziemlich leicht zu entdecken. Sie sind gut gekleidet, und sie starren uns ununterbrochen an.«

»Ich dachte, diese Leute wären Reporter«, sagte Colonel

im Ruhestand Frank Herrera, außerstande, die Unterhaltung zu ignorieren.

»Mir sind sie nicht aufgefallen«, sagte Herman Grimes, und alle lächelten, sogar der Pudel.

»Beobachtet sie heute«, sagte Nicholas. »Zu Anfang sitzen sie gewöhnlich hinter ihrem jeweiligen Anwaltstisch. Und ich habe überhaupt eine großartige Idee. Da ist diese eine Frau, von der ich ziemlich sicher bin, daß sie eine Jury-Beraterin der Verteidigung ist. Sie ist ungefähr vierzig, untersetzt mit dichtem, kurzem Haar. Bisher hat sie jeden Morgen in der ersten Reihe hinter Durwood Cable gesessen. Wenn wir nachher hinausgehen, starren wir sie an. Und zwar alle zwölf, starren sie unverwandt an und sehen zu, wie sie immer nervöser wird.«

»Sogar ich?« fragte Herman.

»Ja, Herm, sogar Sie. Drehen Sie einfach den Kopf auf zehn Uhr und starren Sie wie wir alle.«

»Warum sollten wir Spielchen spielen?« fragte Sylvia »Pudel« Taylor-Tatum.

»Warum nicht? Was haben wir sonst die nächsten acht Stunden zu tun?«

»Mir gefällt das«, sagte Jerry Fernandez. »Vielleicht hören sie dann auf, uns anzuglotzen.«

»Und wie lange sollen wir sie anstarren?« fragte Millie.

»Während Richter Harkin uns heute morgen seine Standpauke hält. Dazu braucht er ungefähr zehn Minuten.« Sie stimmten Nicholas mehr oder weniger zu.

Um Punkt neun Uhr erschien Lou Dell, und sie verließen das Geschworenenzimmer. Nicholas hatte zwei Zeitschriften in der Hand, von denen eine die Ausgabe vom 12. Oktober von *Sports Illustrated* war. Er ging neben Jerry Fernandez her, bis sie die in den Gerichtssaal führende Tür erreicht hatten, und beim Hineingehen wendete er sich beiläufig zu seinem neuen Freund um und fragte: »Möchten Sie etwas zu lesen?«

Die Zeitschrift wurde leicht gegen seinen Bauch gedrückt, also ergriff Jerry sie ebenso beiläufig und sagte: »Gern, danke.« Sie betraten den Saal.

Fitch wußte, daß Fernandez, Nummer zwölf, die Zeitschrift haben würde, aber der Anblick versetzte ihm trotzdem einen Schlag. Er beobachtete, wie er sich an der hinteren Reihe entlangschob und auf seinem Platz niederließ. Fitch hatte die Zeitschrift an einem vier Blocks vom Gerichtsgebäude entfernten Zeitungsstand gesehen und wußte, daß Marino auf dem Titel abgebildet war, in dem marineblauen Trikot mit der Nummer dreizehn, mit schlagbereit erhobenem Arm.

Seine Verblüffung verwandelte sich rasch in Erregung. Die Frau Marlee besorgte den Außendienst, während irgend jemand in der Jury für den Innendienst zuständig war. Vielleicht waren es zwei oder drei oder vier Geschworene, die mit ihr zusammenarbeiteten. Das spielte für Fitch keine Rolle mehr, desto besser. Diese Leute verteilten die Karten, und Fitch war bereit, mitzuspielen.

Die Jury-Beraterin hieß Ginger, und sie arbeitete für Carl Nussmans Kanzlei in Chicago. Sie hatte schon Dutzende von Prozessen durchgesessen. In der Regel verbrachte sie ungefähr die Hälfte jedes Tages im Gerichtssaal, wechselte während der Unterbrechungen den Platz, zog ihre Jacke aus, nahm ihre Brille ab. Im Beobachten von Geschworenen war sie ein alter Profi, und sie hatte schon alles gesehen. Sie saß in der ersten Reihe hinter den Anwälten der Verteidigung; ein Kollege von ihr saß ein paar Meter entfernt und las Zeitung, als die Geschworenen hereinkamen.

Ginger musterte die Geschworenen und wartete darauf, daß Seine Ehren sie begrüßte, was er tat. Die meisten Geschworenen nickten und lächelten den Richter an, und dann drehten alle, sogar der Blinde, die Köpfe und schauten genau in ihre Richtung. Ein oder zwei lächelten, aber die meisten schienen über irgend etwas beunruhigt zu sein.

Sie wendete den Blick ab.

Richter Harkin quälte sich durch seine Liste – eine bedrohliche Frage nach der anderen –, und auch er bemerkte rasch, daß das Interesse seiner Geschworenen einem der Zuschauer galt.

Sie starrten weiter, alle miteinander.

Nicholas hatte Mühe, ein Triumphgeheul zu unterdrükken. Sein Glück war unglaublich. Auf der linken Seite des Gerichtssaals, hinter den Anwälten der Verteidigung, saßen ungefähr zwanzig Leute, und zwei Reihen hinter Ginger saß die massige Gestalt von Rankin Fitch. Von der Geschworenenbank aus befand sich Fitch in derselben Blickrichtung wie Ginger, und aus fünfzehn Meter Entfernung ließ sich unmöglich genau sagen, wen die Geschworenen anstarrten – Ginger oder Fitch.

Ginger dachte offensichtlich, daß sie es war. Sie fand ein paar Notizen, mit denen sie sich beschäftigen konnte, während ihr Kollege ein Stück von ihr abrückte.

Fitch kam sich nackt vor, als die zwölf Gesichter ihn von der Geschworenenbank aus musterten. Über seinen Augenbrauen brachen kleine Schweißperlen aus. Der Richter stellte weitere Fragen. Ein paar Anwälte drehten die Köpfe, um hinter sich zu schauen.

»Weiterstarren«, sagte Nicholas leise, ohne die Lippen zu bewegen.

Wendall Rohr warf einen Blick über die Schulter, um zu sehen, wer da hinten saß. Ginger interessierte sich plötzlich für ihre Schnürsenkel. Sie starrten weiter.

Es war noch nie vorgekommen, daß ein Richter die Jury zu mehr Aufmerksamkeit ermahnte. Richter Harkin war ein paarmal dazu versucht gewesen, aber da war es gewöhnlich ein Geschworener gewesen, den eine Zeugenaussage so langweilte, daß er eingeschlafen war und schnarchte. Und so hetzte er durch den Rest seiner Beeinflussungsfragen und sagte dann laut: »Ich danke Ihnen, meine Damen und Herren. Und jetzt fahren wir mit Dr. Milton Fricke fort.«

Ginger mußte plötzlich auf die Toilette, und sie eilte aus dem Saal, während Dr. Fricke durch eine Seitentür kam und seinen Platz im Zeugenstand einnahm.

Cable hatte im Kreuzverhör nur einige wenige Fragen, erklärte er höflich und mit großer Ehrerbietung gegenüber Dr. Fricke. Er hatte nicht vor, mit einem Wissenschaftler über Wissenschaft zu diskutieren, hoffte aber, bei den Geschworenen ein paar kleine Pluspunkte zu erzielen. Fricke gab zu, daß nicht alle Schäden an Mr. Woods Lungen auf das Rauchen von Bristols im Verlauf von mehr als dreißig Jahren zurückgeführt werden konnten. Jacob Wood hatte viele Jahre lang in einem Büro mit anderen Rauchern zusammengearbeitet, und ja, es stimmte, daß ein Teil der Verheerungen in seinen Lungen auf das Passivrauchen zurückzuführen war. »Aber es war dennoch Zigarettenrauch«, erinnerte Dr. Fricke Cable, der ihm bereitwillig beipflichtete.

Und was ist mit der Luftverschmutzung? Ist es möglich, daß das Einatmen von verschmutzter Luft zum Zustand der Lungen beigetragen hat? Dr. Fricke gab zu, daß das durchaus im Bereich des Möglichen lag.

Cable stellte eine gefährliche Frage, und er kam damit durch. »Dr. Fricke, wenn Sie all die möglichen Ursachen in Betracht ziehen – aktives Rauchen, passives Rauchen, Luftverschmutzung und eventuelle andere, die wir nicht erwähnt haben – sind Sie dann imstande, uns zu sagen, ein wie großer Teil der Lungenschädigung auf das Rauchen von Bristols zurückzuführen ist?«

Dr. Fricke dachte einen Moment konzentriert nach, dann sagte er: »Der größte Teil der Schädigung.«

»Wieviel – sechzig Prozent, achtzig Prozent? Ist es einem Mediziner wie Ihnen möglich, eine halbwegs genaue Prozentzahl zu nennen?«

Es war nicht möglich, und Cable wußte das. Er hatte zwei Sachverständige, die den Gegenbeweis liefern würden, falls Dr. Fricke seine Grenzen überschritt und zuviel spekulierte.

»Tut mir leid, aber das kann ich nicht«, sagte Fricke.

»Danke. Eine letzte Frage, Doktor. Wieviel Prozent der Raucher leiden unter Lungenkrebs?«

»Das hängt davon ab, welcher Untersuchung man glaubt.«

»Sie wissen es nicht?«

»Ich habe eine ziemlich genaue Vorstellung.«

»Dann beantworten Sie die Frage.«

»Ungefähr zehn Prozent.«

»Keine weiteren Fragen.«

»Dr. Fricke, Sie sind entlassen«, sagte Seine Ehren. »Mr. Rohr, rufen Sie Ihren nächsten Zeugen auf.«

»Dr. Robert Bronsky.«

Als die Zeugen vor der Geschworenenbank aneinander vorbeigingen, kehrte Ginger in den Saal zurück und ließ sich in der hintersten Reihe nieder, so weit weg von den Geschworenen, wie es überhaupt möglich war. Fitch nutzte die kurze Unterbrechung, um zu verschwinden. Auf dem Vorplatz gesellte sich José zu ihm, und sie eilten aus dem Gericht und zurück in ihren Billigladen.

Auch Bronsky war ein hochqualifizierter Mediziner, der fast ebenso viele akademische Grade und Publikationen aufzuweisen hatte wie Fricke. Die beiden kannten einander gut, weil sie am Forschungszentrum in Rochester zusammenarbeiteten. Rohr bereitete es großes Vergnügen, Bronsky durch seinen wundervollen Werdegang hindurchzugeleiten. Nachdem er als Sachverständiger anerkannt worden war, stürzten sie sich in die klinischen Grundlagen:

Tabakrauch ist ein extrem komplexes Gebilde, mit mehr als viertausend identifizierten Bestandteilen. Zu diesen mehr als viertausend Bestandteilen gehören sechzehn bekannte Karzinogene, vierzehn Alkalien und zahlreiche weitere Verbindungen mit bekannten biologischen Wirkungen. Tabakrauch ist eine Mischung aus Gasen in winzigen Tröpfchen, und wenn er inhaliert wird, bleiben ungefähr fünfzig Prozent des inhalierten Rauchs in den Lungen zurück, und einige der Tröpfchen lagern sich an den Wänden der Bronchien ab.

Zwei Anwälte aus Rohrs Team stellten rasch in der Mitte des Gerichtssaals ein großes Stativ auf, und Dr. Bronsky verließ den Zeugenstand, um ein bißchen zu demonstrieren. Die erste Tabelle war eine Liste sämtlicher in Tabakrauch enthaltenen Verbindungen. Er benannte sie nicht alle, aber das brauchte er auch nicht. Jede der Bezeichnungen klang bedrohlich, und zusammengenommen wirkten sie regelrecht tödlich.

Die nächste Tabelle war eine Liste der bekannten Karzinogene, und Bronsky hielt über jedes von ihnen einen kurzen Vortrag. Zusätzlich zu diesen sechzehn, sagte er und schlug dabei mit dem Zeigestock immer wieder leicht in seine linke Handfläche, sind in Tabakrauch möglicherweise noch weitere, bisher unentdeckte krebserregende Verbindungen enthalten. Und es ist durchaus denkbar, daß zwei oder mehr von ihnen zusammenwirken und die krebserregende Wirkung der anderen verstärken.

Sie ritten den ganzen Vormittag auf den Karzinogenen herum. Bei jeder neuen Tabelle fühlten sich Jerry Fernandez und die anderen Raucher elender, und als sie zum Lunch die Geschworenenbank verließen, war Sylvia, dem Pudel, fast schwindlig. Wie kaum anders zu erwarten, verschwanden die vier erst einmal auf ein paar Züge im »Raucherloch«, wie Lou Dell es nannte, bevor sie sich zum Essen zu den anderen gesellten.

Der Lunch stand bereit, und offenbar waren die Falten herausgebügelt worden. Der Tisch war mit Porzellan gedeckt, und der Eistee wurde in echte Gläser ausgeschenkt. Mr. O'Reilly servierte denjenigen, die sie bestellt hatten, speziell zubereitete Sandwiches und öffnete für die anderen Behälter mit dampfendem Gemüse und Pasta. Nicholas sparte nicht mit Komplimenten.

Fitch saß mit zwei seiner Jury-Berater im Vorführraum, als der Anruf kam. Konrad klopfte nervös an die Tür. Es war streng verboten, sich dem Raum ohne ausdrückliche Anweisung von Fitch zu nähern.

»Es ist Marlee, Leitung vier«, flüsterte Konrad, und Fitch erstarrte für eine Sekunde. Dann eilte er einen improvisierten Korridor entlang in sein Büro.

»Zurückverfolgen«, befahl er.

»Wir sind schon dabei.«

»Ich bin sicher, daß sie von einem Münzfernsprecher aus anruft.«

Fitch drückte auf Knopf vier an seinem Apparat und sagte: »Hallo.«

»Mr. Fitch?« kam die vertraute Stimme.

»Ja.«

»Wissen Sie, weshalb sie Sie angestarrt haben?«

»Nein.«

»Ich werde es Ihnen morgen sagen.«

»Sagen Sie es mir gleich.«

»Nein. Weil Sie den Anruf zurückverfolgen lassen. Und wenn Sie nicht damit aufhören, rufe ich nicht mehr an.«

»Okay. Ich werde es lassen.«

»Und das soll ich Ihnen glauben?«

»Was wollen Sie?«

»Später, Fitch.« Sie legte auf. Fitch spielte das Gespräch ab, während er darauf wartete, daß ihr Apparat lokalisiert wurde. Konrad erschien mit der erwarteten Meldung, daß es in der Tat ein Münzfernsprecher gewesen war, diesmal einer in einem Einkaufszentrum in Gautier, eine halbe Stunde Fahrt entfernt.

Fitch ließ sich in einen großen, gemieteten Drehsessel fallen und betrachtete einen Augenblick lang die Wand. »Sie war heute morgen nicht im Gerichtssaal«, sagte er, laut nachdenkend, und zupfte an seinem Spitzbart. »Also woher hat sie gewußt, daß sie mich angestarrt haben?«

»Wer hat Sie angestarrt?« fragte Konrad. Wachdienst im Gerichtssaal gehörte nicht zu seinen Pflichten. Er verließ den Billigladen niemals. Fitch beschrieb ihm, wie er von den Geschworenen aus völlig unerklärlichen Gründen angestarrt worden war.

»Also wer redet mit ihr?« fragte Konrad.

»Genau das ist die Frage.«

Der Nachmittag wurde mit Nikotin verbracht. Von halb zwei bis drei und dann von halb vier bis zur Vertagung um fünf erfuhren die Geschworenen mehr über Nikotin, als ihnen lieb war. Es ist ein im Tabakrauch enthaltenes Gift. Jede Zigarette enthält zwischen ein und drei Milligramm Nikotin, und bei Rauchern, die inhalieren, wie Jacob Wood es tat, werden bis zu neunzig Prozent des Nikotins von den Lungen absorbiert. Dr. Bronsky verbrachte den größten Teil der Zeit auf den Beinen, zeigte auf alle möglichen Teile des menschlichen Körpers, dargestellt in einer lebensgroßen, leuchtend bunt kolorierten Tafel auf dem Stativ. Er erläuterte detailliert, wie Nikotin eine Verengung der oberflächennahen Blutgefäße in den Gliedmaßen bewirkt, es erhöht den Blutdruck; es beschleunigt den Puls; es bewirkt, daß das Herz angestrengter arbeitet. Seine Auswirkungen auf das Verdauungssystem sind tückisch und vielfältig. Es kann Übelkeit und Erbrechen verursachen, besonders bei Leuten, die mit dem Rauchen anfangen. Speichelfluß und Darmbewegungen werden zuerst stimuliert und dann gehemmt. Es wirkt als Stimulanz auf das zentrale Nervensystem. Bronsky war methodisch, aber eindringlich; bei ihm hörte es sich an, als wäre eine einzige Zigarette eine tödliche Dosis Gift.

Und das Schlimmste am Nikotin ist, daß es süchtig macht. Die letzte Stunde – wieder ein perfektes Timing von Rohr – wurde damit verbracht, die Geschworenen davon zu überzeugen, daß Nikotin stark süchtig macht und daß diese Tatsache seit mindestens vier Jahrzehnten bekannt ist.

Der Nikotingehalt kann während des Herstellungsprozesses mühelos manipuliert werden.

Falls, und Bronsky betonte das Wort ›falls‹ der Nikotingehalt künstlich erhöht wurde, dann würden die Raucher natürlich viel schneller süchtig werden. Mehr süchtige Raucher bedeuteten mehr verkaufte Zigaretten.

Es war ein perfekter Abschluß des Tages.

9. KAPITEL

Am Dienstag morgen traf Nicholas zeitig im Geschworenenzimmer ein. Lou Dell braute gerade die erste Kanne koffeinfreien Kaffee und machte den täglichen Teller mit frischen Brötchen und Doughnuts zurecht. Daneben stand eine Kollektion von nagelneuen Tassen und Untertassen. Nicholas hatte erklärt, er hasse es, Kaffee aus einem Plastikbecher trinken zu müssen, und glücklicherweise hegten zwei seiner Kollegen ähnliche Vorurteile. Eine Liste mit Forderungen war von Seinen Ehren schnell bewilligt worden.

Lou Dell beeilte sich, mit ihrer Arbeit fertig zu werden, als er das Zimmer betrat. Er lächelte und begrüßte sie freundlich, aber sie war ihm immer noch böse wegen ihrer früheren Scharmützel. Er goß sich Kaffee ein und schlug eine Zeitung auf.

Wie Nicholas erwartet hatte, erschien Colonel im Ruhestand Frank Herrera kurz nach acht, fast eine volle Stunde vor der erforderlichen Zeit. Er hatte zwei Zeitungen unter dem Arm, eine davon das *Wall Street Journal.* Eigentlich wollte er das Zimmer für sich haben, brachte aber trotzdem ein Lächeln für Easter zustande.

»Morgen, Colonel«, sagte Nicholas freundlich. »Sie sind früh dran.«

»Sie auch.«

»Ja, ich konnte nicht schlafen. Habe von Nikotin und schwarzen Lungen geträumt.« Nicholas studierte die Sportseite.

Herrera rührte seinen Kaffee um und ließ sich an der anderen Seite des Tisches nieder. »Ich habe zehn Jahre lang geraucht, als ich in der Army war«, sagte er, steif aufgerichtet, Schultern gerade, Kinn erhoben, immer bereit zum Strammstehen. »Aber ich hatte genügend Verstand, um damit aufzuhören.«

»Offenbar kann das nicht jeder. Siehe Jacob Wood.«

Der Colonel grunzte angewidert und schlug eine Zeitung auf. Für ihn war das Ablegen einer schlechten Angewohnheit nichts als ein simpler Akt der Willenskraft. Schaff Ordnung im Kopf, dann ist der Körper zu allem imstande.

Nicholas blätterte um und sagte: »Weshalb haben Sie aufgehört?«

»Weil es ungesund ist. Man braucht kein Genie zu sein, um das zu wissen. Zigaretten sind tödlich. Jedermann weiß das.«

Wenn Herrera bei den letzten beiden Fragebögen, die sie vor dem Prozeß hatten ausfüllen müssen, ebenso offen gewesen wäre, dann säße er jetzt nicht hier. Nicholas erinnerte sich genau an die Fragen. Die Tatsache, daß Herrera so stark empfand, hatte vermutlich nur eines zu bedeuten: daß er unbedingt der Jury angehören wollte. Er war ein pensionierter Militär, vermutlich gelangweilt vom Golfspielen, gelangweilt von seiner Frau, auf der Suche nach einer Beschäftigung und offensichtlich über irgend etwas verbittert.

»Sie meinen also, Zigaretten sollten verboten werden?« fragte Nicholas. Das war eine Frage, die er sich tausendmal vor dem Spiegel gestellt hatte, und er hatte sämtliche richtigen Erwiderungen auf alle möglichen Antworten parat.

Herrera legte die Zeitung langsam auf den Tisch und trank einen großen Schluck schwarzen Kaffee. »Nein, ich meine, die Leute sollten genügend Verstand haben, um nicht dreißig Jahre lang drei Schachteln pro Tag zu rauchen. Was, zum Teufel, erwarten sie denn? Vollkommene Gesundheit?« Sein Ton war sarkastisch, und er ließ keinen Zweifel daran, daß er sein Geschworenenamt mit einer vorgefaßten Meinung übernommen hatte.

»Seit wann sind Sie davon überzeugt?«

»Sind Sie blöd? Das kann sich doch jeder leicht ausrechnen.«

»Das ist vielleicht Ihre Ansicht. Aber Sie hätten sie während des *voir dire* äußern müssen.«

»Was ist *voir dire?*«

»Die Auswahl der Geschworenen. Wir sind zu genau

diesen Dingen befragt worden. Ich kann mich nicht erinnern, daß Sie auch nur ein Wort gesagt hätten.«

»Habe ich nicht für nötig gehalten.«

»Hätten Sie aber tun müssen.«

Herreras Gesicht lief rot an, aber er zögerte eine Sekunde. Dieser Easter kannte sich schließlich mit den Gesetzen aus, zumindest wußte er mehr als die anderen Geschworenen. Vielleicht hatte er etwas Unrechtes getan. Vielleicht verfügte Easter über eine Möglichkeit, das zu melden und dafür zu sorgen, daß er aus der Jury ausgestoßen wurde. Vielleicht würde er der Mißachtung des Gerichts angeklagt und ins Gefängnis gesteckt werden oder eine Geldstrafe berappen müssen.

Und dann kam ihm ein anderer Gedanke. Es war ihnen verboten, über den Fall zu reden, richtig? Wie konnte Easter dann dem Richter irgend etwas melden? Wenn Easter losging und irgend etwas wiederholte, das er im Geschworenenzimmer gehört hatte, würde er riskieren, selbst in Schwierigkeiten zu geraten. Herrera entspannte sich ein wenig. »Lassen Sie mich raten. Sie sind auf ein hartes Urteil aus, mit einer horrenden Geldstrafe und allem, was dazugehört.«

»Nein, Mr. Herrera. Im Gegensatz zu Ihnen habe ich keine vorgefaßte Meinung. Wir haben bisher erst drei Zeugen gehört, alle für die Anklage, also stehen uns noch viele weitere bevor. Ich werde warten, bis das gesamte Beweismaterial vorliegt, von beiden Seiten, und erst dann versuchen, mir eine Meinung zu bilden. Ich denke, das ist genau das, was wir zu tun versprochen haben.«

»Ja, also, ich auch. Ich bin nicht unbelehrbar.« Er interessierte sich plötzlich für den Leitartikel. Die Tür flog auf, und Mr. Herman Grimes erschien, mit seinem Blindenstock vor sich hertappend. Lou Dell und Mrs. Grimes folgten ihm. Nicholas stand wie üblich auf, um seinem Obmann Kaffee einzugießen, mittlerweile ein Ritual.

Fitch starrte bis neun seine Telefone an. Sie hatte einen möglichen Anruf für heute angekündigt.

Sie trieb nicht nur ihre Spielchen, sie war offensichtlich auch nicht über Lügen erhaben. Er hatte keinerlei Verlangen danach, wieder angestarrt zu werden, also verschloß er seine Tür und ging in den Vorführraum, wo zwei seiner Jury-Experten im Dunkeln saßen, ein verzerrtes Bild auf der Wand betrachteten und darauf warteten, daß die Kamera zurechtgerückt wurde. Jemand war mit dem Fuß gegen McAdoos Aktenkoffer gestoßen, und die Kamera war um drei Meter verstellt. Die Geschworenen eins, zwei, sieben und acht waren nicht im Bild, und von Millie Dupree und Rikki Coleman hinter ihr war nur eine Hälfte zu sehen.

Die Geschworenen waren vor zwei Minuten hereingekommen, und deshalb konnte McAdoo seinen Platz nicht verlassen und das Handy benutzen. Er wußte nicht, daß irgendein großer Fuß unter dem Tisch gegen den Aktenkoffer getreten hatte. Fitch fluchte die Leinwand an, dann schrieb er ein paar Worte auf einen Zettel und gab ihn einem unauffällig gekleideten Botenjungen, der die Straße entlangrannte, den Gerichtssaal betrat wie einer der hundert jungen Anwälte und Anwaltsgehilfen und den Zettel am Tisch der Verteidigung abgab.

Die Kamera ruckte nach links, und die gesamte Jury kam ins Blickfeld. McAdoo stieß ein bißchen zu heftig und schnitt die Hälfte von Jerry Fernandez und Angel Weese, Geschworene Nummer sechs, ab. Fitch fluchte abermals. Er würde bis zur ersten Unterbrechung warten und dann McAdoo anrufen.

Dr. Bronsky war ausgeruht und bereit für einen weiteren Tag bedächtigen Referierens über die durch Tabakrauch bewirkten Verheerungen. Nachdem er sich über die in Tabakrauch enthaltenen Karzinogene und das Nikotin ausgelassen hatte, ging er jetzt zur nächsten Gruppe von medizinisch relevanten Verbindungen über: den Reizstoffen.

Rohr spielte ihm die dicken Bälle zu, Bronsky schlug sie mit Verve zurück. Tabakrauch enthält eine Reihe von chemischen Verbindungen – Ammoniak, flüchtige Säure, Aldehyde, Phenole und Ketone –, die eine reizende Wirkung auf die Schleimhäute haben. Abermals verließ Bronsky den Zeugenstand und begab sich zu einer neuen Tafel, die das Innere des menschlichen Oberkörpers und Kopfes darstellte. Auf ihr konnten die Geschworenen die Atemwege sehen: Rachen, Bronchien und Lungen. In diesem Teil des menschlichen Körpers stimuliert Tabakrauch die Absonderung von Schleim. Gleichzeitig verzögert er die Entfernung des Schleims, indem er die Aktion der Flimmerhärchen verlangsamt, mit denen die Bronchien ausgekleidet sind.

Bronsky war bemerkenswert geschickt darin gewesen, die medizinischen Fachausdrücke auf einem auch für Laien verständlichen Niveau zu halten, und jetzt schaltete er noch einen Gang herunter, um zu erklären, was in den Bronchien passiert, wenn Tabakrauch inhaliert wird. Zwei weitere farbige Tafeln wurden vor der Geschworenenbank aufgestellt, und Bronsky machte sich mit seinem Zeigestock an die Arbeit. Er erklärte den Geschworenen, daß die Bronchien mit einer Haut ausgekleidet sind, die mit feinen Härchen besetzt ist. Diese Härchen werden als Zilien bezeichnet, und durch ihr Flimmern steuern sie die Bewegung des Schleims auf der Auskleidung. Durch dieses ständige Flimmern befreien die Härchen die Lungen von praktisch allen Staubpartikeln und Krankheitserregern, die eingeatmet werden.

Rauchen wirkt sich natürlich verheerend auf diesen Vorgang aus. Sobald sich Bronsky und Rohr so sicher wie möglich waren, daß die Geschworenen verstanden hatten, wie die Dinge normalerweise abliefen, gingen sie schnell dazu über, ihnen darzulegen, wie das Rauchen den Filterprozeß im einzelnen stört und im Atmungsapparat alle möglichen Schäden anrichtet.

Sie redeten weiter über Schleim und Auskleidung und Flimmerepithel.

Das erste sichtbare Gähnen kam von Jerry Fernandez in der hinteren Reihe. Er hatte seine Montagnacht in einem der Kasinos verbracht, sich ein Footballspiel angesehen und mehr getrunken, als er vorgehabt hatte. Er rauchte zwei Schachteln pro Tag und wußte recht gut, daß es ungesund war. Trotzdem brauchte er jetzt eine Zigarette.

Weiteres Gähnen folgte, und um halb zwölf entließ Richter Harkin sie in eine dringend notwendige zweistündige Mittagspause.

Der Spaziergang durch die Innenstadt von Biloxi war Nicholas' Idee gewesen, und er hatte sie am Montag in einem Brief an den Richter dargelegt. Es war absurd, sie den ganzen Tag in einem kleinen Zimmer einzusperren, ohne daß sie ein bißchen frische Luft bekamen. Schließlich war es ja nicht so, daß ihr Leben gefährdet war oder die Gefahr bestand, daß sie von unbekannten Verschwörern attackiert wurden, wenn man sie ein bißchen spazierengehen ließ. Stellen Sie neben Madame Lou Dell und Willis noch einen anderen verschlafenen Deputy ab, geben Sie ihnen eine Route vor, sagen wir, sechs oder acht Blocks durch die Innenstadt, verbieten Sie den Geschworenen wie gewöhnlich, mit irgend jemandem zu reden, und, nun ja, lassen Sie sie nach dem Lunch eine halbe Stunde laufen, damit sie ihr Essen besser verdauen können. Das schien eine harmlose Idee zu sein, und nach einigem Nachdenken machte Richter Harkin sie sich zu eigen.

Nicholas hatte seinen Brief jedoch Lou Dell gezeigt, und als sie mit dem Lunch fertig waren, erklärte sie, daß ein Spaziergang geplant wäre, und das hätten sie Mr. Easter zu verdanken, der an den Richter geschrieben hätte. Die hemmungslose Bewunderung stand in keinem Verhältnis zu dieser so bescheidenen Idee.

Die Temperatur betrug ungefähr fünfundzwanzig Grad, die Luft war klar und erfrischend, die Bäume gaben ihr Bestes, sich bunt zu verfärben. Lou Dell und Willis gingen voran, während die vier Raucher – Fernandez, der Pudel, Stella Hulic und Angel Weese – die Nachhut bildeten und das tiefe Inhalieren und langsame Exhalieren genossen. Zum Teufel mit Bronsky und seinem Schleim und seinen Auskleidungen, und zum Teufel mit Fricke und seinen gräßlichen Fotos von Mr. Woods klebrigen, schwarzen Lungen. Sie waren jetzt im Freien. Das Licht, die salzhaltige Luft und die Umstände waren ideal für eine Zigarette.

Fitch schickte Doyle und einen Mitarbeiter aus der Stadt

namens Joe Boy aus, die sie aus einiger Entfernung fotografieren sollten.

Je weiter der Nachmittag fortschritt, desto mehr ließ Bronsky nach. Er verlor sein Talent, die Dinge simpel zu halten, und die Geschworenen verloren ihren Kampf um Konzentration. Die detaillierten und offensichtlich teuren Tafeln und Tabellen verschwammen ebenso wie die Körperteile, die chemischen Verbindungen und die Gifte. Es bedurfte nicht der Ansichten der gründlich ausgebildeten und überaus teuren Jury-Berater, um festzustellen, daß die Geschworenen gelangweilt waren und daß Rohr etwas tat, dem Prozeßanwälte einfach nicht widerstehen können – er übertrieb.

Seine Ehren vertagte zeitig, schon um vier Uhr, mit der Begründung, daß er zwei Stunden brauche, um über ein paar Anträge und andere Dinge zu entscheiden, für die die Geschworenen nicht benötigt würden. Er entließ sie mit denselben strengen Warnungen und Ermahnungen, die sie jetzt bereits auswendig kannten und kaum noch hörten. Sie waren glücklich, entkommen zu können.

Lonnie Shaver freute sich ganz besonders über die frühe Entlassung. Er fuhr geradewegs zu seinem zehn Minuten entfernten Supermarkt, parkte auf dem für ihn reservierten Platz hinter dem Gebäude und betrat es dann schnell durch das Lager, insgeheim hoffend, einen faulen Packer neben dem Salat schlafend vorzufinden. Sein Büro befand sich im ersten Stock über den Milch- und Fleischprodukten, und durch einen Scheinspiegel hindurch konnte er fast den gesamten Laden überblicken.

Lonnie war der einzige schwarze Geschäftsführer in einer Kette mit siebzehn Läden. Er verdiente vierzigtausend Dollar im Jahr, zuzüglich Krankenversicherung und Anwartschaft auf eine durchschnittliche Rente, und sollte in drei Monaten eine Gehaltserhöhung erhalten. Außerdem hatte man ihm zu verstehen gegeben, daß seine Beförderung zum Bezirksleiter bevorstand, sofern er bei seiner Tätigkeit als Geschäftsführer zufriedenstellende Resultate erzielte. Der Firma lag viel daran, einen Schwarzen zu befördern, aber natürlich war keine dieser Versprechungen schriftlich niedergelegt worden.

Sein Büro war ständig offen, und gewöhnlich hielt sich einer von seinem halben Dutzend Untergebenen darin auf. Ein stellvertretender Geschäftsführer begrüßte ihn und deutete dann mit einem Nicken auf eine Tür. »Wir haben Besuch«, sagte er finster.

Lonnie zögerte und betrachtete die geschlossene Tür zu einem großen Raum, der für alles mögliche benutzt wurde – Geburtstagsfeiern, Personalversammlungen, Besuche von Bossen. »Wer ist es?« fragte er.

»Zentrale. Sie möchten mit Ihnen reden.«

Lonnie klopfte an und trat fast gleichzeitig ein. Schließlich befand er sich in seinem eigenen Büro. Drei Männer mit bis zu den Ellenbogen hochgekrempelten Hemdsärmeln saßen an einem Ende des Tisches, umgeben von einem Stapel Papieren und Ausdrucken. Sie erhoben sich.

»Lonnie, schön, Sie zu sehen«, sagte Troy Hadley, Sohn von einem der Besitzer und das einzige Gesicht im Raum, das Lonnie bekannt war. Sie gaben sich die Hand, und Hadley stellte hastig die beiden anderen Männer vor. Sie hießen Ken und Ben, an ihre Nachnamen sollte sich Lonnie erst wesentlich später erinnern. Es war geplant, daß Lonnie am Kopfende des Tisches sitzen sollte, auf dem Stuhl, den der junge Hadley eiligst für ihn freigemacht hatte, mit Ken an der einen und Ben an der anderen Seite.

Troy begann die Unterhaltung, und er machte einen etwas nervösen Eindruck. »Wie fühlt man sich so als Geschworener?«

»Lausig.«

»Kann ich mir vorstellen. Hören Sie, Lonnie, der Grund, weshalb wir hier sind – Ken und Ben kommen von einer Firma, die SuperHouse heißt, einer großen Kette, die von Charlotte aus operiert, und mein Dad und mein Onkel haben aus einer ganzen Reihe von Gründen beschlossen, an SuperHouse zu verkaufen. Die gesamte Kette. Alle siebzehn Filialen und die drei Lagerhäuser.«

Lonnie bemerkte, daß Ken und Ben beobachteten, wie er atmete, also nahm er die Neuigkeit mit unbewegtem Gesicht hin und brachte sogar ein leichtes Achselzucken zustande, als wollte er sagen: »Na und?« Trotzdem fiel ihm das Schlucken schwer. »Weshalb?« brachte er heraus.

»Dafür gibt es massenhaft Gründe, aber ich werde Ihnen die beiden wichtigsten nennen. Mein Dad ist achtundsechzig, und Al hat, wie Sie wissen, gerade eine Operation hinter sich. Das ist der eine Hauptgrund. Der zweite ist, daß SuperHouse einen sehr anständigen Preis bietet.« Er rieb sich die Hände, als könnte er es kaum abwarten, das frische Geld auszugeben. »Es ist schlicht und einfach so, daß es Zeit für einen Verkauf ist, Lonnie.«

»Ich bin überrascht. Ich hätte nie …«

»Sie haben recht. Vierzig Jahre im Geschäft, von einem Tante-Emma-Obstladen zu einer Firma in fünf Staaten mit einem Umsatz von sechzig Millionen im letzten Jahr. Schwer zu glauben, daß sie jetzt das Handtuch werfen wollen.« Troy war alles andere als überzeugend bei seinem Versuch, sentimental zu sein. Lonnie wußte, weshalb. Er war eine hirnlose Null, ein reiches Söhnchen, der jeden Tag Golf spielte und gleichzeitig versuchte, sich den Anstrich des aggressiven Firmenbosses zu geben. Sein Vater und sein Onkel verkauften jetzt, weil in ein paar Jahren Troy die Zügel in die Hand nehmen und vierzig Jahre Arbeit und Umsicht für Rennboote und Häuser am Strand verschleudern würde.

Es folgte eine Pause, während der Ben und Ken Lonnie musterten. Der eine war Mitte Vierzig mit schlecht geschnittenem Haar und einer mit billigen Kugelschreibern vollgestopften Brusttasche. Vielleicht war das Ben. Der andere war etwas jünger, der Typ des leitenden Angestellten, mit schmalem Gesicht, besserer Kleidung und harten Augen. Lonnie sah sie an, und es lag auf der Hand, daß er jetzt dran war, etwas zu sagen.

»Wird die Filiale geschlossen?« fragte er fast schicksalsergeben.

Troy griff die Frage auf. »Mit anderen Worten, was wird

aus Ihnen? Ich kann Ihnen versichern, Lonnie, daß ich all die richtigen Dinge über Sie gesagt habe, die ganze Wahrheit, und ich habe vorgeschlagen, daß man Sie hier beläßt, in der gleichen Position.« Ken oder Ben nickte kurz. Troy griff nach seinem Jackett. »Aber das geht mich nichts mehr an. Ich gehe eine Weile hinaus, damit Sie drei die Sache bereden können.« Wie ein Blitz war Troy aus dem Zimmer.

Aus irgendeinem Grund hatte sein Verschwinden bewirkt, daß Ken und Ben lächelten. Lonnie fragte: »Haben Sie eine Visitenkarte?«

»Natürlich«, sagten beide, holten jeder eine Karte aus der Tasche und schoben sie ans Kopfende des Tisches. Ben war der ältere, Ken der Jüngere.

Ken war außerdem derjenige, der den Ton angab. Er begann: »Ein paar Worte über unsere Gesellschaft vorweg. Wir sitzen in Charlotte und haben achtzig Läden in den Carolinas und in Georgia. SuperHouse ist eine Tochter von Listing Foods, einem Konzern in Scarsdale mit einem Umsatz von ungefähr zwei Milliarden im vorigen Jahr. Eine Aktiengesellschaft, deren Papiere sowohl an der Börse als auch außerbörslich gehandelt werden. Wahrscheinlich haben Sie schon von ihr gehört. Ich bin der für Transaktionen zuständige Vizepräsident von SuperHouse, Ben hier ist regionaler Vizepräsident. Wir expandieren Richtung Süden und Westen, und Hadley Brothers erschien uns attraktiv. Deshalb sind wir hier.«

»Also behalten Sie den Laden?«

»Ja, jedenfalls vorläufig.« Er warf einen Blick auf Ben, als stecke hinter der Antwort noch wesentlich mehr.

»Und was ist mit mir?« fragte Lonnie.

Sie wanden sich regelrecht, fast simultan, und Ben holte einen Kugelschreiber aus seiner Kollektion. Ken übernahm das Reden. »Also, Sie müssen verstehen, Mr. Shaver …«

»Bitte, nennen Sie mich Lonnie.«

»Gern, Lonnie. Also, solche Übernahmen sind immer mit gewissen Umstrukturierungen verbunden. Das ist einfach Teil des Geschäfts. Jobs gehen verloren, Jobs werden neu geschaffen, Jobs werden versetzt.«

»Und was ist mit meinem Job?« drängte Lonnie. Er befürchtete das Schlimmste und wollte es hinter sich haben.

Ken griff demonstrativ nach einem Blatt Papier und tat so, als läse er etwas. »Also«, sagte er, das Blatt schwenkend, »Sie haben eine gute Akte.«

»Und die besten Empfehlungen«, setzte Ken hilfsbereit hinzu.

»Wir würden Sie gern hierbehalten, jedenfalls fürs erste.«

»Fürs erste? Was bedeutet das?«

Ken legte das Blatt langsam wieder auf den Tisch und lehnte sich auf beiden Ellenbogen vor. »Lassen Sie uns ganz offen sein, Lonnie. Wir sehen für Sie eine Zukunft in unserer Firma.«

»Und es ist eine wesentlich bessere Firma als die, für die Sie jetzt arbeiten«, setzte Ben hinzu. Sie waren ein eingespieltes Paar, das perfekt zusammenarbeitete. »Wir bieten höhere Gehälter, bessere Zusatzleistungen, Aktien-Vorkaufsrecht und so weiter.«

»Lonnie, Ben und ich geben nur ungern zu, daß wir keinen Afro-Amerikaner in einer leitenden Position haben. Ebenso wie unsere Bosse würden wir das gern ändern, und zwar sofort. Wir möchten es mit Ihnen ändern.«

Lonnie musterte ihre Gesichter und unterdrückte tausend Fragen. Vor einer Minute noch hatte er am Rande der Arbeitslosigkeit gestanden, und nun machten sie ihm sogar Aussicht auf Beförderung. »Ich habe aber keinen College-Abschluß. Es gibt Grenzen, die …«

»Es gibt keine Grenzen«, sagte Ken. »Sie waren zwei Jahre auf dem Junior College, und Sie können, falls erforderlich, Ihren Abschluß nachholen. Unsere Firma wird die Kosten dafür übernehmen.«

Lonnie mußte lächeln, vor Erleichterung ebenso wie vor Glück. Trotzdem beschloß er, vorsichtig zu sein. Er hatte es mit Fremden zu tun. »Ich höre«, sagte er.

Ken hatte alle Antworten parat. »Wir haben uns eingehend mit dem Personal von Hadley Brothers beschäftigt, und, nun ja, der größte Teil der Leute auf der oberen und mittleren Ebene wird sich bald nach neuen Jobs umschauen müssen. Sie sind uns aufgefallen, und außerdem ein anderer junger Geschäftsführer in Mobile. Wir möchten, daß Sie beide so bald wie möglich nach Charlotte kommen und ein paar Tage mit uns verbringen. Dort lernen Sie unsere Leute kennen, erfahren mehr über unsere Firma, und wir reden über die Zukunft. Aber ich muß Sie darauf hinweisen, daß Sie nicht den Rest Ihrer Tage in Biloxi verbringen können, wenn Sie vorankommen wollen. Sie müssen flexibel sein.«

»Ich bin flexibel.«

»Das dachten wir uns. Wann können wir Sie hinauffliegen?«

Vor seinem inneren Auge erschien das Bild von Lou Dell, die die Tür hinter ihnen zumachte, und er sagte frustriert: »Also, gegenwärtig sitze ich hier fest. Ich bin Geschworener bei einem Prozeß. Troy hat Ihnen das sicher schon gesagt.«

Ken und Ben taten so, als wären sie verblüfft. »Das ist doch nur für ein paar Tage, oder?«

»Nein. Die Prozeßdauer ist auf einen Monat angesetzt, und wir sind erst in der zweiten Woche.«

»Einen Monat?« sagte Ben auf das Stichwort hin. »Was für ein Prozeß ist das?«

»Die Witwe eines toten Rauchers hat einen Tabakkonzern verklagt.«

Ihre Reaktionen waren fast identisch und ließen keinen Zweifel daran, was sie persönlich von einer solchen Klage hielten.

»Ich habe versucht herauszukommen«, sagte Lonnie, bemüht, die Dinge auszubügeln.

»Ein Produkthaftungs-Prozeß?« fragte Ken, zutiefst empört.

»Ja, etwas dergleichen.«

»Und weitere drei Wochen?« fragte Ben.

»Das haben sie jedenfalls gesagt. Ich kann es einfach nicht glauben, daß ich solange festsitze«, sagte er resigniert.

Es folgte eine lange Pause, während der Ben eine frische Schachtel Bristol öffnete und sich eine anzündete. »Prozesse«, sagte er bitter. »Wir werden ständig von irgendwelchen armen Irren verklagt, die stolpern oder hinfallen und dann dem Essig oder den Weintrauben die Schuld daran geben. Vorigen Monat ist bei einer privaten Party in Rocky Mount eine Flasche Mineralwasser explodiert. Raten Sie mal, wer ihnen das Wasser verkauft hat? Raten Sie mal, wer vorige Woche auf zehn Millionen verklagt worden ist? Wir und der Abfüller. Produkthaftung.« Ein langer Zug an der Zigarette, dann ein kurzes Knabbern am Daumennagel. Ben war am Kochen. »Und dann ist da eine siebzigjährige Frau in Athens, die behauptet, sie hätte sich den Rücken gezerrt, als sie hoch hinauflangte, um eine Dose Möbelpolitur aus dem Regal zu holen. Ihr Anwalt sagt, sie hätte Anspruch auf ein paar Millionen.«

Ken starrte Ben an, als wollte er, daß er den Mund hielte, aber Ben verlor offensichtlich leicht die Beherrschung, wenn dieses Thema zur Sprache kam. »Verdammte Anwälte«, sagte er, Rauch durch die Nasenlöcher ausstoßend. »Im vorigen Jahr haben wir mehr als drei Millionen für Haftpflichtversicherung bezahlt, Geld, das wir einfach zum Fenster hinauswerfen mußten, nur wegen der hungrigen Anwälte, die wie die Geier über uns kreisen.«

Ken sagte: »Das reicht.«

»Entschuldigung.«

»Was ist mit den Wochenenden?« fragte Lonnie nervös. »Von Freitagnachmittag bis Sonntagabend hätte ich Zeit.«

»Daran habe ich gerade gedacht. Ich sage Ihnen, was wir tun werden. Wir schicken Ihnen Samstag morgen eines unserer Flugzeuge. Wir fliegen Sie und Ihre Frau nach Charlotte, zeigen Ihnen die Zentrale und machen Sie mit unseren Bossen bekannt. Die meisten arbeiten ohnehin samstags. Geht es dieses Wochenende?«

»Natürlich.«

»Okay. Ich sorge für das Flugzeug.«

»Sind Sie sicher, daß es keine Konflikte mit dem Prozeß gibt?« fragte Ben.

»Soweit ich sehen kann, nicht.«

10. KAPITEL

Nachdem der Prozeß bisher mit beeindruckender Zielstrebigkeit abgelaufen war, fuhr er sich am Mittwoch morgen fest. Die Verteidigung stellte den Antrag, die Aussage von Dr. Hilo Kilvan, einem angeblichen Experten aus Montreal auf dem Gebiet der Statistiken über Lungenkrebs, nicht zuzulassen. Der Antrag löste eine kleine Schlacht aus. Wendall Rohr und sein Team waren besonders wütend über die Taktik der Verteidigung, die versucht hatte, die Aussage jedes Experten der Anklage zu verhindern. Und die Verteidigung war mit ihrer Verzögerungstaktik und ihren Versuchen, alles mögliche zu vereiteln, vier Jahre lang recht erfolgreich gewesen. Rohr behauptete, daß Cable und seine Mandantin abermals eine Verzögerung erreichen wollten, und forderte Richter Harkin wütend auf, Sanktionen gegen die Verteidigung zu verhängen. Der Krieg um Sanktionen, bei denen jede Seite Geldstrafen für die andere forderte, die der Richter bisher immer abgelehnt hatte, tobte schon fast seit dem Tag, an dem die Klage eingereicht worden war. Wie bei den meisten zivilrechtlichen Fällen kostete auch hier das Gerangel um Sanktionen fast ebenso viel Zeit wie das Thema, um das es eigentlich ging.

Rohr tobte und stapfte vor der leeren Geschworenenbank herum, während er erklärte, daß dieser neueste Antrag der Verteidigung der einundsiebzigste war – »zählen Sie nach, einundsiebzig!« –, den die Tabakleute gestellt hatten, um Zeugenaussagen zu verhindern. »Es gab Anträge, die Aussage über andere durch das Rauchen verursachte Krankheiten auszuschließen, Anträge, Aussagen über Warnungen auszuschließen, Anträge, Aussagen über Werbung auszuschließen, Anträge, epidemiologische Untersuchungen und statistische Theorien als Beweismittel auszuschließen, Anträge, keine Hinweise auf von der Beklagten nicht genutzte Patente zuzulassen, Anträge, Beweismaterial über von der Tabakindustrie ergriffene nachträgliche oder Wiedergutmachungsmaßnahmen auszuschließen, Anträge, unser Beweismaterial zum Testen von Zigaretten auszuschließen, Anträge, Teile des Autopsieberichts nicht zuzulassen, Anträge, Beweise für die süchtigmachende Wirkung auszuschließen, Anträge ...«

»Ich habe diese Anträge gelesen, Mr. Rohr«, unterbrach ihn Seine Ehren, als es den Anschein hatte, als gedächte Mr. Rohr, sie alle aufzuzählen.

Rohr ließ sich nicht aus der Fassung bringen. »Und, Euer Ehren, neben diesen einundsiebzig Anträgen – zählen Sie nach, einundsiebzig! – haben sie genau achtzehn Anträge auf Vertagung gestellt.«

»Das ist mir bekannt, Mr. Rohr. Bitte fahren Sie fort.«

Rohr ging zu seinem vollgepackten Tisch, wo ihm von einem Kollegen ein dicker Schriftsatz ausgehändigt wurde. »Und natürlich, Euer Ehren, wird jeder Antrag der Verteidigung von einem dieser verdammten Dinger begleitet«, sagte er laut und ließ dabei den Schriftsatz auf den Tisch fallen. »Wir haben, wie Sie wissen, nicht die Zeit, sie zu lesen, weil wir zu sehr damit beschäftigt sind, uns auf den Prozeß vorzubereiten. Die Verteidigung dagegen hat an die tausend Anwälte, die auf Stundenbasis abrechnen und auch jetzt an der Arbeit sind und sich, während wir hier reden, einen weiteren hirnverbrannten Antrag ausdenken, der zweifellos gleichfalls sechs Pfund wiegen und ebenso zweifellos noch mehr von unserer Zeit in Anspruch nehmen wird.«

»Könnten wir zur Sache kommen, Mr. Rohr?«

Rohr hörte ihn nicht. »Da wir nicht die Zeit haben, Euer Ehren, diese Papierberge zu lesen, wiegen wir sie einfach, und deshalb lautet unsere sehr knappe Erwiderung ungefähr so: ›Bitte lassen Sie diese kurzen Ausführungen als Erwiderung auf den viereinhalb Pfund schweren, wie üblich maßlos übertriebenen Schriftsatz der Verteidigung zur Begründung ihres neuesten, an den Haaren herbeigezogenen Antrags zu.‹«

In Abwesenheit der Geschworenen waren Lächeln und gute Manieren und freundliches Benehmen allgemein vergessen. Die Anspannung war auf den Gesichtern aller Beteiligten deutlich sichtbar. Sogar das Gerichtspersonal und die Protokollantin wirkten gereizt.

Rohrs legendäre Wut war am Kochen, aber er hatte schon vor langer Zeit gelernt, sie zu seinem Vorteil zu nutzen. Sein ehemaliger Freund Cable hielt Abstand, aber nicht den Mund. Die Zuschauer kamen in den Genuß eines ziemlich ungehemmten Schlagabtauschs.

Um halb zehn ließ Seine Ehren Lou Dell eine Nachricht zukommen, sie solle den Geschworenen mitteilen, er wäre mit einem Antrag beschäftigt und das Verfahren würde in wenigen Minuten fortgesetzt werden, um zehn, wie er hoffe. Da dies das erstemal war, daß die Geschworenen warten mußten, obwohl sie bereit waren, in den Gerichtssaal einzuziehen, nahmen sie es gut auf. Es bildeten sich wieder die kleinen Gruppen, und das müßige Geplauder von Leuten, die gegen ihren Willen warten müssen, ging weiter. Sie teilten sich nach Geschlechtern auf, nicht nach der Hautfarbe. Die Männer neigten dazu, sich an einem Ende des Zimmers zusammenzuscharen, die Frauen am anderen Ende. Die Raucher kamen und gingen. Nur Herman Grimes behielt immer die gleiche Position bei, am Kopfende des Tisches, wo er auf einem Braille-Laptop herumtippte. Er hatte alle wissen lassen, daß er bis in die frühen Morgenstunden damit beschäftigt gewesen war, sich durch die schriftliche Beschreibung von Dr. Bronskys Demonstrationsmaterial hindurchzuarbeiten.

Der zweite Laptop war an eine Steckdose in der Ecke angeschlossen. Dort hatte Lonnie Shaver sich mit drei Klappstühlen ein provisorisches Büro eingerichtet. Er analysierte Ausdrucke von Lagerbeständen, studierte Inventarlisten, überprüfte an die hundert weitere Details und hatte nichts dagegen, daß er von den anderen ignoriert wurde. Er war nicht unfreundlich, nur anderweitig beschäftigt.

Frank Herrera saß in der Nähe des Braille-Computers, grübelte über die Schlußnotierungen im *Wall Street Journal* nach und sprach gelegentlich ein paar Worte mit Jerry Fernandez, der ihm am Tisch gegenübersaß und sich mit der neuesten Ergebnisliste der College-Spiele vom Samstag beschäftigte. Der einzige Mann, der sich gern mit den Frauen unterhielt, war Nicholas Easter, und an diesem Tag erörterte er den Fall leise mit Loreen Duke, einer massigen, immer gutaufgelegten Schwarzen, die als Sekretärin auf der Keesler Air Force Base arbeitete. Als Geschworene Nummer eins saß sie neben Nicholas, und die beiden hatten sich angewöhnt, während der Sitzung auf Kosten von fast jedermann miteinander zu tuscheln. Loreen war fünfunddreißig, ohne Ehemann, aber mit zwei Kindern, und mit einem guten Job bei einer Bundesbehörde, den sie nicht im mindesten vermißte. Sie gestand Nicholas, daß sie ein Jahr aus dem Büro abwesend sein könnte, ohne daß es jemandem etwas ausmachte. Er erzählte ihr tolle Geschichten über die Missetaten der Tabakkonzerne während früherer Prozesse, und er gestand ihr, daß er sich im Verlauf seines zweijährigen Jurastudiums eingehend mit den Klagen gegen die Tabakindustrie beschäftigt hatte. Das Studium hätte er dann aus finanziellen Gründen aufgeben müssen. Die Lautstärke ihrer Stimmen war sorgfältig so gedrosselt, daß sie außer Hörweite von Herman Grimes blieb, der nach wie vor mit seinem Laptop beschäftigt war.

Die Zeit verging, und um zehn ging Nicholas zur Tür und riß Lou Dell aus ihrem Taschenbuch. Sie hatte keine Ahnung, wann der Richter sie holen lassen würde, und es gab einfach nichts, was sie dagegen tun konnte.

Nicholas setzte sich an den Tisch und begann ein strategisches Gespräch mit Herman. Es war nicht fair, sie bei Verzögerungen wie dieser eingeschlossen zu halten, und Nicholas war der Ansicht, daß ihnen erlaubt werden sollte, das Gebäude zu verlassen, mit einer Eskorte, und außer dem Spaziergang nach dem Lunch auch einen am Morgen zu unternehmen. Man einigte sich darauf, daß Nicholas diese Bitte wie üblich schriftlich niederlegen und sie Richter Harkin in der Mittagspause zukommen lassen sollte.

Um halb elf betraten sie endlich den Saal. Die Atmosphäre war immer noch geladen von der Hitze des Gefechts, und die erste Person, die Nicholas sah, war der Mann, der in seine Wohnung eingedrungen war. Er saß in der dritten Reihe auf der linken Seite, in Hemd und Krawatte und mit einer Zeitung, die aufgeschlagen auf der Rückenlehne des Sitzes vor ihm ruhte. Er war allein und warf kaum einen Blick auf die Geschworenen, als diese ihre Plätze einnahmen. Nicholas starrte ihn nicht an; zwei eingehende Blicke, und er hatte ihn eindeutig identifiziert.

Ungeachtet seiner Tücke und Verschlagenheit beging Fitch gelegentlich eine große Dummheit. Daß er seinen Gangster in den Gerichtssaal schickte, war ein riskantes Unterfangen, das ihm kaum etwas einbringen konnte. Was sollte er dort sehen oder hören, das nicht auch einer von dem Dutzend Anwälten und dem halben Dutzend Jury-Beratern oder der Handvoll anderer Lakaien, die Fitch im Gerichtssaal postiert hatte, hätte sehen oder hören können?

Obwohl Nicholas überrascht war, den Mann zu sehen, hatte er sich doch bereits überlegt, was er tun würde. Er hatte mehrere Pläne, die davon abhingen, wo der Mann auftauchte. Der Gerichtssaal war eine Überraschung, aber er brauchte nur eine Minute, um die Sachlage zu durchdenken. Richter Harkin mußte unbedingt erfahren, daß einer der Gauner, die ihm soviel Sorgen bereiteten, jetzt im Gerichtssaal saß und so tat, als wäre er nur ein müßiger Zuschauer wie die anderen auch. Harkin mußte das Gesicht sehen, damit er es später auf Video wiedererkennen würde.

Der erste Zeuge war Dr. Bronsky, jetzt an seinem dritten Tag, aber dem ersten im Kreuzverhör durch die Verteidigung. Sir Durr begann langsam und höflich, wie in Ehrfurcht vor diesem hervorragenden Experten, und stellte ein paar Fragen, die die meisten der Geschworenen hätten beantworten können. Dann aber nahmen die Dinge schnell eine andere Wendung. Mit Dr. Fricke war Cable sehr rücksichtsvoll umgegangen, mit Bronsky aber wollte er kämpfen.

Er begann mit den über viertausend im Tabakrauch identifizierten Verbindungen, griff scheinbar aufs Geratewohl eine heraus und fragte, welche Wirkung Benzpyren auf die Lungen hätte. Bronsky sagte, das wüßte er nicht, und versuchte zu erklären, daß sich der von einer einzigen Verbindung angerichtete Schaden unmöglich messen ließe. Wie stand es mit den Bronchien und den Schleimhäuten und den Zilien? Bronsky versuchte abermals zu erklären, daß es der Forschung unmöglich war, die Wirkung einer einzigen der in Tabakrauch enthaltenen Verbindungen zu bestimmen.

Cable ließ seine Fragen nur so niederprasseln. Er griff eine weitere Verbindung heraus und zwang Bronsky zu dem Eingeständnis, daß er den Geschworenen nicht sagen konnte, was sie in den Lungen, den Bronchien und den Schleimhäuten anrichtete. Jedenfalls nicht speziell.

Rohr erhob Einspruch, aber Seine Ehren wies ihn mit der Begründung ab, daß es sich um ein Kreuzverhör handele. Dem Zeugen konnte praktisch alles an den Kopf geworfen werden, was relevant oder auch nur halbrelevant war.

Doyle blieb auf seinem Platz in der dritten Reihe, schaute gelangweilt drein und wartete auf eine Gelegenheit zu verschwinden. Er hatte den Auftrag erhalten, nach der Frau Ausschau zu halten, etwas, das er bereits seit vier Tagen tat. Stundenlang hatte er im Foyer im Erdgeschoß herumgelungert. Er hatte einen ganzen Nachmittag damit verbracht, in der Nähe der Automaten auf einer Getränkekiste zu sitzen, sich mit einem Hausmeister zu unterhalten und dabei den Haupteingang im Auge zu behalten. Er hatte in den kleinen Cafés und Imbißstuben der näheren Umgebung literweise Kaffee getrunken. Er und Pang und zwei weitere hatten schwer gearbeitet, ihre Zeit vergeudet, aber ihren Boß zufriedengestellt.

Nachdem er vier Tage lang jeweils sechs Stunden an derselben Stelle gesessen hatte, wußte Nicholas so ziemlich, wie Fitchs Routine aussah. Seine Leute, Jury-Berater wie Handlanger, bewegten sich herum. Sie benutzten den gesamten Gerichtssaal, saßen in Gruppen beisammen oder einzeln. Sie benutzten kurze Unterbrechungen, um unauffällig zu kommen oder zu gehen. Sie sprachen nur selten miteinander. In der einen Minute richteten sie ihre gesamte Aufmerksamkeit auf die Zeugen und die Geschworenen, in der nächsten lösten sie Kreuzworträtsel oder schauten aus dem Fenster.

Er wußte, daß der Mann bald verschwinden würde.

Er schrieb ein paar Worte, faltete den Zettel zusammen und bat Loreen Duke, ihn an sich zu nehmen, ohne ihn zu lesen. Während einer Pause im Kreuzverhör, in der Cable seine Notizen konsultierte, bat er sie dann, sich vorzulehnen und ihn Deputy Willis auszuhändigen, der an der Wand lehnte und die Fahne bewachte. Willis, plötzlich aufgeweckt, brauchte eine Sekunde, um zu sich zu kommen, dann begriff er, daß er den Zettel dem Richter aushändigen sollte.

Doyle sah, wie Loreen ihm den Zettel gab, aber er hatte nicht gesehen, daß er von Nicholas stammte.

Richter Harkin nahm den Zettel kommentarlos entgegen und schob ihn auf seinem Tisch in Griffweite. Cable feuerte gerade eine weitere Frage ab. Harkin entfaltete langsam den Zettel. Er kam von Nicholas Easter, Nummer zwei, und darauf stand:

Richter:

Der Mann in der dritten Reihe von vorn, linke Seite, am Mittelgang, weißes Hemd, blau-grüne Krawatte, ist mir gestern gefolgt. Es war das zweitemal, daß ich ihn gesehen habe. Können wir herausfinden, wer er ist? *Nicholas Easter*

Seine Ehren sah Durr Cable an, bevor er sich den Zuschauer ansah. Der Mann saß für sich allein und starrte zum Richtertisch empor, als wüßte er, daß ihn jemand beobachtete.

Das war eine neue Herausforderung für Frederick Harkin. Im Moment konnte er sich nicht einmal an einen nur halbwegs ähnlichen Vorfall erinnern. Seine Möglichkeiten waren beschränkt, und je länger er über die Situation nachdachte, desto geringer wurden sie. Auch er wußte, daß beide Seiten über ganze Horden von Beratern, Mitarbeitern und Handlangern verfügten, die entweder im Gerichtssaal oder nicht weit davon entfernt lauerten. Er hatte genau beobachtet, was in seinem Saal vor sich ging, und dabei eine Menge unauffälligen Herumwanderns von Leuten wahrgenommen, die Erfahrung in solchen Prozessen hatten und nicht bemerkt werden wollten. Er wußte, daß der Mann den Saal jeden Moment verlassen konnte.

Wenn Harkin plötzlich eine kurze Unterbrechung verkündete, würde er vermutlich sofort verschwinden.

Es war ein ungeheuer aufregender Augenblick für den Richter. Nach all den Geschichten und Gerüchten von den anderen Prozessen und nach den scheinbar fruchtlosen Ermahnungen an die Geschworenen saß jetzt, hier im Saal, genau in diesem Moment, einer dieser geheimnisvollen Agenten, ein von der einen oder der anderen Seite zum Überwachen seiner Geschworenen angeheuerter Spürhund.

Im Gerichtssaal diensttuende Deputies sind in der Regel uniformiert, bewaffnet und normalerweise ziemlich harmlos. Aufgabe der jüngeren Männer ist es, auf den Straßen den Elementen zu trotzen, und im Gerichtssaal tun die älteren, auf den Ruhestand zugehenden Leute Dienst. Richter Harkin sah sich um, und seine Möglichkeiten verringerten sich noch weiter.

Da war Willis, der in der Nähe der Fahne an der Wand lehnte und allem Anschein nach bereits wieder in seinen üblichen Halbschlaf versunken war, mit halb geöffnetem rechten Mundwinkel und heraustropfendem Speichel. Am Ende des Mittelgangs, direkt vor Harkin, aber mindestens dreißig Meter entfernt, bewachten Jip und Rasco die Eingangstür. Jip saß im Moment in der hintersten Reihe, nahe der Tür, mit einer Lesebrille auf der Spitze seiner fleischigen Nase, und überflog die Lokalzeitung. Er war vor zwei Monaten an der Hüfte operiert worden, hatte Mühe, längere Zeit zu stehen, und deshalb die Erlaubnis erhalten, sich während der Verhandlung hinzusetzen. Rasco war Ende Fünfzig, der jüngste der Mannschaft, aber nicht gerade besonders beweglich. In der Regel stand noch ein jüngerer Deputy an der Eingangstür, aber der tat im Augenblick draußen auf dem Vorplatz neben dem Metalldetektor Dienst.

Während der Auswahl der Geschworenen hatte Harkin massenhaft Uniformierte angefordert, aber nachdem die Zeugenaussagen nun schon eine Woche andauerten, hatte sich die anfängliche Aufregung gelegt und es war nur noch einer von vielen langwierigen Zivilprozessen, wenn auch einer, bei dem ungeheuer viel auf dem Spiel stand.

Harkin musterte die zur Verfügung stehende Truppe und entschied sich gegen ein Eingreifen. Er schrieb rasch ein paar Zeilen, behielt, den Mann ignorierend, den Zettel einen Moment in der Hand und gab ihn dann der Kanzleivorsteherin, Gloria Lane, die an einem kleinen Tisch unterhalb des Richtertisches und gegenüber dem Zeugenstand saß. Die Nachricht beschrieb den Mann, wies Gloria an, ihn sich genau, aber unauffällig anzusehen, dann durch eine Nebentür den Saal zu verlassen und den Sheriff zu holen. Er hatte auch dem Sheriff Anweisungen erteilt, die aber leider nicht mehr zur Durchführung kamen.

Nachdem Doyle mehr als eine Stunde lang dem gnadenlosen Kreuzverhör von Dr. Bronsky zugehört hatte, war er bereit zu verschwinden. Die Frau war nirgends zu sehen; nicht, daß er erwartet hätte, sie hier zu finden. Er führte nur seine Befehle aus. Außerdem gefiel ihm dieses Herumreichen von Zetteln beim Richtertisch nicht. Er faltete leise seine Zeitung zusammen und verließ, von niemandem behindert, den Gerichtssaal. Harkin schaute ungläubig hinterher. Er ergriff sogar mit der rechten Hand das vor ihm montierte Mikrofon, als wollte er dem Mann zurufen, er solle stehenbleiben und ein paar Fragen beantworten. Aber er bewahrte die Ruhe. Es bestand die Aussicht, daß der Mann wiederkommen würde.

Nicholas sah Seine Ehren an, und beide Männer waren frustriert. Cable machte eine Pause zwischen zwei Fragen, und Seine Ehren hieb plötzlich mit seinem Hammer auf den Tisch. »Zehn Minuten Unterbrechung. Die Geschworenen brauchen eine kurze Pause.«

Willis gab die Nachricht an Lou Dell weiter, die ihren Kopf durch die einen Spaltbreit geöffnete Tür steckte und sagte: »Mr. Easter, würden Sie bitte einen Moment herauskommen?«

Nicholas folgte Willis durch ein Labyrinth aus engen

Korridoren, bis sie vor der Nebentür zu Harkins Amtszimmer angelangt waren. Der Richter war allein, ohne Robe, mit einem Becher Kaffee in der Hand. Er entließ Willis und schloß die Tür. »Bitte, nehmen Sie Platz, Mr. Easter«, sagte er und deutete auf einen Stuhl auf der anderen Seite seines vollgepackten Schreibtisches. Der Raum war nicht sein reguläres Amtszimmer, sondern eines, das er mit zwei anderen, den gleichen Gerichtssaal benutzenden Richtern teilte. »Kaffee?«

»Nein, danke.«

Harkin ließ sich auf seinen Stuhl sinken und lehnte sich auf den Ellenbogen vor. »Und nun erzählen Sie mir, wo Sie diesen Mann gesehen haben.«

Nicholas wollte das Video für einen entscheidenderen Moment aufsparen. Er hatte sich die nächste Geschichte bereits sorgfältig ausgedacht. »Gestern, nach der Vertagung. Ich war auf dem Heimweg zu meiner Wohnung und habe mir bei Mike's an der Ecke ein Eis geholt. Als ich drinnen im Laden war, habe ich einen Blick auf den Gehsteig geworfen, und da habe ich gesehen, wie dieser Mann hereinschaute. Er hat mich nicht bemerkt, aber mir wurde klar, daß ich ihn schon einmal gesehen hatte. Ich kaufte das Eis und machte mich auf den Heimweg. Ich vermutete, daß der Mann mir folgen würde, also paßte ich genau auf und machte ein paar Umwege, und dabei habe ich festgestellt, daß er mich tatsächlich beschattete.«

»Und Sie hatten ihn davor schon einmal gesehen?«

»Ja, Sir. Ich arbeite in einem Computerladen im Einkaufszentrum, und eines Abends ging dieser Mann, derselbe Mann, da bin ich ganz sicher, vorbei und schaute herein. Später machte ich eine Pause, und er tauchte am anderen Ende des Einkaufszentrums auf, wo ich gerade eine Cola trank.«

Der Richter entspannte sich ein wenig und strich sich übers Haar. »Bitte, seien Sie ehrlich, Mr. Easter. Hat sonst noch einer Ihrer Kollegen irgend etwas dergleichen erwähnt?«

»Nein, Sir.«

»Werden Sie mich informieren, wenn sie es tun?«
»Natürlich.«
»Es ist nichts Unrechtes an dieser kleinen Unterhaltung, die wir hier führen, und wenn Sie in Ihrem Zimmer irgend etwas erfahren, muß ich es wissen.«
»Wie setze ich mich mit Ihnen in Verbindung?«
»Schicken Sie mir durch Lou Dell eine Nachricht. Sagen Sie nur, wir müßten miteinander reden, aber ohne Angabe von Gründen, weil sie sie bestimmt lesen wird.«
»Okay.«
»Abgemacht?«
»Abgemacht.«
Harkin holte tief Luft und wühlte in einem offenstehenden Aktenkoffer. Er fand eine Zeitschrift und schob sie über den Schreibtisch. »Haben Sie das schon gesehen? Es ist das *Wall Street Journal* von heute.«
»Nein, das lese ich nicht.«
»Gut. Es enthält eine große Story über diesen Prozeß und die Auswirkungen, die ein Urteil zugunsten der Anklage auf die Tabakindustrie haben könnte.«
Nicholas konnte sich die Gelegenheit nicht entgehen lassen. »Es gibt nur eine Person, die das *Wall Street Journal* liest.«
»Und wer ist das?«
»Frank Herrera. Er hat es heute morgen gelesen, von der ersten bis zur letzten Seite.«
»Heute morgen?«
»Ja. Während wir gewartet haben, hat er jedes Wort zweimal gelesen.«
»Hat er irgendwelche Bemerkungen darüber gemacht?«
»Nicht, daß ich wüßte.«
»Verdammt.«
»Aber das spielt ohnehin keine Rolle«, sagte Nicholas, eine Wand betrachtend.
»Weshalb nicht?«
»Seine Meinung steht fest.«
Harkin lehnte sich vor und musterte Nicholas eindringlich. »Was meinen Sie damit?«

»Meiner Ansicht nach hätte er überhaupt nicht Geschworener sein dürfen. Ich weiß nicht, wie er die schriftlichen Fragen beantwortet hat, aber er kann nicht die Wahrheit gesagt haben, sonst wäre er nicht hier. Und ich erinnere mich ganz genau an Fragen während des *voir dire*, auf die er hätte reagieren müssen.«

»Ich höre.«

»Okay, Euer Ehren, aber werden Sie nicht wütend. Ich habe mich gestern am frühen Morgen mit ihm unterhalten. Außer uns war niemand im Geschworenenzimmer, und ich schwöre, daß wir nicht direkt über diesen Fall gesprochen haben. Aber irgendwie kamen wir auf Zigaretten, und Frank hat vor Jahren mit dem Rauchen aufgehört und hat keinerlei Sympathien für jemanden, der nicht aufhören kann. Er ist Militär im Ruhestand, wie Sie wissen, ziemlich steif und streng, was ...«

»Ich war früher bei der Marine-Infanterie.«

»Tut mir leid. Soll ich den Mund halten?«

»Nein. Machen Sie weiter.«

»Okay, aber mir ist nicht recht wohl bei der Sache, und ich höre gern jederzeit auf.«

»Ich sage Ihnen, wann Sie aufhören sollen.«

»Also gut, Frank ist der Ansicht, daß jeder, der fast dreißig Jahre lang drei Schachteln pro Tag raucht, verdient hat, was er bekommt. Keine Spur von Sympathie. Ich habe eine Weile mit ihm diskutiert, nur des Diskutierens halber, und er hat mich beschuldigt, ich wollte nur der Klägerin eine Unmenge Geld zuschanzen.«

Das war ein schwerer Schlag für den Richter. Er lehnte sich auf seinem Stuhl zurück, schloß die Augen und rieb dann darüber, während seine Schultern herabsackten. »Das ist einfach großartig«, murmelte er.

»Tut mir leid, Euer Ehren.«

»Nein, nein, ich habe es herausgefordert.« Er setzte sich wieder aufrecht hin, strich sich abermals mit den Fingern übers Haar, zwang sich zu einem Lächeln und sagte: »Bitte, hören Sie mir zu, Mr. Easter. Ich verlange nicht von Ihnen, daß Sie zum Denunzianten werden. Aber ich mache mir

Sorgen um diese Jury, wegen des Drucks, der von außen auf sie ausgeübt wird. Diese Art von Prozessen hat eine unerquickliche Geschichte. Wenn Sie irgend etwas sehen oder hören, das auch nur im entferntesten nach unerlaubten Kontakten aussieht, dann lassen Sie es mich bitte wissen, damit wir uns darum kümmern können.«

»Natürlich, Richter.«

Die Story auf der Titelseite des *Wall Street Journal* war von Agner Layson geschrieben worden, einem älteren Reporter, der den größten Teil der Geschworenen-Auswahl und alle bisherigen Zeugenaussagen verfolgt hatte. Layson hatte zehn Jahre als Anwalt gearbeitet und war schon in vielen Gerichtssälen gewesen. Seine Story, die erste in einer Serie, berichtete über die Hintergründe des Prozesses und lieferte Details über die Beteiligten. Er stellte keine Vermutungen über den weiteren Verlauf des Prozesses an oder darüber, wer gewinnen oder verlieren würde, sondern lieferte nur eine faire Zusammenfassung der recht überzeugenden medizinischen Beweise, die die Anklage bisher vorgebracht hatte.

Auf diese Story hin fielen die Pynex-Aktien bei Börsenbeginn um einen Dollar, hatten sich bis Mittag aber wieder gefangen und auf dem vorherigen Stand eingependelt, und man war der Ansicht, daß sie dem kurzen Sturm gut getrotzt hatten.

Die Story löste eine Flut von Anrufen von Brokerbüros in New York an ihre in Biloxi vor Ort weilenden Analytiker aus. Minuten bedeutungslosen Geplauders resultierten in Stunden fruchtloser Spekulationen, während der die geplagten Seelen in New York herumrieten und grübelten und sich immer wieder die einzige wirklich wichtige Frage stellten: »Wie werden die Geschworenen entscheiden?«

Keiner der jungen Männer, die man ausgesandt hatte, den Prozeß zu verfolgen und vorherzusagen, wie die Geschworenen reagieren würden, hatte auch nur die geringste Ahnung.

11. KAPITEL

Das Kreuzverhör von Bronsky endete am späten Donnerstag nachmittag, und am Freitag morgen schlug Marlee gründlich zu. Konrad nahm den ersten Anruf fünfundzwanzig Minuten nach sieben entgegen, stellte ihn rasch zu Fitch durch, der gerade mit Washington telefonierte, und hörte das Gespräch über den eingeschalteten Raumlautsprecher mit. »Guten Morgen, Fitch«, sagte sie honigsüß.

»Guten Morgen, Marlee«, erwiderte Fitch mit einer glücklichen Stimme und so verbindlich, wie er nur konnte. »Wie geht es Ihnen?«

»Prächtig. Nummer zwei, Easter, wird ein hellblaues Jeanshemd tragen, eine ausgeblichene Jeanshose, weiße Socken, alte Turnschuhe, Nikes, glaube ich. Und er wird ein Exemplar von *Rolling Stone* bei sich haben, Oktober-Ausgabe, mit Meat Loaf auf dem Umschlag. Haben Sie das?«

»Ja. Wann können wir uns zusammensetzen und miteinander reden?«

»Wenn ich soweit bin. Adiós.« Sie legte auf. Der Anruf wurde zum Foyer eines Motels in Hattiesburg, Mississippi, zurückverfolgt, mindestens neunzig Fahrminuten entfernt.

Pang saß in einem drei Blocks von Easters Wohnung entfernten Café, und Minuten später stand er unter einem großen, ungefähr fünfzig Meter von dem alten VW-Käfer entfernten Baum. Auf die Minute pünktlich kam Easter um Viertel vor acht aus der Haustür und machte sich auf seinen gewohnten zwanzigminütigen Spaziergang zum Gerichtsgebäude. Er unterbrach ihn wie immer, indem er den üblichen Eckladen betrat und sich die übliche Zeitung und den üblichen Kaffee holte.

Natürlich war er genauso angezogen, wie sie vorhergesagt hatte.

Ihr zweiter Anruf kam gleichfalls aus Hattiesburg, aber

von einem anderen Anschluß. »Ich habe einen neuen Tip für Sie. Sie werden begeistert sein.«

Kaum atmend sagte Fitch: »Ich höre.«

»Wenn die Geschworenen heute hereinkommen, werden sie sich nicht hinsetzen. Raten Sie mal, was sie tun werden?«

Fitchs Gehirn erstarrte. Er konnte die Lippen nicht bewegen. Er wußte, daß sie keine intelligente Vermutung von ihm erwartete. »Keine Ahnung«, sagte er.

»Sie werden das Treuegelöbnis ablegen.«

Fitch warf Konrad einen verblüfften Blick zu.

»Haben Sie das, Fitch?« fragte sie fast spöttisch.

»Ja.«

Die Verbindung war unterbrochen.

Ihr dritter Anruf galt der Kanzlei von Wendall Rohr, der, seiner Sekretärin zufolge, sehr beschäftigt und unerreichbar war. Marlee hatte dafür vollstes Verständnis, erklärte aber, sie hätte eine wichtige Nachricht für Mr. Rohr. Die Nachricht würde in ungefähr fünf Minuten per Fax eingehen, also würde die Sekretärin bitte so freundlich sein, sie Mr. Rohr auszuhändigen, bevor er sich auf den Weg zum Gericht machte. Die Sekretärin erklärte sich widerstrebend dazu bereit, und fünf Minuten später fand sie in der Empfangslade des Faxgeräts ein Blatt Papier. Es enthielt keine Übermittlungsnummer und auch sonst keinerlei Hinweis darauf, von wo oder von wem das Fax kam. Auf der Mitte des Blattes stand, einzeilig mit der Schreibmaschine geschrieben, folgende Nachricht:

WR: Geschworener Nummer zwei, Easter, wird heute ein blaues Jeanshemd tragen, eine ausgeblichene Jeanshose, Weiße Socken, alte Nikes. Er liest gern Rolling Stone, *und er wird sich als sehr patriotisch erweisen.* MM

Die Sekretärin stürzte damit in das Büro von Rohr, der gerade dabei war, seinen Aktenkoffer für die Schlacht des Tages zu packen. Rohr las die Nachricht, verhörte die Sekretärin und rief dann seine Kollegen zu einer Dringlichkeitssitzung zusammen.

Die Stimmung konnte nicht eigentlich als festlich bezeichnet werden, zumal nicht bei zwölf Leuten, die gegen ihren Willen festgehalten wurden, aber es war Freitag, und als sie hereinkamen und sich gegenseitig begrüßten, waren die Gespräche spürbar lockerer. Nicholas saß am Tisch, in der Nähe von Herman Grimes und gegenüber von Frank Herrera, und wartete auf eine Pause in dem müßigen Geplauder. Er sah Herman an, der wie üblich an seinem Laptop arbeitete. Er sagte: »Hey, Herman, ich habe eine Idee.«

Inzwischen hatte Herman die elf Stimmen seinem Gedächtnis einverleibt, und seine Frau hatte Stunden damit verbracht, ihm die dazugehörigen Personen zu beschreiben. Easters Stimme kannte er besonders gut.

»Ja, Nicholas?«

Nicholas hob die Stimme, um die Aufmerksamkeit aller auf sich zu ziehen. »Als Kind bin ich auf eine kleine Privatschule gegangen, und dort haben wir jeden Tag mit dem Treuegelöbnis begonnen. Und jedesmal, wenn ich am frühen Morgen eine Fahne sehe, überkommt mich das Verlangen, das Gelöbnis abzulegen.« Die meisten der Geschworenen hörten zu. Der Pudel war auf eine Zigarette hinausgegangen. »Und im Gerichtssaal steht diese wunderschöne Fahne hinter dem Richter, und alles, was wir tun, ist, daß wir sie anschauen.«

»Mir ist sie nicht aufgefallen«, sagte Herman.

»Sie wollen das Treuegelöbnis da draußen ablegen, vor all den Leuten im Saal?« fragte Herrera, Napoleon, der Colonel im Ruhestand.

»Ja. Was spricht dagegen, daß wir das einmal in der Woche tun?«

»Dagegen ist nichts einzuwenden«, sagte Jerry Fernandez, der insgeheim auf das Ereignis präpariert worden war.

»Aber was ist mit dem Richter?« fragte Mrs. Gladys Card.

»Was könnte er dagegen haben? Weshalb sollte überhaupt irgend jemand etwas dagegen haben, wenn wir einen Augenblick stehen bleiben und unsere Fahne ehren?«

»Das soll doch nicht etwa ein Spielchen sein, oder?« fragte der Colonel.

Nicholas war plötzlich verletzt. Er schaute mit umflorten Augen über den Tisch und sagte: »Mein Vater ist in Vietnam gefallen. Er hat einen Orden bekommen. Die Fahne bedeutet mir sehr viel.«

Und damit war die Sache abgemacht.

Richter Harkin begrüßte sie mit einem freundlichen Freitagslächeln, als sie einer nach dem anderen durch die Tür hereinkamen. Er war darauf vorbereitet, durch seine Standardroutine über unerlaubte Kontakte zu hetzen und dann mit der Zeugenvernehmung weiterzumachen. Er brauchte eine Sekunde, um zu begreifen, daß sie sich nicht wie üblich hinsetzten. Sie blieben stehen, bis alle zwölf ihre Plätze erreicht hatten, dann schauten sie zur Wand links von ihm, hinter dem Zeugenstand, und legten die Hand aufs Herz. Easter machte als erster den Mund auf und steuerte sie in eine kraftvolle Deklamation des Treuegelöbnisses.

Harkin reagierte zunächst absolut fassungslos; eine derartige Zeremonie hatte er noch nie erlebt, jedenfalls nicht in einem Gerichtssaal, nicht durch eine Gruppe von Geschworenen. Er hatte nicht einmal gehört, daß so etwas geschehen war, obwohl er glaubte, inzwischen alles gesehen und gehört zu haben. Es gehörte nicht zum täglichen Ritual, war nicht von ihm genehmigt worden, wurde in keinem Handbuch erwähnt. Und deshalb war sein erster Impuls, nach dem ersten Schock, sie aufzufordern, damit aufzuhören und sich hinzusetzen und sie würden später darüber reden. Dann wurde ihm schlagartig klar, daß es furchtbar unpatriotisch und vielleicht schändlich wäre, eine Gruppe von wohlmeinenden Bürgern zu unterbrechen, die sich einen Moment Zeit ließen, um die Fahne der Vereinigten Staaten zu ehren. Er warf einen Blick auf Rohr und Cable und sah nichts als offene Münder und schlaffe Unterkiefer.

Also stand er auf. Ungefähr in der Mitte des Gelöbnisses rückte er nach vorn und erhob sich, umwallt von seiner schwarzen Robe, wendete sich der Wand zu, legte die Hand aufs Herz und stimmte in die Deklamation ein.

Jetzt, wo sowohl die Geschworenen als auch der Richter die Stars and Stripes ehrten, hatten plötzlich alle das Gefühl, dasselbe tun zu müssen, besonders die Anwälte, die es sich nicht leisten konnten, womöglich in Ungnade zu fallen oder auch nur eine Spur von Illoyalität zu zeigen. Sie sprangen auf, stießen Stühle zurück und kippten Aktenkoffer um. Auch Gloria Lane und ihre Mitarbeiterinnen, die Protokollantin und Lou Dell, die in der ersten Reihe saß, standen auf, wendeten sich der Fahne zu und stimmten ein. Aber irgendwo jenseits der dritten Reihe verlor die Inbrunst an Schwung, und deshalb blieb Fitch glücklicherweise davon verschont, aufstehen und wie ein Pfadfinder Worte murmeln zu müssen, an die er sich kaum erinnerte.

Er saß in der hintersten Reihe, flankiert von José und Holly, einem gutaussehenden jungen Anwalt. Pang war draußen in der Vorhalle. Doyle saß wieder in Arbeitsmontur auf seiner Kiste neben den Getränkeautomaten im Erdgeschoß, unterhielt sich mit den Hausmeistern und beobachtete die Eingangshalle.

Fitch war völlig fassungslos. Der Anblick einer Jury, die aus eigenem Antrieb und als Gruppe agierend, auf diese Weise die Kontrolle über den Gerichtssaal an sich riß, war einfach unglaublich. Und daß Marlee gewußt hatte, daß dies geschehen würde, war schlichtweg bestürzend.

Die Tatsache aber, daß sie ihr Spiel damit trieb, war erheiternd.

Immerhin hatte Fitch eine Ahnung gehabt, was kommen würde. Wendall Rohr dagegen fühlte sich völlig überrumpelt. Er war so fassungslos über den Anblick von Easter, der genauso gekleidet war wie angekündigt, tatsächlich die angegebene Zeitschrift bei sich hatte, sie unter seinem Sitz deponierte und dann seine Mitgeschworenen bei dem Gelöbnis anführte, daß er die restlichen Worte nur noch mit dem Mund formen konnte. Und er tat es, ohne die Fahne anzuschauen. Er starrte die Geschworenen an, vor allem Easter, und fragte sich, was, zum Teufel, da vor sich ging.

Als die letzten Worte »...und Gerechtigkeit für alle« zur Decke emporgehallt waren, ließen die Geschworenen sich auf ihren Plätzen nieder, und die ganze Gruppe ließ den Blick im Saal herumwandern, um zu sehen, wie die Leute reagiert hatten. Richter Harkin zog seine Robe zurecht und hantierte gleichzeitig mit irgendwelchen Papieren; er schien entschlossen, so zu tun, als würde ein solches Verhalten von allen Geschworenen erwartet. Was hätte er sagen können? Es hatte dreißig Sekunden gedauert.

Die meisten Anwälte waren von dieser albernen Zurschaustellung von Patriotismus peinlich berührt, aber wenn es die Geschworenen glücklich machte, dann machte es eben auch sie glücklich. Nur Wendall Rohr starrte, offensichtlich sprachlos, weiter die Geschworenen an. Ein Mitarbeiter stieß ihn an, und sie begannen eine geflüsterte Unterhaltung, während Seine Ehren durch die Standardbemerkungen und Fragen an die Geschworenen eilte.

»Ich denke, jetzt können wir den nächsten Zeugen hören«, sagte der Richter, eifrig darauf bedacht, voranzukommen.

Rohr stand immer noch ein wenig benommen auf und sagte: »Die Anklage ruft Dr. Hilo Kilvan auf.«

Während der nächste Experte aus einem Zeugenzimmer im Hintergrund geholt wurde, verließ Fitch mit José unauffällig den Gerichtssaal. Sie gingen die Straße hinunter und in den Billigladen.

Die beiden Jury-Genies im Vorführraum waren stumm. Auf der Hauptleinwand beobachtete einer von ihnen die Eröffnungsfragen an Dr. Kilvan. Der andere ließ auf einem kleineren Bildschirm das Treuegelöbnis noch einmal ablaufen. Fitch stellte sich neben ihn und fragte: »Wann haben Sie so etwas zum letztenmal gesehen?«

»Es war Easter«, sagte der Experte. »Er hat sie angeführt.«

»Natürlich war es Easter«, fauchte Fitch. »Das konnte ich sogar von der hintersten Reihe aus sehen.« Wie gewöhnlich spielte Fitch nicht fair. Keiner dieser beiden Berater wußte von Marlees Anrufen, weil Fitch diese Informationen nur an seine Agenten – Swanson, Doyle, Pang, Konrad und Holly – weitergegeben hatte.

»Und wie wirkt sich das auf Ihre Computeranalyse aus?« fragte Fitch sarkastisch.

»Alles beim Teufel.«

»Das dachte ich mir. Weitermachen.« Er knallte die Tür zu und ging in sein Büro.

Dr. Hilo Kilvans Vernehmung wurde von einem neuen Anklagevertreter durchgeführt, Scotty Mangrum aus Dallas. Mangrum hatte sein Vermögen mit dem Verklagen von Petrochemiekonzernen wegen Vergiftungen gemacht, und jetzt, im Alter von zweiundvierzig Jahren, galt sein Hauptinteresse Produkten, die beim Verbraucher Schäden oder den Tod bewirkten. Nach Rohr war er der erste Anwalt gewesen, der seine Million zur Finanzierung des Wood-Falles beigesteuert hatte, und man hatte entschieden, daß er sich mit den statistischen Daten von Lungenkrebs vertraut machen sollte. In den letzten vier Jahren hatte er ungezählte Stunden damit verbracht, jede erdenkliche Untersuchung und jeden Artikel über dieses Thema zu lesen, und zahlreiche Reisen unternommen, um die Experten kennenzulernen. Mit großer Sorgfalt und ohne Rücksicht auf die Kosten hatte er schließlich Dr. Kilvan als den Mann auserwählt, der nach Biloxi kommen und sein Wissen vor den Geschworenen ausbreiten sollte.

Dr. Kilvan sprach ein perfektes, aber bedächtiges Englisch mit dem Anflug eines Akzentes, der auf die Geschworenen Eindruck machte. In einem Gerichtssaal gibt es nur wenige Dinge, die überzeugender sind als ein Experte, der weit gereist ist, um in Erscheinung treten zu können, und einen exotischen Namen und außerdem noch einen Akzent hat. Dr. Kilvan stammte aus Montreal, wo er seit vierzig Jahren lebte, und die Tatsache, daß er aus einem anderen Land kam, trug noch zu seiner Glaubwürdigkeit bei. Die Geschworenen waren für ihn eingenommen, bevor er noch ein einziges Wort ausgesagt hatte. Mangrum steuerte ihn durch eine beeindruckende Karriere mit besonderem Nachdruck auf die zahlreichen Bücher, die Dr. Kilvan über die statistische Wahrscheinlichkeit von Lungenkrebs veröffentlicht hatte.

Als er endlich gefragt wurde, gab Durr Cable zu, daß Dr. Kilvan für eine Aussage auf seinem Gebiet qualifiziert war.

Scotty Mangrum dankte ihm und begann dann mit der ersten Untersuchung – einem Vergleich der Lungenkrebssterblichkeit zwischen Rauchern und Nichtrauchern. Dr. Kilvan hatte sich an der Universität von Montreal zwanzig Jahre mit diesem Thema beschäftigt, und er saß entspannt auf seinem Stuhl, während er den Geschworenen die Grundlagen dieser Forschungen darlegte. Bei amerikanischen Männern – er hatte seine Untersuchungen an Gruppen von Männern und Frauen aus aller Welt angestellt, aber überwiegend an Kanadiern und Amerikanern – ist das Risiko, Lungenkrebs zu bekommen, bei jemandem, der zehn Jahre lang fünfzehn Zigaretten am Tag raucht, zehnmal größer als bei jemandem, der nicht raucht. Steigt der Konsum auf zwei Schachteln, ist das Risiko zwanzigmal größer. Steigt er auf drei Schachteln, die Menge, die Jacob Wood geraucht hatte, dann ist das Risiko fünfundzwanzigmal so groß wie bei einem Nichtraucher.

Vielfarbige Tabellen wurden hervorgeholt und an drei Stativen angebracht, und Dr. Kilvan demonstrierte, sorgfältig und ohne eine Spur von Eile, den Geschworenen seine Forschungsergebnisse.

Bei der nächsten Untersuchung ging es um das Verhältnis zwischen dem Tod durch Lungenkrebs bei Männern und der Art des gerauchten Tabaks. Dr. Kilvan erläuterte die grundlegenden Unterschiede bei Pfeifen- und Zigarrenrauch und die Krebsrate bei amerikanischen Männern, die Tabak in diesen Formen rauchten. Er hatte zwei Bücher über diese Vergleiche veröffentlicht und war bereit, den Geschworenen die nächste Reihe von Tafeln und Tabellen zu zeigen. Die Zahlen türmten sich zu Bergen und begannen zu verschwimmen.

Loreen Duke war die erste, die den Mut aufbrachte, ihren Teller vom Tisch zu nehmen und sich damit in eine Ecke zurückzuziehen, wo sie ihn auf den Knien balancierte und allein aß. Weil der Lunch jeden Morgen um neun nach der Speisekarte bestellt wurde und weil Lou Dell, der Deputy Willis, die Angestellten von O'Reilly's und alle anderen am

Servieren des Essens Beteiligten entschlossen waren, alles Punkt zwölf auf dem Tisch zu haben, war eine gewisse Ordnung unerläßlich. Ein Sitzplan wurde aufgestellt. Loreens Stuhl stand genau gegenüber von dem von Stella Hulic, die mit vollem Mund redete, schmatzend und mit großen Brotbrocken zwischen den Zähnen. Stella war eine schlecht gekleidete gesellschaftliche Aufsteigerin, die den größten Teil der Prozeßpausen damit verbrachte, die anderen elf davon zu überzeugen, daß sie und ihr Mann, ein ehemaliger leitender Angestellter einer Klempnerei, mehr besaßen als alle anderen. Cal hatte ein Hotel, und Cal hatte ein Mietshaus, und Cal hatte eine Autowaschanlage. Er besaß noch weitere Anlagen, von denen die meisten zusammen mit den Essensbrocken aus ihrem Mund vor den anderen ausgebreitet wurden. Sie machten Ausflüge, waren ständig auf Reisen. Griechenland liebten sie besonders. Cal hatte ein Flugzeug und mehrere Boote.

Einer an der Küste weit verbreiteten Überzeugung zufolge hatte Cal ein paar Jahre zuvor einen alten Garnelenkahn dazu benutzt, Marihuana von Mexiko einzuschmuggeln. Ob das nun zutraf oder nicht, die Hulics schwammen im Geld, und Stella mußte es zwanghaft jedem erzählen, der zuhören wollte. Sie rasselte ihren Text mit widerlich näselnder Stimme herunter und wartete, bis jedermann den Mund voll hatte und am Tisch völlige Stille herrschte.

Sie sagte: »Ich hoffe, wir machen heute zeitig Schluß. Cal und ich wollen übers Wochenende nach Miami. Dort gibt es ein paar tolle neue Geschäfte.« Alle Köpfe waren gesenkt, weil niemand den Anblick eines halben, zwischen den Kiefern steckenden und deutlich sichtbaren Baguettes ertragen konnte. Jede Silbe kam mit zusätzlichen Mampfgeräuschen heraus.

Loreen verließ den Tisch bereits vor dem ersten Bissen. Ihr folgte Rikki Coleman mit der fadenscheinigen Begründung, daß sie am Fenster sitzen müßte. Lonnie Shaver mußte plötzlich beim Lunch arbeiten. Er entschuldigte sich und setzte sich vor seinen Computer, um ein Club-Sandwich mit Huhn zu vertilgen.

»Finden Sie nicht auch, daß Dr. Kilvan ein beeindruckender Zeuge ist?« fragte Nicholas die am Tisch verbliebenen Geschworenen. Ein paar Blicke zu Herman, der sein übliches Weißbrot-Sandwich mit Truthahn verzehrte, ohne Mayonnaise oder Senf oder sonst eine Zutat, die an seinem Mund oder seinen Lippen hätte kleben bleiben können. Ein aufgeschnittenes Truthahn-Sandwich und ein ordentliches Häufchen Kartoffelchips ließen sich auch ohne Sehvermögen leicht handhaben und verspeisen. Hermans Kiefer mahlten einen Augenblick lang langsamer, aber er sagte nichts.

»Diese Statistiken kann man kaum ignorieren«, sagte Nicholas und lächelte Jerry Fernandez an. Es war ein bewußter Versuch, den Obmann zu provozieren.

»Das reicht«, sagte Herman.

»Was reicht, Herm?«

»Das Gerede über den Prozeß. Sie kennen die Anweisungen des Richters.«

»Ja, aber der Richter ist schließlich nicht hier, stimmt's, Herm? Und er kann auch gar nicht erfahren, worüber wir reden, stimmt's? Es sei denn, natürlich, Sie erzählen es ihm.«

»Genau das könnte ich tun.«

»Gut, Herm. Worüber möchten Sie denn reden?«

»Über alles außer den Prozeß.«

»Schlagen Sie ein Thema vor. Football, das Wetter ...«

»Ich sehe mir keine Footballspiele an.«

»Ha, ha.«

Es folgte eine lastende Pause, in der nur Stella Hulics Schmatzen zu hören war. Ganz offensichtlich hatte der kurze Wortwechsel zwischen den beiden Männern an den Nerven gezerrt, und Stella kaute sogar noch schneller.

Aber Jerry Fernandez reichte es. »Könnten Sie bitte mit dem Schmatzen aufhören!« fuhr er Stella wütend an.

Er erwischte sie mitten im Kauen, das Essen in ihrem offenen Mund war unübersehbar. Er funkelte sie an, als ob er sie am liebsten geschlagen hätte, dann sagte er, nachdem er tief Luft geholt hatte: »Tut mir leid, okay? Es ist nur, daß Sie so furchtbare Tischmanieren haben.«

Sie war eine Sekunde fassungslos, dann betreten. Dann ging sie zum Angriff über. Ihr Gesicht färbte sich rot, und sie schaffte es, die große Portion hinunterzuschlucken, die sie noch im Mund hatte. »Vielleicht gefallen mir Ihre auch nicht«, sagte sie wütend, während die anderen die Köpfe senkten. Alle warteten darauf, daß der Moment vorüberging.

»Ich esse jedenfalls lautlos und behalte mein Essen im Mund«, sagte Jerry. Er war sich durchaus bewußt, wie kindisch sich das anhörte.

»Ich auch«, sagte Stella.

»Nein, das tun Sie nicht«, sagte Napoleon, der das Pech hatte, neben Loreen Duke und Stella genau gegenüber zu sitzen. »Sie machen mehr Lärm als eine Dreijährige.«

Herman räusperte sich laut und sagte: »Laßt uns jetzt alle tief durchatmen. Und unseren Lunch in Ruhe essen.«

Kein weiteres Wort wurde gesprochen, während sie sich bemühten, den Rest ihres Essens hinunterzubringen. Jerry und der Pudel verschwanden als erste ins Raucherzimmer, gefolgt von Nicholas Easter, der nicht rauchte, aber einen Szenenwechsel brauchte. Draußen fiel ein leichter Regen, und der tägliche Mittagsspaziergang mußte ausfallen.

Sie trafen sich in dem kleinen, quadratischen Zimmer mit Klappstühlen und einem Fenster, das sich öffnen ließ. Angel Weese, die stillste der Geschworenen, gesellte sich kurz darauf zu ihnen. Stella, die vierte Raucherin, war beleidigt und hatte beschlossen, zu warten, bis die anderen verschwunden waren.

Der Pudel hatte nichts dagegen, über den Prozeß zu reden. Und Angel auch nicht. Was hatten sie sonst schon gemeinsam? Sie schienen mit Jerry übereinzustimmen, daß jedermann wußte, daß Zigaretten Lungenkrebs verursachen. Also wenn man raucht, dann tut man es auf eigene Gefahr.

Weshalb den Erben eines toten Mannes, der fünfunddreißig Jahre geraucht hatte, Millionen zuschustern? Man sollte es eigentlich besser wissen.

12. KAPITEL

Obwohl die Hulics gern einen Jet gehabt hätten, einen eleganten kleinen Jet mit Ledersitzen und zwei Piloten, mußten sie sich fürs erste mit einer alten zweimotorigen Cessna begnügen, die Cal fliegen konnte, wenn die Sonne schien und der Himmel wolkenlos war. Nachts traute er sich damit nicht los, erst recht nicht zu einem so überfüllten Flugplatz wie Miami; also stiegen sie am Gulfport Municipal Airport in eine Kurzstreckenmaschine nach Atlanta. Von dort aus flogen sie Erster Klasse nach Miami International, wobei Stella in weniger als einer Stunde zwei Martinis und ein Glas Wein hinunterkippte. Es war eine lange Woche gewesen. Ihre Nerven waren vom Streß der Bürgerpflicht angekratzt.

Sie warfen ihr Gepäck in ein Taxi und ließen sich nach Miami Beach bringen, wo sie in einem neuen Sheraton-Hotel abstiegen.

Marlee folgte ihnen. Sie hatte in der Kurzstreckenmaschine hinter ihnen gesessen und war von Atlanta aus Economy Class geflogen. Ihr Taxi wartete, während sie sich im Foyer aufhielt, bis sie sicher war, daß sie sich eingetragen hatten. Dann nahm sie sich in einem Urlauberhotel, eine Meile den Strand hinunter, ein Zimmer. Sie wartete mit ihrem Anruf bis fast elf Uhr am Freitag abend.

Stella war müde gewesen und hatte nur einen Drink und Essen im Zimmer gewollt. Mehrere Drinks. Morgen würde sie einkaufen gehen, aber jetzt brauchte sie Flüssigkeit. Als das Telefon läutete, lag sie flach auf dem Bett, kaum noch bei Bewußtsein. Cal, nur mit rutschenden Boxershorts bekleidet, griff nach dem Hörer. »Hallo?«

»Ja, Mr. Hulic«, kam die sehr entschiedene, professionell klingende Stimme einer jungen Dame. »Sie müssen vorsichtig sein.«

»Was meinen Sie damit?«

»Man ist Ihnen gefolgt.«

Cal rieb sich die roten Augen. »Wer spricht da?«

»Bitte hören Sie mir genau zu. Ein paar Männer beschatten Ihre Frau. Sie sind hier in Miami. Sie wissen, daß Sie mit Flug Nummer 4476 von Biloxi nach Atlanta und mit Delta, Flug Nummer 533, nach Miami geflogen sind, und sie wissen genau, in welchem Zimmer Sie sich jetzt aufhalten. Sie beobachten jeden Ihrer Schritte.«

Cal betrachtete den Telefonhörer und schlug sich leicht gegen die Stirn. »Warten Sie einen Moment. Ich ...«

»Und morgen werden sie wahrscheinlich Ihr Telefon anzapfen«, setzte sie hilfreich hinzu. »Also seien Sie bitte sehr vorsichtig.«

»Wer sind diese Leute?« fragte er laut, und Stella hob den Kopf ein Stückchen. Dann schaffte sie es, ihre nackten Füße auf den Fußboden zu schwingen und ihren Mann mit glasigen Augen anzustarren.

»Es sind Agenten, die von den Tabakkonzernen angeheuert wurden«, war die Antwort. »Und sie schrecken vor nichts zurück.«

Die junge Dame legte auf. Cal betrachtete abermals den Hörer, dann sah er seine Frau an – ein trauriger Anblick. Sie griff nach den Zigaretten. »Wer war das?« fragte sie mit schwerer Zunge, und Cal wiederholte jedes Wort.

»Oh, mein Gott!« kreischte sie und stolperte zu dem Tisch neben dem Fernseher, wo sie eine Weinflasche ergriff und sich ein weiteres Glas eingoß. »Weshalb sind sie hinter mir her?« fragte sie, sank in einen Sessel und verschüttete billigen Cabernet auf ihren Hotelbademantel. »Weshalb ausgerechnet hinter mir?«

»Sie hat nicht gesagt, daß sie dich umbringen wollen«, erklärte er mit einem leichten Anflug des Bedauerns.

»Weshalb verfolgen sie mich?« Sie war den Tränen nahe.

»Das weiß ich doch nicht, verdammt noch mal«, knurrte Cal und holte sich ein weiteres Bier aus der Minibar. Sie tranken ein paar Minuten lang schweigend, beide verstört, und keiner wollte den anderen ansehen.

Dann läutete das Telefon wieder, und sie stieß einen

Schrei aus. Cal nahm den Hörer ab und sagte langsam: »Hallo?«

»Ich bin's noch mal«, kam dieselbe Stimme, diesmal vergnügt. »Ich habe vorhin etwas vergessen. Rufen Sie nicht die Polizei oder so etwas. Diese Leute tun nichts Illegales. Am besten tun Sie einfach so, als wäre alles in bester Ordnung, okay?«

»Wer sind Sie?« fragte er.

»Gute Nacht.« Und sie hatte aufgelegt.

Listing Foods besaß nicht nur einen Jet, sondern drei, von denen einer am frühen Samstag morgen losgeschickt wurde, um Mr. Lonnie Shaver abzuholen und nach Charlotte zu bringen, allein. Seiner Frau war es nicht gelungen, einen Babysitter für die drei Kinder zu finden. Die Piloten begrüßten ihn herzlich und boten ihm vor dem Start Kaffee und Obst an.

Ken holte ihn mit einem Firmenwagen mit Fahrer am Flughafen ab, und fünfzehn Minuten später trafen sie in der Zentrale von SuperHouse in einem Vorort von Charlotte ein. Lonnie wurde von Ben begrüßt, dem zweiten Mann von dem Treffen in Biloxi, und Ken und Ben veranstalteten gemeinsam eine Führung durch ihre Zentrale. Das Gebäude war neu, ein eingeschossiger Ziegelbau mit einer Unmenge von Glas, und unterschied sich in nichts von einem Dutzend anderen, an denen sie auf der Fahrt vom Flughafen vorbeigekommen waren. Die Korridore waren breit, gefliest und makellos sauber, die Büros waren steril und mit Technologie vollgestopft. Lonnie konnte beinahe hören, wie hier Geld gedruckt wurde.

Sie tranken Kaffee mit George Teaker, Generaldirektor, in seinem großen, auf einen kleinen Innenhof mit Plastikgrün hinausgehenden Büro. Teaker war jugendlich, tatkräftig, in Jeans (seiner üblichen Samstags-Bürokleidung, erklärte er). Sonntags trug er einen Jogginganzug. Er servierte Lonnie die Parteilinie – die Gesellschaft wuchs wie verrückt, und sie wollten ihn an Bord haben. Dann verschwand Teaker zu einer Sitzung.

In einem kleinen, weißen, fensterlosen Konferenzzimmer wurde Lonnie an einen Tisch gesetzt, mit Kaffee und Doughnuts vor sich. Ben verschwand, aber Ken blieb an seiner Seite. Die Lichter gingen aus, und auf der Wand erschien ein Bild. Es war ein halbstündiges Video über SuperHouse – seine kurze Geschichte, seine gegenwärtige Marktposition, seine ehrgeizigen Wachstumspläne. Und seine Mitarbeiter, das »wahre Kapital«.

Dem Video zufolge hatte SuperHouse vor, sowohl den Umsatz als auch die Anzahl der Läden in den nächsten sechs Jahren um jeweils fünfzehn Prozent zu steigern. Die Profite würden atemberaubend sein.

Das Licht ging an, und ein ernster junger Mann mit einem schnell wieder vergessenen Namen erschien und ließ sich an der anderen Seite des Tisches nieder. Seine Spezialität waren die Sozialleistungen, und er hatte alle Antworten parat über Krankenversicherung, Rentenpläne, Urlaub, Feiertage, Beurlaubung wegen Krankheit, Aktienvorkaufsrecht für Mitarbeiter. All das stand in einer der Broschüren auf dem Tisch vor Lonnie, er konnte es also später in Ruhe nachlesen.

Nach einem ausgedehnten Lunch mit Ben und Ken in einem protzigen Vorstadtrestaurant kehrte Lonnie für ein paar weitere Sitzungen in den Konferenzraum zurück. Bei einer davon ging es um das Trainingsprogramm, das sie für ihn in Erwägung zogen. Die nächste, wieder per Video präsentiert, umriß die Strukturen der Firma im Verhältnis zu ihrem Mutterkonzern und der Konkurrenz. Erschöpfung setzte ein. Für einen Mann, der die ganze Woche damit verbracht hatte, zuzuhören, wie Anwälte mit Experten stritten, war dies nicht die richtige Art, den Samstagnachmittag zu verbringen. So sehr er von dieser Reise und den mit ihr verbundenen Aussichten begeistert war – er brauchte plötzlich dringend frische Luft.

Das wußte Ken natürlich, und sobald das Video abgelaufen war, schlug er vor, Golf zu spielen, einen Sport, in dem sich Lonnie bisher noch nie versucht hatte. Ken wußte natürlich auch das, also schlug er vor, trotzdem zuzusehen, daß sie ein bißchen Sonne bekamen. Kens BMW war blau und fleckenlos, und er fuhr ihn mit großer Umsicht aufs Land hinaus, an Villen und gepflegten Farmen vorbei, über von Bäumen gesäumte Straßen, bis sie den Country Club erreichten.

Für einen Schwarzen aus einer der unteren Mittelklasse angehörenden Familie in Gulfport war der Gedanke, den Fuß in einen Country Club zu setzen, beängstigend. Anfangs gefiel er Lonnie ganz und gar nicht, und er schwor sich, sofort wieder zu gehen, wenn er keine anderen schwarzen Gesichter sah. Andererseits schmeichelte es ihm, daß seine neuen Arbeitgeber eine so hohe Meinung von ihm hatten. Es waren wirklich nette Leute, denen offenbar sehr viel daran lag, daß er sich ihrer Firmenkultur anpaßte. Geld war bisher noch nicht erwähnt worden, aber wie konnte es weniger sein, als er jetzt verdiente?

Sie betraten die Club Lounge, einen weitläufigen Raum mit Ledersesseln, präparierten Tierköpfen an den Wänden und einer Wolke aus blauem Zigarrenrauch unter der schrägen Decke. Ein Raum für ernsthafte Männer. An einem langen Tisch am Fenster, direkt oberhalb des achtzehnten Grüns, fanden sie George Teaker, jetzt in Golfkleidung, bei einem Drink mit zwei schwarzen Gentlemen, gleichfalls gut gekleidet und allem Anschein nach erst vor kurzem vom Golfplatz hereingekommen. Alle drei erhoben sich und begrüßten Lonnie herzlich, der erleichtert war, verwandte Geister vorzufinden. Eine schwere Last fiel ihm von der Brust, und plötzlich war er bereit für einen Drink, obwohl er normalerweise kaum Alkohol trank. Der stämmige Schwarze war Morris Peel, ein lauter, umgänglicher Typ, der ständig lächelte und den anderen vorstellte, Percy Kellum aus Atlanta. Beide Männer waren Mitte Vierzig, und als Peel die erste Runde Drinks bestellt hatte, erklärte er, daß er Vizepräsident von Listing Foods war, der Muttergesellschaft in New York, und daß Kellum als regionaler Dieser oder Jener für Listing tätig war.

Es wurde keine Hackordnung aufgestellt, es war auch keine erforderlich. Es war offensichtlich, daß Peel, von der

Muttergesellschaft in New York, höher rangierte als Teaker, der zwar den Titel Generaldirektor trug, aber nur eine Tochterfirma leitete. Kellum nahm eine Position etwas weiter unten auf der Leiter ein, und Ken eine noch niedrigere. Und Lonnie war einfach glücklich, dabeizusein. Beim zweiten Drink, nachdem sie die Formalitäten und das höfliche Geplauder hinter sich gebracht hatten, lieferte Peel mit großem Vergnügen und viel Humor seine Biografie. Vor sechzehn Jahren war er als erster Schwarzer im mittleren Management in die Welt von Listing Foods eingedrungen, und er war eine wahre Pest gewesen. Er war als Alibi eingestellt worden, nicht als Talent, und gezwungen gewesen, sich seinen Weg nach oben zu erkämpfen. Zweimal hatte er die Gesellschaft verklagt, und beide Male hatte er gewonnen. Und als die Typen in den oberen Etagen endlich begriffen hatten, daß er entschlossen war, sich zu ihnen zu gesellen, und daß er über den dazu erforderlichen Verstand verfügte, hatten sie ihn als Menschen akzeptiert. Es war immer noch nicht leicht, aber sie respektierten ihn. Teaker, jetzt bei seinem dritten Scotch, lehnte sich vor und ließ, vertraulich natürlich, verlauten, daß Peel auf dem Weg nach ganz oben war. »Kann sein, daß Sie mit einem künftigen Generaldirektor reden«, sagte er zu Lonnie. »Einem der ersten schwarzen Generaldirektoren einer Fortune-500-Gesellschaft.«

Um Peels willen hatte Listing Foods ein aggressives Programm zur Rekrutierung und Förderung schwarzer Manager erarbeitet. Und da nun kam Lonnie ins Spiel. Hadley Brothers war eine ordentliche Firma, aber doch ziemlich altmodisch und südstaatlich, und Listing war nicht überrascht, daß dort nur wenige Schwarze mit mehr Autorität als der eines Fußbodenfegers arbeiteten.

Zwei Stunden lang, während sich die Dunkelheit über das achtzehnte Grün senkte und in der Lounge ein Klavierspieler sang, tranken und redeten sie und planten die Zukunft. Das Dinner war nur ein paar Schritte den Flur entlang, in einem separaten Zimmer mit Kamin und einem Elchkopf über dem Sims. Sie aßen dicke Steaks mit Sauce und Pilzen. Lonnie schlief in dieser Nacht in einer Suite im zweiten Stock des Country Clubs und erwachte mit einer herrlichen Aussicht und einem leichten Kater.

Für den späteren Sonntagmorgen waren nur zwei Sitzungen geplant. Die erste, bei der auch Ken anwesend war, war eine Planungskonferenz mit George Teaker, im Jogginganzug und frisch von einem Fünf-Meilen-Lauf zurückgekehrt. »Das beste Mittel gegen einen Kater«, sagte er. Er wollte, daß Lonnie den Laden in Biloxi für einen Zeitraum von neunzig Tagen unter einem neuen Vertrag leitete, nach dessen Ablauf sie seine Leistung bewerten würden. Vorausgesetzt, daß alle mit ihm zufrieden waren, wovon sie natürlich ausgingen, würde er dann in einen größeren Laden versetzt werden, wahrscheinlich in der Gegend um Atlanta. Ein größerer Laden bedeutete mehr Verantwortung und mehr Gehalt. Nach einem Jahr dort würde er erneut beurteilt und wahrscheinlich abermals befördert werden. Während dieses Zeitraums von fünfzehn Monaten würde er jeden Monat mindestens ein Wochenende in Charlotte bei einem Manager-Ausbildungsprogramm verbringen, das in einer Broschüre auf dem Tisch bis ins letzte Detail beschrieben war.

Teaker kam schließlich zum Ende und bestellte noch mehr schwarzen Kaffee.

Der letzte Gast war ein drahtiger junger Schwarzer mit einem kahlen Kopf, der einen formellen Anzug und eine Krawatte trug. Sein Name war Taunton, und er war ein Anwalt aus New York, genaugenommen von der Wall Street. Seine Kanzlei vertrat Listing Foods, erklärte er ernst, sie arbeitete sogar ausschließlich für Listing. Er war hier, um den Entwurf eines Anstellungsvertrags vorzulegen, eine Routineangelegenheit, aber trotzdem sehr wichtig. Er übergab Lonnie ein Dokument, nur drei oder vier Seiten, aber es kam ihm wesentlich schwerer vor, weil es die Reise von der Wall Street nach Charlotte gemacht hatte. Lonnie war so beeindruckt, daß ihm die Worte fehlten.

»Schauen Sie sich das an«, sagte Taunton und tippte sich mit einem Designerstift ans Kinn. »Und dann reden wir nächste Woche darüber. Es ist so ziemlich ein Standardvertrag. Der Paragraf über die Vergütung enthält ein paar Leerstellen. Die füllen wir dann später aus.«

Lonnie warf einen Blick auf die erste Seite, dann legte er ihn zu den anderen Papieren, Heften und Broschüren auf den Stapel, der von Minute zu Minute wuchs. Taunton holte einen Notizblock hervor und schien sich auf ein unerfreuliches Kreuzverhör vorzubereiten. »Nur noch ein paar Fragen«, sagte er.

Lonnie mußte plötzlich an den Gerichtssaal in Biloxi denken, wo die Anwälte immer »nur noch ein paar Fragen« hatten.

»Natürlich«, sagte Lonnie mit einem Blick auf die Uhr. Er konnte nicht anders.

»Keine Vorstrafen irgendwelcher Art?«

»Nein. Nur ein paar Bußgelder wegen Geschwindigkeitsübertretung.«

»Kein gegen Sie selbst anhängiger Prozeß?«

»Nein.«

»Oder gegen Ihre Frau?«

»Nein.«

»Haben Sie je Konkurs angemeldet?«

»Nein.«

»Jemals verhaftet worden?«

»Nein.«

»Angeklagt?«

»Nein.«

Taunton schlug eine neue Seite auf. »Waren Sie in Ihrer Eigenschaft als Geschäftsführer in einen Prozeß verwikkelt?«

»Da muß ich nachdenken. Vor ungefähr vier Jahren ist ein alter Mann auf einem feuchten Boden ausgerutscht und gestürzt. Er hat geklagt, und ich bin vernommen worden.«

»Ist die Sache vor Gericht gekommen?« fragte Taunton sehr interessiert. Er hatte die Gerichtsakte gelesen, hatte eine Kopie davon in seinem dicken Aktenkoffer und kannte jedes Detail der Klage des alten Mannes.

»Nein. Die Versicherung hat einen Vergleich mit ihm geschlossen. Ich glaube, sie hat ihm zwanzigtausend oder so gezahlt.«

Es waren fünfundzwanzigtausend gewesen, und Taunton schrieb diese Zahl auf seinen Block. Das Drehbuch verlangte, daß jetzt Teaker das Wort ergriff. »Diese verdammten Prozeßanwälte. Sie vergiften die ganze Gesellschaft.«

Taunton sah Lonnie an und dann Teaker, dann sagte er abwehrend: »Ich bin kein Prozeßanwalt.«

»Oh, das weiß ich«, sagte Teaker. »Sie sind einer von den Braven. Was ich hasse, das sind diese gierigen Kerle, die sich auf jeden Verletzten stürzen.«

»Wissen Sie, was wir letztes Jahr für unsere Haftpflichtversicherung gezahlt haben?« fragte Taunton Lonnie, als wäre er imstande, eine kluge Vermutung anzustellen. Er schüttelte nur den Kopf.

»Listing hat mehr als zwanzig Millionen gezahlt.«

»Nur, um die Haie abzuhalten«, setzte Teaker hinzu.

Es folgte eine dramatische Pause in der Unterhaltung, jedenfalls eine Pause, die dramatisch wirken sollte, während Taunton und Teaker sich auf die Lippen bissen und über das für den Schutz vor Prozessen hinausgeworfene Geld nachzudenken schienen. Dann sah Taunton auf etwas auf seinem Notizblock, sah Teaker an und fragte: »Ich nehme an, über den Prozeß haben Sie noch nicht gesprochen, oder?«

Teaker schaute überrascht drein. »Ich glaube nicht, daß das erforderlich ist. Lonnie ist an Bord. Er ist einer von uns.«

Taunton schien das zu ignorieren. »Dieser Tabakprozeß in Biloxi hat schwerwiegende Auswirkungen auf die gesamte Wirtschaft, besonders auf Gesellschaften wie unsere«, sagte er zu Lonnie, der vorsichtig nickte und zu verstehen suchte, wie sich der Prozeß auf irgend jemanden außer Pynex auswirken konnte.

Teaker sagte zu Taunton: »Ich weiß nicht, ob wir darüber reden sollten.«

Taunton fuhr fort: »Das ist okay. Ich kenne mich im Prozeßrecht aus. Sie haben doch nichts dagegen, Lonnie? Ich meine, wir können Ihnen in dieser Sache doch vertrauen, oder?«

»Natürlich. Ich werde kein Wort sagen.«

»Sollte die Anklage diesen Fall gewinnen und das Urteil deftig ausfallen, wird das sämtliche Schleusen öffnen, was Schadensersatzklagen gegen die Tabakindustrie angeht. Die Anwälte werden sich regelrecht überschlagen und die Tabakkonzerne in den Ruin treiben.«

»Wir machen eine Menge Geld mit dem Verkauf von Zigaretten«, sagte Teaker mit perfektem Timing.

»Und danach werden sie wahrscheinlich Molkereien verklagen, mit der Begründung, daß Cholesterin Leute umbringt.« Tauntons Stimme nahm einen schrillen Ton an, und er beugte sich über den Tisch vor. Das Thema hatte einen Nerv getroffen. »Es muß endlich Schluß sein mit dieser Klagerei. Bisher hat die Tabakindustrie keinen einzigen Prozeß verloren. Ich glaube, es waren fünfundfünfzig Siege, keine Niederlage. Die Leute in den Jurys haben immer begriffen, daß man auf eigene Gefahr raucht.«

»Lonnie versteht das«, sagte Teaker fast verteidigend.

Taunton holte tief Luft. »Natürlich. Tut mir leid, wenn ich zuviel gesagt habe. Es ist nur, daß bei diesem Prozeß in Biloxi sehr viel auf dem Spiel steht.«

»Kein Problem«, sagte Lonnie. Und das Gespräch beunruhigte ihn wirklich nicht. Taunton war schließlich Anwalt und kannte sich mit dem Gesetz aus, und vielleicht war es okay, wenn er ganz allgemein über den Prozeß sprach, ohne ins Detail zu gehen. Lonnie war zufrieden. Er war an Bord. Er würde niemandem Ärger machen.

Taunton lächelte plötzlich, während er seine Notizen wegpackte und Lonnie versprach, ihn Mitte der Woche anzurufen. Die Sitzung war vorüber, und Lonnie war ein freier Mann. Ken fuhr ihn zum Flughafen, wo derselbe Lear Jet mit denselben netten Piloten auf ihn wartete.

Im Wetterbericht hieß es, daß am Nachmittag mit Schauern gerechnet werden müßte, und das war alles, was Stella hören wollte. Cal erklärte, es sei nirgendwo ein Wölkchen zu sehen, aber sie wollte gar nicht erst hinausschauen. Sie zog die Vorhänge zu und sah sich bis Mittag Filme an. Dann bestellte sie sich gegrillten Käse und zwei Bloody Marys und schlief danach eine Weile, die Kette an der Tür hatte sie eingehakt und außerdem noch einen Stuhl unter die Klinke gekeilt. Cal war allein an den Strand gegangen, und zwar zu einem Oben-ohne-Abschnitt, von dem er schon viel gehört hatte, wo er aber seiner Frau wegen bisher noch nie hingekommen war. Jetzt, wo sie sich in ihrem Zimmer im zehnten Stock verbarrikadiert hatte, konnte er ungehindert im Sand herumwandern und junges Fleisch bewundern. Er trank an einer offenen Strandbar ein Bier und dachte, wie wundervoll sich diese Reise doch entwickelt hatte. Sie hatte Angst, sich sehen zu lassen, also waren die Kreditkarten für dieses Wochenende sicher.

Am Sonntag morgen kehrten sie mit einer frühen Maschine nach Biloxi zurück. Stella war verkatert und erschöpft von einem Wochenende, an dem sie beschattet worden war. Sie fürchtete sich vor Montag und dem Gerichtssaal.

13. KAPITEL

Die Hallos und Wie geht's waren gedämpft am Montag morgen. Das immer gleiche Versammeln um die Kaffeekanne und Inspizieren der Doughnuts und Brötchen begann lästig zu werden, weniger durch die Wiederholung, sondern weil niemand wußte, wie lange sich das alles noch hinziehen würde. Sie spalteten sich in Grüppchen auf und berichteten einander, was während ihrer Freiheit übers Wochenende passiert war. Die meisten hatten Besorgungen und Einkäufe gemacht, hatten Verwandte besucht oder waren in die Kirche gegangen, und der tägliche Kleinkram hatte für diese Leute, denen abermals eine Einsperrung bevorstand, eine neue Bedeutung gewonnen. Herman war spät dran, deshalb gab es Geflüster über den Prozeß, nichts Wichtiges, sondern nur die allgemeine Übereinstimmung, daß die Sache der Anklage in einem Sumpf aus Tabellen, Grafiken und Statistiken versank. Sie glaubten ja alle längst, daß Rauchen Lungenkrebs verursacht. Sie wollten neue Informationen.

Nicholas gelang es an diesem Morgen, Angel Weese zu isolieren. Sie hatten seit Beginn des Prozesses kurze Höflichkeiten ausgetauscht, aber über nichts Bestimmtes gesprochen. Sie und Loreen Duke waren die beiden einzigen schwarzen Frauen in der Jury, und sie hielten sich seltsamerweise voneinander fern. Angel war schlank und still, ledig und arbeitete bei einem Biergroßhandel. Sie sah ständig aus, als litte sie still vor sich hin, und es war nicht leicht, mit ihr ins Gespräch zu kommen.

Stella kam spät und sah aus wie der leibhaftige Tod; ihre Augen waren rot und verquollen, ihre Haut bleich. Ihre Hände zitterten, als sie sich Kaffee eingoß, und sie ging sofort ins Raucherzimmer, in dem Jerry Fernandez und der Pudel miteinander plauderten und flirteten, wie sie es jetzt ständig taten.

Nicholas brannte darauf, Stellas Bericht über das Wochenende zu hören. »Wie wär's mit einer Zigarette?« sagte er zu Angel, der vierten Raucherin in der Jury.

»Wann haben Sie denn damit angefangen?« fragte sie mit einem Lächeln, was bei ihr selten war.

»Vorige Woche. Ich höre wieder auf, wenn der Prozeß vorüber ist.« Sie verließen das Geschworenenzimmer unter den wachsamen Augen von Lou Dell und gesellten sich zu den anderen – Jerry und dem Pudel, die sich nach wie vor unterhielten, und Stella mit versteinertem Gesicht und am Rande eines Zusammenbruchs.

Nicholas schnorrte eine Camel von Jerry und zündete sie mit einem Streichholz an. »Wie war es in Miami?« fragte er Stella.

Sie drehte ruckartig und erschrocken den Kopf und sagte: »Es hat geregnet.« Sie biß auf ihren Filter und inhalierte heftig. Die Unterhaltung geriet ins Stocken – alle konzentrierten sich auf ihre Zigaretten. Es war zehn vor neun, Zeit für die letzte Dosis Nikotin.

»Ich glaube, ich bin dieses Wochenende beschattet worden«, sagte Nicholas nach einer Minute des Schweigens.

Das Rauchen ging ohne Unterbrechung weiter, aber die Köpfe arbeiteten. »Wirklich?« fragte Jerry.

»Sie haben mich beschattet«, wiederholte er und sah dabei Stella an, deren Augen weit aufgerissen und voller Angst waren.

»Wer?« fragte der Pudel.

»Das weiß ich nicht. Es war am Samstag, als ich meine Wohnung verließ und zur Arbeit ging. Da sah ich einen Kerl, der neben meinem Wagen herumlungerte, und später habe ich ihn im Einkaufszentrum gesehen. Vermutlich irgendein Agent, den die Typen von der Tabakindustrie angeheuert haben.«

Stellas Mund ging auf, und ihr Unterkiefer sackte herunter. Aus ihren Nasenlöchern quoll grauer Rauch. »Werden Sie es dem Richter sagen?« fragte sie, den Atem anhaltend. Es war eine Frage, über die Cal und sie sich in den Haaren gelegen hatten.

»Nein.«

»Warum nicht?« fragte der Pudel, nur mäßig interessiert.

»Ich weiß es nicht mit Sicherheit. Ich meine, ich bin sicher, daß mir jemand gefolgt ist, aber ich weiß nicht genau, wer es war. Was sollte ich dem Richter sagen?«

»Sagen Sie ihm, daß Sie beschattet worden sind«, sagte Jerry.

»Weshalb sollte jemand auf die Idee kommen, Sie zu beschatten?« fragte Angel.

»Aus dem gleichen Grund, aus dem wir alle beschattet werden.«

»Das glaube ich einfach nicht«, sagte der Pudel.

Stella glaubte jedes Wort, aber wenn Nicholas, der ehemalige Jurastudent, den Richter nicht informieren wollte, dann wollte sie es auch nicht.

»Weshalb beschatten sie uns?« fragte Angel noch einmal, nervös.

»Das gehört einfach zu ihrem Handwerk. Die Tabakkonzerne geben Millionen aus, um uns auszuwählen, und jetzt geben sie noch mehr aus, um uns zu beobachten.«

»Und was wollen sie damit erreichen?«

»Sie suchen nach Möglichkeiten, an uns heranzukommen. Nach Freunden, mit denen wir vielleicht reden. Nach Orten, die wir vielleicht aufsuchen. Oft setzen sie in unserer Umgebung Gerüchte in die Welt, kleine Gerüchte über den Verstorbenen, Schlechtigkeiten, die er begangen hat, als er noch lebte. Sie sind ständig auf der Suche nach einem schwachen Punkt. Und das ist der Grund dafür, daß sie noch nie einen Prozeß verloren haben.«

»Woher wissen Sie, daß es die Tabakkonzerne sind?« fragte der Pudel und zündete sich eine weitere Zigarette an.

»Ich weiß es nicht. Aber sie haben mehr Geld als die Klägerseite. Ihnen stehen für diese Fälle sogar unbegrenzte Mittel zur Verfügung.«

Jerry Fernandez, immer bereit, mit einem Witz zu helfen oder bei einem Gag mitzumachen, sagte: »Wenn ich mir's recht überlege – ich erinnere mich an einen merkwürdigen kleinen Typ, der mich an diesem Wochenende um eine Ecke herum belauert hat. Habe ihn mehr als einmal gesehen.« Er warf Nicholas einen beifallheischenden Blick zu, aber Nicholas beobachtete Stella. Jerry zwinkerte dem Pudel zu, aber sie bemerkte es nicht.

Lou Dell klopfte an die Tür.

Keine Gelöbnisse oder Nationalhymnen am Montag morgen. Richter Harkin und die Anwälte warteten, bereit, beim geringsten Hinweis darauf, daß die Geschworenen in der Stimmung dazu sein sollten, mit ungehemmtem Patriotismus aufzuspringen, aber nichts passierte. Die Geschworenen ließen sich auf ihren Plätzen nieder, anscheinend schon jetzt ein wenig erschöpft und resignierend beim Gedanken an eine weitere lange Woche voller Zeugenaussagen. Harkin begrüßte sie mit einem freundlichen Lächeln, dann stürzte er sich in seinen Standardmonolog über verbotene Kontakte. Stella schaute wortlos auf den Boden. Cal beobachtete sie von der dritten Reihe aus, bereit, ihr zu Hilfe zu kommen.

Scotty Mangrum erhob sich und teilte dem Gericht mit, daß die Anklage gern mit der Vernehmung von Dr. Hilo Kilvan fortfahren würde, der geholt und wieder in den Zeugenstand beordert wurde. Er nickte den Geschworenen höflich zu. Niemand erwiderte seinen Gruß.

Für Wendall Rohr und das Team der Anklage hatte das Wochenende keine Ruhepause mit sich gebracht. Der Prozeß allein stellte schon genug Anforderungen, aber die Ablenkung durch das Fax von MM am Freitag hatte jeden Anschein von Ordnung vernichtet. Sie hatten seinen Ursprung zu einer Raststätte in der Nähe von Hattiesburg zurückverfolgt, und nachdem er ein bißchen Geld bekommen hatte, ein Angestellter die vage Beschreibung einer jungen Frau geliefert, Ende Zwanzig, vielleicht Anfang Dreißig, mit dunklem, unter einer braunen Anglermütze verstecktem Haar und einem halb von einer dunklen Sonnenbrille verdeckten Gesicht. Sie war klein, aber vielleicht auch mittelgroß. Vielleicht einsfünfundsechzig oder einsachtundsechzig. Sie war schlank, das war sicher, aber schließlich war es an einem Freitag morgen vor neun gewesen, eine Zeit, wo es immer besonders hektisch zuging. Sie hatte fünf Dollar für ein einseitiges Fax an eine Nummer in Biloxi bezahlt, eine Anwaltskanzlei, was dem Angestellten merkwürdig vorgekommen war, und deshalb erinnerte er sich daran. Bei den meisten ihrer Faxe ging es um Tankgenehmigungen oder spezielle Ladungen.

Keinerlei Hinweise auf ihren Wagen, aber schließlich war der Parkplatz voll gewesen.

Alle acht Hauptanwälte der Anklage, eine Gruppe mit insgesamt 150 Jahren Prozeßerfahrung, waren sich darin einig, daß das etwas völlig Neues war. Keiner von ihnen konnte sich an einen einzigen Prozeß erinnern, bei dem eine außenstehende Person den beteiligten Anwälten Hinweise darauf geliefert hatte, was die Geschworenen tun würden. Sie waren sich auch einig in der Überzeugung, daß sie, MM, sich wieder melden würde. Und obwohl sie es anfangs abstritten, gelangten sie im Laufe des Wochenendes widerstrebend zu der Schlußfolgerung, daß sie vermutlich Geld fordern würde. Ein Handel. Geld für ein Urteil.

Sie brachten jedoch nicht den Mut auf, eine Strategie zu planen, wie sie reagieren würden, wenn sie verhandeln wollte. Später vielleicht, aber jetzt noch nicht.

Fitch dagegen dachte an kaum etwas anderes. Im Fonds standen gegenwärtig sechseinhalb Millionen Dollar zur Verfügung, von denen zwei für die restlichen Prozeßkosten vorgesehen waren. Das Geld war verfügbar und sehr mobil. Er hatte das Wochenende damit verbracht, sich die Geschworenen abermals anzusehen, sich mit Anwälten zu treffen und die Ansichten seiner Jury-Experten anzuhören, und er hatte geraume Zeit mit D. Martin Jankle von Pynex am Telefon verbracht. Er war zufrieden mit der Show, die Ken und Ben in Charlotte abgezogen hatten, und hatte sich von George Teaker versichern lassen, daß Lonnie Shaver ein Mann war, auf den man sich verlassen konnte. Er hatte sogar ein heimlich aufgenommenes Video der letzten Sitzung gesehen, bei der Taunton und Teaker Shaver so gut wie dazu gebracht hatten, eine Verpflichtungserklärung zu unterschreiben.

Fitch schlief am Samstag vier und am Sonntag fünf Stunden, ungefähr sein Durchschnitt, aber er schlief nicht gut. Er träumte von Marlee und davon, was sie ihm vielleicht einbringen würde. Das hier konnte möglicherweise sein bisher leichtester Sieg werden.

Er beobachtete die Eröffnungszeremonie am Montag morgen in Gesellschaft eines Jury-Beraters in seinem Vorführraum. Die versteckte Kamera hatte so gut funktioniert, daß er beschlossen hatte, eine noch bessere mit einer größeren Linse und einem klareren Bild auszuprobieren. Sie steckte in demselben Aktenkoffer und stand unter demselben Tisch, und niemand im Saal hatte auch nur die leiseste Ahnung davon.

Kein Treuegelöbnis, nichts Außergewöhnliches, aber damit hatte Fitch gerechnet. Wenn etwas Spezielles geplant gewesen wäre, hätte Marlee ihn bestimmt angerufen.

Er hörte zu, wie Dr. Hilo Kilvan seine Aussage fortsetzte, und mußte beinahe lächeln, weil die Geschworenen sich regelrecht davor zu fürchten schienen. Seine Berater und seine Anwälte waren sich einig in der Auffassung, daß es den Zeugen der Anklage bisher noch nicht gelungen war, die Jury zu fesseln. Die Experten waren zwar beeindruckend mit ihren Publikationen und visuellen Hilfsmitteln, aber die Tabakverteidiger hatten das alles schon des öfteren gesehen.

Die Verteidigung würde einfach und raffiniert zugleich sein. Ihre Ärzte würden nachdrücklich erklären, daß Rauchen keinen Lungenkrebs verursacht. Andere beeindrukkende Experten würden argumentieren, daß die Leute schließlich wüßten, was sie tun, wenn sie sich zum Rauchen entschließen, und ihre Anwälte würden argumentieren: Wenn Zigaretten angeblich so gefährlich sind, dann rauchen die Leute auch auf eigene Gefahr.

Fitch war das viele Male durchgegangen. Er kannte die Zeugenaussagen auswendig. Er hatte sich die Argumente der Anwälte angehört. Er hatte geschwitzt, während die Geschworenen berieten. Er hatte insgeheim die Urteile gefeiert, aber er hatte noch nie die Chance gehabt, eines zu kaufen.

Dr. Kilvan zufolge bringen Zigaretten jährlich vierhunderttausend Amerikaner zu Tode, und er hatte vier große Tabellen, um es zu beweisen. Es ist das tödlichste Produkt auf dem Markt, kein anderes ist auch nur annähernd damit vergleichbar. Ausgenommen Waffen, und die sind natürlich nicht dazu gedacht, auf Menschen gerichtet und abgefeuert zu werden. Zigaretten aber sind dazu gedacht, angezündet und geraucht zu werden, das ist ihre bestimmungsgemäße Verwendung. Sie sind genau dann tödlich, wenn man sie so benützt, wie sie gedacht sind.

Dieser Punkt traf bei den Geschworenen ins Schwarze, und er würde nicht vergessen werden. Aber halb elf waren sie reif für die Kaffee- und Toilettenpause. Richter Harkin unterbrach für fünfzehn Minuten. Nicholas steckte Lou Dell einen Zettel zu, die ihn an Willis weiterreichte, der zufällig gerade einmal wach war. Er brachte ihn zum Richter. Nicholas bat um ein Gespräch unter vier Augen in der Mittagspause, falls es sich einrichten ließ. Es war dringend.

Nicholas entschuldigte sich vom Lunch mit der Begründung, daß sein Magen nicht in Ordnung sei und er gar keinen Appetit habe. Er müsse auf die Toilette, sagte er, und würde bald zurück sein. Niemand hatte etwas dagegen. Die meisten verzogen sich ohnehin vom Tisch, um Stella Hulic aus dem Weg zu gehen.

Er wanderte rasch durch die schmalen Korridore und betrat das Amtszimmer, in dem der Richter ganz allein vor seinem Sandwich sitzend auf ihn wartete. Sie begrüßten sich ein wenig angespannt. Nicholas hatte eine kleine, braune Ledertasche bei sich. »Wir müssen miteinander reden«, sagte er, nachdem er sich gesetzt hatte.

»Wissen die anderen, daß Sie hier sind?« fragte Harkin.

»Nein. Aber ich muß mich beeilen.«

»Reden Sie.« Harkin aß einen Chip und schob seinen Teller beiseite.

»Dreierlei. Stella Hulic, Nummer vier, vordere Reihe, war am Wochenende in Miami und wurde dort von unbekannten Personen beschattet, die vermutlich für die Tabakindustrie arbeiten.«

Seine Ehren hörte auf zu kauen. »Woher wissen Sie das?«

»Ich habe heute morgen eine Unterhaltung mitgehört. Sie hat versucht, es einer anderen Geschworenen zuzuflüstern. Fragen Sie mich nicht, woher sie wußte, daß ihr jemand folgte – ich habe nicht alles gehört. Aber die arme Frau ist völlig mit den Nerven fertig. Um ganz offen zu sein – ich glaube, sie hat heute morgen vor der Sitzung schon ein paar Gläschen getrunken. Wodka, nehme ich an. Wahrscheinlich Bloody Marys.«

»Weiter.«

»Zweitens, Frank Herrera, Nummer sieben, wir haben neulich schon über ihn gesprochen. Also, seine Ansicht steht fest, und ich fürchte, er versucht, andere zu beeinflussen.«

»Ich höre.«

»Er ist mit einer vorgefaßten Meinung in diesen Prozeß gekommen. Ich glaube, er wollte unbedingt Geschworener sein; er war früher beim Militär, langweilt sich wahrscheinlich zu Tode, aber er steht ganz auf Seiten der Verteidigung und, nun ja, ich mache mir einfach Sorgen. Ich weiß nicht, wie Sie mit solchen Geschworenen verfahren.«

»Hat er mit anderen über den Fall gesprochen?«

»Einmal, mit mir. Herman ist sehr stolz auf sein Amt als Obmann und duldet keinerlei Gespräche über den Prozeß.«

»Sehr lobenswert.«

»Aber er kann nicht auf alles aufpassen. Und wie Sie wissen, liegt es in der menschlichen Natur, über alles mögliche zu reden. Aber Herrera ist auf jeden Fall Gift.«

»Okay. Und drittens?«

Nicholas öffnete seine Ledertasche und holte eine Videokassette heraus. »Funktioniert dieses Ding?« fragte er und deutete mit einem Kopfnicken auf einen Videorecorder mit einem kleinen Bildschirm, der auf einem fahrbaren Tischchen in der Ecke stand.

»Vermutlich. Vorige Woche hat er es noch getan.«

»Darf ich?«

»Bitte.«

Nicholas drückte auf den Einschaltknopf und legte die

Kassette ein. »Sie erinnern sich an den Mann, den ich vorige Woche im Gericht gesehen habe? Den, der mir gefolgt ist?«

»Ja.« Richter Harkin stand auf und trat bis auf einen halben Meter an den Recorder heran. »Ich erinnere mich.«

»Also, hier ist er.« In Schwarz-Weiß, ein bißchen verschwommen, aber trotzdem klar erkennbar, öffnete sich die Tür, und der Mann betrat Easters Wohnung. Er schaute sich nervös um und schien lange genau in die Richtung der Kamera zu blicken, die in einem Lüftungsschacht über dem Kühlschrank versteckt war. Nicholas hielt das Video bei einer Totale auf das Gesicht des Mannes an: »Das ist er.«

Richter Harkin wiederholte atemlos: »Ja, das ist er.«

Das Band lief weiter. Der Mann (Doyle) bewegte sich ins Bild und wieder heraus, machte Fotos, beugte sich über den Computer und verließ dann nach weniger als zehn Minuten die Wohnung. Der Bildschirm wurde leer.

»Wann hat ...« fragte Harkin langsam, immer noch fassungslos.

»Samstag nachmittag. Ich habe eine Acht-Stunden-Schicht gearbeitet, und dieser Kerl ist eingebrochen, während ich im Laden war.« Nicht ganz wahr, aber Richter Harkin würde den Unterschied nie erfahren. Nicholas hatte das Video so umprogrammiert, daß in der unteren rechten Ecke Zeit und Datum vom Samstag standen.

»Weshalb haben Sie ...«

»Vor fünf Jahren, als ich in Mobile wohnte, bin ich beraubt und zusammengeschlagen worden. Ich wäre fast gestorben. Es passierte bei einem Einbruch in meine Wohnung. Seither bin ich sehr vorsichtig geworden.«

Und das machte alles völlig plausibel: das Vorhandensein ausgeklügelter Überwachungsvorrichtungen in einer schäbigen Wohnung; die Computer und Kameras bei einem sehr niedrigen Einkommen. Der Mann fürchtete sich vor Gewalttätigkeiten. Das konnte jeder verstehen. »Möchten Sie es noch einmal sehen?«

»Nein. Das ist er.«

Nicholas holte die Kassette aus dem Recorder und gab sie dem Richter. »Die können Sie behalten. Ich habe eine Kopie.«

Fitch wurde bei seinem Roastbeef-Sandwich unterbrochen, als Konrad den Kopf zur Tür hereinsteckte und die Worte sprach, nach denen Fitch sich gesehnt hatte. »Die Frau ist am Telefon.«

Er wischte sich mit dem Handrücken den Mund und seinen Spitzbart ab und griff nach dem Hörer. »Hallo?«

»Hallo, Fitch«, sagte sie. »Ich bin's, Marlee.«

»Ja, Schätzchen?«

»Ich weiß nicht, wie der Mann heißt, aber es ist der Typ, den Sie vorigen Donnerstag, am neunzehnten, vor elf Tagen, in Easters Wohnung geschickt haben. Um 16.52 Uhr, um präzise zu sein.« Fitch rang nach Luft und hustete Sandwichkrümel aus. Er fluchte innerlich, dann richtete er sich steil auf. »Das war gleich nachdem ich Sie informiert hatte, daß Nicholas einen grauen Golfpullover und eine khakifarbene Hose tragen würde. Erinnern Sie sich?«

»Ja«, sagte er heiser.

»Wie dem auch sei, später haben Sie diesen Gangster in den Gerichtssaal geschickt, wahrscheinlich, damit er nach mir Ausschau halten sollte. Das war vorigen Mittwoch, am fünfundzwanzigsten. Ziemlich dämlich, weil Easter den Mann wiedererkannt und den Richter informiert hat, und der hat ihn sich auch ganz genau angesehen. Hören Sie noch zu, Fitch?«

Er hörte zu, atmete aber nicht. »Ja!« fauchte er.

»Und jetzt weiß der Richter auch, daß dieser Mann in Easters Wohnung eingebrochen ist, und er hat einen Haftbefehl ausgestellt. Also sehen Sie zu, daß Sie ihn aus der Stadt schaffen, sonst könnte es unangenehm für Sie werden. Vielleicht würden Sie sogar selbst verhaftet.«

Fitch rasten mindestens hundert Fragen durch den Kopf, aber er wußte, daß er keine Antworten darauf erhalten würde. Wenn Doyle irgendwie erkannt und verhaftet wurde, und wenn er dann zuviel sagte, dann – es war unvorstellbar. Einbruch war überall auf dem Planeten eine strafbare Handlung, und Fitch mußte schnell reagieren. »Sonst noch etwas?« fragte er.

»Nein. Das ist im Moment alles.«

Doyle sollte eigentlich in einem schäbigen vietnamesischen Restaurant vier Blocks vom Gerichtsgebäude entfernt an einem Fenstertisch beim Essen sitzen, spielte aber in Wirklichkeit im Lucy Luck Zwei Dollar Black Jack, als der Pieper an seinem Gürtel losging. Es war Fitch, im Büro. Drei Minuten später war Doyle auf dem Highway in Richtung Osten unterwegs. Er fuhr nach Osten, weil die Staatsgrenze nach Alabama näher war als die nach Louisiana. Zwei Stunden später flog er nach Chicago.

Es kostete Fitch eine Stunde, um herauszufinden, daß weder für Doyle Dunlap noch für eine namenlose, ihm ähnelnde Person ein Haftbefehl ausgestellt worden war. Das war allerdings kein Trost. Die Tatsache blieb bestehen, daß Marlee wußte, daß sie in Easters Wohnung eingebrochen waren.

Aber woher wußte sie das? Das war die größte und beunruhigendste Frage. Fitch brüllte durch verschlossene Türen hindurch Konrad und Pang an. Es sollte drei Stunden dauern, bis sie die Antwort fanden.

Um halb vier am Montag brach Richter Harkin Dr. Kilvans Aussage ab und schickte ihn für den Rest des Tages nach Hause. Er verkündete den überraschten Anwälten, daß es einige schwerwiegende, die Jury betreffende Dinge gab, die sofort erörtert werden müßten. Er schickte die Geschworenen in ihr Zimmer zurück und ließ den Gerichtssaal von allen Zuschauern räumen. Jip und Rasco scheuchten sie hinaus, dann verschlossen sie die Tür.

Oliver McAdoo schob den Aktenkoffer unter dem Tisch mit seinem linken Fuß vorsichtig so herum, daß die Kamera auf den Richtertisch gerichtet war. Daneben standen vier weitere Aktenkoffer und Taschen sowie zwei große Kartons mit dicken Vernehmungsprotokollen und anderem juristischen Müll. McAdoo wußte nicht, was passieren würde, aber er vermutete ganz richtig, daß Fitch daran gelegen sein würde, es zu sehen.

Richter Harkin räusperte sich und wendete sich dann der Horde der ihn eingehend musternden Anwälte zu. »Meine

Herren, ich habe erfahren, daß einige meiner Geschworenen, wenn nicht sogar alle, das Gefühl haben, beobachtet und beschattet zu werden. Ich habe eindeutige Beweise dafür, daß zumindest einer der Geschworenen das Opfer eines Einbruchs geworden ist.« Er ließ das einsickern, und das tat es sichtlich. Die Anwälte waren fassungslos. Jede Seite wußte ganz genau, daß sie nichts Unrechtes getan hatte, und schob die Schuld sofort dahin, wo sie hingehörte – an den anderen Tisch.

»Ich habe zwei Möglichkeiten. Ich kann den Prozeß für gescheitert erklären, oder ich kann die Geschworenen isolieren und einschließen. Ich neige dazu, das Letztere zu tun, so unerfreulich das auch ist. Mr. Rohr?«

Rohr erhob sich nur langsam, und einen Augenblick lang wußte er nicht, was er sagen sollte – etwas, das bei ihm höchst selten vorkam. »Äh, also, Richter, wir möchten natürlich nicht, daß der Prozeß für gescheitert erklärt wird. Ich meine, ich bin sicher, daß wir nichts Unrechtes getan haben.« Er warf einen Blick zum Tisch der Verteidigung hinüber. »Jemand ist bei einem Geschworenen eingebrochen?« fragte er.

»Genau das habe ich gesagt. Den Beweis werde ich Ihnen gleich zeigen. Mr. Cable?«

Sir Durr erhob sich und knöpfte sein Jackett zu. »Das ist ziemlich schockierend, Euer Ehren.«

»Das ist es in der Tat.«

»Dazu kann ich erst Stellung nehmen, wenn ich mehr gehört habe«, sagte er und richtete einen überaus argwöhnischen Blick auf die Anwälte, die offensichtlich schuldig waren – die der Anklage.

»Also gut. Bringen Sie die Geschworene Nummer vier herein, Stella Hulic«, wies Seine Ehren Willis an. Stella war steif vor Angst und bereits blaß, als sie den Gerichtssaal betrat.

»Bitte nehmen Sie im Zeugenstand Platz, Mrs. Hulic. Es wird nicht lange dauern.« Der Richter lächelte ermutigend und deutete auf den Stuhl im Zeugenstand. Während sie sich setzte, warf Stella hektische Blicke in alle Richtungen.

»Danke. Und jetzt, Mrs. Hulic, möchte ich Ihnen ein paar Fragen stellen.«

Im Saal herrschte Stille. Die Anwälte hielten ihre Stifte in der Hand, ignorierten ihre geliebten Blocks und warteten darauf, daß ein großes Geheimnis offenbart wurde. Nach vier Jahren juristischer Kriegführung wußten sie praktisch schon im voraus, was jeder einzelne Zeuge aussagen würde. Die Aussicht auf eine nicht geprobte Aussage im Zeugenstand war faszinierend.

Bestimmt stand sie im Begriff, irgendeine furchtbare, von der Gegenseite begangene Sünde zu offenbaren. Sie schaute kläglich zum Richter empor. Jemand hatte ihren Atem gerochen und sie verpfiffen.

»Waren Sie übers Wochenende in Miami?«

»Ja, Sir«, erwiderte sie langsam.

»Mit Ihrem Mann?«

»Ja.« Cal hatte den Saal vor dem Lunch verlassen. Er hatte Geschäfte zu erledigen.

»Und was war der Zweck dieser Reise?«

»Wir wollten einkaufen.«

»Ist, während Sie dort waren, irgend etwas Ungewöhnliches passiert?«

Sie holte tief Luft und musterte die dichtgedrängt an den langen Tischen sitzenden Anwälte. Dann wendete sie sich an Richter Harkin und sagte: »Ja, Sir.«

»Bitte erzählen Sie uns, was passiert ist.«

Ihre Augen fingen an zu schwimmen, und die arme Frau war nahe daran, die Beherrschung zu verlieren. Richter Harkin nützte den Moment und sagte: »Keine Sorge, Mrs. Hulic. Sie haben nichts Unrechtes getan. Erzählen Sie uns nur, was passiert ist.«

Sie biß sich auf die Unterlippe, dann preßte sie die Zähne zusammen. »Wir sind Freitag abend im Hotel angekommen, und als wir ungefähr zwei oder drei Stunden dort waren, hat das Telefon geläutet, und es war irgendeine Frau dran, die uns sagte, wir würden von diesen Männern von den Tabakkonzernen beschattet. Sie sagte, sie wären uns von Biloxi aus gefolgt, und sie wüßten unsere Flugnummern und überhaupt alles. Sie sagte, sie würden uns das ganze Wochenende über beschatten und vielleicht sogar versuchen, unser Telefon abzuhören.«

Rohr und seine Truppe atmeten erleichtert auf. Ein oder zwei seiner Leute warfen finstere Blicke auf den anderen Tisch, wo Cable und Konsorten wie erstarrt dasaßen.

»Haben Sie jemanden gesehen, der Ihnen gefolgt ist?«

»Also, offen gestanden, ich habe das Hotelzimmer nicht verlassen. Es hat mich so geängstigt. Mein Mann Cal war ein paarmal draußen, und er hat am Strand jemanden gesehen, einen Mann mit einer Kamera, der aussah wie ein Kubaner, und dann hat er am Sonntag, als wir das Hotel verließen, denselben Mann noch einmal gesehen.« Stella begriff plötzlich, daß dies ihr Ausweg war, genau der richtige Moment, einen so mitgenommenen Eindruck zu machen, daß sie nicht fortfahren konnte. Ohne große Anstrengung begannen die Tränen zu fließen.

»Sonst noch etwas, Mrs. Hulic?«

»Nein«, sagte sie schluchzend. »Es ist so furchtbar. Ich kann nicht ...« Alles weitere ging in jammervollem Schluchzen unter.

Seine Ehren sah die Anwälte an. »Ich werde Mrs. Hulic entlassen und sie durch Stellvertreter Nummer eins ersetzen.« Von Stella kam ein kleines Heulen, und angesichts der Qualen, die diese Frau litt, war es unmöglich, für ihre Beibehaltung zu argumentieren. Den Geschworenen drohte die Isolierung, und das würde sie bestimmt nicht durchstehen.

»Sie dürfen ins Geschworenenzimmer zurückkehren, Ihre Sachen holen und nach Hause gehen. Danke für Ihre Dienste, und ich bedauere, daß das passiert ist.«

»Es tut mir so leid«, brachte sie flüsternd heraus, dann erhob sie sich vom Zeugenstuhl und verließ den Saal. Ihre Entlassung war ein Schlag für die Verteidigung. Sie war während der Auswahl hoch eingeschätzt worden, und nach zwei Wochen ununterbrochenen Beobachtens waren die Jury-Experten auf beiden Seiten fast einhellig der Ansicht gewesen, daß sie der Anklage keinerlei Sympathien entgegenbrachte. Sie rauchte seit vierundzwanzig Jahren und hatte noch nie versucht, damit aufzuhören.

Ihr Ersatz war ein völlig unberechenbarer Mann, den beide Seiten fürchteten, insbesondere aber die Verteidigung.

»Holen Sie den Geschworenen Nummer zwei, Nicholas Easter«, sagte Harkin zu Willis, der an der offenen Tür stand. Während Easter herbeigeschafft wurde, rollten Gloria Lane und eine ihrer Gehilfinnen einen Tisch mit einem Fernseher und einem Videogerät in die Mitte des Saals. Die Anwälte begannen, auf ihren Stiften zu kauen, insbesondere die der Verteidigung.

Durwood Cable tat so, als wäre er vollauf mit anderen Dingen auf dem Tisch beschäftigt, aber die einzige Frage in seinem Kopf war: Was hat Fitch nun wieder angestellt? Vor dem Prozeß hatte Fitch über alles bestimmt: die Zusammensetzung des Teams der Verteidigung, die Auswahl der Zeugen, das Anheuern der Jury-Berater, die Recherchen zu allen potentiellen Geschworenen. Er hatte die delikaten Gespräche mit ihrem Mandanten, Pynex, geführt, und er hatte die Anwälte der Anklage wie ein Habicht bewacht. Aber das meiste von dem, was Fitch nach Prozeßbeginn getan hatte, war in aller Heimlichkeit geschehen. Cable wollte es nicht wissen. Er ging den geraden Weg und verhandelte den Fall. Sollte Fitch doch in der Gosse spielen und versuchen, ihn zu gewinnen.

Easter nahm im Zeugenstand Platz und schlug die Beine übereinander. Wenn er ängstlich oder nervös war, ließ er es sich jedenfalls nicht anmerken. Der Richter fragte ihn nach dem mysteriösen Mann, der ihm gefolgt war, und Easter nannte die exakten Zeiten und Orte, an denen er den Mann gesehen hatte. Und er berichtete detailliert, was vorigen Mittwoch passiert war, als er sich im Gerichtssaal umgesehen und den Mann entdeckt hatte, in der dritten Reihe.

Dann beschrieb er die Sicherheitsvorkehrungen, die er in seiner Wohnung getroffen hatte, und nahm die Videokassette von Richter Harkin entgegen. Er legte sie in den Recorder ein, und die Anwälte rutschten auf ihren Stühlen vor. Er spielte das Band ab, die ganzen neuneinhalb Minuten, und als es abgelaufen war, kehrte er in den Zeugenstand zurück und bestätigte die Identität des Einbrechers – es war derselbe Mann, der ihm gefolgt war, derselbe Mann, der vorigen Mittwoch im Gerichtssaal gesessen hatte.

Fitch konnte den verdammten Bildschirm durch die versteckte Kamera nicht sehen, weil McAdoo oder ein anderer Idiot den Aktenkoffer unter den Tisch gestoßen hatte. Aber Fitch hörte jedes Wort, das Easter sagte, und er konnte die Augen zumachen und genau sehen, was im Gerichtssaal passierte. Von seinem Nacken her begann sich ein heftiger Kopfschmerz auszubreiten. Er nahm ein Aspirin und spülte es mit Mineralwasser hinunter. Nur zu gern hätte er Easter eine simple Frage gestellt: Wenn Sie so um Ihre Sicherheit besorgt sind, daß Sie versteckte Kameras installieren – weshalb haben Sie dann nicht auch eine Alarmanlage an Ihrer Tür? Aber auf diese Frage kam außer ihm niemand.

Seine Ehren sagte: »Ich kann übrigens bestätigen, daß der Mann auf dem Video vorigen Mittwoch im Gerichtssaal war.« Aber inzwischen war der Mann auf dem Video längst verschwunden. Während alle im Saal Anwesenden zusahen, wie er die Wohnung betrat und darin herumschlich, als würde er nie ertappt werden, war Doyle sicher längst wieder in Chicago.

»Sie dürfen in das Geschworenenzimmer zurückkehren, Mr. Easter.«

Die Anwälte verbrachten eine Stunde damit, ihre schwächlichen und unvorbereiteten Argumente für und wider die Isolierung der Geschworenen vorzutragen. Als man sich erst einmal ein wenig in Hitze geredet hatte, begannen die Anschuldigungen nur so hin und her zu fliegen, wobei die Verteidigung die meisten Treffer einstecken mußte. Beide Seiten wußten Dinge, die sie nicht beweisen und deshalb auch nicht aussprechen konnten, und so blieben die Vorwürfe ziemlich allgemein.

Die Geschworenen erhielten von Nicholas einen ausführlichen und etwas ausgeschmückten Bericht über alles, was im Gerichtssaal und auf dem Video passiert war. In seiner Eile hatte Richter Harkin nicht daran gedacht, Nicholas Gespräche mit seinen Kollegen über diese Angelegenheit zu verbieten. Nicholas machte sich sofort daran, dieses Versäumnis für sich zu nutzen, er konnte es kaum erwarten, die Geschichte in seinem Sinne zu erzählen. Er nahm sich auch die Freiheit, Stellas plötzliches Verschwinden zu erklären. Sie war in Tränen aufgelöst gegangen.

Fitch entging nur knapp zwei leichten Schlaganfällen, als er in seinem Büro herumstapfte, sich das Genick und die Schläfen rieb, an seinem Spitzbart zupfte und von Konrad, Swanson und Pang unmögliche Antworten verlangte. Außer diesen dreien hatte er den jungen Holly, Joe Boy, einen einheimischen Privatdetektiv mit unglaublich leichtem Schritt, Dante, einen schwarzen Ex-Polizisten aus Washington, und Dubaz, einen weiteren Einheimischen mit einer langen Vorstrafenliste. Und er hatte vier Leute, die mit Konrad zusammenarbeiteten, ein weiteres Dutzend, die er binnen drei Stunden nach Biloxi beordern konnte, und Unmengen von Anwälten und Jury-Beratern. Fitch hatte eine Menge Leute, und sie kosteten eine Menge Geld, aber er war verdammt sicher, daß er keinen davon übers Wochenende mit dem Auftrag nach Miami geschickt hatte, Stella und Cal beim Einkaufen zu beobachten.

Ein Kubaner? Mit einer Kamera? Fitch schleuderte sogar ein Telefonbuch an die Wand, als er das wiederholte.

»Was ist, wenn es die Frau war?« fragte Pang, langsam den Kopf hebend, nachdem er ihn eingezogen hatte, um nicht von dem Telefonbuch getroffen zu werden.

»Welche Frau?«

»Marlee. Die Hulic hat gesagt, der Anruf wäre von einer Frau gekommen.« Pangs Gelassenheit stand in scharfem Kontrast zur explosiven Stimmung seines Chefs. Fitch blieb wie angewurzelt stehen, dann setzte er sich für einen Moment hin. Er nahm ein weiteres Aspirin, trank noch mehr Mineralwasser und sagte schließlich: »Ich glaube, Sie haben recht.«

Und er hatte recht. Der Kubaner war ein billiger ›Sicherheitsberater‹, den Marlee im Branchenverzeichnis gefunden hatte. Sie hatte ihm zweihundert Dollar dafür gezahlt, daß er verdächtig aussah, was ihm nicht weiter schwerfiel, und sich, wenn die Hulics das Hotel verließen, mit einer Kamera sehen ließ.

Die elf Geschworenen und die drei Stellvertreter waren in den Gerichtssaal zurückgerufen worden. Stellas leerer Platz in der ersten Reihe wurde von Phillip Savelle eingenommen, einem achtundvierzig Jahre alten Sonderling, aus dem keine Seite schlau geworden war. Er bezeichnete sich als selbständigen Baumchirurgen, aber es hatten sich keinerlei Hinweise darauf finden lassen, daß dieser Beruf in den letzten fünf Jahren irgendwo an der Golfküste ausgeübt worden war. Er war außerdem ein Avantgarde-Glasbläser mit einem besonderen Talent für leuchtendbunte, formlose Kreationen, denen er obskure Namen gab, die alle etwas mit Wasser zu tun hatten, und die er gelegentlich in winzigen, heruntergekommenen Galerien in Greenwich Village ausstellte. Er rühmte sich, ein meisterhafter Segler zu sein, und hatte sich sogar einmal eine eigene Ketsch gebaut, mit der er nach Honduras gesegelt war. Dort war sie bei ruhiger See gesunken. Gelegentlich hielt er sich für einen Archäologen, und nachdem das Boot gesunken war, mußte er wegen illegaler Ausgrabungen in Honduras elf Monate im Gefängnis verbringen.

Er war ledig, Agnostiker, Grinnell-Absolvent, Nichtraucher. Savelle flößte jedem der im Gerichtssaal anwesenden Anwälte eine Heidenangst ein.

Richter Harkin entschuldigte sich für das, was er zu tun im Begriff stand. Die Isolierung einer Jury war eine seltene, radikale Maßnahme, die erst durch außergewöhnliche Umstände erforderlich und fast nur bei sensationellen Mordprozessen angeordnet wurde. Aber in diesem Fall blieb ihm keine andere Wahl. Es hatte gesetzwidrige Kontakte gegeben. Er hatte keinen Grund zu der Annahme, daß sie aufhören würden, ungeachtet seiner Warnungen. Es gefiel ihm ganz und gar nicht, und er bedauerte die Unannehmlichkeiten, die das Ganze mit sich bringen würde, aber seine Aufgabe war es nun einmal, einen fairen Prozeß zu garantieren.

Er erklärte, daß er schon vor Monaten sicherheitshalber einen Plan für genau diesen Moment aufgestellt hatte. Das Gericht hatte eine Reihe von Zimmern in einem nahegelegenen, unbenannt gebliebenen Motel reservieren lassen. Die Sicherheitsvorkehrungen würden verstärkt werden. Er hatte eine Liste von diesbezüglichen Bestimmungen. Der Prozeß ging jetzt in die zweite volle Woche der Zeugenaussagen, und er würde die Anwälte nach Kräften dazu drängen, so schnell wie möglich zum Ende zu kommen.

Die vierzehn Geschworenen sollten jetzt nach Hause gehen, packen, ihre Angelegenheiten ordnen und sich morgen früh zurückmelden, bereit, die nächsten beiden Wochen in der Isolierung zu verbringen.

Es gab keinerlei sofortige Reaktionen von seiten der Geschworenen; sie waren zu fassungslos. Nur Nicholas Easter fand es lustig.

14. KAPITEL

Wegen Jerrys Vorliebe für Bier, Glücksspiel, Football und ganz allgemein jede Form von Trubel schlug Nicholas vor, daß sie sich am Montag abend in einem Kasino treffen sollten, um ihre letzten paar Stunden Freiheit zu feiern. Jerry hielt das für einen großartigen Vorschlag. Als die beiden das Gerichtsgebäude verließen, spielten sie mit der Idee, ein paar ihrer Kollegen dazu einzuladen. Die Idee klang gut, aber sie funktionierte nicht. Herman kam nicht in Frage. Lonnie Shaver verschwand eiligst, sehr aufgeregt, und sprach mit niemandem auch nur ein Wort. Savelle war neu und unbekannt und offensichtlich besser aus der Ferne zu genießen. Damit blieb nur noch Herrera, der Colonel, und nach dem war ihnen nicht zumute. Schließlich mußten sie zwei Wochen mit ihm zusammen eingesperrt verbringen.

Jerry lud Sylvia Taylor-Tatum, den Pudel, ein. Die beiden waren so etwas wie Freunde geworden. Sie war bereits zweimal geschieden, und Jerry lag zum erstenmal in Scheidung. Da Jerry sämtliche Kasinos an der Küste kannte, schlug er vor, daß sie sich in einem neuen treffen sollten, das The Diplomat hieß. Dort gab es eine Sportbar mit einem großen Fernseher, billige Drinks, ein bißchen Abgeschiedenheit und Serviererinnen mit langen Beinen und sehr knapper Bekleidung.

Als Nicholas um acht eintraf, war der Pudel bereits da, hielt einen Tisch in der überfüllten Bar frei, trank Bier vom Faß und lächelte freundlich, was sie innerhalb des Gerichtsgebäudes niemals tat. Ihr langes, lockiges Haar hatte sie im Nacken zusammengerafft. Sie trug hautenge, ausgeblichene Jeans, einen flauschigen Pullover und rote Cowboystiefel. Obwohl immer noch alles andere als hübsch, sah sie doch in einer Bar wesentlich besser aus als auf der Geschworenenbank.

Sylvia hatte die dunklen, traurigen, welterfahrenen Augen einer vom Leben geschlagenen Frau, und Nicholas war entschlossen, so schnell und so tief wie möglich zu graben, bevor Fernandez eintraf. Er bestellte eine weitere Runde und kam gleich zur Sache. »Sind Sie verheiratet?« fragte er, obwohl er wußte, daß sie es nicht war. Sie hatte das erstemal mit neunzehn geheiratet, und aus dieser Ehe waren Zwillinge hervorgegangen, zwei Jungen, die jetzt zwanzig waren. Einer arbeitete auf einer Ölplattform vor der Küste, der andere ging noch aufs College. Ziemliche Gegensätze. Ehemann Nummer eins hatte sie nach fünf Jahren verlassen, und sie hatte die Jungen allein aufgezogen. »Und Sie?«

»Nein. Im Grunde bin ich immer noch Student, aber im Moment arbeite ich.«

Ehemann Nummer zwei war ein älterer Mann gewesen, und glücklicherweise bekamen sie keine Kinder. Die Ehe dauerte sieben Jahre, dann tauschte er sie gegen ein neueres Modell ein. Sie schwor sich, nie wieder zu heiraten. Die Bears verloren den Ball an die Packers, und Sylvia verfolgte das Spiel interessiert. Sie liebte Football, weil ihre Jungen in der High-School in der Regionalmannschaft gespielt hatten.

Jerry erschien ziemlich abgehetzt und warf nervöse Blikke hinter sich, bevor er sich für sein Zuspätkommen entschuldigte. Er kippte sein erstes Bier in Sekundenschnelle hinunter und erklärte dann, er hätte das Gefühl, verfolgt zu werden. Der Pudel lachte ihn aus und meinte, daß inzwischen jeder Angehörige der Jury ständig nach hinten schaute, überzeugt, daß ihre Beschatter nicht weit entfernt sein konnten.

»Mit der Jury hat das nichts zu tun«, sagte Jerry. »Ich glaube, es ist meine Frau.«

»Ihre Frau?« fragte Nicholas.

»Ja, Ich glaube, sie hat einen Privatdetektiv auf mich angesetzt.«

»Dann sollten Sie sich darauf freuen, daß wir isoliert werden«, sagte Nicholas.

»Oh, das tue ich«, sagte Jerry und zwinkerte dem Pudel zu.

Er hatte fünfhundert Dollar auf die Packers gesetzt, auf

ein Plus von sechs Punkten, aber die Wette galt nur für das Ergebnis der ersten Halbzeit. Für die zweite Halbzeit würde er eine neue Wette abschließen. Jedes Profi- oder Collegespiel, erklärte er den beiden Neulingen, bot eine erstaunliche Vielfalt von Wettmöglichkeiten, von denen praktisch keine etwas mit dem endgültigen Sieger zu tun hatte. Jerry wettete manchmal darauf, wer als erster den Ball fallen ließ, wer das erste Tor schoß, wer die meisten Pässe stoppte. Er verfolgte das Spiel mit der Nervosität eines Mannes, der um Geld wettet, das zu verlieren er sich nicht leisten kann. Während des ersten Viertels trank er vier Bier. Nicholas und Sylvia gerieten schnell in Rückstand.

In den Pausen zwischen Jerrys ständigem Gerede über Football und die Kunst des erfolgreichen Wettens versuchte Nicholas ein paarmal, das Thema Prozeß anzuschneiden, aber ohne Erfolg. Die Isolierung war eine unerfreuliche Sache, und da sie ihnen noch bevorstand, gab es wenig darüber zu sagen. Es war anstrengend genug gewesen, den ganzen Tag nur einem einzigen Zeugen zuzuhören, und der Gedanke, Dr. Kilvans Ansichten in ihrer Freizeit noch einmal durchzukauen, kam ihm grausam vor. Und er fand auch kein Interesse für das Gesamtproblem. Sylvia war schon angewidert, als er ihr eine simple Frage über das grundsätzliche Problem der Produkthaftung stellte.

Mrs. Grimes hatte mit den anderen Leuten den Gerichtssaal verlassen müssen und wartete in der Vorhalle, als Richter Harkin seine Vorschriften für die Isolierung verkündete. Als sie Herman nach Hause fuhr, erklärte er ihr, daß er die nächsten beiden Wochen in einem Zimmer in einem Motel verbringen mußte, in fremder Umgebung, ohne sie. Kurz nachdem sie zu Hause angekommen waren, hatte sie Richter Harkin am Telefon und sagte ihm ihre Meinung über diese jüngste Entwicklung. Ihr Mann war blind, erinnerte sie ihn mehr als einmal, und er brauchte spezielle Hilfe. Herman saß auf dem Sofa, trank sein tägliches Bier und war wütend, daß seine Frau sich einmischte.

Richter Harkin fand rasch einen Mittelweg. Er würde

Mrs. Grimes erlauben, sich bei Herman in seinem Zimmer im Motel aufzuhalten. Sie konnte mit Herman frühstücken und zu Abend essen, aber sie mußte jeden Kontakt mit den anderen Geschworenen meiden. Außerdem durfte sie nicht länger den Prozeß verfolgen, weil sie keinesfalls in der Lage sein durfte, mit Herman darüber zu sprechen. Das ging Mrs. Grimes sehr gegen den Strich; sie hatte zu den wenigen Zuschauern gehört, die sich bisher jedes Wort angehört hatten. Und obwohl sie das weder Seinen Ehren noch Herman verriet, war sie bereits zu einigen ziemlich unerschütterlichen Ansichten über den Fall gelangt. Der Richter blieb fest. Herman war wütend. Aber Mrs. Grimes behielt die Oberhand und verschwand im Schlafzimmer, um zu packen.

Lonnie Shaver erledigte am Montag abend im Büro ein Wochenpensum. Nach vielen Versuchen erreichte er George Teaker zu Hause in Charlotte und informierte ihn, daß die Jury für den Rest des Prozesses isoliert werden sollte. Es war vorgesehen gewesen, daß er sich Ende der Woche noch einmal mit Taunton traf, und er machte sich Sorgen, weil er nun nicht erreichbar sein würde. Er erklärte, daß der Richter alle direkten Telefongespräche aus den Motelzimmern verboten hatte, und daß es unmöglich sein würde, vor dem Abschluß des Prozesses wieder miteinander in Verbindung zu treten. Teaker tat richtig mitfühlend und gab im Laufe des Gesprächs noch einmal seinen ernsten Bedenken über den Ausgang des Prozesses Ausdruck.

»Unsere Leute in New York sind der Ansicht, daß ein Urteil zugunsten der Anklage geradezu Schockwellen im gesamten Einzelhandel auslösen könnte, vor allem in unserer Branche. Und Gott allein weiß, wie hoch die Versicherungsprämien dann steigen werden.«

»Ich werde tun, was ich kann«, versprach Lonnie.

»Die Jury ist doch wohl nicht ernstlich auf ein hartes Urteil aus, oder?«

»Das läßt sich im Augenblick noch nicht sagen. Schließlich stecken wir noch mitten in den Aussagen der Zeugen der Anklage. Es ist einfach noch zu früh.«

»Sie müssen uns in dieser Sache in Schutz nehmen, Lonnie. Ich weiß, das bringt Sie genau in die Schußlinie, aber, verdammt, Sie stecken nun einmal mitten drin, verstehen Sie, was ich meine?«

»Ja, ich verstehe. Ich werde tun, was ich kann.«

»Wir hier oben zählen auf Sie. Machen Sie Ihre Sache gut.«

Die Konfrontation mit Fitch war kurz und führte zu nichts. Durwood Cable wartete am Montag abend bis fast neun Uhr, wo in der Kanzlei nach wie vor eifrig an Prozeßvorbereitungen gearbeitet und ein spätes, ins Haus geliefertes Abendessen im Konferenzzimmer verzehrt wurde. Er bat Fitch in sein Büro. Fitch tat ihm den Gefallen, obwohl er eigentlich verschwinden und in seinen Billigladen zurückkehren wollte.

»Ich würde gern über etwas mit Ihnen reden«, sagte Durr steif, als er sich hinter seinem Schreibtisch aufgebaut hatte.

»Worum geht es?« bellte Fitch, der sich dafür entschieden hatte, gleichfalls stehen zu bleiben und die Hände auf die Hüften zu stemmen. Er wußte genau, was Cable im Kopf herumging.

»Wir sind heute nachmittag im Gericht in eine sehr peinliche Lage geraten.«

»Sie waren in keiner peinlichen Lage. Wenn ich mich recht entsinne, waren die Geschworenen nicht im Saal. Also hat das, was passiert ist, keinerlei Auswirkungen auf das Urteil.«

»Sie sind erwischt worden, und für uns war das peinlich.«

»Ich bin nicht erwischt worden.«

»Wie würden Sie es denn nennen?«

»Ich nenne es eine Lüge. Wir haben niemanden beauftragt, Stella Hulic zu beschatten. Weshalb hätten wir das tun sollen?«

»Und wer hat sie dann angerufen?«

»Das weiß ich nicht, aber bestimmt keiner von unseren Leuten. Sonst noch Fragen?«

»Und ob. Wer war der Typ in der Wohnung?«

»Das war keiner von meinen Männern. Ich habe schließlich das Video nicht gesehen und deshalb auch nicht sein Gesicht, aber wir haben Grund zu der Annahme, daß Rohr und seine Leute den Kerl angeheuert haben.«

»Können Sie das beweisen?«

»Ich brauche überhaupt nichts zu beweisen. Und ich brauche auch keine Fragen mehr zu beantworten. Ihr Job ist es, diesen Fall zu vertreten, alles andere können Sie mir überlassen.«

»Bringen Sie mich nicht in Verlegenheit, Fitch.«

»Und Sie sollten mich nicht in Verlegenheit bringen, indem Sie diesen Prozeß verlieren.«

»Ich verliere nur selten.«

Fitch drehte sich um und steuerte auf die Tür zu. »Das weiß ich. Und Sie leisten gute Arbeit, Cable. Sie brauchen nur ein bißchen Hilfe von außen.«

Nicholas traf als erster ein, mit zwei mit Kleidung und Toilettenartikeln vollgestopften Sporttaschen. Lou Dell, Willis und ein weiterer Deputy, ein neuer, warteten auf dem Flur vor dem Geschworenenzimmer, um die Taschen entgegenzunehmen und sie vorläufig in einem leeren Raum zu deponieren. Es war zwanzig Minuten nach acht, Dienstag.

»Wie kommt das Gepäck von hier zum Motel?« fragte Nicholas, immer noch mit seinen Taschen in den Händen und ziemlich argwöhnisch.

»Wir bringen es irgendwann im Laufe des Tages dorthin«, sagte Willis. »Aber vorher müssen wir es durchsuchen.«

»Kommt gar nicht in Frage.«

»Wie bitte?«

»Niemand durchsucht diese Taschen«, verkündete Nicholas und betrat das leere Geschworenenzimmer.

»Anordnung vom Richter«, sagte Lou Dell, die ihm hinterherging.

»Es ist mir egal, was der Richter angeordnet hat. Niemand durchsucht meine Taschen.« Er stellte sie in einer Ecke ab, ging zur Kaffeekanne und sagte zu Willis und Lou Dell, die an der Tür standen: »Und jetzt verschwindet. Das hier ist das Geschworenenzimmer.«

Sie wichen zurück, und Lou Dell machte die Tür zu. Eine Minute verging, bevor auf dem Flur Worte zu hören waren. Nicholas öffnete die Tür und sah Millie Dupree mit schweißnasser Stirn, die mit zwei riesigen Samsonite-Koffern vor Lou Dell und Willis stand. »Sie bilden sich ein, sie würden unser Gepäck durchsuchen, aber das werden sie nicht tun«, erklärte Nicholas. »Wir stellen es erst mal hier ab.« Er ergriff den ihm am nächsten stehenden Koffer, hob ihn mit viel Mühe an und deponierte ihn bei den anderen Taschen im Geschworenenzimmer.

»Richterliche Anordnung«, hörten sie Lou Dell murmeln.

»Wir sind keine Terroristen«, fuhr Nicholas sie an. »Was denkt er denn, was wir vorhaben, Waffen oder Drogen oder sonst was einschmuggeln?« Millie griff nach einem Doughnut und dankte Nicholas dafür, daß er ihre Privatsphäre geschützt hatte. In den Koffern waren Dinge, die, nun ja, sie wollte einfach nicht, daß Männer wie Willis oder sonst jemand sie anfaßten oder betasteten.

»Verschwindet«, brüllte Nicholas, auf Lou Dell und Willis zeigend, die sich schleunigst wieder auf den Flur zurückzogen.

Viertel vor neun waren alle zwölf Geschworenen eingetroffen, und im Zimmer türmte sich das Gepäck, das Nicholas gerettet und aufgestapelt hatte. Bei jeder neuen Ladung hatte er geschimpft und getobt und war immer wütender geworden, und er hatte es geschafft, die Jury so aufzupeitschen, daß sie inzwischen alle aufs äußerste gereizt und bereit waren, es auf einen Machtkampf ankommen zu lassen. Um neun klopfte Lou Dell an und drehte den Türknauf, um hereinzukommen.

Die Tür war von innen abgeschlossen.

Sie klopfte abermals.

Im Geschworenenzimmer rührte sich niemand außer Nicholas. Er ging zur Tür und sagte: »Wer ist da?«

»Lou Dell. Es ist Zeit. Der Richter wartet auf Sie.«

»Der Richter kann sich zum Teufel scheren.«

Lou Dell drehte sich zu Willis um, der mit vorquellenden Augen dastand und nach seinem rostigen Revolver griff. Die grobe Antwort bestürzte sogar einige der wütenderen Geschworenen, aber die Front bröckelte nicht.

»Was haben Sie gesagt?« fragte Lou Dell.

Es gab ein lautes Klicken, dann drehte sich der Türknauf. Nicholas trat auf den Flur und machte die Tür hinter sich zu. »Sagen Sie dem Richter, daß wir nicht herauskommen«, sagte er und funkelte Lou Dell und ihre schmutzigen, grauen Ponyfransen an.

»Das können Sie nicht machen«, sagte Willis so aggressiv wie möglich, was bei ihm eher schwächlich klang.

»Halten Sie den Mund, Willis.«

Probleme mit den Geschworenen. Das war aufregend genug, um die Leute am Dienstag morgen wieder in den Gerichtssaal zurückzulocken. Es hatte sich schnell herumgesprochen, daß eine Geschworene entlassen und in die Wohnung eines anderen Geschworenen eingebrochen worden war; und nun war der Richter wütend und hatte die Einschließung der gesamten Jury angeordnet. Die Gerüchte überschlugen sich, am beliebtesten aber war die Story von einem Tabakschnüffler, der in der Wohnung eines Geschworenen erwischt worden war und nun per Haftbefehl gesucht wurde. Polizei und FBI fahndeten überall nach dem Mann.

Die Morgenzeitungen in Biloxi, New Orleans, Mobile und Jackson brachten die Sache ausführlich auf den Titelseiten.

Die ständigen Gerichtsbesucher waren in Scharen zurückgekehrt. Der größte Teil der ortsansässigen Anwälte hatte plötzlich dringende Angelegenheiten im Saal zu erledigen und lungerte herum. Ein halbes Dutzend Reporter von verschiedenen Zeitungen hatte sich auf der Seite der Anklage in der vordersten Reihe niedergelassen. Die Typen von der Wall Street, eine Gruppe, die immer kleiner geworden war, nachdem ihre Angehörigen Kasinos, Hochseeangeln und lange Nächte in New Orleans entdeckt hatten, waren wieder in voller Besetzung anwesend.

Und deshalb gab es eine Menge Zeugen, die beobachten konnten, wie Lou Dell nervös und auf Zehenspitzen durch die Geschworenentür kam und durch den vorderen Teil des Saals zum Richtertisch ging, wo sie sich hinaufreckte, während Richter Harkin sich herunterbeugte und mit ihr konferierte. Harkin neigte den Kopf zur Seite, als könnte er nicht gleich begreifen, was sie sagte, dann schaute er fassungslos auf die Geschworenentür, an der Willis mit in einem erstarrten Achselzucken hochgezogenen Schultern stand.

Als Lou Dell ihre Nachricht überbracht hatte, kehrte sie rasch zu der Stelle zurück, an der Willis wartete. Richter Harkin musterte die fragenden Gesichter der Anwälte, dann betrachtete er die vielen Zuschauer. Er kritzelte etwas, das er selbst nicht lesen konnte. Er überlegte, was er jetzt tun sollte.

Seine Jury streikte!

Und was genau sagte sein Richter-Handbuch dazu?

Er zog sein Mikrofon dichter heran und sagte: »Meine Herren, wir haben ein kleines Problem mit den Geschworenen. Ich bitte Mr. Rohr und Mr. Cable, mich zu begleiten. Alle anderen bleiben, wo sie sind.«

Die Tür war wieder abgeschlossen. Der Richter klopfte höflich, drei leichte Schläge, gefolgt vom Drehen des Türknaufs. Die Tür ließ sich nicht öffnen. »Wer ist da?« kam eine Männerstimme von drinnen.

»Richter Harkin«, sagte er laut. Nicholas stand an der Tür. Er drehte sich um und lächelte seinen Kollegen zu. Millie Dupree und Mrs. Gladys Card standen in einer Ecke, dicht neben einem Stapel Gepäck; sie waren sehr nervös und hatten Angst vor dem Gefängnis oder dem, was der Richter ihnen sonst an den Kopf werfen würde. Aber die anderen waren immer noch empört.

Nicholas schloß die Tür auf und öffnete sie. Er lächelte freundlich, als wäre alles in bester Ordnung, als wären Streiks ein Routine-Bestandteil von Prozessen. »Kommen Sie herein.«

Harkin, in einem grauen Anzug, ohne Robe, betrat mit Rohr und Cable im Schlepptau das Zimmer. »Wo liegt das Problem?« fragte er, während er den Blick umherschweifen ließ. Die meisten Geschworenen saßen am Tisch, der übersät war mit Kaffeetassen, leeren Tellern und Zeitungen. Lonnie Shaver saß mit einem Laptop auf den Knien in einer Ecke. Phillip Savelle stand allein an einem Fenster. Easter war zweifellos der Wortführer und vermutlich der Anstifter.

»Wir finden es nicht fair, daß die Deputies unser Gepäck durchsuchen sollen.«

»Und weshalb nicht?«

»Das liegt doch auf der Hand. Das sind unsere persönlichen Dinge. Wir sind keine Terroristen oder Drogenschmuggler, und Sie sind kein Zollbeamter.« Easters Ton war gebieterisch, und die Tatsache, daß er einem Richter gegenüber so kühne Worte gebrauchte, machte die Geschworenen sehr stolz. Er war einer von ihnen, fraglos ihr Anführer, ungeachtet dessen, was Herman dachte, und er hatte ihnen mehr als einmal erklärt, daß sie – nicht der Richter, nicht die Anwälte, nicht die Parteien –, sondern sie, die Geschworenen, die wichtigsten Leute in diesem Prozeß waren.

»Das ist Routine bei jeder Isolierung einer Jury«, sagte Seine Ehren und tat einen Schritt auf Easter zu, der zehn Zentimeter größer war und nicht daran dachte, sich einschüchtern zu lassen.

»Aber schwarz auf weiß steht das nirgends, richtig? Ich wette sogar, es ist lediglich eine Sache des Ermessens von seiten des vorsitzenden Richters. Richtig?«

»Es gibt einige gute Gründe dafür.«

»Nicht gut genug. Wir kommen nicht heraus, Euer Ehren, solange Sie uns nicht zugesagt haben, daß unser Gepäck in Ruhe gelassen wird.« Easter hatte mit verbissener Miene gesprochen, und dem Richter und den Anwälten war klar, daß er es ernst meinte. Außerdem sprach er für die ganze Gruppe. Keiner sonst hatte sich bewegt.

Harkin machte den Fehler, über die Schulter hinweg einen Blick auf Rohr zu werfen, der es nicht abwarten konnte, ein paar Gedanken zu äußern. »Also, Richter, was ist denn schon dabei?« platzte er heraus. »Diese Leute schleppen doch keinen Plastiksprengstoff mit sich herum.«

»Das reicht«, sagte Harkin, aber Rohr hatte es geschafft, bei den Geschworenen einen kleinen Pluspunkt einzuheimsen. Cable dachte natürlich genauso und hätte gern seinem vollen Vertrauen in das Ausdruck gegeben, was immer die Geschworenen in ihre American Touristers gepackt hatten, aber Harkin gab ihm dazu keine Chance.

»Also gut«, sagte Seine Ehren. »Das Gepäck wird nicht durchsucht. Aber wenn ich erfahre, daß einer der Geschworenen irgendeinen Gegenstand besitzt, der auf der Liste, die ich Ihnen gestern übergeben habe, als verboten geführt wird, dann hat sich dieser Geschworene der Mißachtung des Gerichts schuldig gemacht und kann mit Gefängnis bestraft werden. Ist das klar?«

Easter schaute sich im Zimmer um und musterte jeden einzelnen seiner Mitgeschworenen, die meisten von ihnen wirkten erleichtert, ein paar nickten sogar. »Geht in Ordnung, Richter.«

»Gut. Können wir jetzt den Prozeß fortsetzen?«

»Also, da ist noch ein weiteres Problem.«

»Und das wäre?«

Nicholas nahm ein Blatt Papier vom Tisch, las etwas und sagte dann: »Ihren Anordnungen zufolge dürfen wir einen ehelichen Besuch pro Woche haben. Ich finde, es sollten mehr sein.«

»Wie viele?«

»So viele wie möglich.«

Das war für die meisten der Geschworenen etwas Neues. Einige der Männer, vor allem Easter, Fernandez und Lonnie Shaver, hatten über die Zahl der ehelichen Besuche gemurrt, aber die Frauen hatten sich nicht dazu geäußert. Besonders Mrs. Gladys Card und Millie Dupree war es ausgesprochen peinlich, daß Seine Ehren nun dachte, sie wären darauf aus, soviel Sex zu bekommen, wie sie kriegen konnten. Mr. Card hatte vor Jahren Probleme mit der Prostata gehabt, und Mrs. Gladys Card dachte gerade daran, darauf hinzuweisen, um ihren guten Namen reinzuwaschen, als Herman Grimes sagte: »Ich wäre mit zweien zufrieden.«

Das Bild, wie sich der alte Herm unter der Bettdecke an Mrs. Grimes herantastete, war so unwiderstehlich, daß alle lachen mußten. Damit war das Eis gebrochen.

»Ich glaube nicht, daß eine Abstimmung erforderlich ist«, sagte Richter Harkin. »Können wir uns auf zwei einigen? Wir reden schließlich nur über vierzehn Tage, Leute.«

»Zwei, mit einem möglichen dritten«, machte Nicholas eine Gegenofferte.

»Geht in Ordnung. Sind alle damit zufrieden?« Seine Ehren schaute sich im Zimmer um. Loreen Duke kicherte leise am Tisch. Mrs. Gladys Card und Millie Dupree versuchten ihr Bestes, sich unsichtbar zu machen, und wollten dem Richter unter gar keinen Umständen in die Augen schauen.

»Ja, das geht in Ordnung«, sagte Jerry Fernandez, rotäugig und verkatert. Wenn Jerry einen Tag ohne Sex auskommen mußte, bekam er Kopfschmerzen, aber zweierlei war ihm klar: seine Frau war glücklich, ihn die nächsten beiden Wochen aus dem Haus zu haben, und er und der Pudel würden sich schon arrangieren.

»Ich erhebe Einspruch gegen den Wortlaut hier«, sagte Phillip Savelle von seinem Fenster aus, seine ersten Worte in diesem Prozeß. Er hielt das Blatt mit den Anordnungen in der Hand. »Ihre Definition der für eheliche Besuche in Frage kommenden Personen läßt einiges zu wünschen übrig.«

Der beanstandete Absatz lautete klar und deutlich: »Während jedes ehelichen Besuchs darf jeder Geschworene zwei Stunden, allein und in seinem Zimmer, mit seinem oder ihrem Ehegatten, Freundin oder Freund verbringen.«

Richter Harkin, die beiden Anwälte, die ihm über die Schulter schauten, und alle Geschworenen lasen den Text sorgfältig durch und fragten sich, was in aller Welt dieser verschrobene Bursche meinen mochte. Aber Harkin sollte es nicht erfahren. »Ich versichere Ihnen, Mr. Savelle, und den anderen Geschworenen, daß ich nicht beabsichtige, Ihnen im Hinblick auf Ihre ehelichen Besuche irgendwelche

Beschränkungen aufzuerlegen. Mir ist es offengestanden völlig gleichgültig, was Sie tun oder mit wem Sie es tun.«

Das schien Savelle ebenso zufriedenzustellen, wie es Mrs. Gladys Card demütigte.

»Sonst noch etwas?«

»Das war alles, Euer Ehren, und vielen Dank«, sagte Herman laut, um seine Position als Anführer zurückzugewinnen.

»Danke«, sagte Nicholas.

Sobald die Geschworenen glücklich wieder ihre Plätze eingenommen hatten, verkündete Scotty Mangrum, daß er mit Dr. Kilvan fertig sei. Durr Cable begann sein Kreuzverhör so behutsam, daß es beinahe den Anschein hatte, als sei er ganz verschüchtert angesichts dieses großen Experten. Sie einigten sich auf ein paar Statistiken, die zweifellos keinerlei Bedeutung hatten. Dr. Kilvan erklärte, aufgrund seines riesigen Zahlenmaterials sei er überzeugt, daß ungefähr zehn Prozent aller Raucher an Lungenkrebs erkranken.

Cable beharrte auf diesem Punkt, etwas, das er von Anfang an getan hatte und das er auch bis zum Ende tun würde. »Also, Dr. Kilvan, wenn Rauchen Lungenkrebs verursacht, weshalb erkranken dann so wenige Raucher an Lungenkrebs?«

»Rauchen vergrößert die Gefahr von Lungenkrebs erheblich.«

»Aber es verursacht ihn nicht immer, oder?«

»Nein. Nicht jeder Raucher bekommt Lungenkrebs.«

»Danke.«

»Aber für diejenigen, die rauchen, ist die Gefahr, Lungenkrebs zu bekommen, wesentlich größer.«

Cable kam jetzt in Fahrt und begann, Dr. Kilvan zu bedrängen. Er fragte ihn, ob ihm eine zwanzig Jahre alte Untersuchung der Universität von Chicago bekannt sei, derzufolge bei Rauchern in Städten Lungenkrebs häufiger auftrat als bei Rauchern in ländlichen Gebieten. Kilvan kannte die Untersuchung sehr gut, war aber nicht an ihr beteiligt gewesen.

»Können Sie das erklären?« fragte Cable.

»Nein.«

»Können Sie eine Vermutung anstellen?«

»Ja. Als die Untersuchung herauskam, war sie umstritten, weil aus ihr hervorging, daß auch andere Faktoren als das Rauchen Lungenkrebs verursachen können.«

»Zum Beispiel Luftverschmutzung?«

»Ja.«

»Glauben Sie das?«

»Es ist möglich.«

»Sie geben also zu, daß Luftverschmutzung Lungenkrebs verursacht?«

»Es ist möglich. Aber ich stehe zu meinen Forschungen. Raucher auf dem Lande erkranken öfter an Lungenkrebs als Nichtraucher auf dem Lande, und Raucher in Städten erkranken öfter an Lungenkrebs als Nichtraucher in Städten.«

Cable griff zu einem weiteren dicken Bericht und blätterte demonstrativ darin herum. Er fragte Dr. Kilvan, ob ihm eine 1989 erschienene Untersuchung der Universität Stockholm bekannt sei, in der Forscher herausgefunden hatten, daß es zwischen Erbanlagen und Rauchen und Lungenkrebs einen Zusammenhang gab.

»Ich habe den Bericht gelesen«, sagte Dr. Kilvan.

»Haben Sie eine Meinung dazu?«

»Nein. Erbanlagen gehören nicht zu meinem Spezialgebiet.«

»Also können Sie die Frage, ob zwischen Erbanlagen, Rauchen und Lungenkrebs ein Zusammenhang besteht, weder bejahen noch verneinen.«

»So ist es.«

»Aber Sie zweifeln den Bericht nicht an?«

»Ich habe dazu keine persönliche Meinung.«

»Kennen Sie die Leute, die diese Recherchen angestellt haben?«

»Nein.«

»Also können Sie uns auch nicht sagen, ob sie qualifiziert sind oder nicht.«

»Nein. Bestimmt haben Sie selbst mit ihnen gesprochen.«

Cable ging zu seinem Tisch, griff nach einem anderen Bericht und kehrte ans Pult zurück.

Nachdem zwei Wochen lang aller Augen auf die Pynex-Aktien gerichtet gewesen waren, ohne daß sich viel getan hätte, gab es plötzlich etwas, was die Sache wieder in Bewegung bringen konnte. Abgesehen von dem überraschenden Treuegelöbnis, einem derart ungewöhnlichen Ereignis im Gerichtssaal, daß sich niemand einen Reim darauf machen konnte, war der Prozeß bis zur Umbildung der Jury am späten Montag nachmittag recht undramatisch verlaufen. Einem der vielen Anwälte der Verteidigung rutschte einem der vielen Finanzanalytiker gegenüber die Bemerkung heraus, daß man Stella Hulic allgemein für eine gute Geschworene der Verteidigung gehalten hatte. Die Sache ging von Mund zu Mund, und Stellas Bedeutung für die Tabakindustrie wuchs mit jeder Wiederholung, und als schließlich die Anrufe nach New York rausgingen, hatte die Verteidigung ihren wertvollsten Besitz verloren – Stella Hulic, die zu diesem Zeitpunkt längst im martinibeseelten Koma auf dem heimatlichen Sofa lag.

Die Gerüchteküche beschäftigte sich auch mit der absolut köstlichen Information, daß jemand in die Wohnung des Geschworenen Easter eingebrochen war. Man konnte guten Gewissens annehmen, daß der Einbrecher von der Tabakindustrie bezahlt worden war. Sie waren ertappt worden oder standen zumindest unter starkem Verdacht, und so sahen die Dinge für die Verteidigung im Moment rundum ziemlich schlecht aus. Sie waren beim Mogeln erwischt worden. Der Himmel stürzte ein.

Pynex eröffnete am Dienstag bei neunundsiebzigeinhalb und fiel dann rasch auf achtundsiebzig, als im Laufe des Vormittags immer hitziger gehandelt wurde und die Gerüchte wie Pilze aus dem Boden schossen. Am Spätvormittag standen die Aktien bei sechsundsiebzig Dollar fünfundzwanzig, als eine neue Meldung aus Biloxi eintraf. Ein Analytiker, der da unten *wirklich im Gerichtssaal saß,* rief sein Büro an und berichtete, daß die Geschworenen sich an diesem Morgen geweigert hatten, herauszukommen. Sie seien in den Streik getreten, weil sie es satt hatten, sich die langweiligen Aussagen der Experten der Anklage anzuhören.

Binnen Sekunden war der Bericht hundertmal wiederholt worden und die Wall Street war erfüllt von der Botschaft, daß die Geschworenen gegen die Anklage revoltierten. Der Aktienpreis sprang sofort auf siebenundsiebzig, flog an achtundsiebzig vorbei, erreichte neunundsiebzig und näherte sich gegen Mittag achtzig.

15. KAPITEL

Von den sechs noch in der Jury verbliebenen Frauen war Rikki Coleman, die gesundheitsbewußte, hübsche, zweiunddreißig Jahre alte Mutter von zwei Kindern, diejenige, die Fitch am dringendsten loswerden wollte. Sie verdiente einundzwanzigtausend Dollar im Jahr im Krankenarchiv eines Stadtteilkrankenhauses. Ihr Mann verdiente sechsunddreißigtausend Dollar als Privatpilot. Sie wohnten in einem hübschen Vorstadthaus mit gemähtem Rasen und einer Neunzigtausend-Dollar-Hypothek, und beide fuhren einen abbezahlten japanischen Wagen. Sie lebten sparsam und legten ihr Geld vorsichtig an – allein im letzten Jahr achttausend Dollar in einem Investmentfonds. Sie waren sehr aktiv in einer Kirche in ihrer Nachbarschaft – sie unterrichtete die Kleinen in der Sonntagsschule, und er sang im Chor.

Offensichtlich hatten die Colemans keine schlechten Angewohnheiten. Beide waren Nichtraucher, und es gab auch keinerlei Hinweise auf gesteigerten Alkoholkonsum. Er joggte und spielte Tennis, sie verbrachte täglich eine Stunde in einem Fitneß-Club. Fitch fürchtete sie als Geschworene wegen ihres sauberen Lebens und ihrer Arbeit im Gesundheitswesen.

Aus den medizinischen Unterlagen, die sie sich von ihrem Gynäkologen beschafft hatten, ging nichts Bemerkenswertes hervor. Zwei Schwangerschaften mit problemlosen Entbindungen. Die jährlichen Kontrolluntersuchungen wurden termingerecht absolviert. Eine Mammografie vor zwei Jahren hatte nichts Ungewöhnliches ergeben. Sie war einsfünfundsechzig groß und wog achtundfünfzig Kilo.

Fitch hatte medizinische Unterlagen von sieben der zwölf Geschworenen. Die von Easter hatten sie aus bekannten Gründen nicht auftreiben können. Herman Grimes war blind und hatte nichts zu verbergen. Savelle war neu, und Fitch war am Graben. Lonnie Shaver war seit mindestens zwanzig Jahren nicht mehr beim Arzt gewesen. Sylvia Taylor-Tatums Arzt war zwei Monate zuvor bei einem Bootsunglück ums Leben gekommen, und sein Nachfolger war ein Anfänger, der noch nicht wußte, wie das Spiel gespielt wurde.

Es war ein Spiel mit harten Bandagen, und den größten Teil der Regeln hatte Fitch geschrieben. Jedes Jahr zahlte sein Fonds eine Million Dollar an eine Organisation, die sich Judicial Reform Alliance nannte und sich in Washington lautstark Gehör verschaffte; sie wurde in erster Linie von Versicherungsgesellschaften, Ärztevereinigungen und Industrieverbänden finanziert. Und von den Tabakkonzernen. Jeder der Großen Vier verbuchte jährlich Beiträge von hunderttausend Dollar, und Fitch und sein Fonds schoben eine weitere Million unter der Tür durch. Zweck der JRA war es, sich für Gesetze zur Beschränkung der Entschädigungssummen bei Schadensersatz-Prozessen einzusetzen. Und vor allem für solche, die mit dem Unfug der zusätzlichen Strafgelder Schluß machten.

Luther Vandemeer, Generaldirektor von Trellco, war ein lautstarkes Mitglied im Vorstand der JRA, und mit Fitchs Hilfe, der ihm insgeheim seine Anweisungen gab, überfuhr Vandemeer häufig rücksichtslos die anderen Angehörigen der Organisation. Fitch trat nicht in Erscheinung, aber er bekam, was er wollte. Durch Vandemeer und Fitch übte die Organisation einen ungeheuren Druck auf die Versicherungsgesellschaften aus, die dann ihrerseits alle möglichen Ärzte unter Druck setzten, woraufhin diese streng vertrauliche Unterlagen von ausgewählten Patienten preisgaben. Wenn Fitch daran lag, daß Dr. Dow in Biloxi versehentlich die medizinischen Unterlagen von Mrs. Gladys Card an ein obskures Postfach in Baltimore schickte, dann wies er Vandemeer an, sich seine Kontaktpersonen bei der St. Louis Mutual vorzuknöpfen, der Gesellschaft, bei der Dr. Dow gegen ärztliche Kunstfehler versichert war. Dr. Dow wurde von der St. Louis Mutual informiert, daß seine Haftpflichtversicherung annulliert werden könnte, falls er das Spiel nicht mitspielte, woraufhin er prompt reagierte.

Fitch hatte eine Menge medizinische Unterlagen, aber bisher keine, die das Urteil beeinflussen konnten. Aber am Dienstag um die Lunchzeit bekam er eine Chance.

Als Rikki Coleman noch Rikki Weld hieß, hatte sie ein kleines College in Montgomery, Alabama, besucht, wo sie sehr beliebt gewesen war. Es war bekannt, daß einige der hübscheren Mädchen an dem College mit Jungen von Auburn ausgingen, und im Laufe der Routinerecherchen über ihre Vorgeschichte gelangte Fitchs Rechercheur in Montgomery zu der Vermutung, daß Rikki mit vielen Jungen ausgegangen war. Fitch ging der Vermutung nach, ließ die JRA ein paar Daumenschrauben anlegen, und nachdem sie zwei Wochen lang in Sackgassen herumgestochert hatten, fanden sie endlich die richtige Klinik.

Es war ein kleines, privates Frauenkrankenhaus in der Innenstadt von Montgomery, eines von drei Häusern, in denen damals in der Stadt Schwangerschaftsunterbrechungen vorgenommen wurden. In ihrem ersten Studienjahr, eine Woche nach ihrem zwanzigsten Geburtstag, hatte Rikki Weld ein Kind abtreiben lassen.

Und Fitch hatte die Unterlagen. Ein Anruf informierte ihn, daß sie unterwegs waren, und er lachte vor sich hin, als er die Blätter von seinem Faxgerät abnahm. Kein Name des Vaters, aber das machte nichts. Rikki hatte Rhea, ihren Mann, ein Jahr nach ihrem Collegeabschluß kennengelernt. Zur Zeit der Abtreibung hatte Rhea an der Texas A & M studiert, und es war unwahrscheinlich, daß sich die beiden jemals zuvor begegnet waren.

Fitch war bereit, eine Tonne Geld darauf zu wetten, daß die Abtreibung ein dunkles Geheimnis war, das Rikki so gut wie vergessen hatte und von dem ihr Mann bestimmt nichts wußte.

Das Motel war ein Siesta Inn in Pass Christian, eine halbe Stunde westlich an der Küste entlang gelegen. Sie fuhren in einem gecharterten Bus mit Lou Dell und Willis vorn neben dem Fahrer und den vierzehn Geschworenen über die Sitze verstreut. Keine zwei saßen beieinander. Eine Unterhaltung fand nicht statt. Sie waren müde und mutlos, schon jetzt isoliert und eingesperrt, obwohl sie ihr vorübergehendes neues Heim noch gar nicht gesehen hatten. In den ersten beiden Wochen des Prozesses hatte die Vertagung um fünf Uhr nachmittags Entkommen bedeutet; sie waren sofort verschwunden und zurückgerannt in die Realität, zurück nach Hause, zu ihren Kindern und warmen Mahlzeiten, zurück zu Besorgungen und vielleicht ins Büro. Jetzt bedeutete Vertagung eine Fahrt mit einem gecharterten Bus in eine andere Zelle, wo sie beobachtet, bewacht und vor bösen Schatten irgendwo da draußen beschützt wurden.

Nur Nicholas Easter freute sich, daß es so gekommen war, brachte es aber trotzdem irgendwie fertig, genauso deprimiert auszusehen wie alle anderen auch.

Harrison County hatte für sie das gesamte Erdgeschoß eines Flügels angemietet, insgesamt zwanzig Zimmer, obwohl nur neunzehn gebraucht wurden. Die Zimmer von Lou Dell und Willis lagen in der Nähe der Tür zum Hauptgebäude, wo sich die Rezeption und das Restaurant befanden. Ein großer junger Deputy namens Chuck hatte ein Zimmer am anderen Ende des Korridors; seine Aufgabe war es offensichtlich, die Tür zum Parkplatz zu bewachen.

Die Zimmer waren ihnen von Richter Harkin selbst zugewiesen worden. Das Gepäck stand bereits in den jeweiligen Zimmern, ungeöffnet und eindeutig undurchsucht. Von Lou Dell, deren Selbstbewußtsein stündlich zunahm, wurden Schlüssel wie Bonbons ausgehändigt. Betten wurden inspiziert – aus irgendeinem Grund Doppelbetten in allen Zimmern. Fernseher wurden eingeschaltet – vergeblich. Keine Programme, keine Nachrichten während der Isolierung. Nur Filme von der Sendestation des Motels. Badezimmer wurden in Augenschein genommen, Wasserhähne kontrolliert, Toilettenspülungen betätigt. Zwei Wochen hier würden ihnen vorkommen wie ein Jahr.

Der Bus wurde natürlich von Fitchs Leuten verfolgt. Er verließ das Gerichtsgebäude mit einer Polizeieskorte, Polizisten auf Motorrädern davor und dahinter. Es war leicht, sich an die Polizisten anzuhängen. Auch zwei für Rohr arbeitende Detektive fuhren hinterher. Niemand rechnete damit, daß die Lage des Motels ein Geheimnis bleiben würde.

Nicholas hatte Savelle auf der einen und Colonel Herrera auf der anderen Seite. Die Zimmer der Männer lagen nebeneinander; die der Frauen befanden sich auf der anderen Seite des Flurs, als genügte eine strikte Trennung, um unerlaubte Techtelmechtel zu verhindern. Fünf Minuten nach dem Aufschließen der Tür schien das Zimmer immer enger zu werden, und zehn Minuten später klopfte Willis laut an und erkundigte sich, ob alles in Ordnung wäre. »Einfach wundervoll«, sagte Nicholas, ohne die Tür zu öffnen.

Das Telefon war ebenso entfernt worden wie die Mini-Bar. Aus einem Zimmer am Ende des Flurs waren die Betten herausgeschafft worden, statt dessen war es mit zwei runden Tischen, Telefonen, bequemen Sesseln, einem Fernseher mit großem Bildschirm und einer mit allen erdenklichen alkoholfreien Getränken ausgestatteten Bar möbliert worden. Jemand nannte es das Partyzimmer, und der Name blieb kleben. Jedes Telefongespräch mußte von einem ihrer Bewacher genehmigt werden, eingehende Anrufe waren nicht erlaubt. Für Notfälle stand die Rezeption zur Verfügung. In Zimmer 40, dem Partyzimmer genau gegenüber, waren gleichfalls die Betten entfernt und durch einen provisorischen Eßtisch ersetzt worden.

Kein Geschworener durfte den Flügel ohne vorherige Genehmigung von Richter Harkin oder einer an Ort und Stelle erteilten Erlaubnis von Lou Dell oder einem der Deputies verlassen. Es gab keine Sperrstunde, weil es keinen Ort gab, wo man hätte hingehen können, aber im Partyzimmer war um zehn Uhr Schluß.

Abendessen gab es von sechs bis sieben, Frühstück von sechs bis halb neun, und man verlangte nicht von ihnen, daß sie *en masse* aßen. Sie konnten kommen und gehen. Sie konnten sich ihr Essen auf einen Teller packen und es in ihrem Zimmer verspeisen. Richter Harkin war sehr an der Qualität des Essens gelegen, und er wollte jeden Morgen informiert werden, ob sich jemand darüber beschwert hatte.

Das Menü am Dienstag abend war entweder gebratenes

Hähnchen oder gegrillter Schnappbarsch mit Salat und viel Gemüse. Sie waren verblüfft über ihren Appetit. Obwohl sie den ganzen Tag über nichts getan hatten, als dazusitzen und zuzuhören, waren die meisten von ihnen, als um sechs das Essen eintraf, regelrecht schwach vor Hunger. Nicholas packte sich als erster seinen Teller voll und setzte sich ans Ende des Tisches, wo er alle in ein Gespräch zog und darauf bestand, daß sie als Gruppe aßen. Er war lebhaft und fröhlich und tat so, als wäre die Isolierung nichts als ein Abenteuer. Seine gute Laune war ansteckend.

Nur Herman Grimes aß in seinem Zimmer. Mrs. Grimes füllte zwei Teller und verschwand sofort wieder. Richter Harkin hatte ihr in schriftlicher Form streng verboten, mit den anderen Geschworenen zu essen. Das gleiche galt für Lou Dell, Willis und Chuck. Deshalb brach, als Lou Dell mit dem Gedanken an Essen hereinkam und Nicholas mitten in einer Geschichte antraf, die Unterhaltung sofort ab. Sie warf ein paar grüne Bohnen neben eine Hähnchenbrust und ein belegtes Brötchen und verschwand wieder.

Sie waren jetzt eine Gruppe, isoliert und im Exil, von der Realität abgeschnitten und gegen ihren Willen in ein Siesta Inn verbannt. Sie hatten niemanden außer sich selbst. Easter war entschlossen, sie bei Laune zu halten. Sie würden eine Gemeinschaft sein, wenn nicht gar eine Familie. Er würde sich bemühen, Grüppchen- und Cliquenbildungen zu verhindern.

Sie sahen sich im Partyzimmer zwei Filme an. Um zehn lagen alle im Bett und schliefen.

»Ich bin bereit für meinen ehelichen Besuch«, verkündete Jerry Fernandez beim Frühstück, mehr oder weniger an Mrs. Gladys Card gewandt, die prompt errötete.

»Also«, sagte sie und verdrehte die Augen zur Decke. Jerry lächelte sie an, als wäre sie das Objekt seiner Begierde. Das Frühstück war ein wahres Festessen. Von gebratenem Schinken bis zu Cornflakes gab es so ziemlich alles.

Nicholas erschien um die Mitte der Frühstückszeit, grüßte die anderen leise und trug eine finstere Miene zur Schau.

»Ich verstehe nicht, warum wir keine Telefone haben dürfen«, waren die ersten Worte aus seinem Munde, und die angenehme Morgenstimmung war plötzlich getrübt. Er ließ sich Jerry gegenüber nieder, der nach einem kurzen Blick in sein Gesicht sofort ins selbe Horn stieß.

»Weshalb können wir hier kein kaltes Bier bekommen?« fragte Jerry. »Wenn ich zu Hause bin, trinke ich jeden Abend ein kaltes Bier, vielleicht auch zwei. Wer hat das Recht, uns vorzuschreiben, was wir hier trinken dürfen?«

»Richter Harkin«, sagte Millie Dupree, eine Frau, die Alkohol verabscheute.

»Der kann mich ...«

»Und was ist mit Fernsehen?« fragte Nicholas. »Weshalb dürfen wir nicht fernsehen? Ich habe ferngesehen, seit der Prozeß begonnen hat, und ich kann mich an keine besonderen Aufregungen erinnern.« Er wandte sich an Loreen Duke, eine massige Frau, die einen Teller voller Rührei vor sich stehen hatte. »Haben Sie irgendwelche Sondersendungen mit den neuesten Nachrichten vom Prozeß gesehen?«

»Nein.«

Er sah Rikki Coleman an, die hinter einer winzigen Portion harmloser Cornflakes saß. »Und was ist mit einem Fitneßraum, damit wir uns nach acht Stunden im Gerichtssaal ein bißchen Bewegung verschaffen können? Sie hätten doch bestimmt ein Motel mit Fitneßbereich finden können.« Rikki bekundete mit einem Nicken ihr volles Einverständnis.

Loreen schluckte ihr Rührei hinunter und sagte: »Was ich nicht verstehe, ist, weshalb wir kein Telefon haben dürfen. Es könnte doch sein, daß meine Kinder mit mir sprechen müssen. Und es ist ja wohl nicht besonders wahrscheinlich, daß mich irgend so ein Gangster in meinem Zimmer anrufen wird, um mich zu bedrohen.«

»Ich wäre schon mit ein oder zwei kalten Bierchen zufrieden«, sagte Jerry. »Und vielleicht ein paar ehelichen Besuchen mehr«, setzte er mit einem weiteren Blick auf Mrs. Gladys Card hinzu.

Plötzlich hatten alle am Tisch irgend etwas zu beanstanden, und binnen zehn Minuten nach Easters Ankunft waren die Geschworenen nahe am Revoltieren. Aus geringfügigen Beanstandungen war eine lange Liste von Mißständen geworden. Sogar Herrera, der Colonel im Ruhestand, der im Dschungel kampiert hatte, war mit der Getränkeauswahl im Partyzimmer nicht zufrieden. Millie Dupree monierte, daß es keine Zeitungen gab. Lonnie Shaver hatte dringende Geschäfte zu erledigen und regte sich darüber auf, daß sie überhaupt isoliert worden waren. »Ich kann für mich selbst denken«, sagte er. »Mich beeinflußt niemand.« Zumindest brauchte er ungehinderten Zugang zu einem Telefon. Phillip Savelle betrieb jeden Morgen bei Tagesanbruch Joga im Wald, ganz allein, mit der Natur kommunizierend, und in diesem Motel gab es im Umkreis von zweihundert Metern keinen einzigen Baum. Und was war mit der Kirche? Mrs. Card war eine fromme Baptistin, die nie eine Gebetsversammlung am Mittwochabend versäumte, keine Segnung am Dienstag und kein Frauentreffen am Freitag, und der Sabbat war natürlich vollgestopft mit Veranstaltungen.

»Wir sollten besser von Anfang an Klarheit schaffen«, sagte Nicholas ernst. »Wir werden zwei Wochen hier sein, vielleicht sogar drei. Ich schlage vor, daß wir uns an Richter Harkin wenden.«

In Richter Harkins Amtszimmer saßen neun Anwälte, die sich über Alltäglichkeiten in den Haaren lagen, die man den Geschworenen ersparen konnte. Der Richter verlangte von den Anwälten, daß sie jeden Morgen um acht für die Aufwärm-Scharmützel erschienen, und oft mußten sie nach dem Auszug der Geschworenen noch ein oder zwei Stunden bleiben. Ein lautes Klopfen an der Tür unterbrach eine hitzige Debatte zwischen Rohr und Cable. Gloria Lane stieß die Tür auf, bis sie gegen einen Stuhl prallte, auf dem Oliver McAdoo saß.

»Wir haben ein Problem mit den Geschworenen«, sagte sie ernst.

Harkin sprang auf. »Was?«

»Sie möchten mit Ihnen reden. Mehr weiß ich auch nicht.«

Harkin schaute auf die Uhr. »Wo sind sie?«

»Im Motel.«

»Können wir sie nicht herbringen lassen?«

»Nein. Wir haben es versucht. Sie kommen nicht, bevor sie nicht mit Ihnen gesprochen haben.«

Harkins Schultern sackten herab, er war so fassungslos, daß er den Mund nicht mehr zubekam. »Das nimmt allmählich absurde Formen an«, sagte Wendall Rohr zu niemand im besonderen. Die Anwälte beobachteten den Richter, der geistesabwesend den Stapel Papiere auf seinem Schreibtisch betrachtete und Ordnung in seine Gedanken zu bringen versuchte. Dann rieb er sich die Hände und bedachte alle Anwesenden mit einem breiten, falschen Lächeln. »Na dann fahren wir mal hin.«

Konrad nahm den ersten Anruf um 8.02 Uhr entgegen. Sie wollte nicht mit Fitch sprechen, sondern ihn nur informieren, daß die Geschworenen wieder rebellierten und nicht kommen wollten, bevor Richter Harkin persönlich im Siesta Inn erschienen war und die Wogen geglättet hatte. Konrad eilte in Fitchs Büro und übermittelte die Nachricht.

Um 8.09 Uhr rief sie abermals an und informierte Konrad, daß Easter ein dunkles Jeanshemd über einem rehfarbenen T-Shirt tragen würde, die übliche khakifarbene Hose und rote Socken. Rote Socken, wiederholte sie.

Um 8.12 Uhr rief sie zum drittenmal an. Diesmal wollte sie mit Fitch sprechen, der um seinen Schreibtisch herumtigerte und an seinem Spitzbart zerrte. Er umkrampfte den Hörer. »Hallo.«

»Guten Morgen, Fitch«, sagte sie.

»Guten Morgen, Marlee.«

»Waren Sie schon mal im St. Regis Hotel in New Orleans?«

»Nein.«

»Es liegt an der Canal Street im French Quarter. Auf dem Dach gibt es ein Freiluftrestaurant. Heißt Terrace Grill. Nehmen Sie einen Tisch, von dem aus Sie ins Quarter hinuntersehen können. Seien Sie heute abend um sieben Uhr dort. Ich komme später dazu. Alles klar?«

»Ja.«

»Und kommen Sie allein, Fitch. Ich werde Sie beobachten, wenn Sie das Hotel betreten; und wenn Sie Ihre Freunde zu dem Treffen mitbringen, ist die Sache geplatzt. Alles klar?«

»Alles klar.«

»Und wenn Sie versuchen, mich beschatten zu lassen, dann verschwinde ich.«

»Sie haben mein Wort.«

»Warum beruhigt mich das nur so gar nicht, Fitch?« Damit legte sie auf.

Cable, Rohr und Richter Harkin wurden an der Eingangstür von Lou Dell in Empfang genommen, die nervös und aufgeregt war und ständig wiederholte, daß ihr so etwas noch nie passiert wäre, bisher hätte sie die Geschworenen immer unter Kontrolle gehabt. Sie führte die Herren ins Partyzimmer, wo sich dreizehn der vierzehn Geschworenen versammelt hatten. Der einzige Abweichler war Herman Grimes. Er hatte der Gruppe Vorwürfe wegen ihres Verhaltens gemacht und dabei Jerry Fernandez so aufgebracht, daß dieser ihn beleidigt hatte. Jerry hatte darauf hingewiesen, daß Herman seine Frau bei sich hatte, daß er weder für eine Zeitung noch das Fernsehen Verwendung hatte, keinen Alkohol mehr trank und vermutlich auch keinen Fitneßraum brauchte. Jerry entschuldigte sich, nachdem Millie Dupree ihn dazu aufgefordert hatte.

Wenn Seine Ehren in Angriffsstimmung war, so hielt das nicht lange vor. Nach ein paar unsicheren Hallos und Guten Morgens machte er gleich einen schlechten Anfang: »Ich muß sagen, ich bin ein wenig irritiert.«

Worauf Nicholas Easter entgegnete: »Wir sind nicht in der Stimmung, uns Vorwürfe machen zu lassen.«

Rohr und Cable war ausdrücklich verboten worden, sich einzumischen, und sie standen an der Tür und schauten sehr amüsiert zu. Beide wußten, daß sie eine solche Szene in ihrer ganzen Prozeßkarriere wohl kein zweites Mal erleben würden.

Nicholas hatte eine Beschwerdeliste aufgestellt. Richter Harkin zog seinen Mantel aus, setzte sich und wurde bald aus allen Richtungen bombardiert. Er war allein auf weiter Flur und praktisch hilflos.

Bier war kein Problem. Zeitungen konnten an der Rezeption zensiert werden. Gegen eingehende Telefongespräche war nichts einzuwenden. Und auch nicht gegen Fernsehen, aber nur, wenn sie versprachen, sich nicht die Lokalnachrichten anzuschauen. Das mit dem Fitneßraum könnte sich als problematisch erweisen, aber er würde sich darum kümmern. Kirchenbesuche konnten arrangiert werden.

Es ließ sich alles machen.

»Können Sie uns erklären, weshalb wir hier sind?« fragte Lonnie Shaver.

Er versuchte es. Er räusperte sich und unternahm den Versuch, seine Gründe für ihre Isolierung zu rechtfertigen. Er redete eine Weile über unerlaubte Kontakte, darüber, was bisher mit dieser Jury passiert war, und machte einige vage Andeutungen über Vorkommnisse bei anderen Tabakprozessen.

Die Verstöße waren gut dokumentiert, und in der Vergangenheit hatten sich beide Seiten schuldig gemacht. Fitch hatte in der Landschaft der Tabakprozesse eine breite Spur hinterlassen. Auch Agenten, die in anderen Fällen für die Anklagevertretung arbeiteten, hatten sich schon die Hände schmutzig gemacht. Aber darüber konnte Richter Harkin vor den Geschworenen nicht reden. Er mußte vorsichtig sein und durfte sie weder gegen die eine noch die andere Seite einnehmen.

Die Zusammenkunft dauerte eine Stunde. Harkin forderte eine feste Zusage, daß es von nun an keine Streiks mehr geben würde, aber die wollte ihm Easter nicht geben.

Pynex eröffnete mit einem Minus von zwei Punkten auf die Nachricht von einem zweiten Streik hin, der einem im Gerichtssaal wartenden Analysten zufolge auf eine nicht näher beschriebene negative Reaktion der Geschworenen auf gewisse Taktiken zurückzuführen war, deren sich die Verteidigung am Tag zuvor bedient hatte. Auch worin diese Taktiken bestanden, blieb vage. Ein zweites Gerücht, das von einem anderen Analysten in Biloxi aufgebracht worden war, schuf ein bißchen mehr Klarheit; ihm zufolge wußte nämlich niemand im Gerichtssaal so ganz genau, weshalb die Jury streikte. Der Kurs sank noch um einen weiteren halben Dollar, bevor er sich fing und im Vormittagsgeschäft langsam wieder stieg.

Der Teer in Zigaretten kann Krebs auslösen, zumindest bei Nagetieren im Laboratorium. Dr. James Ueuker aus Palo Alto arbeitete seit fünfzehn Jahren mit Mäusen und Ratten. Er hatte selbst zahlreiche Untersuchungen angestellt und sich eingehend mit den Forschungsergebnissen von Wissenschaftlern aus aller Welt beschäftigt. Zumindest sechs wichtige Untersuchungen hatten, nach seiner Ansicht, eine Verbindung hergestellt zwischen Zigarettenrauchen und Lungenkrebs. Er erklärte der Jury in allen Einzelheiten, wie genau er und sein Team Kondensate von Tabakrauch, gewöhnlich einfach »Teer« genannt, direkt auf die Haut von weißen Mäusen gerieben hatten. Beim Zuhören bekam man den Eindruck, daß es mindestens eine Million gewesen sein mußten. Die Fotos waren groß und in Farbe. Die glücklichen Mäuse bekamen nur einen Tupfer Teer ab, die anderen wurden damit regelrecht angestrichen. Je mehr Teer, desto schneller entwickelte sich Hautkrebs, was niemanden überraschte.

Es ist ein langer Weg von Hauttumoren bei Nagetieren zu Lungenkrebs beim Menschen, und Dr. Ueuker, von Rohr dirigiert, konnte es kaum abwarten, beides miteinander in Verbindung zu bringen. In der Medizingeschichte wimmelt es von Material über Laboruntersuchungen, die sich letzten Endes als auf den Menschen anwendbar erwiesen haben. Ausnahmen sind sehr selten. Obwohl Mäuse und Menschen in einer grundlegend unterschiedlichen Umwelt leben, stimmen die Ergebnisse mancher Tierversuche völlig mit den epidemiologischen Befunden bei Menschen überein.

Sämtliche verfügbaren Jury-Berater waren während Ueukers Aussage im Gerichtssaal. Widerliche kleine Nagetiere waren eine Sache, aber Kaninchen und Beagles konnten kuschelige Haustiere sein. Bei Ueukers nächster Untersuchung ging es um ein ähnliches Bestreichen mit Teer bei Kaninchen. Das Ergebnis war praktisch dasselbe. Bei seinem letzten Versuch hatte er dreißig Beagles beigebracht, durch Schläuche in ihrer Luftröhre Zigarettenrauch einzuatmen. Die starken Raucher arbeiteten sich zu neun Zigaretten am Tag hoch – das Äquivalent von ungefähr vierzig Zigaretten bei einem fünfundsiebzig Kilo schweren Mann. Bei diesen Hunden wurden nach 875 aufeinanderfolgenden Tagen des Rauchens schwere Lungenschäden in Form von bösartigen Tumoren festgestellt. Ueuker benutzte Hunde, weil sie die gleichen Reaktionen auf das Zigarettenrauchen zeigen wie Menschen.

Er sollte jedoch nicht dazu kommen, den Geschworenen von seinen Kaninchen und Hunden zu berichten. Sogar ein Amateur ohne jede Erfahrung brauchte sich nur Millie Duprees Gesicht anzusehen, um festzustellen, daß ihr die Mäuse ungeheuer leid taten und Ueuker ihr zuwider war, weil er sie umbrachte. Auch Sylvia Taylor-Tatum und Angel Weese war ihre Abscheu deutlich anzusehen. Mrs. Gladys Card und Phillip Savelle gaben subtilere Anzeichen der Mißbilligung von sich. Die anderen Männer waren ungerührt.

Rohr und Genossen entschieden sich während der Mittagspause, auf die weitere Vernehmung von James Ueuker zu verzichten.

16. KAPITEL

Jumper, der Deputy im Gerichtssaal, der dreizehn Tage zuvor die Nachricht von Marlee entgegengenommen und sie Fitch ausgehändigt hatte, wurde in der Mittagspause angesprochen. Man bot ihm fünftausend Dollar, wenn er sich mit Magenkrämpfen oder Durchfall oder sonst etwas dergleichen krankmelden und in Zivil mit Pang nach New Orleans fahren würde, für einen Abend und eine Nacht mit gutem Essen, viel Spaß und vielleicht einem Callgirl, falls Jumper der Sinn danach stand. Pang verlangte nur ein paar Stunden leichte Arbeit von ihm. Jumper brauchte das Geld.

Sie verließen Biloxi um halb eins in einem gemieteten Transporter. Als sie zwei Stunden später in New Orleans angekommen waren, hatte sich Jumper überreden lassen, vorübergehend für Arlington West Associates zu arbeiten. Pang bot ihm fünfundzwanzigtausend Dollar für sechs Monate Arbeit, neuntausend mehr, als er gegenwärtig im ganzen Jahr verdiente.

Sie bezogen ihre Zimmer im St. Regis, zwei Einzelzimmer, die beiderseits neben dem von Fitch lagen. Fitch hatte im Hotel nur vier Zimmer requirieren können. Hollys Zimmer lag am gleichen Korridor, Dubaz, Joe Boy und Dante logierten vier Blocks entfernt im Royal Sonesta. Jumper wurde auf einem Barhocker im Foyer deponiert, von wo aus er den Vordereingang des Hotels beobachten konnte.

Das Warten begann. Keine Spur von ihr, als sich der Nachmittag hinschleppte und es dunkel wurde, und darüber wunderte sich auch niemand. Jumper wurde viermal umgesetzt und hatte das Beschatten bald satt.

Fitch verließ ein paar Minuten vor sieben sein Zimmer und fuhr mit dem Fahrstuhl aufs Dach. Sein Tisch stand in einer Ecke, mit einer hübschen Aussicht auf das French Quarter. Holly und Dubaz saßen an einem drei Meter entfernten Tisch, beide gut gekleidet und anscheinend nur mit sich selbst beschäftigt. Dante und eine angeheuerte Gesellschafterin in einem schwarzen Minirock saßen an einem weiteren Tisch. Joe Boy würde die Fotos machen.

Um halb acht erschien sie aus dem Nirgendwo. Weder Jumper noch Pang hatten gemeldet, daß sie sie irgendwo in der Nähe des Foyers gesehen hatten. Sie kam einfach durch eine der offenen Terrassentüren auf das Dach und war in Sekundenschnelle an Fitchs Tisch. Später vermutete er, daß sie dasselbe getan hatte wie er – sie hatte sich unter einem anderen Namen ein Zimmer im Hotel genommen und schlicht die Treppe benutzt. Sie trug eine lange Hose und eine Jacke, und sie war sehr hübsch – kurzes, dunkles Haar, braune Augen, entschlossenes Kinn, ausgeprägte Wangenknochen; sehr wenig Makeup, aber sie brauchte auch nicht viel. Er schätzte ihr Alter auf achtundzwanzig bis zweiunddreißig. Sie setzte sich rasch, so schnell, daß Fitch keine Chance hatte, ihr einen Stuhl anzubieten. Sie ließ sich ihm direkt gegenüber nieder, mit dem Rücken zu den anderen Tischen.

»Ich freue mich, Sie kennenzulernen«, sagte er leise und ließ den Blick zu den anderen Tischen wandern, um zu sehen, ob jemand mithörte.

»Ja, ich auch«, erwiderte sie und stützte sich auf die Ellenbogen.

Der Kellner erschien prompt und fragte beflissen, ob sie etwas zu trinken haben wollte. Nein, das wollte sie nicht. Der Kellner war mit Bargeld bestochen worden, alles an sich zu nehmen, was sie mit den Fingern berührte – Gläser, Besteck, Aschenbecher und so weiter. Er sollte keine Chance dazu bekommen.

»Haben Sie Hunger?« fragte Fitch und trank einen Schluck Mineralwasser.

»Nein, ich habe es eilig.«

»Weshalb?«

»Je länger ich hier sitze, desto mehr Fotos können Ihre Gauner machen.«

»Ich bin allein gekommen.«

»Natürlich sind Sie das. Wie haben Ihnen die roten Socken gefallen?«

Auf der anderen Seite des Daches begann eine Jazzband zu spielen, aber sie ignorierte sie. Ihre Augen waren auf Fitch gerichtet.

Fitch legte den Kopf in den Nacken und schnaubte. Es fiel ihm immer noch schwer, zu glauben, daß er mit der Freundin eines seiner Geschworenen plauderte. Er hatte schon früher indirekten Kontakt mit Geschworenen gehabt, mehrere Male, in unterschiedlicher Form, aber so engen noch nie.

Und sie kam zu ihm!

»Wo kommt er her?« fragte Fitch.

»Was spielt das für eine Rolle? Er ist nun einmal da.«

»Ist er Ihr Mann?«

»Nein.«

»Ihr Freund?«

»Sie stellen eine Menge Fragen.«

»Sie fordern zu einer Menge Fragen heraus, junge Dame. Und Sie erwarten von mir, daß ich sie beantworte.«

»Er ist ein Bekannter.«

»Wann hat er sich den Namen Nicholas Easter zugelegt?«

»Spielt das eine Rolle? Es ist sein legaler Name. Er ist ein legaler Einwohner von Mississippi, ein eingetragener Wähler. Er kann seinen Namen jeden Monat ändern, wenn er will.«

Sie hielt ihre Hände unter dem Kinn gefaltet. Er wußte, daß sie nicht den Fehler machen würde, irgendwelche Abdrücke zu hinterlassen. »Was ist mit Ihnen?« fragte Fitch.

»Mit mir?«

»Ja. Sie sind nicht im Wählerverzeichnis von Mississippi eingetragen.«

»Woher wissen Sie das?«

»Weil wir es überprüft haben. Natürlich vorausgesetzt, daß Marlee Ihr wirklicher Name ist und die Schreibweise stimmt.«

»Sie setzen zuviel voraus.«

»Das ist mein Job. Sind Sie an der Golfküste zu Hause?«

»Nein.«

Joe Boy duckte sich gerade lange genug zwischen zwei

Buchsbaumsträucher aus Plastik, um sechs Profilaufnahmen von ihr zu machen. Ein anständiges Foto hätte einen Drahtseilakt auf dem Geländer erfordert, achtzehn Stockwerke über der Canal Street. Er würde im Grünzeug bleiben und auf eine bessere Chance hoffen, wenn sie ging.

Fitch ließ das Eis in seinem Glas klirren. »Also, weshalb sind wir hier?« fragte er.

»Eine Begegnung führt zur nächsten.«

»Und wohin führen uns all die Begegnungen?«

»Zum Urteil.«

»Für eine Gebühr, vermute ich.«

»Gebühr hört sich furchtbar kleinlich an. Nehmen Sie das auf?« Sie wußte genau, daß Fitch jedes Wort aufzeichnete.

»Natürlich nicht.«

Von ihr aus konnte er das Band im Schlaf abspielen. Er hatte nichts zu gewinnen, wenn er es an irgend jemanden weitergab. Fitch schleppte zuviel Gepäck mit sich herum, um zum Richter oder zur Polizei zu rennen, was ohnehin nicht zu seiner Arbeitsweise gepaßt hätte. Der Gedanke, sie mit den Behörden zu erpressen, kam Fitch gar nicht erst, und das wußte sie.

Er konnte all die Fotos machen lassen, die er haben wollte, und er und seine im Hotel verstreuten Kumpane konnten sie verfolgen, beobachten und alles mitschneiden. Sie würde eine Zeitlang mitspielen, Haken schlagen, sie abhängen, dafür sorgen, daß sie etwas tun mußten für ihr Geld. Sie würden nichts finden.

»Lassen Sie uns jetzt nicht über Geld reden, okay, Fitch?«

»Wir reden über das, worüber Sie reden möchten. Das hier ist Ihre Show.«

»Weshalb sind Sie in seine Wohnung eingebrochen?«

»Das ist nun einmal unsere Art.«

»Was halten Sie von Herman Grimes?« fragte sie.

»Weshalb fragen Sie mich das? Sie wissen doch genau, was im Geschworenenzimmer passiert.«

»Ich möchte wissen, wie smart Sie sind. Mich interessiert, ob all diese Jury-Experten und Anwälte das Geld wert sind, das Sie ihnen zahlen.«

»Ich habe noch nie verloren. Wenn ich für etwas bezahle, bekomme ich es auch.«

»Also, was ist mit Herman?«

Fitch dachte einen Moment nach und bedeutete dem Kellner, ihm ein weiteres Glas Wasser zu bringen. »Er wird einen großen Einfluß auf das Urteil haben, weil er ein Mann mit festen Ansichten ist. Im Augenblick ist er noch vorurteilslos. Er läßt sich im Gericht kein Wort entgehen und weiß vermutlich mehr als jeder andere Geschworene, Ihren Freund natürlich ausgenommen. Habe ich recht?«

»Sie sind ziemlich nahe daran.«

»Das freut mich. Wie oft unterhalten Sie sich mit Ihrem Freund?«

»Hin und wieder. Herman war gegen den Streik heute morgen, ist Ihnen das bekannt?«

»Nein.«

»Er war der einzige von den vierzehn.«

»Weshalb haben sie gestreikt?«

»Bedingungen. Telefone, Fernsehen, Bier, Kirchgang, die üblichen Sehnsüchte der Menschheit.«

»Wer hat den Streik angeführt?«

»Der, der vom ersten Tag an der Anführer war.«

»Ich verstehe.«

»Deshalb bin ich hier, Fitch. Wenn mein Freund nicht das Sagen hätte, dann hätte ich nichts anzubieten.«

»Und was bieten Sie an?«

»Ich habe gesagt, wir wollen jetzt nicht über Geld reden.«

Der Kellner stellte das neue Glas vor Fitch hin und fragte Marlee abermals, ob sie etwas zu trinken haben wollte. Ja, eine Diätcola in einem Plastikbecher, bitte.«

»Wir – äh – wir haben keine Plastikbecher«, sagte der Kellner mit einem fragenden Blick auf Fitch.

»Dann vergessen Sie's«, sagte sie und lächelte Fitch an.

Fitch beschloß, mehr Informationen aus ihr herauszuholen. »Wie ist die Stimmung der Geschworenen im Augenblick?«

»Gelangweilt. Herrera ist ein großer Fan von Ihnen.

Glaubt, Prozeßanwälte wären der letzte Dreck, und ungerechtfertigte Prozesse sollten streng verboten werden.«

»Mein Held. Kann er seine Freunde überzeugen?«

»Nein. Er hat keine Freunde. Er wird von allen verabscheut und ist definitiv das unbeliebteste Mitglied der Jury.«

»Und wer ist bei den Frauen die freundlichste?«

»Millie ist jedermanns Mutter, aber sie wird keine Rolle spielen. Rikki ist hübsch und beliebt und sehr gesundheitsbewußt. Sie ist ein Problem für Sie.«

»Das ist keine Überraschung.«

»Möchten Sie eine Überraschung, Fitch?«

»Ja. Überraschen Sie mich.«

»Welcher Geschworene hat nach Beginn des Prozesses mit dem Rauchen angefangen?«

Fitch kniff die Augen zusammen und neigte den Kopf eine Spur nach links. Hatte er richtig gehört? »Mit dem Rauchen angefangen?«

»Ja.«

»Ich gebe auf.«

»Easter. Überrascht?«

»Ihr Freund.«

»Ja. Und jetzt muß ich los. Ich rufe Sie morgen an.« Sie war so schnell wieder verschwunden, wie sie gekommen war.

Dante mit der angeheuerten Frau reagierte rascher als Fitch, den ihr plötzliches Verschwinden eine Sekunde lang lähmte. Er funkte Pang im Foyer an, der sah, wie sie aus dem Fahrstuhl trat und das Hotel verließ. Jumper folgte ihr zwei Blocks weit zu Fuß, dann verlor er sie in einer von Menschen wimmelnden Gasse.

Eine Stunde lang suchten sie Straßen, Garagen, Hotelfoyers und Bars nach ihr ab, aber sie konnten sie nicht entdecken. Fitch war in seinem Zimmer im St. Regis, als der Anruf von Dubaz kam, der an den Flughafen beordert worden war. Sie wartete auf eine Maschine, die in anderthalb Stunden starten und um 22.50 Uhr in Mobile landen sollte. Nicht folgen, befahl Fitch, dann rief er zwei seiner Leute in Biloxi an, die zum Flughafen von Mobile rasten.

Marlee lebte in einem gemieteten Apartment an der Back Bay von Biloxi. Als sie zwanzig Minuten von ihrer Wohnung entfernt war, wählte sie auf ihrem Handy die Nummer 911 und informierte die Polizei von Biloxi, daß sie von zwei Gangstern in einem Ford Taurus verfolgt wurde, und zwar schon, seit sie Mobile verlassen hatte. Die Männer hätten offensichtlich finstere Absichten, und sie fürchtete um ihr Leben. Auf Anweisung des Diensthabenden bog sie in einem stillen Baugelände mehrmals ab und hielt dann plötzlich an einer Tankstelle, die die ganze Nacht geöffnet hatte. Während sie ihren Tank füllte, setzte sich ein Streifenwagen hinter den Taurus, der versuchte, sich hinter der Ecke einer geschlossenen Reinigung zu verstecken. Die beiden Typen wurden herausgeholt und dann zu der Tankstelle gebracht und der Frau gegenübergestellt, auf die sie es abgesehen hatten.

Marlee spielte das verängstigte Opfer hervorragend. Je mehr sie weinte, desto wütender wurden die Polizisten. Fitchs Kumpane wurden ins Gefängnis verfrachtet.

Um zehn klappte Chuck, der große Deputy, mißgelaunt einen Stuhl in der Nähe seines Zimmers am Ende des Korridors auseinander und ließ sich darauf für seine Nachtwache nieder. Es war Mittwoch, der zweite Abend der Isolierung, und an der Zeit, die Sicherheitsvorkehrungen zu unterlaufen. Wie geplant rief Nicholas um Viertel nach elf in Chucks Zimmer an. In dem Moment, in dem er seinen Posten verließ, um das Gespräch entgegenzunehmen, kamen Jerry und Nicholas aus ihren Zimmern und verschwanden in aller Ruhe durch den Ausgang neben Lou Dells Zimmer. Lou Dell lag im Bett und schlief tief und fest. Und obwohl Willis schon fast den ganzen Tag im Gericht geschlafen hatte, lag auch er unter der Decke und schnarchte laut.

Sie umgingen die Rezeption und schlichen durch die Schatten zu der Stelle, wo anweisungsgemäß ein Taxi auf sie wartete. Fünfzehn Minuten später betraten sie das Nugget Casino am Strand von Biloxi. Sie tranken drei Bier in der Sportbar, wo Jerry hundert Dollar verlor, die er auf ein Hokkeyspiel gesetzt hatte. Sie flirteten mit zwei verheirateten Frauen, deren Männer an den Crap-Tischen ein Vermögen gewannen oder verloren. Das Flirten nahm ernsthaftere Dimensionen an, und um eins verließ Nicholas die Bar, um Fünf Dollar Black Jack zu spielen und koffeinfreien Kaffee zu trinken. Er spielte und wartete und sah zu, wie sich der Raum allmählich leerte.

Marlee glitt ohne ein Wort zu sagen auf den Stuhl neben ihm. Nicholas schob ihr einen kleinen Stapel Chips zu. Ein betrunkener Collegestudent war der einzige weitere Spieler. »Oben«, flüsterte sie hinter vorgehaltener Hand, als der Geber sich gerade umgedreht hatte, um mit seinem Boß zu sprechen.

Sie trafen sich auf einer Dachterrasse mit Aussicht auf den Parkplatz und das Meer dahinter. Es war inzwischen November, und die Luft war klar und kühl. Niemand in der Nähe. Sie setzten sich auf eine Bank und küßten sich. Sie berichtete ihm von ihrem Ausflug nach New Orleans – jedes Detail, jedes Wort. Sie lachten über die beiden Typen aus Mobile, die jetzt im Gefängnis saßen. Sie würde Fitch kurz nach Tagesanbruch anrufen, damit er seine Männer herausholen konnte.

Sie redeten nur kurz übers Geschäft, weil Nicholas in die Bar zurückkehren und Jerry einsammeln wollte, bevor er zuviel trank, sein ganzes Geld verlor oder mit der Frau eines anderen erwischt wurde.

Beide hatten kleine Handys, die nicht vollständig abgesichert werden konnten. Neue Codes und Paßworte wurden vereinbart.

Nicholas gab ihr einen Abschiedskuß und ließ sie allein auf der Dachterrasse zurück.

Wendall Rohr hatte den Eindruck, daß die Geschworenen es leid waren, sich anzuhören, wie Wissenschaftler ihre Ergebnisse vor ihnen ausbreiteten und ihnen anhand von Tabellen und Grafiken lange Vorträge hielten. Seine Berater sagten ihm, daß die Geschworenen genug über Lungenkrebs und Rauchen gehört hatten und vermutlich auch schon vor

Prozeßbeginn überzeugt gewesen waren, daß Zigaretten gefährlich sind und süchtig machen. Er war sicher, daß er die Bristols und den Lungenkrebs von Jacob Wood deutlich genug in einen kausalen Zusammenhang gebracht hatte, und jetzt war es Zeit, die Glasur auf den Fall aufzutragen. Am Donnerstag morgen verkündete er, daß die Anklage als nächsten Zeugen Lawrence Krigler aufzurufen wünschte. Während der paar Minuten, die es dauerte, Mr. Krigler aus einem Zimmer irgendwo im Hintergrund herbeizuholen, war am Tisch der Verteidigung eine gewisse Anspannung bemerkbar. Wieder erhob sich ein neuer Anklagevertreter, diesmal John Riley Milton aus Denver, und lächelte die Geschworenen freundlich an.

Lawrence Krigler war Ende Sechzig, braungebrannt und fit, gut gekleidet und behende. Seit dem Video von Jacob Wood war er der erste Zeuge ohne Doktortitel. Er lebte jetzt in Florida, wohin er sich zurückgezogen hatte, nachdem er bei Pynex ausgeschieden war. John Riley Milton steuerte ihn schnell durch die Präliminarien, weil die saftigen Brokken gleich um die Ecke herum lagen.

Er hatte an der North Carolina State Ingenieurwesen studiert und dreißig Jahre für Pynex gearbeitet, bevor er die Firma vor dreizehn Jahren mitten in einem Prozeß verlassen hatte. Er hatte Pynex verklagt. Der Konzern hatte mit einer Gegenklage reagiert. Sie hatten einen außergerichtlichen Vergleich geschlossen, mit Bedingungen, die nicht offenbart werden durften.

Kurz nach seiner Einstellung hatte ihn die Firma, die damals Union Tobacco oder einfach U-Tab hieß, nach Kuba geschickt, damit er sich dort mit dem Tabakanbau vertraut machte. Danach hatte er in der Produktion gearbeitet, bis zu dem Tag, an dem er gekündigt hatte. Er hatte sich eingehend mit der Tabakpflanze beschäftigt und mit tausend Methoden, ihren Anbau effizienter zu gestalten. Er hielt sich für einen Experten auf diesem Gebiet, hatte aber nicht vor, als Experte auszusagen und Ansichten vorzutragen. Nur Tatsachen.

1969 hatte er eine dreijährige Untersuchung über die

Möglichkeit des Anbaus einer experimentellen Tabaksorte abgeschlossen, die als Raleigh 4 bezeichnet wurde. Sie enthielt nur ein Drittel des Nikotins von normalem Tabak. Krigler gelangte, gestützt auf zahlreiche Untersuchungen, zu dem Schluß, daß Raleigh 4 ebenso effizient angebaut und kultiviert werden konnte wie alle anderen Tabaksorten, die U-Tab damals verwendete.

Es war eine grandiose Arbeit gewesen, auf die er sehr stolz war, und er war zutiefst enttäuscht, als seine Untersuchung von den Leuten weiter oben in der Firma zunächst einmal ignoriert wurde. Er kämpfte sich durch die festgefahrene Bürokratie der höheren Etagen, mit niederschmetternden Resultaten. Niemand schien sich für diese neue Tabaksorte mit wesentlich weniger Nikotin zu interessieren.

Dann erfuhr er, daß das ein großer Irrtum war. Seine Bosse interessierten sich sehr für den Nikotingehalt. Im Sommer 1971 bekam er eine interne Aktennotiz zu Gesicht, in der das obere Management angewiesen wurde, unauffällig alles Menschenmögliche zu tun, um Kriglers Arbeit an Raleigh 4 zu diskreditieren. Seine eigenen Leute stießen ihm lautlos das Messer in den Rücken. Er bewahrte Ruhe, verriet niemandem, daß er die Aktennotiz kannte, und machte sich heimlich daran, die Gründe für die Verschwörung gegen ihn zu ermitteln.

An diesem Punkt seiner Aussage legte John Riley Milton zwei Dokumente als Beweisstücke vor – die umfangreiche, von Krigler 1969 abgeschlossene Untersuchung und die Aktennotiz von 1971.

Das Ergebnis fiel überdeutlich aus, und es bestätigte etwas, das er bereits geargwöhnt hatte. U-Tab konnte es sich nicht leisten, Tabak mit entschieden weniger Nikotin anzubauen, weil Nikotin Profit bedeutete. Die Industrie wußte bereits seit Ende der dreißiger Jahre, daß Nikotin süchtig macht.

»Woher wissen Sie, daß die Industrie das wußte?« fragte Milton ganz gezielt. Mit Ausnahme der Anwälte der Verteidigung, die ihr Bestes taten, einen gelangweilten und uninteressierten Eindruck zu erwecken, hörte der ganze Saal mit gespannter Aufmerksamkeit zu.

»Das ist in der Industrie allgemein bekannt«, entgegnete Krigler. »Ende der 30er Jahre wurde eine geheime, von der Tabakindustrie bezahlte Untersuchung angestellt, und ihr Ergebnis war der eindeutige Beweis, daß Nikotin in Zigaretten süchtig macht.«

»Haben Sie den Bericht gesehen?«

»Nein. Wie nicht anders zu erwarten, wurde er zurückgehalten.« Krigler schwieg einen Moment und schaute zum Tisch der Verteidigung. »Aber ich habe eine Aktennotiz gesehen ...«

»Einspruch!« rief Cable und sprang auf. »Dieser Zeuge kann nichts darüber aussagen, was er in einem schriftlichen Dokument gesehen hat oder auch nicht. Dafür gibt es zahlreiche Gründe, die ausführlich in dem Schriftsatz niedergelegt sind, den wir zu diesem Punkt eingereicht haben.«

Der Schriftsatz umfaßte achtzig Seiten und war schon seit einem Monat Gegenstand von Debatten. Richter Harkin hatte bereits schriftlich über ihn entschieden. »Ihr Einspruch ist protokolliert, Mr. Cable. Mr. Krigler, Sie dürfen fortfahren.«

»Im Winter 1973 habe ich eine einseitige Aktennotiz gesehen, die die Ergebnisse der Nikotinstudie aus den dreißiger Jahren zusammenfaßte. Die Aktennotiz war viele Male kopiert worden, sehr alt und leicht abgeändert worden.«

»In welcher Hinsicht abgeändert?«

»Das Datum war ebenso entfernt worden wie der Name des Absenders.«

»Wer war der Empfänger?«

»Sie war an Sander S. Fraley gerichtet, der zu jener Zeit Präsident von Allegheny Growers war, dem Vorläufer der Firma, die heute ConPack heißt.«

»Einem Tabakkonzern.«

»Ja, im Grunde. Sie bezeichnen sich zwar als Konsumgüter-Gesellschaft, machen aber den überwiegenden Teil ihrer Geschäfte mit der Herstellung von Zigaretten.«

»Wann war er Präsident?«

»Von 1931 bis 1942.«

»Dann kann man also davon ausgehen, daß die Aktennotiz vor 1942 abgeschickt wurde.«

»Ja. Mr. Fraley ist 1942 gestorben.«

»Wo waren Sie, als Sie diese Aktennotiz sahen?«

»In einem Pynex-Betrieb in Richmond. Als Pynex noch Union Tobacco hieß, befand sich die Zentrale der Firma in Richmond. 1979 änderte sie ihren Namen und zog nach New Jersey. Aber die Gebäude in Richmond werden weiter verwendet, und ich habe dort bis zu meinem Ausscheiden gearbeitet. Dort befindet sich der größte Teil der alten Unterlagen der Firma, und eine Person, die ich kannte, hat mir die Aktennotiz gezeigt.«

»Wer war diese Person?«

»Ein Freund, der inzwischen verstorben ist. Ich habe ihm versprochen, seine Identität nie preiszugeben.«

»Haben Sie die Aktennotiz tatsächlich in der Hand gehabt?«

»Ja. Ich habe sogar eine Kopie davon gemacht.«

»Und wo ist Ihre Kopie?«

»Sie war nicht lange in meinem Besitz. Einen Tag, nachdem ich sie in meine Schreibtischschublade eingeschlossen hatte, wurde ich in einer geschäftlichen Angelegenheit abberufen. Während ich draußen war, hat jemand meinen Schreibtisch durchsucht und eine Reihe von Dingen daraus entfernt, darunter auch meine Kopie der Aktennotiz.«

»Erinnern Sie sich an ihren Inhalt?«

»Daran erinnere ich mich sehr gut. Sie müssen bedenken, daß ich sehr lange nach einer Bestätigung für meinen Verdacht gesucht hatte. Der Anblick der Aktennotiz war ein unvergeßlicher Moment.«

»Was stand darin?«

»Drei Absätze, vielleicht auch vier, kurz und sachlich. Der Verfasser erklärte, daß er gerade den Nikotinbericht gelesen hatte, den ihm der Leiter der Forschungsabteilung von Allegheny Growers heimlich gezeigt hatte, eine Person, deren Namen in der Aktennotiz nicht erwähnt wurde. Seiner Meinung nach bewies der Bericht schlüssig und ohne jeden Zweifel, daß Nikotin süchtig macht. Soweit ich mich erinnere, war das der Kern der ersten beiden Absätze.«

»Und der nächste Absatz?«

»Der Verfasser schlug Fraley vor, die Firma sollte ernsthaft erwägen, den Nikotingehalt ihrer Zigaretten zu erhöhen. Mehr Nikotin bedeutete mehr Raucher und damit größeren Absatz und höheren Profit.«

Krigler machte diese Aussage mit einem feinen Gespür fürs Dramatische, und niemand ließ sich auch nur ein Wort entgehen. Die Geschworenen beobachteten, zum erstenmal seit Tagen, jede Bewegung, die der Zeuge machte. Das Wort »Profit« schwebte über dem Gerichtssaal wie ein schmutziger Nebel.

John Milton Riley schwieg einen Moment, dann sagte er: »Also, damit keine Mißverständnisse aufkommen. Die Aktennotiz wurde von jemandem in einer anderen Firma verfaßt und an den Präsidenten dieser Firma geschickt, richtig?«

»Das ist korrekt.«

»Einer Firma, die damals ein Konkurrent von Pynex war und es noch heute ist.«

»Auch das ist korrekt.«

»Wie ist die Aktennotiz 1973 zu Pynex gelangt?«

»Das habe ich nie herausgefunden. Aber Pynex wußte mit Sicherheit über die Untersuchung Bescheid. Anfang der siebziger Jahre, wenn nicht schon früher, kannte die gesamte Tabakindustrie diese Untersuchung.«

»Woher wissen Sie das?«

»Ich habe dreißig Jahre für die Industrie gearbeitet, und zwar in der Produktion. Ich habe mit zahlreichen Leuten gesprochen, insbesondere mit meinen Kollegen in den anderen Konzernen. Ich will nur soviel sagen, daß die Tabakkonzerne gelegentlich fest zusammenhalten.«

»Haben Sie je versucht, von ihrem Freund eine weitere Kopie der Aktennotiz zu erhalten?«

»Ich habe es versucht. Ohne Erfolg. Belassen wir es dabei.«

Bis auf die übliche Kaffeepause von einer Viertelstunde um halb elf, sagte Krigler während der ganzen drei Stunden der Vormittagssitzung aus. Seine Aussage ging vorbei, als dauerte sie nur wenige Minuten, und sie war ein entscheidender Faktor in diesem Prozeß. Es war eine perfekte Darbietung des ehemaligen Mitarbeiters, der schmutzige Geheimnisse ausplaudert. Die Geschworenen ignorierten sogar ihren üblichen Mittagshunger. Die Anwälte beobachteten die Geschworenen noch genauer als sonst, und der Richter schien jedes Wort mitzuschreiben, das der Zeuge von sich gab.

Die Reporter waren ungewöhnlich hingebungsvoll bei der Sache, die Jury-Berater ungewöhnlich aufmerksam. Die Wachhunde von der Wall Street zählten die Minuten, bis sie hinausrennen und endlich in New York anrufen konnten. Die gelangweilten einheimischen Anwälte, die im Saal herumlungerten, würden noch nach Jahren über diese Aussage reden. Sogar Lou Dell in der vorderen Reihe hörte auf zu stricken.

Fitch verfolgte die Aussage in dem Vorführraum neben seinem Büro. Es war vorgesehen gewesen, daß Krigler erst Anfang der nächsten Woche aussagen sollte, und dann hätte die Chance bestanden, daß er überhaupt nicht aussagte. Fitch gehörte zu den wenigen noch lebenden Personen, die die Aktennotiz tatsächlich gesehen hatten, und Krigler hatte sie mit erstaunlichem Erinnerungsvermögen beschrieben. Jedermann, sogar Fitch, war klar, daß der Zeuge die Wahrheit sagte.

Eine von Fitchs ersten Aufträgen vor neun Jahren, als er von den Großen Vier angeheuert worden war, hatte darin bestanden, *alle* Kopien der Aktennotiz aufzuspüren und zu vernichten. Er arbeitete noch immer daran.

Bisher hatten weder Cable noch ein anderer der von Fitch für die Verteidigung angeheuerten Anwälte das Blatt gesehen.

Um die Zitierfähigkeit vor Gericht war ein kleiner Krieg geführt worden. Die Regeln der Beweisführung verbieten normalerweise eine mündliche Beschreibung verlorengegangener Dokumente, aus offensichtlichen Gründen. Der beste Beweis ist das Dokument selbst. Aber wie in jedem Bereich der Rechtsprechung gibt es auch hier Ausnahmen und Ausnahmen von den Ausnahmen, und Rohr und Genossen hatten meisterhafte Arbeit geleistet und Richter Harkin überzeugt, daß die Geschworenen Kriglers Beschreibung von etwas hören sollten, was im Grunde ein verlorengegangenes Dokument war.

Cables Kreuzverhör am Nachmittag würde brutal werden, aber der Schaden war angerichtet. Fitch ließ den Lunch ausfallen und schloß sich in seinem Büro ein.

Im Geschworenenzimmer herrschte beim Lunch eine erstaunlich andere Stimmung als gewöhnlich. An die Stelle des normalen Geplauders über Football und Kochrezepte war ein fast vollständiges Schweigen getreten. Die Jury als beratende Versammlung war nach zwei Wochen voller weitschweifiger wissenschaftlicher Ausführungen von Experten, denen man hohe Beträge dafür gezahlt hatte, daß sie in Biloxi auftraten, in eine Art Stumpfheit verfallen. Und jetzt waren sie von Krigler mit seinen sensationellen und schmutzigen Insider-Informationen wieder aufgerüttelt worden.

Sie aßen weniger und musterten sich mehr. Die meisten hätten sich am liebsten mit jemandem, den sie mochten, in ein anderes Zimmer verzogen und über das gesprochen, was sie gerade gehört hatten. Hatten sie richtig gehört? Hatte jedermann verstanden, was dieser Mann gerade gesagt hatte?

Daß sie absichtlich den Nikotingehalt hochhielten, damit die Leute süchtig wurden?

Sie schafften es, genau das zu tun. Die Raucher, seit Stellas Abgang nur noch drei, und Easter, der jetzt ein halber Raucher war, weil er seine Zeit gern mit Jerry, dem Pudel und Angel Weese verbrachte, aßen schnell und entschuldigten sich dann. Sie saßen alle auf Klappstühlen und rauchten am offenen Fenster. Mit dem zusätzlichen Nikotin fühlten sich die Zigaretten etwas schwerer an. Aber als Nicholas das sagte, lachte niemand.

Mrs. Gladys Card und Millie Dupree schafften es, das Geschworenenzimmer gleichzeitig für einen Gang zur Toilette zu verlassen. Danach wuschen sie sich eine Viertelstunde lang die Hände und unterhielten sich vor dem Spiegel. Im Laufe dieser Unterhaltung gesellte sich Loreen Duke zu ihnen, die sich an den Handtuchspender lehnte und rasch ihre Verblüffung und Empörung über die Tabakkonzerne äußerte.

Nachdem der Tisch abgeräumt worden war, klappte Lonnie Shaver seinen Laptop auf, zwei Stühle von Herman entfernt, der seine Braille-Maschine eingestöpselt hatte und darauf tippte. Der Colonel sagte zu Herman: »Für diese Aussage brauchen Sie doch bestimmt keinen Übersetzer, oder?« Worauf Herman mit einem Grunzen reagierte und sagte: »Wirklich erstaunlich, würde ich sagen.« Das war das Höchste, was Herman Grimes je zu einer Erörterung von irgendeinem Aspekt des Falles beigetragen hatte.

Lonnie Shaver ließ sich von nichts erstaunen oder beeindrucken.

Phillip Savelle hatte Richter Harkin höflich gefragt und die Erlaubnis erhalten, einen Teil seiner Lunchpause mit Jogaübungen unter einer großen Eiche hinter dem Gerichtsgebäude zu verbringen. Er wurde von einem Deputy zu der Eiche begleitet, wo er Hemd, Schuhe und Socken auszog und sich dann auf das weiche Gras setzte und sich zu einer Brezel verkrümmte. Sobald er zu murmeln begann, schlich sich der Deputy zu einer nahegelegenen Bank und senkte das Gesicht, damit ihn niemand erkennen konnte.

Cable begrüßte Krigler, als wären die beiden alte Freunde. Krigler lächelte und sagte mit einem Übermaß an Zuversicht: »Guten Tag, Mr. Cable.« Sieben Monate zuvor hatten Cable und Konsorten drei Tage in Rohrs Kanzlei verbracht und eine auf Video aufgezeichnete Vernehmung von Krigler durchgeführt. Das Video war von nicht weniger als zwei Dutzend Anwälten und mehreren Jury-Beratern und sogar zwei Psychiatern studiert worden. Krigler sagte die Wahrheit, aber an diesem Punkt mußte die Wahrheit verschleiert werden. Dies war ein Kreuzverhör, ein überaus wichtiges sogar, also zum Teufel mit der Wahrheit! Der Zeuge mußte unglaubwürdig gemacht werden.

Nach Hunderten von Stunden des Pläneschmiedens hatten sie sich auf eine Strategie geeinigt. Cable begann, indem er Krigler fragte, ob er auf seinen früheren Arbeitgeber wütend wäre.

»Ja«, entgegnete er.

»Hassen Sie die Firma?«

»Die Firma ist ein großes Ganzes. Wie kann man ein Ding hassen?«

»Hassen Sie den Krieg?«

»Ich war nie Soldat.«

»Hassen Sie Kindesmißhandlungen?«

»So was ist widerwärtig, aber zum Glück habe ich nie etwas mit ihnen zu tun gehabt.«

»Hassen Sie Gewalttätigkeit?«

»Natürlich ist Gewalt etwas Schreckliches, aber auch in dieser Beziehung habe ich Glück gehabt.«

»Sie hassen also überhaupt nichts?«

»Doch. Brokkoli.«

Ein leises Lachen kam aus allen Bereichen des Gerichtssaals, und Cable wußte, daß er auf dem richtigen Wege war.

»Sie hassen Pynex nicht?«

»Nein.«

»Hassen Sie irgendeinen der Leute, die dort arbeiten?«

»Nein. Ich kann einige davon nicht leiden.«

»Hassen Sie jemanden, der gleichzeitig mit Ihnen dort gearbeitet hat?«

»Nein. Ich hatte ein paar Feinde, aber ich kann mich nicht erinnern, jemanden gehaßt zu haben.«

»Was ist mit den Leuten, gegen die Ihre Klage gerichtet war?«

»Auch sie waren Feinde, aber sie taten nur ihre Jobs.«

»Sie lieben also Ihre Feinde?«

»Nicht eigentlich. Ich weiß, daß ich es versuchen sollte, aber es ist schwer. Und ich erinnere mich nicht, gesagt zu haben, daß ich sie liebe.«

Cable hatte gehofft, einen kleinen Punktgewinn zu erzielen, indem er die Möglichkeit aufzeigte, daß Krigler auf Rache oder Vergeltung aus war. Vielleicht würde das Wort »hassen«, wenn er es oft genug aussprach, bei einigen der Geschworenen irgendwie hängenbleiben.

»Welches Motiv haben Sie für Ihre Aussage hier?«

»Das ist eine schwierige Frage.«

»Ist es Geld?«

»Nein.«

»Werden Sie von Mr. Rohr oder jemand anderem, der für die Anklage arbeitet, für Ihr Erscheinen und Ihre Aussage bezahlt?«

»Nein. Sie haben sich bereit erklärt, mir meine Reisekosten zu erstatten, aber das ist alles.«

Das letzte, was Cable wollte, war, Krigler den Weg freizumachen für eine Darlegung seiner Gründe für eine Aussage. Er hatte sie während der Vernehmung durch Milton kurz angesprochen, und er hatte sie während der Videovernehmung fünf Stunden lang dargelegt. Jetzt kam es darauf an, ihn mit anderen Dingen zu beschäftigen.

»Haben Sie je Zigaretten geraucht, Mr. Krigler?«

»Ja. Leider habe ich zwanzig Jahre lang geraucht.«

»Sie wünschten sich also, Sie hätten es nie getan?«

»Natürlich.«

»Wann haben Sie damit angefangen?«

»1952, als ich in die Firma eintrat. Damals wurde das Rauchen unter den Mitarbeitern bewußt unterstützt. Das ist heute auch noch so.«

»Glauben Sie, daß Sie Ihrer Gesundheit geschadet haben, indem Sie zwanzig Jahre lang Zigaretten rauchten?«

»Natürlich. Ich schätze mich glücklich, daß ich nicht tot bin wie Mr. Wood.«

»Wann haben Sie aufgehört?«

»1973. Nachdem ich die Wahrheit über das Nikotin erfahren hatte.«

»Haben Sie den Eindruck, daß Ihr gegenwärtiger Gesundheitszustand beeinträchtigt ist, weil Sie zwanzig Jahre lang geraucht haben?«

»Natürlich.«

»War Ihrer Ansicht nach die Firma auf irgendeine Weise für Ihren Entschluß, Zigaretten zu rauchen, verantwortlich?«

»Ja. Wie ich bereits sagte, es wurde ausdrücklich befürwortet. Alle rauchten. Wir konnten in der Kantine Zigaretten zum halben Preis kaufen. Jede Sitzung begann damit, daß eine Schale voller Zigaretten herumgereicht wurde. Es war ein wichtiger Bestandteil der Firmenkultur.«

»Hatten Ihre Büros Lüftungsanlagen?«

»Nein.«

»Wie schlimm war das Passivrauchen?«

»Sehr schlimm. Es hing immer eine blaue Qualmwolke dicht über unseren Köpfen.«

»Also geben Sie heute der Firma die Schuld dafür, daß Sie nicht so gesund sind, wie Sie Ihrer Meinung nach sein sollten?«

»Die Firma hatte eine Menge damit zu tun. Zum Glück habe ich es geschafft, mir das Rauchen abzugewöhnen. Es war nicht leicht.«

»Und deshalb hegen Sie einen gewissen Groll gegen die Firma?«

»Drücken wir es so aus: Ich wollte, ich hätte mich nach Abschluß meines Studiums für eine andere Branche entschieden.«

»Branche? Hegen Sie einen Groll gegen die gesamte Branche?«

»Ich bin kein Fan der Tabakindustrie.«

»Sind Sie deshalb hier?«

»Nein.«

Cable blätterte in seinen Notizen und schlug rasch eine andere Richtung ein. »Sie hatten eine Schwester, stimmt das, Mr. Krigler?«

»Ja.«

»Was ist mit ihr passiert?«

»Sie Ist 1970 gestorben.«

»Woran ist sie gestorben?«

»An Lungenkrebs. Sie hat ungefähr dreiundzwanzig Jahre lang täglich zwei Schachteln geraucht. Das Rauchen hat sie umgebracht, Mr. Cable, wenn es das ist, was Sie hören wollen.«

»Standen Sie einander nahe?« fragte Cable mit genügend Mitgefühl, um einen Teil der Bosheit, daß er die Tragödie überhaupt zur Sprache gebracht hatte, vergessen zu machen.

»Wir standen uns sehr nahe. Ich hatte sonst keine Geschwister.«

»Und ihr Tod hat Sie schwer getroffen?«

»Ja. Sie war ein ganz besonderer Mensch, und ich vermisse sie immer noch.«

»Es tut mir leid, das zur Sprache bringen zu müssen, aber es ist relevant.«

»Ihr Mitgefühl ist überwältigend, Mr. Cable, aber daran ist nichts relevant.«

»Was hat sie davon gehalten, daß Sie rauchten?«

»Sie war dagegen. Als sie im Sterben lag, flehte sie mich an, damit aufzuhören. Ist es das, was Sie hören wollten, Mr. Cable?«

»Nur, wenn es die Wahrheit ist.«

»Oh, es ist die Wahrheit, Mr. Cable. Am Tag vor ihrem Tod habe ich mir geschworen, mit dem Rauchen aufzuhören. Und ich habe es getan, obwohl ich drei lange Jahre dazu brauchte. Ich war süchtig, verstehen Sie, Mr. Cable, genau, wie meine Schwester es gewesen war, weil der Hersteller der Zigaretten, die sie umgebracht haben und auch mich hätten umbringen können, den Nikotingehalt absichtlich hoch hielt.«

»Also ...«

»Unterbrechen Sie mich nicht, Mr. Cable. Das Nikotin an sich ist nicht krebserregend, das wissen Sie, es ist lediglich ein Gift, ein Gift, das süchtig macht, damit die krebserregenden Stoffe eines Tages ihr Werk tun können. Und das ist der Grund dafür, daß Zigaretten prinzipiell gefährlich sind.«

Cable musterte ihn gelassen. »Sind Sie fertig?«

»Ich bin bereit für die nächste Frage. Aber unterbrechen Sie mich nicht noch einmal.«

»Gewiß, und ich bitte um Entschuldigung. Also, wann gelangten Sie zu der Überzeugung, daß Zigaretten prinzipiell gefährlich sind?«

»Das weiß ich nicht mehr genau. Es war, wie Sie wissen, bereits seit geraumer Zeit bekannt. Man brauchte damals kein Genie zu sein, um sich das klarzumachen, und heute auch nicht. Aber ich würde sagen, irgendwann Anfang der siebziger Jahre, nachdem ich mein Studium abgeschlossen hatte, nachdem meine Schwester gestorben war und kurz bevor ich die berüchtigte Aktennotiz zu Gesicht bekam.«

»1973?«

»Irgendwann um diese Zeit.«

»Wann sind Sie bei Pynex ausgeschieden? In welchem Jahr?«

»1982.«

»Sie haben also weiter für eine Firma gearbeitet, die ein Produkt herstellte, das Sie für prinzipiell gefährlich hielten?«

»Ja, das habe ich getan.«

»Wie hoch war Ihr Gehalt im Jahre 1982?«

»Neunzigtausend Dollar im Jahr.«

Cable hielt inne und ging zu seinem Tisch, wo ihm ein weiterer Notizblock gereicht wurde, den er eine Sekunde lang studierte, wobei er auf dem Bügel seiner Lesebrille herumkaute; dann kehrte er ans Pult zurück und fragte Krigler, weshalb er die Gesellschaft 1982 verklagt hätte. Krigler gefiel die Frage nicht, und er schaute hilfesuchend zu Rohr und Milton. Cable ritt auf den Details herum, die zu dem Prozeß geführt hatten, einem hoffnungslos komplizierten und sehr persönlichen Prozeß, und die Aussage kam praktisch zum Stillstand. Rohr erhob Einspruch, und Milton erhob Einspruch, und Cable tat so, als könnte er um nichts in der Welt begreifen, was sie mit ihren Einsprüchen wollten. Die Anwälte trafen sich an der Seitenschranke, um ihren Streit vor Richter Harkin auszutragen, und Krigler wurde es leid, im Zeugenstand zu sitzen.

Cable ritt auf Kriglers Arbeitsleistung in seinen letzten zehn Jahren bei Pynex herum und machte Andeutungen, daß andere Zeugen aufgerufen werden könnten, die ihn widerlegten.

Die Taktik hätte fast funktioniert. Außerstande, Kriglers verheerende Aussage zu erschüttern, versuchte die Verteidigung statt dessen, die Geschworenen mit Kleinkram einzunebeln. Wenn ein Zeuge nicht widerlegt werden kann, dann setze ihm mit belanglosen Details zu.

Aber die Taktik wurde den Geschworenen hinterher von Nicholas Easter erklärt, der zwei Jahre Jura studiert hatte und seine Kollegen während der Kaffeepause am späten Nachmittag mal wieder daran erinnerte. Trotz Hermans Einwänden gab Nicholas seinem Zorn auf Cable Ausdruck, weil er mit Schlamm warf und versuchte, die Jury zu verwirren. »Er hält uns für blöde«, sagte er bitter.

17. KAPITEL

Aufgrund der hektischen Anrufe aus Biloxi sank der Kurs der Pynex-Aktien bis Börsenschluß am Donnerstag auf fünfundsiebzigeinhalb, ein Minus von fast vier Dollar bei lebhaftem Handel, der auf die dramatischen Ereignisse im Gerichtssaal zurückgeführt wurde.

In früheren Tabakprozessen hatten ehemalige Mitarbeiter über Pestizide und Insektizide ausgesagt, die auf die Pflanzen versprüht wurden, und Experten hatten diese Chemikalien mit Krebs in Zusammenhang gebracht. Die Jurys waren nicht beeindruckt gewesen. Bei einem Prozeß hatte ein ehemaliger Mitarbeiter ausgesagt, daß sein früherer Arbeitgeber seine Werbung ganz gezielt auf junge Teenager abgestellt hatte, mit Anzeigen, auf denen schlanke und gutaussehende Idioten mit perfektem Kinn und perfekten Zähnen zu sehen waren, die offenbar allen möglichen Spaß mit ihren Zigaretten hatten. Zielgruppe anderer Anzeigen desselben Arbeitgebers waren ältere männliche Jugendliche. Hier sah man Cowboys und Fahrer von Tourenwagen, die mit einer Zigarette zwischen den Lippen aufregenden Geschäften nachgingen.

Die Geschworenen in diesen Prozessen hatten dennoch keinen Spruch zugunsten der Anklage gefällt.

Es hatte aber noch kein ehemaliger Mitarbeiter soviel Schaden angerichtet wie Lawrence Krigler. Die berüchtigte Aktennotiz aus den 30er Jahren war einer Handvoll Leuten bekannt, aber sie war noch nie in einem Prozeß aufgetaucht. Krigler hatte mit seiner Aussage so genau ins Schwarze getroffen wie noch kein Zeuge der Anklage vor ihm. Die Tatsache, daß Richter Harkin die Beschreibung des Dokuments für die Geschworenen zugelassen hatte, würde in der Berufung hitzig diskutiert werden, einerlei, wer den Prozeß gewann.

Krigler wurde von Rohrs Sicherheitsleuten rasch aus der

Stadt eskortiert, und eine Stunde nach dem Ende seiner Aussage saß er bereits in einer Privatmaschine auf dem Rückflug nach Florida. Seit er Pynex verlassen hatte, war er mehrmals versucht gewesen, mit einem Anwalt auf seiten des Klägers in einem Tabakprozeß Kontakt aufzunehmen, hatte aber nie den Mut dazu aufgebracht.

Pynex hatte ihm in einem außergerichtlichen Vergleich dreihunderttausend Dollar gezahlt, nur um ihn loszuwerden. Der Konzern hatte verlangt, daß er sich verpflichtete, nie in Prozessen wie der Sache Wood auszusagen, aber er hatte sich geweigert. Und damit wurde er zu einem Gebrandmarkten.

Sie, wer immer sie waren, erklärten, sie würden ihn umbringen. Es hatte nur wenige über die Jahre verstreute Drohungen gegeben, immer von ihm unbekannten Stimmen und immer dann, wenn er am wenigsten damit rechnete. Krigler war kein Mensch, der sich versteckte. Er hatte ein Buch geschrieben, einen Bericht, der im Falle seines gewaltsamen Todes veröffentlicht werden würde. Ein Anwalt in Melbourne Beach hielt ihn unter Verschluß. Der Anwalt war ein Freund, der den ersten Kontakt mit Rohr arrangiert hatte. Er hatte sich auch mit dem FBI in Verbindung gesetzt, nur für den Fall, daß Mr. Krigler etwas zustoßen sollte.

Millie Duprees Mann, Hoppy, war ein nicht sonderlich erfolgreicher Immobilienmakler in Biloxi. Er gehörte eindeutig nicht zu der aggressiven Sorte, hatte nur wenige Kunden und wenige Verbindungen, aber die paar Geschäfte, die ihm über den Weg liefen, betrieb er mit Fleiß und Sorgfalt. An einer Wand waren auf einer Korktafel mit Heftzwecken Fotos von verkäuflichen GELEGENHEITEN angebracht – in erster Linie kleine Einfamilienhäuser mit kurzgeschorenen Rasenflächen und ein paar heruntergekommene Zweifamilienhäuser.

Das Kasinofieber hatte ein neues Rudel von Maklern an die Küste gebracht, Leute, die sich nicht scheuten, große Kredite aufzunehmen und entsprechend zu planen. Das hatte dazu geführt, daß Hoppy und die anderen kleinen

Makler, die auf Nummer Sicher gingen, noch stärker auf Märkte abgedrängt wurden, die sie nur allzugut kannten – reizende kleine ERSTHÄUSER für Jungverheiratete, hoffnungslose UNTERKÜNFTE für die Verzweifelten und PRIVATKREDITE für diejenigen, die keinen Bankkredit bekamen.

Aber er bezahlte seine Rechnungen und schaffte es irgendwie, seine Familie durchzubringen – seine Frau Millie und ihre fünf Kinder, drei auf dem Junior College und zwei in der High-School. Er arbeitete ständig mit einem halben Dutzend Teilzeit-Agenten zusammen, einem kläglichen Haufen von Verlierertypen, die seine Aversion gegen Schuldenmachen und harte Ellenbogen teilten. Hoppy liebte Pinochle, und viele Stunden wurden an seinem Schreibtisch im Hinterzimmer beim Kartenspiel verbracht, während rund um sie herum Baustellen aus dem Boden schossen. Immobilienmakler, einerlei, wie talentiert sie sind, träumen gern vom großen Geschäft. Auch Hoppy und seine bunt zusammengewürfelte Schar pflegten am späten Nachmittag einen Schluck zu trinken und beim Kartenspiel über den großen Coup zu reden.

Kurz vor sechs am Donnerstag, als das Pinochle allmählich langweilig wurde und sie sich darauf vorbereiteten, einen weiteren erfolglosen Tag zu Ende gehen zu lassen, betrat ein gutgekleideter junger Geschäftsmann mit einem schwarzglänzenden Aktenkoffer das Büro und fragte nach Mr. Dupree. Hoppy war im Hinterzimmer, spülte sich den Mund mit Scope aus und wollte so schnell wie möglich nach Hause, weil er den Abend ohne Millie genießen wollte. Man machte sich miteinander bekannt. Der junge Mann präsentierte eine Visitenkarte, die ihn als Todd Ringwald von der KLX Property Group in Las Vegas, Nevada, auswies. Die Karte beeindruckte Hoppy so sehr, daß er die letzten seiner noch herumlungernden Mitarbeiter hinausscheuchte und die Tür zu seinem Büro schloß. Schon allein, daß ein Mann bei ihm auftauchte, der so gut angezogen war und eine so weite Reise hinter sich hatte, konnte bedeuten, daß große Dinge auf ihn warteten.

Hoppy bot ihm einen Drink an und dann Kaffee, er könne in einer Sekunde fertig sein. Mr. Ringwald lehnte dankend ab und fragte, ob er etwa ungelegen käme.

»Nein, nein, durchaus nicht. Wir haben nun mal verrückte Arbeitszeiten. Es ist ein verrücktes Geschäft.«

Mr. Ringwald lächelte und pflichtete ihm bei, weil er früher, vor nicht allzu vielen Jahren, selbst in der Branche tätig gewesen war. Zuerst einiges über die Firma. KLX war ein Privatunternehmen mit Tochtergesellschaften in einem Dutzend Staaten. Es besaß zwar keine Kasinos und hatte auch nicht die Absicht, welche zu erwerben, aber es hatte sich für eine sehr lukrative Spezialität entschieden, die damit in Zusammenhang stand. KLX machte das Anschlußgeschäft, wenn irgendwo ein Kasino hochgezogen wurde. Hoppy nickte heftig, als wäre ihm diese Art von Unternehmen bestens vertraut.

Wenn Kasinos gebaut werden, kommt es in der Regel auf dem umliegenden Grundstücksmarkt zu tiefgreifenden Veränderungen. Ringwald war sicher, daß Hoppy über das alles informiert war, und Hoppy pflichtete ihm so eifrig bei, als hätte er in jüngster Zeit ein Vermögen damit gemacht. KLX erschien unauffällig auf der Bildfläche, und Ringwald betonte, wie überaus diskret die Gesellschaft vorging, immer einen Schritt hinter den Kasinos, und Einkaufszentren, teure Eigentumswohnungen, Apartmenthäuser und die Randbebauung plante. Kasinos zahlen gut, beschäftigen viele Leute, in der heimischen Wirtschaft ändert sich eine Menge, und, nun ja, da ist einfach massenhaft Geld vorhanden, von dem KLX seinen Teil abhaben will. »Unsere Gesellschaft ist ein Geier«, erklärte Ringwald mit einem verschlagenen Lächeln. »Wir lehnen uns zurück und beobachten die Kasinos. Wenn sie sich bewegen, stürzen wir uns auf sie.«

»Brillant«, äußerte Hoppy, unfähig, sich zu beherrschen.

Aber an der Küste war KLX ins Hintertreffen geraten, und das hatte, unter uns gesagt, ein paar Leute in Vegas den Job gekostet. Doch es gab noch immer unglaubliche Chancen, worauf Hoppy sagte: »Die gibt es ganz eindeutig.«

Ringwald holte eine zusammengefaltete Flurkarte aus seinem Aktenkoffer und breitete sie auf den Knien aus. Er, als Vizepräsident der Entwicklungsabteilung, zog es vor, mit kleineren Maklerfirmen zu arbeiten. Bei den großen Firmen hingen zu viele Leute herum, zu viele übergewichtige Hausfrauen, die Annoncen lasen und auf das kleinste Bröckchen Klatsch warteten. »Da haben Sie völlig recht«, sagte Hoppy und starrte auf die Flurkarte. »Außerdem bekommen Sie von einer kleineren Agentur wie meiner einen besseren Service.«

»Sie sind uns wärmstens empfohlen worden«, sagte Ringwald, und Hoppy gelang es nicht, ein Lächeln zu unterdrücken. Das Telefon läutete. Es war sein Ältester, der wissen wollte, was es zum Abendessen gab und wann Mutter wieder nach Hause kommen würde. Hoppy war freundlich, aber kurz angebunden. Er wäre sehr beschäftigt, erklärte er, und wahrscheinlich wäre noch ein Rest Lasagne im Gefrierschrank.

Die Flurkarte wurde auf Hoppys Schreibtisch entfaltet. Ringwald zeigte auf ein großes, rot markiertes Gelände in Hancock County, dem westlichsten der drei Counties an der Küste. Die beiden Männer beugten sich von entgegengesetzten Seiten aus über den Schreibtisch.

»MGM Grand kommt hierher«, sagte Ringwald und zeigte auf eine große Bucht. »Aber das weiß bisher noch niemand. Sie dürfen kein Wort darüber verlauten lassen.«

Hoppy schüttelte den Kopf, noch bevor Ringwald ausgesprochen hatte.

»Sie wollen das größte Kasino an der Küste bauen, wahrscheinlich Mitte nächsten Jahres. Bekanntgabe ist in drei Monaten. Sie werden an die hundert Morgen von diesem Land hier kaufen.«

»Das ist wundervolles Land. Praktisch unberührt.« Hoppy war noch nie mit einem Zu-Verkaufen-Schild auch nur in die Nähe des Grundstücks gekommen, aber er lebte seit vierzig Jahren an der Küste.

»Wir wollen das«, sagte Ringwald und deutete wieder auf die rot markierte Fläche. Sie grenzte im Norden und

Westen an das MGM-Land an. »Fünfhundert Morgen, damit wir das hier tun können.« Er klappte das Deckblatt zurück und enthüllte eine von einem Künstler geschaffene Darstellung eines großen Bauprojekts. Es war an der Oberkante in großen, blauen Buchstaben mit Stillwater Bay bezeichnet. Eigentumswohnungen, Bürogebäude, große Villen, kleinere Wohnhäuser, Spielplätze, Kirchen, ein zentraler Platz, ein Einkaufszentrum, eine Fußgängerzone, ein Bootsanleger, ein Jachthafen, ein Büroviertel, Parks, Jogging- und Fahrradwege, später sogar eine High-School. Es war Utopia, von ein paar wunderbar vorausschauenden Leuten in Las Vegas für Hancock County geplant.

»Wow«, sagte Hoppy. Auf seinem Schreibtisch lag ein unvorstellbares Vermögen.

»Vier Bauphasen im Laufe von fünf Jahren. Das Ganze wird an die dreißig Millionen kosten. Es ist bei weitem das größte Projekt, das es in dieser Gegend hier je gegeben hat.«

»Daran kommt nichts heran.«

Ringwald schlug eine weitere Seite auf und enthüllte eine Zeichnung der Kaianlagen, dann noch eine mit einer detaillierten Darstellung des Wohngebiets. »Das sind nur die Entwürfe. Ich kann Ihnen mehr zeigen, wenn Sie uns in unserer Zentrale besuchen würden.«

»In Vegas.«

»Ja. Wenn wir uns darüber einigen, daß Sie uns hier vertreten, würden wir Sie gern für ein paar Tage dorthin fliegen, damit Sie unsere Leute und das ganze Projekt von der planerischen Seite her kennenlernen.«

Hoppys Knie zitterten, und er holte tief Luft. Ganz ruhig, befahl er sich selbst. Ja, und an welche Art von Vertretung haben Sie gedacht?«

»Zunächst brauchen wir einen Makler, der sich um den Landerwerb kümmert. Sobald wir es gekauft haben, müssen wir die hiesigen Behörden dazu bringen, das Projekt zu genehmigen. Das kann, wie Sie wissen, Zeit kosten und Probleme mit sich bringen. Wir verbringen zahllose Stunden mit Planungskommissionen und Entwicklungsbehörden. Wenn es sein muß, gehen wir sogar vor Gericht. Aber das gehört einfach zu unserem Geschäft. Daran werden Sie bis zu einem gewissen Grade beteiligt sein. Sobald das Projekt genehmigt ist, brauchen wir eine Immobilienfirma, die die Vermarktung von Stillwater Bay übernimmt.«

Hoppy lehnte sich auf seinem Stuhl zurück und dachte einen Moment an Zahlen. »Wieviel soll das Land kosten?« fragte er.

»Es ist teuer, viel zu teuer für diese Gegend. Um die zehntausend pro Morgen, für Land, das nur ungefähr halb soviel wert ist.«

Zehntausend pro Morgen für fünfhundert Morgen machte fünf Millionen Dollar, und sechs Prozent davon waren dreihunderttausend Dollar Courtage für Hoppy, vorausgesetzt natürlich, daß keine anderen Makler beteiligt wurden. Ringwald schaute mit unergründlicher Miene zu, wie Hoppy sich das in Gedanken zusammenrechnete.

»Zehntausend ist zuviel«, sagte Hoppy mit Autorität.

»Ja, aber das Land ist nicht auf dem Markt. Die Eigentümer wollen im Grunde gar nicht verkaufen, also müssen wir schnell handeln, bevor die MGM-Geschichte publik wird. Und deshalb brauchen wir einen hiesigen Makler. Sobald sich herumspricht, daß sich eine große Gesellschaft aus Vegas für das Land interessiert, steigt der Preis auf zwanzigtausend. So was passiert immer wieder.«

Die Tatsache, daß das Land nicht auf dem Markt war, ließ Hoppys Herz schneller schlagen. Es waren keine anderen Makler beauftragt! Nur er. Nur der kleine Hoppy und seine Courtage von sechs Prozent. Sein Schiff war endlich eingelaufen. Er, Hoppy Dupree, der jahrzehntelang nur Doppelhaushälften an Rentner verkauft hatte, war im Begriff, das große Geld zu machen.

Von der »Vermarktung von Stillwater Bay« ganz zu schweigen. Nach all diesen kleinen Häusern und Eigentumswohnungen und Büros ein brandneues Dreißig-Millionen-Dollar-Projekt, in dem überall Schilder mit der Aufschrift Dupree Realty hingen. Hoppy gelangte zu dem Schluß, daß er in fünf Jahren Millionär sein konnte.

Ringwald ergriff das Wort. »Ich nehme an, Ihre Courtage

beträgt acht Prozent. Das ist das, was wir normalerweise zahlen.«

»Natürlich«, sagte Hoppy. Das Wort rutschte über eine sehr trockene Zunge heraus. Von dreihunderttausend zu vierhunderttausend, einfach so. »Wer sind die Verkäufer?« fragte er, schnell das Thema wechselnd, nachdem sie sich auf acht Prozent geeinigt hatten.

Ringwald gestattete sich einen tiefen Seufzer, und seine Schultern sackten herunter, aber nur für einen Augenblick. »Das ist der Punkt, an dem es kompliziert wird.« Hoppys Herz sank.

»Das Grundstück liegt im sechsten Bezirk von Hancock County«, sagte Ringwald langsam. »Und der sechste Bezirk untersteht einem Aufsichtsbeamten namens ...«

»Jimmy Hull Moke«, unterbrach ihn Hoppy äußerst betrübt.

»Sie kennen ihn?«

»Jeder kennt Jimmy Hull. Er ist seit dreißig Jahren im Amt. Der gerissenste Gauner an der ganzen Küste.«

»Kennen Sie ihn persönlich?«

»Nein. Nur seinen Ruf.«

»Der, wie wir gehört haben, ziemlich dubios ist.«

»Dubios ist ein Kompliment für Jimmy Hull. Auf lokaler Ebene kontrolliert der Mann alles, was in seinem Teil des County passiert.«

Ringwald setzte eine verwirrte Miene auf, als hätten er und seine Gesellschaft keine Ahnung, wie sie vorgehen sollten. Hoppy rieb sich die betrübten Augen und überlegte, wie er sein Vermögen behalten konnte. Eine volle Minute lang gab es keinen Blickkontakt zwischen ihnen, dann sagte Ringwald: »Es wäre unklug, das Land zu kaufen, solange wir nicht eine gewisse Garantie von Mr. Moke und den Einheimischen hier haben. Wie Sie wissen, muß das Projekt eine Unmenge von Gesetzeshürden nehmen.«

»Flächenentwicklungsplan, Baugenehmigungen, Umweltverträglichkeit und so weiter«, sagte Hoppy, als führte er diesen Krieg jeden Tag.

»Wir haben gehört, daß Mr. Moke das alles kontrolliert.«

»Mit eiserner Faust.«

Eine weitere Pause.

»Vielleicht sollten wir eine Zusammenkunft mit Mr. Moke arrangieren«, sagte Ringwald.

»Das finde ich nicht.«

»Weshalb nicht?«

»Zusammenkünfte bringen nichts.«

»Ich verstehe nicht, was Sie meinen.«

»Bargeld. Schlicht und ergreifend. Jimmy Hull mag es unter dem Tisch, große Säcke davon in unmarkierten Scheinen.«

Ringwald nickte mit ernster Miene, als wäre das zwar Pech, aber nicht ganz unerwartet. »Das haben wir auch gehört«, sagte er, fast zu sich selbst. »Aber das ist nicht ungewöhnlich, zumal in einer Gegend, wo bereits Kasinos gebaut wurden. Die bringen eine Menge Geld ins Land, und die Leute werden gierig.«

»Jimmy Hull ist schon gierig auf die Welt gekommen. Er hat schon dreißig Jahre lang gestohlen, bevor hier irgendwelche Kasinos aufgetaucht sind.«

»Und er ist nie erwischt worden?«

»Nein. Für einen amtlichen Bauinspektor ist er ziemlich intelligent. Nur Bargeld, keine Spuren, er sichert sich sorgfältig ab. Aber dazu braucht man auch wieder kein Superhirn zu sein.« Hoppy tupfte sich die Stirn mit einem Taschentuch ab. Er bückte sich und holte aus einer der unteren Schubladen zwei Gläser und eine Flasche Wodka. Er goß zwei große Drinks ein und schob einen über den Schreibtisch vor Ringwald. »Zum Wohl«, sagte er, noch bevor Ringwald sein Glas berührt hatte.

»Also, was tun wir?« fragte Ringwald.

»Was tun Sie normalerweise unter solchen Umständen?«

»Normalerweise finden wir einen Weg zur Zusammenarbeit mit den örtlichen Behörden. Es steht zuviel Geld auf dem Spiel, als daß wir einfach einpacken und nach Hause gehen könnten.«

»Wie arbeiten Sie mit den örtlichen Behörden zusammen?«

»Wir haben Mittel und Wege. Wir haben Geld für Wahlkampagnen gespendet. Wir haben unseren Freunden einen teuren Urlaub spendiert. Wir haben Ehefrauen und Kindern Beraterhonorare gezahlt.«

»Haben Sie je Bestechungsgelder in harter Münze gezahlt?«

»Dazu möchte ich mich lieber nicht äußern.«

»Aber darauf würde es hinauslaufen. Jimmy Hull ist ein sehr einfach gestrickter Mensch. Bei dem zählt nur Bargeld.«

»Wieviel?«

»Wer weiß? Aber es müßte genug sein. Wenn Sie jetzt knauserig sind, bringt er Ihr Projekt später zu Fall. Und behält das Geld. Rückerstattung ist bei Jimmy Hull nicht drin.«

»Das hört sich an, als kennten Sie ihn ziemlich gut.«

»Jeder von uns, der hier an der Küste sein Geschäft betreibt, weiß, wie bei ihm der Hase läuft. Gehört gewissermaßen zur Folklore.«

Ringwald schüttelte ungläubig den Kopf. »Willkommen in Mississippi«, sagte Hoppy, dann trank er einen weiteren Schluck. Ringwald hatte seinen Drink noch nicht angerührt.

Fünfundzwanzig Jahre lang hatte Hoppy sein Geschäft ehrlich betrieben, und er hatte auch jetzt nicht die Absicht, alles aufs Spiel zu setzen. Er hatte Frau und Kinder, einen guten Ruf und war ein anerkanntes Mitglied der Gesellschaft. Man ging hin und wieder zur Kirche, war im Rotary Club. Und wer genau war überhaupt dieser Fremde, der in seinem eleganten Anzug und diesen Designer-Schuhen auf der anderen Seite seines Schreibtisches saß und ihm die Welt auf einem silbernen Tablett anbot, sofern nur eine kleine Abmachung getroffen wurde? Er, Hoppy, würde auf jeden Fall ans Telefon gehen und KLX Property und Mr. Ringwald überprüfen, sobald er sein Büro verlassen hatte.

»Es ist nicht ungewöhnlich«, sagte Ringwald. »So etwas erleben wir jeden Tag.«

»Und was tun Sie in solchen Fällen?«

»Also, ich meine, unser erster Schritt sollte darin bestehen, daß wir uns mit Mr. Moke in Verbindung setzen und herausfinden, ob er an einem Geschäft interessiert ist.«

»Das ist er ganz bestimmt.«

»Dann handeln wir die Bedingungen aus. Wie Sie es ausgedrückt haben, wir sehen zu, wieviel Bargeld wir auf den Tisch legen müssen.« Ringwald verstummte und trank einen winzigen Schluck Wodka. »Sind Sie bereit, sich zu beteiligen?«

»Ich weiß nicht recht. In welcher Form?«

»Wir kennen niemanden in Hancock County. Wir versuchen, im Hintergrund zu bleiben. Wir kommen aus Vegas. Wenn wir anfangen, Fragen zu stellen, dann geht das ganze Projekt zum Teufel.«

»Sie wollen, daß ich mit Jimmy Hull spreche?«

»Nur, wenn Sie sich beteiligen wollen. Wenn nicht, müssen wir uns nach jemand anderem umschauen.«

»Ich habe einen Ruf als sauberer Geschäftsmann«, sagte Hoppy mit erstaunlicher Festigkeit, dann schluckte er hart bei dem Gedanken an einen Konkurrenten, der seine vierhunderttausend einstrich.

»Wir erwarten nicht von Ihnen, daß Sie sich schmutzig machen.« Ringwald schwieg abermals und suchte nach den richtigen Worten. Hoppy hing an seinen Lippen. »Sagen wir mal so. Wir haben Mittel und Wege, Mr. Moke zukommen zu lassen, was er haben will. Sie brauchen es nicht anzurühren. Sie werden nicht einmal wissen, wie und wann es passiert.«

Hoppy setzte sich gerader hin. Ihm war ein Stein vom Herzen gefallen. Vielleicht gab es ja einen Mittelweg. Ringwald und seine Gesellschaft machten solche Sachen andauernd. Wahrscheinlich hatten sie schon mit Halunken verhandelt, die wesentlich gerissener waren als Jimmy Hull Moke. »Ich höre«, sagte er.

»Sie haben hier den Finger am Puls. Wir sind Fremde, also müssen wir uns auf Sie verlassen. Ich will Ihnen sagen, wie wir uns das ungefähr vorstellen, und Sie sagen mir, ob es funktioniert. Wie wäre es, wenn Sie sich mit Mr. Moke treffen würden, nur Sie beide, und ihn in großen Zügen über unser Projekt informieren? Unser Name wird nicht erwähnt, Sie haben einfach diesen Klienten, der mit ihm zusammenarbeiten möchte. Er wird seinen Preis nennen. Wenn er innerhalb unserer Möglichkeiten liegt, sagen Sie ihm, daß die Sache in Ordnung geht. Wir kümmern uns um die Übergabe, und Sie werden nie mit Sicherheit wissen, ob das Geld tatsächlich den Besitzer gewechselt hat. Sie haben nichts Unrechtes getan. Er ist glücklich. Und wir sind auch glücklich, weil wir eine Menge Geld scheffeln werden – und Sie auch, wenn ich das mal hinzufügen darf.«

Hoppy gefiel es! Er würde sich nicht einmal die Hände schmutzig machen. Sollten doch sein Klient und Jimmy Hull die Drecksarbeit erledigen. Er würde sich fein aus allem raushalten und einfach nicht hinsehen. Trotzdem siegte zunächst noch die Vorsicht. Er sagte, er würde darüber nachdenken.

Sie unterhielten sich noch eine Welle, sahen noch einmal die Pläne durch, und um acht verabschiedeten sie sich voneinander. Ringwald versprach, am frühen Freitag morgen anzurufen.

Bevor er nach Hause fuhr, wählte Hoppy die auf Ringwalds Visitenkarte angegebene Nummer. Eine geschäftsmäßige Empfangsdame meldete sich: »KLX Property, guten Abend.« Hoppy lächelte, dann bat er sie, ihn mit Todd Ringwald zu verbinden. Das Gespräch wurde, mit leiser Rockmusik im Hintergrund, zu Mr. Ringwalds Büro durchgestellt, wo Hoppy mit Madeline sprach, einer Assistentin, die ihm mitteilte, Mr. Ringwald sei zur Zeit nicht in der Stadt und werde erst am nächsten Montag zurückerwartet. Sie fragte nach seinem Namen, und Hoppy legte schnell auf.

Na also. KLX existierte tatsächlich.

Einlaufende Telefongespräche wurden an der Rezeption entgegengenommen und auf gelben Zetteln notiert. Diese Zettel bekam Lou Dell, die sie dann verteilte wie der Osterhase seine Schokoladeneier. Der Anruf von George Teaker ging am Dienstag abend um 19.40 Uhr ein und wurde Lonnie Shaver gemeldet, der auf den Film verzichtet hatte und an seinem Computer arbeitete. Er rief Teaker sofort zurück und beantwortete in den ersten zehn Minuten nichts als Fragen zum Prozeß. Lonnie gab zu, daß es ein schlechter Tag für die Verteidigung gewesen war. Lawrence Krigler hatte einen bemerkenswerten Eindruck auf die Geschworenen gemacht, außer auf Lonnie natürlich. Lonnie war keineswegs beeindruckt gewesen, versicherte er. Die Leute in New York machten sich große Sorgen, sagte Teaker mehr als einmal. Sie waren mächtig froh, daß Lonnie zur Jury gehörte und daß sie sich auf ihn verlassen konnten, ganz gleich, was passierte, aber die Aussichten waren schlecht. Oder etwa nicht?

Lonnie meinte, es wäre noch zu früh, um das zu beurteilen.

Teaker sagte, sie müßten noch die letzten offenen Punkte in seinem Vertrag durchgehen. Lonnie fiel da nur ein einziger Punkt ein, und das war die Höhe seines neuen Gehalts. Im Augenblick verdiente er vierzigtausend Dollar. Teaker sagte, SuperHouse würde seine Bezüge auf fünfzigtausend erhöhen, dazu ein Vorkaufsrecht auf ein paar Aktien und eine von seiner Leistung abhängige Gratifikation, die bis zu zwanzigtausend betragen könnte.

Sie wollten, daß er in Charlotte an einem Management Fortbildungskurs teilnahm, sobald der Prozeß vorüber war. Die Erwähnung des Prozesses führte zu einer weiteren Runde von Fragen über die Stimmung der Geschworenen.

Eine Stunde später stand Lonnie an seinem Fenster, schaute auf den Parkplatz hinaus und versuchte sich davon zu überzeugen, daß er im Begriff war, siebzigtausend Dollar im Jahr zu verdienen. Vor drei Jahren waren es noch fünfundzwanzigtausend gewesen.

Nicht schlecht für einen Jungen, dessen Vater für drei Dollar die Stunde einen Milchwagen gefahren hatte.

18. KAPITEL

Am Freitag morgen brachte das *Wall Street Journal* auf der Titelseite einen Artikel über Lawrence Krigler und seine Aussage vom Vortag. Der Artikel, geschrieben von Agner Layson, der sich bisher kein Wort des Prozesses hatte entgehen lassen, lieferte eine faire Beschreibung dessen, was die Jury zu hören bekommen hatte. Dann stellte Layson Vermutungen über den Eindruck an, den Krigler auf die Geschworenen gemacht hatte. Die zweite Hälfte des Artikels versuchte, Krigler mit Zitaten von seinen einstigen Kollegen bei ConPack, früher Allegheny Growers, zu diskreditieren. Fast alles, was Krigler gesagt hatte, wurde vehement dementiert. Die Firma hatte in den 30er Jahren keine Untersuchung über Nikotin angestellt, jedenfalls wußte niemand von den heute dort arbeitenden Leuten etwas davon. Es war lange her. Niemand bei ConPack hatte die berüchtigte Aktennotiz zu Gesicht bekommen. Vermutlich existierte sie nur in Kriglers Fantasie. Es war in der Tabakindustrie nicht allgemein bekannt, daß Nikotin süchtig macht. Der Gehalt an diesem Gift wurde weder von ConPack noch von einem der anderen Hersteller künstlich auf einem hohen Niveau gehalten. Die Firma gab nicht etwa zu, sondern bestritt abermals schwarz auf weiß, daß Nikotin süchtig macht.

Auch Pynex schoß ein paar Giftpfeile ab, alle aus ungenannter Quelle. Krigler war ein Querulant gewesen. Er hatte sich für einen seriösen Forscher gehalten, obwohl er in Wirklichkeit nur Ingenieur gewesen war. Seine Arbeit mit Raleigh 4 hatte schwere Mängel aufgewiesen. Der Anbau dieser Sorte wäre völlig unwirtschaftlich gewesen. Der Tod seiner Schwester hatte seine Leistungen und sein Verhalten schwer beeinträchtigt. Er hatte ständig mit Klagen gedroht. Es wurde angedeutet, daß sein außergerichtlicher Vergleich mit Pynex vor dreizehn Jahren eindeutig zugunsten von Pynex ausgefallen war.

Ein kurzer, damit in Zusammenhang stehender Artikel berichtete über die Bewegung der Pynex-Aktien, die bei fünfundsiebzigeinhalb geschlossen hatten, ein Absturz von drei Dollar bei starkem Handel und nach einer späten Erholung.

Richter Harkin las den Artikel eine Stunde, bevor die Geschworenen eintrafen. Er rief Lou Dell im Siesta Inn an, um sich zu vergewissern, daß keiner der Geschworenen ihn irgendwie zu Gesicht bekommen würde. Sie erklärte ihm, daß die Geschworenen nur die lokalen Tageszeitungen bekamen, alle seinen Anweisungen entsprechend zensiert. Ihr machte es sogar Spaß, Artikel über den Prozeß herauszuschneiden. Gelegentlich schnitt sie auch schon mal einen Artikel heraus, der nichts mit dem Prozeß zu tun hatte, nur so zum Spaß, nur damit sie sich fragten, was ihnen wohl entgangen war. Wie sollten sie es je erfahren?

Hoppy Dupree schlief wenig. Nachdem er das Geschirr abgewaschen und das Wohnzimmer gesaugt hatte, unterhielt er sich fast eine Stunde lang am Telefon mit Millie. Sie war guter Stimmung.

Um Mitternacht stand er wieder auf, setzte sich auf die Veranda und dachte über KLX und Jimmy Hull Moke und das Vermögen nach, das da draußen wartete, fast in Reichweite. Das Geld würde er für die Kinder verwenden, hatte er beschlossen, bevor er sein Büro verließ. Keine Junior Colleges mehr, kein jobben mehr. Sie würden die besten Schulen besuchen. Ein größeres Haus wäre hübsch, aber nur, weil die Kinder so wenig Platz hatten. Er und Millie konnten überall wohnen, sie stellten keine großen Ansprüche.

Keinerlei Schulden. Nach Bezahlung der Steuern würde er das Geld auf zweierlei Weise anlegen – Investmentfonds und Immobilien. Er würde kleine gewerbliche Objekte mit soliden Mietverträgen kaufen. Ihm fiel gleich auf Anhieb ein halbes Dutzend davon ein.

Der Handel mit Jimmy Hull Moke machte ihm große Sorgen. Er hatte noch nie etwas mit Schmiergeld zu tun gehabt, soweit er wußte, war er nicht einmal auch nur in die Nähe irgendeiner Gaunerei gekommen. Er hatte einen Cousin, der Gebrauchtwagen verkaufte und drei Jahre sitzen mußte, weil er sein Inventar doppelt und dreifach verpfändet hatte. Seine Ehe war kaputtgegangen, seine Kinder hatten gelitten.

Kurz vor Tagesanbruch hatte Jimmy Hull Mokes Ruf eine seltsam beruhigende Wirkung auf ihn. Der Mann hatte viel Erfahrung im Einstreichen von Schmiergeldern und hatte es zu einer Kunstform gemacht. Er war trotz eines bescheidenen Beamtengehalts ziemlich reich geworden. Und jedermann wußte es!

Bestimmt würde Moke genau wissen, wie er den Handel abschließen mußte, ohne erwischt zu werden. Hoppy würde nicht in die Nähe des Geldes kommen, würde nicht einmal genau wissen, ob und wann es gezahlt worden war.

Zum Frühstück aß er ein Stück Fertiggebäck und gelangte zu dem Schluß, daß das Risiko minimal war. Er würde ganz unverfänglich mit Jimmy Hull reden und dem andern einfach die Führung überlassen, dann würden sie schon schnell genug aufs Thema Geld zu sprechen kommen. Hinterher würde er Ringwald dann Bericht erstatten. Er taute tiefgefrorene Zimtschnecken für die Kinder auf, legte ihr Lunchgeld auf den Küchentisch und fuhr um acht ins Büro.

Am Tag nach Kriglers Aussage schlug die Verteidigung eine sanftere Gangart ein. Es war wichtig, einen entspannten Eindruck zu machen, als fühlte man sich von dem Schlag, den die Klägerseite gestern geführt hatte, nicht getroffen. Alle trugen hellere Anzüge in sanften Grau- und Blautönen, einer sogar in Khaki. Verschwunden waren das strenge Schwarz und Dunkelblau. Verschwunden waren auch die finsteren Mienen von Leuten, die durch ihre eigene Bedeutung niedergedrückt wurden. Sobald die Tür aufging und der erste Geschworene eintrat, erschien auf jedem der Gesichter am Tisch der Verteidigung ein breites Lächeln. Einige lachten sogar leise. Was für nette, friedliche Leute.

Richter Harkin sagte Hallo, aber kaum jemand auf der Geschworenenbank lächelte. Es war Freitag, was bedeutete, daß das Wochenende dicht bevorstand, und dieses Wochenende mußten sie im Siesta Inn eingesperrt verbringen. Beim Frühstück hatten sie sich darauf geeinigt, daß Nicholas dem Richter eine Nachricht zukommen lassen und ihn bitten sollte, ob man nicht vielleicht auch am Samstag arbeiten konnte. Die Geschworenen würden sich lieber im Saal versammeln und versuchen, diese Strapaze bald zum Ende zu bringen, als tatenlos in ihren Zimmern herumzusitzen und nur an sie zu denken.

Die meisten von ihnen registrierten das dümmliche Lächeln von Cable und Konsorten. Sie registrierten die Sommeranzüge, das joviale Getue, das amüsierte Geflüster. »Weshalb sind sie so verdammt glücklich?« flüsterte Loreen Duke, während Harkin seinen üblichen Fragenkatalog vorlas.

»Sie wollen, daß wir denken, es wäre alles in Ordnung«, flüsterte Nicholas zurück. »Starren Sie sie einfach an.«

Wendall Rohr erhob sich und rief den nächsten Zeugen auf. »Dr. Roger Bunch«, sagte er mit großer Geste. Er beobachtete die Geschworenen, ob sie auf diesen Namen reagierten.

Es war Freitag. Die Geschworenen würden auf nichts reagieren.

Bunch war ein Jahrzehnt zuvor berühmt geworden, als er Oberster Amtsarzt der Vereinigten Staaten und ein erbarmungsloser Kritiker der Tabakindustrie gewesen war. In den sechs Jahren seiner Amtszeit hatte er unzählige Untersuchungen in Auftrag gegeben, hatte Frontalangriffe geleitet, tausend Reden gegen das Rauchen gehalten, drei Bücher über dieses Thema geschrieben und die Behörden gedrängt, strengere Gesetze zu erlassen. Siege hatte er nur wenige errungen. Seit er aus dem Amt ausgeschieden war, hatte er seinen Kreuzzug mit viel Talent für Publicity fortgesetzt.

Er war ein Mann, der zu so einigen Dingen seine Ansichten hatte, und er brannte darauf, sie den Geschworenen mitzuteilen. Die Beweise waren eindeutig – Zigaretten verursachten Lungenkrebs. Jedes Ärztegremium auf der ganzen

Welt, das sich mit diesem Thema beschäftigt hatte, war zu dem Schluß gelangt, daß Zigaretten Lungenkrebs verursachen. Die einzigen, die dem nicht zustimmten, waren die Hersteller selbst und ihre gemieteten Sprachrohre – Gruppen von Lobbyisten und dergleichen.

Zigaretten machen süchtig. Fragen Sie einen beliebigen Raucher, der versucht hat, das Rauchen aufzugeben. Die Industrie behauptet, Rauchen wäre eine Sache der freien Entscheidung. »Typisches Geschwätz der Tabakkonzerne«, sagte er angewidert. Während seiner Tätigkeit als Oberster Amtsarzt hatte er drei voneinander unabhängige Untersuchungen in Auftrag gegeben, und jede von ihnen hatte eindeutig bewiesen, daß Zigaretten süchtig machen.

Die Tabakkonzerne geben Milliarden für die Irreführung der Öffentlichkeit aus. Sie geben Untersuchungen in Auftrag, die angeblich beweisen, daß Rauchen praktisch harmlos ist. Sie geben jährlich zwei Milliarden allein für Werbung aus, und dann behaupten sie, die Leute träfen ganz bewußt die Entscheidung, ob sie rauchen wollten oder nicht. Das ist einfach nicht wahr. Die Leute, und ganz besonders die Teenager, erhalten irreführende Signale. Rauchen scheint Spaß zu machen und in zu sein, sogar gesund.

Sie geben tonnenweise Geld aus für absurde Untersuchungen, die angeblich ihre sämtlichen Behauptungen beweisen. Die Industrie als Ganzes ist berüchtigt für ihre Lügen und ihre Verschleierungstaktiken. Die Konzerne weigern sich, für ihre Erzeugnisse einzustehen. Sie werben und inserieren wie verrückt, aber wenn jemand an Lungenkrebs stirbt, behaupten sie, der Betreffende hätte es besser wissen müssen.

Bunch hatte eine Untersuchung angestellt, die bewiesen hatte, daß Zigaretten Rückstände von Pestiziden und Insektiziden enthalten, Asbestfasern, unidentifizierbare Abfälle und vom Fußboden aufgefegten Schmutz. Bei der Werbung scheuen die Konzerne keine Kosten, aber sie machen sich nicht die Mühe, ihren Tabak von giftigen Rückständen zu befreien.

Er hatte ein Projekt geleitet, das aufgezeigt hatte, wie die

Tabakkonzerne gezielt die Jugendlichen anvisieren und die Armen; wie sie bestimmte Marken speziell für Männer oder Frauen und für unterschiedliche Gesellschaftsschichten herstellen und Werbung dafür machen.

Weil er früher Oberster Amtsarzt gewesen war, wurde Dr. Bunch gestattet, seine Ansichten über ein breites Spektrum von Themen zu äußern. Im Verlauf des Vormittags war er zeitweise außerstande, seinen Abscheu vor den Tabakkonzernen zu verhehlen, und wenn die Bitterkeit die Oberhand gewann, litt seine Glaubwürdigkeit. Aber er fesselte die Geschworenen. Niemand gähnte oder starrte ins Leere.

Todd Ringwald war der Ansicht, daß das Treffen in Hoppys Büro stattfinden sollte, auf heimischem Boden sozusagen, wo Jimmy Hull Moke vielleicht weniger auf der Hut war. Hoppy hielt das für einen vernünftigen Gedanken. Er wußte wirklich nicht, wie eine solche Sache normalerweise abgewickelt wurde. Er hatte Glück und traf Moke zu Hause an. Es stellte sich heraus, daß er ohnehin vorhatte, im Laufe des Tages nach Biloxi zu kommen. Moke behauptete, daß ihm Hoppys Name bekannt sei, er hätte irgendwann schon mal von ihm gehört. Hoppy sagte, es handle sich um eine sehr wichtige Sache, bei der es um ein großes Projekt in Hancock County ginge. Sie verabredeten sich zum Lunch, ein schnelles Sandwich in Hoppys Büro. Moke sagte, er wüßte genau, wo Hoppy zu finden wäre.

Aus irgendeinem Grund lungerten um die Mittagszeit drei der Teilzeit-Agenten im vorderen Büro herum. Einer unterhielt sich am Telefon mit seiner Freundin. Ein anderer überflog die Anzeigen in der Zeitung. Der dritte wartete offensichtlich auf das Pinochle. Mit einiger Mühe scheuchte Hoppy sie auf die Straßen hinaus, wo die Immobilien zu finden waren. Er wollte niemanden in der Nähe haben, wenn Jimmy Hull erschien.

Als er schließlich in Jeans und Cowboystiefeln zur Tür hereinkam, waren die Räume leer. Hoppy begrüßte ihn mit einem nervösen Handschlag und zittriger Stimme und führte ihn in sein Büro, wo auf dem Schreibtisch zwei Sandwiches und zwei Gläser Eistee warteten. Beim Essen unterhielten sie sich über Lokalpolitik, die Kasinos und Angeln, aber Hoppy hatte überhaupt keinen Appetit. Sein Magen war vor Angst verkrampft, und seine Hände wollten nicht aufhören zu zittern. Dann räumte er den Schreibtisch ab und holte die Zeichnung von Stillwater Bay hervor. Ringwald hatte sie ihm am Morgen gebracht, und sie enthielt keinerlei Hinweis darauf, wer hinter dem Projekt stand. Hoppy gab eine kurze, zehnminütige Zusammenfassung des Bauvorhabens und stellte fest, daß er dabei ruhiger wurde. Er machte seine Sache gut, auch wenn das seine eigene Meinung war.

Jimmy Hull betrachtete die Zeichnung, rieb sich das Kinn und sagte: »Dreißig Millionen Dollar, ja?«

»Mindestens«, entgegnete Hoppy. Er hatte plötzlich ein ganz flaues Gefühl im Bauch.

»Und wer ist der Bauherr?«

Hoppy hatte seine Antwort geprobt und gab sie jetzt mit überzeugender Autorität. Er konnte den Namen einfach nicht preisgeben, jedenfalls jetzt noch nicht. Jimmy Hull gefiel die Heimlichtuerei. Er stellte Fragen, die alle mit Geld und Finanzierung zu tun hatten. Hoppy beantwortete die meisten von ihnen.

»Die Baugenehmigung könnte ein großes Problem werden«, sagte Jimmy Hull mit einem Stirnrunzeln.

»Das ist mir klar.«

»Und die Planungskommission wird sich mit Händen und Füßen wehren.«

»Damit rechnen wir.«

»Natürlich hat der Aufsichtsbeamte das letzte Wort. Wie Sie wissen, sind die Entscheidungen der Genehmigungs- und Planungsbehörde lediglich Empfehlungen. Unterm Strich machen wir sechs, was wir wollen.« Er kicherte, und Hoppy lachte mit. In Mississippi herrschten die sechs Bauinspektoren unumschränkt.

»Mein Klient weiß, wie so etwas läuft. Und mein Klient möchte gern mit Ihnen zusammenarbeiten.«

Jimmy Hull nahm seine Ellenbogen vom Schreibtisch und lehnte sich auf seinem Stuhl zurück. Er kniff die Augen zusammen und legte die Stirn in Falten. Er strich sich übers Kinn, und seine glänzenden schwarzen Augen schossen Laserstrahlen über den Schreibtisch und trafen den armen Hoppy wie Kugeln in die Brust. Hoppy preßte alle zehn Finger auf die Schreibtischplatte, damit seine Hände nicht zitterten.

Wie oft hatte Jimmy Hull sich bereits in dieser speziellen Situation befunden und die Beute abgeschätzt, bevor er sich auf sie gestürzt hatte?

»Sie wissen, daß ich in meinem Bezirk alles kontrolliere«, sagte er, fast ohne die Lippen zu bewegen.

»Ich weiß genau, wie die Dinge liegen«, entgegnete Hoppy so gelassen, wie er nur konnte.

»Wenn ich will, daß das genehmigt wird, dann läuft es reibungslos ab. Wenn es mir aber nicht gefällt, dann ist es schon jetzt mausetot.«

Hoppy nickte nur.

Jimmy Hull wollte wissen, ob zu diesem Zeitpunkt bereits andere einheimische Makler beteiligt waren, wer was wußte, wie geheim das Projekt im Augenblick wirklich war.

»Niemand außer mir«, versicherte ihm Hoppy.

»Macht Ihr Klient in Glücksspiel?«

»Nein. Aber er sitzt in Vegas. Und er weiß, wie man auf lokaler Ebene die Dinge ins Laufen bringt. Ihm liegt sehr daran, daß die Sache schnell über die Bühne geht.«

Vegas war das entscheidende Wort, und Jimmy Hull ließ es sich auf der Zunge zergehen. Er sah sich in dem schäbigen kleinen Büro um. Es war spärlich und spartanisch eingerichtet und vermittelte den Eindruck einer gewissen Unschuld, als ob hier nicht viel passierte und auch nicht viel erwartet wurde. Er hatte zwei Freunde in Biloxi angerufen, die ihm beide gesagt hatten, daß Mr. Dupree ein harmloser Bursche war, der Weihnachten für den Rotary Club Obsttörtchen verkaufte. Er hatte eine große Familie und schaffte es immer, Auseinandersetzungen zu vermeiden; dementsprechend ruhig lief sein Geschäft. Die offensichtliche Frage war also: Weshalb hatten diese Leute, die hinter Stillwater Bay standen, sich ausgerechnet für einen Tante-Emma-Laden wie Dupree Realty entschieden?

Er beschloß, die Frage nicht zu stellen. Er sagte: »Wissen Sie, daß mein Sohn ein hervorragender Berater für Projekte dieser Art ist?«

»Nein, das wußte ich nicht. Mein Klient würde gern mit Ihrem Sohn zusammenarbeiten.«

»Er ist drüben in Bay St. Louis.«

»Soll ich ihn anrufen?«

»Nein. Das mache ich selbst.«

Randy Moke besaß zwei Kieslaster und verbrachte den größten Teil seiner Zeit damit, an einem Fischerboot herumzubasteln, das er Hochseeanglern zum Chartern anbot. Zwei Monate vor seiner ersten Drogen-Verurteilung war er von der High-School abgegangen.

Hoppy drängte weiter. Ringwald hatte darauf bestanden, daß er Moke so bald wie möglich festnageln sollte. Wenn sie nicht sofort zu einer Einigung kamen, raste Moke womöglich nach Hancock County zurück und fing an, über das Projekt zu reden. »Mein Klient wüßte gern, mit welchen Vorkosten er rechnen muß, bevor er das Land kauft. Was würde Ihr Sohn denn für seine Dienste verlangen?«

»Hunderttausend.«

Hoppy verzog keine Miene und war ziemlich stolz auf seine Gelassenheit. Ringwald hatte vorausgesagt, daß er ein- bis zweihunderttausend verlangen würde. KLX würde mit Vergnügen zahlen. Offen gestanden, verglichen mit New Jersey war es billig. »Ich verstehe. Zahlbar ...«

»Bar auf die Hand.«

»Mein Klient ist bereit, darüber zu verhandeln.«

»Keine Verhandlungen. Bargeld auf den Tisch oder es wird nichts aus der Sache.«

»Und wie soll der Handel aussehen?«

»Hunderttausend bar auf die Hand, und das Projekt geht durch. Das garantiere ich. Ein Penny weniger, und ich mache ihm mit einem Telefonanruf den Garaus.«

Erstaunlicherweise war in seiner Stimme und auf seinem

Gesicht auch nicht der leiseste Anflug einer Drohung zu erkennen. Hoppy berichtete Ringwald später, daß Jimmy Hull einfach die Geschäftsbedingungen festgelegt hatte, als verkaufte er auf einem Flohmarkt gebrauchte Autoreifen.

»Ich muß telefonieren«, sagte Hoppy. »Warten Sie bitte einen Moment.« Er ging ins Vorzimmer, das glücklicherweise immer noch leer war, und rief Ringwald an, der in seinem Hotel neben dem Telefon saß. Die Bedingungen wurden übermittelt, nur ein paar Sekunden lang diskutiert, dann kehrte Hoppy in sein Büro zurück. »Der Handel steht. Mein Klient wird zahlen.« Er sagte das langsam. Im Grunde war es ein gutes Gefühl, endlich einmal ein Geschäft in die Wege leiten zu können, das Millionen einbringen konnte. KLX am einen Ende, Moke am anderen, und Hoppy mittendrin und trotzdem in sicherer Entfernung von der Drecksarbeit.

Jimmy Hulls Gesicht entspannte sich, und er lächelte. »Wann?«

»Ich rufe Sie am Montag an.«

19. KAPITEL

Am Freitag nachmittag ignorierte Fitch den Prozeß. Es waren dringlichere Dinge eingetreten, die einen seiner Geschworenen betrafen. Er schloß sich mit Pang und Carl Nussman in einem Konferenzzimmer in Cables Kanzlei ein, wo sie eine Stunde lang auf die Wand starrten.

Es war ausschließlich Fitchs Idee gewesen, ein Schuß ins Blaue und eine seiner bisher vagesten Vermutungen, aber er wurde dafür bezahlt, daß er unter Steinen wühlte, die sonst niemand umdrehen würde. Wer Geld hatte, konnte getrost vom Unwahrscheinlichen träumen.

Vier Tage zuvor hatte er Nussman den Auftrag erteilt, sämtliche Geschworenenunterlagen vom Cimmino-Prozeß vor einem Jahr in Allentown, Pennsylvania, herbeizuschaffen. Die Cimmino Jury hatte sich vier Wochen lang Zeugenaussagen angehört und dann ein weiteres Urteil zugunsten der Tabakkonzerne gesprochen. Für den Prozeß in Allentown waren dreihundert potentielle Geschworene vorgeladen worden. Einer von ihnen war ein junger Mann namens David Lancaster gewesen.

Die Akte über Lancaster war dünn. Er arbeitete in einem Videogeschäft und behauptete, Student zu sein. Er lebte in einer Wohnung über einem schlechtgehenden koreanischen Lokal und bewegte sich offenbar nur per Fahrrad fort. Es gab keinerlei Anhaltspunkte für ein anderes Fahrzeug, und im Archiv des Countys gab es keine Unterlagen, daß für einen auf seinen Namen zugelassenen Wagen Steuern gezahlt wurden. Auf seiner Geschworenenkarte stand, daß er am 8. Mai 1967 in Philadelphia geboren war, aber das war zur Zeit des Prozesses nicht überprüft worden. Es hatte keinen Grund zu der Annahme gegeben, daß er log. Jetzt hatten Nussmans Leute festgestellt, daß das Geburtsdatum tatsächlich frei erfunden war. Auf der Karte stand auch, daß er nicht vorbestraft war, im letzten Jahr im County nicht als

Geschworener fungiert hatte und wahlberechtigt war. Er hatte sich fünf Monate vor Prozeßbeginn in die Wählerlisten eintragen lassen.

An der Akte war nichts Ungewöhnliches außer der handschriftlichen Notiz eines Beraters, die besagte, daß die Gerichtskanzlei, als Lancaster sich zu Prozeßbeginn als Geschworener meldete, keine Unterlagen über seine Berufung hatte. Er hatte aber eine allem Anschein nach echte Vorladung vorgewiesen und war akzeptiert worden. Einer von Nussmans Beratern hatte vermerkt, daß Lancaster offenbar viel daran lag, als Geschworener zu fungieren.

Das einzige Foto des jungen Mannes war aus der Ferne aufgenommen, während er mit seinem Fahrrad zur Arbeit fuhr. Er trug eine Mütze, eine dunkle Sonnenbrille, hatte lange Haare und einen dichten Bart. Eine von Nussmans Mitarbeiterinnen unterhielt sich mit Lancaster, während sie ein paar Videos auslieh, und meldete, daß er ausgeblichene Jeans, Birkenstocks, Wollsocken und ein Flanellhemd trug. Das Haar war zu einem Pferdeschwanz zusammengerafft, der in seinem Kragen steckte. Er war höflich, aber nicht gesprächig.

Als die Nummern ausgelost wurden, erwischte Lancaster einen schlechten Platz, aber er überstand die ersten beiden Wahldurchgänge und saß nur noch vier Reihen entfernt, als die Jury zusammengestellt war.

Seine Akte wurde daraufhin sofort geschlossen.

Und jetzt war sie wieder offen. In den letzten vierundzwanzig Stunden hatten sie herausgefunden, daß David Lancaster einen Monat nach dem Ende des Prozesses aus Allentown verschwunden war. Sein koreanischer Hauswirt wußte nichts. Sein Chef in dem Videogeschäft sagte, er wäre eines Tages nicht zur Arbeit erschienen und hätte nie wieder von sich hören lassen. Sonst war in der Stadt niemand aufzutreiben gewesen, der irgend etwas von Lancasters Existenz gewußt hätte. Fitchs Leute wühlten weiter, aber niemand rechnete damit, daß sie etwas herausfinden würden. Lancaster stand immer noch in der

Wählerliste, aber dem Registrator zufolge würde die Liste erst in weiteren fünf Jahren auf den neuesten Stand gebracht werden.

Am Mittwoch abend war sich Fitch fast sicher, daß David Lancaster Nicholas Easter war.

Am frühen Donnerstag morgen waren in Nussmans Büro in Chicago zwei große Kartons eingetroffen, die die Geschworenen-Unterlagen vom Glavine-Prozeß in Broken Arrow, Oklahoma, enthielten. Glavine war vor zwei Jahren ein hitziger Prozeß gegen Trellco gewesen, bei dem Fitch schon lange, bevor die Schlacht zwischen den Anwälten geschlagen war, sein Urteil in der Tasche gehabt hatte. Nussman hatte Donnerstag nacht nicht geschlafen, sondern die Jury-Unterlagen von Glavine durchgeackert.

In Broken Arrow hatte es einen jungen Weißen namens Perry Hirsch gegeben, damals fünfundzwanzig, angeblich in St. Louis geboren: das Geburtsdatum hatte sich schließlich als falsch herausgestellt. Er hatte angegeben, daß er in einer Lampenfabrik arbeitete und am Wochenende Pizzas auslieferte. Ledig, katholisch, abgebrochenes College-Studium, kein früheres Geschworenenamt, alles nach seinen eigenen Angaben auf einem kurzen Fragebogen, der den Anwälten vor Prozeßbeginn ausgehändigt worden war. Er hatte sich vier Monate vor dem Prozeß in die Wählerliste eintragen lassen und wohnte angeblich mit einer Tante zusammen auf einem Wohnwagenplatz. Er war einer von zweihundert Leuten, die auf Vorladung zum Geschworenendienst erschienen waren.

Von Hirsch gab es zwei Fotos. Auf einem schleppte er einen Stapel Pizzas zu seinem Wagen, einem ramponierten Pinto, in einem leuchtend blau-roten Rizzo-Hemd und dazu passender Mütze. Das andere war ein Schnappschuß, auf dem er neben dem Wohnwagen stand, in dem er lebte, aber sein Gesicht war kaum zu sehen.

Hirsch hatte es beinahe geschafft, in die Jury zu kommen, wurde aber von der Anklage aus damals unerfindlichen Gründen abgelehnt. Offenbar hatte er die Stadt irgendwann nach dem Prozeß verlassen. In der Fabrik, in der er arbeitete, gab es einen Mann namens Terry Hurtz, aber keinen Perry Hirsch.

Fitch hatte einen einheimischen Detektiv angeheuert, der der Sache nachgehen sollte. Die Tante, deren Namen sie nicht kannten, war nicht gefunden worden; in den Akten des Wohnwagenparks gab es keine Unterlagen über sie. Niemand bei Rizzo's erinnerte sich an einen Perry Hirsch.

Fitch, Pang und Nussman saßen Freitag nachmittag im Dunkeln und starrten auf die Wand. Die Fotos von Hirsch, Lancaster und Easter waren vergrößert und so scharf wie möglich projiziert worden. Easter war natürlich jetzt glattrasiert. Sein Foto war bei der Arbeit aufgenommen worden, deshalb trug er weder Sonnenbrille noch Mütze.

Die drei Gesichter gehörten ein und derselben Person.

Nussmans Handschriftenexperte erschien am Freitag nach dem Lunch. Er war mit einem Pynex-Jet aus Washington eingeflogen worden. Die einzigen Handschriftenproben, die sie hatten, waren die Geschworenenkarten von Cimmino und Wood und der kurze Fragebogen von Glavine. Es war mehr als genug. Der Experte hatte keinen Zweifel, daß Perry Hirsch und David Lancaster identisch waren. Easters Handschrift unterschied sich beträchtlich von der von Lancaster, aber als er die Identität von Hirsch aufgab, hatte er einen Fehler gemacht. Die säuberlichen Druckbuchstaben, in denen Easter geschrieben hatte, sollten sich offenkundig von der Schrift bei den anderen beiden Prozessen unterscheiden. Er hatte schwer daran gearbeitet, sich einen völlig neuen Schreibstil zuzulegen, der nicht mit der Vergangenheit in Verbindung gebracht werden konnte. Sein Fehler kam in seiner Unterschrift auf der Karte zum Vorschein. Der ›t‹-Strich saß ziemlich weit unten und fiel von links nach rechts ab, ganz unverwechselbar. Hirsch hatte in einer ziemlich schludrigen Schrift geschrieben, die zweifellos den Sinn gehabt hatte, einen Mangel an Bildung anzudeuten. Das ›t‹ in St. Louis, seinem angeblichen Geburtsort, war mit dem ›t‹ in Easter identisch, obwohl die beiden Handschriften für das untrainierte Auge keinerlei Ähnlichkeiten aufwiesen.

Der Gutachter verkündete ohne die Spur eines Zweifels: »Hirsch und Lancaster sind ein und derselbe Mann. Hirsch und Easter sind ein und derselbe Mann. Deshalb müssen auch Lancaster und Easter ein und derselbe Mann sein.«

»Alle drei sind ein und derselbe«, sagte Fitch langsam, als er begriffen hatte.

»So ist es. Und er ist sehr, sehr intelligent.«

Der Handschriftenexperte verließ Cables Kanzlei. Fitch kehrte in sein Büro zurück, wo er den Rest des Freitag nachmittags und einen Großteil des Abends mit Pang und Konrad zusammensaß. Er hatte sowohl in Allentown als auch in Broken Arrow Männer dazu angeheuert, nachzugraben und Leute zu bestechen, um an Arbeitsunterlagen und Lohnsteuerabzugs-Formulare von Hirsch und Lancaster heranzukommen.

»Haben Sie schon einmal erlebt, daß jemand versucht, sich in einen Prozeß einzuschleichen?« fragte Konrad.

»Noch nie«, knurrte Fitch.

Die Vorschriften für die ehelichen Besuche waren simpel. Am Freitag abend zwischen 19 und 21 Uhr konnte jeder der Geschworenen Ehepartner, Lebensgefährten oder wen auch immer in seinem Zimmer empfangen. Die Besucher konnten jederzeit kommen und gehen, mußten sich aber zuerst bei Lou Dell melden, die sie von Kopf bis Fuß musterte, als ob sie, und nur sie allein, die Macht hätte, das gutzuheißen, was zu tun sie im Begriff waren.

Der erste, der Punkt sieben erschien, war Derrick Maples, der gutaussehende Freund von Angel Weese. Lou Dell notierte seinen Namen, deutete den Korridor hinunter und sagte: »Zimmer 55.« Er wurde bis neun Uhr nicht mehr gesehen; da kam er heraus, um Luft zu schnappen.

Nicholas hatte am Freitag abend keinen Besucher, und auch Jerry Fernandez nicht. Seine Frau war schon Monate zuvor in ein getrenntes Schlafzimmer ausgezogen und dachte nicht daran, ihre Zeit mit einem Mann zu vergeuden, den sie verabscheute. Außerdem nahmen Jerry und der Pudel jede Nacht eheliche Rechte wahr. Colonel Herreras Frau war verreist. Lonnie Shavers Frau konnte keinen Babysitter finden. Also sahen sich die vier Männer im Partyzimmer einen Film mit John Wayne an und beklagten den traurigen Zustand ihres Liebeslebens. Der alte, blinde Herman hatte seine Frau bei sich, aber sie waren allein.

Phillip Savelle hatte einen Gast, aber Lou Dell weigerte sich, den anderen Männern Geschlecht, Rasse, Alter oder sonst etwas zu verraten. Es war eine sehr hübsche, junge Frau, die offenbar aus Indien oder Pakistan stammte.

Mrs. Gladys Card sah gemeinsam mit Mr. Nelson Card in ihrem Zimmer fern. Loreen Duke, die geschieden war, hatte Besuch von ihren beiden Töchtern. Rikki Coleman hatte ehelichen Verkehr mit ihrem Mann Rhea, die restlichen eindreiviertel Stunden unterhielten sie sich über ihre Kinder.

Und Hoppy Dupree brachte seiner Frau ein paar Blumen und eine Schachtel Pralinen mit, von denen sie die meisten aß, während er so aufgeregt, wie sie ihn nur selten erlebt hatte, im Zimmer herumrannte. Den Kindern ging es gut, alle waren mit Freunden aus, und das Geschäft lief auf Hochtouren. Es war sogar noch nie besser gelaufen. Er hatte ein Geheimnis, ein großes, wunderbares Geheimnis über ein Geschäft, an dem er beteiligt war, aber davon dürfte er ihr vorläufig nichts erzählen. Vielleicht am Montag. Vielleicht später. Aber jetzt noch nicht. Er blieb eine Stunde und eilte dann in sein Büro zurück, um zu arbeiten.

Mr. Nelson Card ging um neun, und Gladys machte den Fehler, in das Partyzimmer zu gehen, wo die Männer Bier tranken, Popcorn aßen und sich jetzt Boxkämpfe ansahen. Sie nahm sich eine Cola und setzte sich an den Tisch. Jerry musterte sie argwöhnisch. »Sie kleiner Teufel«, sagte er. »Los, erzählen Sie uns alles.«

Ihr Mund öffnete sich, und sie wurde knallrot. Sie brachte kein Wort heraus.

»Nun kommen Sie schon, Gladys. Wir hatten gar nichts.«

Sie griff sich ihre Cola und sprang auf. »Vielleicht gibt es dafür einen guten Grund«, fauchte sie wütend, dann rannte sie aus dem Zimmer. Jerry brachte ein Lachen zustande. Die anderen Männer waren zu müde und zu deprimiert, um zu reagieren.

Marlees Wagen war ein Lexus, von einer Firma in Biloxi für drei Jahre zu sechshundert im Monat geleast; als Leasingpartner fungierte die Rochelle Group, eine brandneue Firma, über die Fitch nichts hatte herausfinden können. Ein fast ein halbes Kilo schwerer Sender war mit Hilfe eines Magneten unter dem Kotflügel des linken Hinterrads angebracht worden; auf diese Weise konnte Marlee jetzt durch den an seinem Schreibtisch sitzenden Konrad verfolgt werden. Joe Boy hatte ihn dort angebracht, ein paar Stunden, nachdem sie ihr von Mobile aus gefolgt waren und ihr Nummernschild gesehen hatten.

Ihr großes neues Apartment war von derselben Firma angemietet worden. Es kostete fast zweitausend Dollar im Monat. Marlee hatte beträchtliche Kosten, aber Fitch und seine Leute konnten keine Spur eines Jobs entdecken.

Sie rief am späten Freitag abend an, nur Minuten, nachdem sich Fitch bis auf seine extragroßen Boxershorts und schwarzen Socken ausgezogen und sich wie ein gestrandeter Wal auf seinem Bett ausgestreckt hatte. Im Augenblick bewohnte er die Presidential Suite im obersten Stockwerk des Colonial Hotels in Biloxi am Highway 90, nur hundert Meter vom Golf entfernt. Wenn er sich die Mühe machte, hinauszuschauen, hatte er eine hübsche Aussicht auf den Strand. Niemand außerhalb seines kleinen Kreises wußte, wo er war.

Der Anruf ging in der Rezeption ein, eine dringende Nachricht für Mr. Fitch, und er stürzte den Nachtportier in ein Dilemma. Das Hotel bekam eine Menge Geld dafür, daß es das Privatleben und die Identität von Mr. Fitch schützte. Der Portier durfte nicht ausplaudern, daß er Gast bei ihnen war. Die junge Dame wußte genau Bescheid.

Als Marlee zehn Minuten später abermals anrief, wurde sie auf Fitchs Anweisung hin sofort mit ihm verbunden. Fitch war aufgestanden und hatte seine Boxershorts bis fast zur Brust hochgezogen; trotzdem hingen sie an seinen fleischigen Oberschenkeln herunter. Er kratzte sich die Stirn und fragte sich, wie sie ihn aufgespürt hatte. »Guten Abend«, sagte er.

»Hi, Fitch. Tut mir leid, daß ich Sie so spät noch störe.« Ihr tat überhaupt nichts leid. Das ›i‹ in ›Hi‹ klang ganz bewußt dumpf, was bei Marlee öfter vorkam. Es war der Versuch, ein bißchen nach Südstaaten zu klingen. Die Aufzeichnungen aller acht Anrufe waren ebenso wie die Aufzeichnung ihrer Unterhaltung in New Orleans von Stimm- und Dialekt-Experten in New York analysiert worden. Marlee stammte aus dem Mittleren Westen, aus Ost-Kansas oder West-Missouri, wahrscheinlich von irgendwo im Umkreis von hundert Meilen von Kansas City.

»Macht nichts«, sagte er und vergewisserte sich, daß der Recorder auf einem schmalen Klapptisch neben seinem Bett eingeschaltet war. »Wie geht es Ihrem Freund?«

»Er ist einsam. Heute war Eheabend, wissen Sie das?«

»Ich habe es gehört. Haben sich alle ehelich betätigt?«

»Leider nicht. Es ist wirklich traurig. Die Männer haben sich John-Wayne-Filme angesehen, während die Frauen strickten.«

»Niemand hat Sex gehabt?«

»Nur sehr wenige. Angel Weese, aber sie ist bis über beide Ohren verliebt. Rikki Coleman. Millie Duprees Mann war da, ist aber nicht lange geblieben. Die Cards waren zusammen. Was mit Herman ist, weiß ich nicht. Und Savelle hatte Besuch.«

»Was für eine Art von menschlichem Wesen hat etwas für Savelle übrig?«

»Keine Ahnung. Niemand hat es gesehen.«

Fitch deponierte seine breite Sitzfläche auf der Bettkante und kniff sich in den Nasenrücken. »Weshalb haben Sie Ihren Freund nicht besucht?« fragte er.

»Wer hat behauptet, wir wären ein Paar?«

»Was sind Sie dann?«

»Freunde. Raten Sie mal, welche beiden Geschworenen miteinander schlafen?«

»Woher soll ich das wissen?«

»Raten Sie.«

Fitch lächelte sein Spiegelbild an und bewunderte sein großartiges Aussehen. »Jerry Fernandez und sonst jemand.«

»Gut geraten. Jerry liegt in Scheidung, und Sylvia ist auch einsam. Ihre Zimmer liegen genau gegenüber, und sonst kann man im Siesta Inn kaum etwas tun.«

»Ist die Liebe nicht etwas Großartiges?«

»Ich muß Ihnen sagen, Fitch, daß Krigler für die Anklage viel bewirkt hat.«

»Die Geschworenen haben ihm zugehört, meinen Sie das?«

»Sie haben sich kein Wort entgehen lassen. Sie haben ihm zugehört und ihm geglaubt. Er hat sie umgedreht, Fitch.«

»Haben Sie keine besseren Neuigkeiten?«

»Rohr macht sich Sorgen.«

Sein Rückgrat versteifte sich. »Warum macht Rohr sich Sorgen?« fragte er und musterte sein verblüfftes Gesicht im Spiegel. Er sollte nicht überrascht sein, daß sie mit Rohr sprach, also weshalb, zum Teufel, war es so ein Schock, das zu hören? Er kam sich betrogen vor.

»Ihretwegen. Er weiß, daß Sie Tag und Nacht unterwegs sind und sich alle möglichen Mittel und Wege ausdenken, um an die Geschworenen heranzukommen. Würden Sie sich nicht auch Sorgen machen, Fitch, wenn ein Mann wie Sie für die Anklage arbeiten würde?«

»Ich wäre entsetzt.«

»Rohr ist nicht entsetzt. Er macht sich nur Sorgen.«

»Wie oft sprechen Sie mit ihm?«

»Ziemlich oft. Er ist liebenswürdiger als Sie, Fitch. Man kann sich gut mit ihm unterhalten, außerdem zeichnet er meine Anrufe nicht auf und schickt keine krummen Typen los, die meinem Wagen folgen. Nichts dergleichen.«

»Er weiß offenbar, wie man eine Frau bezaubert.«

»Ja. Aber da, wo es zählt, ist er schwach.«

»Und wo ist das?«

»In der Brieftasche. Mit Ihren Ressourcen kann er nicht konkurrieren.«

»Wieviel von meinen Ressourcen wollen Sie haben?«

»Später, Fitch. Ich muß jetzt Schluß machen. Auf der anderen Straßenseite steht ein verdächtig aussehender Wagen. Muß sich um einen Ihrer Clowns handeln.« Sie legte auf.

Fitch duschte und versuchte zu schlafen. Um 2 Uhr fuhr er ins Lucy Luck, wo er mit fünfhundert Dollar Einsatz Black Jack spielte, bis Tagesanbruch Sprite trank und dann mit an die zwanzigtausend Dollar Gewinn ins Hotel zurückkehrte.

20. KAPITEL

Der erste Samstag im November begann mit einer Temperatur von 16 Grad, ungewöhnlich kühl für die Küste und ihr fast tropisches Klima. Eine sanfte Brise aus Norden ließ die Bäume rascheln und streute Blätter auf Straßen und Gehsteige. Normalerweise kam der Herbst spät und dauerte nur bis Anfang des Jahres, um dann dem Frühling zu weichen. Einen Winter gab es an der Golfküste nicht.

Kurz nach Tagesanbruch waren nur einige wenige Jogger unterwegs. Niemand bemerkte den schwarzen Chrysler, der in die Einfahrt eines bescheidenen Einfamilienhauses einbog. Es war zu früh für die Nachbarn, um zu sehen, wie die beiden jungen Männer in identischen dunklen Anzügen aus dem Wagen ausstiegen, zur Haustür gingen, läuteten und geduldig warteten. Es war zu früh, aber in weniger als einer Stunde würde es auf den Rasen von Laubharkern und auf den Gehsteigen von Kindern wimmeln.

Hoppy hatte gerade Wasser in die Kaffeemaschine gegossen, als er das Läuten hörte. Er zog den Gürtel seines alten Frottee-Bademantels fester und versuchte, sein noch ungekämmtes Haar mit den Fingern glattzustreichen. Es mußten die Pfadfinder sein, die um diese unchristliche Zeit Doughnuts verkaufen wollten. Hoffentlich waren es nicht schon wieder die Zeugen Jehovas. Denen würde er es diesmal aber geben. Eine ganz gewöhnliche Sekte! Er bewegte sich schnell, denn das Obergeschoß war voll von schlafenden Teenagern. Sechs nach der letzten Zählung. Fünf von seinen eigenen und ein Gast, den einer von ihnen vom junior College mitgebracht hatte. Eine typische Freitag nacht im Hause Dupree.

Er öffnete die Haustür und sah zwei ernst dreinschauende junge Männer vor sich, die sofort in ihre Taschen griffen und goldene, auf schwarzes Leder montierte Erkennungsmarken zückten. Aus dem Redeschwall konnte Hoppy zweimal »FBI« heraushören und wäre fast in Ohnmacht gefallen.

»Sind Sie Mr. Dupree?« fragte Agent Nitchman.

Hoppy rang nach Atem. »Ja, aber ...«

»Wir möchten Ihnen ein paar Fragen stellen«, sagte Agent Napier und schaffte es dabei irgendwie, Hoppy sogar noch einen Schritt näherzukommen.

»Worüber?« fragte Hoppy mit trockenem Mund. Er versuchte, zwischen ihnen hindurchzuschauen, zur anderen Straßenseite, wo Mildred Yance das alles bestimmt beobachtete.

Nitchman und Napier wechselten einen finsteren, verschwörerischen Blick. Dann sagte Napier zu Hoppy: »Wir können es hier tun, aber vielleicht auch irgendwo anders.«

»Fragen über Stillwater Bay, Jimmy Hull Moke und so weiter«, sagte Nitchman erklärend, und Hoppy umklammerte den Türrahmen.

»Oh, mein Gott«, sagte er, als der Atem aus seinen Lungen entwich und die meisten lebenswichtigen Organe erstarrten.

»Dürfen wir hereinkommen?« fragte Napier.

Hoppy senkte den Kopf und rieb sich die Augen, als ob er gleich weinen müßte. »Nein, bitte nicht hier.« Die Kinder! Normalerweise schliefen sie bis neun oder zehn Uhr oder sogar bis Mittag, wenn Millie es zuließ, aber wenn sie unten Stimmen hörten, würden sie sofort herunterkommen. »Mein Büro«, brachte er mühsam heraus.

»Wir warten«, sagte Napier.

»Aber machen Sie schnell«, sagte Nitchman.

»Danke«, sagte Hoppy, dann machte er schnell die Tür zu und schloß ab. Er sank im Wohnzimmer auf ein Sofa und starrte zur Decke empor, die sich im Uhrzeigersinn drehte.

Keine Geräusche aus dem Obergeschoß. Die Kinder schliefen immer noch. Sein Herz hämmerte, und eine volle Minute lang dachte er daran, sich einfach hinzulegen und zu sterben. Der Tod wäre ihm jetzt willkommen. Er konnte die Augen schließen und davondriften, und in ein paar

Stunden würde das erste Kind ihn sehen und 911 anrufen. Er war dreiundfünfzig, und ein schwaches Herz lag in der Familie, auf der Seite seiner Mutter. Millie würde Hunderttausend aus der Lebensversicherung bekommen.

Als ihm bewußt wurde, daß sein Herz weiterzumachen gedachte, stand er langsam auf. Immer noch schwindlig, ertastete er sich seinen Weg in die Küche und goß sich eine Tasse Kaffee ein. Der Digitaluhr über dem Herd zufolge war es fünf Minuten nach sieben. Der vierte November. Eindeutig einer der schlimmsten Tage seines Lebens. Wie hatte er nur so blöd sein können?

Er dachte daran, Todd Ringwald anzurufen, und er dachte daran, Millard Putt, seinen Anwalt anzurufen. Er beschloß, damit noch zu warten. Plötzlich hatte er es eilig. Er wollte das Haus verlassen haben, bevor die Kinder aufstanden, und er wollte diese beiden Agenten auf seiner Einfahrt loswerden, bevor die Nachbarn sie sahen. Außerdem praktizierte Millard Putt ausschließlich Immobilienrecht, und auch darin war er nicht sonderlich gut. Hier aber ging es um eine Strafsache.

Eine Strafsache! Er verzichtete auf die Dusche und zog sich in Sekunden an. Er war halb mit Zähneputzen fertig, als sein Blick auf sein Spiegelbild fiel. Betrug stand auf seinem Gesicht geschrieben, war in seine Augen geprägt, so daß jedermann es sehen konnte. Er konnte nicht lügen. In ihm war keine Falschheit. Er war einfach Hoppy Dupree, ein ehrlicher Mann mit einer anständigen Familie, einem guten Ruf und so weiter. Er hatte nicht einmal in seinen Steuererklärungen je falsche Angaben gemacht!

Also weshalb, Hoppy, warteten jetzt zwei FBI-Agenten draußen darauf, mit dir in die Innenstadt zu fahren, immerhin noch nicht ins Gefängnis, obwohl das bestimmt kommen würde, sondern in ein Bürohaus, wo sie ihn zum Frühstück verspeisen und seinen Betrug bloßstellen würden? Er beschloß, sich nicht zu rasieren. Vielleicht sollte er seinen Geistlichen anrufen. Er bürstete sein widerspenstiges Haar und dachte an Millie und an die Schande und an die Kinder und daran, was die Leute denken würden.

Bevor Hoppy das Badezimmer verließ, übergab er sich.

Draußen bestand Napier darauf, mit Hoppy zu fahren. Nitchman folgte ihnen in dem schwarzen Chrysler. Es wurde kein Wort gesprochen.

Dupree Realty gehörte nicht zu der Sorte von Unternehmen, die Frühaufsteher anziehen. Das galt für den Samstag ebenso wie für den Rest der Woche. Hoppy wußte, daß sich bis mindestens neun, vielleicht sogar zehn Uhr niemand blikken lassen würde. Er schloß die Türen auf, machte Licht und sagte kein Wort, bis es an der Zeit war, sie zu fragen, ob sie Kaffee wollten. Beide lehnten ab. Offenbar wollten sie so schnell wie möglich mit dem Schlachtfest beginnen. Hoppy ließ sich an seiner Seite des Schreibtisches nieder; sie setzten sich wie Zwillinge ihm gegenüber. Es war ihm unmöglich, ihnen in die Augen zu sehen.

Nitchman leitete das Gespräch mit den Worten ein: »Wissen Sie über Stillwater Bay Bescheid?«

»Ja.«

»Kennen Sie einen Mann namens Todd Ringwald?«

»Ja.«

»Haben Sie irgendeine Art von Vertrag mit ihm unterschrieben?«

»Nein.«

Napier und Nitchman sahen sich an, als wüßten sie, daß das eine Lüge war. Napier sagte herablassend: »Hören Sie, Mr. Dupree, Sie könnten sich Komplikationen ersparen, wenn Sie die Wahrheit sagen.«

»Ich schwöre, das ist die Wahrheit.«

»Wann haben Sie Todd Ringwald zum erstenmal getroffen?« fragte Nitchman; dabei holte er einen schmalen Notizblock aus der Tasche und begann mitzuschreiben.

»Donnerstag.«

»Kennen Sie Jimmy Hull Moke?«

»Ja.«

»Wann sind Sie ihm das erstemal begegnet?«

»Gestern.«

»Wo?«

»Hier in diesem Büro.«

»Was war der Zweck dieses Treffens?«

»Ein Gespräch über das Stillwater-Bay-Projekt. Ich soll eine Gesellschaft vertreten, die KLX Properties heißt. KLX möchte in Stillwater Bay bauen, das in Mr. Mokes Bezirk in Hancock County liegt.«

Napier —und Nitchman musterten Hoppy und schienen eine Stunde lang über seine Worte nachzudenken. Hoppy wiederholte sie in Gedanken. Hatte er etwas gesagt? Etwas, das seine Reise ins Gefängnis beschleunigen würde? Vielleicht sollte er von jetzt an schweigen und einen Anwalt hinzuziehen.

Napier räusperte sich. »Wir haben Mr. Moke in den letzten sechs Monaten observiert, und vor zwei Wochen hat er sich zu einem Arrangement bereit erklärt, wonach er mit uns zusammenarbeitet und dafür mit einer leichteren Strafe davonkommt.«

Hoppy hörte, was er sagte, aber die Worte drangen kaum in sein Bewußtsein vor.

»Haben Sie Mr. Moke Geld angeboten?« fragte Napier.

»Nein«, sagte Hoppy, weil er unmöglich ja sagen konnte. Er sagte es schnell, ohne Nachdruck und ohne Überzeugungskraft, es kam einfach heraus. »Nein«, sagte er noch einmal. Er hatte ihm nicht eigentlich Geld angeboten. Er hatte nur den Weg freigemacht, damit sein Klient ihm Geld anbieten konnte. Das jedenfalls war seine Interpretation von dem, was er getan hatte.

Nitchman griff langsam in seine Brusttasche, tastete langsam darin herum, bis sich seine Finger am richtigen Ort befanden, zog ganz gemächlich so ein schmales Taschendings heraus und legte es mitten auf den Schreibtisch. »Sind Sie sicher?« fragte er fast höhnisch.

»Natürlich bin ich sicher«, sagte Hoppy und starrte fassungslos auf das gräßliche kleine Gerät.

Nitchman drückte auf einen Knopf. Hoppy hielt den Atem an und ballte die Fäuste. Dann war da seine Stimme, die nervös über Lokalpolitik, Kasinos und Angeln plauderte, während Moke hin und wieder ein Wort einwarf. »Er hatte eine Wanze bei sich!« rief Hoppy, atemlos und völlig am Boden zerstört.

»Ja«, sagte einer von ihnen ernst.

Hoppy konnte nur den Recorder anstarren. »Oh, nein«, murmelte er.

Die Unterhaltung war weniger als vierundzwanzig Stunden zuvor geführt und aufgezeichnet worden, genau hier an diesem Schreibtisch bei Clubsandwiches und Eistee. Jimmy Hull hatte da gesessen, wo jetzt Nitchman saß, und sie hatten ein Schmiergeld von hunderttausend Dollar vereinbart, und das, während irgendwo an seinem Körper eine FBI-Wanze befestigt war.

Das Band lief weiter, bis der Schaden angerichtet war und Hoppy und Jimmy Hull sich hastig voneinander verabschiedeten. »Wollen Sie es noch einmal hören?« fragte Nitchman mit dem Finger auf dem Knopf.

»Nein, bitte nicht«, sagte Hoppy und kniff sich in den Nasenrücken. »Sollte ich mit einem Anwalt sprechen?« fragte er, ohne aufzuschauen.

»Keine schlechte Idee«, sagte Napier mitfühlend.

Als er sie endlich ansah, waren seine Augen naß und rot. Seine Lippen bebten, aber er schob das Kinn vor und versuchte sich mutig zu geben. »Also, womit habe ich zu rechnen?«

Napier und Nitchman wurden jetzt beide etwas lockerer. Napier stand auf und trat an einen Bücherschrank. »Das ist schwer zu sagen«, sagte Nitchman, als würden darüber ganz andere Leute entscheiden. »Im vergangenen Jahr haben wir ein Dutzend Bauinspektoren auffliegen lassen. Den Richtern reicht es allmählich. Die Urteile werden härter.«

»Ich bin kein Bauinspektor«, sagte Hoppy.

»Gutes Argument. Ich würde sagen, drei bis fünf Jahre, in einem Bundes-, nicht in einem Staatsgefängnis.«

»Komplott zur Bestechung eines Regierungsbeamten«, setzte Napier hilfsbereit hinzu, dann kehrte er auf den Stuhl neben Nitchman zurück. Beide Männer saßen jetzt auf der Stuhlkante, und es sah aus, als würden sie jeden Augenblick aufspringen und Hoppy für seine Sünden verprügeln.

Das Mikrofon war die Kappe eines blauen Wegwerf-Kugelschreibers, der zusammen mit einem Dutzend anderer Stifte und billigen Kugelschreibern in einem verstaubten Marmeladenglas auf Hoppys Schreibtisch stand. Ringwald hatte es am Freitag morgen dort deponiert, als Hoppy kurz zur Toilette gegangen war. Die Stifte und Kugelschreiber sahen aus, als würden sie nie benutzt; es war die Art von Kollektion, die monatelang unberührt blieb, bis sie irgendwann einmal umsortiert wurde. Für den Fall, daß Hoppy oder sonst jemand auf die Idee kommen sollte, den blauen Kugelschreiber zu benutzen, würde sich herausstellen, daß er leer war, woraufhin er sofort im Papierkorb landen würde. Nur ein Techniker konnte ihn auseinandernehmen und die Wanze entdecken.

Vom Schreibtisch aus wurden die Worte zu einem kleinen, starken Sender weitergeleitet, der unter dem Waschtisch in der Toilette neben Hoppys Büro hinter dem Lysol und dem Luftreiniger versteckt war. Der Sender übermittelte sie an einen unauffälligen Transporter, der auf der anderen Straßenseite vor einem Einkaufszentrum stand. In dem Transporter wurden die Worte auf Band aufgezeichnet und dann in Fitchs Büro gebracht.

Jimmy Hull hatte keine Wanze bei sich getragen und arbeitete nicht mit dem FBI zusammen; er hatte nur das getan, was er am besten konnte – versucht, Schmiergeld zu kassieren.

Ringwald, Napier und Nitchman waren allesamt ehemalige Polizisten, die jetzt als private Agenten für eine internationale Sicherheitsfirma in Bethesda arbeiteten. Fitch arbeitete oft mit dieser Firma zusammen. Der Hoppy-Coup würde den Fonds achtzigtausend Dollar kosten.

Peanuts.

Hoppy hakte noch einmal nach, ob er sich nicht vielleicht doch juristischen Beistand suchen sollte. Napier konterte mit einer ausführlichen Darstellung der Bemühungen des FBI, der immer weiter um sich greifenden Korruption an der Küste Einhalt zu gebieten. Er gab der Glücksspiel-Industrie die Schuld an allem, was in dem Bereich passierte.

Hoppy mußte unbedingt von einem Anwalt ferngehalten werden. Ein Anwalt würde Namen und Telefonnummern, Aufzeichnungen und Papierkram verlangen. Napier und Nitchman hatten hinreichend falsche Ausweise und schnelle Lügen parat, um den armen Hoppy zu bluffen, aber ein guter Anwalt würde sie schleunigst in die Flucht schlagen.

Was als Routine-Ermittlung gegen Jimmy Hull und Bestechlichkeit im kleinen Rahmen begonnen hatte, war zu einer wesentlich weitreichenderen Untersuchung des Glücksspiels geworden, und in Napiers weitschweifigen Ausführungen kamen auch die magischen Worte »organisiertes Verbrechen« vor. Hoppy hörte zu, wenn er konnte. Aber es war schwierig. In seinem Kopf überschlugen sich die Sorgen um Millie und die Kinder und darüber, wie sie in den drei bis fünf Jahren seiner Abwesenheit überleben würden.

»Im Grunde waren wir nicht hinter Ihnen her«, sagte Napier zusammenfassend.

»Und wir haben offengestanden auch noch nie von KLX Properties gehört«, setzte Nitchman hinzu. »Wir sind nur irgendwie in die Sache hineingestolpert.«

»Können Sie nicht einfach wieder hinausstolpern?« fragte Hoppy und brachte tatsächlich ein hilfloses kleines Lächeln zustande.

»Vielleicht«, sagte Napier nachdenklich, dann sah er Nitchman an, als hätten sie Hoppy etwas noch Schlimmeres vorzuwerfen.

»Vielleicht was?« fragte er.

Sie wichen gleichzeitig von der Schreibtischkante zurück, und ihr Timing war so perfekt, als hätten sie es stundenlang geprobt oder schon Hunderte von Malen durchexerziert. Beide starrten Hoppy an, der in sich zusammensank und auf die Schreibtischplatte schaute.

»Wir wissen, daß Sie kein Gauner sind, Mr. Dupree«, sagte Nitchman leise.

»Sie haben einfach einen Fehler gemacht«, setzte Napier hinzu.

»Das stimmt«, murmelte Hoppy.

»Sie werden von ein paar sehr gerissenen Gangstern benutzt. Sie tauchen mit großen Plänen und dem großen Geld hier auf und – nun ja, das erleben wir bei Drogengeschichten alle Tage.«

Drogen! Hoppy war schockiert, sagte aber nichts. Eine weitere Pause. Die beiden starrten immer noch.

»Können wir Ihnen einen Vierundzwanzig-Stunden-Handel anbieten?« fragte Napier.

»Wie könnte ich nein sagen?«

»Lassen Sie uns vierundzwanzig Stunden Stillschweigen bewahren. Sie erzählen es keiner Menschenseele, wir erzählen es keiner Menschenseele. Sie sprechen nicht mit Ihrem Anwalt, wir lassen Sie in Ruhe. Für vierundzwanzig Stunden.«

»Das verstehe ich nicht.«

»Im Augenblick können wir Ihnen nicht alles erklären. Wir brauchen Zeit, um unsere Situation abzuklären.«

Nitchman lehnte sich vor und stützte die Ellenbogen wieder auf den Schreibtisch. »Vielleicht gibt es einen Ausweg für Sie, Mr. Dupree.«

Hoppy schöpfte wieder ein klein wenig Mut. »Ich höre.«

»Sie sind ein kleiner, unbedeutender Fisch, der sich in einem großen Netz verfangen hat«, erklärte Napier. »Sie könnten entbehrlich sein.«

Hörte sich gut an für Hoppy. »Und was passiert in vierundzwanzig Stunden?«

»Wir treffen uns hier wieder. Morgen früh um neun.«

»Abgemacht.«

»Ein Wort zu Ringwald, ein Wort zu irgend jemandem, Ihre Frau eingeschlossen, und um Ihre Zukunft sieht es düster aus.«

»Sie haben mein Wort.«

Der gecharterte Bus verließ das Siesta Inn um zehn Uhr mit allen vierzehn Geschworenen, Mrs. Grimes, Lou Dell und ihrem Mann Benton, Willis und seiner Frau Ruby, fünf Aushilfs-Deputies in Zivil, Earl Hutto, dem Sheriff von Harrison County, und seiner Frau Claudelle, zwei Mitarbeiterinnen von Gloria Lane und dem Fahrer. Alles von Richter Harkin genehmigt. Zwei Stunden später rollten sie die Canal Street in New Orleans entlang und stiegen an der Ecke Magazine aus dem Bus. Der Lunch wurde in einem reservierten Hinterzimmer einer alten Austernbar an der Decatur im French Quarter eingenommen und von den Steuerzahlern von Harrison County bezahlt.

Dann durften sie sich im French Quarter zerstreuen. Sie kauften auf den Straßenmärkten ein; schlenderten mit den Touristen über den Jackson Square; stierten in billigen Spelunken an der Bourbon Street auf nackte Körper; erstanden T-Shirts und andere Souvenirs. Einige verschwanden in Bars und sahen sich Footballspiele an. Um vier trafen sie sich am Fluß und bestiegen einen Schaufelraddampfer zu einer Rundfahrt. Um sechs aßen sie in einem Pizza-Restaurant an der Canal Street zu Abend.

Um zehn waren sie in ihren Zimmern in Pass Christian eingeschlossen, müde und dem Einschlafen nahe. Beschäftigte Geschworene sind glückliche Geschworene.

21. KAPITEL

Nachdem der Hoppy-Coup in die Wege geleitet war und reibungslos ablief, beschloß Fitch am Samstag abend die nächste Attacke auf die Jury. Es war ein Schlag, der den Nachteil hatte, daß er ohne gründliche Vorplanung ablaufen mußte, und er würde so schwerwiegend sein, wie die Hoppy-Geschichte gerissen war.

Am frühen Sonntag morgen knackten Pang und Dubaz, beide in hellbraunen Hemden mit dem Firmenzeichen einer Klempnerei über den Brusttaschen, das Schloß an der Tür zu Easters Wohnung. Kein Alarm wurde ausgelöst. Dubaz ging sofort zu der Lüftungsöffnung über dem Kühlschrank, nahm das Gitter ab und riß die versteckte Kamera heraus, die Doyle bei seinem früheren Besuch ertappt hatte. Er legte sie in einen großen Werkzeugkasten, den er zum Abtransport der Beute mitgebracht hatte.

Pang ging zum Computer. Er hatte sich die Fotos, die Doyle in aller Eile gemacht hatte, genau angeschaut und an einem identischen Gerät geübt, das in einem Büro neben dem von Fitch installiert worden war. Er löste Schrauben und nahm die Rückwand des Computers ab. Die Festplatte war genau dort, wo er sie vermutete. Binnen weniger als einer Minute hatte er sie draußen. Pang fand zwei Stapel von 3,5-Zoll-Disketten, insgesamt sechzehn, in einem Gestell neben dem Monitor.

Während Pang die Festplatte aus dem Computer löste, öffnete Dubaz Schubladen und kippte auf der Suche nach weiteren Disketten leise die billigen Möbel um. Die Wohnung war so klein und enthielt so wenig Versteckmöglichkeiten, daß seine Aufgabe leicht war. Er durchsuchte die Schubladen und Schränke in der Küche und die Kartons, in denen Easter seine Socken und seine Unterwäsche aufbewahrte. Er konnte nichts finden. Alles, was zum Computer gehörte, befand sich offenbar in der Nähe des Geräts.

»Gehen wir«, sagte Pang, nachdem er die Kabel des Computers, des Monitors und des Druckers herausgerissen hatte.

Sie warfen praktisch das gesamte System auf das klapprige Sofa, wo Dubaz Kissen und Kleidungsstücke darauf türmte und dann flüssigen Holzkohlenanzünder aus einem Plastikkanister über das Ganze goß. Als Sofa, Stuhl, Computer, billige Brücken und alle möglichen Kleidungsstücke hinreichend getränkt waren, kehrten die beiden Männer zur Tür zurück, und Dubaz warf ein Streichholz. Die Entzündung erfolgte sofort und war praktisch lautlos, zumindest für jemanden, der vielleicht draußen lauschte. Sie warteten, bis die Flammen bis zur Decke emporschlugen und die Wohnung von schwarzem Rauch erfüllt war, dann machten sie sich, nachdem sie die Tür hinter sich abgeschlossen hatten, eiligst auf den Rückweg. Im Erdgeschoß angekommen, lösten sie den Feueralarm aus. Dubaz rannte wieder die Treppe hinauf, wo jetzt Rauch aus der Wohnung quoll, und begann zu rufen und an Türen zu schlagen. Pang tat dasselbe im Erdgeschoß. Schreie wurden laut, und die Flure füllten sich rasch mit völlig aufgelösten Menschen in Bademänteln und Trainingsanzügen. Das Schrillen der alten Feuerglocke trug noch zur allgemeinen Hysterie bei.

»Paßt ja gut auf, daß ihr niemanden umbringt«, hatte Fitch sie gewarnt. Sobald der Rauch dichter wurde, hämmerte Dubaz an Türen. Er vergewisserte sich, daß jede Wohnung in der Nähe der von Easter leer war. Er zerrte Leute an den Armen heraus; fragte, ob alle draußen wären; deutete auf die Ausgänge.

Als die Menge auf den Parkplatz herausquoll, trennten sich Pang und Dubaz und verdrückten sich unauffällig nach hinten. Sirenengeheul war zu hören. Rauch erschien an den Fenstern von zwei Wohnungen im ersten Stock – in der von Easter und der daneben. Weitere Leute rannten aus dem Haus, zum Teil in Decken gehüllt und mit Säuglingen und Kleinkindern auf dem Arm. Sie gesellten sich zu der Menge und warteten ungeduldig auf die Feuerwehr.

Als sie eingetroffen war, schlichen sich Pang und Dubaz

noch weiter in den Hintergrund, dann waren sie verschwunden.

Niemand kam ums Leben. Niemand wurde verletzt. Vier Wohnungen waren vollständig ausgebrannt, elf schwer beschädigt, fast dreißig Familien bis nach den Aufräum- und Renovierungsarbeiten obdachlos.

Easters Festplatte erwies sich als unlesbar. Er hatte so viele Paßworte, Geheimcodes, Eindringsperren und Virenschutzbarrieren verwendet, daß Fitchs Computer-Experten nichts mit ihr anfangen konnten. Er hatte sie am Samstag aus Washington kommen lassen. Sie waren ehrliche Leute, die keine Ahnung hatten, wo die Festplatte und die Disketten herkamen. Fitch setzte sie einfach in ein Zimmer mit einer Anlage, die mit der von Easter identisch war, und sagte ihnen, was er wollte. Die meisten Disketten waren auf ähnliche Art geschützt. Aber nachdem sie ungefähr den halben Stapel durchprobiert hatten, konnten sie aufatmen. Sie konnten auf einer älteren Diskette, bei der Easter es unterlassen hatte, sie ebenso gut zu sichern, die Paßworte umgehen. Dem Verzeichnis zufolge enthielt sie sechzehn Dokumente mit Namen, die nichts verrieten. Fitch wurde informiert, als sie das erste Dokument ausdruckten. Es war eine sechsseitige Aufstellung von neuerem Zeitungsmaterial über die Tabakindustrie, mit dem Datum des 11. Oktober 1994. Artikel aus der *Times*, dem *Wall Street Journal* und *Forbes* wurden erwähnt. Das zweite Dokument war eine zweiseitige Zusammenfassung eines Dokumentarfilms über Prozesse wegen Brustimplantationen. Das dritte war ein schlechtes Gedicht, das er über Flüsse geschrieben hatte. Das vierte war eine weitere Aufstellung von Zeitungsartikeln über Lungenkrebs-Prozesse.

Fitch und Konrad lasen jede Seite genau. Der Text war klar und sachlich, offensichtlich in Eile geschrieben, weil die Tippfehler das Lesen mühsam machten. Er schrieb wie ein unvoreingenommener Reporter. Es ließ sich unmöglich sagen, ob Easter Rauchern Sympathie entgegenbrachte oder ob er sich nur für Produkthaftungsprozesse interessierte.

Es folgten weitere fürchterliche Gedichte. Eine abgebrochene Kurzgeschichte. Und dann endlich ein Volltreffer. Dokument Nummer fünfzehn war ein zweiseitiger Brief an seine Mutter, eine Mrs. Pamela Blanchard in Gardner, Texas. Er trug das Datum 20. April 1995 und begann: »Liebe Mom, ich lebe jetzt in Biloxi, Mississippi, an der Golfküste«, dann erklärte er, wie sehr er Salzwasser und Strände liebte, und daß er nie wieder in einer Gegend mit Farmland leben könnte. Er entschuldigte sich ausführlich, daß er nicht früher geschrieben hatte, entschuldigte sich über zwei lange Absätze hinweg für seinen Hang zum Herumziehen und versprach, in Zukunft öfter zu schreiben. Er erkundigte sich nach Alex, sagte, er hätte seit drei Monaten nicht mit ihm gesprochen und könnte es nicht glauben, daß er es tatsächlich geschafft hatte, nach Alaska zu fahren und dort einen Job als Anglerführer zu finden. Alex schien ein Bruder zu sein. Ein Vater wurde nicht erwähnt, ebensowenig eine Freundin, und schon gar nicht jemand namens Marlee.

Er schrieb, er hätte einen Job in einem Kasino gefunden, der ihm im Moment Spaß machte, aber keine große Zukunft hätte. Er dächte immer noch daran, einmal Anwalt zu werden, und das mit dem Jurastudium täte ihm leid, aber er bezweifelte, daß er je an die Universität zurückkehren würde. Er behauptete, er wäre glücklich, lebte einfach mit wenig Geld und noch weniger Verantwortlichkeiten. Und jetzt muß ich Schluß machen. Alles Liebe. Grüße an Aunt Sammy, und ich rufe bald einmal an.

Die Unterschrift lautete einfach Jeff«. »Alles Liebe, Jeff.« Nirgendwo in dem Brief tauchte ein Nachname auf.

Eine Stunde nach der ersten Lektüre des Briefes saßen Dante und Joe Boy in einem Privatjet. Fitch hatte sie beauftragt, nach Gardner zu fliegen und sämtliche Privatdetektive in der Stadt anzuheuern.

Die Computerspezialisten knackten noch eine weitere Diskette, die vorletzte. Auch in diesem Fall konnten sie die Eindringsperren mit einer komplizierten Serie von Paßwortschlüsseln umgehen. Sie waren sehr beeindruckt von Easters Hacker-Künsten.

Die Diskette enthielt den Teil eines Dokuments – der Wählerliste von Harrison County. Sie druckten, mit A beginnend und bis K fortlaufend, mehr als sechzehntausend Namen und Adressen aus. Zwischendrin machte Fitch eine Reihe von Stichproben. Auch er hatte eine vollständige Liste aller im County eingetragenen Wähler. Die Liste war nicht geheim, sie konnte für fünfunddreißig Dollar von Gloria Lane erstanden werden. In Wahljahren machten die meisten politischen Kandidaten von dieser Möglichkeit Gebrauch.

Aber zweierlei war merkwürdig an Easters Liste. Zum einen befand sie sich auf einer Computerdiskette, was bedeutete, daß es ihm irgendwie gelungen war, in Gloria Lanes Computer einzudringen und die Information zu stehlen. Und zum anderen: Wozu brauchte ein Teilzeit-Computerhacker und Teilzeit-Student eine solche Liste?

Wenn es Easter gelungen war, in den Computer der Gerichtskanzlei einzudringen, dann war er sicher auch in der Lage gewesen, ihn so zu manipulieren, daß sein eigener Name auf der Liste der potentiellen Geschworenen im Fall Wood stand.

Je mehr Fitch darüber nachdachte, desto plausibler erschien es ihm.

Hoppys Augen waren rot und verschwollen, als er am frühen Sonntag morgen an seinem Schreibtisch saß, starken Kaffee trank und auf neun Uhr wartete. Er hatte seit Samstag morgen nichts gegessen außer einer Banane beim Frühstückmachen, als es an der Tür geläutet hatte und Napier und Nitchman in sein Leben getreten waren. Sein Verdauungssystem war lahmgelegt, seine Nerven lagen bloß. Am Samstag abend hatte er zuviel Wodka getrunken, und das noch dazu zu Hause, was Millie strikt verboten hatte.

Die Kinder hatten am Samstag durchgeschlafen. Er hatte es keiner Menschenseele erzählt, ehrlich gesagt war ihm auch nicht besonders danach. Die Demütigung machte das schändliche Geheimnis sicher.

Um genau neun Uhr erschienen Napier und Nitchman

mit einem dritten Mann, einem älteren, der gleichfalls einen strengen dunklen Anzug und eine ebenso strenge Miene zur Schau trug, als wäre er erschienen, um den armen Hoppy persönlich auszupeitschen. Nitchman stellte ihn als George Cristano vor. Aus Washington! Vom Justizministerium!

Cristano gab ihm kühl die Hand. Er hielt nichts von vielen Worten.

»Sagen Sie, Hoppy, würde es Ihnen etwas ausmachen, wenn wir dieses kleine Gespräch irgendwo anders führen?« fragte Napier, während er sich angewidert in dem Büro umsah.

»Es wäre sicherer«, setzte Nitchman erklärend hinzu.

»Man weiß nie, ob nicht irgendwo eine Wanze versteckt ist«, sagte Cristano.

»Wem sagen Sie das?« sagte Hoppy, aber niemand fand es lustig. Konnte er es sich etwa leisten, irgend etwas abzulehnen? »Klar«, sagte er.

Sie fuhren in einem makellos sauberen Lincoln Town Car davon, Nitchman und Napier vorn, Hoppy hinten mit Cristano, der ihn gelassen darüber informierte, daß er irgendwo in den Tiefen des Justizministeriums saß und eine Art hochrangiger Assistent des Ministers war. Je näher sie der Küste kamen, desto gewichtiger wurde seine Position. Dann schwieg er.

»Sind Sie Demokrat oder Republikaner, Hoppy?« fragte Cristano nach einer besonders langen Gesprächspause. Napier bog nach rechts ab und fuhr in Richtung Westen an der Küste entlang.

Hoppy wollte niemanden vor den Kopf stoßen. »Das weiß ich selbst nicht so genau. Ich stimme immer für den Mann, müssen Sie wissen. Ich lege mich nicht auf eine Partei fest, verstehen Sie, was ich meine?«

Cristano drehte den Kopf und schaute aus dem Fenster, als wäre dies nicht das, was er hatte hören wollen. »Ich hatte gehofft, Sie wären ein guter Republikaner«, sagte er, immer noch aus dem Fenster aufs Meer hinausschauend.

Hoppy konnte alles sein, was diese Leute wollten. Absolut alles. Sogar ein eingeschriebener, fanatischer Kommunist, wenn er damit Mr. Cristano einen Gefallen tat.

»Ich habe für Reagan und Bush gestimmt«, sagte er stolz. »Und für Nixon. Sogar für Goldwater.«

Cristano nickte kaum wahrnehmbar, und Hoppy konnte ausatmen.

Dann schwiegen sie wieder. Napier hielt an einem Dock in der Nähe von Bay St. Louis, vierzig Minuten von Biloxi entfernt. Hoppy folgte Cristano eine Pier entlang und auf ein verlassenes, achtzehn Meter langes Charterboot, das *Afternoon Delight* hieß. Napier und Nitchman warteten beim Wagen, außer Sichtweite.

»Setzen Sie sich, Hoppy«, sagte Cristano, auf eine mit Schaumstoff gepolsterte Bank auf dem Deck deutend. Das Boot schaukelte nur ganz leicht. Die See war still. Cristano ließ sich ihm gegenüber nieder und lehnte sich vor, so daß ihre Köpfe nicht einmal einen Meter voneinander entfernt waren.

»Hübsches Boot«, sagte Hoppy und rieb über den Kunstlederbezug.

»Es gehört nicht uns. Sagen Sie, Hoppy, Sie haben doch kein Mikrofon bei sich, oder?«

Instinktiv schoß er hoch, von der bloßen Idee schockiert. »Natürlich nicht!«

»Tut mir leid, aber so etwas kommt vor. Eigentlich sollte ich Sie durchsuchen.« Cristano musterte ihn von Kopf bis Fuß. Hoppy grauste bei dem Gedanken, von diesem Fremden abgetastet zu werden, allein mit ihm auf einem Boot.

»Ich schwöre, daß ich kein Mikrofon bei mir trage, okay?« erklärte Hoppy so bestimmt, daß er stolz auf sich war. Cristanos Gesicht entspannte sich. »Möchten Sie mich durchsuchen?« Hoppy schaute sich um; er wollte sehen, ob irgend jemand in Sichtweite war. Würde irgendwie komisch aussehen, oder? Zwei erwachsene Männer, die sich am hellen Tage auf einem verankerten Boot abtasteten.

»Tragen Sie ein Mikrofon bei sich?« fragte Hoppy.

»Nein.«

»Schwören Sie?«

»Ich schwöre.«

»Gut.« Hoppy war erleichtert und wollte dem Mann nur zu gern glauben. Die Alternative war einfach unausdenkbar.

Cristano lächelte, dann runzelte er abrupt die Stirn. Er beugte sich vor. Das Vorgeplänkel war vorüber. »Ich will es kurz machen, Hoppy. Wir möchten Ihnen einen Handel vorschlagen, einen Handel, der es Ihnen ermöglichen wird, ohne einen Kratzer aus dieser Sache herauszukommen. Nichts. Keine Verhaftung, keine Anklage, kein Prozeß, kein Gefängnis. Kein Foto in der Zeitung. Niemand wird je etwas erfahren.«

Er hielt inne, um Luft zu holen, und Hoppy sagte rasch: »So weit, so gut. Ich höre.«

»Es ist ein etwas bizarrer Handel, einer, den wir noch nie versucht haben. Hat nichts mit Gesetz und Gerechtigkeit und Strafe oder irgend etwas dergleichen zu tun. Es ist ein politischer Handel, Hoppy. Rein politisch. Es wird in Washington keinerlei Unterlagen darüber geben. Niemand wird je etwas davon wissen, außer mir, Ihnen, den beiden Männern, die draußen beim Wagen warten, und weniger als zehn Leuten im Justizministerium. Wir schließen den Handel ab, Sie besorgen Ihren Teil, und alles ist vergessen.«

»Abgemacht. Sagen Sie mir, wo's langgeht.«

»Machen Sie sich Sorgen wegen Verbrechen, Drogen, der Aufrechterhaltung von Recht und Ordnung, Hoppy?«

»Natürlich.«

»Haben Sie die Nase voll von Bestechung und Korruption?«

Merkwürdige Frage. In diesem Moment kam Hoppy sich vor wie das Kind auf dem Plakat der Antikorruptions-Kampagne. »Ja!«

»In Washington gibt es eine böse und eine gute Seite, Hoppy. Zur letzteren gehören wir, die Leute im Justizministerium, die ihr Leben der Verbrechensbekämpfung gewidmet haben. Ich spreche hier von schweren Verbrechen, Hoppy. Ich meine Drogengelder für Richter, Kongreßabgeordnete, die sich von Feinden im Ausland schmieren lassen, kriminelle Aktivitäten, die unsere Demokratie bedrohen könnten. Wissen Sie, was ich meine?«

Wenn Hoppy es auch nicht so genau wußte, so hatten doch Cristano und seine prächtigen Freunde in Washington seine ganze Sympathie. »Ja, ja«, sagte er schnell, um sich kein Wort entgehen zu lassen.

»Aber heutzutage ist alles politisch, Hoppy. Wir kämpfen ständig gegen den Kongreß an und auch gegen den Präsidenten. Wissen Sie, was wir in Washington brauchen, Hoppy?«

Was immer es war, Hoppy wollte, daß sie es bekämen.

Cristano gab ihm nicht die Chance, seine Frage zu beantworten. »Wir brauchen mehr Republikaner, gute, konservative Republikaner, die uns Geld geben und uns in Ruhe lassen. Die Demokraten mischen sich ständig ein, drohen ununterbrochen mit Budgetkürzungen und Umstrukturierung, bedauern ständig die armen Kriminellen, die wir einbuchten. Dort oben tobt ein Krieg, Hoppy. Wir kämpfen ihn täglich.«

Er sah Hoppy an, als erwartete er, daß dieser etwas sagte, aber Hoppy versuchte gerade, sich den Krieg vorzustellen. Er nickte ernst, dann betrachtete er seine Füße.

»Wir müssen unsere Freunde schützen, und das ist der Punkt, an dem Sie ins Spiel kommen.«

»Okay.«

»Noch mal – das hier ist ein seltsamer Handel. Machen Sie mit, und das Band mit Ihrer Bestechung von Mr. Moke hat nie existiert.«

»Ich mache mit. Sagen Sie mir, was ich tun soll.«

Cristano schwieg einen Moment und ließ den Blick über die Pier wandern. Weit entfernt hörte man ein paar Fischer arbeiten. Er beugte sich noch weiter vor und berührte sogar Hoppys Knie. »Es geht um Ihre Frau«, sagte er fast lautlos, dann lehnte er sich wieder zurück, um das erst mal einsikkern zu lassen.

»Meine Frau?«

»Ja. Ihre Frau.«

»Millie?«

»So ist es.«

»Was, zum Teufel …«

»Ich werde es Ihnen erklären.«

»Millie?« Hoppy war fassungslos. Was konnte seine Millie mit der ganzen Geschichte zu tun haben?

»Es ist der Prozeß, Hoppy«, sagte Cristano, und das erste Teil des Puzzles fiel auf den Tisch.

»Raten Sie mal, wer den republikanischen Kandidaten für den Kongreß das meiste Geld spendet?«

Hoppy war zu verblüfft und verwirrt, um darauf eine intelligente Antwort geben zu können.

»So ist es. Die Tabakkonzerne. Sie stecken Millionen in die Wahlkampagnen, weil sie Angst haben vor der Federal Food and Drug Administration und es satt haben, von der Regierung gegängelt zu werden. Sie sind freie Unternehmer, genau wie Sie, Hoppy. Sie sind überzeugt, daß Leute rauchen, weil sie rauchen möchten, und sie haben die Regierung satt und diese klagewütigen Anwälte, die versuchen, sie aus dem Geschäft zu drängen.«

»Politik«, sagte Hoppy und starrte fassungslos aufs Meer hinaus.

»Reinste Politik. Wenn die Tabakindustrie diesen Prozeß verliert, kommt es zu einer Prozeßlawine, wie sie dieses Land noch nie erlebt hat. Die Konzerne werden Milliarden verlieren, und wir in Washington werden Millionen verlieren. Werden Sie uns helfen, Hoppy?«

In die Realität zurückgerissen, brachte Hoppy nur ein »Wie bitte?« heraus.

»Werden Sie uns helfen?«

»Ich denke schon, aber wie?«

»Millie. Sie reden mit Ihrer Frau und sorgen dafür, daß sie versteht, wie sinnlos und gefährlich dieser Fall ist. Sie muß sich im Geschworenenzimmer Gehör verschaffen, Hoppy. Sie muß gegen diese Liberalen in der Jury ankämpfen, die die Tabakkonzerne vielleicht zu einer horrenden Strafe verurteilen wollen. Können Sie das tun?«

»Natürlich kann ich das.«

»Aber werden Sie es auch tun, Hoppy? Wir möchten das Band nicht verwenden müssen.«

Hoppy erinnerte sich plötzlich an das Band. »Ja, abgemacht. Ich fahre übrigens heute abend zu ihr.«

»Sie müssen ihr die Sache klarmachen. Es ist ungeheuer wichtig – wichtig für uns im Justizministerium, für das ganze Land, und natürlich für Sie, weil Sie dann nicht fünf Jahre ins Gefängnis müssen.« Bei diesen letzten Worten brach er in ein wieherndes Gelächter aus und schlug sich mit der Hand aufs Knie. Hoppy lachte auch.

Sie redeten eine halbe Stunde lang über die Strategie. Je länger sie auf dem Boot saßen, desto mehr Fragen hatte Hoppy. Was war, wenn Millie für die Tabakindustrie stimmte, die übrigen Geschworenen aber anders dachten und zugunsten der Klägerin urteilten? Was würde dann mit Hoppy passieren?

Cristano versprach, seinen Teil des Handels einzuhalten, ganz gleich, wie das Urteil ausfiel, sofern Millie nur richtig abstimmte.

Auf dem Rückweg zum Wagen hüpfte Hoppy praktisch die Pier entlang. Er war ein neuer Mensch, als er Napier und Nitchman wiedersah.

Nachdem er drei Tage lang über seine Entscheidung nachgedacht hatte, überlegte es sich Richter Harkin am Samstag abend anders und verfügte, daß es den Geschworenen nicht gestattet war, am Sonntag in ihre Kirchen zu gehen. Er war überzeugt, daß alle vierzehn plötzlich das dringende Verlangen überkommen würde, mit dem Heiligen Geist zu kommunizieren, und die Vorstellung, daß sie sich über alle Teile des County verstreuten, war unausdenkbar. Er rief seinen Geistlichen an, der daraufhin seinerseits ein paar Telefongespräche führte und einen jungen Theologiestudenten auftrieb. Für Sonntag morgen elf Uhr wurde ein konfessionsübergreifender Gottesdienst geplant, im Partyzimmer des Siesta Inn.

Richter Harkin ließ jedem Geschworenen eine kurze Nachricht zukommen. Die Nachrichten wurden unter den Türen hindurchgeschoben, bevor sie am Samstag abend aus New Orleans zurückkehrten.

Sechs Geschworene nahmen an dem Gottesdienst teil, der eine ziemlich fade Angelegenheit war. Mrs. Gladys Card war anwesend, in erstaunlich schlechter Laune für einen Sabbat. Sie hatte sechzehn Jahre lang kein einziges Mal die Sonntagsschule in der Calvary Baptist Church versäumt; der Grund für ihr letztes Fehlen war der Tod ihrer Schwester in Baton Rouge gewesen. Sechzehn Jahre, ohne ein einziges Mal zu fehlen. Auf ihrer Kommode reihten sich die Anstecknadeln für treues Erscheinen. Esther Knoblach in der Women's Mission Union hatte zweiundzwanzig Jahre und hielt damit den gegenwärtigen Rekord in der Calvary, aber sie war neunundsiebzig und litt unter zu hohem Blutdruck. Gladys war dreiundsechzig, bei guter Gesundheit, und hielt Esther deshalb für einholbar. Das konnte sie niemandem eingestehen, aber alle in der Calvary argwöhnten es.

Aber jetzt war es aus damit, dank Richter Harkin, einem Mann, den sie von Anfang an nicht gemocht hatte und jetzt verabscheute. Und der Theologiestudent gefiel ihr auch nicht.

Rikki Coleman erschien in einem Jogginganzug. Millie Dupree brachte ihre Bibel mit. Loreen Duke war eine fromme Kirchgängerin, war aber bestürzt über die Kürze des Gottesdienstes. Beginn elf Uhr, Ende elf Uhr dreißig, typische Hetzerei der Weißen. Sie hatte von derartigem Unsinn gehört, ihn aber noch nie selbst miterlebt. Ihr Pastor betrat die Kanzel nie vor ein Uhr und verließ sie oft erst um drei wieder; dann folgte eine Pause für den Lunch, den sie im Freien verzehrten, wenn das Wetter gut war, danach kehrten sie für eine weitere Predigt in die Kirche zurück. Sie knabberte an einem Stück Gebäck und litt stumm vor sich hin.

Mr. und Mrs. Herman Grimes nahmen teil, aber nicht, um irgendeinem Ruf des Glaubens zu folgen, sondern nur, weil ihnen in Zimmer 58 die Decke auf den Kopf fiel. Herman war seit seiner Kindheit nicht mehr freiwillig in die Kirche gegangen.

Im Laufe des Vormittags hatte sich allgemein herumgesprochen, daß der Gedanke an einen Gottesdienst Phillip

Savelle empörte. Er teilte irgend jemandem mit, daß er Atheist sei, und die Nachricht hatte sich blitzschnell verbreitet. Aus Protest setzte er sich auf sein Bett, offenbar nackt oder zumindest fast nackt, faltete seine drahtigen Arme und Beine in irgendeine Art von Joga-Position und sang mit höchster Lautstärke. Bei weit offener Tür.

Er war während des ganzen Gottesdienstes im Partyraum schwach zu hören, und das trug zweifellos dazu bei, daß der junge Theologiestudent seine Predigt und Segnung so übereilig hinter sich brachte.

Als erste eilte Lou Dell den Korridor entlang, um Savelle zu sagen, er sollte leise sein, wich aber schnell zurück, als sie merkte, daß er nackt war. Als nächster versuchte es Willis, aber Savelle hielt die Augen geschlossen und den Mund offen und ignorierte den Deputy ganz einfach. Willis hielt Abstand.

Die Geschworenen, die nicht am Gottesdienst teilnahmen, saßen hinter geschlossenen Türen und schauten auf laut eingestellte Fernseher.

Um zwei trafen die ersten Angehörigen mit frischer Kleidung und Vorräten für die neue Woche ein. Nicholas Easter war der einzige Geschworene ohne engeren Kontakt zur Außenwelt. Richter Harkin verfügte, daß Willis Easter mit einem Streifenwagen in seine Wohnung fahren durfte.

Der Brand war seit mehreren Stunden gelöscht. Die Feuerwehr und ihre Wagen waren längst verschwunden. Auf dem schmalen Rasen und dem Gehsteig vor dem Gebäude stapelten sich angekohltes Gerümpel und Haufen von durchweichten Kleidungsstücken. Nachbarn wimmelten herum, fassungslos, aber mit Aufräumarbeiten beschäftigt.

»Wo ist Ihre Wohnung?« fragte Willis, als er anhielt und zu dem ausgebrannten Krater im Zentrum des Gebäudes hochschaute.

»Da oben«, sagte Nicholas. Er versuchte, gleichzeitig darauf zu zeigen und zu nicken. Seine Knie wackelten, als er aus dem Wagen ausstieg und auf die erste Gruppe von Leuten zuging, eine Familie von Vietnamesen, die stumm eine halb geschmolzene Plastiklampe betrachteten.

»Wann ist das passiert?« fragte er. In der Luft lag noch der beißende Geruch von verbranntem Holz, Farbe und Teppichen.

Sie sagten nichts.

»Heute morgen gegen acht«, antwortete eine Frau, die gerade mit einem schweren Karton vorbeiging. Nicholas betrachtete die Leute, und ihm wurde klar, daß er nicht einen einzigen Namen kannte. In dem kleinen Foyer war eine Frau mit einem Clipboard damit beschäftigt, sich Notizen zu machen und gleichzeitig mit einem Handy zu telefonieren. An der Haupttreppe zum ersten Stock stand ein privater Wachmann, der gerade einer älteren Frau half, einen nassen Teppich die Treppe herunterzuzerren.

»Wohnen Sie hier?« fragte die Frau mit dem Clipboard, nachdem sie ihr Telefongespräch beendet hatte.

»Ja. Easter, in 312.«

»Oh. Völlig zerstört. Da ist der Brand vermutlich ausgebrochen.«

»Ich würde gern einen Blick darauf werfen.«

Der Wachmann begleitete Nicholas und die Frau die Treppe in den ersten Stock hinauf, wo so ziemlich alles zerstört war. Sie blieben an einem gelben Warnband am Rande des Kraters stehen. Das Feuer hatte sich nach oben ausgebreitet, durch die Gipsdecke und die billigen Balken, und hatte zwei große Löcher ins Dach gebrannt, genau über der Stelle, an der sich vorher sein Schlafzimmer befunden hatte, soweit sich das noch feststellen ließ. Und es hatte sich nach unten durchgefressen und die Wohnung unter seiner schwer beschädigt. Von Nummer 312 war nichts übriggeblieben außer der Küchenwand, an der der Ausguß nur noch an einem Haken hing und aussah, als würde er gleich herunterfallen. Nichts. Keine Spur von den billigen Möbeln im Wohnzimmer, keine Spur vom Wohnzimmer selbst. Nichts vom Schlafzimmer außer angekohlten Wänden.

Und, zu seinem Entsetzen, kein Computer.

Praktisch sämtliche Fußböden, Decken und Wände der Wohnung waren verschwunden, nichts war geblieben außer einem klaffenden Loch.

»Ist jemand verletzt worden?« fragte Nicholas leise.

»Nein. Waren Sie zu Hause?«

»Nein. Wer sind Sie?«

»Ich arbeite für die Hausverwaltung. Da sind ein paar Formulare, die Sie ausfüllen müßten.«

Sie kehrten ins Foyer zurück, wo Nicholas schnell den Papierkram erledigte und dann mit Willis davonfuhr.

22. KAPITEL

Richter Harkin wurde von Phillip Savelle in einem knapp formulierten, kaum leserlichen Schreiben darauf hingewiesen, daß sich das Wort »ehelich« der Definition im Webster zufolge nur auf Mann und Frau bezog und er dagegen Einspruch erhob. Er hatte keine Frau und hielt nichts von der Institution der Ehe. Er schlug »Gemeinschaftliche Zwischenspiele« vor, dann beschwerte er sich über den Gottesdienst, der am Morgen abgehalten worden war. Er faxte den Brief an Harkin, der ihn zu Hause während des vierten Viertels eines Spiels der Saints erhielt. Lou Dell hatte das Fax von der Rezeption aus abgeschickt. Zwanzig Minuten später traf ein Fax von Seinen Ehren ein, in dem er das Wort »ehelich« in »persönlich« änderte und die ganze Sache zu »Persönlichen Besuchen« erklärte. Er gab Anweisung, Kopien für sämtliche Geschworenen anzufertigen. Da Sonntag war, gab er noch eine Stunde zu, von sechs bis zehn, anstatt nur bis neun Uhr. Dann rief er sie an, um zu fragen, was Mr. Savelle sonst noch wollte, und erkundigte sich nach der allgemeinen Stimmung bei seinen Geschworenen.

Lou Dell brachte es einfach nicht fertig, ihm zu erzählen, daß sie Mr. Savelle nackt auf seinem Bett sitzend gesehen hatte. Sie konnte sich gut vorstellen, daß der Richter andere Sorgen hatte. Alles war bestens, versicherte sie ihm.

Hoppy traf als erster Besucher ein, und Lou Dell eskortierte ihn schnell in Millies Zimmer, wo er ihr wieder Pralinen und einen kleinen Blumenstrauß überreichte. Sie küßten sich flüchtig auf die Wange, dachten überhaupt nicht an irgend etwas Eheliches, sondern saßen einfach nebeneinander auf dem Bett. Hoppy brachte das Gespräch behutsam auf den Prozeß und versuchte, eine Weile beim Thema zu bleiben. »Das macht einfach keinen Sinn, weißt du, daß Leute wegen so etwas klagen. Ich meine, es ist einfach albern.

Jeder weiß, daß Zigaretten süchtig machen und gefährlich sind, also weshalb rauchen die Leute dann? Erinnerst du dich an Boyd Dogan? Der hat fünfundzwanzig Jahre lang Salem geraucht und dann einfach so aufgehört«, sagte er und schnippte mit den Fingern.

»Ja, das hat er, fünf Minuten, nachdem der Doktor diesen Tumor auf seiner Zunge entdeckt hatte«, erinnerte ihn Millie, sein Fingerschnippen spöttisch imitierend.

»Ja, aber eine Menge Leute hören auf zu rauchen. Es ist eine Art Sieg des Willens über die Materie. Es ist einfach nicht richtig, daß jemand weiterraucht und dann auf Millionen klagt, wenn die verdammten Dinger ihn umbringen.«

»Hoppy, deine Ausdrucksweise.«

»Entschuldigung.« Hoppy erkundigte sich nach den anderen Geschworenen und ihrer Einstellung zu dem Fall. Mr. Cristano hatte gemeint, es wäre am besten, wenn er versuchte, Millie mit Argumenten zu überzeugen, anstatt ihr mit der Wahrheit Angst einzujagen. Sie hatten beim Lunch darüber gesprochen. Hoppy kam sich beim Intrigieren gegen seine eigene Frau wie ein Verräter vor, aber jedesmal, wenn ihn Schuldgefühle überfielen, überfiel ihn auch der Gedanke an fünf Jahre Gefängnis.

Nicholas verließ sein Zimmer ungefähr in der Mitte des Sonntagabendspiels. Auf dem Korridor waren weder Geschworene noch Bewacher zu sehen. Aus dem Partyzimmer drangen Stimmen; wie es sich anhörte, ausschließlich Männerstimmen. Wieder tranken die Männer Bier und sahen Football, während die Frauen aus ihren persönlichen Besuchen und gemeinschaftlichen Zwischenspielen das Beste machten.

Er glitt leise durch die gläserne Doppeltür am Ende des Korridors, huschte um die Ecke, an den Cola-Automaten vorbei und eilte dann die Treppe in den ersten Stock hinauf. Marlee wartete in einem Zimmer, das sie bar bezahlt und unter dem Namen Elsa Broome, einem ihrer vielen Decknamen, gemietet hatte.

Sie gingen sofort miteinander ins Bett, mit einem Minimum an Worten und Präliminarien. Beide waren sich einig, daß acht Nächte ohne einander nicht nur ein Rekord für sie waren, sondern auch ungesund.

Marlee hatte Nicholas kennengelernt, als beide noch andere Namen trugen. Die Stätte der Begegnung war eine Bar in Lawrence, Kansas, gewesen, wo sie als Kellnerin arbeitete und er lange Abende mit Kommilitonen von der juristischen Fakultät verbrachte. Als sie sich in Lawrence niederließ, hatte sie zwei akademische Grade, und da sie keine Lust hatte, irgendeine Karriere zu starten, dachte sie an ein Jurastudium, diesen großen amerikanischen Babysitter für ziellose College-Absolventen. Sie hatte es nicht eilig. Ein paar Jahre, bevor sie Nicholas kennenlernte, war ihre Mutter gestorben, und Marlee hatte fast zweihunderttausend Dollar geerbt. Sie servierte Drinks, weil das Lokal cool war und sie sich sonst gelangweilt hätte. Es hielt sie in Form. Sie fuhr einen alten Jaguar, hielt ihr Geld zusammen und ging nur mit Jurastudenten aus.

Sie bemerkten einander lange, bevor sie miteinander sprachen. Er kam gewöhnlich spät mit einer kleinen Gruppe, die üblichen Gesichter. Sie saßen in einer Nische in der Ecke und diskutierten über abstrakte und unglaublich langweilige juristische Theorien. Sie servierte ihnen Bier vom Faß in Krügen und versuchte zu flirten, mit unterschiedlichem Erfolg. In seinem ersten Jahr ging er in seinem Jurastudium auf und kümmerte sich kaum um Mädchen. Sie hörte sich um und erfuhr, daß er ein guter Student war, im obersten Drittel seines Jahrgangs, aber nicht überragend. Er überlebte das erste Jahr und kehrte fürs zweite zurück. Sie ließ sich das Haar schneiden und nahm zehn Pfund ab, obwohl es nicht nötig gewesen wäre.

Nach dem College hatte er sich bei dreißig juristischen Fakultäten beworben. Elf hatten ja gesagt, aber keine von ihnen gehörte zu den Top ten. Er warf eine Münze und fuhr nach Lawrence, einem Ort, an dem er noch nie gewesen war. Er fand eine Zwei-Zimmer-Wohnung an der Rückseite des verfallenden Hauses einer alten Jungfer. Er lernte fleißig und hatte nur wenig Zeit für ein geselliges Leben, jedenfalls während der ersten beiden Semester.

Im Sommer nach seinem ersten Jahr arbeitete er für eine große Kanzlei in Kansas City, wo er mit einem Karren die Betriebspost von Büro zu Büro schob. In der Kanzlei steckten dreihundert Anwälte unter einem Dach, und manchmal schien es, als arbeiteten alle an einem einzigen Fall – der Verteidigung von Smith Greer in einem Tabak/Lungenkrebs-Prozeß unten in Joplin. Der Prozeß dauerte fünf Wochen und endete mit einem Urteil zugunsten der Verteidigung. Danach veranstaltete die Kanzlei eine Party, und tausend Leute kamen. Gerüchten zufolge kostete die Siegesfeier Smith Greer achtzigtausend Dollar. Wem machte das etwas aus? Dieser Sommer war eine elende Erfahrung.

Er haßte die großen Kanzleien, und um die Mitte seines zweiten Jahres hatte er auch die Juristerei im allgemeinen satt. Er wollte auf keinen Fall fünf Jahre in einem kleinen Büro sitzen und immer die gleichen Schriftsätze verfassen und überarbeiten, nur damit reiche Firmen geprellt werden konnten.

Bei ihrer ersten Verabredung waren sie zu einer Juristen-Party nach einem Footballspiel gegangen. Die Musik war laut, das Bier floß reichlich, Pot wurde herumgereicht wie Bonbons. Sie gingen zeitig, weil er Lärm nicht ausstehen konnte und sie den Marihuana-Geruch nicht mochte. Sie liehen sich Videos aus und kochten Spaghetti in ihrer Wohnung, einer recht geräumigen und gut möblierten Bleibe. Er übernachtete auf dem Sofa.

Einen Monat später zog er bei ihr ein und sprach davon, das Jurastudium aufzugeben. Sie dachte daran, sich zu bewerben. Als die Romanze aufblühte, sank sein Interesse an akademischen Dingen so weit, daß er kaum noch seine Herbstexamen schaffte. Sie waren bis über beide Ohren verliebt, und nichts sonst war von Bedeutung. Außerdem hatte sie ein bißchen Geld, so daß sie nicht unter Druck standen. In den Semesterferien seines zweiten und letzten Studienjahrs verbrachten sie Weihnachten auf Jamaica.

Als er das Studium endgültig aufgab, war sie drei Jahre

in Lawrence gewesen und bereit, weiterzuziehen. Er würde ihr überallhin folgen.

Am Sonntag nachmittag hatte Marlee nicht viel über den Brand herausgebracht. Sie verdächtigten Fitch, konnten aber keinen Grund erkennen. Der einzige Wertgegenstand war der Computer gewesen, und Nicholas war fest überzeugt, daß sie sein Sicherheitssystem nicht knacken konnten. Die wirklich wichtigen Disketten lagen in einem Tresor in Marlees Wohnung. Was konnte Fitch gewinnen, indem er eine schäbige Wohnung in Brand steckte? Einschüchterung vielleicht, aber das ergab keinen Sinn. Die Brandexperten führten eine Routineuntersuchung durch. Brandstiftung schien unwahrscheinlich.

Sie hatten schon an schöneren Orten als dem Siesta Inn miteinander geschlafen, und auch an häßlicheren. Im Laufe von vier Jahren hatten sie in vier Städten gelebt, waren in ein halbes Dutzend Länder gereist, hatten fast ganz Nordamerika gesehen, waren in Alaska und Mexiko gewandert, waren zweimal auf einem Floß den Colorado River hinuntergefahren und einmal auf dem Amazonas gewesen. Außerdem waren sie den Tabakprozessen gefolgt, und diese Reise hatte sie gezwungen, ihre Zelte in Orten wie Broken Arrow, Allentown und jetzt Biloxi aufzuschlagen. Zusammen wußten sie mehr über Nikotingehalt, Karzinogene, statistische Wahrscheinlichkeiten von Lungenkrebs, Geschworenen-Auswahl, Verfahrenstaktiken und Rankin Fitch als jede erdenkliche Gruppe hochbezahlter Experten.

Nach einer Stunde unter der Bettdecke ging neben dem Bett ein Licht an, und Nicholas kam mit zerzaustem Haar zum Vorschein und griff nach seinen Sachen. Marlee zog sich an und lugte durch die Jalousie auf den Parkplatz.

Direkt unter ihnen versuchte Hoppy nach Kräften, die skandalösen Enthüllungen von Lawrence Krigler zu diskreditieren, die Millie offenbar so beeindruckt hatten. Sie tischte sie Hoppy in großen Dosen auf und wunderte sich über sein Verlangen, sich so ausgiebig mit ihr darüber auseinanderzusetzen.

Nur zum Spaß hatte Marlee ihren Wagen einen halben Block von Wendall Rohrs Kanzlei entfernt stehenlassen. Sie und Nicholas operierten unter der Annahme, daß Fitch jeden Schritt verfolgte, den sie tat. Es amüsierte sie, sich vorzustellen, wie er von dem Gedanken gepeinigt wurde, daß sie dort war, in Rohrs Büro, ihm tatsächlich von Angesicht zu Angesicht gegenübersaß und sich mit ihm auf wer weiß was einigte. Zu dem persönlichen Besuch war sie in einem Mietwagen erschienen, einem von vielen, die sie in den letzten Monaten benutzt hatte.

Nicholas hatte plötzlich genug von dem Zimmer, einer genauen Replik von dem, in das er eingesperrt war. Sie unternahmen einen langen Ausflug an der Küste entlang; sie fuhr, er trank Bier. Sie wanderten eine Pier oberhalb des Strandes entlang und küßten sich, während unter ihnen das Wasser leise plätscherte. Über den Prozeß sprachen sie kaum.

Um halb elf stieg Marlee zwei Blocks von Rohrs Kanzlei entfernt aus dem Mietwagen aus. Sie eilte den Gehsteig entlang, und Nicholas folgte ihr unauffällig. Ihr Wagen stand allein da. Joe Boy sah sie einsteigen und funkte Konrad an. Als sie abgefahren waren, kehrte Nicholas in dem Mietwagen ins Motel zurück.

Rohr steckte mitten in einer hitzigen Sitzung, der täglichen Zusammenkunft der acht Prozeßanwälte, von denen jeder eine Million beigesteuert hatte. Das Thema an diesem Sonntag abend war die Anzahl der noch aufzurufenden Zeugen, und wie üblich gab es acht verschiedene Meinungen darüber, wie sie weiter vorgehen sollten. Zwei grundsätzliche Richtungen, aber acht sehr entschlossene und sehr unterschiedliche Ansichten darüber, welche davon die wirkungsvollste sein würde.

Die drei Tage der Geschworenen-Auswahl eingeschlossen, hatte der Prozeß bisher drei Wochen gedauert. Morgen würde die vierte Woche beginnen, und die Vertreter der Klägerin verfügten über genügend Experten und andere Zeugen für mindestens weitere zwei Wochen. Cable hatte sein eigenes Heer von Experten, aber in der Regel brauchte die Verteidigung in derartigen Fällen kaum halb soviel Zeit wie die Anklage. Sechs Wochen war eine vernünftige Schätzung, was bedeutete, daß die Geschworenen fast vier Wochen eingesperrt bleiben mußten, ein Gedanke, der allen zu schaffen machte. Irgendwann würden sie rebellieren, und da die Anklage den größten Teil der Prozeßzeit in Anspruch nahm, hatte sie auch am meisten zu verlieren.

Andererseits kam aber die Verteidigung zuletzt an die Reihe und die Geschworenen würden dann schon reichlich erschöpft sein, also würde die Jury ihren Zorn vielleicht auf Cable und Pynex richten. Diese Diskussion dauerte eine volle Stunde.

Wood gegen Pynex war insofern einzigartig, als es der erste Tabakprozeß mit einer isolierten Jury war. Es war sogar die erste isolierte Jury in einem Zivilprozeß in der Geschichte des Staates. Rohr war der Ansicht, daß die Geschworenen genug gehört hatten. Er wollte nur noch zwei weitere Zeugen aufrufen, seine Vernehmungen am Dienstag mittag für beendet erklären und dann auf Cable warten. Er wurde von Scotty Mangrum aus Dallas und André Durond aus New Orleans unterstützt. Jonathan Kotlack aus San Diego wollte drei weitere Zeugen.

Die entgegengesetzte Ansicht wurde nachdrücklich von John Riley Milton aus Denver und Rayner Lovelady aus Savannah vertreten. Weshalb die Eile, argumentierten sie, nachdem sie so verdammt viel Geld in die größte Kollektion von Experten auf der Welt gesteckt hatten? Es standen noch ein paar überaus wichtige Aussagen von überragenden Zeugen bevor. Die Jury mußte bleiben, wo sie war. Natürlich würde sie der Sache überdrüssig werden, aber passierte das nicht mit jeder Jury? Es war weitaus sicherer, sich an den ursprünglichen Plan zu halten und den Fall gründlich zu verhandeln, als auf hoher See von Bord zu springen, nur weil ein paar Geschworene sich langweilten.

Carney Morrison aus Boston ließ sich mehrfach über die Wochenberichte der Jury-Berater aus. Diese Jury war nicht überzeugt! Nach den in Mississippi geltenden Gesetzen mußte ein Urteil von neun der zwölf Geschworenen gefällt werden. Morrison war sicher, daß sie keine neun hatten. Vor allem Rohr hielt nicht viel von den ständigen Analysen darüber, wie Jerry Fernandez sich die Augen rieb, Loreen Duke auf der Polsterbank herumrutschte und der arme alte Herman den Kopf drehte, wenn Dr. Soundso aussagte. Rohr hatte die Nase voll von den Jury-Experten und vor allem von den gewaltigen Honoraren, die sie bekamen. Sie bei der Ausforschung potentieller Geschworener zur Verfügung zu haben, war eine Sache. Eine völlig andere war es, daß sie während des ganzen Prozesses überall herumlungerten, immer begierig, den Anwälten täglich einen Bericht darüber zu liefern, wie der Prozeß lief. Rohr konnte eine Jury wesentlich besser beurteilen als jeder Berater.

Arnold Levine aus Miami sagte wenig, weil die Gruppe seine Einstellung kannte. Er hatte einmal einen Prozeß gegen General Motors geleitet, der elf Monate gedauert hatte, sechs Wochen waren für ihn bestenfalls eine Aufwärmphase.

Bei Stimmengleichheit wurde keine Münze geworfen. Sie hatten sich bereits lange vor der Geschworenen-Auswahl geeinigt, daß dies Wendall Rohrs Prozeß war. Die Klage war in seiner Heimatstadt eingereicht worden, und der Prozeß wurde in seinem Gerichtssaal vor seinem Richter und seinen Geschworenen geführt. Die Gruppe der Anklagevertreter war bis zu einem gewissen Punkt eine demokratische Versammlung, aber Rohr hatte ein Vetorecht, gegen das es keinen Einspruch gab.

Er traf seine Entscheidung am späten Sonntag abend, und die gewichtigen Egos verließen ihn zwar angeschlagen, aber nicht dauerhaft beschädigt. Um zu hadern und zu kritisieren stand zu viel auf dem Spiel.

23. KAPITEL

Der erste Tagesordnungspunkt am Montag morgen war ein Gespräch zwischen Richter Harkin und Nicholas über den Brand und ob es ihm auch gutginge. Sie trafen sich allein im Amtszimmer des Richters, und Nicholas versicherte ihm, er fühle sich durchaus wohl und habe genügend Sachen im Motel, die gewaschen werden konnten. Er war nur ein Student, der nicht viel zu verlieren gehabt hatte, ausgenommen einen guten Computer und ein paar teure Überwachungseinrichtungen, die natürlich, wie alles andere, nicht versichert gewesen waren.

Der Brand wurde rasch abgetan, und da sie unter sich waren, fragte Harkin: »Und wie geht es dem Rest unserer Freunde?« Ein derartiges Gespräch unter vier Augen mit einem Geschworenen verstieß nicht gegen die Vorschriften, lag aber eindeutig in der Grauzone prozessualer Verfahrensweisen. Das bessere Vorgehen wäre gewesen, die Anwälte dabeizuhaben und jedes Wort von einer Protokollantin aufnehmen zu lassen. Aber Harkin wollte nur ein paar Minuten Geplauder. Er konnte diesem jungen Mann vertrauen.

»Alles bestens«, sagte Nicholas.

»Nichts Ungewöhnliches?«

»Nichts, was mir aufgefallen wäre.«

»Wird der Fall erörtert?«

»Nein. Im Gegenteil, wenn wir zusammen sind, versuchen wir, dieses Thema zu vermeiden.«

»Gut. Irgendwelche Animositäten oder Streitigkeiten?«

»Noch nicht.«

»Das Essen ist in Ordnung?«

»Ja, daran ist nichts auszusetzen.«

»Genügend persönliche Besuche?«

»Ich denke schon. Jedenfalls habe ich noch keine Beschwerden gehört.«

Harkin hätte nur zu gern gewußt, ob es unter den Geschworenen irgendwelche Techtelmechtel gab. Nicht, daß das irgendwelche juristische Bedeutung gehabt hätte – er hatte nur eine schmutzige Fantasie. »Gut. Lassen Sie es mich wissen, wenn es irgendein Problem gibt. Und behalten Sie diese Unterhaltung für sich.«

»Natürlich«, sagte Nicholas. Sie gaben sich die Hand, dann ging er.

Harkin begrüßte die Geschworenen freundlich und hieß sie für eine weitere Woche willkommen. Sie wirkten begierig, an die Arbeit zu gehen und die Sache möglichst schnell hinter sich zu bringen.

Rohr stand auf und rief Leon Robilio als nächsten Zeugen auf, und die Akteure widmeten sich ihrer Aufgabe. Leon wurde durch eine Nebentür in den Saal geleitet und schlurfte unsicher zum Zeugenstand, wo der Deputy ihm beim Hinsetzen half. Er war alt und blaß und trug einen dunklen Anzug, ein weißes Hemd und keine Krawatte. Er hatte ein Loch im Hals und darüber einen dünnen, weißen, von einem weißen Leinentuch kaschierten Verband. Als er schwor, die Wahrheit zu sagen, tat er es, indem er ein bleistiftdünnes Mikrofon an seinen Hals hielt. Er sprach auf die flache, monotone Art eines Mannes, der an Rachenkrebs leidet und keinen Kehlkopf mehr hat.

Aber die Worte waren gut hörbar und verständlich. Mr. Robilio hielt das Mikrofon dicht an seinen Hals, und seine Stimme röchelte durch den Saal. So redete er nun einmal, verdammt noch mal, und zwar an jedem Tag seines Lebens. Er wollte verstanden werden.

Rohr kam schnell zur Sache. Mr. Robilio war vierundsechzig Jahre alt, ein Mann, der den Krebs überlebt, vor acht Jahren seine Stimmbänder verloren und gelernt hatte, durch die Speiseröhre zu sprechen. Er hatte nahezu vierzig Jahre lang stark geraucht, was ihn fast umgebracht hatte. Jetzt litt er außer unter den Nachwirkungen der Krebserkrankung unter einer Herzkrankheit und einem Emphysem. Alles wegen der Zigaretten.

Seine Zuhörer gewöhnten sich schnell an seine verstärkte, roboterähnliche Stimme. Er hatte ihre volle Aufmerksamkeit, als er ihnen mitteilte, daß er zwei Jahrzehnte als Lobbyist für die Tabakindustrie gearbeitet hatte. Als der Krebs ausbrach, gab er den Job auf und stellte fest, daß er trotz der Erkrankung nicht mit dem Rauchen aufhören konnte. Er war süchtig, physisch und psychisch süchtig nach dem Nikotin in den Zigaretten. Nachdem sein Kehlkopf entfernt worden war und die Chemotherapie in seinem Körper wütete, hatte er noch zwei Jahre weitergeraucht. Erst nach einem beinahe tödlichen Herzinfarkt hatte er damit aufgehört.

Obwohl offensichtlich bei schlechter Gesundheit, arbeitete er immer noch ganztags in Washington, aber jetzt stand er auf der anderen Seite des Zauns. Er stand im Ruf, ein leidenschaftlicher Antiraucher-Aktivist zu sein. Ein Guerilla, wie manche Leute ihn nannten.

Früher einmal hatte er für den Tobacco Focus Council gearbeitet. »Was nichts anderes war als ein Verein von Lobbyisten, der ausschließlich von der Industrie finanziert wurde«, sagte er mit Abscheu. »Unser Auftrag bestand darin, die Tabakkonzerne über den jeweiligen Stand der Rechtsprechung und Versuche, sie zu ändern, zu informieren. Wir hatten ein großes, praktisch unbegrenztes Budget zum Bewirten einflußreicher Politiker. Wir arbeiteten mit allen Mitteln und brachten den anderen Tabakverteidigern das Einmaleins des politischen Faustkampfes bei.«

In dem Council hatte Robilio Zugang zu zahllosen Publikationen über Zigaretten und die Tabakindustrie. Zu seinen Aufgaben gehörte das gewissenhafte Sammeln aller bekannten Untersuchungen, Projekte und Experimente, ja, Robilio hatte die berüchtigte Nikotin-Aktennotiz gesehen, die Krigler beschrieben hatte. Er hatte sie viele Male gesehen, besaß aber keine Kopie davon. Im Council war allgemein bekannt, daß sämtliche Tabakkonzerne den Nikotingehalt auf hohem Niveau hielten, damit die Leute süchtig wurden.

Sucht war das Wort, das Robilio immer und immer wieder gebrauchte. Er hatte von den Konzernen bezahlte Untersuchungen gesehen, bei denen alle möglichen Tiere durch das Nikotin schnell nikotinsüchtig geworden waren.

Er hatte Untersuchungen gesehen und bei ihrer Unterdrükkung geholfen, die ohne jeden Zweifel bewiesen, daß bei Rauchern, die schon im jugendlichen Alter damit angefangen hatten, die Zahl derjenigen, die es sich wieder abgewöhnten, wesentlich geringer war. Sie wurden zu Kunden auf Lebenszeit.

Rohr legte Robilio einen Karton mit dicken Berichten zur Identifizierung vor. Die Untersuchungen wurden als Beweismaterial zugelassen, als hätten die Geschworenen Zeit, sich durch Zehntausende von Seiten hindurchzuwühlen, bevor sie ihr Urteil fällten.

Robilio bedauerte viele der Dinge, die er als Lobbyist getan hatte, aber seine größte Sünde, die ihm täglich zu schaffen machte, waren die geschickt formulierten Dementis gewesen, die er verfaßt und in denen er behauptet hatte, die Werbung der Industrie sei nicht auf Teenager gerichtet. »Nikotin macht süchtig. Sucht bedeutet Profit. Das Überleben der Tabakindustrie hängt davon ab, daß sich jede neue Generation das Rauchen angewöhnt. Jugendliche erhalten durch die Werbung mehrdeutige Botschaften. Die Industrie gibt Milliarden dafür aus, Zigaretten als cool und großartig, sogar als harmlos hinzustellen. Jugendliche sind leichter verführbar und bleiben länger an der Angel. Also sind sie unweigerlich die wichtigste Zielgruppe.«

Robilio schaffte es, durch seinen künstlichen Sprechapparat Bitterkeit zu vermitteln. Und er schaffte es auch, gleichzeitig einen bösen Blick zum Tisch der Verteidigung hinüber zu werfen und die Geschworenen anzulächeln.

»Wir gaben Millionen für Umfragen unter Jugendlichen aus. Wir wußten, daß sie die drei Zigarettenmarken benennen konnten, für die am intensivsten geworben wird. Wir wußten, daß fast neunzig Prozent der rauchenden Jugendlichen unter achtzehn eine dieser drei meistbeworbenen Marken rauchten. Und was taten die Konzerne daraufhin? Sie verstärkten die Werbung.«

»Wissen Sie, wieviel die Tabakkonzerne am Zigarettenverkauf an Kinder verdienen?« fragte Rohr, der die Antwort bereits kannte.

»Ungefähr zweihundert Millionen im Jahr. Und das nur durch Verkäufe an Jugendliche im Alter von achtzehn Jahren oder darunter. Natürlich wußten wir das. Wir haben es alljährlich ermittelt und unsere Computer mit den Daten gefüttert. Wir wußten alles.« Er verstummte und schwenkte seine rechte Hand in Richtung auf den Tisch der Verteidigung, so verächtlich, als wäre er von Leprakranken umgeben. »Sie wissen es immer noch. Sie wissen, daß jeden Tag dreitausend Jugendliche mit dem Rauchen anfangen, und sie können Ihnen die genauen Absatzzahlen der Marken nennen, die sie kaufen. Sie wissen, daß praktisch alle erwachsenen Raucher als Jugendliche angefangen haben. Und wieder müssen sie zusehen, daß sie die nächste Generation an die Angel bekommen. Sie wissen, daß ein Drittel der dreitausend Jugendlichen, die heute mit dem Rauchen anfangen, schließlich an ihrer Sucht sterben werden.«

Die Jury war fasziniert von Robilio. Rohr blätterte eine Sekunde in seinen Papieren herum, damit der dramatische Augenblick nicht so schnell vorüberging. Er machte hinter seinem Pult ein paar Schritte zurück und wieder vor, als müßte er seine Beine auflockern. Er kratzte sich am Kinn, schaute zur Decke, dann fragte er: »Als Sie beim Tobacco Focus Council arbeiteten – wie sind Sie da gegen die Argumente vorgegangen, daß Nikotin süchtig macht?«

»Die Tabakkonzerne haben eine Generalstrategie; ich habe bei ihrer Formulierung geholfen. Sie lautet ungefähr so: Die Leute entschließen sich zum Rauchen. Also ist es eine freie Entscheidung. Zigaretten machen nicht süchtig, aber selbst wenn sie es täten, wird schließlich niemand zum Rauchen gezwungen. Es ist alles eine Sache der freien Entscheidung. Zu jener Zeit, damals, konnte ich dafür sorgen, daß sich das gut anhört. Und meine Nachfolger sorgen dafür, daß es sich auch heute noch gut anhört. Das Problem ist nur, daß es nicht wahr ist.«

»Weshalb ist es nicht wahr?«

»Weil es hier um Sucht geht, und ein Süchtiger kann keine freie Entscheidung treffen. Und Jugendliche werden viel schneller süchtig als Erwachsene.«

Rohr entsagte ausnahmsweise einmal dem allen Anwälten eigenen Drang zur Übertreibung. Robilio wußte mit Worten umzugehen, und die Anstrengung, sich klar und verständlich auszudrücken, hatte ihn nach anderthalb Stunden ermüdet. Rohr überließ ihn Cable zum Kreuzverhör, und Richter Harkin, der einen Kaffee brauchte, ordnete eine Unterbrechung an.

Hoppy Dupree tauchte am Montag morgen zum erstenmal im Gerichtssaal auf und erschien ungefähr in der Mitte von Robilios Aussage. Millie erhaschte in einem stilleren Moment seinen Blick und freute sich, daß er erschienen war. Aber sein plötzliches Interesse an dem Prozeß war merkwürdig. Er hatte gestern abend vier Stunden lang über nichts anderes geredet.

Nach einer zwanzigminütigen Kaffeepause trat Cable ans Rednerpult und fiel über Robilio her. Sein Ton war schneidend, fast niederträchtig, als sähe er in dem Zeugen einen Verräter an der Sache, einen Renegaten. Cable erzielte sofort einen Treffer mit der Enthüllung, daß Robilio für seine Aussage bezahlt wurde und daß er selbst sich an die Anwälte der Klägerin gewandt hatte. Außerdem wurde er noch bei zwei weiteren Tabakfällen honoriert.

»Ja, ich werde für mein Hiersein bezahlt, Mr. Cable, genau wie Sie«, sagte Robilio, wie alle Experten reagierend. Aber daß er Geld nahm, sorgte unvermeidlich für leichte Zweifel an seinem Charakter.

Cable brachte ihn zu dem Eingeständnis, daß er erst mit dem Rauchen angefangen hatte, als er fast fünfundzwanzig gewesen war, verheiratet, zwei Kinder, also keineswegs ein von den gerissenen Werbeleuten aus der Madison Avenue verführter Teenager. Robilio hatte ein aufbrausendes Temperament, was er während einer zweitägigen Marathon-Vernehmung fünf Monate zuvor allen Anwälten gegenüber bewiesen hatte. Cable war entschlossen, diese Tatsache auszunutzen. Seine Fragen waren scharf, schnell und auf Provokation angelegt.

»Wie viele Kinder haben Sie?« fragte Cable.

»Drei.«

»Hat eines von ihnen je regelmäßig Zigaretten geraucht?«

»Ja.«

»Wie viele?«

»Alle drei.«

»Wie alt waren sie, als sie anfingen?«

»Unterschiedlich.«

»Im Durchschnitt?«

»Knapp zwanzig.«

»Welche Anzeigen machen Sie für ihr Rauchen verantwortlich?«

»Das weiß ich nicht mehr genau.«

»Sie können den Geschworenen nicht sagen, welche Anzeigen dafür verantwortlich waren, daß Ihre eigenen Kinder mit dem Rauchen anfingen?«

»Es gab so viele Anzeigen. Gibt es immer noch. Es ist unmöglich, die eine, die zwei oder die fünf zu benennen, die es geschafft haben.«

»Also waren es die Anzeigen?«

»Ich bin sicher, daß die Anzeigen ihre Wirkung taten. Und es noch immer tun.«

»Also war jemand anders daran schuld?«

»Ich habe sie nicht zum Rauchen ermutigt.«

»Sind Sie sicher? Sie wollen den Geschworenen weismachen, daß Ihre eigenen Kinder, die Kinder eines Mannes, dessen Job es war, die Welt zum Rauchen zu ermutigen, mit dem Rauchen anfingen, weil sie auf raffinierte Werbung hereingefallen waren?«

»Ich bin sicher, daß die Werbung dazu beigetragen hat. Schließlich zielte sie darauf ab.«

»Haben Sie zu Hause geraucht, in Gegenwart Ihrer Kinder?«

»Ja.«

»Und Ihrer Frau?«

»Ja.«

»Haben Sie je einen Besucher gebeten, in Ihrem Haus nicht zu rauchen?«

»Nein. Damals nicht.«

»Kann man demnach sagen, daß in Ihrem Haus eine raucherfreundliche Atmosphäre herrschte?«

»Ja. Damals.«

»Aber Ihre Kinder fingen mit dem Rauchen an, weil sie durch gerissene Werbung dazu verführt wurden? Ist es das, was Sie den Geschworenen sagen wollen?«

Robilio holte tief Luft, zählte langsam bis fünf, dann sagte er: »Ich wollte, ich hätte in vielen Dingen anders gehandelt, Mr. Cable. Ich wollte, ich hätte nie zu meiner ersten Zigarette gegriffen.«

»Haben Ihre Kinder mit dem Rauchen aufgehört?«

»Zwei von ihnen haben es getan. Es ist ihnen sehr schwer gefallen. Der dritte versucht es seit mittlerweile zehn Jahren.«

Cable hatte die letzte Frage aus einem Impuls heraus gestellt und wünschte sich jetzt, er hätte es nicht getan. Zeit, das Thema zu wechseln. Er schaltete in einen anderen Gang. »Mr. Robilio, sind Ihnen die Bemühungen der Tabakindustrie bekannt, das Rauchen bei Teenagern einzuschränken?«

Robilio kicherte, was sich in der Verstärkung durch sein Mikrofon wie ein Gurgeln anhörte. »Keine sonderlich ernsthaften Bemühungen«, sagte er.

»Vierzig Millionen Dollar im vorigen Jahr an Smoke Free Kids?«

»Hört sich an wie etwas, das sie sich nicht entgehen lassen würden. Macht einen guten Eindruck, stimmt's?«

»Ist Ihnen bekannt, daß die Industrie nachweislich Gesetze unterstützt, die die Aufstellung von Zigarettenautomaten an Stellen verbietet, an denen Jugendliche zusammenkommen?«

»Ich glaube, ich habe davon gehört. Auch eine hübsche Masche.«

»Ist Ihnen bekannt, daß die Industrie im vorigen Jahr dem Staat Kalifornien zehn Millionen Dollar für ein landesweites Kindergartenprogramm gezahlt hat, das den Zweck hat, Minderjährige vor dem Rauchen zu warnen?«

»Nein. Was ist mit dem Rauchen von Volljährigen? Haben sie den Kleinen gesagt, es wäre okay, wenn sie nach dem achtzehnten Geburtstag mit dem Rauchen anfingen? Vermutlich haben sie das getan.«

Cable hatte eine Liste und schien sich damit begnügen zu wollen, seine Fragen abzufeuern und die Antworten zu ignorieren.

»Ist Ihnen bekannt, daß die Industrie ein Gesetz in Texas unterstützt, das das Rauchen in allen Fast-food-Lokalen verbietet, die von Teenagern frequentiert werden?«

»Ja, und wissen Sie, weshalb sie derartige Dinge tut? Ich werde es Ihnen sagen. Um Leute wie Sie anheuern zu können, damit Sie Geschworenen wie diesen hier davon erzählen können. Das ist der einzige Grund – es hört sich vor Gericht gut an.«

»Ist Ihnen bekannt, daß die Industrie nachweislich Gesetze unterstützt, nach denen Supermärkte sich strafbar machen, wenn sie Tabakprodukte an Minderjährige verkaufen?«

»Ja, ich glaube, davon habe ich auch gehört. Es ist Augenwischerei. Sie spendieren hier und dort ein paar Dollar, um sich in ein gutes Licht zu setzen und sich Respektabilität zu erkaufen. Sie tun es, weil sie die Wahrheit kennen, und die Wahrheit ist, daß jährlich zwei Milliarden Dollar für die Werbung garantieren, daß die Sucht die nächste Generation ergreift. Und wenn Sie das nicht glauben, sind Sie ein Narr.«

Richter Harkin beugte sich vor. »Mr. Robilio, das kann ich nicht durchgehen lassen. Sagen Sie so etwas nicht wieder. Ich will, daß es aus dem Protokoll gestrichen wird.«

»Es tut mir leid, Euer Ehren. Ich entschuldige mich auch bei Ihnen, Mr. Cable. Sie tun nur Ihren Job. Es ist Ihr Mandant, den ich nicht ausstehen kann.«

Cable war aus dem Konzept geraten. Er brachte ein lahmes »Weshalb?« heraus und wünschte sich sofort, er hätte den Mund gehalten.

»Weil diese Tabakleute so verlogen sind. Sie sind klug, intelligent, gebildet, skrupellos, und sie schauen Ihnen ins Gesicht und behaupten allen Ernstes, daß Zigaretten nicht süchtig machen. Und sie wissen, daß das eine Lüge ist.«

»Keine weiteren Fragen«, sagte Cable, bereits auf dem Rückweg zu seinem Tisch.

Gardner war eine Stadt mit achtzehntausend Einwohnern in der Nähe von Lubbock. Pamela Blanchard lebte im alten Teil des Ortes, zwei Blocks von der Main Street entfernt in einem um die Jahrhundertwende gebauten und hübsch renovierten Haus. Auf dem Rasen standen leuchtend rote und goldene Ahornbäume. Kinder auf Fahrrädern und Skateboards bevölkerten die Straße.

Um zehn Uhr am Montag morgen wußte Fitch das folgende: Sie war mit dem Präsidenten der örtlichen Bank verheiratet, einem Mann, der schon einmal verheiratet gewesen und dessen erste Frau vor zehn Jahren gestorben war. Er war nicht der Vater von Nicholas Easter oder Jeff oder wie immer er auch heißen mochte. Die Bank war während der Ölkrise Anfang der achtziger Jahre fast zusammengebrochen, und viele Einheimische scheuten immer noch davor zurück, ihr ihr Geld anzuvertrauen. Pamelas Mann stammte aus der Stadt, sie nicht. Möglicherweise war sie aus Lubbock zugezogen, vielleicht auch aus Amarillo. Sie hatten vor acht Jahren in Mexiko geheiratet, und die Lokalzeitung hatte kaum etwas darüber berichtet. Kein Hochzeitsfoto. Nur eine kurze Notiz neben den Nachrufen, daß N. Forrest Blanchard jr. Pamela Kerr geheiratet hatte. Nach kurzen Flitterwochen in Cozumel würden sie in Gardner leben.

Die beste Quelle am Ort war ein Privatdetektiv mit Namen Rafe, der zwanzig Jahre lang Polizist gewesen war und behauptete, jedermann zu kennen. Nach Erhalt eines beachtlichen Honorars in bar arbeitete Rafe die Sonntagnacht durch. Er schlief keine Minute, trank dafür aber massenhaft Bourbon, und bei Tagesanbruch roch er nach saurer Maische. Dante und Joe Boy arbeiteten neben ihm in seinem schäbigen Büro an der Main Street und lehnten immer wieder den Whiskey ab.

Rafe sprach mit jedem Polizisten in Gardner und fand schließlich einen, der sich mit einer Dame unterhalten konnte, die den Blanchards gegenüber wohnte. Bingo! Pamela hatte zwei Söhne aus einer früheren Ehe, die mit einer Scheidung geendet hatte. Sie sprach nicht viel über sie, aber einer war in Alaska und der andere war Anwalt oder studierte Jura. Etwas dergleichen.

Da keiner der Söhne in Gardner aufgewachsen war, wurde die Spur rasch kalt. Niemand kannte sie. Rafe konnte nicht einmal jemanden finden, der Pamelas Söhne je gesehen hatte. Dann rief Rafe seinen Anwalt an, einen schmierigen Scheidungsspezialisten, der sich häufig Rafes primitiver Überwachungsmethode bediente, und der Anwalt kannte eine Sekretärin in Mr. Blanchards Bank. Die Sekretärin unterhielt sich mit Mr. Blanchards Privatsekretärin, und es stellte sich heraus, daß Pamela weder aus Lubbock noch aus Amarillo stammte, sondern aus Austin. Sie hatte dort für einen Bankenverein gearbeitet und auf diese Weise Mr. Blanchard kennengelernt. Die Sekretärin wußte von der früheren Ehe und war der Ansicht, daß sie schon vor vielen Jahren geschieden worden war. Nein, sie hatte Pamelas Söhne nie gesehen. Mr. Blanchard sprach nie über sie. Das Paar lebte sehr zurückgezogen und hatte fast nie Gäste.

Fitch erhielt stündlich einen Bericht von Dante und Joe Boy. Am späten Montag vormittag rief er einen Bekannten in Austin an, einen Mann, mit dem er sechs Jahre zuvor in einem Tabakprozeß in Marshall, Texas, zusammengearbeitet hatte. Es war ein Notfall, erklärte Fitch. Nur Minuten später saß ein Dutzend Rechercheure über Telefonbüchern und rief eine Nummer nach der anderen an. Es dauerte nicht lange, bis die Bluthunde die Spur aufgenommen hatten.

Pamela Kerr war leitende Sekretärin der Texas Bankers Association in Austin gewesen. Ein Telefonanruf führte zum nächsten, und eine frühere Kollegin von ihr wurde ausfindig gemacht, die jetzt als Schülerberaterin an einer Privatschule arbeitete. Der Rechercheur behauptete, Pamela wäre eine potentielle Geschworene in einem Mordprozeß in Lubbock und er selbst ein stellvertretender Staatsanwalt, der versuchte, Material über die Geschworenen zusammenzutragen. Die frühere Kollegin fühlte sich verpflichtet, ein paar Fragen zu beantworten, obwohl sie Pamela seit Jahren nicht gesehen und auch nichts von ihr gehört hatte.

Pamela hatte zwei Söhne, Jeff und Alex. Alex war zwei Jahre älter als Jeff, hatte die High-School in Austin besucht und war dann nach Oregon gezogen. Jeff hatte gleichfalls die High-School in Austin abgeschlossen und dann in Rice das College besucht. Der Vater der Jungen hatte seine Familie verlassen, als die Kinder noch ganz klein waren, und Pamela hatte als alleinerziehende Mutter Hervorragendes geleistet.

Dante, gerade aus einem Privatjet ausgestiegen, begleitete einen Rechercheur zu der High-School, wo ihnen gestattet wurde, in den alten Jahrbüchern in der Bibliothek zu blättern. Jeff Kerrs Abschlußfoto von 1985 war in Farbe – blauer Smoking, große blaue Fliege, kurzes Haar, ein ernstes Gesicht, das direkt in die Kamera schaute, dasselbe Gesicht, das Dante stundenlang in Biloxi betrachtet hatte. Ohne Zögern sagte er: »Das ist unser Mann«, dann riß er rasch die Seite aus dem Jahrbuch und rief, zwischen den Bücherstapeln stehend, Fitch sofort über ein Handy an.

Drei Anrufe in Rice ergaben, daß Jeff Kerr sein Studium dort mit einem Examen in Psychologie abgeschlossen hatte. Der Anrufer, der sich als Vertreter eines potentiellen Arbeitgebers ausgab, machte einen Professor für Politische Wissenschaften ausfindig, der Kerr unterrichtet hatte und sich an ihn erinnerte. Er sagte, der junge Mann wäre nach Kansas gegangen, um Jura zu studieren.

Ein beachtliches Honorar garantierend, fand Fitch telefonisch eine Sicherheitsfirma, die willens war, alles andere stehen und liegen zu lassen und Lawrence, Kansas, nach irgendwelchen Spuren von Jeff Kerr zu durchkämmen.

Für einen normalerweise so gesprächigen Menschen hielt sich Nicholas beim Lunch sehr zurück. Er sprach kein Wort, während er eine gefüllte gebackene Kartoffel von O'Reilly's in sich hineinstopfte. Er vermied Blickkontakte und machte einen regelrecht betrübten Eindruck.

Die anderen waren in ähnlicher Stimmung. Leon Robilios Stimme ging ihnen nicht aus dem Kopf, eine Roboterstimme als Ersatz für eine wirkliche, die den Verheerungen des Tabaks zum Opfer gefallen war, eine Roboterstimme, die den widerwärtigen Schmutz offenbarte, an dessen Verheimlichung er einst beteiligt gewesen war. Es klang ihnen immer noch in den Ohren. Dreitausend Jugendliche täglich, von denen ein Drittel an der Sucht stirbt. Wir müssen die nächste Generation an die Angel bekommen!

Loreen Duke gab es auf, in ihrem Hühnersalat herumzustochern. Sie schaute über den Tisch zu Jerry Fernandez und sagte: »Darf ich Sie etwas fragen?« Ihre Stimme durchbrach ein deprimiertes Schweigen.

»Natürlich«, sagte er.

»Wie alt waren Sie, als Sie mit dem Rauchen anfingen?«

»Vierzehn.«

»Und weshalb haben Sie angefangen?«

»Der Marlboro-Mann. Jeder Junge, den ich kannte, rauchte Marlboro. Wir waren Landkinder, liebten Pferde und Rodeos. Der Marlboro-Mann war zu cool, als daß man ihm hätte widerstehen können.«

In diesem Augenblick konnte jeder Geschworene die Reklametafeln sehen – das zerklüftete Gesicht, das Kinn, den Hut, das Pferd, das abgeschabte Leder, vielleicht die Berge und ein bißchen Schnee, die Freiheit, sich eine Marlboro anzuzünden, während die Welt ihn im Stich ließ. Welcher vierzehnjährige Junge wollte nicht der Marlboro-Mann sein?

»Sind Sie süchtig?« fragte Rikki Coleman vor ihrem üblichen fettfreien Teller mit Salat und gekochtem Truthahn. Das Wort »süchtig« rollte ihr von der Zunge, als redeten sie über Heroin.

Jerry dachte einen Moment nach und sah, daß seine Freunde zuhörten. Sie wollten wissen, was für ein mächtiger Drang das war, der einen Menschen im Griff hielt.

»Ich weiß es nicht«, sagte er. »Ich glaube, ich könnte aufhören. Ich habe es mehrmals versucht. Natürlich wäre es gut, wenn ich aufhören würde. Eine sehr schlechte Angewohnheit.«

»Sie genießen es nicht?« fragte Rikki.

»Oh, es gibt Zeiten, wo eine Zigarette genau das richtige ist, aber ich rauche jeden Tag zwei Schachteln, und das ist zuviel.«

»Was ist mit Ihnen, Angel?« fragte Loreen Angel Weese, die neben ihr saß und im allgemeinen so wenig wie möglich sagte. »Wie alt waren Sie, als Sie anfingen?«

»Dreizehn«, sagte Angel verschämt.

»Ich war sechzehn«, gestand Sylvia Taylor-Tatum, bevor jemand sie fragen konnte.

»Ich habe mit vierzehn angefangen«, erklärte Herman vom Kopfende des Tisches aus; es war ein Versuch, sich an der Unterhaltung zu beteiligen. »Und mit vierzig wieder aufgehört.«

»Sonst noch jemand?« fragte Rikki, um die Beichte zum Abschluß zu bringen.

»Ich habe mit siebzehn angefangen«, sagte der Colonel. »Als ich Soldat wurde. Aber ich habe schon vor dreißig Jahren aufgehört.« Wie üblich war er stolz auf seine Selbstdisziplin.

»Sonst noch jemand?« fragte Rikki nach einer längeren Gesprächspause noch einmal.

»Ich. Ich habe angefangen, als ich siebzehn war, und zwei Jahre später wieder aufgehört«, sagte Nicholas, obwohl es nicht stimmte.

»Hat irgend jemand hier mit dem Rauchen angefangen, nachdem er über achtzehn war?« fragte Loreen.

Nicht ein Wort.

Nitchman traf sich in Zivil mit Hoppy zu einem schnellen Sandwich. Der Gedanke, in der Öffentlichkeit mit einem FBI-Agenten gesehen zu werden, machte Hoppy sehr nervös, und er war erleichtert, als Nitchman in Jeans und einem karierten Hemd auftauchte. Es war zwar nicht so, daß Hoppys Freunde und Bekannte in der Stadt einen FBI-Mann auf den ersten Blick erkennen würden, aber er war trotzdem nervös. Außerdem hatten Nitchman und Napier Hoppy erzählt, sie kämen von einer Spezialeinheit in Atlanta.

Er berichtete, was er an diesem Morgen im Gerichtssaal

gehört hatte und sagte, der stimmlose Robilio hätte einen starken Eindruck auf die Geschworenen gemacht und schiene sie in der Tasche zu haben. Nicht zum erstenmal gab Nitchman vor, sich kaum für den Prozeß zu interessieren, und erklärte abermals, er täte nur, was seine Bosse in Washington ihm aufgetragen hätten. Er händigte Hoppy ein zusammengefaltetes Blatt Papier mit winzigen Nummern und Worten an der Ober- und Unterkante aus. Er sagte, das wäre gerade von Cristano aus dem Justizministerium gekommen. Sie wollten, daß Hoppy es sähe.

In Wirklichkeit war es eine Kreation von Fitchs Dokumentenexperten, zwei ehemaligen CIA-Angehörigen, die sich in Washington herumtrieben und das Unheilstiften genossen.

Es war ein kopiertes Fax mit einem schlimm aussehenden Bericht über Leon Robilio. Keine Quelle, kein Datum, nur vier Absätze unter den ominösen Überschriften VERTRAULICHE AKTENNOTIZ. Hoppy las schnell und aß dazu Pommes frites. Robilio bekam für seine Aussage eine halbe Million Dollar. Robilio war aus dem Tobacco Focus Council hinausgeworfen worden, weil er Geld unterschlagen hatte; man hatte ihn sogar verklagt, die Anklage aber später wieder zurückgezogen. Robilio war wiederholt in psychiatrischer Behandlung gewesen. Robilio hatte zwei Sekretärinnen des Council sexuell belästigt. Robilios Kehlkopfkrebs war vermutlich auf zuviel Alkohol zurückzuführen und nicht auf das Rauchen. Robilio war ein notorischer Lügner, der den Council haßte und jetzt auf einem Rachefeldzug war.

»Wow«, sagte Hoppy und ließ einen Mundvoll Kartoffeln sehen.

»Mr. Cristano meinte, Sie sollten das Ihrer Frau zukommen lassen«, sagte Nitchman. »Sie sollte es aber nur den Geschworenen zeigen, denen sie vertrauen kann.«

»Gute Idee«, sagte Hoppy, faltete das Blatt rasch zusammen und steckte es in eine Tasche. Er sah sich in dem überfüllten Lokal um, als wartete er nur darauf, ertappt zu werden.

Aus den Jahrbüchern der juristischen Fakultät und den wenigen Unterlagen, die der Archivar ihnen zugänglich machte, ging hervor, daß Jeff Kerr sich im Herbst 1989 als Jurastudent an der University of Kansas hatte einschreiben lassen. Sein ernstes Gesicht erschien 1991 in seinem zweiten Studienjahr, aber danach war keine weitere Spur von ihm zu finden. Er hatte kein Abschlußexamen gemacht.

In seinem zweiten Jahr hatte er in der Fakultäts-Mannschaft Rugby gespielt. Ein Mannschaftsfoto zeigte ihn Arm in Arm mit zwei Kommilitonen – Michael Dale und Tom Ratliff –, die beide im folgenden Jahr ihr Studium abgeschlossen hatten. Dale arbeitete in der Rechtsberatung in Des Moines. Ratliff war als Anwalt bei einer Kanzlei in Wichita angestellt. In beide Orte wurden Rechercheure geschickt.

Dante traf in Lawrence ein und wurde zur juristischen Fakultät gebracht, wo er in den Jahrbüchern die Identität von Jeff Kerr bestätigt fand. Er verbrachte eine Stunde damit, Gesichter von 1985 bis 1994 zu betrachten, und sah keines, das der Frau ähnelte, die sich Marlee nannte. Es war ein Schuß ins Blaue. Viele Jurastudenten drückten sich vor dem Fotografiertwerden. Jahrbücher gab es nur für das zweite Studienjahr. Dies waren ernsthafte junge Erwachsene. Dantes Arbeit bestand überhaupt nur aus Schüssen ins Blaue.

Am späten Montag nachmittag traf ein Rechercheur namens Small Tom Ratliff bei der Arbeit in seinem winzigen, fensterlosen Büro bei Wise & Watkins an, einer großen Kanzlei in der Innenstadt von Wichita. Sie vereinbarten, sich in einer Stunde in einer Bar zu treffen.

Small rief Fitch an und sammelte soviel Hintergrundmaterial, wie er konnte, jedenfalls soviel, wie Fitch ihm geben wollte. Small war ein ehemaliger Polizist mit zwei Ex-Frauen. Seine Berufsbezeichnung war Sicherheitsspezialist, was in Lawrence bedeutete, daß er alles machte, vom Beobachten von Motels bis zu Untersuchungen mit dem Lügendetektor. Er war nicht gerade intelligent, was Fitch sofort erkannte.

Ratliff kam spät, und sie bestellten Drinks. Small tat sein Bestes, zu bluffen und sich wissend zu geben. Ratliff war argwöhnisch. Anfangs sagte er nur wenig, wie nicht anders zu erwarten bei einem Mann, der unvermutet von einem Fremden aufgefordert wird, über einen alten Bekannten zu reden.

»Ich habe ihn seit vier Jahren nicht mehr gesehen«, sagte Ratliff.

»Hatten Sie telefonischen Kontakt?«

»Nein. Nie. Nach unserem zweiten Jahr hat er das Studium aufgegeben.«

»Standen Sie einander nahe?«

»Im ersten Jahr habe ich ihn ganz gut gekannt, aber wir waren nicht gerade enge Freunde. Danach hat er sich zurückgezogen. Steckt er in Schwierigkeiten?«

»Nein. Überhaupt nicht.«

»Dann sollten Sie mir vielleicht erzählen, weshalb Sie sich so für ihn interessieren.«

Small wiederholte in großen Zügen, was zu sagen Fitch ihn angewiesen hatte, und brachte das meiste davon richtig heraus. Es kam der Wahrheit ziemlich nahe. Jeff Kerr sollte als Geschworener in irgendeinem Prozeß fungieren, und er, Small, war von einer der Parteien angeheuert worden, seine Vorgeschichte zu ermitteln.

»Wo findet der Prozeß statt?« fragte Ratliff.

»Das darf ich nicht sagen. Aber ich versichere Ihnen, daran ist nichts Illegales. Sie sind Anwalt. Sie wissen Bescheid.«

Ratliff wußte tatsächlich Bescheid. Er hatte den größten Teil seiner kurzen Laufbahn damit verbracht, für einen Prozeßanwalt zu schuften. Die Ausforschung von Geschworenen war eine Arbeit, die er schon jetzt haßte. »Wie kann ich das verifizieren?« fragte er wie ein richtiger Anwalt.

»Ich bin nicht befugt, Ihnen Einzelheiten über den Prozeß mitzuteilen. Machen wir es so. Wenn ich etwas frage, von dem Sie glauben, es könnte Kerr schaden, dann antworten Sie einfach nicht. Ist das fair?«

»Versuchen wir es. Aber wenn mir die Sache nicht schmeckt, dann verschwinde ich.«

»In Ordnung. Weshalb hat er das Studium aufgegeben?«

Ratliff trank einen Schluck Bier und versuchte sich zu erinnern. »Er war ein guter Student, sehr intelligent. Aber nach dem ersten Jahr war ihm der Gedanke, Anwalt zu werden, plötzlich zuwider. In dem Sommer hat er in einer großen Kanzlei in Kansas City gearbeitet, und das hat ihm den Spaß verdorben. Außerdem hatte er sich verliebt.«

Fitch wollte unbedingt wissen, ob es eine Freundin gegeben hatte. »Wer war die Frau?« fragte Small.

»Claire.«

»Und wie weiter?«

Ein weiterer Schluck. »Daran kann ich mich im Augenblick nicht erinnern.«

»Sie haben sie gekannt?«

»Ich wußte, wer sie war. Claire arbeitete in einem Lokal in der Innenstadt von Lawrence, das vor allem von Jurastudenten besucht wurde. Ich glaube, dort haben sie und Jeff sich kennengelernt.«

»Könnten Sie sie beschreiben?«

»Weshalb? Ich dachte, es geht hier um Jeff.«

»Ich bin gebeten worden, eine Beschreibung seiner Freundin während des Studiums zu liefern. Mehr weiß ich auch nicht.« Small zuckte die Achseln. Er selber hatte doch damit nichts zu tun.

Sie musterten sich eine Weile. Hol's der Kuckuck, dachte Ratliff. Er würde die Leute doch nie wiedersehen. Jeff und Claire waren ohnehin nur ferne Erinnerungen.

»Mittelgroß, ungefähr einsfünfundsechzig. Schlank. Dunkles Haar, braune Augen, hübsches Mädchen mit allem, was dazugehört.«

»War sie Studentin?«

»Das weiß ich nicht. Sie könnte eine gewesen sein.«

»An der University of Kansas?«

»Ich weiß es nicht.«

»Wie hieß das Studentenlokal?«

»Mulligan's, in der Innenstadt.«

Small kannte es gut. Manchmal ging er selbst dorthin, um seine Sorgen zu ertränken und die Studentinnen zu bewundern. »Ich habe selbst schon etliche Gläser bei Mulligan's gekippt«, sagte er.

»Ja, das Lokal fehlt mir auch«, sagte Ratliff sehnsüchtig.

»Was hat er gemacht, nachdem er sein Studium aufgegeben hatte?«

»Keine Ahnung. Ich habe erfahren, daß er und Claire die Stadt verlassen hatten. Danach habe ich nie wieder etwas von ihm gehört.«

Small dankte ihm und fragte, ob er ihn in der Kanzlei anrufen dürfte, wenn er weitere Fragen hätte. Ratliff sagte, er hätte sehr viel zu tun, aber er könnte es ja versuchen.

Smalls Boß in Lawrence hatte einen Freund, der den Mann kannte, dem Mulligan's fünfzehn Jahre lang gehört hatte. Die Vorteile einer kleinen Stadt. Beschäftigungsunterlagen waren nicht direkt vertraulich, zumal nicht beim Besitzer einer Bar, der weniger als die Hälfte seiner Einnahmen versteuerte. Ihr Name war Claire Clement.

Fitch rieb sich befriedigt die dicklichen Hände, als die Nachricht einging. Er liebte die Jagd. Marlee war jetzt Claire, eine Frau mit einer Vergangenheit, die sich alle Mühe gegeben hatte, sie zu verschleiern.

»Kenne deinen Feind«, sagte er laut zu den Wänden seines Büros. Die erste Regel der Kriegführung.

24. KAPITEL

Am Montag nachmittag kehrten die Zahlen mit voller Gewalt zurück. Der sie verkündete, war ein Wirtschaftswissenschaftler, ein Mann, dessen Job es war, das Leben von Jacob Wood zu betrachten und es mit einer exakten Dollarsumme zu bewerten. Sein Name war Dr. Art Kallison, ein emeritierter Professor von einer privaten Institution in Oregon, von der noch nie jemand gehört hatte. Die Rechnerei war nicht kompliziert, und Dr. Kallison hatte offensichtlich schon einige Gerichtssäle von innen gesehen. Er wußte, wie man aussagt, wie man Zahlen verständlich macht. Er schrieb sie säuberlich auf eine Tafel.

Als Jacob Wood mit einundfünfzig Jahren starb, betrug sein Gehalt $ 40 000 im Jahr, zuzüglich eines von seinem Arbeitgeber gegründeten Rentenfonds und anderer Vergünstigungen. Unter der Annahme, daß er gelebt und gearbeitet hätte, bis er fünfundsechzig war, nannte Kallison als ihm entgangene künftige Einnahmen die Summe von $ 720 000. Das Gesetz erlaubte außerdem die Einbeziehung der Inflationsrate in diese Projektion, was die Gesamtsumme auf $ 1 180 000 erhöhte. Danach verlangte das Gesetz, daß diese Gesamtsumme auf ihren gegenwärtigen Wert reduziert wurde, ein Konzept, das die Fluten ein wenig trübte. An dieser Stelle hielt Kanison den Geschworenen einen raschen, freundlichen Vortrag über den gegenwärtigen Wert. Die Summe mochte $ 1 180 000 betragen, wenn sie im Laufe von fünfzehn Jahren ausgezahlt wurde, aber für die Zwecke des Prozesses mußte er angeben, wie hoch sie im Augenblick war. Deshalb mußten Abzüge vorgenommen werden. Seine neue Zahl belief sich auf $ 835 000.

Er leistete hervorragende Arbeit, die Geschworenen zu überzeugen, daß diese Zahl nur das entgangene Gehalt betraf. Er war Wirtschaftswissenschaftler und nicht dazu ausgebildet, die nicht-ökonomischen Werte eines Lebens zu bewerten. Sein Job hatte nichts zu tun mit den Leiden und den Qualen, die Mr. Wood vor seinem Tod ertragen mußte; nichts mit dem Verlust, den seine Angehörigen erlitten hatten.

Ein junger Anwalt der Verteidigung, der Felix Mason hieß, meldete sich nun erstmals im Prozeß zu Wort. Er war einer von Cables Partnern, ein Spezialist für Wirtschaftsprognosen, und zu seinem Pech sollte sein einziges Auftreten sehr kurz sein. Er begann sein Kreuzverhör, indem er Dr. Kallison fragte, wieviele Male im Jahr er als Zeuge auftrat.

»Das ist alles, was ich in letzter Zeit tue. Ich habe mich aus dem Lehramt zurückgezogen«, erwiderte Kallison. Diese Frage wurde ihm in jedem Prozeß gestellt.

»Werden Sie für Ihre Aussage bezahlt?« fragte Mason. Die Frage war so abgegriffen wie die Antwort.

»Ja. Ich werde für mein Hiersein bezahlt. Genau wie Sie.«

»Wieviel?«

»Fünftausend Dollar für Beratung und Aussage.« Bei den Anwälten bestand keinerlei Zweifel daran, daß Kallison von den Experten des Prozesses bei weitem der billigste war.

Mason hatte ein Problem mit der Inflationsrate, die Kallison bei seinen Berechnungen zugrunde gelegt hatte, und sie stritten eine halbe Stunde lang über den Anstieg der Verbraucherpreise in der Vergangenheit. Wenn Mason einen Punkt erzielte, dann fiel es niemandem auf. Er wollte Kallisons Zugeständnis, daß $ 680 000 eine vernünftigere Summe für das Mr. Wood entgangene Gehalt war.

Im Grunde spielte es keine Rolle. Rohr und seine Mitstreiter würden keine der beiden Summen akzeptieren. Entgangenes Gehalt war lediglich der Ausgangspunkt. Rohr würde die Schmerzen und das Leiden dazu addieren, den Verlust der Lebensfreude, den Verlust seiner Kollegen und ein paar Kleinigkeiten wie die Kosten für die medizinische Behandlung und die Beerdigung. Danach würde Rohr aufs große Geld abzielen. Er würde den Geschworenen darlegen, über wieviel Geld Pynex verfügte, und sie auffordern, einen gewaltigen Batzen davon als Strafe zu verhängen.

Mit noch einer Stunde vor sich verkündete Rohr dem Gericht stolz: »Die Anklage ruft ihren letzten Zeugen auf. Mrs. Celeste Wood.«

Die Jury hatte keine Ahnung gehabt, daß die Anklage fast fertig war. Eine Last fiel ihnen plötzlich von den Schultern. Die muffige Luft des späten Nachmittags wurde spürbar leichter. Mehrere Geschworene konnten ein Lächeln nicht verbergen. Ein paar andere hörten auf, die Stirn zu runzeln. Die Geschworenenbank knarrte, als sie wieder zum Leben erwachten.

Heute würde ihr siebenter Abend in der Isolierung sein. Nicholas' neuester Theorie zufolge würde die Verteidigung nicht mehr als drei Tage brauchen. Sie hatten es sich ausgerechnet. Am Wochenende konnten sie vielleicht wieder zu Hause sein!

Drei Wochen lang hatte Celeste Wood stumm am Tisch gesessen, umgeben von Horden von Anwälten, und kaum ein Flüstern von sich gegeben. Sie hatte eine erstaunliche Fähigkeit an den Tag gelegt, die Anwälte zu ignorieren, die Gesichter der Geschworenen zu ignorieren und mit ausdruckslosem Gesicht geradeaus auf die Zeugen zu schauen. Sie hatte jede Schattierung von Schwarz und Grau getragen, immer mit einer schwarzen Strumpfhose und schwarzen Schuhen.

Bei Jerry hieß sie von der ersten Woche an »die Witwe Wood«.

Sie war fünfundfünfzig, genauso alt, wie ihr Mann ohne den Lungenkrebs jetzt gewesen wäre. Sie war klein und sehr mager und hatte kurzes, graues Haar. Sie arbeitete in einer Bibliothek und hatte drei Kinder großgezogen. Die Geschworenen bekamen Familienfotos vorgelegt.

Celeste war vor einem Jahr vernommen worden, und sie war von den Spezialisten, die Rohr zugezogen hatte, gründlich gedrillt worden. Sie hatte sich unter Kontrolle, war nervös, aber nicht zappelig, und entschlossen, keinerlei Gefühle zu zeigen. Schließlich war ihr Mann seit vier Jahren tot.

Sie und Rohr hielten sich streng an ihr Drehbuch. Sie sprach von ihrem Leben mit Jacob, wie glücklich sie gewesen waren, die frühen Jahre, die Kinder, dann die Enkel, ihre Träume von einem Leben nach der Pensionierung. Ein paar Stolpersteine hatte es schon gegeben auf ihrem Weg, aber nichts Ernstes. Nicht, bis er krank wurde. Er hatte das Rauchen aufgeben wollen, hatte es mehrmals versucht, aber ohne viel Erfolg. Die Sucht war einfach zu mächtig gewesen.

Celeste wirkte sympathisch, ohne sich dazu besonders anstrengen zu müssen. Ihre Stimme geriet nie ins Schwanken. Rohr hatte, zu Recht, angenommen, daß falsche Tränen bei den Geschworenen nicht gut ankommen würden. Sie neigte ohnehin nicht zum Weinen.

Cable verzichtete auf ein Kreuzverhör. Was hätte er sie fragen können? Er erhob sich und sagte mit betrübter Miene und bescheidenem Auftreten: »Euer Ehren, wir haben keine Fragen an diese Zeugin.«

Fitch hatte einen ganzen Haufen von Fragen an die Zeugin, aber er hatte keine Möglichkeit, zu veranlassen, daß sie vor Gericht gestellt wurden. Nach angemessener Trauerzeit, mehr als ein Jahr nach der Beerdigung, hatte Celeste angefangen, sich mit einem geschiedenen, sechs Jahre jüngeren Mann zu treffen. Verläßlichen Quellen zufolge planten sie eine stille Hochzeit, sobald der Prozeß vorüber war. Fitch wußte, daß Rohr selbst sie davon abgehalten hatte, vor dem Prozeß zu heiraten.

Im Gerichtssaal würden die Geschworenen das nicht erfahren, aber Fitch arbeitete an einem Plan, es durch die Hintertür einzuschmuggeln.

»Unsere Beweisführung ist abgeschlossen«, verkündete Rohr, nachdem er Celeste an den Tisch zurückgeleitet hatte. Die Anwälte beider Seiten packten sich bei den Armen und bildeten erregt flüsternde Grüppchen.

Richter Harkin betrachtete ein paar der Papierstapel auf seinem Tisch, dann sah er seine erschöpften Geschworenen an. »Meine Damen und Herren, ich habe eine gute und eine schlechte Nachricht. Die gute Nachricht liegt auf der Hand. Die Anklage hat ihre Beweisführung abgeschlossen, und wir haben mehr als die Hälfte hinter uns. Es ist damit zu rechnen, daß die Verteidigung weniger Zeugen aufrufen wird als die Anklage. Die schlechte Nachricht ist, daß wir an diesem Punkt des Prozesses über eine ganze Reihe von Anträgen verhandeln müssen. Das werden wir morgen tun, und es wird vermutlich den ganzen Tag kosten. Es tut mir leid, aber uns bleibt nichts anderes übrig.«

Nicholas hob die Hand. Harkin musterte ihn ein paar Sekunden, dann brachte er ein »Ja, Mr. Easter?« heraus.

»Bedeutet das, daß wir morgen den ganzen Tag im Motel herumsitzen müssen?«

»Ja. Leider.«

»Ich verstehe nicht, weshalb das nötig ist.«

Die Anwälte unterbrachen ihre kleinen Konferenzen und starrten Easter an. Es kam höchst selten vor, daß sich ein Geschworener während einer Verhandlung zu Wort meldete.

»Weil wir eine Menge Dinge in Abwesenheit der Geschworenen zu erledigen haben.«

»Oh, das verstehe ich natürlich. Aber weshalb müssen wir herumsitzen?«

»Was möchten Sie denn tun?«

»Dazu fällt mir eine Menge ein. Wir könnten zum Beispiel ein großes Boot chartern und auf den Golf hinausfahren, vielleicht angeln.«

»Ich kann von den Steuerzahlern dieses County nicht verlangen, daß sie so etwas bezahlen, Mr. Easter.«

»Ich dachte, wir wären Steuerzahler.«

»Die Antwort lautet nein. Tut mir leid.«

»Vergessen Sie die Steuerzahler. Ich bin sicher, den Anwälten hier würde es nichts ausmachen, den Teller herumgehen zu lassen. Bitten Sie jede Seite, tausend Dollar lockerzumachen. Wir könnten ein großes Boot chartern und eine wundervolle Zeit haben.«

Obwohl Cable und Rohr beide in derselben Sekunde reagierten, schaffte es Rohr, als erster aufzuspringen und zu sagen: »Wir würden mit Freuden die Hälfte übernehmen, Euer Ehren.«

»Das ist eine großartige Idee, Richter!« setzte Cable rasch und laut hinzu.

Harkin hob beide Hände. »Einen Moment«, sagte er. Dann rieb er sich die Schläfen und zermarterte sein Gehirn nach einem Präzedenzfall. Natürlich gab es keinen. Kein Gesetz und keine Vorschrift, die es verboten. Keine Interessenskonflikte.

Loreen Duke tippte Nicholas auf den Arm und flüsterte ihm etwas ins Ohr.

Seine Ehren sagte: »Also, von etwas dergleichen habe ich noch nie gehört. Es scheint mir eine reine Ermessenssache zu sein. Mr. Rohr?«

»Es ist harmlos, Euer Ehren. Jede Seite bezahlt die Hälfte. Kein Problem.«

»Mr. Cable?«

»Mir fällt kein Gesetz und keine Verfahrensregel ein, die dagegen sprechen. Ich stimme mit Mr. Rohr überein. Wenn sich beide Seiten in die Kosten teilen, ist alles in bester Ordnung.«

Nicholas hob abermals die Hand. »Bitte, entschuldigen Sie, Euer Ehren. Mir wurde gesagt, daß einige der Geschworenen vielleicht lieber in New Orleans einkaufen möchten, als einen Bootsausflug zu machen.«

Wieder war Rohr eine Sekunde schneller. »Wir kommen gern auch für die Hälfte der Kosten eines Busses auf. Und den Lunch.«

»Wir auch«, sagte Cable. »Und Abendessen.«

Gloria Lane eilte mit einem Clipboard zur Geschworenenbank. Nicholas, Jerry Fernandez, Lonnie Shaver, Rikki Coleman, Angel Weese und Colonel Herrera entschieden sich für das Boot. Die anderen zogen das French Quarter vor.

Das Video von Jacob Wood eingeschlossen, hatten Rohr und Genossen den Geschworenen zehn Zeugen präsentiert und dafür dreizehn Tage gebraucht. Ein solider Fall war aufgebaut worden; jetzt war es Sache der Jury, nicht zu entscheiden, ob Zigaretten gefährlich waren, sondern ob es an der Zeit war, ihre Hersteller zu bestrafen.

Wäre die Jury nicht isoliert worden, hätte Rohr mindestens drei weitere Experten aufgerufen: einen zur Erörterung der der Werbung zugrundeliegenden Psychologie; einen Sucht-Experten; einen, der willens war, detailliert über die Verwendung von Insektiziden und Pestiziden beim Tabakanbau zu referieren.

Aber die Jury war gründlich isoliert, und Rohr wußte, daß es Zeit zum Aufhören war. Es war offensichtlich, daß dies keine gewöhnliche Jury war. Ein Blinder. Ein Halbverrückter, der in der Mittagspause Jogaübungen machte. Bisher mindestens zwei Streiks. Ständig irgendwelche Listen von Forderungen. Porzellan und richtiges Besteck zum Lunch. Bier nach der Arbeit, vom Geld der Steuerzahler. Gemeinschaftsausflüge und persönliche Besuche. Richter Harkin fiel das Schlafen schwer.

Sie war auch keinesfalls gewöhnlich für Fitch, einen Mann, der mehr Jurys sabotiert hatte als irgendein Mensch in der Geschichte der amerikanischen Jurisprudenz. Er hatte die üblichen Fallen gestellt und den üblichen Schmutz gesammelt. Seine Coups liefen einwandfrei. Bisher nur eine Brandstiftung. Keine gebrochenen Knochen. Aber diese Marlee hatte alles verändert. Durch sie würde er imstande sein, ein Urteil zu kaufen, ein hieb- und stichfestes Urteil zugunsten der Verteidigung, das Rohr demütigen und die Horden von hungrigen Prozeßanwälten verscheuchen würde, die wie die Geier kreisten und auf den Kadaver warteten.

In diesem bisher größten Tabakprozeß mit den größten, mit Millionen ausgerüsteten Anklageanwälten, würde seine geliebte kleine Marlee ihm ein Urteil verschaffen. Das glaubte Fitch, und es verzehrte ihn. Er dachte jede Minute an sie und sah sie in seinen Träumen.

Wenn Marlee nicht gewesen wäre, hätte Fitch überhaupt nicht geschlafen. Die Zeit war reif für eine Verurteilung; das richtige Gericht, der richtige Richter, die richtige Stimmung. Die Experten waren die weitaus besten, die ihm in seinen neun Jahren als heimlicher Drahtzieher der Verteidigung je vorgekommen waren. Neun Jahre, acht Prozesse, acht Urteile zugunsten der Verteidigung. So sehr er Rohr auch haßte, mußte er doch, wenn auch nur sich selbst gegenüber, zugeben, daß er der richtige Mann war, um der Industrie einen schweren Schlag zu versetzen.

Ein Sieg über Rohr in Biloxi würde eine gewaltige Barrikade gegen künftige Tabakprozesse darstellen. Er konnte sogar die ganze Industrie retten.

Wenn Fitch die Stimmen der Geschworenen durchging, fing er immer mit Rikki Coleman an, wegen der Abtreibung. Ihre Stimme hatte er in der Tasche; sie wußte es nur noch nicht. Dann rechnete er Lonnie Shaver dazu. Dann Colonel Herrera. Millie Dupree würde einfach sein. Seine Geschworenen-Berater waren überzeugt, daß Sylvia Taylor-Tatum praktisch unfähig war, Sympathien zu empfinden, und außerdem rauchte sie. Aber seine Leute wußten nicht, daß sie mit Jerry Fernandez schlief. Jerry und Easter waren dicke Freunde. Fitch ging davon aus, daß die drei – Sylvia, Jerry und Nicholas – einheitlich stimmen würden. Loreen Duke saß neben Nicholas, und die beiden wurden oft dabei beobachtet, wie sie während des Prozesses miteinander flüsterten. Fitch glaubte, daß sie sich Easter anschließen würde. Und wenn Loreen das tat, dann würde es auch Angel Weese tun, die einzige andere Schwarze. Angel zu durchschauen, war unmöglich.

Niemand zweifelte daran, daß Easter die Beratung dominieren würde. Jetzt, da Fitch wußte, daß Easter zwei Jahre Jura studiert hatte, hätte er darauf gewettet, daß die gesamte Jury darüber informiert war.

Wie Herman Grimes stimmen würde, ließ sich unmöglich vorhersagen. Aber Fitch zählte nicht auf ihn, und auf Phillip Savelle auch nicht. Was Mrs. Gladys Card anging, hatte Fitch ein gutes Gefühl. Sie war alt und konservativ und würde wahrscheinlich empört sein, wenn Rohr sie um zwanzig Millionen oder eine ähnliche Summe bat.

Also hatte Fitch vier in der Tasche, mit Mrs. Gladys Card als möglicher fünfter. Bei Herman Grimes konnte man nur eine Münze werfen. Und bei Savelle annehmen, daß jemand, der so im Einklang mit der Natur lebte, die Tabakkonzerne verabscheuen mußte. Damit blieben Easter und seine Fünferbande. Beide Seiten brauchten neun Stimmen für ein Urteil. Jede geringere Stimmenzahl würde ein Unentschieden bedeuten und Harkin zwingen, den Prozeß für gescheitert zu erklären. Gescheiterte Prozesse müssen wieder aufgerollt werden, etwas, das Fitch in diesem Fall nicht wollte.

Die Schar seiner juristischen Analytiker und Berater war sich nur über sehr wenige Dinge einig, aber alle sagten vorher, daß ein einstimmiges, mit zwölf Stimmen gefälltes Urteil zugunsten von Pynex die Tabakprozesse für ein Jahrzehnt abkühlen und vielleicht sogar völlig einfrieren lassen würde.

Fitch war entschlossen, für ein solches Urteil zu sorgen, was immer es kosten mochte.

Die Stimmung in Rohrs Kanzlei war am Montagabend wesentlich lockerer. Da sie keine weiteren Zeugen mehr aufzurufen gedachten, war der Druck vorübergehend gewichen. Im Konferenzzimmer wurde ein guter Scotch ausgeschenkt. Rohr nippte an seinem Mineralwasser und knabberte an Käse und Cracker.

Der Ball war jetzt in Cables Feld. Sollten er und seine Mannschaft doch ein paar Tage damit verbringen, Zeugen zu vernehmen und Dokumente zu etikettieren. Rohr brauchte nur zu reagieren und sie ins Kreuzverhör zu nehmen, und er hatte sich jede auf Video aufgezeichnete Vorvernehmung jedes Zeugen der Verteidigung ein dutzendmal angesehen.

Jonathan Kotlack, der für die Jury-Recherchen zuständige Anwalt, trank gleichfalls nur Wasser und spekulierte mit Rohr über Herman Grimes. Beide glaubten, ihn auf ihrer Seite zu haben. Und sie hatten ein gutes Gefühl, was Millie Dupree und den seltsamen Phillip Savelle anging. Herrera machte ihnen Sorgen. Alle drei Schwarzen – Lonnie, Angel und Loreen – waren verläßlich an Bord. Schließlich ging es um die Sache einer kleinen Person gegen einen großen, mächtigen Konzern. Bestimmt würden die Schwarzen mitmachen. Das taten sie immer.

Easter war die Schlüsselfigur, weil er der Anführer war,

alle wußten das. Rikki würde sich ihm anschließen, Jerry war sein Kumpel. Sylvia Taylor-Tatum war passiv und würde der Mehrheit folgen. Und Mrs. Gladys Card gleichfalls.

Sie brauchten nur neun, und Rohr war überzeugt, daß er sie hatte.

25. KAPITEL

Nach Lawrence zurückgekehrt, arbeitete Small, der Rechercheur, seine Liste von Hinweisen fleißig durch und erreichte nichts. Am Montag abend hing er bei Mulligan's herum, trank entgegen seinen Anweisungen, plauderte gelegentlich mit den Kellnerinnen und Jurastudenten und brachte nichts zuwege, als bei den jungen Leuten Argwohn zu erregen.

Am frühen Dienstag morgen machte er einen Besuch zuviel. Die Frau hieß Rebecca, und vor ein paar Jahren, damals noch Studentin an der University of Kansas, hatte sie zusammen mit Claire Clement bei Mulligan's gearbeitet. Einer von Smalls Boß ausfindig gemachten Quelle zufolge waren sie Freundinnen gewesen. Small fand sie in einer Bank in der Innenstadt, wo sie eine leitende Stellung innehatte. Er stellte sich ungeschickt vor, und sie war sofort argwöhnisch.

»Haben Sie nicht vor ein paar Jahren mit Claire Clement zusammengearbeitet?« fragte er, einen Notizblock konsultierend. Er stand auf einer Seite ihres Schreibtisches, weil sie auf der anderen stand. Sie war beschäftigt und hatte ihn nicht zum Platznehmen aufgefordert.

»Kann sein. Wer will das wissen?« fragte Rebecca mit verschränkten Armen und zur Seite geneigtem Kopf, während irgendwo im Hintergrund ein Telefon läutete. In auffälligem Gegensatz zu Small war sie elegant gekleidet und übersah nichts.

»Wissen Sie, wo sie sich jetzt aufhält?«

»Nein. Weshalb fragen Sie?«

Small wiederholte die Geschichte, die er auswendig gelernt hatte. Sie war alles, was er hatte. »Also, sehen Sie, sie soll als Geschworene in einem großen Prozeß fungieren, und meine Firma ist beauftragt worden, eine gründliche Erforschung ihres Hintergrunds anzustellen.«

»Wo findet der Prozeß statt?«

»Das darf ich Ihnen nicht sagen. Sie beide haben doch bei Mulligan's zusammengearbeitet, stimmt's?«

»Ja. Aber das ist lange her.«

»Wo stammte sie her?«

»Weshalb ist das wichtig?«

»Also, um ehrlich zu sein, es steht auf meiner Fragenliste. Wir versuchen nur, sie zu überprüfen. Wissen Sie, woher sie stammt?«

»Nein.«

Das war eine wichtige Frage, weil Claires Spur in Lawrence begonnen und geendet hatte. »Sind Sie sicher?«

Sie neigte den Kopf zur anderen Seite und musterte diesen Tölpel. »Ich weiß nicht, woher sie stammt. Als ich sie kennenlernte, arbeitete sie bei Mulligan's. Als ich sie das letztemal sah, arbeitete sie bei Mulligan's.«

»Haben Sie in letzter Zeit mit ihr gesprochen?«

»In den letzten vier Jahren nicht.«

»Haben Sie Jeff Kerr gekannt?«

»Nein.«

»Wer waren ihre Freunde hier in Lawrence?«

»Das weiß ich nicht. Hören Sie, ich habe zu tun, und Sie verschwenden Ihre Zeit. Ich habe Claire nicht sonderlich gut gekannt. Sie war ein nettes Mädchen, aber wir standen uns nicht sehr nahe. Und jetzt, bitte, muß ich weitermachen.« Mit diesen Worten wies sie auf die Tür, und Small verließ widerstrebend ihr Büro.

Nachdem Small die Bank verlassen hatte, schloß Rebecca die Tür hinter sich und wählte die Nummer einer Wohnung in St. Louis. Die Tonbandstimme am anderen Ende gehörte ihrer Freundin Claire. Sie telefonierten jeden Monat mindestens einmal miteinander, obwohl sie sich seit einem Jahr nicht mehr gesehen hatten. Claire und Jeff führten ein merkwürdiges Leben, ständig unterwegs und nur selten längere Zeit an einem Ort. Sie wußte nie, wo sie sich gerade aufhielten. Nur die Wohnung in St. Louis blieb immer dieselbe. Claire hatte sie gewarnt, daß möglicherweise Leute auftauchen und neugierige Fragen stellen würden. Sie hatte mehr als einmal angedeutet, daß sie und Jeff mit irgendeinem mysteriösen Auftrag für die Regierung arbeiteten.

Nach dem Pfeifton hinterließ Rebecca eine kurze Nachricht über Smalls Besuch.

Marlee hörte ihren Anrufbeantworter jeden Morgen ab, und die Nachricht aus Lawrence ließ ihr das Blut in den Adern gefrieren. Sie wischte sich das Gesicht mit einem feuchten Tuch ab und versuchte sich zu beruhigen.

Sie rief Rebecca an und schaffte es, sich völlig normal anzuhören, obwohl ihr Mund trocken war und ihr Herz hämmerte. Ja, der Mann, der Small hieß, hatte sich ausdrücklich nach Claire Clement erkundigt. Und er hatte Jeff Kerr erwähnt. Auf Marlees Drängen hin wiederholte Rebecca ihr das Gespräch sogar in sämtlichen Einzelheiten.

Rebecca wußte, daß sie nicht zu viele Fragen stellen durfte. »Bist du okay?« war so ziemlich das ganze Ausmaß ihrer Erkundigungen.

»Oh, uns geht es gut«, versicherte ihr Marlee. »Wir geben uns gerade dem Strandleben hin.«

Es wäre nett gewesen, zu wissen, an welchem Strand, aber Rebecca fragte nicht. Niemand mischte sich zu tief in Claires Angelegenheiten ein. Sie verabschiedeten sich mit den üblichen Versprechungen, daß sie in Verbindung bleiben würden.

Weder sie noch Nicholas hatten geglaubt, daß man ihnen je bis nach Lawrence würde nachspüren können. Nun war es doch geschehen, und die Fragen prasselten wie harter Regen auf sie ein. Wer hatte sie gefunden? Welche Seite, Fitch oder Rohr? Höchstwahrscheinlich Fitch, einfach weil er mehr Geld hatte und gerissener war. Welchen Fehler hatten sie gemacht? Wie hatte die Spur aus Biloxi herausgeführt? Wieviel wußten sie?

Und wie weit würden sie gehen? Sie mußte mit Nicholas sprechen, aber der befand sich im Moment auf einem Boot irgendwo auf dem Golf, angelte Makrelen und zog seine Mitgeschworenen auf seine Seite.

Fitch angelte natürlich nicht. Er hatte sich in den letzten drei Monaten nicht einen Tag Ruhe oder Vergnügen gegönnt. Als der Anruf kam, saß er an seinem Schreibtisch und ordnete Papiere in säuberliche Stapel. »Hallo, Marlee«, sagte er in den Hörer, zu der Frau seiner Träume.

»Hi, Fitch. Sie haben wieder einen verloren.«

»Was habe ich verloren?« fragte er und biß sich auf die Zunge, um zu verhindern, daß er sie Claire nannte.

»Einen weiteren Geschworenen. Loreen Duke war von Robilio fasziniert, und jetzt führt sie die Parade derer an, die der Klage stattgeben wollen.«

»Aber sie hat unsere Argumente noch nicht gehört.«

»Stimmt. Sie haben jetzt vier Raucher – Weese, Fernandez, Taylor-Tatum und Easter. Raten Sie mal, wer von denen als über Achtzehnjähriger mit dem Rauchen angefangen hat.«

»Das weiß ich nicht.«

»Keiner. Sie haben alle als halbe Kinder angefangen. Herman und Herrera haben früher geraucht. Raten Sie, wie alt die waren, als sie anfingen.«

»Das weiß ich nicht.«

»Vierzehn und siebzehn. Das ist die Hälfte Ihrer Jury, Fitch, und alle haben als Minderjährige mit dem Rauchen angefangen.«

»Und was soll ich dagegen unternehmen?«

»Weiterlügen, nehme ich an. Hören Sie, Fitch, wie stehen die Chancen, daß wir uns zu einem Plauderstündchen treffen, unter vier Augen und ohne daß Ihre Gangster hinter irgendwelchen Büschen lauern?«

»Die Chancen stehen hervorragend.«

»Schon wieder eine Lüge. Machen wir es so. Wir treffen uns und reden miteinander, und wenn meine Leute Ihre Leute irgendwo in der Nähe entdecken, dann war das unser letztes Gespräch.«

»Ihre Leute?«

»Jeder kann Gangster anheuern, Fitch. Das sollten Sie eigentlich wissen.«

»Abgemacht.«

»Sie kennen Casella's, das kleine Fischrestaurant mit Tischen im Freien am Ende der Pier von Biloxi?«

»Ich kann es finden.«

»Da bin ich jetzt. Wenn Sie also die Pier entlanggehen, beobachte ich Sie. Und wenn ich irgendeinen Typ sehe, der auch nur im mindesten verdächtig aussieht, dann ist die Sache gestorben.«

»Wann?«

»Jetzt gleich. Ich warte auf Sie.«

José hielt auf dem Parkplatz in der Nähe des Bootshafens eine Sekunde lang an, und Fitch sprang praktisch aus dem Suburban, der sofort weiterfuhr. Fitch wanderte, sehr allein und ohne Wanze, die hölzerne Pier entlang, deren dicke Planken in der Dünung leicht schwankten. Marlee saß an einem Tisch unter einem Sonnenschirm, mit dem Rücken zum Golf und dem Gesicht zur Pier. Die Lunchzeit war noch eine Stunde entfernt und das Lokal fast leer.

»Hallo, Marlee«, sagte Fitch im Herankommen, dann blieb er stehen und setzte sich ihr gegenüber. Sie trug Jeans und eine Baumwollbluse, eine Fischermütze und eine Sonnenbrille. »Ein Vergnügen, Fitch«, sagte sie.

»Sind Sie immer so kratzbürstig?« fragte er, deponierte seinen massigen Körper auf einem schmalen Stuhl und versuchte sein Bestes, zu lächeln und umgänglich zu sein.

»Tragen Sie eine Wanze, Fitch?«

»Nein. Natürlich nicht.«

Langsam holte sie aus ihrer großen Handtasche ein dünnes, schwarzes Etwas, das einem kleinen Diktiergerät ähnelte. Sie drückte auf einen Knopf und legte es so auf den Tisch, daß es auf Fitchs umfänglichen Bauch zielte. »Entschuldigen Sie, Fitch, ich will nur feststellen, ob Sie Zeit hatten, hier oder dort eine Wanze zu verstecken.«

»Ich habe doch gesagt, daß ich keine bei mir habe«, sagte Fitch, sehr erleichtert. Konrad hatte ein kleines Körpermikrofon und einen in der Nähe parkenden Technikwagen vorgeschlagen, aber Fitch war so in Eile gewesen, daß er nein gesagt hatte.

Sie schaute auf die kleine Digitalanzeige am Ende des Abtastsensors, dann steckte sie ihn wieder in ihre Tasche. Fitch lächelte, aber nur eine Sekunde lang.

»Ich hatte heute morgen einen Anruf aus Lawrence«, sagte sie, und Fitch schluckte schwer. »Offensichtlich haben Sie dort oben ein paar ausgemachte Holzköpfe, die an Türen hämmern und Mülltonnen umkippen.«

»Ich weiß nicht, wovon Sie reden«, sagte Fitch etwas unsicher und nicht überzeugend genug.

Also Fitch! Seine Augen verrieten ihn; sie zuckten, wurden niedergeschlagen und schossen dann in eine andere Richtung, bevor sie zu ihr zurückkehrten; dann schlug er sie abermals nieder, alles in einer Sekunde, aber es war ein eindeutiger Beweis, daß sie ihn ertappt hatte. Sein Atem stockte einen Moment, und seine Schultern zuckten kaum wahrnehmbar. Er saß in der Patsche.

»Okay. Noch ein Anruf von alten Freunden, und Sie hören meine Stimme nie wieder.«

Aber er hatte sich schnell wieder unter Kontrolle. »Was ist mit Lawrence?« fragte er, als wäre seine Integrität angezweifelt worden.

»Geben Sie's auf, Fitch. Und pfeifen Sie die Hunde zurück.«

Er stieß den Atem aus und zuckte die Achseln, als wäre er völlig verblüfft. »Okay. Was immer Sie wollen. Ich wünschte nur, ich wüßte, wovon Sie reden.«

»Sie wissen es. Noch ein Anruf, und es ist vorbei, okay?«

»Okay. Was immer Sie möchten.«

Obwohl Fitch ihre Augen nicht sehen konnte, konnte er doch spüren, wie sie ihn durch die dunklen Gläser hindurch musterten. Sie schwieg eine Minute. Ein Kellner hantierte an einem Tisch in der Nähe, machte sich aber nicht die Mühe, sie zu bedienen.

Schließlich lehnte Fitch sich vor und sagte: »Wann hören wir auf, Spielchen zu spielen?«

»Jetzt.«

»Wunderbar. Was wollen Sie?«

»Geld.«

»Das dachte ich mir. Wieviel?«

»Einen Preis nenne ich später. Ich gehe davon aus, daß Sie zu einem Handel bereit sind.«

»Ich bin immer zu einem Handel bereit. Aber ich muß wissen, was ich dafür bekomme.«

»Das ist sehr einfach. Es hängt davon ab, was Sie haben wollen. Was Sie betrifft, so kann die Jury eines von vier Dingen tun. Sie kann einen Spruch zugunsten der Klägerin fällen. Sie kann sich spalten und zu einem Unentschieden gelangen; danach gehen die Geschworenen nach Hause und Sie werden in ungefähr einem Jahr wieder hier sein und von vorn anfangen; Rohr wird nicht aufgeben. Sie kann mit neun gegen drei Stimmen für Sie entscheiden, und Sie können einen großen Sieg verbuchen. Und sie kann mit zwölf zu null entscheiden, und Ihre Kunden können sich für mehrere Jahre entspannen.«

»Das weiß ich alles.«

»Natürlich wissen Sie das. Wenn wir einen Spruch zugunsten der Klägerin ausschließen, dann haben wir drei Möglichkeiten.«

»Was können Sie liefern?«

»Alles, was ich will. Eingeschlossen einen Spruch zugunsten der Klägerin.«

»Also ist die andere Seite bereit zu zahlen?«

»Wir reden miteinander. Belassen wir es einfach dabei.«

»Ist das eine Auktion? Ihr Urteilsspruch für den, der am meisten bietet?«

»Es ist das, was immer ich daraus machen will.«

»Ich würde mich wohler fühlen, wenn Sie sich von Rohr fernhielten.«

»Ihre Gefühle interessieren mich nicht sonderlich.«

Ein weiterer Kellner erschien und wurde auf sie aufmerksam. Er fragte unlustig, ob sie etwas zu trinken haben wollten. Fitch bestellte einen Eistee. Marlee bat um eine Diätcola in einer Dose.

»Sagen Sie mir, wie der Handel funktioniert«, sagte er, nachdem der Kellner gegangen war.

»Sehr einfach. Wir einigen uns auf den Urteilsspruch,

den Sie wollen. Sie betrachten die Speisekarte und geben Ihre Bestellung auf. Danach einigen wir uns über den Preis. Sie sorgen dafür, daß das Geld bereitliegt. Wir warten bis zuletzt, bis die Anwälte ihre Schlußplädoyers gehalten haben und die Jury sich zur Beratung zurückzieht. Zu diesem Zeitpunkt erhalten Sie meine Instruktionen, und das Geld wird sofort auf eine Bank in – sagen wir – der Schweiz überwiesen. Sobald ich die Bestätigung über den Eingang des Geldes in der Hand habe, kehrt die Jury mit Ihrem Urteil in den Saal zurück.«

Fitch hatte Stunden damit verbracht sich ein Szenario auszumalen, das mit diesem eine bemerkenswerte Ähnlichkeit hatte, aber es jetzt mit so kühler Präzision von Marlees Lippen zu hören, ließ sein Herz klopfen und ihn schwindlig werden. Das könnte das bisher Leichteste sein!

»Es wird nicht funktionieren«, sagte er überheblich, wie ein Mann, der schon oft einen derartigen Handel über ein Urteil abgeschlossen hat.

»Ach, wirklich? Rohr glaubt, daß es funktionieren wird.«

Verdammt, sie reagierte schnell! Sie wußte genau, wohin sie das Messer stechen mußte.

»Aber es gibt keine Garantie«, protestierte er.

Sie rückte ihre Sonnenbrille zurecht und lehnte sich auf den Ellenbogen vor. »Sie vertrauen mir nicht, Fitch?«

»Darum geht es nicht. Sie verlangen von mir, daß ich Ihnen etwas überweise, was bestimmt eine sehr große Summe ist, und dann soll ich hoffen und beten, daß Ihr Freund die Beratung kontrolliert. Jurys sind unberechenbar.«

»Fitch, mein Freund kontrolliert die Beratung schon jetzt, während wir uns unterhalten. Er wird seine Stimmen beisammen haben, lange bevor die Anwälte mit Reden fertig sind.«

Fitch würde zahlen. Er hatte bereits eine Woche zuvor den Entschluß gefaßt, zu zahlen, was immer sie haben wollte, und er wußte, daß es, sobald das Geld den Fonds verlassen hatte, keinerlei Garantien gab. Es war ihm gleich. Er vertraute seiner Marlee. Sie und ihr Freund Easter, oder wie, zum Teufel, er auch heißen mochte, hatten sich geduldig an die Fersen von Big Tobacco geheftet, um an diesen Punkt zu gelangen, und sie würden mit Vergnügen für den richtigen Preis einen Urteilsspruch liefern. Sie hatten für diesen Moment gelebt.

Oh, die Fragen, die er nur zu gern gestellt hätte. Er hätte gern mit den beiden angefangen und gefragt, wessen Idee das gewesen war, ein so genialer, gerissener Plan, die Prozesse zu studieren, ihnen durchs Land hindurch zu folgen und sich dann in die Jury einzuschmuggeln, damit über das Urteil ein Handel abgeschlossen werden konnte. Es war geradezu brillant. Er hätte sie stunden-, ja tagelang über die Einzelheiten verhören können, aber er wußte, daß er keine Antworten bekommen würde.

Er wußte auch, daß sie liefern würde. Sie hatte zu schwer gearbeitet und war zu weit gegangen, als daß ihr Plan fehlschlagen konnte.

»Ich bin in dieser Sache nicht völlig hilflos«, sagte er, immer noch seine Position haltend.

»Natürlich nicht, Fitch. Ich bin sicher, Sie haben genügend Fallen aufgestellt, um mindestens vier Geschworene zu fangen. Soll ich ihre Namen nennen?«

Die Drinks kamen, und Fitch stürzte seinen Tee hinunter. Nein, er wollte nicht, daß sie die Namen nannte. Er würde sich nicht auf ein Ratespiel einlassen mit jemandem, der die harten Tatsachen kannte. Mit Marlee zu sprechen, war, als spräche man mit dem Anführer der Jury, und obwohl Fitch das Beisammensein genoß, machte es die Unterhaltung doch ziemlich einseitig. Woher sollte er wissen, ob sie bluffte oder die Wahrheit sagte? Es war einfach nicht fair.

»Ich habe den Eindruck, Sie bezweifeln, ob ich alles unter Kontrolle habe«, sagte sie.

»Ich bezweifle alles.«

»Was ist, wenn ich einen Geschworenen ausboote?«

»Sie haben bereits Stella Hulic ausgebootet«, sagte Fitch und löste damit das erste und sehr kleine Lächeln bei ihr aus.

»Ich kann es wieder tun. Was ist, wenn ich – sagen wir – beschließen würde, Lonnie Shaver nach Hause zu schicken. Wären Sie beeindruckt?«

Fitch verschluckte sich beinahe an seinem Tee. Er wischte sich mit dem Handrücken den Mund ab und sagte dann: »Ich bin sicher, Lonnie wäre glücklich. Er ist wahrscheinlich von den Zwölfen der Unlustigste.«

»Soll ich ihn beseitigen?«

»Nein. Er ist harmlos. Außerdem, da wir zusammenarbeiten werden, meine ich, wir sollten Lonnie behalten.«

»Er und Nicholas reden eine Menge miteinander, wußten Sie das?«

»Redet Nicholas mit allen Geschworenen?«

»Ja, in unterschiedlichem Ausmaß. Lassen Sie ihm Zeit.«

»Sie scheinen ziemlich zuversichtlich zu sein.«

»Ich bin nicht zuversichtlich, was die Fähigkeiten Ihrer Anwälte angeht. Aber ich vertraue Nicholas, und das ist alles, worauf es ankommt.«

Sie verstummten, während zwei Kellner den Tisch neben ihrem deckten. Ab halb zwölf wurde der Lunch serviert, und das Lokal füllte sich allmählich.

Als die Kellner fertig und wieder verschwunden waren, sagte Fitch: »Ich kann keinen Handel abschließen, wenn ich die Bedingungen nicht kenne.«

Ohne das geringste Zögern sagte sie: »Und ich schließe keinen Handel ab, solange Sie in meiner Vergangenheit herumwühlen.«

»Haben Sie etwas zu verbergen?«

»Nein. Aber ich habe Freunde, und mir gefällt es nicht, wenn ich Anrufe von ihnen bekomme. Hören Sie sofort damit auf, und diesem Zusammentreffen wird ein nächstes folgen. Ein weiterer Anruf, und ich werde nie wieder mit Ihnen reden.«

»Sagen Sie das nicht.«

»Es ist mir ernst damit, Fitch. Pfeifen Sie die Hunde zurück.«

»Es sind nicht meine Hunde. Ich schwöre es.«

»Pfeifen Sie sie trotzdem zurück, sonst verbringe ich mehr Zeit mit Rohr. Durchaus möglich, daß auch er einen Handel abschließen möchte, und ein Urteil für ihn bedeutet, daß Sie aus dem Geschäft heraus sind und Ihre Kunden

Milliarden verlieren. Das können Sie sich nicht leisten, Fitch.«

Damit hatte sie eindeutig recht. Was immer sie verlangen würde, im Vergleich zu den Folgekosten einer Niederlage vor Gericht würde es eine winzige Summe sein.

»Wir sollten schnell handeln«, sagte er. »Dieser Prozeß dauert nicht mehr lange.«

»Wie lange?« fragte sie.

»Drei oder vier Tage für die Verteidigung.«

»Fitch, ich habe Hunger. Wie wär's, wenn Sie jetzt verschwinden würden? Ich rufe Sie in ein paar Tagen an.«

»Was für ein Zufall. Ich habe auch Hunger.«

»Nein, danke. Ich esse lieber allein. Außerdem will ich Sie von hier forthaben.«

Er stand auf und sagte: »Okay, Marlee. Was immer Sie wünschen. Guten Tag.«

Sie sah ihm nach, wie er die Pier entlang und auf den Parkplatz am Strand ging. Dort blieb er stehen und rief jemanden über ein Handy an.

Nachdem er mehrfach versucht hatte, Hoppy am Telefon zu erreichen, erschien Jimmy Hull Moke am Dienstag nachmittag unangemeldet bei Dupree Realty und wurde von einer Sekretärin mit verschlafenen Augen informiert, daß Mr. Dupree irgendwo hinten wäre. Sie ging, um ihn zu holen, und kehrte erst nach ziemlich langer Zeit mit der Entschuldigung zurück, sie hätte sich geirrt, Mr. Dupree wäre doch nicht in seinem Büro, sondern unterwegs zu einem wichtigen Kunden.

»Ich habe draußen seinen Wagen gesehen«, sagte Jimmy Hull wütend und deutete auf den kleinen Parkplatz vor der Tür. Und da stand tatsächlich Hoppys alter Kombi.

»Er ist mit jemand anderem gefahren«, sagte sie. Es war offensichtlich eine Lüge.

»Wo ist er hin?« fragte Jimmy Hull, als wäre er imstande, ihm nachzufahren.

»Nach irgendwo in der Nähe von Pass Christian. Mehr weiß ich auch nicht.«

»Weshalb ruft er mich nicht zurück?«

»Ich habe keine Ahnung. Mr. Dupree ist ein vielbeschäftigter Mann.«

Jimmy Hull bohrte beide Hände tief in die Taschen seiner Jeans und funkelte die Frau an. »Sagen Sie ihm, daß ich hier war, daß ich sehr wütend bin und daß er mich besser anrufen sollte. Haben Sie verstanden?«

»Ja, Sir.«

Er verließ das Büro, stieg in seinen Ford Pick-up und fuhr davon. Sie wartete, bis die Luft rein war, dann rannte sie nach hinten, um Hoppy aus dem Besenschrank zu befreien.

Das Achtzehn-Meter-Boot mit Kapitän Theo am Ruder fuhr fünfzig Meilen weit in den Golf hinaus, wo die halbe Jury unter einem wolkenlosen Himmel und bei einer sanften Brise Makrelen, Schnappbarsche und Rotlachse angelte. Angel Weese war noch nie auf einem Boot gewesen, konnte nicht schwimmen und wurde zweihundert Meter von der Küste entfernt seekrank, erholte sich aber mit Hilfe eines erfahrenen Matrosen und einer Packung Dramamin und war sogar die erste, die einen halbwegs großen Fisch erwischte. Rikki sah großartig aus mit Shorts, Reeboks und ihren braunen Beinen. Der Colonel und der Kapitän waren offensichtlich verwandte Seelen, und es dauerte nicht lange, bis der Colonel auf der Brücke war, mit dem Kapitän über Marinestrategie diskutierte und sie sich Kriegsgeschichten erzählten.

Zwei Matrosen bereiteten einen vorzüglichen Lunch aus gekochten Garnelen, Sandwiches mit gebratenen Austern, Krebsscheren und einer delikaten Fischsuppe. Zusammen mit dem Lunch wurde die erste Runde Bier serviert. Nur Rikki lehnte ab und trank Wasser.

Mit dem Bier ging es den ganzen Nachmittag hindurch so weiter, während beim Angeln Begeisterung und Langeweile wechselten und die Sonne immer wärmer aufs Deck schien. Das Boot war groß genug, um auch Abgeschiedenheit zu ermöglichen. Nicholas und Jerry sorgten dafür, daß Lonnie Shaver immer ein kaltes Bier in der Hand hatte. Sie waren entschlossen, ihn sich zum erstenmal vorzuknöpfen.

Lonnie hatte einen Onkel, der jahrelang auf einem Garnelenboot gearbeitet hatte, bevor es in einem Sturm gesunken und die gesamte Besatzung mit ihm untergegangen war. Als Kind hatte er mit seinem Onkel in diesen Gewässern geangelt, und er hatte, offen gestanden, die Nase voll davon. Es war ihm zuwider, und er hatte es seit Jahren nicht mehr getan. Immerhin hatte sich der Bootsausflug ein bißchen erträglicher angehört als die Busfahrt nach New Orleans.

Es brauchte vier Bier, um ihm die Kanten abzuschleifen und die Zunge zu lockern. Sie saßen in einer kleinen, nach allen Seiten offenen Kabine auf dem Oberdeck. Auf dem Hauptdeck unter ihnen schauten Rikki und Angel den Matrosen beim Säubern ihres Fangs zu.

»Ich frage mich, wieviele Zeugen die Verteidigung aufrufen wird«, sagte Nicholas mit künstlich verzweifelter Stimme, um das Thema vom Angeln abzubringen. Jerry lag auf einer Plastikbank, ohne Schuhe und Socken, mit geschlossenen Augen und einem kalten Bier in der Hand.

»Was mich angeht, braucht sie überhaupt keine aufzurufen«, sagte Lonnie, aufs Meer hinausschauend.

»Sie haben die Nase voll, wie?« fragte Nicholas.

»Das Ganze ist doch verdammt lächerlich. Da raucht ein Mann fünfunddreißig Jahre lang, und dann wollen seine Erben Millionen, nachdem er sich selbst umgebracht hat.«

»Habe ich es nicht gesagt?« meinte Jerry, ohne die Augen zu öffnen.

»Was?« fragte Lonnie.

Jerry und ich waren uns sicher, daß Sie auf der Seite der Verteidigung stehen«, erklärte Nicholas. »Aber es war schwierig, weil Sie immer so wenig gesagt haben.«

»Und wo stehen Sie?«

»Ich? Ich habe mich noch nicht entschieden. Jerry neigt eher der Verteidigung zu, stimmt's, Jerry?«

»Ich habe mich mit niemandem über den Fall unterhalten. Ich hatte keinerlei unerlaubte Kontakte. Ich habe keinerlei Bestechungsgelder angenommen. Ich bin ein Geschworener, auf den Richter Harkin stolz sein kann.«

»Er neigt der Verteidigung zu«, sagte Nicholas zu Lonnie. »Weil er süchtig nach Nikotin ist und sich das Rauchen nicht abgewöhnen kann. Aber er ist überzeugt, er könnte die Zigaretten wegwerfen, wann immer er es will. Er kann es nicht, weil er ein Schwächling ist. Aber er möchte ein richtiger Mann sein wie Colonel Herrera.«

»Wer möchte das nicht«, sagte Lonnie.

»Jerry glaubt, weil er aufhören könnte, wenn er es wirklich wollte – was natürlich nicht stimmt –, könnte jeder andere auch aufhören, und deshalb hätte auch Jacob Wood aufhören sollen, bevor er Krebs bekam.«

»Das kommt so ungefähr hin«, sagte Jerry. »Nur gegen den Schwächling erhebe ich Einspruch.«

»Klingt sehr vernünftig«, sagte Lonnie. »Wie können Sie noch unentschlossen sein?«

»Ich weiß es nicht. Vielleicht, weil ich noch nicht alle Zeugenaussagen gehört habe. Ja, das ist es. Das Gesetz verlangt, daß wir uns kein Urteil bilden dürfen, bevor das gesamte Beweismaterial vorliegt. Verzeihen Sie mir.«

»Ich verzeihe Ihnen«, sagte Jerry. »Und jetzt sind Sie an der Reihe, eine weitere Runde zu holen.« Nicholas leerte seine Dose und ging die schmale Treppe hinunter zur Kühlbox auf dem Hauptdeck.

»Zerbrechen Sie sich seinetwegen nicht den Kopf«, sagte Jerry. »Wenn es darauf ankommt, ist er auf unserer Seite.«

26. KAPITEL

Das Boot kehrte ein paar Minuten nach fünf zurück. Die tapferen Angler schwankten vom Deck auf die Pier, wo sie für Fotos posierten, zusammen mit Kapitän Theo und ihren Trophäen, von denen die größte ein neunzig Pfund schwerer Hai war, den Rikki erwischt und den ein Matrose an Deck gezogen hatte. Sie wurden von zwei Deputies in Empfang genommen und die Pier entlanggeführt; ihren Fang ließen sie zurück, weil es im Motel keine Verwendung dafür gab.

Der Bus mit den Einkäufern sollte erst eine Stunde später eintreffen. Seine Ankunft wurde ebenso wie das Einlaufen des Bootes genau beobachtet und Fitch gemeldet; aber niemand wußte genau, welchen Sinn das haben sollte. Fitch wollte es einfach wissen. Irgend etwas mußten sie ja beobachten. Es war ein ruhiger Tag, und man konnte nicht viel tun, außer dasitzen und warten, daß die Geschworenen zurückkehrten.

Fitch hatte sich in seinem Büro mit Swanson eingeschlossen, der den größten Teil des Nachmittags am Telefon verbracht hatte. Die ›Holzköpfe‹, wie Marlee sie genannt hatte, waren abberufen worden. Statt dessen hatte Fitch die Firma in Bethesda mobilisiert, die er auch bei dem Hoppy-Coup einsetzte. Swanson hatte früher dort gearbeitet, und einige ihrer Agenten hatten vorher dem FBI oder der CIA angehört.

Resultate waren garantiert. Das Ausschnüffeln der Vergangenheit einer jungen Frau war kein sonderlich aufregender Job. In einer Stunde sollte Swanson nach Kansas City fliegen und dort die Aktion überwachen.

Garantiert war auch, daß sie nicht erwischt werden würden.

Fitch steckte in einer Klemme – er durfte Marlee nicht verlieren, aber er mußte auch wissen, wer sie war. Zwei

Faktoren trieben ihn zum Weitergraben. Zum einen war es ungeheuer wichtig für sie, daß er damit aufhörte. Irgendwo in ihrer Vergangenheit war etwas Entscheidendes versteckt. Und zum zweiten hatte sie sich zu sehr bemüht, keine Spur zu hinterlassen.

Marlee hatte Lawrence, Kansas, vor vier Jahren verlassen, nachdem sie drei Jahre dort gelebt hatte. Sie war nicht Claire Clement gewesen, als sie dort eintraf, und sie war es bestimmt auch nicht, als sie abreiste. In der Zwischenzeit hatte sie Jeff Kerr kennengelernt und rekrutiert, der jetzt Nicholas Easter war und Gott weiß was mit der Jury anstellte.

Angel Weese liebte Derrick Maples und gedachte ihn zu heiraten, einen kräftigen jungen Mann von vierundzwanzig zwischen zwei Jobs und in einer Ehepause. Er hatte seine Arbeit als Verkäufer von Autotelefonen verloren, als die Firma mit einer anderen fusionierte, und war gerade dabei, sich von seiner ersten Frau zu trennen, die Folge einer in die Binsen gegangenen Teenager-Romanze. Sie hatten zwei Kinder. Seine Frau und ihr Anwalt verlangten sechshundert Dollar monatlich als Unterhalt für die Kinder. Derrick und sein Anwalt schwenkten seine Arbeitslosigkeit wie eine brennende Fahne. Die Verhandlungen wurden immer erbitterter, und die endgültige Scheidung war noch Monate entfernt.

Angel war schwanger. Bisher wußte nur Derrick davon.

Derricks Bruder Marvis war früher einmal Deputy Sheriff gewesen und war jetzt Teilzeit-Geistlicher und sehr aktiv in der Gemeinde. An Marvis trat ein Mann namens Cleve heran, der sagte, er würde Derrick gern kennenlernen. Die Bekanntschaft wurde vermittelt.

Mangels einer besseren Jobbeschreibung wurde Cleve als Laufbursche bezeichnet. Er lief für Wendall Rohr herum. Cleves Aufgabe war es, gute, solide Fälle zu finden, bei denen jemand verletzt oder zu Tode gekommen war, und dafür zu sorgen, daß sie ihren Weg in Rohrs Kanzlei fanden. Gutes Laufen war eine Kunstform, und natürlich war Cleve ein vorzüglicher Laufbursche, weil für Rohr nur das Beste gut genug war. Wie alle guten Laufburschen bewegte sich

Cleve in zweifelhaften Kreisen, weil das Anlandziehen von Mandanten im Prinzip noch immer eine unethische Praxis war, obwohl jeder Autounfall mehr Laufburschen anzog als Notfallpersonal. Deshalb wies seine Visitenkarte Cleve auch als ›Rechercheur‹ aus.

Cleve lieferte außerdem Papiere für Rohr aus, überbrachte Vorladungen, überprüfte Zeugen und potentielle Geschworene und spionierte anderen Anwälten nach, die üblichen Funktionen eines Laufburschen, wenn er nicht herumlief. Er erhielt ein Gehalt für seine Recherchen, und wenn er einen besonders guten Fall einbrachte, zahlte Rohr ihm eine Prämie in bar.

Er unterhielt sich mit Derrick bei einem Bier in einem Lokal und erkannte rasch, daß der Mann finanzielle Probleme hatte. Dann brachte er das Gespräch auf Angel und fragte, ob ihm schon jemand zuvorgekommen wäre. Nein, sagte Derrick, niemand hatte sich an ihn herangemacht und nach dem Prozeß gefragt. Aber schließlich hatte er, Derrick, bei seinem Bruder gewohnt, war gewissermaßen in Deckung gegangen, um dem gierigen Anwalt seiner Frau zu entkommen.

Gut, sagte Cleve, er wäre von einigen der Anwälte als Berater angeheuert worden, und, nun ja, der Prozeß wäre furchtbar wichtig. Cleve bestellte eine zweite Runde und redete eine Weile darüber, wie verdammt wichtig der Prozeß war.

Derrick war intelligent, hatte ein Jahr Junior College hinter sich, war scharf darauf, ein paar Dollar zu machen, und begriff schnell. »Weshalb kommen Sie nicht zur Sache?« fragte er.

Cleve war bereit, genau das zu tun. »Mein Klient ist willens, für Beeinflussung zu zahlen. In bar. Keinerlei Spur.«

»Beeinflussung«, wiederholte Derrick, dann trank er einen großen Schluck Bier. Das Lächeln auf seinem Gesicht ermutigte Cleve, deutlicher zu werden.

»Fünftausend in bar«, sagte Cleve und schaute sich um. »Die Hälfte gleich, die andere Hälfte, wenn der Prozeß vorbei ist.«

Das Lächeln wurde mit einem weiteren Schluck breiter. »Und was soll ich tun?«

»Sie reden mit Angel, wenn Sie sich bei einem Ihrer persönlichen Besuche sehen, und sorgen dafür, daß sie versteht, wie wichtig dieser Fall für die Klageanwälte ist. Aber erzählen Sie ihr nichts von dem Geld oder von mir. Jedenfalls jetzt noch nicht. Vielleicht später.«

»Warum nicht?«

»Weil das kriminell ist. Wenn der Richter davon erfahren sollte, daß ich mit Ihnen gesprochen und Ihnen Geld dafür angeboten habe, daß Sie mit Angel reden, dann kommen wir alle beide ins Gefängnis. Verstanden?«

»Ja.«

»Sie müssen sich unbedingt klar darüber sein, daß das hier eine gefährliche Sache ist. Wenn Sie nicht mitmachen wollen, dann sagen Sie es jetzt gleich.«

»Zehntausend.«

»Was?«

»Zehn. Fünf gleich, fünf, wenn der Prozeß vorbei ist.«

Cleve grunzte, als wäre er leicht angewidert. Wenn Derrick nur wüßte, was auf dem Spiel stand. »Okay. Zehn.«

»Wann bekomme ich das Geld?«

»Morgen.« Sie bestellten Sandwiches und unterhielten sich noch eine weitere Stunde über den Prozeß, das Urteil und die beste Methode, Angel zu überreden.

Die Aufgabe, D. Martin Jankle von seinem geliebten Wodka fernzuhalten, fiel Durwood Cable zu. Fitch und Jankle hatten eine heftige Auseinandersetzung darüber gehabt, ob Jankle am Dienstag abend, dem Abend vor seiner Aussage vor Gericht, trinken durfte oder nicht. Fitch, der frühere Trinker, warf Jankle vor, er wäre Alkoholiker. Jankle beschimpfte Fitch wütend, weil er versuchte, ihm, dem Generaldirektor von Pynex, einem Fortune-500-Konzern, vorzuschreiben, ob und wann und wieviel er trinken durfte.

Cable wurde von Fitch in den Streit hineingezogen. Cable bestand darauf, daß Jankle den Abend in seiner Kanzlei verbrachte und sich auf seine Aussage vorbereitete. Auf eine Probevernehmung folgte ein ausführliches Kreuzverhör, und Jankle hielt sich recht gut. Nichts Spektakuläres. Cable verlangte, daß er sich die Videoaufzeichnung der Probe zusammen mit mehreren Jury-Experten ansah.

Als er schließlich nach zehn in sein Hotelzimmer gebracht wurde, stellte er fest, daß Fitch alles Alkoholische aus der Minibar entfernt und durch Limonade und Obstsaft ersetzt hatte.

Jankle fluchte und ging zu seiner Reisetasche, in der er einen Flachmann in einem Lederbeutel versteckt aufbewahrte. Aber da war nichts. Fitch hatte ihn verschwinden lassen.

Um ein Uhr morgens öffnete Nicholas lautlos seine Tür und schaute in beide Richtungen den Korridor entlang. Der Wachmann war verschwunden, vermutlich lag er in seinem Zimmer und schlief.

Marlee wartete in einem Zimmer im ersten Stock. Sie umarmten und küßten sich, kamen aber nicht dazu, noch etwas anderes zu tun. Sie hatte am Telefon angedeutet, daß es Probleme gab, und jetzt setzte sie ihn rasch ins Bild. Mit ihrem Gespräch mit Rebecca in Lawrence fing sie an.

Abgesehen von der natürlichen Leidenschaft zweier junger Liebender gab es in ihrem Verhältnis kaum irgendwelche Emotionen. Und wenn es welche gab, dann gingen sie fast immer von Nicholas aus, der sich manchmal ein bißchen zu leicht aufregte, doch dieses Bißchen war immer noch mehr, als man von ihr sagen konnte. Er konnte auch mal die Stimme erheben, wenn er wütend war, aber das kam fast nie vor. Marlee war nicht kalt, nur berechnend. Er hatte sie nie weinen gesehen, nur einmal nach einem Film, der ihm nicht gefallen hatte. Sie hatten nie einen ernsthaften Streit gehabt, und die gewöhnlichen Meinungsverschiedenheiten wurden schnell beigelegt, weil Marlee ihm beigebracht hatte, seine Zunge im Zaum zu halten. Sie duldete keine Gefühlsvergeudung, schmollte nicht, grollte nicht wegen Belanglosigkeiten und nahm es auch nicht hin, wenn er dergleichen versuchte.

Sie berichtete über das Gespräch mit Rebecca und versuchte, jedes Wort wiederzugeben, das bei ihrem Treffen mit Fitch gefallen war.

Die Erkenntnis, daß sie teilweise enttarnt worden waren, traf sie hart. Sie waren sicher, daß es Fitch war, und sie fragten sich, wieviel er wußte. Sie waren überzeugt und waren es immer gewesen, daß, um Claire Clement zu finden, zuerst Jeff Kerr entdeckt werden mußte. Jeffs Hintergrund war harmlos. Der von Claire mußte im Verborgenen bleiben, sonst konnten sie gleich die Flucht ergreifen.

Sie konnten kaum etwas anderes tun als abwarten.

Derrick zwängte sich durch das ausschwenkbare Fenster in Angels Zimmer. Er hatte sie seit Sonntag, also seit fast achtundvierzig Stunden, nicht mehr gesehen, und er konnte einfach nicht bis morgen abend warten, weil er sie irrsinnig liebte und sie ihm fehlte und er sie in den Armen halten mußte. Sie bemerkte sofort, daß er getrunken hatte. Sie fielen aufs Bett, wo sie rasch einen nicht genehmigten persönlichen Besuch absolvierten.

Derrick drehte sich um und schlief sofort ein.

Sie erwachten in der Morgendämmerung, und Angel geriet in Panik, weil sie einen Mann im Zimmer hatte, was natürlich gegen die Anordnungen des Richters verstieß. Derrick war die Ruhe selbst. Er sagte, er würde einfach warten, bis sie zum Gericht abgefahren waren, und sich dann aus dem Zimmer schleichen. Das trug nur wenig zur Beruhigung von Angels Nerven bei. Sie nahm eine ausgiebige Dusche.

Derrick hatte Cleves Plan akzeptiert und gewaltig verbessert. Nach dem Verlassen des Lokals hatte er einen Sechserpack Bier gekauft und war stundenlang an der Küste herumgefahren. Er war langsam den Highway 90 hinauf und hinunter gefahren, vorbei an den Hotels und Kasinos und Bootsanlegern, von Pass Christian nach Pascagoula, hatte Bier getrunken und den Plan verbessert. Nach ein paar Bier hatte Cleve sich entschlüpfen lassen, daß die Anwälte der Klägerin auf Millionen aus waren. Für ein Urteil waren nur neun von zwölf Stimmen erforderlich, also rechnete Derrick sich aus, daß Angels Stimme weitaus mehr wert war als zehntausend Dollar.

Zehntausend hatten sich in dem Lokal großartig angehört, aber wenn sie soviel zahlten und sich so schnell dazu bereit erklärten, dann würden sie unter Druck noch mehr zahlen. Je länger er herumfuhr, desto wertvoller wurde ihre Stimme. Der Preis lag jetzt bei fünfzigtausend und stieg fast stündlich.

Derrick war fasziniert von der Idee einer prozentualen Beteiligung. Was war, wenn das Urteil zum Beispiel auf zehn Millionen lautete? Ein Prozent, ein lausiges kleines Prozent wären hunderttausend Dollar. Ein Zwanzig-Millionen-Dollar-Urteil? Zweihunderttausend Dollar. Was wäre, wenn Derrick Cleve einen Handel vorschlagen würde, nach dem sie ihm Bargeld auf die Hand zahlten und einen Prozentsatz nach dem Urteil? Das würde Derrick und natürlich auch seine Freundin motivieren, bei der Beratung der Geschworenen auf eine hohe Geldstrafe zu dringen. Sie würden Mitspieler werden. Das war eine Chance, die sich ihnen nie wieder bot.

Angel kehrte im Bademantel zurück und zündete sich eine Zigarette an.

27. KAPITEL

Die Verteidigung des guten Firmennamens von Pynex hatte am Mittwoch morgen einen miserablen Start, allerdings nicht durch eigene Schuld. Ein Analytiker namens Walter Barker, der für *Mogul,* eine populäre Finanz-Wochenschrift, schrieb, hatte zwei gegen eins gewettet, daß die Jury in Biloxi gegen Pynex entscheiden und eine hohe Strafe verhängen würde. Barker war kein Leichtgewicht. Er hatte Jura studiert und sich in der Wall Street den Ruf eines Mannes erworben, auf den man hören mußte, wenn es bei einem Prozeß um wirtschaftliche Belange ging. Seine Spezialität war die Verfolgung von Prozessen, Revisionen und Vergleichen und das Vorhersagen ihres Ausgangs, bevor er tatsächlich eingetreten war. Er behielt in der Regel recht und hatte mit seinen Recherchen ein Vermögen verdient. Er wurde viel gelesen, und die Tatsache, daß er gegen Pynex wettete, versetzte der Wall Street einen Schock. Die Aktien eröffneten bei sechsundsiebzig, fielen auf dreiundsiebzig und standen am späten Vormittag bei einundsiebzig einhalb.

Der Gerichtssaal war am Mittwoch voller als gewöhnlich. Die Typen von der Wall Street waren in voller Besetzung zurückgekehrt; jeder las im *Mogul,* und alle waren plötzlich der gleichen Ansicht wie Barker, obwohl eine Stunde zuvor beim Frühstück noch Einigkeit darüber geherrscht hatte, daß Pynex die Zeugen der Klägerin gut überstanden hatte und erhobenen Hauptes abschließen würde. Jetzt lasen sie mit besorgten Gesichtern und änderten die Berichte an ihre Büros ab. Barker war vorige Woche tatsächlich im Gerichtssaal gewesen. Er hatte für sich allein in einer der hinteren Reihen gesessen. Was hatte er gesehen, das ihnen entgangen war?

Die Geschworenen kamen Punkt neun herein. Lou Dell hielt ihnen so stolz die Tür auf, als hätte sie ihre Küken wieder eingesammelt, nachdem sie sich gestern zerstreut hatten, und lieferte sie jetzt wieder dort ab, wo sie hingehörten. Harkin begrüßte sie, als wären sie einen Monat lang fort gewesen, machte ein paar flaue Scherze über das Angeln, dann eilte er durch seine Standardfragen zum Thema »Sind Sie belästigt worden?« Er versprach den Geschworenen ein rasches Ende des Prozesses.

Jankle wurde als Zeuge aufgerufen, und die Verteidigung begann. Frei von den Nachwirkungen des Alkohols war Jankle präpariert und in guter Verfassung. Er lächelte mühelos und schien die Chance, seinen Tabakkonzern zu verteidigen, zu begrüßen. Cable dirigierte ihn ohne irgendwelche Zwischenfälle durch die Präliminarien.

In der zweiten Reihe saß D. Y. Taunton, der schwarze Anwalt von der Wall-Street-Kanzlei, der in Charleston mit Lonnie zusammengetroffen war. Er hörte Jankle zu, schaute dabei aber Lonnie an, und es dauerte nicht lange, bis ihre Blicke sich trafen. Lonnie schaute einmal zu ihm hin, konnte nicht anders, als noch einmal zu ihm hinzuschauen, und beim dritten Hinschauen schaffte er es, zu nicken und zu lächeln, weil ihm das die angemessene Reaktion zu sein schien. Die Botschaft war klar – Taunton war ein wichtiger Mann, der die weite Reise nach Biloxi gemacht hatte, weil dies ein wichtiger Tag war. Jetzt hatte die Verteidigung das Wort, und Lonnie mußte unbedingt verstehen, daß er jetzt zuhören und jedes Wort glauben mußte, das im Zeugenstand gesprochen wurde. Kein Problem für Lonnie.

Bei Jankles erstem Verteidigungsstoß ging es um das Thema der freien Entscheidung. Er gab zu, daß eine Menge Leute der Ansicht seien, daß Zigaretten süchtig machten, aber nur, weil ihm und Cable klar war, daß eine gegenteilige Behauptung albern klingen würde. Aber vielleicht machten sie doch nicht süchtig. Im Grunde wußte das niemand so genau, und die Leute in der Forschung waren genauso unsicher wie alle anderen auch. Eine Untersuchung ging in die eine Richtung, die nächste in eine andere, aber er hatte nie einen eindeutigen Beweis dafür erhalten, daß Rauchen süchtig macht. Was ihn selbst anging, so glaubte er es einfach nicht. Jankle rauchte seit zwanzig Jahren, aber nur, weil er es genoß. Er rauchte zwanzig Zigaretten am Tag, aus freier Entscheidung, und er hatte sich für eine Marke mit niedrigem Teergehalt entschieden. Nein, er war keinesfalls süchtig. Er konnte jederzeit aufhören, wenn er es wollte. Er rauchte, weil es ihm Spaß machte. Er spielte viermal die Woche Tennis, und seine alljährliche Routineuntersuchung ergab nichts, worüber man sich Sorgen machen müßte.

Eine Reihe hinter Taunton saß Derrick Maples, zum erstenmal im Gerichtssaal. Er hatte das Motel nur Minuten nach dem Bus verlassen und eigentlich vorgehabt, den Tag mit Arbeitssuche zu verbringen. Jetzt träumte er vom großen Geld. Angel bemerkte ihn, sah aber nur Jankle an. Derricks plötzliches Interesse für den Prozeß war verwunderlich. Seit sie isoliert worden waren, hatte er nichts anderes getan, als sich zu beklagen.

Jankle beschrieb die verschiedenen Marken, die sein Konzern herstellte. Er verließ den Zeugenstand und trat vor eine vielfarbige Tafel mit allen acht Marken, neben denen der jeweilige Teer- und Nikotingehalt verzeichnet war. Er erklärte, weshalb manche Zigaretten Filter haben, andere dagegen nicht, und daß bei manchen der Teer- und Nikotingehalt höher ist als bei anderen. Es lief alles auf die freie Entscheidung hinaus. Er war stolz auf seine Produkte.

Damit war ein kritischer Punkt erreicht, und Jankle erklärte ihn gut. Durch das Angebot einer so großen Auswahl an Marken stellte Pynex es jedem Verbraucher frei, selbst zu entscheiden, wieviel Teer und Nikotin er haben wollte. Es war alles eine Sache der freien Entscheidung. Entscheiden Sie sich für den Gehalt an Teer und Nikotin. Entscheiden Sie, wieviel Zigaretten Sie pro Tag rauchen wollen. Entscheiden Sie, ob Sie inhalieren oder nicht. Entscheiden Sie ganz bewußt, was Sie Ihrem Körper mit Zigaretten antun wollen.

Jankle deutete auf die leuchtende Zeichnung einer roten Schachtel Bristol, der Marke mit dem zweithöchsten Teer- und Nikotingehalt. Er gab zu, daß, wenn Bristol »mißbraucht« wurde, Schäden die Folge sein konnten.

Zigaretten waren verantwortungsvolle Produkte, sofern

sie in Maßen benutzt wurden. Wie viele andere Produkte – Alkohol, Butter, Zucker und Handfeuerwaffen, um nur ein paar zu nennen – konnten sie gefährlich werden, wenn man sie mißbrauchte.

Derrick gegenüber, auf der anderen Seite des Gangs, saß Hoppy, der hereingekommen war, um sich einen raschen Überblick über den Verlauf des Prozesses zu verschaffen. Außerdem wollte er Millie zulächeln, die sich freute, ihn zu sehen, sich aber gleichzeitig über sein plötzliches Interesse an dem Prozeß wunderte. Heute abend durften die Geschworenen ihre persönlichen Besuche empfangen, und Hoppy konnte es kaum abwarten, drei Stunden in Millies Zimmer zu verbringen, wobei Sex das letzte war, was er im Sinne hatte.

Als Richter Harkin die Sitzung zum Lunch unterbrach, beendete Jankle gerade seine Ansichten über die Werbung. Natürlich gab sein Konzern massenhaft Geld dafür aus, aber nicht soviel wie Bierkonzerne oder Autokonzerne oder Coca-Cola. Ohne Werbung konnte man in einer vom Konkurrenzkampf beherrschten Welt nicht überleben, einerlei, um welches Produkt es sich handelte. Natürlich sahen Kinder die Anzeigen seines Konzerns. Wie kann man eine Reklametafel so gestalten, daß Kinder sie nicht sehen? Wie kann man Kinder daran hindern, die Zeitschriften zu betrachten, die ihre Eltern abonniert haben? Unmöglich. Dann gab Jankle bereitwillig zu, daß er die Statistiken gesehen hatte, denen zufolge fünfundachtzig Prozent der rauchenden Jugendlichen die drei Marken kaufen, für die am stärksten geworben wird. Aber das tun die Erwachsenen auch! Noch einmal: Man kann keine Werbekampagne planen, die sich an Erwachsene richtet, ohne daß Jugendliche sie sehen.

Fitch verfolgte Jankles Aussage von einem Platz im Hintergrund aus. Rechts neben ihm saß Luther Vandemeer, Generaldirektor von Trellco, dem größten Tabakkonzern der Welt. Vandemeer war der inoffizielle Anführer der Großen Vier und der einzige, den Fitch ausstehen konnte. Vandemeer seinerseits hatte die höchst verwunderliche Gabe, daß er Fitch mochte.

Sie verspeisten ihren Lunch bei Mary Mahoney's, allein an einem Tisch in einer Ecke. Sie waren erleichtert über den Erfolg, den Jankle bisher gehabt hatte, wußten aber, daß das Schlimmste noch bevorstand. Barkers Artikel in *Mogul* hatte ihnen den Appetit verdorben.

»Wieviel Einfluß haben Sie auf die Jury?« fragte Vandemeer, in seinem Essen herumstochernd.

Fitch hatte nicht die Absicht, wahrheitsgemäß zu antworten. Das wurde auch nicht von ihm erwartet. Seine schmutzige Arbeit wurde vor allen, mit Ausnahme seiner Agenten, geheimgehalten.

»Den üblichen«, sagte Fitch.

»Der übliche genügt möglicherweise nicht.«

»Was schlagen Sie vor?«

Vandemeer antwortete nicht, sondern betrachtete statt dessen die Beine einer jungen Kellnerin, die gerade am Nebentisch eine Bestellung notierte.

»Wir tun alles menschenmögliche«, sagte Fitch mit einer für ihn untypischen Wärme. Aber Vandemeer hatte Angst, und das zu Recht. Fitch wußte, daß er unter enormem Druck stand. Eine hohe Geldstrafe würde Pynex oder Trellco nicht ruinieren, aber die Resultate würden unerfreulich und weitreichend sein. Eine interne Untersuchung prophezeite einen sofortigen Wertverlust der Aktien um zwanzig Prozent bei allen vier Konzernen, und das war nur der Anfang. In der gleichen Untersuchung wurde für den schlimmsten Fall im Zeitraum von fünf Jahren nach einer Verurteilung eine Million Lungenkrebs-Prozesse vorhergesagt, wobei das durchschnittliche Verfahren allein an juristischen Kosten eine Million Dollar verschlang. Die Untersuchung wagte es nicht, die Kosten von einer Million Verurteilungen vorherzusagen. Das Horrorszenario rechnete mit einer Gruppenklage, wobei zu der Gruppe alle Leute gehörten, die jemals geraucht hatten und sich dadurch geschädigt fühlten. Wenn es so weit kommen sollte, lagen selbst Konkurse im Bereich des Möglichen. Außerdem war damit zu rechnen, daß im Kongreß ernsthafte Versuche unternommen werden würden, die Produktion von Zigaretten zu verbieten.

»Haben Sie genug Geld?« fragte Vandemeer.

»Ich denke schon«, sagte Fitch und fragte sich selbst zum hundertstenmal, an wieviel seine liebe Marlee denken mochte.

»Der Fonds sollte in guter Verfassung sein.«

»Das ist er.«

Vandemeer kaute an einem winzigen Stück gegrilltem Hähnchen. »Weshalb suchen Sie sich nicht einfach neun Geschworene aus und geben jedem eine Million Dollar?« sagte er mit einem leisen Auflachen, als scherzte er lediglich.

»Glauben Sie mir, ich habe daran gedacht. Es ist einfach zu riskant. Dabei würden einige Leute im Gefängnis landen.«

»Sollte nur ein Witz sein.«

»Wir haben Mittel und Wege.«

Vandemeer hörte auf zu lächeln. »Wir müssen gewinnen, Rankin, verstehen Sie? Wir müssen gewinnen. Sie können ausgeben, was immer Sie für erforderlich halten.«

Eine Woche zuvor hatte Richter Harkin auf ein weiteres schriftliches Ersuchen von Nicholas Easter hin die Lunch-Routine ein wenig geändert und verfügt, daß die beiden Ersatz-Geschworenen zusammen mit den zwölf anderen essen durften. Nicholas hatte vorgetragen, daß sie schließlich alle vierzehn in einem Gebäude wohnten, sich gemeinsam Filme ansahen, gemeinsam frühstückten und zu Abend aßen, da wäre es doch beinahe lächerlich, sie beim Lunch voneinander getrennt zu halten. Die beiden Ersatzleute waren Männer, Henry Vu und Shine Royce.

Henry Vu war ein südvietnamesischer Pilot gewesen, der sein Jagdflugzeug am Tag nach dem Fall von Saigon ins Südchinesische Meer gestürzt hatte. Er wurde von einem amerikanischen Rettungsboot aufgefischt und in einem Lazarett in San Francisco behandelt. Es kostete ein Jahr, seine Frau und seine Kinder durch Laos und Kambodscha nach

Thailand und schließlich nach San Francisco zu schleusen. 1978 waren sie nach Biloxi gezogen. Vu kaufte einen Krabbenkutter und schloß sich der wachsenden Zahl von vietnamesischen Fischern an, die die Einheimischen verdrängten. Im Jahr zuvor hatte seine jüngste Tochter bei der Schulabschlußfeier die Festrede gehalten. Sie hatte ein Vollstipendium für Harvard erhalten. Henry hatte seinen vierten Kutter gekauft.

Er unternahm keinen Versuch, sich vor der Geschworenenpflicht zu drücken. An Patriotismus konnte er es mit allen aufnehmen, sogar mit dem Colonel.

Nicholas hatte sich natürlich sofort mit ihm angefreundet. Er war entschlossen, dafür zu sorgen, daß, wenn die Beratung begann, Henry Vu zu den zwölf Auserwählten gehörte.

Den Prozeß in die Länge zu ziehen, war das letzte, was Durwood Cable wollte. Die Geschworenen waren durch die Isolierung schon verärgert genug. Er hatte die Liste seiner Zeugen auf fünf zusammengestrichen; ihre Vernehmung sollte nicht mehr als vier Tage in Anspruch nehmen.

Es war die schlechteste Zeit des Tages für ein Direktverhör – die erste Stunde nach dem Lunch –, als Jankle in den Zeugenstand zurückkehrte und seine Aussage fortsetzte.

»Was unternimmt Ihr Konzern dagegen, daß Minderjährige rauchen?« fragte ihn Cable, und Jankle redete eine volle Stunde. Eine Million hier für diesen guten Zweck, und eine Million dort für jene Werbekampagne. Elf Millionen allein im letzten Jahr.

Gelegentlich hörte Jankle sich an, als ob er Tabak verabscheute.

Nach einer sehr langen Kaffeepause um drei konnte Wendall Rohr Jankle ins Kreuzverhör nehmen. Er fing mit einer niederträchtigen Frage an, und um Jankles Sache stand es von Minute zu Minute schlechter.

»Trifft es nicht zu, Mr. Jankle, daß Ihr Konzern Hunderte von Millionen dafür ausgibt, die Leute zum Rauchen zu überreden, aber wenn diese Leute von Ihren Zigaretten krank werden, nicht einen Pfennig bezahlt, um ihnen zu helfen?«

»Ist das eine Frage?«

»Natürlich ist es eine. Beantworten Sie sie!«

»Nein. Das trifft nicht zu.«

»Gut. Wann hat Pynex das letztemal einen Pfennig zu einer der Arztrechnungen Ihrer Raucher zugezahlt?«

Jankle zuckte die Achseln und murmelte etwas.

»Entschuldigen Sie, Mr. Jankle. Das habe ich nicht verstanden. Meine Frage lautete, wann hat Pynex ...«

»Ich habe die Frage gehört.«

»Dann beantworten Sie sie. Nennen Sie uns nur einen Fall, in dem Pynex angeboten hat, sich an den Arztrechnungen von jemandem zu beteiligen, der eines Ihrer Produkte geraucht hat.«

»Ich kann mich an keinen erinnern.«

»Also weigert sich Ihr Konzern, hinter seinen Produkten zu stehen.«

»Das ist keineswegs der Fall.«

»Gut. Nennen Sie den Geschworenen nur ein einziges Beispiel dafür, daß Pynex hinter seinen Zigaretten steht.«

»Unsere Produkte sind nicht schädlich.«

»Sie verursachen nicht Krankheit und Tod?« fragte Rohr ungläubig und schwenkte heftig die Arme.

»Nein, das tun sie nicht.«

»Also, damit es keine Mißverständnisse gibt: Sie erklären dieser Jury, daß Ihre Zigaretten nicht Krankheit und Tod verursachen?«

»Nur, wenn sie mißbraucht werden.«

Rohr lachte und spie das Wort »mißbraucht« voller Abscheu heraus. »Sind Ihre Zigaretten dazu gedacht, mit irgendeiner Art von Feuerzeug angezündet zu werden?«

»Natürlich.«

»Und soll der von dem Tabak und dem Papier erzeugte Rauch durch das dem angezündeten Ende gegenüberliegende Ende eingesaugt werden?«

»Ja.«

»Und soll dieser Rauch in den Mund eindringen?«

»Ja.«

»Und soll er in die Atemwege inhaliert werden?«

»Das hängt von der Entscheidung des Rauchers ab.«

»Inhalieren Sie, Mr. Jankle?«

»Ja.«

»Sind Ihnen Untersuchungen bekannt, denen zufolge achtundneunzig Prozent der Zigarettenraucher inhalieren?«

»Ja.«

»Also könnte man sagen, daß Sie wissen, daß der Rauch Ihrer Zigaretten inhaliert wird?«

»Vermutlich.«

»Sind Sie der Ansicht, daß Leute, die den Rauch inhalieren, das Produkt mißbrauchen?«

»Nein.«

»Also, Mr. Jankle, dann sagen Sie uns bitte, wie mißbraucht man eine Zigarette?«

»Indem man zuviel raucht.«

»Und wieviel ist zuviel?«

»Das hängt von jedem Einzelnen ab.«

»Ich rede nicht mit jedem einzelnen Raucher, Mr. Jankle. Ich rede mit Ihnen, dem Generaldirektor von Pynex, einem der größten Zigarettenhersteller der Welt. Und ich frage Sie, wieviel ist Ihrer Ansicht nach zuviel?«

»Ich würde sagen, mehr als zwei Schachteln pro Tag.«

»Mehr als vierzig Zigaretten pro Tag?«

»Ja.«

»Und auf welcher Untersuchung basiert das?«

»Auf gar keiner. Das ist lediglich meine Ansicht.«

»Unter vierzig, und Rauchen ist nicht ungesund. Über vierzig, und das Produkt wird mißbraucht. Ist das Ihre Ansicht?«

»Es ist meine Ansicht.« Jankle begann sich zu winden, und warf einen Blick auf Cable, der wütend in eine andere Richtung schaute. Die Mißbrauchstheorie war neu, eine Schöpfung von Jankle. Er hatte darauf bestanden, sie vorzutragen.

Rohr senkte die Stimme und betrachtete seine Notizen.

Er ließ sich Zeit, weil er sich den Todesstoß nicht verderben wollte. »Würden Sie den Geschworenen mitteilen, was Sie als Generaldirektor unternommen haben, um die Öffentlichkeit zu warnen, daß mehr als vierzig Zigaretten pro Tag gefährlich sind?«

Jankle hatte eine schnelle Erwiderung parat, aber dann überlegte er es sich anders. Sein Mund öffnete sich und blieb dann einen langen, qualvollen Moment lang offenstehen. Nachdem der Schaden angerichtet war, nahm er sich zusammen und sagte: »Ich glaube, Sie haben mich mißverstanden.«

Rohr dachte nicht daran, ihn Erklärungen liefern zu lassen. »Das ist durchaus möglich. Ich glaube nicht, daß ich auf einem Ihrer Produkte je eine Warnung gesehen habe, die besagt, daß mehr als vierzig Zigaretten pro Tag gefährlich sind und einen Mißbrauch darstellen. Weshalb nicht?«

»Das wird nicht von uns verlangt.«

»Von wem verlangt?«

»Von der Regierung.«

»Wenn die Regierung nicht von Ihnen verlangt, daß Sie die Leute warnen, daß Ihre Produkte mißbraucht werden können, dann tun Sie es bestimmt nicht freiwillig, oder?«

»Wir halten uns an die Gesetze.«

»Haben die Gesetze von Pynex verlangt, im vorigen Jahr vierhundert Millionen Dollar für die Werbung auszugeben?«

»Nein.«

»Aber Sie haben es getan, oder?«

»Etwa in der Höhe, ja.«

»Und wenn Sie Raucher vor potentiellen Gefahren warnen wollten, dann könnten Sie das ohne weiteres tun, oder?«

»Ich nehme es an.«

Rohr ging rasch zu Butter und Zucker über, zwei Produkten, die Jankle als möglicherweise gefährlich erwähnt hatte. Es bereitete Rohr ein diebisches Vergnügen, auf die Unterschiede zwischen ihnen und Zigaretten hinzuweisen und Jankle ziemlich dumm dastehen zu lassen.

Das Beste hob er sich bis zuletzt auf. Während einer kurzen Unterbrechung wurden die Videomonitore abermals hereingerollt. Als die Geschworenen zurückkehrten, wurde das Licht gedämpft, und dann erschien Jankle auf den Bildschirmen und hob die rechte Hand, nachdem er aufgefordert worden war, die Wahrheit und nichts als die Wahrheit zu sagen. Der Anlaß war eine Anhörung vor einem Unterausschuß des Kongresses. Neben Jankle standen Vandemeer und die beiden anderen Generaldirektoren der Großen Vier, alle per Gerichtsbeschluß vorgeladen, um einer Gruppe von Politikern Rede und Antwort zu stehen. Sie sahen aus wie vier Mafia-Dons, die im Begriff sind, dem Kongreß zu erklären, so etwas wie organisiertes Verbrechen gäbe es nicht. Das Verhör war brutal.

Die Aufzeichnung war stark redigiert. Einer nach dem anderen wurden sie rundheraus gefragt, ob Nikotin süchtig macht, und alle bestritten es nachdrücklich. Jankle kam als letzter an die Reihe, und als er es wütend verneinte, wußten die Geschworenen, genau wie der Unterausschuß, daß er log.

28. KAPITEL

Während einer hitzigen Vierzig-Minuten-Diskussion mit Cable in seinem Büro lud Fitch das meiste von dem ab, was ihm an der Vorgehensweise der Verteidigung nicht gefiel. Er fing mit Jankle und seiner brillanten neuen Verteidigungsstrategie, dem Mißbrauch von Zigaretten, an, einer völlig hirnverbrannten Theorie, die ihren Untergang bedeuten konnte. Cable, nicht in der Stimmung, sich Vorwürfe machen zu lassen, schon gar nicht von einem Nichtjuristen, den er ohnehin verabscheute, wies wiederholt darauf hin, daß er Jankle angefleht hatte, das Thema Mißbrauch nicht anzuschneiden. Aber Jankle war in einem früheren Leben Anwalt gewesen und hielt sich für einen genialen Denker, dem die goldene Chance zuteil geworden war, Big Tobacco zu retten. Jankle saß jetzt in einem Pynex-Jet auf dem Rückflug nach New York.

Und Fitch meinte, die Jury könnte vielleicht von Cable genug haben. Rohr hatte die Arbeit im Gerichtssaal unter seiner Verbrecherbande aufgeteilt. Weshalb konnte nicht auch Cable neben Felix Mason noch einen anderen Anwalt mit der Vernehmung von ein paar Zeugen beauftragen? Ihm standen weiß Gott genug Leute zur Verfügung. War es Selbstherrlichkeit? Sie blitzten sich über den Schreibtisch hinweg an.

Der Artikel in *Mogul* hatte Nerven bloßgelegt und den Druck erheblich verstärkt.

Cable erinnerte Fitch daran, daß er der Anwalt war und auf dreißig recht erfolgreiche Jahre im Gerichtssaal zurückblicken konnte. Er war besser imstande, die Stimmung und die Reaktionen der Geschworenen zu beurteilen.

Und Fitch erinnerte Cable daran, daß dies der neunte Tabakprozeß war, den er steuerte, ganz zu schweigen von den Verfahren, die er zum Scheitern gebracht hatte. Und er hatte vor Gericht ganz eindeutig schon bessere Arbeit gesehen als das, was Cable ablieferte.

Als das Schreien und die Beschimpfungen abebbten und beide Männer versuchten, sich zusammenzunehmen, stimmten sie darin überein, daß die Verteidigung sich kurz fassen sollte. Cable ging von drei weiteren Tagen aus, und das schloß alle Kreuzverhöre ein, die Rohr eventuell zu führen gedachte. Drei Tage und nicht mehr, sagte Fitch.

Er schlug die Tür hinter sich ins Schloß und sammelte auf dem Flur José ein. Zusammen stürmten sie durch die Büros, in denen immer noch Hochbetrieb herrschte. Anwälte in Hemdsärmeln, Pizza essende Anwaltsgehilfen und erschöpfte Sekretärinnen schossen herum und versuchten, mit der Arbeit fertig zu werden, um nach Hause zu den Kindern zu kommen. Schon der bloße Anblick des mit Höchstgeschwindigkeit durch die Gänge stürmenden Fitch mit dem bulligen José im Schlepptau bewirkte, daß erwachsene Männer sich schleunigst in irgendwelche Zimmer verzogen.

Im Suburban händigte José Fitch einen Stapel Faxe aus, die er während der Fahrt in seine Zentrale überflog. Das erste war eine Aufstellung von Marlees Bewegungen seit ihrem gestrigen Treffen auf der Pier. Nichts Ungewöhnliches.

Das nächste war eine Zusammenfassung dessen, was in Kansas ablief. Eine Claire Clement war in Topeka ausfindig gemacht worden, aber sie lebte in einem Altersheim. Eine weitere in Des Moines beantwortete den Anruf vom Gebrauchtwagenhandel ihres Mannes aus. Swanson meldete, daß sie vielen Spuren nachgingen, aber was Details anging, war der Bericht ziemlich dürftig. Einer von Jeff Kerrs früheren Mitstudenten war in Kansas City gefunden worden, und sie versuchten, ein Zusammentreffen zu arrangieren.

Sie kamen an einem kleinen Supermarkt vorbei, und eine Bierreklame im Schaufenster erregte Fitchs Aufmerksamkeit. Der Geschmack und der Duft eines kalten Biers fesselten seine Sinne, und alles in Fitch verlangte nach einem Drink. Nur einen. Nur ein einziges herrliches, eiskaltes Bier in einem großen Krug. Wie lange war das her?

Der Drang, anzuhalten, wurde übermächtig. Fitch schloß die Augen und versuchte, an etwas anderes zu denken. Er konnte José hineinschicken und ihn nur eine, wirklich nur eine kalte Flasche kaufen lassen, und damit hätte es sich. Oder etwa nicht? Nach neun Jahren Enthaltsamkeit würde er doch bestimmt einen lächerlichen Drink verkraften können. Weshalb sollte er sich nicht einen einzigen gönnen?

Weil er Millionen gehabt hatte. Und wenn José hier anhielt, dann würde er zwei Blocks weiter abermals anhalten. Und wenn sie schließlich das Büro erreichten, würde der Suburban voll von leeren Flaschen sein, und Fitch würde vorbeifahrende Wagen damit bewerfen. Er war als Betrunkener nicht eben erfreulich.

Aber nur eins, um seine Nerven zu beruhigen, um diesen elenden Tag vergessen zu können.

»Sind Sie okay, Boß?« fragte José.

Fitch grunzte etwas und hörte auf, an Bier zu denken. Wo war Marlee, und weshalb hatte sie heute nicht angerufen? Der Prozeß ging seinem Ende entgegen. Es würde Zeit kosten, einen Handel abzuschließen und in die Tat umzusetzen.

Er dachte an den Artikel im *Mogul,* und er sehnte sich nach Marlee. Er hörte Jankles idiotische Stimme, wie er seine brandneue Verteidigungstheorie aufs Tapet brachte, und er sehnte sich nach Marlee. Er schloß die Augen und sah die Gesichter der Geschworenen vor sich, und er sehnte sich nach Marlee.

Weil Derrick sich inzwischen für einen der Hauptakteure hielt, wählte er für Mittwoch abend einen neuen Treffpunkt. Es war ein dubioses Lokal im Schwarzenviertel von Biloxi, ein Ort, an dem Cleve schon einmal gewesen war. Derrick bildete sich ein, die Oberhand zu haben, wenn das Treffen in seinem Revier stattfand. Cleve bestand darauf, daß sie sich vorher auf dem Parkplatz trafen.

Der Parkplatz war fast voll. Cleve kam spät. Derrick entdeckte ihn, als er einparkte, und ging zur Fahrerseite.

»Ich halte das nicht für eine gute Idee«, sagte Cleve und betrachtete durch den offenen Fensterspalt das dunkle Backsteingebäude mit Stahlstangen vor den Fenstern.

»Es ist okay«, sagte Derrick, selbst ein bißchen besorgt, aber er hatte nicht vor, sich das anmerken zu lassen. »Es ist völlig ungefährlich.«

»Ungefährlich? Im letzten Monat hat es hier drei Messerstechereien gegeben. Außer meinem ist hier kein weißes Gesicht zu sehen. Und Sie erwarten von mir, daß ich mit fünftausend Dollar in der Tasche da reingehe und Sie ihnen gebe? Was meinen Sie, über wen werden sie zuerst herfallen? Über Sie oder über mich?«

Derrick sah ein, daß er recht hatte, dachte aber nicht daran, so rasch nachzugeben. Er beugte sich näher an das Fenster heran und ließ, plötzlich wesentlich ängstlicher, den Blick über den Parkplatz schweifen.

»Ich finde, wir gehen da jetzt rein«, sagte er, den zähen Burschen mimend.

»Kommt nicht in Frage«, sagte Cleve. »Wenn Sie das Geld wollen, dann kommen Sie ins Waffle House an der 90.« Cleve startete den Motor und schloß das Fenster. Derrick sah, wie er davonfuhr, seine fünftausend Dollar irgendwo in greifbarer Nähe, und rannte zu seinem Wagen.

Sie aßen Pfannkuchen und tranken Kaffee an der Theke. Die Unterhaltung ging leise vonstatten, weil der Koch weniger als drei Meter von ihnen entfernt Eier und Würstchen auf einen Grill warf und anscheinend versuchte, sich kein Wort entgehen zu lassen.

Derrick war nervös, und seine Hände zitterten. Für Cleve dagegen war das Ganze keine sonderlich wichtige Affäre. Laufburschen übergaben täglich irgendwelches Bargeld.

»Also, ich finde, zehn Riesen sind vielleicht nicht genug, verstehen Sie, was ich meine?« sagte Derrick schließlich, einen Satz von sich gebend, den er fast den ganzen Nachmittag über geprobt hatte.

»Ich dachte, wir hätten uns geeinigt«, sagte Cleve ungerührt und kaute auf seinem Pfannkuchen.

»Aber ich habe den Eindruck, Sie wollen mich über den Tisch ziehen.«

»Ist das Ihre übliche Verhandlungsmethode?«

»Sie bieten nicht genug, Mann. Ich habe darüber nachgedacht. Ich war heute morgen sogar im Gericht und habe mir einen Teil von dem Prozeß angehört. Ich weiß jetzt, was da vor sich geht. Ich habe alles kapiert.«

»Ach, haben Sie das?«

»Ja. Und ihr Typen spielt nicht fair.«

»Gestern abend, als wir uns auf zehn geeinigt haben, haben Sie sich nicht beschwert.«

»Jetzt liegen die Dinge anders. Gestern abend haben Sie mich überfahren.«

Cleve wischte sich den Mund mit einer Papierserviette ab und wartete, bis der Koch jemanden am entgegengesetzten Ende der Theke bediente. »Und was wollen Sie?«

»Einen ganzen Batzen mehr.«

»Wir haben keine Zeit für irgendwelche Spielchen. Sagen Sie mir, was Sie wollen.«

Derrick schluckte hart und warf einen Blick über die Schulter. Ganz leise sagte er: Fünfzigtausend und dazu einen Anteil von der Urteilssumme.«

»Wie hoch?«

»Ich denke, zehn Prozent wären fair.«

»Ach, tun Sie das?« Cleve warf die Serviette auf seinen Teller. »Sie haben den Verstand verloren«, sagte er, dann legte er einen Fünf-Dollar-Schein neben seinen Teller. Er stand auf und sagte: »Wir hatten uns auf zehn geeinigt. Dabei bleibt es. Irgendwas Größeres, und wir werden erwischt.«

Cleve verschwand eiligst. Derrick durchsuchte seine Taschen und fand nichts als Kleingeld. Der Koch stand plötzlich ganz in seiner Nähe und beobachtete die verzweifelte Suche nach Geld. »Ich dachte, er würde zahlen«, sagte Derrick, in seiner Hemdtasche kramend.

»Wieviel haben Sie?« fragte der Koch und nahm den Fünf-Dollar-Schein neben Cleves Teller an sich.

»Achtzig Cent.«

»Das reicht.«

Derrick rannte hinaus auf den Parkplatz, wo Cleve bei laufendem Motor und mit offenem Fenster in seinem Wagen wartete. »Ich wette, die andere Seite zahlt mehr«, sagte er, nachdem er sich vorgebeugt hatte.

»Dann versuchen Sie es. Gehen Sie morgen hin und sagen Sie ihnen, Sie wollten fünfzigtausend für eine Stimme.«

»Und zehn Prozent.«

»Sie spinnen, mein Junge.« Cleve schaltete langsam den Motor ab und stieg aus. Er zündete sich eine Zigarette an. »Sie haben keine Ahnung, wie das läuft. Ein Urteil zugunsten der Verteidigung bedeutet, daß überhaupt kein Geld den Besitzer wechselt. Null für die Klägerin bedeutet Null für die Verteidigung. Es bedeutet keinerlei Prozentsatz für irgend jemanden. Die Anwälte der Klägerin bekommen vierzig Prozent von Null. Kapieren Sie das?«

»Ja«, sagte Derrick langsam, aber offensichtlich noch etwas verwirrt.

»Hören Sie, was ich Ihnen anbiete, ist verdammt kriminell. Werden Sie nicht habgierig. Sonst werden Sie erwischt.«

»Zehntausend kommt mir sehr wenig vor für eine so große Sache.«

»So dürfen Sie das nicht sehen. Überlegen Sie doch mal. Sie hat keinerlei Ansprüche. Sie tut ihre Bürgerpflicht und bekommt fünfzehn Dollar pro Tag vom County dafür, daß sie eine gute Bürgerin ist. Die Zehntausend sind Bestechungsgeld, ein schmutziges kleines Geschenk, das man vergessen muß, sobald man es bekommen hat.«

»Aber wenn Sie ihr einen Anteil anbieten, dann spornt sie das dazu an, sich im Geschworenenzimmer noch mehr Mühe zu geben.«

Cleve tat einen langen Zug an seiner Zigarette, stieß den Rauch langsam aus und schüttelte den Kopf. »Sie begreifen einfach nicht. Wenn das Urteil zugunsten der Klägerin ausfällt, dann dauert es Jahre, bevor das Geld den Besitzer wechselt. Sie machen die ganze Sache viel zu kompliziert. Nehmen Sie das Geld. Reden Sie mit Angel. Helfen Sie uns.«

»Fünfundzwanzigtausend.«

Ein weiterer langer Zug, dann fiel die Zigarette auf den Asphalt. Cleve trat sie mit seinem Stiefel aus. »Da muß ich erst mit meinem Boß sprechen.«

»Fünfundzwanzigtausend, pro Stimme.«
»Pro Stimme?«
»Ja. Angel kann mehr als nur eine Stimme liefern.«
»Von wem?«
»Das sage ich nicht.«
»Lassen Sie mich mit meinem Boß sprechen.«

In Zimmer 54 las Henry Vu Briefe von seiner Tochter in Harvard, während seine Frau Qui neue Versicherungspolicen für ihre Flotte von Fischerbooten studierte. Zimmer 48 war leer, weil Nicholas sich im Partyzimmer Filme ansah. In 44 kuschelten sich Lonnie und seine Frau zum erstenmal seit fast einem Monat unter der Decke zusammen, aber sie mußten sich beeilen, weil ihre Schwester auf die Kinder aufpaßte. In 58 sah sich Mrs. Grimes Sitcoms an, während Herman seinen Computer mit Verhandlungsberichten fütterte. Zimmer 50 war leer, der Colonel saß im Partyzimmer, weil Mrs. Herrera bei einer Cousine in Texas zu Besuch war. Und 52 war gleichfalls leer, denn Jerry trank mit dem Colonel und Nicholas Bier und wartete darauf, später über den Flur ins Zimmer des Pudels huschen zu können. In 56 arbeitete sich Shine Royce, Ersatzmann Nummer zwei, durch eine große Tüte Brötchen und Butter, die er sich aus dem Eßzimmer geholt hatte, sah fern und dankte wieder einmal Gott für sein Glück. Royce war zweiundfünfzig, arbeitslos, lebte mit einer jüngeren Frau und ihren sechs Kindern in einem Wohnwagen und hatte seit Jahren keine fünfzehn Dollar pro Tag mehr verdient. Jetzt brauchte er nur dazusitzen und einem Prozeß zuzuhören, und das County bezahlte ihn nicht nur dafür, sondern fütterte ihn auch noch durch. In 46 tranken Phillip Savelle und seine pakistanische Freundin Kräutertee und rauchten Pot bei geöffnetem Fenster.

In Zimmer 49 auf der anderen Seite des Korridors telefonierte Sylvia Taylor-Tatum mit ihrem Sohn. In 45 spielte Mrs. Gladys Card mit Mr. Nelson Card, dem Mann mit dem Prostataleiden, Gin Rommé. In 51 wartete Rikki Coleman auf Rhea, der sich verspätet hatte und vielleicht überhaupt nicht kommen konnte, weil der Babysitter nicht erschienen war. In 53 saß Loreen Duke auf dem Bett, aß Schokoladenkekse und hörte unglücklich und neidisch zu, wie Angel Weese und ihr Freund in Nummer 55 die Wände wackeln ließen.

Und in 47 liebten sich Hoppy und Millie Dupree wie nie zuvor. Hoppy war zeitig eingetroffen, mit einer großen Tüte chinesischem Essen und einer Flasche billigem Champagner, etwas, das er sich seit Jahren nicht getraut hatte. Unter normalen Umständen hätte sich Millie über den Alkohol aufgeregt, aber gegenwärtig waren die Umstände alles andere als normal. Sie trank ein kleines bißchen Champagner aus einem moteleigenen Plastikbecher und aß eine große Portion süßsaures Schweinefleisch. Dann fiel Hoppy über sie her.

Hinterher lagen sie im Dunkeln und unterhielten sich leise über die Kinder und die Schule und ihr Zuhause im allgemeinen. Sie hatte die Isolierung gründlich satt und wollte so schnell wie möglich zu ihrer Familie zurückkehren. Hoppy war sehr unglücklich über ihre Abwesenheit. Die Kinder waren mürrisch. Das Haus war ein Wrack. Alle vermißten Millie.

Er zog sich an und schaltete den Fernseher ein. Millie fand ihren Bademantel und goß sich einen weiteren winzigen Schluck Champagner ein.

»Das hier wirst du nicht glauben«, sagte Hoppy, griff in eine Manteltasche und zog ein zusammengefaltetes Blatt Papier heraus.

»Was ist das?« fragte sie, nahm das Blatt und faltete es auseinander. Es war eine Kopie von Fitchs gefälschter Aktennotiz mit den vielen Sünden von Leon Robilio. Sie las sie langsam, dann sah sie ihren Mann argwöhnisch an. »Wo hast du das her?« fragte sie.

»Es ist gestern per Fax gekommen«, sagte Hoppy aufrichtig. Er hatte diese Antwort eingeübt, weil er den Gedanken, Millie anzulügen, nicht ertragen konnte. Er kam sich wie ein Schwein vor, aber schließlich waren Napier und Nitchman irgendwo da draußen und warteten.

»Wer hat es geschickt?« fragte sie.

»Das weiß ich nicht. Es sieht aus, als käme es aus Washington.«

»Weshalb hast du es nicht weggeworfen?«

»Ich weiß nicht. Ich ...«

»Du weißt, daß du mir solches Zeug nicht zeigen darfst, Hoppy.« Millie warf das Blatt aufs Bett und baute sich mit den Händen auf den Hüften vor ihrem Mann auf. »Was hast du vor?«

»Nichts. Es ist einfach an mein Büro gefaxt worden, das ist alles.«

»Was für ein Zufall! Jemand in Washington hat zufällig deine Faxnummer und hat ganz zufällig gewußt, daß deine Frau in der Jury sitzt, natürlich ganz zufällig hat er auch gewußt, daß Leon Robilio ausgesagt hat, und zufällig angenommen, daß du dämlich genug sein würdest, den Wisch herzubringen, um mich zu beeinflussen, wenn er ihn dir faxt. Ich will wissen, was los ist!«

»Nichts. Ich schwöre es«, sagte Hoppy, in die Defensive gedrängt.

»Weshalb interessierst du dich plötzlich so für diesen Prozeß?«

»Er ist faszinierend.«

»Er ist seit drei Wochen faszinierend, und bisher hast du ihn kaum erwähnt. Was geht da vor, Hoppy?«

»Nichts. Reg dich nicht auf.«

»Ich merke es doch, wenn dir etwas zu schaffen macht.«

»Beruhige dich, Millie. Du bist reizbar. Ich bin reizbar. Diese Sache hat uns alle ein bißchen aus der Fassung gebracht. Tut mir leid, daß ich dir das gezeigt habe.«

Millie trank ihren Champagner aus und setzte sich auf die Bettkante. Hoppy ließ sich neben ihr nieder. Mr. Cristano vom Justizministerium hatte Hoppy ziemlich nachdrücklich nahegelegt, Millie dazu zu bringen, daß sie die Aktennotiz all ihren Freunden in der Jury zeigte. Er fürchtete sich davor, Mr. Cristano mitteilen zu müssen, daß das wahrscheinlich nicht passieren würde. Aber andererseits – wie konnte Mr. Cristano mit Sicherheit wissen, was aus dem verdammten Ding wurde?

Während Hoppy darüber nachdachte, begann Millie zu weinen. »Ich möchte nur nach Hause«, sagte sie mit roten Augen und bebenden Lippen. Hoppy legte den Arm um sie und drückte sie fest an sich.

»Tut mir leid«, sagte er. Sie weinte nur um so heftiger.

Hoppy war auch nach Weinen zumute. Dieses Beisammensein hatte sich als nutzlos erwiesen, vom Sex einmal abgesehen. Mr. Cristano hatte gesagt, der Prozeß würde in wenigen Tagen zu Ende sein. Millie mußte sehr schnell überzeugt werden, daß das einzige Urteil eines für die Verteidigung war. Da die Zeit, die sie zusammen verbringen konnten, knapp bemessen war, würde Hoppy gezwungen sein, ihr die ganze furchtbare Wahrheit zu sagen. Nicht jetzt, nicht heute abend, aber bestimmt beim nächsten persönlichen Besuch.

29. KAPITEL

Die Routine des Colonels blieb immer gleich. Wie ein guter Soldat stand er jeden Morgen um genau halb sechs auf und machte vor einer kurzen, kalten Dusche fünfzig Liegestütze. Um sechs ging er ins Eßzimmer, wo frischer Kaffee und massenhaft Zeitungen vorhanden zu sein hatten. Er aß Toast mit Marmelade und ohne Butter und begrüßte jeden seiner Kollegen, die hereinkamen und wieder verschwanden, mit einem kraftvollen und munteren guten Morgen. Sie waren noch halb verschlafen und wollten so schnell wie möglich in ihre Zimmer zurückkehren, um Kaffee zu trinken und sich ungestört die Nachrichten anzusehen. Es war eine höchst unerfreuliche Art, den Tag zu beginnen, wenn man gezwungen war, den Colonel zu begrüßen und auf seine Wortkanonade zu reagieren. Je länger sie isoliert waren, desto aufgedrehter war er vor Sonnenaufgang. Mehrere der Geschworenen warteten bis acht, weil er dann, wie alle wußten, den Raum verließ und in sein Zimmer zurückkehrte.

Um Viertel nach sechs am Dienstag morgen begrüßte Nicholas den Colonel, goß sich eine Tasse Kaffee ein und ertrug eine kurze Diskussion über das Wetter. Er verließ das improvisierte Eßzimmer und schob sich lautlos den leeren, halbdunklen Korridor entlang. Schon jetzt waren mehrere Fernseher zu hören. Jemand sprach am Telefon. Er schloß seine Tür auf und stellte den Kaffee rasch auf die Kommode, holte einen Stapel Zeitungen aus einer Schublade und ging wieder hinaus.

Mit Hilfe eines Schlüssels, den er von dem Bord unter der Rezeption gestohlen hatte, betrat Nicholas Zimmer 50, das des Colonels. Es roch stark nach billigem Aftershave. Schuhe standen in einer perfekten Reihe an einer Wand. Die Kleidungsstücke im Schrank waren ordentlich aufgehängt und vorschriftsmäßig gestärkt. Nicholas ließ sich auf die Knie nieder, hob die Kante der Tagesdecke an und deponierte die Zeitungen und Zeitschriften unter dem Bett. Eine davon war ein Exemplar der gestrigen Ausgabe vom *Mogul.*

Lautlos verließ er das Zimmer und kehrte in sein eigenes zurück. Eine Stunde später rief er Marlee an. Weil sie sicher waren, daß Fitch ihre Anrufe abhörte, sagte er lediglich: »Darlene, bitte.« Worauf sie erwiderte »Falsch verbunden«. Beide legten auf. Er wartete fünf Minuten und wählte dann die Nummer eines Handys, das Marlee in einem Schrank versteckt aufbewahrte. Sie hielten Fitch für durchaus fähig, ihr Telefon anzuzapfen und Wanzen in ihrer Wohnung anzubringen.

»Die Ware ist ausgeliefert«, sagte er.

Eine halbe Stunde später verließ Marlee ihre Wohnung und fand in einem Drive-In einen Münzfernsprecher. Sie rief Fitch an und wartete darauf, daß er ihren Anruf zurückverfolgte.

»Guten Morgen, Marlee«, sagte er.

»Hi, Fitch. Hören Sie, ich würde mich gern am Telefon mit Ihnen unterhalten, aber ich weiß, daß Sie jedes Wort aufzeichnen.«

»Das tue ich nicht, ich schwöre es.«

»Okay. An der Ecke Fourteenth und Beach Boulevard, fünf Minuten von ihrem Büro entfernt, ist ein Kroger. Dort gibt es drei Münzfernsprecher, direkt neben dem Eingang, auf der rechten Seite. Gehen Sie zu dem in der Mitte. Ich rufe dort in sieben Minuten an. Beeilen Sie sich, Fitch.« Sie legte auf.

»Miststück!« brüllte Fitch, knallte den Hörer auf die Gabel und stürmte zur Tür. Er schrie José an, und zusammen rasten sie zur Hintertür und sprangen in den Suburban.

Wie erwartet, läutete der Münzfernsprecher bereits, als Fitch eintraf.

»Hi, Fitch. Hören Sie, Herrera, Nummer sieben, geht Nicholas gründlich auf die Nerven. Ich glaube, wir werden ihn heute verlieren.«

»Was!«

»Sie haben es gehört.«

»Tun Sie das nicht, Marlee.«

»Der Mann ist eine Landplage. Alle haben die Nase voll von ihm.«

»Aber er steht auf unserer Seite!«

»Oh, Fitch. Sie werden alle auf unserer Seite stehen, wenn es vorbei ist. Seien Sie auf jeden Fall um neun im Saal, damit Ihnen das nicht entgeht.«

»Nein, hören Sie, Herrera ist äußerst wichtig für ...« Fitch brach mitten im Satz ab, nachdem er das Klicken an ihrem Ende gehört hatte. Die Leitung war tot. Er umklammerte den Hörer und begann, daran zu zerren, als wollte er ihn vom Apparat abreißen und über den Parkplatz schleudern. Dann ließ er locker, kehrte gelassen, weder fluchend noch brüllend, zu dem Suburban zurück und gab José Anweisung, zum Büro zu fahren.

Was immer sie wollte. Es spielte keine Rolle.

Richter Harkin wohnte in Gulfport, eine Viertelstunde vom Gericht entfernt. Seine Nummer stand aus einleuchtenden Gründen nicht im Telefonbuch. Schließlich war er nicht scharf darauf, zu jeder Tages- und Nachtzeit von Sträflingen aus dem Gefängnis angerufen zu werden.

Als er gerade seiner Frau einen Abschiedskuß gab und nach seinem Becher Kaffee für unterwegs griff, läutete das Telefon in der Küche, und Mrs. Harkin nahm den Anruf entgegen. »Es ist für dich«, sagte sie und hielt Seiner Ehren den Hörer hin. Er setzte Aktenkoffer und Kaffee ab und warf einen Blick auf die Uhr.

»Hallo«, sagte er.

»Richter, es tut mir leid, Sie zu Hause stören zu müssen«, sagte eine nervöse Stimme fast flüsternd. »Hier ist Nicholas Easter, und wenn Sie wollen, daß ich gleich wieder auflege, dann tue ich es.«

»Noch nicht. Was ist los?«

»Wir sind noch im Motel und werden gleich abfahren, und, nun ja, ich fand, ich müßte gleich jetzt mit Ihnen sprechen.«

»Was ist los, Nicholas?«

»Ich rufe nur ungern an, aber ich fürchte, einige der anderen Geschworenen könnten unsere schriftlichen Nachrichten und unsere Gespräche in Ihrem Amtszimmer verdächtig finden.«

»Damit haben Sie vielleicht recht.«

»Also hielt ich es für besser, Sie anzurufen. Auf diese Weise werden sie nie erfahren, daß wir miteinander gesprochen haben.«

»Versuchen wir's. Wenn ich meine, wir sollten das Gespräch abbrechen, dann werde ich es tun.« Harkin wollte fragen, wie ein isolierter Geschworener an seine Telefonnummer gekommen war, beschloß aber, damit noch zu warten.

»Es geht um Herrera. Ich glaube, er liest Dinge, die nicht auf der Liste der erlaubten Lektüre stehen.«

»Zum Beispiel?«

»Zum Beispiel den *Mogul.* Ich bin heute morgen sehr früh ins Eßzimmer gegangen. Er saß dort ganz allein und versuchte, ein Exemplar des *Mogul* vor mir zu verstecken. Ist das nicht eine Art Finanzzeitschrift?«

»Ja.« Harkin hatte den gestrigen Artikel von Barker gelesen. Wenn Easter die Wahrheit sagte, und weshalb sollte er daran zweifeln, dann würde Herrera auf der Stelle nach Hause geschickt werden. Die Lektüre von unerlaubtem Material war ein Grund für eine Entlassung, vielleicht sogar für eine Bestrafung wegen Mißachtung des Gerichts. Wenn die gestrige Ausgabe des *Mogul* von einem der Geschworenen gelesen worden war, war das fast ein Grund, das Verfahren für gescheitert zu erklären. »Glauben Sie, daß er mit irgend jemandem darüber gesprochen hat?«

»Das bezweifle ich. Wie ich bereits sagte, hat er versucht, das Heft vor mir zu verstecken. Deshalb bin ich ja argwöhnisch geworden. Ich glaube nicht, daß er mit irgend jemandem darüber sprechen wird. Aber ich werde genau aufpassen.«

»Tun Sie das. Ich werde Mr. Herrera nachher sofort zu mir bringen lassen und ihn verhören. Wahrscheinlich werden wir sein Zimmer durchsuchen.«

»Bitte sagen Sie ihm nicht, daß ich ihn verraten habe. Mir ist gar nicht wohl bei dieser Sache.«

»Schon in Ordnung.«

»Wenn die anderen Geschworenen erfahren, daß ich Sie angerufen habe, ist meine Glaubwürdigkeit im Eimer.«

»Machen Sie sich keine Sorgen.«

»Ich bin einfach nervös, Richter. Wir sind alle erschöpft und möchten lieber heute als morgen nach Hause.«

»Es ist fast vorbei, Nicholas. Ich treibe die Anwälte nach Kräften an.«

»Ich weiß. Bitte entschuldigen Sie, Richter. Hauptsache, Sie sorgen dafür, daß nie jemand erfährt, daß ich hier den Maulwurf gespielt habe. Ich kann selbst nicht glauben, daß ich es tue.«

»Sie tun genau das Richtige, Nicholas. Und ich danke Ihnen dafür. Wir sehen uns in ein paar Minuten.«

Harkin küßte seine Frau beim zweitenmal wesentlich schneller und verließ das Haus. Über sein Autotelefon rief er den Sheriff an und bat ihn, zum Motel zu fahren und dort zu warten. Er rief Lou Dell an, was er fast jeden Morgen auf der Fahrt zum Gericht tat, und fragte sie, ob das Magazin *Mogul* im Motel verkauft würde. Nein, wurde es nicht. Er rief seine Sekretärin an und bat sie, Rohr und Cable ausfindig zu machen und dafür zu sorgen, daß sie in seinem Amtszimmer warteten, wenn er eintraf. Er hörte Musik von einem Country-Sender und fragte sich, wie in aller Welt ein isolierter Geschworener an ein Exemplar einer Finanzzeitschrift herankommen konnte, die es in Biloxi wahrlich nicht an jeder Straßenecke zu kaufen gab.

Cable und Rohr warteten zusammen mit der Sekretärin, als Richter Harkin sein Amtszimmer betrat und die Tür hinter sich zumachte. Er zog sein Jackett aus, ließ sich auf seinem Stuhl nieder und informierte sie über die Anschuldigungen gegen Herrera, ohne seine Quelle zu nennen. Cable war verärgert, weil Herrera bei allen als verläßlicher Geschworener der Verteidigung galt. Rohr war gereizt, weil sie damit einen weiteren Geschworenen verloren und ein Scheitern des Verfahrens nicht weit entfernt sein konnte.

Jetzt, wo beide Anwälte unglücklich waren, fühlte Richter Harkin sich viel besser. Er schickte seine Sekretärin ins Geschworenenzimmer, damit sie Herrera holte, der gerade seine soundsovielte Tasse koffeinfreien Kaffee trank und sich mit Herman über seinen Braille-Computer unterhielt. Herrera schaute sich verblüfft um, als Lou Dell seinen Namen rief, und verließ das Zimmer. Er folgte dem Deputy Willis durch die Flure hinter dem Gerichtssaal. Sie blieben vor einer Nebentür stehen, wo Willis höflich anklopfte, bevor er eintrat.

Der Colonel wurde vom Richter und den Anwälten freundlich begrüßt und in dem überfüllten Zimmer auf einen Stuhl gebeten, der direkt neben dem der Protokollantin mit ihrer Stenografiermaschine stand.

Richter Harkin erklärte, er hätte ein paar Fragen, die Antworten unter Eid verlangten, und die Anwälte zogen plötzlich Blöcke aus den Taschen und fingen an, sich Notizen zu machen. Die Folge war, daß Herrera sich sofort wie ein Verbrecher vorkam.

»Haben Sie irgendwelches Material gelesen, das nicht ausdrücklich von mir genehmigt worden ist?« fragte Richter Harkin.

Eine Pause, während der die Anwälte ihn musterten. Die Sekretärin, die Protokollantin und der Richter selbst sahen aus, als wollten sie sich auf ihn stürzen, sobald er geantwortet hatte. Sogar Willis an der Tür war wach und ungewöhnlich aufmerksam.

»Nein. Nicht, daß ich wüßte«, erwiderte der Colonel wahrheitsgemäß.

»Genauer gesagt, haben Sie eine Finanzzeitschrift gelesen, die *Mogul* heißt?«

»Nicht, seit ich isoliert worden bin.«

»Lesen Sie normalerweise *Mogul?*«

»Ein-, vielleicht zweimal im Monat.«

»Befindet sich in Ihrem Zimmer im Motel irgendwelche nicht von mir genehmigte Lektüre?«

»Meines Wissens nicht.«

»Sind Sie mit einer Durchsuchung Ihres Zimmers einverstanden?«

Herreras Gesicht lief rot an, und seine Schultern zuckten. »Was soll das?« fragte er.

»Wir haben Grund zu der Annahme, daß Sie nicht genehmigtes Material gelesen haben, und zwar im Motel. Eine kurze Durchsuchung Ihres Zimmers würde uns Gewißheit verschaffen.«

»Sie zweifeln an meiner Integrität«, sagte Herrera, verletzt und wütend. Seine Integrität war ihm äußerst wichtig. Ein Blick auf die anderen Gesichter verriet ihm, daß sie alle überzeugt waren, daß er sich irgendeines grauenhaften Verbrechens schuldig gemacht hatte.

»Nein, Mr. Herrera. Ich glaube lediglich, daß eine Durchsuchung es uns ermöglichen wird, mit diesem Prozeß fortzufahren.«

Es war nur ein Motelzimmer, nicht mit einer Privatwohnung zu vergleichen, wo man alles mögliche verstecken konnte. Und außerdem wußte Herrera verdammt gut, daß sich in seinem Zimmer nichts befand, das ihn belasten konnte. »Dann durchsuchen Sie es«, sagte er mit zusammengebissenen Zähnen.

»Danke.«

Willis führte Herrera auf den Flur vor dem Amtszimmer, und Richter Harkin rief den Sheriff im Motel an. Der Manager öffnete ihm die Tür von Zimmer 50. Der Sheriff und zwei Deputies durchsuchten den Schrank, die Kommode und das Badezimmer. Unter dem Bett fanden sie einen Stapel Zeitschriften, das *Wall Street Journal* und *Forbes,* und außerdem ein Exemplar der gestrigen Ausgabe des *Mogul.* Der Sheriff rief Richter Harkin an, berichtete, was er gefunden hatte, und erhielt Anweisung, das nicht genehmigte Material sofort in das Amtszimmer zu bringen.

Viertel nach neun, keine Jury. Fitch saß starr in einer der hinteren Reihen, mit den Augen nur knapp über der Oberkante einer Zeitung, und ließ die Tür neben der Geschworenenbank nicht aus den Augen. Er wußte genau, daß, wenn sie endlich herauskamen, Geschworener Nummer sieben nicht Herrera sein würde, sondern Henry Vu. Aus dem Blickwinkel der Verteidigung war Vu halbwegs erträglich, weil er Asiate war, und Asiaten neigten im allgemeinen nicht dazu, in Haftungsfällen das Geld anderer Leute mit vollen Händen hinauszuwerfen. Aber Vu war nicht Herrera, und Fitchs Experten hatten ihm nun schon seit Wochen immer wieder erklärt, daß der Colonel auf ihrer Seite stand und bei der Beratung ein Fels in der Brandung sein würde.

Wenn Marlee und Nicholas Herrera aus einer Laune heraus ausbooten konnten, wer war dann als nächster an der Reihe? Wenn sie dies lediglich taten, um Fitchs Aufmerksamkeit zu erregen, dann war ihnen das auf alle Fälle gelungen.

Der Richter und die Anwälte starrten ungläubig auf die Zeitungen und Zeitschriften, die jetzt auf Harkins Schreibtisch lagen. Der Sheriff gab einen kurzen Bericht zu Protokoll, wie und wo die Gegenstände gefunden worden waren, dann ging er.

»Meine Herren, mir bleibt nichts anderes übrig, als Mr. Herrera zu entlassen«, sagte Seine Ehren, und die Anwälte sagten nichts. Herrera wurde ins Zimmer zurückgebracht und auf denselben Stuhl verwiesen.

»Zu Protokoll«, sagte Seine Ehren zu der Protokollantin. »Mr. Herrera, welche Nummer hat Ihr Zimmer im Siesta Inn?«

»50.«

»Diese Gegenstände wurden vor ein paar Minuten unter dem Bett in Zimmer 50 gefunden.« Harkin schwenkte die Zeitschriften. »Alle sind relativ neu, die meisten davon erst nach Ihrer Isolierung erschienen.«

Herrera war sprachlos.

»Und natürlich sind alle nicht erlaubt, einige davon sogar höchst schädlich.«

»Sie gehören mir nicht«, sagte Herrera langsam und mit wachsender Wut.

»Ich verstehe.«

»Jemand hat sie mir untergeschoben.«

»Und wer hätte das tun können?«

»Das weiß ich nicht. Vielleicht dieselbe Person, die Ihnen den Tip gegeben hat.«

Ein sehr guter Punkt, dachte Harkin, aber keiner, dem er im Augenblick nachzugehen gedachte. Sowohl Cable als auch Rohr sahen den Richter an, als wollten sie fragen: Okay, und wer hat Ihnen den Tip gegeben?

»Wir können die Tatsache nicht außer acht lassen, daß diese Sachen in Ihrem Zimmer gefunden wurden, Mr. Herrera. Aus diesem Grund habe ich keine andere Wahl, als Sie aus Ihrem Geschworenenamt zu entlassen.«

Herrera konnte allmählich wieder klar denken, und es gab viele Fragen, die er gern gestellt hätte. Er wollte die Stimme erheben und dem Richter an die Gurgel springen, als er plötzlich begriff, daß er seine Freiheit zurückerlangen sollte. Nach vier Wochen Prozeß und neun Nächten im Siesta Inn würde er dieses Gericht verlassen und nach Hause gehen können. Mittags konnte er bereits auf dem Golfplatz sein.

»Ich finde das nicht richtig«, sagte er halbherzig, weil er nicht zu sehr drängen wollte.

»Es tut mir sehr leid. Mit der Frage, ob wegen Mißachtung des Gerichts weitere Schritte eingeleitet werden, befasse ich mich später. Im Augenblick müssen wir zusehen, daß wir mit dem Prozeß weiterkommen.«

»Wie Sie meinen, Richter«, sagte Herrera. Abendessen heute bei Vrazel's, frische Meeresfrüchte und ein guter Wein. Morgen konnte er seinen Enkelsohn besuchen.

»Ein Deputy wird Sie ins Motel zurückbringen, damit Sie packen können. Sie unterliegen einem strengen Verbot, irgend etwas von alledem weiterzuerzählen, vor allem nicht gegenüber der Presse. Sie sind bis auf weiteres zum Stillschweigen verpflichtet. Haben Sie das verstanden?«

»Ja, Sir.«

Der Colonel wurde die rückwärtige Treppe und zur Hintertür hinaus eskortiert, wo der Sheriff wartete, um Herrera auf seiner raschen und letzten Fahrt zum Siesta Inn zu begleiten.

»Ich beantrage hiermit, das Verfahren für gescheitert zu

erklären«, sagte Cable, in Richtung Protokollantin sprechend. »Mit der Begründung, daß diese Jury möglicherweise durch den Artikel in der gestrigen Ausgabe von *Mogul* auf unzulässige Weise beeinflußt worden ist.«

»Antrag abgelehnt«, sagte Richter Harkin. »Sonst noch etwas?«

Die Anwälte schüttelten die Köpfe und erhoben sich.

Die elf Geschworenen und die beiden Ersatzleute nahmen kurz nach zehn ihre Plätze ein. Die Zuschauer beobachteten sie stumm. Herreras Platz in der zweiten Reihe ganz links blieb leer, was jedermann sofort registrierte. Richter Harkin begrüßte sie mit ernster Miene und kam rasch zur Sache. Er hob ein Exemplar der gestrigen Ausgabe des *Mogul* hoch und fragte, ob einer von ihnen es gesehen oder gelesen oder etwas über seinen Inhalt gehört hätte. Niemand meldete sich.

Dann sagte er: »Aus Gründen, die in meinem Amtszimmer dargelegt wurden und im Protokoll vermerkt sind, wurde Geschworener Nummer sieben, Frank Herrera, entlassen und wird jetzt durch den nächsten Stellvertreter, Mr. Henry Vu, ersetzt.« Daraufhin sagte Willis etwas zu Henry, der seinen gepolsterten Klappstuhl verließ und vier Schritte zu Platz Nummer sieben tat, wodurch er zu einem regulären Mitglied der Jury wurde und Shine Royce als einzigen Ersatzmann zurückließ.

Um möglichst schnell weiterzukommen und die Aufmerksamkeit von der Jury abzulenken, sagte Richter Harkin: »Mr. Cable, rufen Sie Ihren nächsten Zeugen auf.«

Fitchs Zeitung sackte fünfzehn Zentimeter tiefer, bis auf die Brust, und auch sein Unterkiefer fiel ihm herunter, während er bestürzt die neue Zusammensetzung betrachtete. Er war nervös, weil Herrera fort war, und gleichzeitig fasziniert, weil seine Freundin Marlee einfach ihren Zauberstab geschwenkt und genau das bewerkstelligt hatte, was sie versprochen hatte. Fitch konnte nicht anders, er mußte Easter ansehen, der das offenbar spürte, weil er den Kopf ein wenig drehte und Fitchs Blick begegnete. Fünf oder sechs

Sekunden lang, eine Ewigkeit für Fitch, sahen sie sich über eine Entfernung von fast dreißig Metern an. Auf Easters Gesicht lag ein spöttischer und zugleich stolzer Ausdruck, als wollte er sagen: »Sehen Sie mal, wozu ich imstande bin. Sind Sie beeindruckt?« Und Fitchs Gesicht sagte: »Ja. Und jetzt – was wollen Sie?«

Im Vorverfahren hatte Cable zweiundzwanzig potentielle Zeugen benannt, praktisch alle mit dem Titel Doktor vor dem Namen und alle mit beträchtlichem Renommee. Zu seinem Stall gehörten schlachterprobte Veteranen aus anderen Zigarettenprozessen, von Big Tobacco finanzierte Wissenschaftler und zahllose weitere Sprachrohre, die bereit waren zum Gegenangriff auf das, was die Geschworenen bisher gehört hatten.

Im Verlauf der letzten beiden Jahre waren alle zweiundzwanzig von Rohr und seinen Genossen vernommen worden. Mit Überraschungen war nicht zu rechnen.

Man war sich einig darüber, daß die Anklage ihren härtesten Treffer mit Leon Robilio und seiner Behauptung gelandet hatte, daß die Industrie mit ihrer Werbung auf Jugendliche abzielte. Cable hielt es für das Beste, hier zuerst gegenzusteuern. »Die Verteidigung ruft Dr. Denise McQuade auf«, verkündete er.

Sie erschien durch eine Seitentür, und der ganze Saal, in dem Männer in mittleren Jahren in der Überzahl waren, schien sich ein wenig zu versteifen, als sie am Richtertisch vorbeiging, zu Seinen Ehren emporlächelte, der das Lächeln ganz eindeutig erwiderte, und dann ihren Platz am Zeugentisch einnahm. Dr. McQuade war eine sehr schöne Frau, schlank und hochgewachsen, in einem roten, nur knapp knielangen Kleid, und mit blondem Haar, das sie straff nach hinten gekämmt und im Nacken zusammengerafft trug. Sie legte ihren Eid mit einem anmutigen Lächeln ab, und als sie die Beine übereinanderschlug, hielt der ganze Saal den Atem an. Sie wirkte viel zu jung und viel zu hübsch, um in ein derart unerfreuliches Verfahren verwickelt zu sein.

Die sechs Männer in der Jury, vor allem Jerry Fernandez und der Ersatzmann Shine Royce, musterten sie eingehend, als sie das Mikrofon sanft an ihren Mund heranzog. Roter Lippenstift. Lange, rote Fingernägel.

Wenn sie ein bloßes Schaustück erwarteten, wurden sie rasch eines besseren belehrt. Ihre rauchige Stimme referierte über Schulbildung, Hintergrund, Studium, Spezialgebiete. Sie war Psychologin auf dem Gebiet der Verhaltensforschung mit einer eigenen Firma in Tacoma. Sie hatte vier Bücher geschrieben, mehr als drei Dutzend Aufsätze veröffentlicht, und Wendall Rohr erhob keine Einwände, als Cable beantragte, Dr. McQuade als Expertin zuzulassen.

Sie kam sofort zum Thema. Werbung durchdringt unsere gesamte Kultur. Für eine Altersgruppe oder eine Klasse von Menschen bestimmte Anzeigen werden ganz natürlich auch von Leuten gesehen oder gehört, die nicht der Zielgruppe angehören. Das läßt sich nicht verhindern. Jugendliche sehen Tabakanzeigen, weil jugendliche Zeitungen und Zeitschriften, Werbetafeln und Neonreklamen in Supermärkten sehen. Aber das bedeutet nicht, daß die Jugendlichen gezielt angesprochen werden. Jugendliche sehen auch Bier-Spots im Fernsehen, mit ihren Lieblingssportlern als Werbeträger. Bedeutet das, daß die Bierproduzenten auf subtile Weise versuchen, die nächste Generation abhängig zu machen? Natürlich nicht. Sie versuchen lediglich, mehr Bier zu verkaufen. Die Jugendlichen geraten auch mit in die Schußlinie, aber dagegen kann man nichts tun, es sei denn mit einem Verbot der Werbung für alle irgendwie anstößigen Produkte. Zigaretten, Bier, Wein, Schnaps, und was ist mit Kaffee und Tee und Kondomen und Butter? Verführen Anzeigen von Kreditkarten-Unternehmen die Leute dazu, mehr Geld auszugeben und weniger zu sparen? Dr. McQuade wies mehrfach darauf hin, daß in einer Gesellschaft, in der die Redefreiheit ein Grundrecht ist, jede Beschränkung der Werbung sorgfältig geprüft werden muß.

Die Werbung für Zigaretten unterscheidet sich durch nichts von der für andere Produkte. Ihr Zweck ist es, das Verlangen eines Menschen zu verstärken, das Produkt zu kaufen und zu benutzen. Gute Reklame stimuliert die natürliche Reaktion, loszugehen und zu kaufen, wofür geworben wird. Erfolglose Reklame tut das nicht und wird normalerweise schnell wieder zurückgezogen. Sie benutzte das Beispiel von McDonald's, einer Gesellschaft, mit der sie sich eingehend beschäftigt hatte, und sie hatte zufällig eine Untersuchung dabei für den Fall, daß die Geschworenen sie lesen wollten. Ein durchschnittliches Kind von drei Jahren kann den jeweiligen Werbespruch von McDonald's summen, pfeifen und singen. Der erste Ausflug in ein McDonald's-Restaurant ist ein wichtiges Ereignis. Das ist kein Zufall. Die Gesellschaft gibt Milliarden dafür aus, Kinder für sich zu gewinnen, bevor es die Konkurrenz tut. Amerikanische Kinder konsumieren mehr Fett und Cholesterin als die voraufgegangene Generation. Sie essen mehr Cheeseburger, Pommes frites und Pizza und trinken mehr Limonaden und gezuckerte Säfte. Werfen wir McDonald's und Pizza Hut gerissene, auf Kinder und Jugendliche abzielende Werbepraktiken vor? Verklagen wir sie, weil unsere Kinder dicker sind?

Nein. Wir als Verbraucher entscheiden darüber, ob wir rauchen oder nicht. Wir werden mit Reklame für Tausende von Produkten bombardiert, und wir reagieren auf diejenigen Anzeigen, die unsere Wünsche und Bedürfnisse verstärken.

Ungefähr alle zwanzig Minuten schlug sie die Beine umgekehrt übereinander, und jede kleinste Bewegung dieser Beine wurde von den Trauben von Anwälten an beiden Tischen, den sechs männlichen Geschworenen und auch von den meisten Frauen registriert.

Dr. McQuade war ein erfreulicher Anblick und sehr glaubwürdig. Ihre Aussage war vollkommen logisch, und der größte Teil der Geschworenen war ziemlich von ihr beeindruckt.

Rohr unterzog sie eine Stunde lang einem höflichen Kreuzverhör, konnte aber keinen nennenswerten Treffer landen.

30. KAPITEL

Napier und Nitchman zufolge wartete Mr. Cristano vom Justizministerium ungeduldig auf einen ausführlichen Bericht über das, was am vergangenen Abend passiert war, als Hoppy Millie seinen persönlichen Besuch abgestattet hatte. »Alles?« fragte Hoppy. Die drei saßen an einem wackeligen Tisch in einem verrauchten Schnellimbiß, tranken Kaffee aus Pappbechern und warteten auf fettige, gegrillte Käse-Sandwiches.

»Den privaten Kram können Sie weglassen«, sagte Napier, der seine Zweifel hatte, ob viel privater Kram zum Weglassen da war.

Wenn die wüßten, dachte Hoppy, immer noch stolz auf sich. »Also, ich habe Millie die Notiz über Robilio gezeigt«, sagte er, weil er nicht wußte, wieviel von der Wahrheit er erzählen sollte.

»Und?«

»Also, sie hat sie gelesen.«

»Natürlich hat sie sie gelesen. Was hat sie dann getan?« fragte Napier.

»Wie hat sie reagiert?« fragte Nitchman.

Er konnte natürlich lügen und behaupten, die Aktennotiz hätte ihr die Sprache verschlagen, sie hätte jedes Wort geglaubt und könnte es gar nicht abwarten, sie ihren Mitgeschworenen zu zeigen. Das war es, was sie hören wollten. Aber Hoppy wußte nicht, was er tun sollte. Lügen würde alles nur noch schlimmer machen. »Sie hat es nicht sonderlich gut aufgenommen«, sagte er, dann erzählte er ihnen die Wahrheit.

Als die Sandwiches kamen, verschwand Nitchman, um Mr. Cristano anzurufen. Hoppy und Napier aßen, ohne sich anzusehen. Hoppy kam sich wie ein Versager vor. Bestimmt war er jetzt dem Gefängnis einen Schritt näher.

»Wann sehen Sie sie wieder?« fragte Napier.

»Ich weiß es nicht. Der Richter hat sich noch nicht geäußert. Durchaus möglich, daß der Prozeß bis zum Wochenende vorüber ist.«

Nitchman kehrte zurück und setzte sich wieder. »Mr. Cristano ist unterwegs«, sagte er ernst, und Hoppy wurde flau im Magen. »Er kommt am späten Abend an und möchte Sie gleich morgen früh sehen.«

»Okay.«

»Er ist gar nicht glücklich.«

»Ich auch nicht.«

Rohr verbrachte seine Lunchpause mit Cleve hinter verschlossenen Bürotüren und erledigte die Schmutzarbeit, die sie für sich behalten mußten. Die meisten Anwälte benutzten Laufburschen wie Cleve dazu, Geld auszuhändigen, Fälle an Land zu ziehen und schmutzige kleine Geschäfte zu erledigen, die einem an der Universität nicht beigebracht wurden, aber keiner von ihnen würde derart unethische Aktivitäten jemals zugeben. Prozeßanwälte behielten ihre Laufburschen für sich.

Rohr hatte mehrere Möglichkeiten. Er konnte Derrick Maples ausrichten lassen, er solle sich zum Teufel scheren. Er konnte Derrick Maples 25 000 Dollar in bar, weitere 25 000 für jede weitere Stimme gegen Pynex zahlen, vorausgesetzt, es kamen mindestens neun zusammen. Das würde ihn im Höchstfall 225 000 Dollar kosten, eine Summe, die zu zahlen Rohr durchaus bereit war. Aber er hatte erhebliche Zweifel, ob Angel Weese mehr als zwei Stimmen liefern konnte – ihre eigene und vielleicht die von Loreen Duke. Sie war keine Führerpersönlichkeit. Er konnte Derrick so manipulieren, daß er mit den Anwälten der Verteidigung Kontakt aufnahm, und dann versuchen, sie zusammen im Bett zu erwischen. Das würde aber vermutlich zu Angels Entlassung führen, und das wollte Rohr auch wieder nicht.

Rohr konnte Cleve mit einem Mikrofon ausstatten, belastende Aussagen von Derrick aufnehmen und dann dem Jungen mit Strafverfolgung drohen, wenn er seine Freundin nicht bekniete. Das war riskant, weil der Bestechungsplan in Rohrs Kanzlei ausgeheckt worden war.

Sie gingen sämtliche Möglichkeiten durch, ganz wie Männer, die dergleichen schon des öfteren durchexerziert haben. Schließlich beschlossen sie, einen Mittelweg zu gehen.

»Wir werden folgendes tun«, sagte Rohr. »Wir geben ihm jetzt fünfzehn Riesen und versprechen die restlichen zehn für nach dem Urteil. Außerdem nehmen wir ihn auf Band auf. Wir markieren ein paar der Scheine, damit er später in der Patsche sitzt. Wir versprechen ihm fünfundzwanzig für die anderen Stimmen, und wenn wir unser Urteil haben, legen wir ihn aufs Kreuz, wenn er den Rest verlangt. Dann haben wir ihn auf Band, und wenn er laut wird, drohen wir ihm damit, daß wir das FBI benachrichtigen werden.«

»Das gefällt mir«, sagte Cleve. »Er bekommt sein Geld, wir bekommen unser Urteil, er wird aufs Kreuz gelegt. Hört sich nach Gerechtigkeit an.«

»Lassen Sie sich verkabeln und holen Sie das Geld. Die Sache muß noch heute nachmittag über die Bühne gehen.«

Aber Derrick hatte andere Pläne. Sie trafen sich in einem Raum des Resort Casinos, einer dunklen Bar, in der massenhaft Verlierer herumsaßen, die sich mit billigen Drinks über ihre Verluste hinwegtrösteten, während draußen hell die Sonne schien und die Temperatur fast zwanzig Grad betrug.

Derrick dachte nicht daran, sich nach dem Urteil aufs Kreuz legen zu lassen. Er wollte Angels fünfundzwanzigtausend jetzt, bar auf den Tisch, und er wollte außerdem eine ›Anzahlung‹, wie er es nannte, für jeden der anderen Geschworenen. Eine Anzahlung vor dem Urteilsspruch. Natürlich auch in bar, eine vernünftige und faire Summe, sagen wir, fünftausend für jeden Geschworenen. Derrick ging von einem einstimmigen Urteil aus, also ergab die Anzahlung von fünf Riesen mal elf weitere Geschworene die hübsche Summe von fünfundfünfzigtausend Dollar. Dazu kam das Geld für Angel, und alles, was Derrick wollte, waren achtzigtausend sofort.

Er kannte eine Frau im Büro der Kanzleivorsteherin, und

diese Bekannte hatte sich die Akte angeschaut. »Ihre Leute verklagen den Tabakkonzern auf Millionen«, sagte er, und jedes seiner Worte wurde von einem Mikrofon in Cleves Hemdentasche festgehalten. »Achtzigtausend ist ein Tropfen im Eimer.«

»Sie sind verrückt«, sagte Cleve.

»Und Sie sind korrupt.«

»Achtzigtausend sind völlig ausgeschlossen. Wie ich bereits sagte – wenn die Summe zu groß wird, laufen wir Gefahr, erwischt zu werden.«

»Na schön. Dann rede ich eben mit dem Tabakkonzern.«

»Tun Sie das. Ich werde es dann in den Zeitungen nachlesen.«

Sie leerten ihre Gläser nicht. Cleve ging abermals als erster, aber diesmal lief ihm Derrick nicht nach.

Die Schönheitenparade wurde Dienstag nachmittag fortgesetzt, als Cable Dr. Myra Sprawling-Goode in den Zeugenstand rief, eine schwarze Professorin und Forscherin an der Rutgers University, nach der sich, als sie hereinkam, sämtliche Köpfe im Saal umdrehten. Sie war fast einsachtzig groß, so hinreißend und schlank und gut gekleidet wie die vorhergehende Zeugin. Ihre cremig hellbraune Haut verzog sich in perfekte Fältchen, als sie die Geschworenen anlächelte, ein Lächeln, das auf Lonnie Shaver haften blieb, der es sogar erwiderte.

Cable hatte für seine Suche nach Experten ein unbeschränktes Budget und mußte deshalb keine Leute verwenden, die nicht intelligent, beredt und imstande waren, den Durchschnittsbürger zu beeindrucken. Er hatte Dr. Sprawling-Goode zweimal auf Video aufgenommen, bevor er sie engagierte, und dann noch einmal während ihrer Probevernehmung in Rohrs Kanzlei. Wie alle seine Zeugen war sie einen Monat vor Prozeßbeginn zwei Tage lang einem Scheinverhör unterzogen worden. Sie schlug die Beine übereinander, und der ganze Saal holte tief Luft.

Sie war Professor für Marketing mit zwei Doktortiteln und beeindruckenden Leistungen, keine Überraschung. Sie hatte nach ihrem Studium acht Jahre an der Madison Avenue in der Werbung gearbeitet und war dann an die Universität zurückgekehrt, wo sie hingehörte. Ihr Spezialgebiet war Marktforschung, ein Thema, das sie an der Universität lehrte und zu dem sie ständig Untersuchungen durchführte. Ihre Funktion in diesem Prozeß wurde rasch klar. Ein Zyniker hätte behaupten können, sie wäre hier, um gut auszusehen, um auf Lonnie Shaver, Loreen Duke und Angel Weese Eindruck zu machen und zu bewirken, daß sie stolz darauf waren, daß eine Afro-Amerikanerin wie sie durchaus imstande war, in einem derart wichtigen Prozeß als Expertin zu erscheinen und ihre Ansichten zu äußern.

In Wirklichkeit war sie Fitchs wegen da. Sechs Jahre zuvor, nach einer Angstpartie in New Jersey, bei der die Jury drei Tage lang fortblieb, bevor sie mit einem Urteil zugunsten der Verteidigung zurückkehrte, hatte Fitch sich vorgenommen, eine attraktive Wissenschaftlerin zu suchen, möglichst an einer namhaften Universität, die sich für einen großen Batzen Geld mit der Zigarettenwerbung und ihrer Wirkung auf Teenager beschäftigte. Die Parameter des Projekts würden durch die Herkunft des Geldes vage definiert sein, und Fitch hoffte, daß die Untersuchung sich eines Tages in einem Prozeß als nützlich erweisen würde.

Dr. Sprawling-Goode hatte nie von Rankin Fitch gehört. Sie hatte ein Achthunderttausend-Dollar-Stipendium vom Consumer Product Institute erhalten, einer obskuren Einrichtung in Ottawa, von der sie noch nie etwas gehört hatte und die, wie behauptet wurde, zu dem Zweck gegründet worden war, die Markttrends von Tausenden von Produkten zu erforschen. Sie wußte nur wenig über das Consumer Product Institute. Und Rohr ebensowenig. Er und seine Rechercheure hatten zwei Jahre gewühlt. Es war sehr undurchsichtig, bis zu einem gewissen Grad vom kanadischen Gesetz geschützt, und wurde offenbar von großen Herstellern finanziert, von denen aber keiner Zigaretten zu produzieren schien.

Ihre Forschungsergebnisse waren in einem hübsch gebundenen, fünf Zentimeter dicken Bericht enthalten, den

Cable als Beweismaterial einbrachte. Er gesellte sich als offizieller Bestandteil zu einem ganzen Stapel Materialien – als Beweisstück Nummer vierundachtzig, um genau zu sein. Insgesamt waren bereits an die zwanzigtausend Seiten Beweismaterial vorgelegt worden, von denen man erwartete, daß die Geschworenen sie während ihrer Beratung lasen.

Nach der ausführlichen und wirkungsvollen Vorstellung der Zeugin waren ihre Untersuchungsergebnisse kurz und bündig und boten keinerlei Überraschungen. Von gewissen klar definierten und offensichtlichen Ausnahmen abgesehen, zielt jede Werbung für Verbraucherprodukte auf junge Erwachsene ab. Autos, Zahnpasta, Seife, Cornflakes, Bier, Limonade, Kleidung, Kölnischwasser – sämtliche Produkte, für die intensiv geworben wird, richten sich an junge Erwachsene. Das gleiche trifft auf Zigaretten zu. Gewiß, sie werden als Wahlprodukte der Schlanken und Schönen, der Aktiven und Sorglosen, der Reichen und Eleganten dargestellt. Aber das werden zahllose andere Produkte auch.

Dann arbeitete sie sich durch eine Liste von Beispielen hindurch, mit Autos beginnend. Wann haben Sie das letztemal im Fernsehen einen Werbespot für einen Sportwagen gesehen, in dem ein dicker, fünfzigjähriger Mann am Steuer sitzt? Oder einen Kleinbus, der von einer fetten Hausfrau mit sechs Kindern und einem schmutzigen Hund gefahren wird, der den Kopf aus dem Fenster hängt? Gibt es nicht. Bier? Da sitzen zehn Burschen in einem Zimmer zusammen und sehen sich ein Footballspiel an. Die meisten von ihnen haben Haare, ein kraftvolles Kinn, gutsitzende Jeans und einen flachen Bauch. Das ist nicht die Realität, aber es ist erfolgreiche Werbung.

Während sie ihre Liste immer weiter so durchging, wurde ihre Aussage sogar humoristisch. Zahnpasta? Hat Sie im Fernsehen je eine häßliche Frau mit schlechten Zähnen angegrinst? Natürlich nicht. Sie haben alle perfekte Zähne. Sogar in den Spots, die für Mittel gegen Akne werben, haben die geplagten Teenager höchstens ein oder zwei Pickel.

Sie lächelte und kicherte sogar gelegentlich über ihre eigenen Bemerkungen. Die Geschworenen lächelten mit ihr.

Ihr entscheidender Punkt tat mehrfach seine Wirkung. Wenn erfolgreiche Werbung davon abhängt, daß sie auf junge Erwachsene abzielt, weshalb sollte das dann nicht auch den Tabakkonzernen erlaubt sein?

Sie hörte auf zu lächeln, als Cable sie auf das Thema der auf Jugendliche abzielenden Werbung brachte. Sie und ihr Forscherteam hatten dafür keinerlei Beweise gefunden, und sie hatten Tausende von Tabakanzeigen aus den letzten vierzig Jahren studiert. Sie hatten sich jede Zigarettenwerbung seit dem Aufkommen des Fernsehens angesehen, studiert und katalogisiert. Und sie bemerkte, fast nebenbei, daß seit dem Verbot der Zigarettenwerbung im Fernsehen sogar mehr geraucht wurde. Sie hatte fast zwei Jahre mit der Suche nach Beweisen dafür verbracht, daß die Tabakkonzerne auf Jugendliche abzielen, weil sie das Projekt ohne vorgefaßte Meinung in Angriff genommen hatte. Aber es war einfach nicht wahr.

Ihrer Ansicht nach bestand die einzige Möglichkeit, eine Beeinflussung der Jugend durch Zigarettenwerbung zu vermeiden, darin, sie vollständig zu verbieten – Reklametafeln, Busse, Zeitungen, Zeitschriften, Kassenzettel. Und ihrer Ansicht nach würde das nichts zum Rückgang des Zigarettenkonsums beitragen. Es würde keinerlei Auswirkung auf das Rauchen Minderjähriger haben.

Cable dankte ihr, als hätte sie sich ihm unentgeltlich zur Verfügung gestellt. Sie hatte für ihre Aussage bereits sechzigtausend Dollar erhalten und würde ihm eine Rechnung über weitere fünfzehntausend schicken. Rohr, der alles andere als ein Gentleman war, wußte, wie riskant es im tiefen Süden war, eine hübsche Dame zu attackieren. Statt dessen sondierte er vorsichtig. Er hatte Unmengen von Fragen über das Consumer Product Institute und die achthunderttausend Dollar, die es für diese Untersuchung gezahlt hatte. Sie sagte ihm alles, was sie wußte. Es war eine akademische Einrichtung, deren Aufgabe darin bestand, Trends zu studieren und Verhaltensweisen zu empfehlen. Es wurde von der Privatindustrie finanziert.

»Irgendwelche Tabakkonzerne?«

»Nicht, soweit mir bekannt ist.«

»Irgendwelche Tochterunternehmen von Tabakkonzernen?«

»Das weiß ich nicht.«

Er fragte sie nach Firmen, die mit Tabakkonzernen in Verbindung standen, Muttergesellschaften, Tochtergesellschaften, allen möglichen Firmenablegern, und sie wußte nichts.

Sie wußte nichts, weil Fitch es so geplant hatte.

Claires Spur führte am Donnerstag morgen in eine unerwartete Richtung. Der Ex-Freund einer Freundin von Claire nahm tausend Dollar in bar und sagte, seine Ex-Freundin lebte jetzt in Greenwich Village, wo sie als Kellnerin arbeitete und auf eine Fernsehkarriere hoffte. Seine Ex-Freundin und Claire hatten zusammen bei Mulligan's gearbeitet und waren angeblich dicke Freundinnen gewesen. Swanson flog nach New York, traf am späten Donnerstag nachmittag dort ein und fuhr mit einem Taxi zu einem kleinen Hotel in Soho, wo er für eine Nacht bar bezahlte und dann anfing, herumzutelefonieren. Er fand Beverly bei der Arbeit in einer Pizzeria. Sie hatte wenig Zeit für das Gespräch.

»Ist dort Beverly Monk?« fragte Swanson, Nicholas Easter imitierend. Er hatte sich seine aufgezeichnete Stimme viele Male angehört.

»Ja. Wer sind Sie?«

»Die Beverly Monk, die früher bei Mulligan's in Lawrence gearbeitet hat?«

Eine Pause, dann: »Ja. Und wer sind Sie?«

»Ich bin Jeff Kerr, Beverly. Es ist lange her.« Swanson und Fitch spekulierten darauf, daß Claire und Jeff, nachdem sie Lawrence verlassen hatten, keinen Kontakt mit Beverly mehr gehabt hatten.

»Wer?« fragte sie, und Swanson war erleichtert.

»Jeff Kerr. Erinnern Sie sich nicht – ich war mit Claire zusammen, während des Jurastudiums.«

»Ach ja«, sagte sie, als erinnerte sie sich vielleicht, vielleicht aber auch nicht.

»Hören Sie, ich bin in der Stadt, und ich hätte gern gewußt, ob Sie in letzter Zeit von Claire gehört haben.«

»Das verstehe ich nicht«, sagte sie langsam, offensichtlich bemüht, mit dem Namen ein Gesicht zu verbinden und sich vorzustellen, wer er war und weshalb er hier war.

»Ja, es ist eine lange Geschichte, aber Claire und ich haben uns vor sechs Monaten getrennt. Und jetzt suche ich sie gewissermaßen.«

»Ich habe seit vier Jahren nicht mehr mit Claire gesprochen.«

»Oh, ich verstehe.«

»Hören Sie, ich habe viel zu tun. Vielleicht ein andermal.«

»Natürlich.« Swanson legte auf und rief Fitch an. Sie beschlossen, daß es das Risiko wert war, wenn er sich mit Geld an Beverly Monk heranmachte und sie nach Claire ausfragte. Wenn sie seit vier Jahren nicht mehr mit ihr gesprochen hatte, dann würde es ihr unmöglich sein, Marlee rasch zu finden und ihr von dem Kontakt zu berichten. Swanson würde ihr folgen und bis morgen warten.

Fitch verlangte von jedem Jury-Berater täglich nach Prozeßende einen einseitigen Bericht. Eine Seite, doppelter Zeilenabstand, sachlich, ohne Worte mit mehr als vier Silben, eine klare und deutliche Darlegung der Ansichten des jeweiligen Experten über die Zeugen des Tages und ihren Eindruck auf die Jury. Fitch verlangte ehrliche Meinungen und war schon mehrfach über seine Experten hergefallen, wenn ihre Sprache zu schwülstig war. Er bestand auf Pessimismus. Die Berichte mußten genau eine Stunde, nachdem Richter Harkin vertagt hatte, auf seinem Schreibtisch liegen.

Die Mittwochsberichte über Jankle waren gemischt bis schlecht, aber die Donnerstagszusammenfassungen über Dr. Denise McQuade und Dr. Myra Sprawling-Goode waren geradezu begeistert. Abgesehen davon, daß sie einen düsteren Gerichtssaal, vollgestopft mit langweiligen Männern in nüchternen Anzügen, aufgemuntert hatten, waren beide Frauen auch im Zeugenstand ein Erfolg gewesen. Die

Geschworenen hatten ihnen zugehört und allem Anschein nach geglaubt, was sie hörten. Besonders die Männer.

Trotzdem war Fitch nicht beruhigt. Noch nie hatte er an diesem Punkt eines Prozesses ein schlechteres Gefühl gehabt. Die Verteidigung hatte mit dem Abgang von Herrera einen ihrer sichersten Geschworenen verloren. Die New Yorker Finanzpresse hatte plötzlich erklärt, die Verteidigung hinge in den Seilen, und spekulierte ganz offen über ein Urteil zugunsten der Klägerin. Barkers Artikel im *Mogul* war das heißeste Thema der Woche. Jankle war eine Katastrophe gewesen. Luther Vandemeer, der Generaldirektor von Trellco, der intelligenteste und einflußreichste der Großen Vier, hatte in der Lunchpause angerufen und ziemlich harte Worte dafür gefunden. Die Jury war isoliert, und je länger sich der Prozeß hinzog, desto mehr Schuld würden die Geschworenen der Partei zuschieben, die jetzt die Zeugen aufrief.

Die zehnte Nacht der Isolierung verlief ohne Zwischenfälle. Keine herumschleichenden Liebhaber. Keine unerlaubten Ausflüge in Kasinos. Keine spontanen Jogaübungen mit voller Lautstärke. Herrera wurde von niemandem vermißt. Er hatte in Minutenschnelle gepackt und war dann abgefahren. Dem Sheriff hatte er wiederholt erklärt, daß er einem Komplott zum Opfer gefallen war und der Sache auf den Grund gehen würde.

Nach dem Dinner begann im Eßzimmer ein spontanes Schachturnier. Herman hatte ein Braillebrett mit numerierten Feldern, und am Abend zuvor hatte er Jerry elfmal hintereinander geschlagen. Jetzt wurde er herausgefordert; Hermans Frau brachte sein Brett, und die anderen scharten sich darum. In weniger als einer Stunde hatte er Nicholas dreimal besiegt, Jerry weitere dreimal und dreimal Henry Vu, der noch nie Schach gespielt hatte, dreimal Willis, und er war gerade dabei, abermals gegen Jerry zu spielen, diesmal um einen kleinen Einsatz, als Loreen Duke auf der Suche nach einer weiteren Portion Nachtisch hereinkam. Sie hatte das Spiel als Kind mit ihrem Vater gespielt. Als sie

Herman gleich im ersten Spiel schlug, tat es niemandem auch nur ein bißchen leid für den Blinden. Sie spielten, bis es Schlafenszeit war.

Phillip Savelle blieb wie gewöhnlich in seinem Zimmer. Er sprach gelegentlich ein paar Worte während der Mahlzeiten im Motel und während der Kaffeepausen im Geschworenenzimmer, aber im übrigen begnügte er sich damit, seine Nase in ein Buch zu stecken und alle anderen zu ignorieren.

Nicholas hatte zweimal versucht, an ihn heranzukommen, aber vergeblich. Er verabscheute Small talk und wollte nicht, daß irgend jemand irgend etwas über ihn wußte.

31. KAPITEL

Nach zwanzig Jahren als Krabbenfischer schlief Henry Vu selten länger als bis halb fünf. Am Freitag holte er sich schon früh seinen Morgentee, und da der Colonel nicht mehr da war, saß er allein am Tisch und überflog eine Zeitung. Nicholas gesellte sich wenig später zu ihm. Wie so oft, brachte Nicholas die Begrüßung schnell hinter sich und erkundigte sich nach Vus Tochter in Harvard. Sie war die Quelle immensen Stolzes, und Henrys Augen tanzten, als er von ihrem letzten Brief berichtete.

Andere kamen und gingen. Die Unterhaltung wendete sich Vietnam und dem Krieg zu. Nicholas vertraute Henry zum erstenmal an, daß sein Vater 1972 dort gefallen war. Das stimmte zwar nicht, aber Henry war von der Story tief berührt. Dann, als sie allein waren, fragte Nicholas: »Und was halten Sie von diesem Prozeß?«

Henry trank einen großen Schluck Tee mit viel Sahne und leckte sich die Lippen. »Ist es okay, wenn wir darüber reden?«

»Natürlich. Wir sind unter uns. Alle reden darüber, Henry. Das liegt in der Natur einer Jury. Alle außer Herman.«

»Und was denken die anderen?«

»Ich glaube, die meisten haben sich noch nicht festgelegt. Das Wichtigste ist, daß wir zusammenhalten. Diese Jury muß unbedingt ein Urteil fällen, am besten einstimmig, aber wenigstens mit neun gegen drei für die eine oder die andere Seite. Ein Unentschieden wäre eine Katastrophe.«

Henry trank einen weiteren Schluck Tee und dachte darüber nach. Er verstand Englisch wie seine Muttersprache und sprach es auch gut, wenngleich mit einem Akzent, aber wie die meisten Laien, Einheimische und Immigranten gleichermaßen, hatte er kaum eine Ahnung von juristischen Dingen. »Weshalb?« fragte er. Er vertraute Nicholas wie praktisch alle Geschworenen, weil Nicholas Jura studiert hatte und eine unglaubliche Begabung dafür bewies, Fakten und Probleme zu verstehen, die den anderen entgingen.

»Ganz einfach. Dies ist die Mutter aller Tabakprozesse – Gettysburg, Iwo Jima, Armageddon. Hier sind die beiden Seiten zusammengetroffen, um ihre bisher schwerste Artillerie aufzufahren. Es muß einen Sieger geben und einen Verlierer. Klar und eindeutig. Die Frage, ob die Tabakkonzerne für ihre Zigaretten haftbar gemacht werden sollen oder nicht, muß hier und jetzt beantwortet werden. Von uns. Wir sind ausgewählt worden, und es ist unsere Aufgabe, ein Urteil zu fällen.«

»Ich verstehe«, sagte Henry nickend, aber immer noch verwirrt.

»Das Schlimmste, was wir tun können, ist, uns so zu spalten, daß kein Urteil zustande kommt und der Prozeß deshalb für gescheitert erklärt werden muß.«

»Weshalb wäre das so schlimm?«

»Weil wir uns damit vor der Verantwortung drücken und sie der nächsten Jury aufladen würden. Wenn wir zu keinem Urteil gelangen und nach Hause gehen, dann kostet das beide Seiten Millionen, weil sie dann in zwei Jahren wiederkommen und noch einmal ganz von vorn anfangen müssen. Derselbe Richter, dieselben Anwälte, dieselben Zeugen, alles wird dasselbe sein außer der Jury. Im Grunde würden wir damit sagen, daß wir nicht genug Verstand besitzen, um zu einer Entscheidung zu gelangen, aber die nächste Jury von Harrison County wird intelligenter sein.«

Henry beugte sich ein wenig nach rechts, in Nicholas' Richtung. »Was werden Sie tun?« fragte er, gerade als Millie Dupree und Mrs. Gladys Card kichernd hereinkamen, um sich Kaffee zu holen. Sie unterhielten sich einen Moment mit den Männern, dann verschwanden sie wieder, um sich Katie in der »Today Show« anzusehen. Sie liebten Katie.

»Was werden Sie tun?« flüsterte Henry noch einmal und hielt diesmal dabei die Tür ganz genau im Auge.

»Das weiß ich noch nicht, und es ist auch nicht wichtig. Wichtig ist allein, daß wir zusammenhalten. Wir alle.«

»Da haben Sie recht«, sagte Henry.

Seit der Prozeß lief, hatte Fitch sich angewöhnt, in den Stunden vor Sitzungsbeginn an seinem Schreibtisch zu arbeiten und dabei das Telefon nicht aus den Augen zu lassen. Er wußte, daß sie am Freitag morgen anrufen würde, obwohl er nicht im mindesten ahnte, mit welcher Idee, welchem Plan oder welchem atemberaubenden Vorschlag sie ihm kommen würde.

Genau um acht Uhr meldete sich Konrad über die Gegensprechanlage mit den simplen Worten: »Sie ist dran.«

Fitch stürzte sich aufs Telefon. »Hallo«, sagte er freundlich.

»Hi, Fitch. Raten Sie mal, wer Nicholas jetzt auf die Nerven geht?«

Er unterdrückte ein Stöhnen und kniff die Augen zusammen. »Das weiß ich nicht«, sagte er.

»Ich meine, dieser Mann macht Nicholas wirklich schwer zu schaffen. Kann sein, daß wir ihn ausbooten müssen.«

»Wen?« flehte Fitch.

»Lonnie Shaver.«

»Oh! Verdammt! Das dürfen Sie nicht tun!«

»Übertreiben Sie nicht, Fitch.«

»Tun Sie es nicht, Marlee! Verdammt noch mal!«

Sie schwieg, um seine Verzweiflung eine Sekunde auszukosten. »Ihnen muß sehr viel an Lonnie liegen.«

»Das darf nicht passieren, Marlee, okay? Das würde uns keinen Schritt weiterbringen.« Fitch wußte, wie verzweifelt er sich anhörte, aber er hatte sich nicht mehr unter der Kontrolle.

»Nicholas braucht Harmonie in seiner Jury. Das ist alles. Lonnie ist zu einem Ärgernis geworden.«

»Bitte, tun Sie es nicht. Lassen Sie uns darüber reden.«

»Wir reden miteinander, Fitch, aber nicht lange.«

Fitch holte tief Luft, dann ein zweites Mal. »Das Spiel ist fast vorüber, Marlee. Sie haben Ihren Spaß gehabt. Jetzt sagen Sie mir, was Sie wollen?«

»Haben Sie einen Stift zur Hand?«

»Natürlich.«

»Da ist ein Gebäude an der Fulton Street, Nummer 120.

Weiß gestrichen, zwei Stockwerke, ein altes Haus, das in kleine Büros aufgeteilt wurde. Nummer 16 im ersten Stock gehört mir, für mindestens noch einen weiteren Monat. Es ist nicht hübsch, aber dort werden wir uns treffen.«

»Wann?«

»In einer Stunde. Nur wir beide. Ich werde Sie beim Kommen und Gehen beobachten, und wenn ich einen Ihrer Typen sehe, rede ich nie wieder ein Wort mit Ihnen.«

»Okay. Ganz, wie Sie wollen.«

»Und ich werde Sie auf Wanzen und Mikrofone absuchen.«

»Sie werden keine finden.«

Sämtliche Anwälte in Cables Verteidigerteam waren der Ansicht, daß Rohr mit seinen Wissenschaftlern zuviel Zeit vergeudet hatte, insgesamt neun volle Tage. Aber bei den ersten sieben hatten die Geschworenen zumindest abends noch nach Hause zurückkehren können. Jetzt hatte sich die Stimmung von Grund auf geändert. Sie beschlossen, ihre beiden besten Leute auszuwählen, sie in den Zeugenstand zu bringen und so schnell wie möglich wieder heraus.

Sie beschlossen außerdem, nicht auf das Thema Nikotinsucht einzugehen, eine radikale Abkehr von der bei Zigarettenfällen normalen Verteidigungsstrategie. Cable und seine Mannen hatten jeden der voraufgegangenen sechzehn Prozesse genau studiert. Sie hatten mit vielen der Geschworenen gesprochen, die diese Prozesse entschieden hatten, und ihnen war wiederholt gesagt worden, daß die Verteidigung an ihrem schwächsten Punkt angelangt war, wenn Experten alle möglichen fantastischen Theorien vortrugen, die beweisen sollten, daß Nikotin keineswegs süchtig macht. Jedermann wußte, daß das Gegenteil der Fall war. So einfach war das.

Versucht nicht, den Geschworenen etwas anderes einzureden. – Die Entscheidung brauchte Fitchs Zustimmung, die er widerstrebend erteilte.

Der erste Zeuge am Freitag morgen war ein Männchen mit zotteligem Haar, einem dünnen, roten Bart und einer dicken Bifokalbrille. Die Schönheitenparade war offensichtlich vorüber. Sein Name war Dr. Gunther, und er war der Ansicht, daß Zigarettenrauch in Wirklichkeit gar keinen Krebs verursacht. Nur zehn Prozent der Raucher bekommen Krebs, also was ist mit den restlichen neunzig Prozent? Wie nicht anders zu erwarten, hatte Gunther bergeweise diesbezügliche Untersuchungen und Berichte und konnte es kaum abwarten, sich mit einem Tafelständer und einem Zeigestock vor den Geschworenen aufzubauen und ihnen seine neuesten Erkenntnisse in allen Einzelheiten zu erklären.

Gunther war nicht da, um irgend etwas zu beweisen. Sein Job war es, Dr. Hilo Kilvan und Dr. Robert Bronsky, Experten der Anklage, zu widersprechen und so viel Schlamm aufzuwühlen, daß die Geschworenen nicht mehr wußten, wie gefährlich Rauchen nun wirklich war. Er konnte nicht beweisen, daß Rauchen keinen Lungenkrebs verursacht, und deshalb argumentierte er, daß sämtliche Untersuchungen keinen Beweis dafür erbracht hätten, daß Rauchen tatsächlich diese Folgen hatte. »Dazu sind weitere Forschungen erforderlich«, sagte er alle zehn Minuten.

Da er damit rechnen mußte, daß sie ihn beobachtete, ging Fitch die letzten paar hundert Meter bis zur Fulton Street 120 zu Fuß, ein angenehmer Spaziergang auf dem schattigen Gehsteig, auf den sanft die Blätter herniedersegelten. Das Gebäude lag in der Altstadt, vier Blocks vom Golf entfernt, in einer säuberlichen Reihe von ordentlich gestrichenen, zweistöckigen Häusern, von denen die meisten Büros zu enthalten schienen. José wurde angewiesen, drei Straßen entfernt zu warten.

Keine Chance für ein Mikrofon oder eine Wanze. Von dieser Gewohnheit hatte sie ihn bei ihrer letzten Zusammenkunft, auf der Pier, kuriert. Fitch war allein, drahtlos, mikrofonlos, wanzenlos, ohne eine Kamera oder einen Agenten in der Nähe. Er kam sich wie befreit vor. Er würde einzig und allein auf seinen Verstand angewiesen sein, und die Herausforderung war ihm willkommen.

Er stieg die abgetretene Holztreppe hinauf, stand vor ihrer ungekennzeichneten Bürotür, nahm andere, ebenfalls ungekennzeichnete Bürotüren auf dem engen Flur wahr, und klopfte leise. »Wer ist da?« kam ihre Stimme.

»Rankin Fitch«, antwortete er gerade so laut, daß sie ihn hören konnte.

Innen wurde ein Riegel zurückgeschoben, dann erschien Marlee in Jeans und einem grauen Sweatshirt, ohne ein Lächeln oder eine andere Art der Begrüßung. Sie machte hinter Fitch die Tür zu, schloß ab und ging zu einer Seite eines gemieteten Klapptisches. Fitch schaute sich rasch um. Ein kleines Zimmer ohne Fenster, nur eine Tür, abblätternde Farbe, drei Stühle und ein Tisch. »Hübsche Bude«, sagte er und betrachtete die braunen Wasserflecke an der Decke.

»Sie ist sauber, Fitch. Keine Telefone zum Anzapfen, keine Wandöffnungen für Kameras, keine Drähte in den Wänden. Ich überprüfe es jeden Morgen, und wenn ich Ihre Spuren finde, dann gehe ich einfach zur Tür hinaus und komme nie wieder.«

»Sie haben eine schlechte Meinung von mir.«

»Genau die, die Sie verdienen.«

Fitch schaute wieder zur Decke und dann auf den Fußboden. »Mir gefällt es hier.«

»Es erfüllt seinen Zweck.«

»Und was ist dieser Zweck?«

Ihre Handtasche war der einzige Gegenstand auf dem Tisch. Sie holte den Sensor heraus und tastete Fitch damit von Kopf bis Fuß ab.

»Was soll das, Marlee?« protestierte er. »Ich habe es doch versprochen.«

»Ja. Sie sind sauber. Setzen Sie sich«, sagte sie, mit einem Nicken auf einen der beiden Stühle auf seiner Seite des Tisches deutend. Fitch schüttelte den Klappstuhl, eine ziemlich fragwürdige Angelegenheit, die seinem massigen Körper womöglich nicht gewachsen war. Er ließ sich vorsichtig darauf nieder, dann lehnte er sich mit den Ellenbogen auf den Tisch, der auch nicht gerade besonders stabil war. Insgesamt eine nicht sehr bequeme Position. »Sind wir bereit, über Geld zu reden?« fragte er mit einem unschönen Grinsen.

»Ja. Es ist im Grunde ein einfaches Geschäft. Sie überweisen mir einen Haufen Geld, und ich verspreche, Ihnen einen Urteilsspruch zu liefern.«

»Ich finde, wir sollten bis nach dem Urteil warten.«

»Sie wissen, daß ich nicht so dämlich bin.«

Der Klapptisch war neunzig Zentimeter breit. Beide beugten sich darüber, ihre Gesichter waren nicht weit voneinander entfernt. Fitch setzte häufig seine Körpermasse, seine bösartigen Augen und seinen finsteren Spitzbart ein, um die Menschen in seiner Umgebung einzuschüchtern, vor allem die jüngeren Anwälte in den Kanzleien, die er anheuerte. Wenn Marlee eingeschüchtert war, ließ sie es sich jedenfalls nicht anmerken. Fitch bewunderte ihre Haltung. Sie schaute ihm direkt in die Augen, ohne zu blinzeln, eine höchst bemerkenswerte Leistung.

»Dann gibt es keinerlei Garantien«, sagte er. »Jurys sind unberechenbar. Wir könnten Ihnen das Geld ...«

»Geben Sie's auf, Fitch. Sie und ich, wir wissen beide, daß das Geld vor dem Urteil gezahlt werden wird.«

»Wieviel Geld?«

»Zehn Millionen.«

Aus seiner Kehle drang ein Geräusch, das sich anhörte, als erstickte er an einem Golfball, dann hustete er laut, seine Ellenbogen flogen hoch, er verdrehte die Augen, und seine fetten Wangen zuckten ungläubig und fassungslos. »Soll das ein Witz sein?« brachte er schließlich mit einer kratzenden Stimme heraus, wobei er sich nach einem Glas Wasser oder einem Glas mit Pillen oder sonst etwas umsah, das ihm über diesen fürchterlichen Schock hinweghelfen konnte.

Sie sah sich die Show gelassen an, ohne zu blinzeln, ohne den Blick von ihm abzuwenden. »Zehn Millionen, Fitch. Es ist ein gutes Geschäft. Und es ist nicht verhandelbar.«

Er hustete abermals, jetzt mit etwas röterem Gesicht. Dann gewann er seine Gelassenheit zurück und überlegte eine Antwort. Er hatte damit gerechnet, daß es Millionen sein würden, und er wußte, daß es sich albern anhören würde, wenn er sie herunterzuhandeln versuchte, als ob sein Klient sich das nicht leisten könnte. Wahrscheinlich kannte sie die neuesten Vierteljahresbilanzen für jeden der Großen Vier.

»Wieviel haben Sie in Ihrem Fonds?« fragte sie, und Fitchs Augen verengten sich instinktiv. Soweit er wußte, hatte sie noch nicht geblinzelt.

»Worin?«

»In Ihrem Fonds, Fitch. Lassen Sie die Spielchen. Ich weiß alles über Ihre kleine schwarze Kasse. Ich möchte, daß die zehn Millionen per Kabel vom Konto des Fonds auf eine Bank in Singapur überwiesen werden.«

»Ich glaube nicht, daß ich das kann.«

»Sie können alles, was Sie wollen, Fitch. Also hören Sie mit dem Unsinn auf. Lassen Sie uns das Geschäft jetzt abschließen, damit wir weitermachen können.«

»Wie wär's, wenn wir jetzt fünf überweisen und fünf nach dem Urteil?«

»Vergessen Sie's, Fitch. Es sind zehn Millionen sofort. Ich halte absolut nichts von der Idee, Ihnen nach dem Prozeß nachjagen und versuchen zu müssen, die zweite Rate zu kassieren. Ich glaube nämlich, daß ich damit eine Menge Zeit vergeuden würde.«

»Wann sollen wir es überweisen?«

»Das ist mir egal. Hauptsache, daß es eingegangen ist, bevor die Jury den Fall bekommt. Sonst ist das Geschäft gestorben.«

»Und was passiert, wenn das Geschäft nicht zustande kommt?«

»Eines von zwei Dingen. Nicholas wird entweder für ein Unentschieden sorgen oder für neun gegen drei Stimmen zugunsten der Klägerin.«

Jetzt war es vorbei mit Fitchs ungerührt glattem Gesichtsausdruck. Über seinen Augen zogen sich zwei tiefe Falten zusammen, während er diese so sachlich vorgebrachten Vorhersagen zu verdauen versuchte. Fitch hatte keinerlei Zweifel an Nicholas' Möglichkeiten, weil Marlee keine Zweifel hatte. Er rieb sich langsam die Augen. Das Spiel war gelaufen. Keine weiteren übertriebenen Reaktionen auf irgend etwas, das sie sagte. Keine geheuchelte Fassungslosigkeit mehr angesichts ihrer Forderung. Sie hatte das Heft in der Hand.

»Abgemacht«, sagte er. »Wir überweisen das Geld, wohin Sie es haben wollen. Aber ich muß Sie darauf hinweisen, daß Überweisungen einige Zeit dauern können.«

»Ich weiß mehr über Datenfernübertragung als Sie, Fitch. Ich werde Ihnen genau erklären, wie es gemacht werden soll. Später.«

»Ja, Madam.«

»Wir sind uns also einig?«

»Ja«, sagte er und streckte seine Hand über den Tisch. Sie schüttelte sie. Beide lächelten über die Absurdität. Zwei Gauner, die mit Handschlag eine Vereinbarung besiegeln, die vor keinem Gericht durchgesetzt werden konnte, weil kein Gericht je etwas davon erfahren würde.

Beverly Monk wohnte auf dem Dachboden im fünften Stock eines schäbigen Lagerhauses in Greenwich Village. Sie teilte die Wohnung mit vier anderen halbverhungerten Schauspielerinnen. Swanson folgte ihr in ein kleines Café und wartete, bis sie sich an einem Fenstertisch niedergelassen hatte, mit einem Espresso, einem Bagel und einer Zeitung mit Stellenangeboten. Er näherte sich ihr mit dem Rücken zu den anderen Tischen und fragte: »Entschuldigen Sie. Sind Sie Beverly Monk?«

Sie sah erschrocken auf und sagte: »Ja. Und wer sind Sie?«

»Ein Freund von Claire Clement«, sagte er und ließ sich rasch auf dem ihr gegenüberstehenden Stuhl nieder.

»Setzen Sie sich«, sagte sie. »Was wollen Sie?« Sie war nervös, aber das Café war gut besucht. Sie war sicher, dachte sie. Außerdem sah er anständig aus.

»Informationen.«

»Sie haben mich gestern angerufen, stimmt's?«

»Ja. Aber ich habe gelogen. Ich habe gesagt, ich wäre Jeff Kerr. Ich bin es nicht.«

»Wer sind Sie dann?«

Jack Swanson. Ich arbeite für ein paar Anwälte in Washington.«

»Steckt Claire in Schwierigkeiten?«

»Nicht im mindesten.«

»Wozu dann das alles?«

Swanson lieferte ihr eine Kurzversion von Claires Vorladung als Geschworene in einem wichtigen Prozeß und seiner Pflicht, den Hintergrund von einigen der potentiellen Geschworenen zu erforschen. Diesmal war es ein Verfahren wegen einer verseuchten Mülldeponie in Houston, bei dem Milliarden auf dem Spiel standen, deshalb der ganze Aufwand.

Swanson und Fitch spekulierten auf zweierlei. Das erste war die Tatsache, daß Beverly sich bei dem gestrigen Telefongespräch kaum an Jeff Kerr hatte erinnern können. Das zweite war ihre Behauptung, daß sie seit vier Jahren nicht mehr mit Claire gesprochen hatte. Sie verließen sich darauf, daß beides zutraf.

»Wir würden für Informationen zahlen«, sagte Swanson.

»Wieviel?«

»Tausend Dollar in bar, wenn Sie mir alles erzählen, was Sie über Claire Clement wissen.« Swanson zog schnell einen Umschlag aus der Manteltasche und legte ihn auf den Tisch.

»Sind Sie ganz sicher, daß sie nicht in Schwierigkeiten steckt?« fragte Beverly, auf die Goldmine auf dem Tisch starrend.

»Ganz sicher. Nehmen Sie das Geld. Wenn Sie sie seit vier oder fünf Jahren nicht mehr gesehen haben, kann es Ihnen doch egal sein, oder?«

Guter Punkt, dachte sie. Sie griff nach dem Umschlag und steckte ihn in ihre Handtasche. »Da gibt es nicht viel zu erzählen.«

»Wie lange haben Sie mit ihr gearbeitet?«

»Sechs Monate.«

»Und wie lange haben Sie sie gekannt?«

»Sechs Monate. Ich habe als Kellnerin bei Mulligan's gearbeitet, als sie dort anfing. Wir haben uns angefreundet.

Dann habe ich die Stadt verlassen und bin Richtung Osten gezogen. Ich habe sie ein- oder zweimal angerufen, als ich in New Jersey lebte, dann haben wir uns aus den Augen verloren.«

»Haben Sie Jeff Kerr gekannt?«

»Nein. Damals ist sie noch nicht mit ihm gegangen. Sie hat mir später von ihm erzählt, nachdem ich die Stadt verlassen hatte.«

»Hatte sie noch andere Freunde oder Freundinnen?«

»Ja, aber fragen Sie mich nicht nach den Namen. Ich bin vor fünf, vielleicht sogar sechs Jahren aus Lawrence abgehauen. Ich weiß nicht einmal mehr, wann genau das war.«

»Sie können mir keine Namen von irgendwelchen ihrer Freunde oder Freundinnen nennen?«

Beverly trank einen Schluck Espresso und dachte eine Minute lang nach. Dann rasselte sie die Namen von drei Personen herunter, die mit Claire gearbeitet hatten. Eine war bereits überprüft worden, ergebnislos. Eine weitere wurde im Moment noch gesucht. Eine war nicht gefunden worden.

»Wo hat Claire das College besucht?«

»Irgendwo im Mittelwesten.«

»Sie wissen nicht, wie das College heißt?«

»Ich glaube nicht. Claire war sehr verschwiegen, was ihre Vergangenheit anging. Man hatte den Eindruck, daß da irgend etwas passiert war und sie nicht darüber reden wollte. Ich weiß nichts darüber. Ich dachte, vielleicht war es eine unglückliche Liebe, vielleicht sogar eine Ehe, oder vielleicht ein schwieriges Elternhaus, eine unglückliche Kindheit oder so etwas. Aber ich habe es nie erfahren.«

»Hat sie mit irgend jemandem darüber gesprochen?«

»Nicht, daß ich wüßte.«

»Wissen Sie, woher sie stammt?«

»Sie hat gesagt, sie wäre viel herumgezogen. Auch danach habe ich nicht viele Fragen gestellt.«

»Stammt sie aus der Gegend um Kansas City?«

»Das weiß ich nicht.«

»Sind Sie sicher, daß Claire Clement ihr wirklicher Name war?«

Beverly wich zurück und runzelte die Stirn. »Sie glauben, daß er vielleicht falsch war?«

»Wir haben Grund zu der Annahme, daß sie jemand anders war, bevor sie in Lawrence, Kansas, eintraf. Erinnern Sie sich an irgend etwas über einen anderen Namen?«

»Ich bin einfach davon ausgegangen, daß sie Claire war. Weshalb hätte sie ihren Namen ändern sollen?«

»Das würden wir auch gern wissen.« Swanson zog einen kleinen Block aus der Tasche und konsultierte eine Liste. Beverly war eine weitere Sackgasse.

»Sind Sie je in ihrer Wohnung gewesen?«

»Ein- oder zweimal. Wir haben gekocht und uns Filme angeschaut. Sie hat nie große Partys gegeben, aber sie hat mich und ein paar andere eingeladen.«

»Irgend etwas Ungewöhnliches an ihrer Wohnung?«

»Ja. Sie war sehr hübsch, eine moderne Wohnung, gut eingerichtet. Es war offensichtlich, daß sie Geld hatte, das nicht von Mulligan's stammte. Schließlich bekamen wir nur drei Dollar die Stunde plus Trinkgelder.«

»Und sie hatte Geld?«

»Ja. Wesentlich mehr als wir. Aber auch in dieser Hinsicht war sie sehr verschlossen. Claire war eine nette Person, und es machte Spaß, mit ihr zusammen zu sein. Man stellte einfach nicht viele Fragen.«

Swanson befragte sie nach anderen Details und erfuhr nichts. Er dankte ihr für ihre Hilfe, und sie dankte ihm für das Geld, und als er ging, erbot sie sich, ein paar Anrufe zu machen. Sie hoffte offensichtlich auf mehr Geld. Swanson erklärte sich einverstanden, aber dann schärfte er ihr ein, nicht zu verraten, was sie tat.

»Hör'n Sie mal. Ich bin Schauspielerin. Ein Kinderspiel.«

Er gab ihr eine Karte mit seiner Telefonnummer in Biloxi auf der Rückseite.

Hoppy fand, daß Mr. Cristano ein bißchen zu grob war. Aber schließlich standen die Dinge sehr schlecht, das behaupteten jedenfalls die mysteriösen Leute in Washington, für die Mr. Cristano arbeitete. Im Justizministerium überlegte man sich, ob man nicht einfach den ganzen Plan fallenlassen und Hoppys Fall dem Bundesgericht übergeben sollte.

Wenn Hoppy schon seine eigene Frau nicht überzeugen konnte, wie, zum Teufel, sollte er es dann fertigbringen, eine ganze Jury zu überzeugen?

Sie saßen im Fond des langen, schwarzen Chrysler und fuhren an der Küste entlang, nach nirgendwo im besonderen, aber ungefähr in Richtung Mobile. Nitchman fuhr und Napier saß auf dem Beifahrersitz, und beide schafften es, so zu tun, als gingen sie die Prügel, die Hoppy auf dem Rücksitz bekam, nicht das geringste an.

»Wann sehen Sie sie wieder?« fragte Cristano.

»Heute abend, glaube ich.«

»Die Zeit ist gekommen, Hoppy, ihr die Wahrheit zu sagen. Erzählen Sie ihr, was Sie getan haben, erzählen Sie ihr alles.«

Hoppys Augen füllten sich mit Tränen, und seine Lippen bebten, als er aus dem getönten Fenster starrte und die hübschen Augen seiner Frau sah, während er seine Seele entblößte. Er verfluchte sich selbst für seine Dummheit. Wenn er eine Waffe gehabt hätte, wäre er fast imstande gewesen, Todd Ringwald und Jimmy Hull Moke zu erschießen, aber ganz bestimmt hätte er sich selbst erschossen. Vielleicht hätten dann diese drei Typen als erste dran glauben müssen, aber, und daran gab es überhaupt keinen Zweifel, Hoppy hätte sich selbst das Hirn weggeblasen.

»Also gut«, murmelte er.

»Ihre Frau muß eine Advokatin werden, Hoppy. Ist Ihnen das klar? Millie Dupree muß eine Macht in diesem Geschworenenzimmer sein. Wenn Sie es nicht geschafft haben, sie mit guten Argumenten zu überzeugen, müssen Sie sie eben jetzt mit der Angst motivieren, daß Sie für fünf Jahre ins Gefängnis wandern. Sie haben keine andere Wahl.«

In diesem Moment wäre ihm das Gefängnis sogar lieber gewesen, als Millie die Wahrheit sagen zu müssen. Aber diese Wahl hatte er nicht. Wenn er sie nicht überzeugte, würde sie die Wahrheit erfahren und er würde trotzdem ins Gefängnis kommen.

Hoppy begann zu weinen. Er biß sich auf die Unterlippe und schlug die Hände vor die Augen; er versuchte, diese verdammten Tränen zu stoppen, aber er konnte es nicht. Während sie friedlich den Highway entlangfuhren, war mehrere Meilen lang das jämmerliche Wimmern eines gebrochenen Mannes das einzige Geräusch.

Nur Nitchman konnte ein winziges Grinsen nicht unterdrücken.

32. KAPITEL

Die zweite Zusammenkunft begann in Marlees Büro eine Stunde nach Beendigung der ersten. Fitch kam abermals zu Fuß, mit einem Aktenkoffer und einem großen Becher Kaffee. Marlee überprüfte den Koffer auf versteckte Geräte, sehr zu seiner Belustigung.

Als sie fertig war, machte er den Koffer wieder zu und trank einen Schluck von seinem Kaffee. »Ich habe eine Frage«, verkündete er.

»Welche?«

»Vor sechs Monaten haben weder Sie noch Easter in diesem County gelebt, vermutlich nicht einmal in diesem Staat. Sind Sie hergekommen, um diesen Prozeß zu verfolgen?« Er wußte die Antwort natürlich, aber er wollte sehen, wieviel sie zugeben würde, nachdem sie jetzt Geschäftspartner waren und am gleichen Strang ziehen sollten.

»So könnte man es ausdrücken«, sagte sie. Marlee und Nicholas nahmen an, daß Fitch ihre Spur bis nach Lawrence zurückverfolgt hatte, und das war nicht nur unerfreulich. Fitch mußte ihre Geschicklichkeit im Aushecken eines solchen Plans anerkennen und ihre Entschlossenheit, ihn auszuführen. Es war Marlees Vor-Lawrence-Zeit, die ihnen den Schlaf raubte.

»Sie beide benutzen Decknamen, stimmt's?«

»Nein. Wir benutzen unsere legalen Namen. Keine weiteren Fragen über uns, Fitch. Die Zeit drängt, und wir haben zu arbeiten.«

»Vielleicht sollten wir damit anfangen, daß Sie mir erzählen, wie weit Sie mit der anderen Seite gegangen sind. Wieviel weiß Rohr?«

»Rohr weiß nichts. Wir haben ein bißchen Schattenboxen veranstaltet, sind aber nie zusammengekommen.«

»Hätten Sie mit ihm einen Handel abgeschlossen, wenn ich nicht dazu bereit gewesen wäre?«

»Ja. Mir geht es um das Geld, Fitch. Nicholas ist in dieser Jury, weil wir es so geplant haben. Wir haben auf diesen Moment hingearbeitet. Es wird funktionieren, weil alle Mitspieler korrupt sind. Sie sind korrupt. Ihre Klienten sind korrupt. Mein Partner und ich sind korrupt. Korrupt, aber intelligent. Wir sabotieren das System auf eine Weise, die niemand je aufdecken können wird.«

»Was ist mit Rohr? Er wird Verdacht schöpfen, wenn er verliert. Er wird bestimmt argwöhnen, daß Sie ein Geschäft mit den Tabakkonzernen gemacht haben.«

»Rohr kennt mich nicht. Wir sind uns nie begegnet.«

»Machen Sie mir nichts vor.«

»Ich schwöre es, Fitch. Ich habe Sie glauben lassen, daß ich mich mit ihm treffe, aber es ist nie passiert. Es wäre allerdings passiert, wenn wir beide nicht ins Geschäft gekommen wären.«

»Sie wußten, daß ich dazu bereit sein würde.«

»Natürlich. Wir wußten, daß Sie mehr als begierig darauf waren, ein Urteil zu kaufen.«

Oh, er hatte so viele Fragen. Wie hatten sie von seiner Existenz erfahren? Woher hatten sie seine Telefonnummer? Wie hatten sie dafür gesorgt, daß Nicholas als Geschworener geladen wurde? Wie hatten sie ihn in die Jury bekommen? Und woher, zum Teufel, wußten sie von der Existenz des Fonds?

Er würde sie eines Tages stellen, wenn das alles hinter ihnen lag und der Druck gewichen war. Er würde es genießen, sich mit Marlee und Nicholas bei einem langen Dinner zu unterhalten und Antworten auf all seine Fragen zu bekommen. Seine Bewunderung für sie wuchs von Minute zu Minute.

»Versprechen Sie mir, daß Sie Lonnie Shaver nicht ausbooten.«

»Ich werde es Ihnen versprechen, Fitch, wenn Sie mir erzählen, weshalb Sie Lonnie so gern haben.«

»Er steht auf unserer Seite.«

»Woher wissen Sie das?«

»Wir haben Mittel und Wege.«

»Hören Sie, Fitch, wenn wir schon beide auf dasselbe Urteil hinarbeiten, weshalb können wir dann nicht offen miteinander reden?«

»Sie haben recht. Weshalb haben Sie Herrera ausgebootet?«

»Das habe ich Ihnen bereits erzählt. Er ist ein Rindvieh. Er mochte Nicholas nicht, und Nicholas mochte ihn nicht. Außerdem sind Henry Vu und Nicholas gute Freunde. Wir haben also nichts verloren.«

»Und weshalb haben Sie Stella Hulic ausgebootet?«

»Nur, damit sie aus dem Geschworenenzimmer verschwindet. Sie war eine ausgesprochen widerliche Person. Ging allen gründlich auf die Nerven.«

»Wer ist der nächste?«

»Ich weiß es nicht. Wir haben noch einen übrig. Wen sollten wir loswerden?«

»Nicht Lonnie.«

»Dann sagen Sie mir, warum.«

»Sagen wir einfach, Lonnie ist gekauft und bezahlt worden. Sein Arbeitgeber ist jemand, der auf uns hört.«

»Wen haben Sie sonst noch gekauft und bezahlt?«

»Niemanden.«

»Keine Ausflüchte, Fitch. Wollen Sie gewinnen oder nicht?«

»Natürlich will ich das.«

»Dann machen Sie reinen Tisch. Ich bin Ihr leichtester Weg zu einem schnellen Urteil.«

»Und der teuerste.«

»Sie haben doch nicht erwartet, daß ich billig sein würde. Was hätten Sie zu gewinnen, wenn Sie mir Informationen vorenthielten?«

»Was hätte ich zu gewinnen, wenn ich sie Ihnen gäbe?«

»Das sollte auf der Hand liegen. Sie sagen es mir. Ich sage es Nicholas. Er weiß dann besser Bescheid, wo die Stimmen zu finden sind. Er weiß, mit wem er seine Zeit verbringen muß. Was ist mit Gladys Card?«

»Sie steht auf unserer Seite. Über sie haben wir nichts. Was meint Nicholas?«

»Dasselbe. Was ist mit Angel Weese?«

»Sie raucht, und sie ist schwarz. Vermutlich auch auf unserer Seite. Was meint Nicholas?«

»Sie wird ebenso stimmen wie Loreen Duke.«

»Und wie wird Loreen Duke stimmen?«

»Wie Nicholas.«

»Wie viele Anhänger hat er im Augenblick? Wie viele Mitglieder zählt sein kleiner Club?«

»Zuerst einmal Jerry. Da Jerry mit Sylvia schläft, kann man sie hinzuzählen. Nehmen Sie Loreen, und Sie bekommen Angel.«

Fitch hielt den Atem an und zählte rasch. »Das sind fünf. Ist das alles?«

»Und mit Henry Vu sind es sechs. Sechs auf der Bank. Sie sind der große Rechner, Fitch. Rechnen wir weiter. Was haben Sie über Savelle?«

Fitch konsultierte tatsächlich seine Notizen, als wäre er nicht sicher. Alles, was in seinem Aktenkoffer steckte, hatte er ein dutzendmal gelesen. »Nichts. Der Typ ist zu ausgeflippt«, sagte er betrübt, als hätte er bei seinen Bemühungen, Savelle auf irgendeine Weise unter Druck zu setzen, kläglich versagt.

»Irgendwas Nützliches über Herman?«

»Nein. Was meint Nicholas?«

»Man wird Herman anhören, aber ihm nicht unbedingt folgen. Er hat sich kaum Freunde gemacht, aber er ist auch nicht unbeliebt. Seine Stimme wird wahrscheinlich allein stehen.«

»Welcher Seite neigt er zu?«

»Er ist der einzige Geschworene, aus dem nichts herauszubekommen ist. Er ist entschlossen, sich an die Anweisung des Richters zu halten, der ihnen allen verboten hat, über den Fall zu reden.«

»Unerfreulich.«

»Nicholas wird seine neun Stimmen vor den Abschlußplädoyers beisammen haben, vielleicht sogar mehr. Er braucht nur noch ein bißchen Hebelkraft bei einigen seiner Freunde.«

»Bei wem zum Beispiel?«

»Rikki Coleman.«

Fitch trank einen Schluck, ohne den Becher anzusehen. Er stellte ihn ab und strich sich über die Haare um seinen Mund. Sie beobachtete jede seiner Bewegungen. »Wir – äh – hätten da vielleicht etwas.«

»Weshalb schon wieder diese Spielchen, Fitch? Entweder haben Sie etwas oder Sie haben nichts. Entweder sagen Sie es mir, damit ich es an Nicholas weitergeben und er ihre Stimme kassieren kann, oder Sie sitzen hier, verstecken Ihre Notizen und hoffen, daß sie einfach so an Bord springt.«

»Sagen wir einfach, es ist ein unerfreuliches persönliches Geheimnis, das sie vor ihrem Mann geheimhalten möchte.«

»Weshalb wollen Sie es vor mir geheimhalten, Fitch?« sagte Marlee wütend. »Arbeiten wir zusammen oder nicht?«

»Ja, aber ich bin nicht sicher, ob Sie es an diesem Punkt wissen müssen.«

»Großartig, Fitch. Etwas aus ihrer Vergangenheit, richtig? Eine Affäre, eine Abtreibung, Trunkenheit am Steuer?«

»Ich werde darüber nachdenken.«

»Tun Sie das, Fitch. Sie spielen Ihre Spielchen, ich spiele meine. Was ist mit Millie?«

Fitchs Gedanken überschlugen sich, während er äußerlich cool und gelassen blieb. Wieviel sollte er ihr erzählen? Seine Instinkte mahnten ihn zur Vorsicht. Sie würden morgen und übermorgen wieder zusammenkommen, und wenn er es für richtig hielt, konnte er ihr dann von Rikki und Millie und vielleicht sogar Lonnie erzählen. Laß es langsam angehen, befahl er sich selbst. »Nichts über Millie«, sagte er, schaute auf die Uhr und dachte daran, daß der arme Hoppy gerade jetzt in einem großen, schwarzen Wagen saß, zusammen mit drei FBI-Männern, und vermutlich wie ein Schloßhund heulte.

»Sind Sie sicher, Fitch?«

Nicholas war Hoppy auf dem Flur des Motels begegnet, direkt vor seinem Zimmer, als Hoppy eine Woche zuvor mit Blumen und Pralinen für seine Frau gekommen war. Sie hatten sich einen Moment unterhalten. Am nächsten Tag war Nicholas aufgefallen, daß Hoppy im Gerichtssaal saß, ein neues, nach fast drei Prozeßwochen plötzlich interessiertes Gesicht.

Da Fitch mitmischte, waren Nicholas und Marlee einigermaßen überzeugt, daß jeder Geschworene von außen her beeinflußt werden konnte. Deshalb beobachtete Nicholas alle ganz genau. Manchmal lungerte er auf dem Korridor herum, wenn die Gäste zu ihren persönlichen Besuchen eintrafen, und manchmal auch, wenn sie wieder gingen. Er belauschte die Gespräche im Geschworenenzimmer. Während ihrer täglichen Spaziergänge nach dem Lunch hörte er bei drei Unterhaltungen gleichzeitig zu. Er machte sich Notizen über sämtliche Personen im Gerichtssaal und hatte sogar für alle Decknamen und Codes.

Es war nur eine Vermutung, daß Fitch Millie über Hoppy bearbeitete. Sie schienen so ein nettes, gutherziges Paar zu sein; genau die Art von Leuten, die Fitch leicht in einer seiner hinterhältigen Schlingen fangen konnte.

»Natürlich bin ich sicher. Nichts über Millie.«

»Sie benimmt sich merkwürdig«, sagte Marlee, die es besser wußte.

Wunderbar, dachte Fitch. Der Hoppy-Coup funktioniert.

»Was hält Nicholas von Royce, dem letzten Ersatzmann«, fragte er.

»Armer Schlucker. Nicht die Spur von Intelligenz. Leicht zu manipulieren. Der Typ, der tut, was wir wollen, wenn wir ihm fünf Riesen zustecken. Das ist ein weiterer Grund dafür, weshalb Nicholas Savelle ausbooten möchte. Wir bekämen Royce, und der wäre einfach.«

Die Gelassenheit, mit der sie von Bestechung sprach, wärmte Fitch das Herz. Viele Male, bei anderen Prozessen, hatte er davon geträumt, Engel wie Marlee zu finden, kleine Retter mit klebrigen Händen, die begierig darauf waren, seine Jurys für ihn zu manipulieren. Es war fast unglaublich!

»Wer würde sonst noch Geld nehmen?« fragte er eifrig.

»Jerry ist pleite, massenhaft Spielschulden und außerdem eine unerfreuliche Scheidung. Er würde ungefähr zwanzigtausend brauchen. Nicholas hat den Handel mit ihm noch nicht abgeschlossen, aber das wird übers Wochenende geschehen.«

»Das könnte teuer werden«, sagte Fitch, der es scheinbar ernst meinte.

Marlee lachte laut auf und lachte weiter, bis Fitch gezwungenermaßen über seinen eigenen Witz kichern mußte. Er hatte ihr gerade zehn Millionen versprochen und war dabei, weitere zwei Millionen für die Verteidigung auszugeben. Seine Kunden verfügten über ein Nettovermögen von fast elf Milliarden.

Der Moment ging vorüber, und sie verbrachten einige Zeit damit, einander zu ignorieren. Schließlich schaute Marlee auf die Uhr und sagte: »Schreiben Sie sich das auf, Fitch. Jetzt ist es halb vier östlicher Zeit. Das Geld geht nicht nach Singapur. Ich möchte, daß die zehn Millionen per Kabel an die Hanwa Bank auf den Niederländischen Antillen überwiesen werden, und zwar sofort.«

»Hanwa Bank?«

»Ja. Eine koreanische Bank. Das Geld geht nicht auf mein Konto, sondern auf Ihres.«

»Ich habe dort kein Konto.«

»Sie werden mit der Überweisung eines eröffnen.« Sie zog zusammengefaltete Papiere aus ihrer Handtasche und schob sie über den Tisch. »Hier sind die Formulare und Instruktionen.«

»Dafür ist es heute schon zu spät«, sagte er, als er die Papiere nahm. »Und morgen ist Samstag.«

»Halten Sie den Mund, Fitch. Lesen Sie die Instruktionen. Alles wird bestens laufen, wenn Sie einfach tun, was Sie tun sollen. Für bevorzugte Kunden hat Hanwa immer geöffnet. Ich will, daß Sie das Geld dort, auf Ihrem Konto, übers Wochenende parken.«

»Woher werden Sie wissen, ob es drauf ist?«

»Sie werden mir eine Bestätigung der Überweisung zeigen. Das Geld wird vorübergehend umgeleitet, bis sich die Jury zur Beratung zurückzieht, dann verläßt es Hanwa und geht auf mein Konto. Das sollte am Montag vormittag passieren.«

»Was ist, wenn die Jury den Fall früher bekommt?«

»Fitch, ich versichere Ihnen, es wird kein Urteil geben, solange das Geld nicht auf meinem Konto ist. Das ist ein Versprechen. Und wenn Sie aus irgendeinem Grund versuchen wollen, uns aufs Kreuz zu legen, dann kann ich Ihnen auch versprechen, daß es ein hübsches Urteil für die Klägerin geben wird. Ein haushohes Urteil.«

»Darüber wollen wir gar nicht erst reden.«

»Nein, das wollen wir nicht. Dies alles ist sehr sorgfältig geplant worden, Fitch. Machen Sie keinen Mist. Tun Sie, was ich Ihnen gesagt habe. Überweisen Sie das Geld, und zwar sofort.«

Wendall Rohr brüllte Dr. Gunther anderthalb Stunden lang an, und als er fertig war, lagen alle Nerven im Gerichtssaal bloß. Rohr selbst war vermutlich von allen der Gelassenste, weil ihm sein eigenes Einhämmern auf den Zeugen nicht das geringste ausmachte. Alle anderen hatten es gründlich satt. Es war fast fünf Uhr, Freitag. Wieder eine Woche zu Ende. Es stand ein weiteres Wochenende im Siesta Inn bevor.

Richter Harkin machte sich Sorgen wegen seiner Jury. Die Geschworenen waren offensichtlich gelangweilt und gereizt, hatten die Nase voll davon, den ganzen Tag dasitzen und Worte hören zu müssen, die sie nicht mehr interessierten.

Auch die Anwälte machten sich ihretwegen Sorgen. Sie reagierten so auf die Zeugenaussagen, wie sie erwartet hatten. Wenn sie nicht auf ihren Sitzen herumrutschten, dösten sie ein. Wenn sie sich nicht mit leerem Blick umschauten, zwickten sie sich, um wach zu bleiben.

Aber Nicholas machte sich nicht die geringsten Sorgen. Er wollte, daß seine Kollegen erschöpft waren und am Rande einer Revolte standen. Ein Mob braucht einen Anführer.

Während einer Pause am späten Nachmittag hatte er einen Brief an Richter Harkin aufgesetzt, in dem er darum bat, den Prozeß am Samstag fortzusetzen. Das Thema war in der Lunchpause diskutiert worden. Die Diskussion war nur kurz gewesen, weil er sie geplant und alle Antworten parat hatte. Weshalb im Zimmer im Motel herumsitzen, wenn sie genausogut auf der Geschworenenbank sitzen und versuchen konnten, diesen Marathon zu beenden?

Die anderen zwölf setzten bereitwillig ihre Unterschriften unter seine, und Harkin hatte keine Wahl. Samstagssitzungen waren selten, aber möglich, zumal bei Prozessen mit einer isolierten Jury.

Seine Ehren erkundigte sich bei Cable, was in diesem Fall für morgen vorgesehen war, und Cable war sicher, daß die Verteidigung ihre Zeugenvernehmung abschließen würde. Rohr sagte, die Anklage hätte keine Einwände. Eine Sitzung am Sonntag kam nicht in Frage.

»Dieser Prozeß dürfte am Montag nachmittag vorbei sein«, sagte Harkin zu den Geschworenen. »Die Verteidigung wird morgen fertig werden, dann werden am Montag morgen die Schlußplädoyers gehalten. Ich rechne damit, daß Ihnen noch vor Montag mittag der Fall übergeben wird. Mehr kann ich nicht für Sie tun, meine Damen und Herren.«

Auf der Geschworenenbank wurde plötzlich überall gelächelt. Mit dem Ende in Sicht konnten sie auch noch ein letztes Wochenende zusammen ertragen.

Das Abendessen würden sie in einem bekannten Restaurant in Gulfport einnehmen. Rippchen auf alle möglichen Arten. Anschließend vier Stunden persönliche Besuche, sowohl heute abend, morgen abend und Sonntag abend. Er entließ sie unter Entschuldigungen.

Nachdem die Geschworenen den Saal verlassen hatten, versammelte Richter Harkin die Anwälte für eine zweistündige Verhandlung über ein Dutzend Anträge erneut um sich.

33. KAPITEL

Er kam spät, ohne Blumen oder Pralinen, ohne Champagner oder Küsse, mit nichts als seiner gepeinigten Seele, die ihm deutlich anzusehen war. Er ergriff gleich an der Tür ihre Hand und führte sie zum Bett, wo er sich auf die Kante setzte und etwas zu sagen versuchte, bevor sich ihm die Kehle zuschnürte. Er schlug die Hände vors Gesicht.

»Was ist passiert, Hoppy?« fragte sie bestürzt und sicher, daß sie gleich irgendein grauenhaftes Geständnis hören würde. In den letzten Tagen war er nicht mehr er selbst gewesen. Sie setzte sich neben ihn, tätschelte sein Knie und hörte zu. Er begann, indem er hervorstieß, wie blöd er gewesen war. Er sagte mehrmals, sie würde nicht glauben, was er getan hatte, und er redete immer wieder über seine Blödheit, bis sie schließlich rundheraus fragte: »Was hast du angestellt?«

Er war plötzlich wütend – wütend auf sich selbst, weil er sich so albern benahm. Er biß die Zähne zusammen, zog die Oberlippe hoch, runzelte die Stirn und berichtete von Mr. Todd Ringwald, der KLX Property Group, Stillwater Bay und Jimmy Hull Moke. Es war eine Falle gewesen! Er hatte sich um seine eigenen Geschäfte gekümmert, war nicht auf Ärger ausgewesen und hatte jungen Paaren zu ihren hübschen ersten Häuschen verholfen. Alles wie immer. Dann war dieser Typ aufgetaucht, aus Las Vegas, netter Anzug, ein dickes Bündel von Planzeichnungen unter dem Arm, die, als er sie auf Hoppys Schreibtisch ausbreitete, ausgesehen hatten wie eine Goldmine.

Oh, wie hatte er nur so dumm sein können. Er verlor die Fassung und begann zu schluchzen.

Als er zu der Geschichte kam, wie das FBI bei ihnen zu Hause aufgekreuzt war, konnte Millie sich nicht beherrschen. »Die sind in unser Haus gekommen?«

»Ja, ja.«

»Oh, mein Gott! Wo waren die Kinder?«

Also erzählte ihr Hoppy, wie alles abgelaufen war, wie er Napier und Nitchman geschickt aus dem Haus und in sein Büro manövriert hatte, wo sie ihm – das Tonband vorführten.

Es war grauenhaft. Er zwang sich zum Weiterreden.

Millie begann gleichfalls zu weinen, und Hoppy war erleichtert. Vielleicht würde sie ihm keine allzu schweren Vorwürfe machen. Aber da war noch mehr.

Er kam zu dem Teil der Geschichte, wo Mr. Cristano in die Stadt kam und sie auf dem Boot gewesen waren. Eine Menge Leute, wirklich gute Leute in Washington machten sich Sorgen wegen des Prozesses. Die Republikaner und so weiter. Die Sache mit den Verbrechen. Und, nun ja, sie hatten einen Handel abgeschlossen.

Millie wischte sich mit dem Handrücken die Tränen ab und hörte plötzlich mit dem Weinen auf. »Aber ich bin mir nicht sicher, ob ich für die Tabakkonzerne stimmen möchte.«

Jetzt versiegten auch Hoppys Tränen ziemlich schnell. »Oh, das ist wirklich großartig, Millie. Schick mich für fünf Jahre weg, nur damit du bei der Abstimmung deinem Gewissen folgen kannst. Wach auf!«

»Das ist nicht fair«, sagte sie und betrachtete sich dabei in dem Spiegel, der über der Kommode an der Wand hing. Sie war völlig verwirrt.

»Natürlich ist es nicht fair. Es wäre auch nicht fair, wenn die Bank uns die Hypothek kündigt, weil ich im Bau sitze. Was ist mit den Kindern, Millie? Denk an die Kinder. Wir haben drei auf dem Junior College und zwei auf der High-School. Die Demütigung wäre schon schlimm genug, aber wer würde für ihre Ausbildung aufkommen?«

Hoppy war natürlich im Vorteil, weil er das Gespräch viele Stunden geprobt hatte. Die arme Millie dagegen fühlte sich, als wäre sie von einem Bus überfahren worden. Sie konnte nicht schnell genug denken, um die richtigen Fragen zu stellen. Unter anderen Umständen hätte sie Hoppy leid getan.

»Ich kann es einfach nicht glauben«, sagte sie.

»Es tut mir leid, Millie. Es tut mir entsetzlich leid. Ich habe etwas Furchtbares getan, und das ist dir gegenüber nicht fair.« Er lehnte sich vor, stützte die Ellenbogen auf die Knie und ließ völlig gebrochen den Kopf hängen.

»Es ist nicht fair gegenüber den Leuten in diesem Prozeß.«

Hoppy waren die in diesen Prozeß verwickelten Leute völlig gleichgültig, aber er unterdrückte eine entsprechende Bemerkung. »Ich weiß, Liebling. Ich weiß. Es ist alles meine Schuld.«

Sie fand seine Hand und drückte sie. Hoppy beschloß, ihr den Rest zu geben. »Ich sollte dir das eigentlich nicht sagen, Millie, aber als die Leute vom FBI ins Haus kamen, dachte ich daran, mir einen Revolver zu greifen und gleich Schluß zu machen.«

»Indem du sie erschießt?«

»Nein, mich. Mir das Gehirn wegpusten.«

»Oh, Hoppy.«

»Ich meine es ernst. Ich habe in der letzten Woche viele Male daran gedacht. Ich würde lieber auf den Abzug drükken, als meine Familie zu demütigen.«

»Sei nicht albern«, sagte sie und begann wieder zu weinen.

Fitch hatte zuerst daran gedacht, die Kabelüberweisung zu fälschen, aber nach zwei Telefongesprächen und zwei Faxen von seinen Fälschern in Washington war er nicht überzeugt, daß das sicher sein würde. Sie schien alles über Datenfernübertragung zu wissen, und er hatte keine Ahnung, wieviel sie über die Bank auf den Niederländischen Antillen wußte. Bei ihrer Präzision hatte sie dort vermutlich jemanden, der auf den Eingang der Überweisung wartete. Weshalb das Risiko eingehen?

Mit einer Reihe von Telefongesprächen machte er in Washington einen früheren Beamten aus dem Finanzministerium ausfindig, der jetzt eine eigene Beraterfirma leitete, einen Mann, der angeblich alles über schnelle Geldbewegungen wußte. Fitch gab ihm die nackten Fakten, engagierte ihn per Fax und schickte ihm dann eine Kopie von Marlees Instruktionen. Sie wußte ganz eindeutig, was sie tat, sagte der Mann, und versicherte Fitch, daß sein Geld sicher sein würde, jedenfalls auf seiner ersten Station. Das neue Konto würde Fitch gehören, sie würde keinen Zugang dazu haben. Marlee verlangte eine Kopie der Bestätigung, und der Mann warnte Fitch davor, ihr die Kontonummer der Ursprungsbank oder die Nummer des Kontos bei der Hanwa-Bank in der Karibik zu zeigen.

Als Fitch seinen Handel mit Marlee abschloß, waren im Fonds sechseinhalb Millionen Dollar verfügbar. Im Laufe des Freitag hatte Fitch sämtliche Generaldirektoren der Großen Vier angerufen und ihnen den Auftrag erteilt, sofort jeweils zwei Millionen Dollar zu überweisen. Und er hatte keine Zeit für Fragen. Er würde es ihnen später erklären.

Am Freitag um siebzehn Uhr fünfzehn verließ das Geld das namenlose Konto des Fonds in New York und traf Sekunden später bei der Hanwa-Bank auf den Niederländischen Antillen ein, wo es schon erwartet wurde. Das neue Konto, das nur eine Nummer trug, wurde bei seinem Eintreffen eröffnet und sofort eine Bestätigung an die Ursprungsbank gefaxt.

Marlee rief um halb sechs an und wußte, was Fitch nicht überraschte, daß die Überweisung erfolgt war. Sie wies ihn an, die Kontonummern auf der Bestätigung unkenntlich zu machen, was er ohnehin vorgehabt hatte, und sie um genau 19.05 Uhr an die Rezeption des Siesta Inn zu faxen.

»Ist das nicht ein bißchen riskant?« fragte Fitch.

»Tun Sie, was Ihnen gesagt wird, Fitch. Nicholas wird neben dem Faxgerät stehen. Der Mann an der Rezeption findet ihn nett.«

Um Viertel nach sieben rief Marlee abermals an und berichtete, daß Nicholas die Bestätigung erhalten hatte und daß sie echt aussah. Sie forderte Fitch auf, morgen früh um zehn in ihr Büro zu kommen. Fitch sagte gerne zu.

Obwohl kein Geld den Besitzer gewechselt hatte, hatte sein Erfolg Fitch in Hochstimmung versetzt. Er sammelte José ein und begab sich auf einen Spaziergang, etwas, was er nur selten tat. Die Luft war frisch und belebend. Die Gehsteige waren menschenleer.

Genau in diesem Moment gab es einen isolierten Geschworenen, der ein Blatt Papier in der Hand hielt, auf dem zweimal der Betrag »$ 10 000 000« stand. Dieser Geschworene und diese Jury gehörten Fitch. Der Prozeß war gelaufen. Bestimmt würde er kein Auge zutun und Ströme von Schweiß vergießen, bis er das Urteil gehört hatte, aber was die praktischen Belange anging, war der Prozeß gelaufen. Trotz einer drohenden Niederlage hatte er einen weiteren Sieg errungen. Die Kosten waren diesmal viel höher gewesen, aber es hatte auch mehr auf dem Spiel gestanden. Er würde gezwungen sein, sich ein paar boshafte Spitzen von Jankle und den anderen über die Kosten dieser Operation anzuhören, aber das würde nur eine Formalität sein. Sie mußten sich über die Kosten aufregen. Schließlich waren sie Generaldirektoren.

Die wirklichen Kosten waren diejenigen, die sie nicht erwähnen würden: der Preis, den sie für ein Urteil zugunsten der Anklage zahlen mußten und der aller Wahrscheinlichkeit nach zehn Millionen Dollar bei weitem übersteigen würde, und die unkalkulierbaren Kosten einer Lawine von Prozessen.

Er verdiente diesen seltenen Moment der Freude, aber seine Arbeit war noch längst nicht getan. Er konnte sich nicht ausruhen, bevor er die wahre Marlee kannte, wußte, wo sie herkam, was sie motivierte, wie und warum sie diesen Plan ausgeheckt hatte. Irgend etwas steckte dahinter, das Fitch wissen mußte, und das Unbekannte machte ihm ungeheure Angst. Falls und wenn er die wahre Marlee gefunden hatte, dann würde er seine Antworten haben. Bis dahin war sein kostspieliges Urteil nicht sicher.

Nachdem er auf seinem Spaziergang vier Blocks hinter sich gebracht hatte, war Fitch wieder er selbst – wütend, mißgelaunt, gepeinigt.

Derrick schaffte es bis in den Empfangsraum und steckte seinen Kopf durch eine offene Tür, als eine junge Frau ihn höflich fragte, was er wollte. Sie trug einen Stapel Akten und sah sehr beschäftigt aus. Es war fast acht Uhr, Freitag abend, und in der Kanzlei herrschte immer noch Hochbetrieb.

Was er wollte, war ein Anwalt, einer von denen, die er im Gericht gesehen hatte, einer, der für den Tabakkonzern arbeitete, einer, mit dem er sich zusammensetzen und hinter geschlossenen Türen handelseinig werden konnte. Er hatte seine Hausaufgaben gemacht und die Namen von Durwood Cable und ein paar anderen herausgefunden. Er hatte dieses Haus aufgespürt und zwei Stunden lang draußen in seinem Wagen gesessen, seinen Text geprobt, gegen seine Nervosität angekämpft, versucht, genügend Mut aufzubringen, um auszusteigen und durch die Tür hineinzugehen.

Nirgendwo war ein anderes schwarzes Gesicht zu sehen.

Waren nicht alle Anwälte Gangster? Er hatte sich ausgerechnet, wenn Rohr ihm Geld anbot, dann war es nur logisch, daß auch alle anderen an diesem Fall beteiligten Anwälte ihm Geld anbieten würden. Er hatte etwas zu verkaufen. Hier saßen reiche Käufer herum. Es war eine goldene Chance.

Aber er schaffte es nicht, die richtigen Worte hervorzubringen, als die Sekretärin stehenblieb und ihn musterte und sich dann umsah, als brauchte sie jemanden, der ihr in dieser Situation half. Cleve hatte mehr als einmal gesagt, daß so etwas kriminell war, daß er erwischt werden würde, wenn er zu gierig wurde, und ihn überfiel plötzlich eine Heidenangst.

»Ist, äh, Mr. Gable zu sprechen?« fragte er sehr unsicher.

»Mr. Gable?« fragte sie mit hochgezogenen Brauen.

»Ja, den meine ich.«

»Hier gibt es keinen Mr. Gable. Wer sind Sie?«

Eine Gruppe von hemdsärmeligen jungen Weißen trat langsam hinter sie und musterte ihn eingehend. Sie wußten nur zu gut, daß er hier nicht hergehörte. Derrick hatte sonst nichts anzubieten. Er war sicher, daß er die richtige Kanzlei hatte, aber er hatte den falschen Namen erwischt, das falsche Spiel, und er hatte nicht vor, im Gefängnis zu landen.

»Ich glaube, ich bin hier falsch«, sagte er, und sie bedachte ihn mit einem herablassenden kleinen Lächeln. Natürlich sind Sie das, also verschwinden Sie jetzt bitte. Er blieb an einem Tisch im Empfangsraum stehen und griff sich fünf Visitenkarten von einem kleinen Bronzegestell. Die würde er Cleve als Beweis für seinen Besuch hier zeigen.

Er dankte ihr und verschwand eiligst. Angel wartete.

Millie weinte und wälzte sich bis Mitternacht in ihrem Bett herum, dann zog sie ihr Lieblingskleidungsstück an, einen vielgetragenen roten Trainingsanzug, Größe XX-Large, ein Weihnachtsgeschenk von einem der Kinder vor vielen Jahren, und öffnete leise ihre Tür. Chuck, der Wachmann am anderen Ende, rief sie leise an. Sie wollte sich nur etwas zum Knabbern holen, erklärte sie, dann schlich sie über den schwach beleuchteten Korridor zum Partyzimmer, in dem sie ein schwaches Geräusch hörte. Drinnen saß Nicholas allein auf einem Sofa, aß Popcorn aus der Mikrowelle und trank Mineralwasser. Er sah sich ein australisches Rugbyspiel an. Niemand kümmerte sich mehr um Harkins Partyzimmer-Sperrstunde.

»Weshalb sind Sie so spät noch auf?« fragte er und schaltete mit der Fernbedienung den Ton des Fernsehers aus. Millie ließ sich auf einem Stuhl in seiner Nähe nieder, mit dem Rücken zur Tür. Ihre Augen waren rot und verschwollen. Ihr graues Haar war verwuschelt. Es kümmerte sie nicht. Millie lebte in einem Haus, in dem es ständig von Teenagern wimmelte. Sie kamen und gingen, blieben über Nacht, schliefen, aßen, sahen fern, räumten den Kühlschrank aus, sahen sie alle in ihrem roten Anzug, und sie wollte es nicht anders haben. Millie war jedermanns Mutter.

»Ich kann nicht schlafen. Und Sie?« sagte sie.

»Es ist schwer, hier zu schlafen. Möchten Sie auch ein bißchen Popcorn?«

»Nein, danke.«

»War Hoppy heute abend hier?«

»Ja.«

»Er scheint ein netter Mann zu sein.«

Sie schwieg einen Moment, dann sagte sie: »Das ist er.«

Sie saßen eine ganze Weile schweigend da und überlegten, was sie als nächstes sagen sollten. »Möchten Sie einen Film sehen?« fragte er schließlich.

»Nein. Darf ich Sie etwas fragen?« sagte sie sehr ernst, und Nicholas schaltete mit der Fernbedienung den Fernseher aus. Die einzige Beleuchtung kam jetzt von einer schwachen Stehlampe.

»Natürlich. Sie sehen besorgt aus.«

»Das bin ich auch. Es ist eine juristische Frage.«

»Ich werde versuchen, sie zu beantworten.«

»Okay.« Sie atmete tief ein und preßte die Hände zusammen. »Was ist, wenn eine Geschworene zu der Überzeugung gelangt, daß sie nicht fair und unparteiisch sein kann? Was sollte sie tun?«

Er betrachtete die Wand und dann die Decke und trank einen Schluck Wasser. »Ich nehme an, das hängt von den Gründen ab, die sie zu dieser Überzeugung veranlassen.«

»Ich verstehe nicht, Nicholas.« Er war so ein netter Junge, und so intelligent. Ihr jüngster Sohn wollte Anwalt werden, und sie hatte sich dabei ertappt, daß sie sich wünschte, er würde einmal so tüchtig werden wie Nicholas.

»Lassen Sie uns der Einfachheit halber auf die Hypothese verzichten«, sagte er. »Sagen wir, diese Geschworene sind in Wirklichkeit Sie selbst.«

»Okay.«

»Also ist seit dem Beginn des Prozesses etwas geschehen, das sich auf Ihre Fähigkeit auswirkt, fair und unparteiisch zu reagieren?«

Langsam sagte sie: »Ja.«

Er dachte einen Moment darüber nach, dann sagte er: »Ich nehme an, es hängt davon ab, ob es etwas war, das Sie im Gericht gehört haben, oder etwas, das außerhalb des Gerichts passiert ist. Von uns Geschworenen erwartet man, daß wir im Laufe des Verfahrens parteiisch und voreingenommen werden. Dagegen ist nichts einzuwenden. Das ist ein Teil unseres Entscheidungsprozesses.«

Sie rieb sich das linke Auge und fragte langsam: »Was ist,

wenn es nicht so ist? Was ist, wenn es etwas außerhalb des Gerichts ist?«

Das schien ihn zu schockieren. »Wow. Das ist allerdings wesentlich ernster.«

»Wie ernst?«

Des dramatischen Effektes wegen stand Nicholas auf und ging ein paar Schritte zu einem Stuhl, den er so nahe an den von Millie heranzog, daß sich ihre Füße fast berührten.

»Was ist passiert, Millie?« fragte er leise.

»Ich brauche Hilfe, und es gibt niemanden, an den ich mich wenden kann. Ich bin hier an diesem fürchterlichen Ort eingeschlossen, weit weg von meiner Familie und meinen Freunden, und es gibt einfach niemanden, an den ich mich wenden kann. Können Sie mir helfen, Nicholas?«

»Ich werde es versuchen.«

Ihre Augen füllten sich zum hundertstenmal in dieser Nacht mit Tränen. »Sie sind so ein netter junger Mann. Sie kennen sich mit dem Gesetz aus, und das ist eine juristische Sache, und ich habe sonst einfach niemanden, mit dem ich reden könnte.« Jetzt weinte sie, und er reichte ihr eine Papierserviette vom Tisch.

Sie erzählte ihm alles.

Lou Dell erwachte völlig grundlos um zwei Uhr und unternahm in ihrem Baumwollnachthemd einen raschen Patrouillengang. Im Partyzimmer fand sie Nicholas und Millie bei ausgeschaltetem Fernseher, in ein Gespräch vertieft, mit einer großen Schüssel Popcorn zwischen sich. Nicholas war ausgesprochen höflich zu ihr, als er erklärte, daß sie nicht schlafen könnten und sich einfach über ihre Familien unterhielten, alles war in bester Ordnung. Sie verschwand kopfschüttelnd.

Nicholas argwöhnte einen üblen Trick, aber das deutete er Millie gegenüber nicht einmal an. Sobald ihre Tränen versiegt waren, holte er sie über die Details aus und machte sich ein paar Notizen. Sie versprach, nichts zu unternehmen, bevor sie wieder miteinander reden konnten. Sie sagten sich gute Nacht.

Er ging in sein Zimmer, wählte Marlees Nummer und legte auf, als sie sich mit einem ziemlich verschlafenen Hallo meldete. Er wartete zwei Minuten, dann wählte er dieselbe Nummer. Es läutete sechsmal, ohne daß sich jemand meldete, dann legte er auf. Weitere zwei Minuten später wählte er die Nummer ihres versteckten Handys. Sie nahm den Anruf in einem Schrank entgegen.

Er berichtete die ganze Hoppy-Geschichte. Ihre Nachtruhe war vorüber. Es gab viel Arbeit zu erledigen, und zwar rasch.

Sie einigten sich darauf, mit den Namen Napier, Nitchman und Cristano anzufangen.

34. KAPITEL

Im Gerichtssaal hatte sich am Samstag nichts verändert. Dieselben Kanzlisten trugen dieselben Sachen und beschäftigten sich mit demselben Papierkram. Richter Harkins Robe war so schwarz wie immer. Die Gesichter der Anwälte verschwammen, genau wie Montag bis Freitag. Die Deputies waren genauso gelangweilt, vielleicht sogar noch mehr. Minuten, nachdem die Geschworenen Platz genommen hatten und Richter Harkin seine üblichen Fragen gestellt hatte, setzte die Monotonie ein, auch genau wie Montag bis Freitag.

Nach Gunthers langweiligem Auftritt am Vortag hielten Cable und seine Mannen es für angezeigt, den Tag mit ein bißchen Action zu beginnen. Cable rief einen Dr. Olney auf und sorgte dafür, daß er als Experte zugelassen wurde, einen Forscher, der mit Labormäusen ganz erstaunliche Dinge angestellt hatte. Er hatte ein Video von seinen niedlichen kleinen Forschungsobjekten, alle von ihnen quicklebendig und offenbar voller Energie, keineswegs krank und sterbend. Sie waren in mehrere Gruppen aufgeteilt, in Glaskäfigen eingesperrt, und Olney hatte sich damit beschäftigt, täglich unterschiedliche Mengen von Zigarettenrauch in jeden Käfig einzuleiten. Das hatte er über mehrere Jahre hinweg getan. Massive Dosen von Zigarettenrauch. Das fortwährende Ausgesetztsein hatte keinen einzigen Fall von Lungenkrebs verursacht. Er hatte bis an die Grenze des Erstickens alles getan, um seine kleinen Geschöpfe umzubringen, aber es funktionierte einfach nicht. Er hatte die Statistiken und die Details. Und er hatte massenhaft Ansichten darüber, weshalb Zigaretten keinen Lungenkrebs verursachen, weder bei Mäusen noch beim Menschen.

Hoppy hörte von der Stelle aus zu, die inzwischen zu seinem Stammplatz im Gerichtssaal geworden war. Er hatte versprochen, vorbeizukommen, ihr zuzuzwinkern und moralische Unterstützung zu bieten, sie noch einmal wissen zu lassen, wie furchtbar leid es ihm tat. Es war das mindeste, was er tun konnte. Sicher, es war Samstag, ein geschäftiger Tag für Grundstücksmakler, aber bei Dupree Realty lief der Betrieb selten früher als am Spätvormittag an. Seit der Katastrophe mit Stillwater Bay hatte Hoppy seine Motivation verloren. Der Gedanke an mehrere Jahre im Gefängnis raubte ihm den Willen zum Geschäftemachen.

Taunton war wieder da, jetzt in der ersten Reihe hinter Cable, immer noch in einem makellosen dunklen Anzug, machte sich wichtige Notizen und sah Lonnie an, der die Erinnerung nicht brauchte.

Derrick saß im Hintergrund, beobachtete alles und schmiedete Pläne. Rikkis Ehemann Rhea saß mit ihren beiden Kindern in der hintersten Reihe. Als die Geschworenen ihre Plätze eingenommen hatten, versuchten sie, ihrer Mutter zuzuwinken. Mr. Nelson Card saß neben Mrs. Herman Grimes. Auch Loreens zwei halbwüchsige Töchter waren anwesend.

Die Angehörigen waren da, um Beistand zu leisten und um ihre Neugier zu befriedigen. Sie hatten genug gehört, um sich ihre eigene Meinung zu bilden – über die Sache, die Anwälte, die Parteien, die Experten und den Richter. Sie wollten zuhören, damit sie vielleicht später auch eine Vorstellung davon hatten, was man hätte tun müssen.

Beverly Monk wachte am späten Vormittag aus ihrem Koma auf. Gin, Crack und wer weiß was noch alles, sie konnte sich nicht mehr daran erinnern, wirkten noch immer nach und machten sie halb blind. Sie schlug die Hände vors Gesicht und begriff, daß sie auf einem Holzfußboden lag. Sie hüllte sich in eine schmutzige Decke, trat über einen schnarchenden Mann hinweg, den sie nicht kannte, und fand ihre Sonnenbrille auf einer Kiste, die sie als Kommode benutzte. Nachdem sie die Brille aufgesetzt hatte, konnte sie wieder sehen. Der offene Dachboden war ein Chaos – auf Betten und Fußboden hingestreckte Körper, leere Schnapsflaschen auf sämtlichen billigen Möbelstücken. Wer waren diese Leute? Sie machte sich auf den Weg zu einem kleinen

Dachfenster, wobei sie hier über eine Mitbewohnerin und dort über einen Fremden hinwegstieg. Was hatte sie letzte Nacht getan?

Das Fenster war vereist; ein vorzeitiger leichter Schnee fiel auf die Straße, wo die Flocken beim Landen schmolzen. Sie zog die Decke enger um ihren abgezehrten Körper und setzte sich auf einen Bohnensack nahe dem Fenster, beobachtete den Schnee und fragte sich, wieviel von den tausend Dollar noch übrig waren.

Sie atmete die kalte Luft in Fensternähe ein, und ihre Augen begannen wieder klar zu sehen. Der Schmerz in ihren Schläfen pochte, aber die Benommenheit ließ nach. Bevor sie Claire vor etlichen Jahren kennengelernt hatte, war sie mit einer Studentin namens Phoebe befreundet gewesen, einem ziemlich unberechenbaren Mädchen mit einem psychischen Problem, das einige Zeit in einer Klinik verbracht hatte, aber immer am Rand eines Rückfalls stand. Phoebe hatte kurze Zeit zusammen mit Claire und Beverly bei Mulligan's gearbeitet und dann aus undurchsichtigen Gründen die Stadt verlassen. Sie stammte aus Wichita. Einmal hatte sie Beverly erzählt, daß sie etwas aus Claires Vergangenheit wußte, etwas, das sie von einem jungen Mann erfahren hatte, der ein paarmal mit Claire ausgegangen war. Es war nicht Jeff Kerr gewesen, sondern ein anderer Typ, und wenn ihr Kopf nicht mehr so wehtat, würde sie sich vielleicht an mehr Details erinnern.

Es war sehr lange her.

Jemand grunzte auf einer Matratze, dann herrschte wieder Stille. Beverly hatte ein Wochenende mit Phoebe und ihrer vielköpfigen, katholischen Familie in Wichita verbracht. Ihr Vater war dort Arzt gewesen. Sollte leicht zu finden sein. Wenn dieser nette Gangster Swanson schon für ein paar harmlose Antworten tausend Dollar rüberwachsen ließ, wieviel würde er dann für ein paar harte Tatsachen aus Claire Clements Vergangenheit zahlen?

Sie würde Phoebe finden. Nach dem, was sie zuletzt gehört hatte, war sie in Los Angeles und spielte dort dasselbe Spiel wie Beverly in New York. Sie würde aus Swanson soviel herausholen, wie sie nur konnte, und sich dann eine andere Wohnung suchen, eine größere Bude mit netteren Freundinnen, die das Gesindel fernhalten würden.

Wo war Swansons Karte?

Fitch verzichtete auf die morgendliche Zeugenaussage und hielt statt dessen eine Lagebesprechung ab, etwas, das er verabscheute. Aber sein Besucher war ein wichtiger Mann. Er hieß James Local und war der Chef einer Privatdetektei, der Fitch ein Vermögen zahlte. Für Locals Firma, in Bethesda versteckt, arbeiteten zahlreiche frühere Geheimdienstagenten der Regierung, und unter normalen Umständen wäre eine Exkursion ins Herz der USA, um dort eine einzelne amerikanische Frau ohne kriminelle Vergangenheit aufzuspüren, überhaupt nicht in Frage gekommen. Ihre Spezialität war das Aufdecken von illegalen Waffengeschäften, die Jagd auf Terroristen und dergleichen.

Aber Fitch hatte massenhaft Geld, und es war eine Arbeit, bei der man kaum damit rechnen mußte, von umherfliegenden Geschossen getroffen zu werden. Sie hatte außerdem bisher kein Resultat erbracht, und das war der Grund für Locals Anwesenheit in Biloxi.

Swanson und Fitch hörten zu, wie Local, nicht im mindesten verlegen, ihre Bemühungen im Laufe der letzten vier Tage schilderte. Claire Clement hatte nicht existiert, bevor sie im Sommer 1988 in Lawrence aufgetaucht war. Ihre erste Unterkunft war eine Zweizimmerwohnung gewesen, die sie von Monat zu Monat gemietet und bar bezahlt hatte. Strom, Wasser, Gas liefen auf ihren Namen. Wenn sie eines der Gerichte von Kansas für eine legale Namensänderung bemüht hatte, dann gab es darüber keine Unterlagen. Solche Akten wurden unter Verschluß aufbewahrt, aber er hatte trotzdem Zugang zu ihnen erhalten. Sie hatte sich nicht in die Wählerlisten eintragen lassen, hatte keine Zulassungsgebühren für einen Wagen bezahlt, hatte kein Grundstück gekauft, aber sie hatte eine Sozialversicherungskarte gehabt, die sie bei zwei Gelegenheiten für Anstellungszwecke benutzt hatte – bei Mulligan's und bei einer Boutique gleich neben dem Campus. Eine Sozialversicherungskarte ist leicht zu bekommen und macht für eine Person auf der Flucht das Leben erheblich einfacher. Es war ihnen gelungen, einer Kopie ihres Antrags für die Karte habhaft zu werden, aber aus ihr ging nichts Nützliches hervor. Einen Paß hatte sie nicht beantragt.

Local war der Ansicht, daß sie ihren Namen legal in einem anderen Staat geändert hatte, irgendeinem der übrigen neunundvierzig, und dann mit einer neuen Identität nach Lawrence gekommen war.

Sie hatten ihre Telefonliste aus den drei Jahren, die sie in Lawrence verbracht hatte. Es waren keine Ferngespräche in Rechnung gestellt worden. Das wiederholte er zweimal, damit es wirklich einsickerte. Keine Ferngespräche in drei Jahren. Damals wurden eingehende Ferngespräche von der Telefongesellschaft noch nicht registriert, deshalb verzeichneten die Unterlagen nur die Ortsgespräche. Sie waren dabei, die Nummern zu überprüfen. Sie hatte ihr Telefon relativ selten benutzt.

»Wie lebt ein Mensch ohne Ferngespräche? Was ist mit Angehörigen, alten Freunden?« fragte Fitch ungläubig.

»Da gibt es Mittel und Wege«, sagte Local. »Sogar massenhaft. Vielleicht hat sie das Telefon einer Freundin benutzt. Vielleicht ging sie einmal in der Woche in ein Motel, eines von denen, wo man Telefongespräche auf die Zimmerrechnung setzen lassen und beim Auschecken mitbezahlen kann. Es gibt keine Möglichkeit, solchen Gesprächen nachzugehen.«

»Unglaublich«, murmelte Fitch.

»Eines muß ich Ihnen sagen, Mr. Fitch, diese Frau ist gut. Wenn sie einen Fehler gemacht hat, so haben wir ihn bisher noch nicht gefunden.« Der Respekt in Locals Stimme war unüberhörbar. »Eine solche Frau plant alles unter dem Gesichtspunkt, daß später jemand Nachforschungen anstellen wird.«

»Typisch Marlee«, sagte Fitch, als bewunderte er eine Tochter.

Sie hatte in Lawrence zwei Kreditkarten – eine VisaCard

und eine Benzinkarte von Shell. Auch sie lieferten keine bemerkenswerten oder hilfreichen Hinweise. Offensichtlich hatte sie den größten Teil ihrer Ausgaben bar bezahlt. Auch keine Telefonkarten. Sie hätte es nicht gewagt, diesen Fehler zu machen.

Jeff Kerr war eine andere Geschichte. Seine Spur zur juristischen Fakultät der University of Kansas war leicht zu verfolgen gewesen; den größten Teil der Arbeit hatten Fitchs eigene Detektive erledigt. Erst nachdem er Claire kennengelernt hatte, hatte er sich ihre Geheimhaltungspraktiken zu eigen gemacht.

Sie verließen Lawrence im Sommer 1991, nach seinem zweiten Studienjahr, und Locals Männer hatten bisher noch niemanden gefunden, der genau wußte, wann sie verschwunden und wohin sie gegangen waren. Claire hatte die Miete für den Juni dieses Jahres bar bezahlt und sich dann in Luft aufgelöst. Sie hatten aufs Geratewohl ein Dutzend Städte nach Spuren von Claire Clement nach dem Mai 1991 durchforscht, aber bisher nichts Brauchbares gefunden. Aus einleuchtenden Gründen war es unmöglich, jede Stadt zu überprüfen.

»Ich vermute, daß sie den Namen Claire abgelegt hat, sobald sie die Stadt verließ, und jemand anders wurde«, sagte Local.

Diese Idee war Fitch schon vor langer Zeit gekommen. »Heute ist Samstag. Am Montag wird der Fall den Geschworenen übergeben. Vergessen wir, was in Lawrence passiert ist, und konzentrieren wir uns darauf, herauszufinden, wer sie wirklich ist.«

»Daran arbeiten wir gerade.«

»Arbeiten Sie härter.«

Fitch schaute auf die Uhr und erklärte, daß er jetzt gehen müßte. Marlee erwartete ihn in ein paar Minuten. Local ging, um in ein Privatflugzeug zu steigen und rasch nach Kansas City zurückzukehren.

Marlee hielt sich seit sechs Uhr in ihrem kleinen Büro auf. Sie hatte fast nicht mehr geschlafen, seit Nicholas sie gegen drei angerufen hatte. Vor seiner Abfahrt zum Gericht hatten sie viermal miteinander gesprochen.

Der Hoppy-Coup trug eindeutig Fitchs Stempel – weshalb sollte Mr. Cristano sonst damit drohen, Hoppy zu vernichten, wenn er Millie nicht dazu brauchte, richtig zu stimmen? Marlee hatte sich seitenweise Notizen gemacht und Dutzende von Leuten über ihr Handy angerufen. Jetzt sikkerten die Informationen langsam ein. Der einzige George Cristano mit einer Nummer im Telefonbuch von Washington lebte in Alexandria. Marlee hatte ihn gegen vier Uhr angerufen und behauptet, sie arbeite für Delta Airlines, in der Nähe von Tampa wäre ein Flugzeug abgestürzt, eine Mrs. Cristano wäre an Bord gewesen, und ob er der George Cristano wäre, der im Justizministerium arbeitete. Nein, er war bei der Gesundheitsbehörde, Gott sei Dank. Sie entschuldigte sich, legte auf und kicherte bei der Vorstellung, wie der arme Mann zum Fernseher raste, um sich die Story auf CNN anzusehen.

Dutzende von ähnlichen Anrufen hatten sie überzeugt, daß es in Atlanta keine FBI-Agenten namens Napier und Nitchman gab. Auch nicht in Biloxi, New Orleans, Mobile oder einer anderen Stadt in der Nähe. Um acht sprach sie mit einem Detektiv in Atlanta, der jetzt Hinweisen auf Napier und Nitchman nachging. Marlee und Nicholas waren sich so gut wie sicher, daß die beiden nichts als Handlanger waren, aber es mußte trotzdem irgendwie bestätigt werden. Sie rief Reporter an, Polizisten, FBI-Hotlines, Informationsdienste der Regierung.

Als Fitch Punkt zehn Uhr eintraf, war der Tisch abgeräumt und das Handy in einem kleinen Schrank verschwunden. Sie sagten kaum Hallo. Fitch fragte sich ununterbrochen, wer sie gewesen war, bevor sie Claire wurde, und sie dachte immer noch über den nächsten Schritt nach, wie sie dieses Hoppy-Komplott auffliegen lassen konnte.

»Sie sollten zusehen, daß bald Schluß ist, Fitch. Die Jury ist nicht mehr aufnahmefähig.«

»Wir werden heute nachmittag um fünf fertig sein. Ist das früh genug?«

»Hoffen wir's. Sie machen es Nicholas nicht leichter.«

»Ich habe Cable gesagt, er soll sich beeilen. Mehr kann ich nicht tun.«

»Wir haben Probleme mit Rikki Coleman. Nicholas hat eine Menge Zeit mit ihr verbracht, und sie dürfte eine harte Nuß werden. Sie wird von allen in der Jury, Männern und Frauen, respektiert, und Nicholas sagt, sie fängt allmählich an, eine Hauptrolle zu spielen. Und das gefällt ihm gar nicht.«

»Sie will eine Verurteilung?«

»Es sieht so aus, obwohl sie nicht direkt darüber gesprochen haben. Nicholas' Meinung nach hegt sie eine tiefsitzende Verbitterung gegenüber der Industrie, weil sie Jugendliche in die Sucht treibt. Für die Familie Wood scheint sie nicht viel Sympathie zu haben, sie ist eher darauf aus, Big Tobacco für die Verführung der jungen Generation zu bestrafen. Aber Sie haben gesagt, wir hätten vielleicht eine Überraschung für sie.«

Ohne Kommentar oder irgendwelche Formalitäten zog Fitch ein Blatt Papier aus seinem Aktenkoffer und schob es über den Tisch. Marlee überflog es rasch. »Eine Abtreibung, ja?« sagte sie, immer noch lesend und nicht überrascht.

»Ja.«

»Sind Sie sicher, daß es sich um sie handelt?«

»Ganz sicher. Sie war noch auf dem College.«

»Das dürfte seine Wirkung tun.«

»Hat er Mut genug, ihr das zu zeigen?«

Marlee ließ das Blatt Papier los und funkelte Fitch an. »Hätten Sie ihn, für zehn Millionen Dollar?«

»Natürlich. Und warum auch nicht? Sie sieht den Wisch hier, sie stimmt für die richtige Seite, die Sache wird vergessen, und ihr schmutziges kleines Geheimnis ist sicher. Neigt sie der anderen Richtung zu, drohen wir ihr. So einfach ist das.«

»Richtig.« Sie faltete das Blatt Papier zusammen und nahm es an sich. »Machen Sie sich keine Sorgen über Nicks Courage, okay? Wir haben das hier seit langer Zeit geplant.«

»Wie lange?«

»Das ist unwichtig. Sie haben nichts über Herman Grimes?«

»Nicht das Geringste. Nicholas wird sich während der Beratung um ihn kümmern müssen.«

»Besten Dank.«

»Schließlich wird er dafür bezahlt, oder etwa nicht? Für zehn Millionen Dollar sollte er doch imstande sein, ein paar Stimmen an Land zu ziehen.«

»Er hat die Stimmen, Fitch. Sie stecken schon jetzt in seiner Tasche. Aber er hätte es gern einstimmig. Herman könnte ein Problem sein.«

»Dann booten Sie den Mistkerl aus. Das ist doch offensichtlich ein Spiel, das Sie genießen.«

»Wir haben auch schon daran gedacht.«

Fitch schüttelte verwundert den Kopf. »Ist Ihnen klar, wie korrupt das ist?«

»Ja, ich denke schon.«

»Ich liebe das.«

»Lieben Sie es woanders, Fitch. Das ist alles für den Moment. Ich habe zu tun.«

»Ja, meine Liebe«, sagte Fitch, sprang auf und klappte seinen Aktenkoffer zu.

Am frühen Samstag nachmittag erreichte Marlee einen FBI-Agenten in Jackson, Mississippi, der noch in seinem Büro war und Papierkram aufarbeitete, als das Telefon läutete. Sie nannte einen falschen Namen, sagte, sie arbeite für einen Grundstücksmakler in Biloxi und verdächtige zwei Männer, daß sie sich als FBI-Agenten ausgaben, obwohl sie keine waren. Die beiden Männer hatten ihren Chef bedrängt, Drohungen ausgestoßen, Dienstmarken vorgezeigt und so weiter. Sie glaubte, daß sie etwas mit den Kasinos zu tun hätten, und um die Geschichte abzurunden, erwähnte sie auch den Namen von Jimmy Hull Moke. Er gab ihr die Privatnummer eines jungen FBI-Agenten in Biloxi namens Madden.

Madden lag mit Grippe im Bett, war aber trotzdem zu einem Gespräch bereit, besonders, nachdem Marlee ihm gesagt hatte, sie hätte möglicherweise vertrauliche Informationen über Jimmy Hull Moke. Madden hatte noch nie etwas von Napier oder Nitchman gehört und von Cristano auch nicht. Von einer Spezialeinheit aus Atlanta, die jetzt an der Küste arbeitete, war ihm nichts bekannt, und je länger sie sich unterhielten, desto interessierter wurde er. Er wollte ein paar Nachforschungen anstellen, und sie versprach, in einer Stunde zurückzurufen.

Bei ihrem zweiten Gespräch hörte er sich viel kräftiger an. Es gab keinen FBI-Agenten, der Nitchman hieß. Es gab einen Lance Napier in ihrem Büro in San Francisco, aber es war ausgeschlossen, daß der an der Golfküste arbeitete. Auch Cristano war pure Erfindung. Madden hatte mit dem für die Ermittlungen gegen Jimmy Hull Moke verantwortlichen Agenten gesprochen, und der hatte bestätigt, daß Nitchman, Napier und Cristano, wer immer sie sein mochten, auf keinen Fall FBI-Agenten waren. Er würde nur allzugern mit diesen Jungs reden, und Marlee sagte, sie würde versuchen, eine Begegnung zu arrangieren.

Die Verteidigung schloß am Samstag nachmittag ihre Zeugenvernehmung ab. Richter Harkin verkündete stolz: »Meine Damen und Herren, Sie hörten soeben den letzten Zeugen.« Es gab noch ein paar Anträge in letzter Minute, mit denen er und die Anwälte sich beschäftigen mußten, aber die Geschworenen konnten den Saal verlassen. Zu ihrer Unterhaltung am Samstag abend würde ein Bus zu einem Junior-College-Footballspiel fahren und ein zweiter zu einem Kino. Anschließend waren persönliche Besuche bis Mitternacht erlaubt. Was den Sonntag anging, durfte jeder Geschworene das Motel von 9 bis 13 Uhr verlassen, um an einem Gottesdienst teilzunehmen, unbewacht, sofern sie versprachen, mit niemandem auch nur ein Wort über den Prozeß zu reden. Sonntag abend persönliche Besuche von sieben bis zehn. Am Montag morgen würden sie die Schlußplädoyers hören, und noch vor dem Lunch würde ihnen der Fall zur Beratung übergeben werden.

35. KAPITEL

Henry Vu Football zu erklären, war so anstrengend, daß es kaum die Mühe lohnte. Andererseits schien jeder im Bus ein Football-Experte zu sein. Nicholas hatte in der High-School-Mannschaft gespielt, in Texas, wo der Sport fast so etwas wie eine Religion ist. Jerry verfolgte zwanzig Spiele pro Woche, und zwar mit seiner Brieftasche, und behauptete deshalb, das Spiel haargenau zu kennen. Lonnie, der hinter Henry saß, hatte gleichfalls in der High-School gespielt, lehnte sich ständig über seine Schulter und lieferte Erklärungen ab. Der Pudel, dicht neben Jerry unter einer Decke, hatte das Spiel gründlich kennengelernt, als ihre beiden Söhne spielten. Sogar Shine Royce warf ein paar Bemerkungen ein. Er hatte nie Football gespielt, aber eine Menge ferngesehen.

Sie bildeten eine kleine, dicht zusammengedrängte Gruppe auf der Besucherseite der Tribüne, auf kalten Aluminiumbänken, abseits der anderen Zuschauer, und sahen zu, wie eine Schülermannschaft von der Golfküste gegen eine aus Jackson spielte. Es war eine perfekte Football-Szenerie – kühles Wetter, begeisterte Fans, eine laute Band auf der Tribüne, hübsche Cheerleader, fast gleichwertige Mannschaften.

Henry stellte sämtliche falschen Fragen: Weshalb sind ihre Hosen so eng? Was sagen sie zueinander, wenn sie zwischen den Spielen zusammenkommen, und warum halten sie sich bei den Händen? Warum bilden sie solche Klumpen? Er behauptete, es wäre sein erstes Live-Spiel.

Jenseits des Gangs verfolgten Chuck und ein weiterer Deputy das Spiel in Zivil und ignorierten sechs der Geschworenen im wichtigsten Zivilprozeß des Landes.

Kontakte mit den Besuchern der anderen Geschworenen waren ausdrücklich untersagt. Das Verbot existierte in schriftlicher Form seit dem Beginn der Isolierung, und Richter Harkin hatte wiederholt darauf hingewiesen. Aber ein gelegentliches Hallo auf dem Korridor war unvermeidlich, und vor allem Nicholas war entschlossen, gegen die Vorschrift zu verstoßen, wann immer er konnte.

Millie interessierte sich nicht für Filme und schon gar nicht für Football. Hoppy erschien mit einer Tüte voll Burritos, die sie langsam und fast stumm verzehrten. Nach dem Essen versuchten sie, sich eine Show im Fernsehen anzuschauen, gaben es aber bald wieder auf und unterhielten sich einmal mehr über Hoppys mißliche Lage. Es gab noch mehr Tränen, noch mehr Entschuldigungen, sogar ein paar von Hoppys beiläufigen Bemerkungen über Selbstmord, die Millie doch als ein bißchen übertrieben dramatisch empfand. Schließlich gestand sie, daß sie Nicholas Easter ins Vertrauen gezogen hatte, einen prächtigen jungen Mann, der sich mit dem Gesetz auskannte und dem man restlos vertrauen konnte. Zuerst war Hoppy schockiert und wütend, dann gewann seine Neugierde die Oberhand, und er wollte wissen, was ein Außenstehender über seine Situation dachte. Vor allem jemand, der Jura studiert hatte, wie Millie sagte. Mehr als einmal erwähnte sie, wie sehr sie den jungen Mann bewunderte.

Nicholas hatte versprochen, ein paar Leute anzurufen, und das jagte Hoppy Angst ein. Oh, wie hatten Nitchman und Napier und Cristano ihm eingeschärft, daß er unbedingt Stillschweigen bewahren müßte! Nicholas konnte man vertrauen, wiederholte Millie, und Hoppy erwärmte sich allmählich für die Idee.

Um halb elf läutete das Telefon; es war Nicholas, zurück vom Football und wieder in seinem Zimmer. Er wollte mit den Duprees reden. Millie schloß die Tür auf. Willis beobachtete überrascht vom Ende des Korridors aus, wie Easter in Millies Zimmer ging. War ihr Mann noch drinnen? Er konnte sich nicht erinnern. Viele der Besucher hatten bereits gehen müssen, und er hatte wieder einmal ein Nickerchen gemacht. Bestimmt hatten Millie und Easter keine Affäre miteinander! Willis beschloß, sich die Sache zu merken, dann schlief er wieder ein.

Hoppy und Millie saßen auf der Bettkante, Nicholas

stand gegenüber, in der Nähe des Fernsehers an die Kommode gelehnt. Er begann damit, daß er ihnen erklärte, wie wichtig Stillschweigen war, als ob Hoppy dies in der letzten Woche nicht immer wieder gehört hätte. Sie verstießen gegen eine Anweisung des Richters, mehr brauchte er wohl nicht zu sagen.

Er brachte ihnen die Tatsachen sanft bei. Napier, Nitchman und Cristano waren Komparsen bei einem großen Betrugsmanöver, einer von Pynex inszenierten Verschwörung, um Millie unter Druck zu setzen. Sie waren keine Agenten der Regierung. Sie operierten unter falschen Namen. Hoppy war aufs Kreuz gelegt worden.

Er trug es mit Fassung. Anfangs kam er sich noch blöder vor, wenn das überhaupt möglich war, dann begann das Zimmer sich zu drehen, Hoppy kannte sich nicht mehr aus. War es eine gute Neuigkeit oder eine schlechte? Was war mit dem Tonband? Wie ging es weiter? Was war, wenn Nicholas sich irrte? Hundert Gedanken rasten durch sein überladenes Gehirn, als Millie sein Knie drückte und zu weinen begann.

»Sind Sie sicher?« brachte er mit fast brechender Stimme heraus.

»Ganz sicher. Sie haben weder etwas mit dem FBI noch mit dem Justizministerium zu tun.«

»Ja, aber sie hatten Ausweise, und ...«

Nicholas hob beide Hände, nickte verständnisvoll und sagte: »Ich weiß, Hoppy. Glauben Sie mir, das war kein Problem für sie. So was läßt sich leicht beschaffen.«

Hoppy rieb sich die Stirn und versuchte, einen klaren Gedanken zu fassen. Als nächstes teilte Nicholas ihnen mit, daß auch die KLX Property Group in Las Vegas ein Schwindel war. Es war ihnen nicht gelungen, einen Mr. Todd Ringwald ausfindig zu machen, mit ziemlicher Sicherheit war das gleichfalls ein erfundener Name.

»Woher wissen Sie das alles?« fragte Hoppy.

»Gute Frage. Ich habe draußen einen Freund, der sehr geschickt darin ist, Informationen zu beschaffen. Er ist absolut vertrauenswürdig. Es hat ihn ungefähr drei Stunden am

Telefon gekostet, keine schlechte Leistung, wenn man bedenkt, daß heute Samstag ist.«

Drei Stunden. An einem Samstag. Weshalb hatte Hoppy nicht selber ein paar Leute angerufen? Er hatte eine Woche Zeit gehabt. Er sackte zusammen, bis seine Ellenbogen auf seinen Knien ruhten. Millie wischte sich die Tränen vom Gesicht. Es folgte eine Minute Schweigen.

»Was ist mit dem Tonband?« fragte Hoppy.

»Von Ihnen und Moke?«

»Ja. Genau dem.«

»Deshalb mache ich mir keine Sorgen«, sagte Nicholas zuversichtlich, als wäre er jetzt Hoppys Anwalt. »In juristischer Hinsicht ist das Tonband äußerst problematisch.«

Erzählen Sie mir, wieso, dachte Hoppy, sagte aber nichts. Nicholas fuhr fort: »Es wurde unter Vorspiegelung falscher Tatsachen aufgenommen. Ein klarer Fall von arglistiger Täuschung. Es befindet sich im Besitz von Männern, die selbst gegen das Gesetz verstoßen haben. Es wurde nicht von mit der Durchsetzung des Gesetzes betrauten Leuten beschafft. Es gab dafür weder einen Durchsuchungsbefehl noch einen Gerichtsbeschluß, der das Aufzeichnen des Gesprächs erlaubte. Vergessen Sie's.«

Was für himmlische Worte! Hoppys Schultern hoben sich ruckartig, und er stieß den Atem aus. »Ist das Ihr Ernst?«

»Ja, Hoppy. Das Band wird nie wieder abgespielt werden.« Millie lehnte sich zur Seite und nahm Hoppy in die Arme, und sie hielten sich eng umschlungen, ohne eine Spur von Scham oder Verlegenheit. Ihre Tränen waren jetzt reine Freudentränen. Hoppy sprang auf und schoß im Zimmer umher. »Und wie geht's jetzt weiter?« fragte er und ließ krampfhaft seine Knöchel knacken.

»Wir müssen vorsichtig sein.«

»Sagen Sie mir nur, in welche Richtung ich steuern muß. Diese Bastarde.«

»Hoppy!«

»Entschuldigung, Liebes. Mir ist nur danach, jemandem einen Tritt in den Arsch zu versetzen.«

»Deine Ausdrucksweise!«

Der Sonntag begann mit einer Geburtstagstorte. Loreen Duke hatte Mrs. Gladys Card gegenüber erwähnt, daß ihr sechsunddreißigster Geburtstag bevorstand. Mrs. Card hatte ihre Schwester draußen in der freien Welt angerufen, und am frühen Sonntag morgen lieferte die Schwester eine dicke Schokoladen-Karamel-Torte ab. Drei Schichten mit sechsunddreißig Kerzen. Die Geschworenen trafen sich um neun im Eßzimmer und verzehrten die Torte zum Frühstück. Danach verschwanden die meisten für vier Stunden zum heißersehnten Gottesdienst. Einige waren seit Jahren nicht mehr in einer Kirche gewesen, fühlten sich aber trotzdem zum Heiligen Geist hingezogen.

Pudel wurde von einem ihrer Söhne abgeholt, und Jerry schloß sich an. Sie steuerten in die allgemeine Richtung einer nicht näher genannten Kirche, aber sobald sie merkten, daß ihnen niemand folgte, fuhren sie statt dessen zu einem Kasino. Nicholas verließ das Motel mit Marlee, und sie gingen zur Messe. Mrs. Gladys Card hatte einen großen Auftritt in der Calvary Baptist Church. Millie begab sich nach Hause, mit den besten Absichten, sich für den Kirchgang umzuziehen, wurde aber beim Anblick ihrer Kinder von ihren Gefühlen überwältigt. Niemand paßte auf, also verbrachte sie ihre Zeit in der Küche, kochte, putzte und wuselte um ihre Kinder herum. Phillip Savelle blieb im Motel.

Hoppy fuhr um zehn in sein Büro. Er hatte Napier am Sonntag morgen um acht angerufen und ihm mitgeteilt, er hätte wichtige Prozeßentwicklungen mit ihm zu bereden; bei seiner Frau hätte er beträchtliche Fortschritte erzielt, und sie hätte jetzt eine Menge Einfluß auf die anderen Geschworenen. Er wollte sich mit Napier und Nitchman in seinem Büro treffen, um ihnen ausführlich Bericht zu erstatten und sich weitere Instruktionen geben zu lassen.

Napier nahm den Anruf in einer schäbigen Zwei-Zimmer-Wohnung entgegen, die er und Nitchman als Fassade für den Schwindel benutzten. Zwei Telefonanschlüsse waren provisorisch installiert worden – eine als Büronummer, die andere als ihr Wohnsitz für die Dauer ihrer intensiven

Ermittlungen hinsichtlich der Korruption an der Golfküste. Napier sprach mit Hoppy, dann rief er Cristano an. Cristano hatte ein Zimmer in einem Holiday Inn nicht weit vom Strand. Cristano seinerseits rief Fitch an, der über die Nachricht hocherfreut war. Endlich hatte Millie den toten Punkt überwunden und bewegte sich in ihre Richtung. Fitch hatte sich bereits gefragt, ob sich ihre Investition überhaupt auszahlen würde. Er gab grünes Licht für das Treffen in Hoppys Büro.

Napier und Nitchman, wie üblich in ihren dunklen Anzügen und mit dunklen Sonnenbrillen, trafen um zehn im Büro ein, wo sie Hoppy beim Kaffeekochen und in bester Laune antrafen. Sie ließen sich an seinem Schreibtisch nieder und warteten auf den Kaffee. Millie kämpfte wie eine Löwin, um ihren Mann zu retten, sagte Hoppy, und sie war sich ziemlich sicher, daß sie bereits Mrs. Gladys Card und Rikki Coleman überzeugt hatte. Sie hatte ihnen die Robilio-Aktennotiz gezeigt, und sie waren schockiert gewesen über die Hinterlist dieses Mannes.

Er schenkte Kaffee ein, und Napier und Nitchman machten sich eifrig Notizen. Ein weiterer Besucher betrat das Gebäude lautlos durch die Vordertür, die Hoppy unverschlossen gelassen hatte. Er schlich durch den Korridor hinter dem Empfangszimmer und ging leise über den abgetretenen Teppich, bis er vor einer Holztür versehen mit der Aufschrift HOPPY DUPREE stand. Er lauschte einen Moment, dann klopfte er laut an.

Drinnen fuhr Napier zusammen, Nitchman stellte seinen Kaffee ab, und Hoppy starrte sie an, als wäre er erschrokken. »Wer ist da?« fragte er laut. Die Tür wurde plötzlich geöffnet, und Special Agent Alan Madden trat ein, sagte laut »FBI!«, trat an die Kante von Hoppys Schreibtisch und funkelte alle drei böse an. Hoppy stieß seinen Stuhl zurück und stand auf, als rechnete er damit, durchsucht zu werden.

Wenn Napier nicht auf einem Stuhl gesessen hätte, wäre er ohnmächtig geworden. Nitchmans Mund öffnete sich. Beide wurden blaß, und ihr Herzschlag geriet ins Stocken.

»Agent Alan Madden, FBI«, sagte der Neuankömmling

und klappte seinen Ausweis auf, damit alle ihn inspizieren konnten. »Sind Sie Mr. Dupree?«

»Ja. Aber das FBI ist bereits hier«, sagte Hoppy, sah zuerst Madden an, dann die anderen beiden und danach wieder Madden.

»Wo?« fragte er mit einem finsteren Blick auf Napier und Nitchman.

»Diese beiden Herren«, sagte Hoppy, brillant schauspielernd. Es war sein größter Moment. »Das hier ist Agent Ralph Napier, und das Agent Dean Nitchman. Die Herren kennen sich nicht?«

»Ich kann das erklären«, setzte Napier an, wobei er so zuversichtlich nickte, als könnte er in der Tat alles zufriedenstellend regeln.

»FBI?« sagte Madden. »Zeigen Sie mir Ihre Ausweise«, verlangte er und streckte die Hand aus.

Sie zögerten, und Hoppy stürzte sich auf sie. »Na los, zeigen Sie ihm Ihre Ausweise. Dieselben, die Sie mir gezeigt haben.«

»Ausweise bitte«, beharrte Madden, dessen Zorn von Sekunde zu Sekunde wuchs.

Napier machte Anstalten, aufzustehen, aber Madden hielt ihn auf seinem Platz, indem er seine Schulter niederdrückte. »Ich kann das erklären«, sagte jetzt auch Nitchman mit einer Stimme, die eine Oktave höher war als üblich.

»Na denn los«, sagte Madden.

»Also, sehen Sie, wir sind in Wirklichkeit gar keine FBI-Agenten, sondern …«

»Was!« brüllte Hoppy auf der anderen Seite des Schreibtisches. Er schaute so wild drein, als wäre er im Begriff, mit harten Gegenständen zu werfen. »Ihr verlogenen Mistkerle! Ihr habt mir die letzten zehn Tage hindurch ununterbrochen erzählt, ihr wärt vom FBI!«

»Stimmt das?« fragte Madden.

»Nein, eigentlich nicht«, sagte Nitchman.

»Was!« brüllte Hoppy abermals.

»Ruhig!« fuhr Madden ihn an. »Reden Sie weiter«, sagte er zu Nitchman.

Nitchman wollte nicht weiterreden. Er wollte durch die Tür hinausstürmen, Biloxi einen Abschiedskuß geben und sich nie wieder blicken lassen. »Wir sind Privatdetektive, und, also …«

»Wir arbeiten für eine Firma in Washington«, setzte Napier hilfsbereit hinzu. Er war im Begriff, noch etwas von sich zu geben, als Hoppy sich auf seine Schreibtischschublade stürzte, sie aufriß und zwei Visitenkarten herausholte – eine von Ralph Napier, eine von Dean Nitchman, beide als FBI-Agenten ausgewiesen, beide vom Southeast Regional Unit in Atlanta. Madden inspizierte sie und bemerkte die auf die Rückseite geschriebenen örtlichen Telefonnummern.

»Was geht hier vor?« wollte Hoppy wissen.

»Wer ist Nitchman?« fragte Madden. Er bekam keine Antwort.

»Der da ist Nitchman«, brüllte Hoppy, auf Nitchman zeigend.

»Bin ich nicht«, sagte Nitchman.

»Was!« brüllte Hoppy.

Madden machte zwei Schritte auf Hoppy zu und zeigte auf seinen Stuhl. »Ich möchte, daß Sie sich jetzt hinsetzen und den Mund halten. Kein weiteres Wort von Ihnen, bis Sie etwas gefragt werden.« Hoppy sank auf seinen Stuhl und funkelte Nitchman wütend an.

»Sind Sie Ralph Napier?« fragte Madden.

»Nein«, sagte Napier. Er schaute zu Boden, um Hoppy nicht ansehen zu müssen.

»Mistkerle«, murmelte Hoppy.

»Wer sind Sie dann?« fragte Madden. Er wartete, erhielt aber keine Antwort.

»Sie haben mir diese Karten gegeben«, sagte Hoppy, der nicht daran dachte, den Mund zu halten. »Ich bin bereit, vor eine Grand Jury hinzutreten und auf einen ganzen Stapel Bibeln zu schwören, daß sie mir diese Karten gegeben haben. Sie haben sich als FBI-Agenten ausgegeben, und ich will, daß Anklage gegen sie erhoben wird.«

»Wer sind Sie?« fragte Madden den Mann, der bisher Nitchman geheißen hatte. Keine Antwort. Daraufhin zog

Madden seine Dienstwaffe, was Hoppy mächtig beeindruckte, und befahl den beiden, aufzustehen, sich mit den Armen auf den Schreibtisch zu lehnen und die Beine zu spreizen. Eine rasche Durchsuchung förderte nichts zutage außer Kleingeld, einige Schlüssel und ein paar Dollar. Keine Brieftaschen. Keine gefälschten FBI-Ausweise. Überhaupt keine Ausweispapiere. Sie waren zu gut geschult, um diesen Fehler zu machen.

Er legte ihnen Handschellen an und führte sie aus dem Büro zur Vorderseite des Gebäudes, wo ein weiterer FBI-Agent Kaffee aus einem Pappbecher trank und wartete. Gemeinsam verluden sie Napier und Nitchman auf die Rücksitze eines echten FBI-Wagens. Madden verabschiedete sich von Hoppy, versprach, ihn später anzurufen, und fuhr mit den beiden auf ihren Händen sitzenden Pechvögeln auf dem Rücksitz davon. Der andere FBI-Agent folgte in dem falschen FBI-Wagen, den bisher immer Napier gefahren hatte.

Hoppy winkte ihnen zum Abschied.

Madden fuhr auf dem Highway 90 in Richtung Mobile. Napier, der schnellere Denker von den beiden, erfand eine halbwegs einleuchtende Geschichte, zu der Nitchman nur wenig beitrug. Sie erklärten Madden, daß ihre Firma von irgendwelchen namenlosen Kasinointeressenten beauftragt worden wäre, Nachforschungen über verschiedene Grundstücke an der Küste anzustellen. Dabei waren sie auf Hoppy gestoßen, der ziemlich korrupt war und versucht hatte, Bargeld von ihnen zu erpressen. Eines hatte zum anderen geführt, und ihr Boß hatte ihnen den Auftrag erteilt, sich als FBI-Agenten auszugeben. Im Grunde war keinerlei Schaden angerichtet worden.

Madden hörte fast wortlos zu. Später würden sie Fitch berichten, daß er von Hoppys Frau Millie und ihrer gegenwärtigen Bürgerpflicht keine Ahnung zu haben schien. Er war ein junger Agent, dem sein Fang offensichtlich Spaß machte, und der nicht recht wußte, was er mit ihnen anfangen sollte.

Madden hielt ihr Verhalten für ein geringfügiges Vergehen, das eine Strafverfolgung nicht lohnte und schon gar keine weiteren Bemühungen seinerseits. Er brach ohnehin unter seiner Arbeit fast zusammen. Er konnte seine Zeit nicht damit verschwenden, zwei kleine Lügner vor Gericht zu bringen. Als sie die Grenze nach Alabama überquert hatten, hielt er ihnen einen strengen Vortrag über die Strafen, die jedem drohten, der sich als Bundesbeamter ausgab. Es tat ihnen wirklich leid. Es würde nie wieder vorkommen.

Er hielt an einer Tankstelle an, nahm ihnen die Handschellen ab, gab ihnen ihren Wagen zurück und riet ihnen gut, sich von Mississippi fernzuhalten. Sie dankten ihm überschwenglich, versprachen, niemals zurückzukehren, und fuhren eiligst davon.

Fitch zerbrach mit der Faust eine Lampe, als er den Anruf von Napier erhielt. Blut tropfte von einem Knöchel, während er tobte und wütete und sich die Geschichte anhörte, die ihm von einer lauten Fernfahrer-Raststätte irgendwo in Alabama aus erzählt wurde. Er schickte Pang los, die beiden zu holen.

Drei Stunden, nachdem ihnen Handschellen angelegt worden waren, saßen Napier und Nitchman in einem Zimmer neben Fitchs Büro im Hintergrund des alten Billigladens. Auch Cristano war dabei.

»Fangen Sie ganz von vorne an«, sagte Fitch. »Ich will jedes Wort hören.« Er drückte auf einen Knopf, und ein Tonband lief. Gemeinsam gaben sie sich sehr viel Mühe, bis sie sich an praktisch alles erinnert hatten.

Fitch entließ sie und schickte sie zurück nach Washington.

Als er allein war, löschte er das Licht in seinem Büro und brütete in der Dunkelheit. Hoppy würde Millie heute abend Bericht erstatten. Millie würde als Geschworene für die Verteidigung verloren sein; vermutlich würde sie sogar ganz entschieden auf die entgegengesetzte Seite umschwenken und Milliarden von Schadensersatz für die arme Witwe Wood fordern.

Marlee konnte diese Katastrophe verhindern. Nur Marlee.

36. KAPITEL

Es wäre wirklich höchst merkwürdig, sagte Phoebe, als sie den unerwarteten Anruf von Beverly erhielt; vorgestern wäre sie schon von irgendeinem Mann angerufen worden, der behauptete, er wäre Jeff Kerr und suchte Claire. Sie hätte sofort gewußt, daß der Kerl log, aber sie hätte trotzdem weiter mit ihm gesprochen, weil es sie interessierte, was er wollte. Sie hätte seit vier Jahren nicht mehr mit Claire gesprochen.

Beverly und Phoebe verglichen ihre Eindrücke von den Anrufen, aber Beverly erwähnte weder das Treffen mit Swanson noch den Prozeß, dem seine Nachforschungen galten. Sie gedachten ihrer gemeinsamen Zeit in Lawrence, die so weit zurückzuliegen schien. Sie belogen sich über ihre Schauspielerkarrieren und das Tempo, mit dem jede von ihnen Fortschritte machte. Sie versprachen sich gegenseitig, sich bei der nächsten Gelegenheit zu treffen. Dann sagten sie auf Wiedersehen.

Eine Stunde später rief Beverly nochmals an, als hätte sie etwas vergessen. Sie hätte über Claire nachgedacht. Sie hätten sich mit ziemlich harten Worten getrennt, und das machte ihr zu schaffen. Es wäre eine Belanglosigkeit gewesen, die nie ausgeräumt worden war. Sie wollte Claire sehen, den Streit beilegen, aus keinem anderen Grund, als ihre Schuldgefühle loszuwerden. Aber sie hätte keine Ahnung, wo sie sie finden konnte. Claire war so rasch und so gründlich verschwunden.

An diesem Punkt ihres Gesprächs beschloß Beverly, ein Risiko einzugehen. Da Swanson die Möglichkeit eines früheren Namens erwähnt hatte, und da sie sich an die Geheimnisse erinnerte, die Claires Vergangenheit umgaben, beschloß sie, den Köder auszuwerfen und zu sehen, ob Phoebe ihn schlucken würde. »Du weißt doch sicher, daß Claire nicht ihr wirklicher Name war?« sagte sie, recht überzeugend schauspielernd.

»Ja, das weiß ich«, sagte Phoebe.

»Sie hat ihn mir einmal gesagt, aber ich kann mich nicht erinnern.«

Phoebe zögerte. »Sie hatte einen wirklich hübschen Namen, obwohl Claire auch nicht schlecht war.«

»Wie hieß sie?«

»Gabrielle.«

»Ach ja, Gabrielle. Und wie war ihr Nachname?«

»Brant. Gabrielle Brant. Sie stammte aus Columbia, Missouri. Dort ist sie auch zur Schule und aufs College gegangen. Hat sie dir die Geschichte erzählt?«

»Möglich, aber ich kann mich nicht erinnern.«

»Sie hatte einen Freund, der verrückt war und sie mißhandelt hat. Sie hat versucht, ihn loszuwerden, aber er hat nicht locker gelassen. Deshalb hat sie die Stadt verlassen und ihren Namen geändert.«

»Davon habe ich nie was gehört. Wie heißen ihre Eltern?«

»Brant. Ich glaube, ihr Vater ist tot. Ihre Mutter war Professorin für Mittelalterliche Geschichte an der Universität.«

»Lebt sie noch dort?«

»Ich habe keine Ahnung.«

»Dann versuche ich mal, sie über ihre Mutter zu finden. Danke, Phoebe.«

Es kostete sie eine Stunde, bis sie Swanson am Telefon hatte. Beverly fragte ihn, wieviel die Information wert wäre. Swanson rief Fitch an, der dringend eine gute Neuigkeit brauchte. Er genehmigte ein Maximum von fünftausend Dollar, und Swanson rief sie zurück und bot ihr die Hälfte. Sie verhandelten zehn Minuten lang und einigten sich auf viertausend, die sie bar auf die Hand wollte, bevor sie ein Wort sagte.

Alle vier Generaldirektoren waren zu den Schlußplädoyers in die Stadt gekommen, weshalb Fitch nun eine kleine Flotte von bestens ausgestatteten Firmenjets zur Verfügung stand. Er schickte Swanson mit einem Pynex-Flugzeug nach New York.

Swanson traf in der Abenddämmerung in der Stadt ein

und mietete sich in einem kleinen Hotel in der Nähe des Washington Square ein. Einer Mitbewohnerin zufolge war Beverly nicht da, sie arbeitete auch nicht, sondern war vielleicht auf einer Party. Er rief die Pizzeria an, bei der sie angestellt war, und erfuhr, daß man sie entlassen hatte. Er rief abermals die Mitbewohnerin an, und als er zu viele Fragen stellte, legte sie auf. Er knallte den Hörer auf die Gabel und stapfte im Zimmer herum. Wie, zum Teufel, findet man eine bestimmte Person auf den Straßen von Greenwich Village? Er lief ein paar Blocks bis zu dem Haus, in dem sie wohnte, wobei der kalte Regen seine Füße erstarren ließ. Er trank Kaffee in dem Lokal, in dem sie sich das erstemal getroffen hatten, wobei seine Schuhe tauten und trockneten. Er benutzte einen Münzfernsprecher für ein weiteres fruchtloses Gespräch mit derselben Mitbewohnerin.

Marlee wollte ein letztes Gespräch vor dem großen Montag. Sie trafen sich in ihrem kleinen Büro. Fitch hätte ihr die Füße küssen können, als er sie sah.

Er beschloß, ihr alles über Hoppy und Millie und sein großes Schwindelmanöver zu erzählen, das in die Binsen gegangen war. Nicholas mußte Millie sofort bearbeiten, sie besänftigen, bevor sie ihre Freundinnen ansteckte. Schließlich hatte Hoppy Napier und Nitchman am Sonntag morgen erklärt, Millie wäre eine entschiedene Advokatin der Verteidigung und hätte ihren Mitgeschworenen Kopien der Robilio-Aktennotiz gezeigt. Stimmte das? Wenn ja, was in aller Welt würde sie jetzt tun, nachdem sie die Wahrheit über Hoppy erfahren hatte? Sie würde bestimmt furchtbar wütend sein. Sie würde wahrscheinlich all ihren Freunden und Freundinnen erzählen, welche Gemeinheit die Verteidigung ihrem Mann angetan hatte, damit er sie unter Druck setzte.

Es würde eine Katastrophe sein, das lag auf der Hand.

Marlee hörte mit ausdrucksloser Miene zu, als Fitch die Geschichte erzählte. Sie war nicht schockiert, sondern genoß es, Fitch schwitzen zu sehen.

»Ich meine, wir sollten sie ausbooten«, erklärte Fitch, als er seinen Bericht beendet hatte.

»Haben Sie eine Kopie von der Robilio-Aktennotiz?« fragte sie gelassen.

Er holte eine aus seinem Aktenkoffer und gab sie ihr. »Ihr Werk?« fragte sie, nachdem sie sie gelesen hatte.

»Ja. Pure Erfindung.«

Sie faltete das Blatt zusammen und legte es unter ihren Stuhl. »Ein toller Schwindel, Fitch.«

»Ja, er war prächtig, bis wir erwischt worden sind.«

»Machen Sie so was bei jedem Tabakprozeß?«

»Wir versuchen es jedenfalls.«

»Wie sind Sie auf Mr. Dupree verfallen?«

»Wir haben uns eingehend mit ihm beschäftigt und sind zu dem Schluß gelangt, daß es mit ihm einfach sein würde. Kleiner Immobilienmakler, der kaum seine Rechnungen bezahlen kann, während seine Freunde mit den Kasinos und allem, was dazugehört, das große Geld machen. Er ist sofort darauf hereingefallen.«

»Sind Sie früher schon einmal erwischt worden?«

»Wir mußten Schwindelmanöver aufgeben, aber wir sind noch nie auf frischer Tat ertappt worden.«

»Bis heute.«

»Nicht direkt. Hoppy und Millie vermuten vielleicht, daß jemand dahintersteckte, der für den Tabakkonzern arbeitet, aber sie wissen nicht, wer. Also bestehen immerhin noch einige Zweifel.«

»Macht das einen Unterschied?«

»Nein.«

»Entspannen Sie sich, Fitch. Ich glaube, ihr Mann hat Millies Einfluß übertrieben. Sie und Nicholas stehen sich sehr nahe, und sie hat nicht gegen Ihren Klienten Partei ergriffen.«

»Unseren Klienten.«

»Richtig. Unseren Klienten. Nicholas hat die Aktennotiz nicht gesehen.«

»Sie meinen, Hoppy hat gelogen?«

»Können Sie ihm daraus einen Vorwurf machen? Ihre Jungs hatten ihn überzeugt, daß er mit einer Anklage zu rechnen hätte.«

Fitch atmete ein wenig leichter und lächelte beinahe. Er sagte: »Nicholas muß unbedingt heute abend mit Millie reden. In ein paar Stunden wird Hoppy erscheinen und ihr alles erzählen. Kann Nicholas sie sich schnell vorknöpfen?«

»Fitch, Millie wird so stimmen, wie er es will. Entspannen Sie sich.«

Fitch entspannte sich. Er nahm die Ellenbogen vom Tisch und versuchte sich an einem weiteren Lächeln. »Nur aus Neugierde – wie viele Stimmen haben wir im Augenblick?«

»Neun.«

»Wer sind die anderen drei?«

»Herman, Rikki und Lonnie.«

»Er hat nicht mit Rikki über ihre Vergangenheit gesprochen?«

»Noch nicht.«

»Dann wären es zehn«, sagte Fitch mit tanzenden Augen und plötzlich zuckenden Fingern. »Wir können elf bekommen, wenn wir jemanden ausbooten und dafür Shine Royce nehmen, stimmt's?«

»Hören Sie, Fitch, Sie machen sich zu viele Gedanken. Sie haben Ihr Geld bezahlt, Sie haben die Besten angeheuert, also beruhigen Sie sich und warten Sie auf Ihr Urteil. Es liegt in sehr guten Händen.«

»Einstimmig?« fragte Fitch glücklich.

»Nicholas ist entschlossen, für Einstimmigkeit zu sorgen.«

Fitch schwebte nur so die Treppe des baufälligen Gebäudes hinunter und über die kurze Einfahrt, bis er auf der Straße angekommen war. Sechs Blocks weit pfiff er und hüpfte beinahe durch die Abendluft. José erwartete ihn zu Fuß und versuchte, mit ihm Schritt zu halten. Er hatte seinen Boß noch nie bei so guter Laune erlebt.

An einer Seite des Konferenzraums saßen sieben Anwälte, von denen jeder eine Million Dollar für das Privileg bezahlt hatte, an diesem Ereignis teilnehmen zu dürfen. Niemand sonst befand sich in dem Zimmer, niemand außer Wendall Rohr, der auf der anderen Seite des Tisches stand, langsam hin- und herging und leise, mit gemessenen Worten, zu seiner Jury sprach. Seine Stimme war warm und volltönend, in einer Sekunde von Mitgefühl erfüllt und in der nächsten mit harten Worten für Big Tobacco. Er klagte an, und er schmeichelte. Er war humorvoll, und er war zornig. Er zeigte ihnen Fotos, und er schrieb Zahlen auf eine Tafel.

Nach einundfünfzig Minuten war er fertig. Es war die bisher kürzeste Probe. Das Schlußplädoyer durfte höchstens eine Stunde dauern, Anweisung von Richter Harkin. Die Kommentare seiner Kollegen kamen rasch, einige beifällig, aber die meisten waren Verbesserungsvorschläge. Ein kritischeres Publikum gab es nicht. Die sieben hatten bei Hunderten von Abschlußplädoyers zusammengearbeitet, die fast eine halbe Milliarde Dollar Schadenersatz eingebracht hatten. Sie wußten, wie man aus Jurys große Beträge herausholt.

Sie waren übereingekommen, ihre Egos draußen vor der Tür zurückzulassen. Rohr bezog eine weitere Tracht Prügel, etwas, das ihm sehr schwerfiel, und erklärte sich bereit, sein Plädoyer noch einmal zu halten.

Es mußte perfekt sein. Der Sieg war so nahe.

Cable war ähnlicher Kritik ausgesetzt. Sein Publikum war wesentlich größer – ein Dutzend Anwälte, mehrere Jury-Berater, jede Menge Anwaltsgehilfen. Sein Plädoyer wurde auf Video aufgenommen, damit er sich selbst studieren konnte. Er war entschlossen, es in einer halben Stunde zu schaffen. Die Jury würde es zu würdigen wissen. Rohr würde zweifellos länger reden. Der Kontrast würde hübsch sein – auf der einen Seite der sich an die Fakten haltende Techniker Cable, und auf der anderen Rohr, der brillante Schwätzer, der an ihre Emotionen appellierte.

Er hielt sein Plädoyer, dann sah er sich das Video an. Immer und immer wieder, den ganzen Sonntag nachmittag und bis tief in die Nacht hinein.

Als Fitch in dem Strandhaus eintraf, hatte er es geschafft, zu seinem üblichen, von vorsichtigem Pessimismus geprägten

Zustand zurückzufinden. Die vier Generaldirektoren warteten. Sie hatten gerade eine gute Mahlzeit beendet. Jankle war betrunken und saß allein am Kamin. Fitch akzeptierte einen Kaffee und setzte ihnen die Anstrengungen auseinander, die die Verteidigung in letzter Minute unternahm. Die Fragen kamen rasch auf das Thema der Überweisungen, die er am Freitag verlangt hatte, zwei Millionen Dollar von jedem der vier.

Vor Freitag hatte der Fonds einen Bestand von sechseinhalb Millionen gehabt, doch bestimmt mehr als genug zur Beendigung des Prozesses. Wofür waren die zusätzlichen acht Millionen? Und wieviel enthielt der Fonds jetzt?

Fitch erklärte, daß die Verteidigung eine plötzliche, nicht eingeplante Verpflichtung größten Ausmaßes gehabt hätte.

»Reden Sie nicht um den heißen Brei herum, Fitch«, sagte Luther Vandemeer von Trellco. »Ist es Ihnen endlich einmal gelungen, ein Urteil zu kaufen?«

Fitch versuchte nicht, diese vier Männer anzulügen. Schließlich waren sie seine Arbeitgeber. Er erzählte ihnen nie die ganze Wahrheit, und das erwarteten sie auch nicht von ihm. Aber wenn man ihm eine direkte Frage stellte, besonders eine in dieser Größenordnung, dann fühlte er sich bis zu einem gewissen Grade zur Ehrlichkeit gezwungen. »Etwas in der Art«, sagte er.

»Haben Sie die Stimmen, Fitch?« fragte ein anderer Generaldirektor.

Fitch schwieg und betrachtete die vier Männer, einen nach dem anderen, auch Jankle, der plötzlich zuhörte. »Ja, ich glaube, ich habe sie«, sagte Fitch.

Jankle sprang auf, etwas unsicher auf den Beinen, aber doch relativ konzentriert, und trat in die Mitte des Zimmers. »Sagen Sie das noch einmal, Fitch«, verlangte er.

»Sie haben es gehört«, sagte Fitch. »Das Urteil ist gekauft.« Er versuchte vergeblich, einen Anflug von Stolz in seiner Stimme zu unterdrücken.

Die anderen drei standen gleichfalls auf. Alle vier kamen auf Fitch zu und bildeten einen lockeren Halbkreis um ihn herum. »Wie?« fragte einer von ihnen.

»Das werden Sie nie erfahren«, sagte Fitch gelassen. »Die Details sind unwichtig.«

»Ich will es wissen«, sagte Jankle.

»Vergessen Sie's. Es gehört zu meinem Job, daß ich die Schmutzarbeit erledige und gleichzeitig Sie und Ihre Konzerne schütze. Wenn Sie mich entlassen wollen, okay. Aber die Details werden Sie nie erfahren.«

Sie starrten ihn schweigend an. Der Kreis wurde enger. Sie nippten langsam an ihren Drinks und bewunderten ihren Helden. Achtmal hatten sie am Rande der Katastrophe gestanden, und achtmal hatte Fitch zu seinen schmutzigen Tricks gegriffen und sie gerettet. Jetzt hatte er es zum neuntenmal getan. Er war unbesiegbar.

Und er hatte noch nie zuvor einen Sieg versprochen, nicht wie diesmal. Ganz im Gegenteil. Vor jedem Urteil war er immer übernervös gewesen, hatte immer eine Niederlage prophezeit und es genossen, ihnen Angst einzujagen. Dies jetzt war völlig untypisch für ihn.

»Wieviel?« fragte Jankle.

Das war etwas, das Fitch nicht geheimhalten konnte.

Schließlich hatten die vier ein Recht darauf, zu wissen, wohin ihr Geld ging. Sie hatten eine Art primitive Buchführung für den Fonds eingerichtet. Jeder Konzern steuerte die gleiche Summe bei, wenn Fitch es verlangte, und jeder Generaldirektor hatte Anspruch auf eine monatliche Aufstellung sämtlicher Ausgaben.

»Zehn Millionen«, sagte Fitch.

Der Betrunkene bellte als erster. »Sie haben einem Geschworenen zehn Millionen Dollar gezahlt!« Die anderen drei waren ebenso schockiert.

»Nein. Nicht einem Geschworenen. Sagen wir es so. Ich habe das Urteil für zehn Millionen Dollar gekauft. Das ist alles, was Sie von mir erfahren. Der Fonds hat jetzt einen Bestand von vier Komma fünf Millionen. Und ich werde keine Fragen darüber beantworten, wie das Geld den Besitzer gewechselt hat.«

Einen Sack voll Bargeld unter der Tischplatte – das konnte man sich ja vielleicht gerade noch vorstellen. Fünf-, vielleicht auch zehntausend Dollar. Aber wer wäre schon auf die Idee gekommen, daß einer dieser Kleinstadt-Hinterwäldler in der Jury über genügend Verstand verfügte, von zehn Millionen Dollar zu träumen. Sicherlich ging nicht alles an eine einzige Person.

Sie umdrängten Fitch in fassungslosem Schweigen, und alle stellten die gleichen Überlegungen an. Bestimmt hatte Fitch seine Zauberkünste bei zehn von ihnen angewandt. Das wäre denkbar. Er hatte zehn bekommen und jedem eine Million geboten. Das konnte man sich entschieden leichter vorstellen. Zehn frischgebackene Millionäre an der Golfküste. Aber wie hielt man diese Art von Geld geheim?

Fitch genoß den Moment. »Natürlich gibt es keinerlei Garantie«, sagte er. »Man weiß nie, woran man ist, bis die Jury zurückkehrt.«

Nun, bei zehn Millionen Dollar sollte es, verdammt noch mal, eine Garantie geben. Aber sie sagten nichts. Luther Vandemeer löste sich als erster wieder aus dem Kreis. Er goß sich einen steifen Brandy ein und nahm auf der Klavierbank neben dem Stutzflügel Platz. Fitch würde es ihm später erzählen. Er würde ein oder zwei Monate warten, Fitch in geschäftlichen Dingen nach New York beordern und dann die Story aus ihm herausholen.

Fitch sagte, er hätte noch Arbeit zu erledigen. Er wollte, daß alle vier morgen früh bei den Schlußplädoyers im Gerichtssaal waren. »Und setzen Sie sich nicht nebeneinander«, gab er ihnen noch vor.

37. KAPITEL

Alle Geschworenen hatten das Gefühl, daß dies ihr letzter Abend in der Isolierung sein würde. Sie flüsterten einander zu, daß sie, wenn ihnen der Fall am Montag mittag übergeben würde, bestimmt bis Montag abend ein Urteil fällen und dann nach Hause gehen konnten. Es wurde nicht offen darüber diskutiert, weil das unweigerlich zu Spekulationen über das Urteil führen würde, die Herman sofort unterbunden hätte.

Aber die Stimmung war gut, und viele der Geschworenen machten sich daran, in aller Ruhe zu packen und ihre Zimmer aufzuräumen. Bei ihrem letzten Besuch im Siesta Inn wollten sie sich nur so kurz wie möglich aufhalten – nur ein rascher Abstecher vom Gerichtssaal, um die gepackten Koffer zu holen und die Zahnbürste einzustecken.

Sonntag war der dritte Tag in Folge für persönliche Besuche, und alle hatten genug von ihren Partnern, besonders die Verheirateten. Drei vertrauliche Abende in der Enge eines kleinen Zimmers strapazierten die meisten Ehen. Sogar die Singles brauchten einen freien Abend. Savelles Freundin blieb fort. Derrick teilte Angel mit, daß er vielleicht später hereinschauen würde, vorher aber noch etwas Wichtiges zu erledigen hätte. Loreen hatte keinen Freund, aber für ein Wochenende hatte sie von ihren halbwüchsigen Töchtern genug gesehen. Jerry und der Pudel hatten ihren ersten kleinen Streit.

Das Motel war still am Sonntag abend; kein Football und Bier im Partyzimmer, kein Schachturnier. Marlee und Nicholas aßen Pizza in seinem Zimmer. Sie gingen ihre Checkliste durch und machten letzte Pläne. Beide waren nervös und angespannt und brachten kaum ein Lachen zustande, als sie ihm Fitchs traurige Geschichte von Hoppy erzählte.

Marlee ging um neun. Sie fuhr mit ihrem Mietwagen zu ihrer kleinen Wohnung, wo sie ebenfalls packte.

Nicholas ging über den Flur in das Zimmer, in dem Hoppy und Millie wie zwei Flitterwöchner warteten. Sie konnten ihm gar nicht genug danken. Er hatte diesen schrecklichen Betrug aufgedeckt und ihnen ihre Freiheit wiedergegeben. Es war bestürzend, sich vorzustellen, wie weit die Tabakindustrie ging, nur um Druck auf eine einzige Geschworene auszuüben.

Millie machte sich Gedanken, ob sie in der Jury bleiben sollte. Sie und Hoppy hatten bereits darüber gesprochen, und sie hatte das Gefühl, in Anbetracht dessen, was sie ihrem Mann angetan hatten, nicht mehr fair und unparteiisch sein zu können. Nicholas hatte das vorhergesehen, aber er war der Ansicht, daß er Millie brauchte.

Und es gab einen noch zwingenderen Grund. Wenn Millie Richter Harkin von dem Hoppy-Coup berichtete, dann würde er das Verfahren vermutlich für gescheitert erklären. Und das wäre eine Tragödie, denn es würde bedeuten, daß in ein oder zwei Jahren eine neue Jury ausgewählt und der Fall noch einmal verhandelt werden mußte. Jede Seite würde ein weiteres Vermögen ausgeben, um das zu tun, was sie im Augenblick tat. »Es liegt bei uns, Millie. Wir sind dazu auserwählt worden, über diesen Fall zu entscheiden, und wir müssen zu einem Urteil gelangen. Die nächste Jury wird bestimmt nicht klüger sein als wir.«

»Ganz meine Meinung«, sagte Hoppy. »Dieser Prozeß wird morgen zu Ende sein. Es wäre eine Schande, wenn er in letzter Minute für gescheitert erklärt werden müßte.«

Also biß sich Millie auf die Unterlippe und fand zu neuer Entschlossenheit. Ihr Freund Nicholas machte alles leichter.

Cleve traf sich am Sonntag abend mit Derrick in der Sportbar des Nugget Casinos. Sie tranken ein Bier, sahen sich ein Footballspiel an, redeten aber nur wenig. Derrick schmollte und versuchte, wütend auszusehen, weil er glaubte, hereingelegt worden zu sein. Die fünfzehntausend Dollar steckten in einem braunen Päckchen, das Cleve Derrick über den Tisch zuschob, Derrick nahm es an sich und steckte es in eine Tasche, ohne danke oder sonst etwas zu sagen. Ihrer neuesten Abmachung zufolge würden die restlichen zehntausend nach dem Urteil gezahlt werden, vorausgesetzt natürlich, daß Angel für die Klägerin stimmte.

»Weshalb verschwinden Sie nicht?« fragte Derrick ein paar Minuten, nachdem das Geld in der Nähe seines Herzens gelandet war.

»Gute Idee«, sagte Cleve. »Besuchen Sie Ihre Freundin. Erklären Sie ihr alles ganz genau.«

»Die habe ich im Griff.«

Cleve nahm seine Bierflasche mit und verschwand.

Derrick leerte sein Glas und rannte in die Herrentoilette, wo er sich in einer Kabine einschloß und das Geld zählte, hundertfünfzig frische, neue, ordentlich zusammengepackte Hundert-Dollar-Scheine. Er drückte den Stapel zusammen und war verblüfft über seine Dicke – fast zwei Zentimeter. Er teilte das Geld in vier Teile und stopfte in jede Tasche seiner Jeans ein zusammengerolltes Bündel.

Im Kasino herrschte Hochbetrieb. Von einem älteren Bruder, der in der Armee gewesen war, hatte er gelernt, wie man würfelt, und jetzt wanderte er, wie von einem Magneten angezogen, in die Nähe der Crap-Tische. Er schaute eine Minute zu und beschloß dann, der Versuchung zu widerstehen und Angel zu besuchen. Für ein schnelles Bier machte er noch an einer kleinen Bar Station, von der aus man die Spieltische überblicken konnte. Überall unter ihm wurden Vermögen gewonnen und verloren. Man brauchte Geld, um Geld machen zu können. Dies war sein Glücksabend.

An einem der Crap-Tische kaufte er für tausend Dollar Chips und genoß die Aufmerksamkeit, die Leute mit Geld auf sich ziehen. Der Aufseher prüfte die ungebrauchten Scheine, dann lächelte er Derrick an. Aus dem Nirgendwo tauchte eine blonde Kellnerin auf, und er bestellte ein weiteres Bier.

Derrick setzte viel, mehr als irgendein Weißer am Tisch. Der erste Haufen Chips verschwand im Laufe von fünfzehn Minuten, und er zögerte keine Sekunde, bevor er weitere tausend Dollar eintauschte.

Wenig später folgten noch einmal tausend, dann fielen

die Würfel, wie sie sollten, und Derrick gewann in fünf Minuten achtzehnhundert Dollar. Er kaufte noch mehr Chips. Die Blondine begann zu flirten. Der Aufseher fragte ihn, ob er ein Gold-Mitglied des Nugget werden wollte.

Er verlor die Kontrolle über sein Geld. Er zog aus allen vier Taschen Scheine hervor, dann steckte er einen Teil davon wieder ein. Er kaufte weitere Chips. Nach einer Stunde war er auf sechstausend Dollar herunter und hätte nur zu gern aufgehört. Aber seine Pechsträhne mußte aufhören. Die Würfel waren schon einmal richtig gefallen, sie würden es wieder tun. Er beschloß, weiter mit hohen Einsätzen zu spielen und sich alles zurückzuholen, wenn sein Glück wiederkehrte. Ein weiteres Bier, dann ging er zu Scotch über.

Nach einer neuen Pechsträhne riß er sich von dem Tisch los und verschwand wieder in der Herrentoilette in derselben Kabine. Er schloß ab und zog lose Scheine aus allen vier Taschen. Nur noch siebentausend Dollar; ihm war nach Weinen zumute. Aber er mußte es zurückbekommen. Er beschloß, hinauszugehen und sich sein Geld wiederzuholen. Er würde es an einem anderen Tisch versuchen. Er würde seine Taktik ändern. Und einerlei, was passierte, falls, was Gott verhüten mochte, seine Barschaft auf fünftausend zusammenschmolz, würde er die Hände hochwerfen und rennen, was das Zeug hielt. Keinesfalls würde er auch die letzten fünftausend verlieren.

Er ging an einem Roulettetisch vorbei, an dem gerade niemand spielte, und setzte aus einer Laune heraus fünf Hundert-Dollar-Chips auf Rot. Das Rad rotierte, es kam Rot, und Derrick gewann fünfhundert Dollar. Er ließ die Chips auf Rot liegen und gewann abermals. Ohne das geringste Zögern ließ er die zwanzig Hundert-Dollar-Chips weiter auf Rot und gewann zum drittenmal hintereinander. Viertausend Dollar in weniger als fünf Minuten. Er ging in die Sportbar, ließ sich ein Bier geben und sah sich einen Boxkampf an. Lautes Geschrei von den Crap-Tischen sagte ihm, daß er ihnen fernbleiben mußte. Er fühlte sich glücklich, weil er fast elftausend Dollar in der Tasche hatte.

Die Zeit für einen Besuch bei Angel war vorbei, aber er mußte sie sehen. Er wanderte zielstrebig zwischen den Reihen von Spielautomaten hindurch, soweit wie möglich von den Crap-Tischen entfernt. Er ging rasch, hoffte, den Ausgang zu erreichen, bevor er es sich wieder anders überlegt hatte und zu den Würfeln rannte. Er schaffte es.

Ihm war, als wäre er nur eine Minute gefahren, als er das Blaulicht hinter sich sah. Es war ein Streifenwagen der Stadtpolizei von Biloxi, der rasch dicht an seiner Stoßstange hing. Derrick hatte keine Pfefferminzbonbons und auch kein Kaugummi bei sich. Er hielt an, stieg aus und wartete auf Anweisungen von dem Polizisten, der vor ihn hintrat und sofort den Alkohol roch.

»Haben Sie getrunken?« fragte er.

»Nur ein paar Bier im Kasino.«

Der Polizist untersuchte Derricks Augen mit einer grellen Taschenlampe, dann forderte er ihn auf, auf einer geraden Linie entlangzulaufen und mit den Fingern die Nase zu berühren. Derrick war offensichtlich betrunken. Er bekam Handschellen angelegt und wurde ins Gefängnis gebracht. Er erklärte sich zu einem Atemtest bereit, der 1,8 Promille ergab.

Es gab einen Haufen Fragen über das Geld in seinen Taschen. Die Erklärung klang vernünftig – er hatte im Kasino einen guten Abend gehabt. Aber er war arbeitslos. Er lebte bei einem Bruder. Keine Vorstrafen. Der Gefängniswärter machte eine Liste von dem Geld und seinem übrigen Tascheninhalt und verstaute alles in einem Schließfach.

Derrick setzte sich auf das obere Bett in der Ausnüchterungszelle, die er mit zwei auf dem Fußboden stöhnenden Säufern teilen mußte. Ein Telefon war sinnlos, weil er Angel nicht direkt erreichen konnte. Betrunkene Fahrer mußten fünf Stunden in der Ausnüchterungszelle bleiben. Er mußte Angel erreichen, bevor sie zum Gericht fuhr.

Das Telefon weckte Swanson um halb vier am Montag morgen. Die Stimme am anderen Ende war schwer und benommen, die Worte verschliffen, aber es war eindeutig Beverly

Monks Stimme. »Willkommen im Big Apple«, sagte sie laut, dann lachte sie irre, bis an die Kiemen voll Rauschgift.

»Wo sind Sie?« fragte Swanson. »Ich habe das Geld.«

»Später«, sagte sie, dann hörte er im Hintergrund zwei zornige Männerstimmen. »Das machen wir später.« Jemand stellte die Musik lauter.

»Ich brauche die Information schnell.«

»Und ich brauche das Geld.«

»Prima. Sagen Sie mir, wann und wo.«

»Ach, ich weiß nicht«, sagte sie, dann kreischte sie jemandem im Zimmer eine Obszönität zu.

Swanson umklammerte den Hörer fester. »Hören Sie, Beverly, hören Sie mir zu. Sie erinnern sich doch an das kleine Café, in dem wir uns voriges Mal getroffen haben?«

»Ja, ich glaube.«

»An der Achten, in der Nähe von Balducci's.«

»Ach ja.«

»Gut. Kommen Sie dorthin, sobald Sie können.«

»Wie bald ist das?« fragte sie, dann brach sie in Gelächter aus.

Swanson war geduldig. »Wie wäre es gegen sieben?«

»Wie spät ist es jetzt?«

»Halb vier.«

»Wow.«

»Wie wäre es, wenn ich jetzt gleich zu Ihnen kommen würde? Sagen Sie mir, wo Sie sind, und ich schnappe mir ein Taxi.«

»Nee. Ich bin okay. Habe nur ein bißchen Spaß.«

»Sie sind betrunken.«

»Na und?«

»Wenn Sie diese viertausend Dollar haben wollen, dann sollten Sie wenigstens so weit nüchtern bleiben, daß Sie sich mit mir treffen können.«

»Ich werde da sein, Baby. Wie heißen Sie doch gleich?«

»Swanson.«

»Okay, Swanson. Ich werde um sieben da sein, oder jedenfalls irgendwann um die Zeit.« Sie lachte, als sie auflegte.

Swanson versuchte gar nicht erst, noch einmal einzuschlafen.

Um halb fünf meldete sich Marvis Maples beim Gefängniswärter und fragte, ob er seinen Bruder Derrick abholen könnte.

Die fünf Stunden waren um. Der Wärter holte Derrick aus der Ausnüchterungszelle, dann schloß er einen Metallkasten auf und stellte ihn auf den Tresen. Derrick überprüfte den Inhalt des Kastens – elftausend Dollar in bar, Autoschlüssel, Taschenmesser, Lippenbalsam –, und sein Bruder schaute fassungslos zu.

Auf dem Parkplatz fragte Marvis nach dem Geld, und Derrick erklärte, er hätte einen guten Abend an den Crap-Tischen gehabt. Er gab Marvis zweihundert Dollar und fragte, ob er sich seinen Wagen ausleihen dürfte. Marvis nahm das Geld und willigte ein, beim Gefängnis zu warten, bis Derricks Wagen vom städtischen Parkplatz gebracht wurde.

Derrick raste nach Pass Christian und parkte hinter dem Siesta Inn, als es im Osten gerade zu dämmern begann. Er duckte sich, für den Fall, daß jemand vorbeikam, und schlich durchs Gebüsch, bis er das Fenster von Angels Zimmer erreicht hatte. Es war natürlich verschlossen, und er klopfte leise an.

Niemand reagierte. Daraufhin suchte er sich einen kleinen Stein und klopfte etwas lauter.

Rings um ihn her wurde es allmählich hell, und er begann, in Panik zu geraten.

»Keine Bewegung!« ertönte eine laute Stimme hinter seinem Rücken.

Derrick fuhr herum und sah Chuck, den uniformierten Deputy, der eine lange, glänzende, schwarze Pistole auf seine Stim gerichtet hielt. Er schwenkte die Waffe. »Weg von dem Fenster da! Hände hoch!«

Derrick hob seine Hände hoch und durchquerte das Gebüsch. »Hinlegen!« war bereits der nächste Befehl, und Derrick landete der Länge nach auf dem kalten Gehsteig, mit den Händen über dem Kopf. Chuck rief über Funk Hilfe herbei.

Marvis wartete immer noch vor dem Gefängnis auf Derricks Wagen, als sein Bruder zum zweitenmal in dieser Nacht abgeführt wurde.

Angel schlief und hatte von alledem keine Ahnung.

38. KAPITEL

Es war eine Schande, daß ausgerechnet der Geschworene, der am eifrigsten gewesen war, aufmerksamer zugehört hatte als die anderen, sich an mehr von dem erinnerte, was gesagt worden war, und jede von Richter Harkins Anweisungen befolgt hatte, der letzte sein sollte, der ausgebootet und dadurch daran gehindert wurde, das Urteil zu beeinflussen.

Verläßlich wie die Uhr erschien Mrs. Grimes um Punkt Viertel nach sieben im Eßzimmer, nahm sich ein Tablett und begann, das Frühstück zusammenzustellen, mit den gleichen Dingen, die sie seit fast zwei Wochen geholt hatte. Kleieflocken, Magermilch und eine Banane für Herman. Cornflakes, teilentrahmte Milch, eine Scheibe Speck und Apfelsaft für sich selbst. Wie so oft trat Nicholas zu ihr ans Büfett und bot seine Hilfe an. Er besorgte nach wie vor den ganzen Tag im Geschworenenzimmer den Kaffee für Herman und fühlte sich verpflichtet, auch am Morgen zu helfen. Zwei Stück Zucker und ein Tütchen Sahne für Herman. Schwarz für Mrs. Grimes. Sie unterhielten sich darüber, ob sie bereits gepackt hätten oder nicht und bereit wären, das Motel zu verlassen. Sie war glücklich über die Aussicht, am Abend zu Hause essen zu können.

Den ganzen Morgen hatte eine ausgesprochen festliche Stimmung geherrscht. Nicholas und Henry Vu hielten am Eßtisch Hof und begrüßten die anderen Frühaufsteher. Es ging nach Hause!

Mrs. Grimes griff nach dem Besteck, und Nicholas ließ schnell vier kleine Tabletten in Hermans Kaffee fallen, während er etwas über die Anwälte sagte. Sie würden ihn nicht umbringen. Es war Methergin, ein relativ unbekanntes, verschreibungspflichtiges Medikament, das in erster Linie in Notaufnahmen zur Wiederbelebung von Leuten benutzt wurde, die halbtot waren. Herman würde vier Stunden lang ein kranker Mann sein, danach aber wieder völlig in Ordnung kommen.

Wie er es oft tat, begleitete Nicholas sie den Korridor hinunter zu ihrem Zimmer, trug das Tablett und plauderte über dieses und jenes. Sie dankte ihm überschwenglich; so ein netter junger Mann.

Der Aufruhr brach eine halbe Stunde später aus, und Nicholas steckte mitten darin. Mrs. Grimes erschien auf dem Korridor und rief nach Chuck, der auf seinem Posten saß, Kaffee trank und Zeitung las. Nicholas hörte sie schreien und stürzte aus seinem Zimmer. Mit Herman war etwas nicht in Ordnung.

Lou Dell und Willis erschienen zwischen aufgeregten Stimmen, und bald hatten sich die meisten Geschworenen vor dem Zimmer der Grimes versammelt, dessen Tür offenstand und in dem es von Leuten wimmelte. Herman lag zusammengekrümmt auf dem Fußboden des Badezimmers, preßte die Hände auf den Bauch und hatte offensichtlich fürchterliche Schmerzen. Lou Dell rannte zum Telefon und rief 911 an. Nicholas sagte ernst zu Rikki Coleman, daß das Brustschmerzen wären, vielleicht eine Herzattacke. Herman hatte bereits vor sechs Jahren einen leichten Herzinfarkt gehabt.

Binnen Minuten wußte jedermann, daß Herman einen Herzinfarkt hatte.

Die Sanitäter erschienen mit einer fahrbaren Bahre, und Chuck drängte die anderen Geschworenen den Korridor hinunter. Herman wurde stabilisiert und erhielt Sauerstoff. Sein Blutdruck war nur leicht erhöht. Mrs. Grimes sagte mehrfach, es erinnerte sie an seine erste Herzattacke.

Sie rollten ihn hinaus und schoben ihn rasch den Korridor entlang. In dem Durcheinander gelang es Nicholas, Hermans Kaffeetasse umzukippen.

Die Sirenen heulten, als Herman fortgeschafft wurde. Die Geschworenen kehrten in ihre Zimmer zurück und versuchten, ihre bloßliegenden Nerven zu beruhigen. Lou Dell rief Richter Harkin an und teilte ihm mit, daß Herman schwer erkrankt war. Man vermutete, daß er einen weiteren Herzinfarkt erlitten hatte.

»Sie fallen um wie die Fliegen«, sagte sie, dann ließ sie sich darüber aus, daß sie in ihren achtzehn Jahren als Jury-Aufseherin noch nie so viele Geschworene verloren hatte. Harkin schnitt ihr das Wort ab.

Er hatte im Grunde nicht damit gerechnet, daß sie pünktlich um sieben zu Kaffee und Geld erscheinen würde. Nur ein paar Stunden zuvor war sie völlig hinüber gewesen, und nichts hatte darauf hingewiesen, daß sie damit aufzuhören gedachte. Wie konnte er also erwarten, daß sie ihre Verabredung einhielt? Er verzehrte ein ausgiebiges Frühstück und las die erste von vielen Zeitungen. Acht Uhr kam und ging. Er zog an einen besseren Tisch in Fensternähe um, damit er die draußen vorbeieilenden Leute beobachten konnte.

Um neun rief Swanson in ihrer Wohnung an und geriet wieder an dieselbe Mitbewohnerin. Nein, sie war nicht da, war die ganze Nacht über nicht dagewesen, und vielleicht war sie sogar ganz ausgezogen.

Ein schönes Früchtchen, dachte er, den einen Tag auf diesem, den nächsten auf einem anderen Dachboden, Essen schnorrend und gerade genügend Geld, um am Leben zu bleiben und die nächste Portion Stoff kaufen zu können. Wußten ihre Eltern, was sie tat?

Er hatte massenhaft Zeit, über diese Dinge nachzudenken. Um zehn bestellte er trockenen Toast, weil der Kellner ihn jetzt anstarrte, offensichtlich verärgert, weil es den Anschein hatte, als wollte Swanson den ganzen Tag hier verbringen.

Aufgrund von Gerüchten, die wohlfundiert zu sein schienen, eröffnete Pynex recht stark. Nach einem Stand von dreiundsiebzig bei Börsenschluß am Freitag stiegen die Aktien sofort nach dem Läuten der Eröffnungsglocke auf sechsundsiebzig und kletterten binnen Minuten auf achtundsiebzig. Es gab gute Nachrichten aus Biloxi, aber niemand schien ihre Quelle zu kennen. Alle Tabakaktien stiegen rasch bei starker Nachfrage.

Richter Harkin erschien erst kurz vor halb zehn, und als er sein Podium betrat, stellte er, keineswegs überrascht, fest, daß der Gerichtssaal voll war. Er hatte gerade eine hitzige Diskussion mit Rohr und Cable hinter sich; Cable hatte verlangt, daß er den Prozeß für gescheitert erklärte, weil noch ein Geschworener ausgeschieden war. Doch das war kein hinreichender Grund für einen Abbruch. Harkin hatte seine Hausaufgaben gemacht. Er hatte sogar einen alten Fall gefunden, bei dem zugelassen worden war, daß elf Geschworene einen Zivilprozeß entschieden. Neun Stimmen waren erforderlich gewesen, und der Spruch der Geschworenen war vom Obersten Bundesgericht bestätigt worden.

Wie nicht anders zu erwarten, hatte sich die Nachricht von Hermans Herzinfarkt schnell unter den vielen Prozeßbeobachtern verbreitet. Die von der Verteidigung angeheuerten Jury-Berater erklärten es zu einem großen Sieg für ihre Seite, weil Herman ganz offensichtlich auf der Seite der Klägerin gestanden hatte. Die Jury-Berater der Klägerseite versicherten Rohr und seinen Kollegen, daß dies ein schwerer Schlag für die Verteidigung war, weil Herman offensichtlich Pro-Tabak gewesen war. Alle Jury-Berater begrüßten das Hinzukommen von Shine Royce, obwohl es den meisten schwerfiel, Gründe dafür anzugeben.

Fitch saß einfach fassungslos da. Wie, zum Teufel, bewirkt man eine Herzattacke? War Marlee kaltblütig genug, um einen blinden Mann zu vergiften? Gott sei Dank stand sie auf seiner Seite.

Die Tür ging auf, die Geschworenen kamen herein. Alle beobachteten sie, um sich zu vergewissern, daß Herman tatsächlich nicht unter ihnen war. Sein Platz blieb leer.

Richter Harkin hatte mit einem Arzt im Krankenhaus gesprochen, und er begann damit, daß er den Geschworenen mitteilte, daß es Herman besser zu gehen schien und es vielleicht nicht so ernst war, wie sie anfangs geglaubt hatten. Die Geschworenen, vor allem Nicholas, waren sehr erleichtert. Shine Royce wurde Geschworener Nummer fünf und nahm Hermans bisherigen Platz in der vorderen Reihe zwischen Phillip Savelle und Angel Weese ein.

Shine war richtig stolz auf sich.

Als alle zur Ruhe gekommen waren, forderte Seine Ehren Wendall Rohr auf, mit seinem Schlußplädoyer zu beginnen. Bleiben Sie unter einer Stunde, warnte er. Rohr, in seinem grellen Lieblingsjackett, aber mit einem gestärkten Hemd und einer sauberen Fliege, begann leise, entschuldigte sich für die Länge des Verfahrens und dankte ihnen dafür, daß sie eine so wundervolle Jury gewesen waren. Nachdem er die freundlichen Bemerkungen hinter sich hatte, stürzte er sich in eine bösartige Beschreibung des »... tödlichsten Verbraucherprodukts, das je hergestellt wurde. Die Zigarette. Sie bringt alljährlich vierhunderttausend Amerikaner um, zehnmal mehr als illegale Drogen. Kein anderes Produkt reicht auch nur entfernt daran heran.«

Er erwähnte die Höhepunkte der Aussagen der Doktoren Fricke, Bronsky und Kilvan, und zwar ohne noch einmal auf dem herumzureiten, was sie gesagt hatten. Er erinnerte sie an Lawrence Krigler, den Mann, der in der Industrie gearbeitet hatte und ihre schmutzigen Geheimnisse kannte. Er verbrachte zehn Minuten damit, gelassen über Leon Robilio zu reden, den Stimmlosen, der zwanzig Jahre damit verbracht hatte, für Tabak zu werben, und dann erkannte, wie korrupt die Industrie war.

Dann kam Rohr zum Thema der Jugendlichen. Um überleben zu können, muß Big Tobacco die Teenager ködern und dafür sorgen, daß auch die nächste Generation ihre Produkte kauft. Als hätte er ihre Unterhaltung im Geschworenenzimmer mitgehört, forderte Rohr die Geschworenen auf, sich zu erinnern, wie alt sie gewesen waren, als sie mit dem Rauchen anfingen.

Jeden Tag fangen dreitausend Jugendliche mit dem Rauchen an. Ein Drittel von ihnen wird schließlich daran sterben. Reichte das nicht? War es nicht endlich an der Zeit, diese reichen Konzerne zu zwingen, hinter ihren Produkten zu stehen? An der Zeit, ihnen einen Denkzettel zu erteilen? An der Zeit, dafür zu sorgen, daß sie die Finger von unseren Kindern lassen? An der Zeit, sie für die von ihren Produkten verursachten Schäden zahlen zu lassen?

Er wurde bissig, als er auf das Nikotin zu sprechen kam und die immer wiederholte Behauptung von Big Tobacco, daß es nicht süchtig mache. Frühere Drogenabhängige hatten ausgesagt, daß es leichter war, von Marihuana und Kokain loszukommen als von Zigaretten. Er wurde sogar noch bissiger, als er Jankle und seine Mißbrauchstheorie erwähnte.

Dann zwinkerte er einmal und war ein anderer Mensch. Er sprach über seine Mandantin, Mrs. Celeste Wood, eine gute Ehefrau, Mutter, Freundin, ein echtes Opfer der Zigarettenindustrie. Er sprach über ihren Mann, den verstorbenen Mr. Jacob Wood, der Bristol, das Spitzenprodukt von Pynex, geraucht und zwanzig Jahre lang vergeblich versucht hatte, es sich wieder abzugewöhnen. Er hatte Kinder und Enkelkinder hinterlassen. Im Alter von einundfünfzig Jahren war er gestorben, weil er ein legal hergestelltes Produkt auf genau die Art gebraucht hatte, auf die es gebraucht werden sollte.

Er trat an eine weiße Tafel auf einer Staffelei und stellte ein paar rasche Berechnungen an. Der Geldwert von Jacob Woods Leben beläuft sich auf, sagen wir, eine Million Dollar. Er addierte noch ein paar weitere Ansprüche hinzu, und die Summe ergab zwei Millionen. Das war der eigentliche Schadensersatz, Geldbeträge, die der Familie aufgrund von Jacobs Tod zustanden.

Aber hier ging es nicht um den eigentlichen Schadensersatz. Rohr hielt einen Kurzvortrag über Geldstrafen und die Rolle, die sie beim Zügeln amerikanischer Konzerne spielten. Wie bestraft man einen Konzern, der über ein Barvermögen von achthundert Millionen Dollar verfügt?

Man erteilt ihm einen Denkzettel.

Rohr unterließ es, einen Betrag vorzuschlagen, obwohl er dazu berechtigt gewesen wäre. Er ließ lediglich die Zahl $ 800 000 000 in großer Schrift auf der Tafel stehen, kehrte zu seinem Pult zurück und beendete sein Plädoyer. Er dankte der Jury noch einmal und setzte sich. Achtundvierzig Minuten.

Seine Ehren ordnete eine Pause von zehn Minuten an.

Sie kam vier Stunden zu spät, aber Swanson hätte sie trotzdem umarmen können. Er tat es nicht, weil er sich vor ansteckenden Krankheiten fürchtete, und auch deshalb, weil sie in Begleitung eines schmuddeligen jungen Mannes erschien, der von Kopf bis Fuß in schwarzem Leder steckte und dessen Haar und Spitzbart kohlschwarz gefärbt waren. Auf der Mitte seiner Stirn war unübersehbar das Wort JADE eintätowiert, und an beiden Seiten seines Kopfes trug er eine hübsche Kollektion von Ohrringen.

Jade sprach kein Wort, als er einen Stuhl heranzog und darauf Posten bezog wie ein Dobermann.

Beverly hatte offenbar Prügel bezogen. Ihre Unterlippe war aufgeplatzt und geschwollen. Sie hatte versucht, einen blauen Fleck auf ihrer Wange mit Make-up zu verdecken. Der rechte Augenwinkel war gleichfalls geschwollen. Sie roch widerlich nach Pot-Rauch und billigem Bourbon und hatte irgendwas geschluckt, vermutlich Speed.

Bei der geringsten Provokation würde Swanson Jade einen Schlag auf seine Tätowierung versetzen und ihm die Ohrringe einzeln herausreißen.

»Haben Sie das Geld?« fragte sie und warf einen Blick auf Jade, der Swanson anstarrte. Keine Frage, wer das Geld bekommen würde.

»Ja. Erzählen Sie mir von Claire.«

»Lassen Sie mich das Geld sehen.«

Swanson zog einen kleinen Umschlag aus der Tasche, öffnete ihn so weit, daß die Scheine zu sehen waren, dann legte er ihn auf den Tisch und hielt ihn mit beiden Händen fest. »Viertausend Dollar. Und nun reden Sie schnell«, sagte er mit einem Blick auf Jade.

Auch Beverly sah Jade an, der nickte wie ein schlechter Schauspieler und sagte: »Rede.«

»Ihr wirklicher Name ist Gabrielle Brant. Sie stammt aus Columbia, Missouri. Sie hat dort das College an der Universität besucht, an der ihre Mutter Mittelalterliche Geschichte gelehrt hat. Das ist alles, was ich weiß.«

»Was ist mit ihrem Vater?«

»Ich glaube, er ist tot.«

»Sonst noch etwas?«

»Nein. Geben Sie mir das Geld.«

Swanson schob es über den Tisch und sprang danach sofort auf. »Danke«, sagte er und verschwand.

Durwood Cable brauchte nur wenig mehr als eine halbe Stunde, um geschickt den lächerlichen Gedanken zu diskreditieren, den Angehörigen eines Mannes, der freiwillig fünfunddreißig Jahre lang geraucht hatte, Millionen zu schenken. Der Prozeß war kaum mehr als ein unverhohlener Griff nach dem großen Geld.

Was ihn an der Darstellung des Falles durch die Anklagevertreter am meisten empörte, war, daß sie versucht hatten, von Jacob Wood und seinen Gewohnheiten abzulenken und aus dem Prozeß eine emotionale Debatte über das Rauchen bei Teenagern zu machen. Was hatte Jacob Wood mit der gegenwärtigen Zigarettenwerbung zu tun? Es gab nicht die Spur eines Beweises dafür, daß der verstorbene Mr. Wood durch eine Anzeigenkampagne beeinflußt worden war. Er hatte mit dem Rauchen angefangen, weil er sich dazu entschieden hatte, es zu tun.

Weshalb die Jugendlichen in diese Auseinandersetzung bringen? Aus emotionalen Gründen, deshalb. Wir reagieren zornig, wenn wir glauben, Kinder würden verletzt oder manipuliert. Und bevor die Anwälte der Klägerin Sie, die Geschworenen, überzeugen können, ihnen ein Vermögen auszuhändigen, müssen sie Sie vorher zornig machen.

Cable appellierte geschickt an ihr Gefühl für Fairneß. Entscheiden Sie den Fall aufgrund von Fakten, nicht von Emotionen. Als er endete, besaß er ihre volle Aufmerksamkeit.

Nachdem er sich wieder gesetzt hatte, dankte Richter Harkin ihm und sagte zur Jury gewandt: »Meine Damen und Herren, jetzt gehört der Fall Ihnen. Ich schlage vor, daß Sie einen neuen Obmann wählen, der den Platz von Mr. Grimes einnimmt, dem es, wie ich gehört habe, inzwischen wieder viel besser geht. Ich habe während der letzten Pause mit seiner Frau gesprochen, und er ist immer noch sehr krank, aber man rechnet damit, daß er sich vollständig erholen wird. Falls Sie aus irgendeinem Grund mit mir sprechen möchten, teilen Sie es bitte Mrs. Dell mit. Alle anderen Instruktionen werden Ihnen im Geschworenenzimmer ausgehändigt werden. Viel Glück.«

Während Harkin sie verabschiedete, wendete Nicholas leicht den Kopf in Richtung Publikum und suchte Blickkontakt mit Rankin Fitch, nur eine kurze Bestätigung der momentanen Lage der Dinge. Fitch nickte, und Nicholas erhob sich mit seinen Kollegen.

Es war fast Mittag. Die Sitzung war bis auf weiteres unterbrochen, was bedeutete, daß alle, die es wollten, sich frei bewegen konnten, bis die Geschworenen zu einem Urteil gelangt waren. Die Horde von der Wall Street sprintete hinaus, um ihre Büros anzurufen. Die Generaldirektoren der Großen Vier konferierten kurz mit ihren Untergebenen, dann verließen sie den Gerichtssaal.

Auch Fitch ging sofort und begab sich in sein Büro. Konrad saß vor einer Reihe von Telefonen. »Sie ist am Apparat«, sagte er hastig. »Sie ruft von einem Münzfernsprecher aus an.« Fitch rannte in sein Büro und griff nach dem Hörer. »Hallo.«

»Hören Sie, Fitch. Neue Überweisungs-Instruktionen. Legen Sie den Hörer hin und gehen Sie zu Ihrem Faxgerät.« Fitch schaute zu seinem privaten Fax, das gerade eine Nachricht ausdruckte.

»Schon angekommen«, sagte er. »Warum neue Instruktionen?«

»Halten Sie den Mund, Fitch. Tun Sie einfach, was ich sage, und zwar sofort.«

Fitch riß das Fax aus dem Gerät und überflog die handschriftliche Botschaft. Das Geld sollte jetzt nach Panama überwiesen werden. Banco Atlántico in Panama City. Sie hatte Transfer-Anweisungen und Kontonummern beigefügt.

»Sie haben zwanzig Minuten, Fitch. Die Jury sitzt beim Lunch. Wenn ich nicht bis halb eins eine Bestätigung habe, ist die Sache gestorben, und Nicholas ändert den Kurs. Er hat ein Handy in der Tasche, und er erwartet meinen Anruf.«

»Rufen Sie um halb eins wieder an«, sagte Fitch, dann legte er auf. Er wies Konrad an, alle Anrufer hinzuhalten. Keine Ausnahme. Er faxte ihre Nachricht sofort an seinen Überweisungs-Experten in Washington, der seinerseits die erforderliche Autorisierung an die Hanwa Bank auf den Niederländischen Antillen faxte. Hanwa hatte den ganzen Vormittag auf das Fax gewartet, und binnen zehn Minuten verließ das Geld Fitchs Konto und flog über die Karibik zu der Bank in Panama City, wo es erwartet wurde. Eine Bestätigung von Hanwa wurde an Fitch gefaxt, der sie in diesem Moment liebend gern gleich an Marlee weitergefaxt hätte, aber er hatte ihre Nummer nicht.

Zwanzig Minuten nach zwölf rief Marlee ihren Banker in Panama City an, der den Eingang von zehn Millionen Dollar bestätigte. Sie saß in einem fünf Meilen entfernten Motelzimmer und arbeitete mit einem tragbaren Fax. Sie wartete fünf Minuten, dann ersuchte sie denselben Banker, das Geld per Kabel auf eine Bank auf den Cayman Islands zu überweisen. Die ganze Summe, und sobald sie fort ist, schließen Sie das Konto bei Banco Atlántico.

Nicholas rief um genau halb eins an. Er versteckte sich in der Herrentoilette. Der Lunch war vorbei, und es war an der Zeit, mit der Beratung zu beginnen. Marlee sagte ihm, das Geld sei in Sicherheit, und sie reise ab.

Fitch wartete bis fast ein Uhr. Sie rief von einem anderen Münzfernsprecher an. »Das Geld ist eingegangen, Fitch«, sagte sie.

»Großartig. Wie steht's mit Lunch?«

»Vielleicht später.«

»Und wann können wir ein Urteil erwarten?«

»Am späten Nachmittag. Ich hoffe, Sie machen sich keine Sorgen, Fitch.«

»Ich? Niemals.«

»Dann entspannen Sie sich. Das wird Ihr größter Triumph werden. Zwölf zu Null, Fitch. Wie hört sich das an?«

»Wie Musik. Weshalb haben Sie den armen alten Herman ausgebootet?«

»Ich weiß nicht, wovon Sie reden.«

»Also gut. Wann können wir feiern?«

»Ich rufe Sie später an.«

Sie fuhr in einem Mietwagen davon und beobachtete jede Bewegung hinter sich. Ihr geleaster Wagen stand vor ihrer Wohnung; es war ihr einerlei, was aus ihm wurde. Auf dem Rücksitz lagen zwei mit Kleidungsstücken vollgestopfte Taschen, die einzigen persönlichen Gegenstände, die sie mitnehmen konnte, abgesehen von ihrem tragbaren Faxgerät. Die Möbel in der Wohnung würden demjenigen gehören, der sie auf einem Flohmarkt kaufte.

Sie fuhr kreuz und quer durch ein Baugelände, eine Tour, die sie gestern geprobt hatte für den Fall, daß ihr irgend jemand zu folgen gedachte. Fitchs Typen waren nicht hinter ihr. Dann fuhr sie gleichfalls kreuz und quer durch Nebenstraßen, bis sie am Gulfport Municipal Airport angekommen war, wo ein kleiner Learjet wartete. Sie griff sich ihre beiden Taschen und schloß die Schlüssel im Wagen ein.

Swanson rief einmal an, konnte Fitch aber nicht erreichen. Er rief die Zentrale in Kansas City an, und drei Agenten wurden unverzüglich in das eine Stunde entfernte Columbia geschickt. Zwei weitere setzten sich an die Telefone und riefen die University of Missouri an und die Abteilung für Mittelalterliche Geschichte, verzweifelt bemüht, jemanden ausfindig zu machen, der etwas wußte und bereit war zu reden. Im Telefonbuch von Columbia standen sechs Brants. Alle wurden mehr als einmal angerufen, und alle behaupteten, Gabrielle Brant nicht zu kennen.

Kurz nach eins bekam er Fitch endlich ans Telefon. Fitch hatte sich über eine Stunde in seinem Büro verbarrikadiert und keine Anrufe entgegengenommen. Swanson war unterwegs nach Missouri.

39. KAPITEL

Als das Lunchgeschirr abgeräumt worden war und die Raucher aus ihrem Raucherzimmer zurückkehrten, wurde allen klar, daß sie jetzt das tun mußten, wovon sie seit mehr als einem Monat geträumt hatten. Sie nahmen ihre Plätze rund um den Tisch ein und starrten den leeren Platz am Kopfende an, den bisher Herman so stolz okkupiert hatte.

»Ich glaube, wir brauchen einen neuen Obmann«, sagte Jerry.

»Und ich meine, das sollte Nicholas sein«, setzte Millie rasch hinzu.

Es bestanden im Grunde keinerlei Zweifel darüber, wer der neue Obmann sein sollte. Niemand sonst wollte den Job, und Nicholas schien fast ebenso viel über den Prozeß zu wissen wie die Anwälte. Er wurde per Akklamation gewählt.

Er trat neben Hermans bisherigen Stuhl und faßte eine Liste von Richter Harkins Anweisungen zusammen: »Er will, daß wir uns das gesamte Beweismaterial einschließlich sämtlicher Dokumente ansehen, bevor wir mit der Abstimmung beginnen.« Nicholas drehte sich nach rechts und musterte einen Tisch in der Ecke, auf dem sich all die wundervollen Berichte und Untersuchungen türmten, die sich im Laufe der letzten vier Wochen angesammelt hatten.

»Ich habe nicht vor, drei Tage hier zu verbringen«, sagte Lonnie, während alle zu dem Tisch hinschauten. »Von mir aus können wir gleich abstimmen.«

»Nicht so schnell«, sagte Nicholas. »Dies ist ein komplizierter und überaus wichtiger Fall, und es wäre falsch, die Dinge zu überstürzen – ohne vorherige gründliche Erörterung.«

»Ich bin für Abstimmen«, sagte Lonnie.

»Und ich bin dafür, das zu tun, was der Richter verlangt. Wir können ihn für ein Gespräch hierher bitten, falls es erforderlich sein sollte.«

»Wir sollen doch nicht etwa das ganze Zeug da lesen?« fragte Sylvia, der Pudel. Lesen gehörte nicht zu ihren Lieblingsbeschäftigungen.

»Ich habe eine Idee«, sagte Nicholas. »Wie wär's, wenn wir uns jeder einen Bericht vornehmen, ihn überfliegen und dann allen anderen eine kurze Zusammenfassung liefern? Dann können wir Richter Harkin guten Gewissens sagen, daß wir uns das gesamte Beweismaterial angeschaut haben.«

»Glauben Sie wirklich, daß er das wissen will?« fragte Rikki Coleman.

»Vermutlich. Unser Spruch muß auf dem uns vorliegenden Beweismaterial beruhen – auf den Aussagen, die wir gehört, und den Unterlagen, die wir erhalten haben. Wir müssen zumindest den Versuch unternehmen, uns an seine Anweisungen zu halten.«

»Ich bin einverstanden«, sagte Millie. »Wir alle möchten nach Hause, aber wir sind verpflichtet, alles, was uns vorliegt, sorgfältig in Erwägung zu ziehen.«

Damit waren alle anderen Proteste im Keim erstickt. Millie und Henry Vu holten die dicken Berichte und packten sie in die Mitte auf den Tisch, wo sie zögernd von den Geschworenen ergriffen wurden.

»Sie brauchen sie nur zu überfliegen«, sagte Nicholas, ihnen zuredend wie ein aufgeregter Lehrer. Er ergriff den dicksten Packen, die Untersuchung von Dr. Milton Fricke über die Auswirkungen von Zigarettenrauch auf die Atmungsorgane, und las ihn, als wäre ihm noch nie eine derart dynamische Prosa begegnet.

Im Gerichtssaal hielten sich eine Zeitlang noch ein paar Neugierige auf, die auf ein schnelles Urteil hofften. Das kam oft vor – schickt die Geschworenen in ihr Zimmer, serviert ihnen ihren Lunch, laßt sie abstimmen, und dann habt ihr euren Urteilsspruch. Die Jury hat ihre Entscheidung schon vor dem Auftreten des ersten Zeugen getroffen.

Aber diese nicht.

In einer Höhe von einundvierzigtausend Fuß und mit einer Geschwindigkeit von fünfhundert Meilen pro Stunde flog der Learjet in neunzig Minuten von Biloxi nach Georgetown auf Grand Cayman. Marlee passierte den Zoll mit einem neuen kanadischen Paß, der auf den Namen Lane MacRoland ausgestellt war, eine hübsche junge Dame aus Toronto, die für eine Woche Urlaub gekommen war, nicht geschäftlich. Wie es die Gesetze der Cayman Islands verlangten, besaß sie auch ein Ticket für den Rückflug, das bewies, daß sie für einen Delta-Flug nach Miami in sechs Tagen gebucht war. Die Caymanianer waren entzückt über Touristen, hielten aber gar nichts von neuen Mitbürgern.

Der Paß gehörte zu einem perfekten Packen neuer Papiere, die sie von einem erstklassigen Fälscher in Montreal gekauft hatte. Paß, Führerschein, Geburtsurkunde, Wahlberechtigungskarte. Kostenpunkt: dreitausend Dollar.

Sie nahm sich ein Taxi nach Georgetown und fand ihre Bank, die Royal Swiss Trust, in einem stattlichen alten, einen Block vom Strand entfernten Gebäude. Sie war noch nie auf Grand Cayman gewesen, trotzdem kam es ihr vor wie eine zweite Heimat. Sie hatte sich zwei Monate lang eingehend mit der Insel beschäftigt. Ihre finanziellen Angelegenheiten waren sorgfältig durch Faxe arrangiert worden.

Die tropische Luft war warm und drückend, aber sie bemerkte es kaum. Sie war nicht wegen Sonne und Strand hier. In Georgetown und New York war es fünfzehn Uhr. Vierzehn Uhr in Mississippi.

Sie wurde von einer Empfangsdame begrüßt und in ein kleines Besucherzimmer geführt, wo ein weiteres Formular ausgefüllt werden mußte, eines, das nicht gefaxt werden konnte. Binnen Minuten erschien ein junger Mann und stellte sich als Marcus vor. Sie hatten schon oft am Telefon miteinander gesprochen. Er war schlank, gepflegt und gut gekleidet, sehr europäisch, und sprach perfekt Englisch mit nur einem ganz leichten Akzent.

Das Geld war eingegangen, teilte er ihr mit, und Marlee schaffte es irgendwie, die Nachricht entgegenzunehmen und dabei jeden Anflug eines Lächelns zu unterdrücken, was nicht einfach war. Der Papierkram war in Ordnung. Sie folgte ihm eine Treppe höher in sein Büro. Marcus' Titel war vage, wie der vieler Banker auf Grand Cayman, aber er war irgendeine Art von Vizepräsident, und er war für die Aktienverwaltung zuständig.

Eine Sekretärin brachte Kaffee, und Marlee bestellte ein Sandwich.

Pynex stand auf neunundsiebzig, bei lebhaftem Handel seit Börsenöffnung, berichtete Marcus, vor seinem Computer sitzend. Trellco war um drei Dollar fünfundzwanzig auf sechsundfünfzig gestiegen, Smith Greer auf vierundsechzig fünfzig. ConPack wurde gleichbleibend mit dreiunddreißig gehandelt.

Nach Notizen arbeitend, die sie praktisch auswendig kannte, tätigte Marlee ihren ersten Leerverkauf, indem sie fünfzigtausend nicht vorhandene Aktien von Pynex bei neunundsiebzig abstieß. Wenn alles gut ging, würde sie sie in allernächster Zukunft zu einem erheblich niedrigeren Preis zurückkaufen. Leerverkäufe waren ein überaus riskantes Manöver, von dem normalerweise nur die allererfahrensten Investoren Gebrauch machten. Wenn damit zu rechnen war, daß der Preis einer Aktie fiel, dann gestatteten es die Börsengesetze, daß die Aktien zuerst zu dem höheren Preis verkauft und dann später zu einem niedrigeren zurückgekauft wurden.

Mit zehn Millionen Dollar auf dem Konto durfte Marlee Aktien im Wert von ungefähr zwanzig Millionen Dollar verkaufen.

Marcus bestätigte den Verkauf mit schnellem Tippen auf seiner Tastatur, dann entschuldigte er sich für eine Sekunde, während er seine Kopfhörer aufsetzte. Ihr zweites Geschäft war der Leerverkauf von dreißigtausend Trellco-Aktien zu sechsundfünfzig Dollar fünfundzwanzig. Er bestätigte den Verkauf, dann folgte das schnelle Tippen. Sie verkaufte vierzigtausend Aktien von Smith Greer zu sechsundfünfzig Dollar fünfzig; sechzigtausend weitere von Pynex zu neunundsiebzig und ein Achtel; dreißigtausend weitere von Trellco zu sechsundfünfzig und ein Achtel; fünfzigtausend von Smith Greer zu vierundsechzig und drei Achtel.

Dann machte sie eine Pause und wies Marcus an, Pynex genau zu beobachten. Sie hatte gerade einhundertzehntausend Aktien der Firma verkauft und wartete nervös, wie Wall Street darauf reagieren würde. Der Kurs verharrte auf neunundsiebzig, fiel auf achtundsiebzig drei Viertel und kehrte dann zu neunundsiebzig zurück.

»Ich glaube, jetzt ist es sicher«, sagte Marcus, der den Kurs zwei Monate lang genau verfolgt hatte.

»Verkaufen Sie weitere fünfzigtausend«, sagte sie ohne jedes Zögern.

Marcus schnappte kurz nach Luft, dann nickte er ohne die Augen von seinem Monitor abzuwenden, und schloß den Handel ab.

Pynex fiel auf achtundsiebzig einhalb, dann um noch einen Vierteldollar. Sie trank ihren Kaffee und hantierte mit ihren Notizen, während Marcus aufpaßte und Wall Street reagierte. Sie dachte an Nicholas und daran, was er gerade tat, aber sie war nicht nervös. Im Gegenteil, im Augenblick war sie bemerkenswert gelassen.

Marcus nahm seinen Kopfhörer ab. »Das sind rund zweiundzwanzig Millionen Dollar, Ms. MacRoland. Ich denke, wir sollten aufhören. Für weitere Verkäufe müßte ich erst die Zustimmung meines Vorgesetzten einholen.«

»Es reicht«, sagte sie.

»Die Börse schließt in einer Viertelstunde. Sie können gerne in unserem Kundensalon warten.«

»Nein, danke. Ich gehe in mein Hotel, tanke vielleicht ein bißchen Sonne.«

Marcus stand auf und knöpfte sein Jackett zu. »Eine Frage. Wann rechnen Sie mit Bewegung bei diesen Aktien?«

»Morgen früh.«

»Erhebliche Bewegung?«

Marlee stand gleichfalls auf und griff nach ihren Notizen. »Ja. Wenn Sie wollen, daß Ihre anderen Kunden Sie für ein Genie halten, dann tätigen Sie sofort Leerverkäufe von Tabakaktien.«

Er ließ einen Firmenwagen kommen, einen kleinen Mercedes, und Marlee wurde zu einem Hotel an der Seven Mile

Beach gefahren, nicht weit von der Innenstadt und der Bank entfernt.

Während Marlee ihre Gegenwart unter Kontrolle zu haben schien, holte ihre Vergangenheit sie rapide ein. Ein Detektiv, der für Fitch an der University of Missouri recherchierte, fand in der Hauptbibliothek eine Kollektion von alten Lehrverpflichtungen. 1986 war eine Dr. Evelyn Y. Brant als Professorin für Mittelalterliche Geschichte aufgeführt, fehlte aber im Handbuch für 1987.

Er rief sofort einen Kollegen an, der im Gerichtsgebäude von Boone County die Liste der Steuerpflichtigen überprüfte. Der Kollege begab sich schnurstracks zur Gerichtskanzlei und fand rasch das Register des Nachlaßgerichts. Evelyn Y. Brants Testament war im April 1987 zur Bestätigung eingereicht worden. Eine Angestellte half ihm, die Akte zu finden.

Sie war ein Volltreffer. Mrs. Brant war am 2. März 1987 in Columbia im Alter von sechsundfünfzig Jahren gestorben. Sie hinterließ keinen Ehemann und nur ein Kind, Gabrielle, Alter einundzwanzig, Alleinerbin aufgrund eines Testaments, das Dr. Brant drei Monate vor ihrem Tod aufgesetzt hatte.

Die Akte war gut zwei Zentimeter dick, und der Detektiv überflog sie, so schnell er konnte. Die Erbmasse bestand aus einem mit $ 180 000 bewerteten Haus mit einer Hypothek über die Hälfte dieser Summe, einem Auto, einer belanglosen Liste von Möbeln und Einrichtungsgegenständen, einem Konto bei einer örtlichen Bank mit einem Bestand von $ 32 000 und einem Aktienpaket im Wert von $ 20 200. In der Akte waren nur die Ansprüche von zwei Gläubigern dokumentiert; offenbar hatte Dr. Brant gewußt, daß ihr Tod nahe bevorstand, und juristischen Rat eingeholt. Mit Zustimmung von Gabrielle wurde das Haus verkauft und der gesamte Nachlaß zu Geld gemacht, und nach Abzug der Erbschaftssteuer sowie der Anwalts- und Gerichtskosten wurde der Betrag von $ 191 500 auf ein Treuhandkonto eingezahlt. Gabrielle war die einzige Erbin.

Der Nachlaß war ohne eine Spur von irgendwelchen bitteren Auseinandersetzungen geregelt worden. Der Anwalt schien zügig und kompetent gearbeitet zu haben. Dreizehn Monate nach Dr. Brants Tod war die Nachlaßakte geschlossen worden.

Er blätterte sie abermals durch, machte sich Notizen. Zwei Seiten klebten zusammen, und er löste sie vorsichtig voneinander. Das untere Blatt war ein Dokument mit einem amtlichen Stempel.

Es war die Sterbeurkunde. Dr. Evelyn Y. Brant war an Lungenkrebs gestorben.

Er verließ die Kanzlei und rief seinen Vorgesetzten an.

Als sie Fitch informierten, wußten sie mehr. Eine sorgfältige Lektüre der Akte durch einen anderen Rechercheur, einen früheren FBI-Agenten mit abgeschlossenem Jurastudium, offenbarte eine Reihe von Schenkungen an Organisationen wie die American Lung Association, die Coalition for a Smoke Free World, die Tobacco Task Force, die Clean Air Campaign und noch ein halbes Dutzend weitere Antiraucher-Gruppen. Einer der Gläubigeransprüche war eine Rechnung über fast zwanzigtausend Dollar für ihren letzten Krankenhausaufenthalt. Ihr Ehemann, der verstorbene Dr. Peter Brant, war auf einer alten Versicherungspolice aufgeführt. Eine rasche Durchsuchung des Registers ergab, daß sein Testament 1981 eröffnet worden war. Seine Akte fand sich auf der anderen Seite der Kanzlei. Er war im Juni 1981 im Alter von zweiundfünfzig Jahren gestorben und hatte seine geliebte Frau und seine ebenso geliebte Tochter Gabrielle, damals fünfzehn, hinterlassen. Seiner Sterbeurkunde zufolge, die von dem gleichen Arzt ausgestellt worden war, der auch die von Evelyn Brant unterschrieben hatte, war er zu Hause gestorben. Der Arzt war Onkologe.

Auch Peter Brant war dem Lungenkrebs zum Opfer gefallen.

Swanson rief an, aber erst, nachdem man ihm mehrfach versichert hatte, daß alles seine Richtigkeit hatte.

Fitch nahm den Anruf in seinem Büro entgegen, allein, bei verschlossener Tür, und er nahm ihn ruhig entgegen, weil er viel zu schockiert war, um reagieren zu können. Er saß an seinem Schreibtisch, ohne Jackett, mit gelockerter Krawatte und offenen Schnürsenkeln. Er sagte nicht viel.

Marlees Eltern waren beide an Lungenkrebs gestorben.

Er notierte das tatsächlich auf einem Blatt Papier, dann malte er einen Kreis darum, mit davon abzweigenden Linien, als könnte er diese Nachricht in ein Diagramm bringen und es dann auflösen und analysieren, es irgendwie mit ihrem Versprechen, ihm ein Urteil zu liefern, in Einklang bringen.

»Sind Sie noch da, Rankin?« fragte Swanson nach einem langen Schweigen.

»Ja«, sagte Fitch, dann verstummte er abermals für eine Weile. Das Diagramm wuchs, führte aber nirgendwo hin.

»Wo ist die Frau?« fragte Swanson. Er stand in der Kälte vor dem Gerichtsgebäude von Columbia mit einem unvorstellbar kleinen Telefon am Kiefer.

»Keine Ahnung. Wir müssen sie finden.« Er sagte das ohne jede Spur von Überzeugung, und Swanson wußte, daß sie verschwunden war.

Eine weitere lange Pause.

»Was soll ich tun?« fragte Swanson.

»Hierher zurückkommen, denke ich«, sagte Fitch, dann legte er unvermittelt den Hörer auf. Die Ziffern auf seiner Digitaluhr waren verschwommen, und Fitch schloß die Augen. Er massierte seine pochenden Schläfen, drückte seinen Spitzbart hart gegen sein Kinn, dachte an einen Wutausbruch, bei dem der Schreibtisch an die Wand flog und die Telefonleitungen aus ihren Steckern gerissen wurden, überlegte es sich dann aber anders. Was er brauchte, war ein kühler Kopf.

Wenn er nicht das Gerichtsgebäude in Brand stecken oder ein paar Handgranaten ins Geschworenenzimmer werfen wollte, hatte er keine Möglichkeit, die Beratung der Geschworenen zu stoppen. Sie waren da drinnen, die letzten zwölf, mit Deputies vor der Tür. Falls sie nur langsam voranmkamen und noch eine weitere Nacht isoliert in ihrem Motel verbringen mußten, dann konnte Fitch vielleicht ein Kaninchen aus dem Hut ziehen und dafür sorgen, daß das Verfahren für gescheitert erklärt wurde.

Eine Bombendrohung war eine Möglichkeit. Dann würden die Geschworenen evakuiert, abermals isoliert und an irgendeinen geheimen Ort gebracht werden, wo sie weiterberaten konnten.

Das Diagramm wurde uninteressant, und er machte statt dessen eine Liste von Möglichkeiten – verbrecherische Unternehmungen, die alle gefährlich und zum Scheitern verurteilt sein würden.

Die Uhr tickte.

Die zwölf Auserwählten – elf Schüler und ihr Lehrer.

Er erhob sich langsam und ergriff die billige Keramiklampe mit beiden Händen. Konrad hatte diese Lampe schon immer entfernen wollen, weil sie auf Fitchs Schreibtisch stand, einem Ort, an dem Chaos und Gewalttätigkeit regierten.

Konrad und Pang hielten sich auf dem Flur auf und warteten auf Instruktionen. Sie wußten, daß irgend etwas furchtbar schiefgelaufen war. Die Lampe krachte mit voller Wucht gegen die Tür. Fitch brüllte. Die Sperrholzwände wackelten. Ein weiterer Gegenstand traf die Tür und zersplitterte; vielleicht war es ein Telefon. Fitch brüllte etwas über »das Geld!«, und dann prallte der Schreibtisch lautstark gegen eine Wand.

Sie wichen ängstlich zurück, weil sie nicht in der Nähe der Tür sein wollten, wenn sie geöffnet wurde. Wam! Wam! Wam! Es hörte sich an wie ein Preßlufthammer. Fitch trommelte mit den Fäusten auf das Sperrholz.

»Findet die Frau!« brüllte er wütend. Wam! Wam!

»Findet die Frau!«

40. KAPITEL

Nach einer quälend langen Phase, in der er sich gezwungenermaßen konzentrieren mußte, hatte Nicholas das Gefühl, daß jetzt Zeit für eine kleine Debatte war. Er erbot sich, den Anfang zu machen, und faßte rasch Dr. Frickes Bericht über den Zustand von Jacob Woods Lungen zusammen. Er reichte die Fotos von der Autopsie herum, von denen keines viel Aufmerksamkeit erregte. Dies war altbekanntes Territorium, und das Publikum war gelangweilt.

»In Dr. Frickes Bericht heißt es, daß Rauchen über längere Zeit Lungenkrebs verursacht«, sagte Nicholas pflichtgemäß, als könnte das jemanden überraschen.

»Ich habe eine Idee«, sagte Rikki Coleman. »Sehen wir doch einmal, ob wir uns darüber einig sind, daß Zigaretten Lungenkrebs verursachen. Das würde uns eine Menge Zeit sparen.«

»Guter Gedanke«, sagte Lonnie. Er war der überdrehteste und am meisten frustrierte von allen.

Nicholas gab durch ein Achselzucken seine Zustimmung. Er war der Obmann, aber er hatte immer noch nur eine Stimme. Die Jury konnte tun, was ihr gefiel. »Ist mir recht«, sagte er. »Sind alle der Ansicht, daß Zigaretten Lungenkrebs verursachen? Hebt die Hände.«

Zwölf Hände schossen hoch, und ein riesiger Schritt auf das Urteil hin war getan.

»Laßt uns weitermachen und das Thema Sucht erledigen«, sagte Rikki und ließ den Blick um den Tisch herumwandern. »Wer ist der Ansicht, daß Nikotin süchtig macht?«

Ein weiteres einstimmiges Ja.

Sie genoß den Moment und war offensichtlich im Begriff, sich auf das dünne Eis der Haftung zu begeben.

»Laßt uns bei der Einstimmigkeit bleiben, Leute«, sagte Nicholas. »Es ist äußerst wichtig, daß wir uns alle einig sind, wenn wir diesen Raum verlassen. Wenn wir uns aufspalten, haben wir versagt.«

Die meisten von ihnen hatten diese kleine Ansprache schon gehört. Die juristischen Gründe für dieses Streben nach einem einstimmigen Urteil waren unklar, aber sie glaubten ihm trotzdem.

»So, und jetzt laßt uns zusehen, daß wir mit diesen Berichten weiterkommen. Ist jemand bereit?«

Loreen Dukes Bericht war eine Hochglanz-Publikation, für die Dr. Myra Sprawling-Goode verantwortlich zeichnete. Sie hatte das Vorwort gelesen, in dem stand, daß der Bericht auf einer gründlichen Untersuchung der Werbepraktiken der Tabakindustrie basierte, insbesondere darüber, wie sich besagte Praktiken auf Jugendliche unter achtzehn auswirken, und sie hatte das Nachwort gelesen, das die Industrie von dem Vorwurf einer auf Minderjährige abzielenden Werbung freisprach. Der größte Teil der zwischen Vorwort und Nachwort liegenden zweihundert Seiten war unberührt geblieben.

Sie faßte die Zusammenfassungen zusammen. »Hier drin steht nur, daß sie keinerlei Beweise dafür finden konnten, daß die Tabakindustrie mit ihrer Werbung Jugendliche ködern will.«

»Glauben Sie das?« fragte Millie.

»Nein. Ich dachte, wir hätten uns bereits darauf geeinigt, daß die meisten Leute mit dem Rauchen anfangen, bevor sie achtzehn sind. Haben wir uns nicht vor einiger Zeit darüber unterhalten?«

»Ja, das haben wir«, entgegnete Rikki. »Und alle Raucher hier haben angefangen, als sie noch Teenager waren.«

»Und die meisten von ihnen haben, wenn ich mich recht erinnere, wieder aufgehört«, sagte Lonnie mit einiger Bitterkeit.

»Laßt uns weitermachen«, sagte Nicholas. »Sonst noch jemand?«

Jerry unternahm einen lahmen Versuch, über die weitschweifigen Ergebnisse von Dr. Hilo Kilvan zu referieren, dem Statistikgenie, das die erhöhte Lungenkrebsgefahr bei

Rauchern bewiesen hatte. Jerrys Zusammenfassung stieß auf keinerlei Interesse; es gab keine Fragen und keine Debatte, und er verließ den Raum, um schnell eine Zigarette zu rauchen.

Dann herrschte wieder Stille, während sie sich weiter durch das gedruckte Material hindurchquälten. Sie kamen und gingen nach Lust und Laune – um zu rauchen, um sich zu strecken, um auf die Toilette zu gehen. Lou Dell, Willis und Chuck bewachten die Tür.

Mrs. Gladys Card hatte früher in der neunten Klasse Biologie unterrichtet. Sie hatte ein Gespür für Wissenschaft. Sie leistete hervorragende Arbeit beim Sezieren von Dr. Robert Bronskys Bericht über die Zusammensetzung von Zigarettenrauch – die mehr als viertausend Bestandteile, die sechzehn bekannten Karzinogene, die vierzehn Alkalien, die Reizstoffe und all das andere Zeug. Sie bediente sich ihrer besten Klassenzimmer-Aussprache und ließ den Blick von einem Gesicht zum anderen wandern.

Die meisten Gesichter verzogen sich, während sie immer weiter redete und redete.

Als sie geendet hatte, dankte ihr Nicholas, noch wach, herzlich und stand auf, um sich noch einen Kaffee zu holen.

»Und was halten Sie davon?« fragte Lonnie. Er stand am Fenster, mit dem Rücken zum Zimmer, aß Erdnüsse und hielt eine Cola in der Hand.

»Für mich beweist das, daß Zigaretten ziemlich schädlich sind«, erwiderte sie.

Lonnie drehte sich um und sah sie an. »Richtig. Ich dachte, darüber wären wir uns bereits einig.« Dann sah er Nicholas an. »Ich meine, wir sollten jetzt endlich abstimmen. Wir haben jetzt seit fast drei Stunden gelesen, und wenn der Richter mich fragt, ob ich mir den ganzen Kram angesehen habe, dann werde ich sagen ›Natürlich. Habe jedes Wort gelesen.‹«

»Tun Sie, was Sie tun möchten, Lonnie«, entgegnete Nicholas.

»Also gut. Laßt uns abstimmen.«

»Worüber abstimmen?« fragte Nicholas. Die beiden standen sich jetzt an entgegengesetzten Enden des Tisches gegenüber, mit den sitzenden Geschworenen zwischen sich.

»Laßt uns sehen, wer wo steht. Ich fange an.«

»Okay. Lassen Sie hören.«

Lonnie holte tief Luft, und alle drehten sich zu ihm um.

»Meine Position ist ganz einfach. Ich halte Zigaretten für gefährliche Produkte. Sie machen süchtig. Sie sind tödlich. Deshalb lasse ich die Finger davon. Das wissen alle, wir haben sogar bereits darüber abgestimmt. Aber ich glaube, daß jeder Mensch das Recht auf freie Entscheidung hat. Niemand kann einen zum Rauchen zwingen, aber wenn man es tut, dann muß man auch die Konsequenzen tragen. Man kann nicht dreißig Jahre qualmen wie ein Schlot und dann von mir verlangen, daß ich jemanden reich mache. Mit diesen verrückten Prozessen muß Schluß sein.«

Seine Stimme war laut, und jedes Wort wurde absorbiert.

»Sind Sie fertig?« fragte Nicholas.

»Ja.«

»Wer ist der nächste?«

»Ich habe eine Frage«, sagte Mrs. Gladys Card. »Wieviel Geld sollen wir der Klägerin eigentlich zusprechen? Mr. Rohr hat das irgendwie offen gelassen.«

»Er möchte zwei Millionen als direkten Schadensersatz. Über die Höhe der Geldstrafe müssen wir entscheiden«, erklärte Nicholas.

»Weshalb hat er dann achthundert Millionen auf die Tafel geschrieben?«

»Weil er gern achthundert Millionen kassieren würde«, entgegnete Lonnie. »Haben Sie vor, sie ihm zu geben?«

»Ich glaube nicht«, sagte sie. »Ich habe gar nicht gewußt, daß es soviel Geld auf der Welt gibt. Würde Celeste Wood alles bekommen?«

»Haben Sie all die Anwälte da draußen gesehen?« fragte Lonnie sarkastisch. »Sie muß schon sehr viel Glück haben, wenn sie überhaupt etwas bekommt. Bei diesem Prozeß geht es nicht um sie oder ihren toten Mann. Bei diesem Prozeß geht es darum, daß ein Haufen Anwälte mit dem Verklagen von Tabakkonzernen reich werden will. Wir wären blöd, wenn wir darauf hereinfallen würden.«

»Wissen Sie, wann ich mit dem Rauchen angefangen habe?« fragte Angel Weese Lonnie, der immer noch stand.

»Nein, das weiß ich nicht.«

»Ich erinnere mich noch genau an den Tag. Ich war dreizehn, und ich sah diese große Reklametafel an der Dekatur Street, nicht weit von unserem Haus entfernt, und darauf war dieser große, schlanke Schwarze, er sah wirklich gut aus, hatte seine Jeans aufgekrempelt, spritzte an einem Strand mit Wasser, Zigarette in der einen Hand und einen tollen schwarzen Feger auf dem Rücken. Strahlendes Lächeln. Perfekte Zähne, Salem Menthol. Was für eine großartige Sache, dachte ich. So sieht das gute Leben aus. Davon möchte ich auch etwas abhaben. Also ging ich nach Hause, holte mein Geld aus der Schublade, ging die Straße hinunter und kaufte mir eine Schachtel Salem Menthol. Meine Freunde und Freundinnen fanden mich mächtig cool, also rauche ich seitdem immer diese Marke.« Sie schwieg einen Moment und sah Loreen Duke und dann wieder Lonnie an. »Versuchen Sie nicht, mir weiszumachen, irgend jemand könnte es sich wieder abgewöhnen. Ich bin süchtig, okay. So einfach ist das nicht. Ich bin zwanzig Jahre alt, rauche zwei Schachteln am Tag, und wenn ich nicht aufhöre, werde ich keine fünfzig werden. Und erzählen Sie mir nicht, die hätten es nicht auf Kinder abgesehen. Mit ihrer Werbung zielen sie auf Schwarze, Frauen, Kinder, Cowboys und Farmer ab, sie zielen auf jeden ab, und das wissen Sie.«

In den vier Wochen, die sie beisammen gewesen waren, hatte Angel keinerlei Emotionen gezeigt; deshalb war der Zorn in ihrer Stimme eine Überraschung. Lonnie funkelte auf sie herab, sagte aber nichts.

Loreen kam ihr zu Hilfe. »Eine meiner Töchter, die Fünfzehnjährige, hat mir vorige Woche erzählt, daß sie in der Schule mit dem Rauchen angefangen hat, weil alle ihre Freundinnen jetzt rauchen. Diese Kinder sind zu jung, um etwas von Sucht zu wissen, und wenn sie es begriffen haben, hängen sie bereits fest an der Angel. Ich habe sie gefragt, wo sie ihre Zigaretten herbekommt. Wissen Sie, was sie mir erzählt hat?«

Lonnie sagte nichts.

»Aus Automaten. Einer hängt neben der Passage im Einkaufszentrum, in der die Kinder oft herumlungern. Und einer im Foyer des Kinos, wo sie sich auch oft aufhalten. Eine Menge Fast-Food-Lokale haben Automaten. Und Sie können mir nicht weismachen, daß sie es nicht auf Kinder abgesehen haben. Es macht mich krank. Ich kann es kaum erwarten, nach Hause zu kommen und ihr die Leviten zu lesen.«

»Und was wollen Sie tun, wenn sie anfängt, Bier zu trinken?« fragte Jerry. »Wollen Sie dann Budweiser auf zehn Millionen verklagen, weil all die anderen Kinder heimlich Bier trinken?«

»Es gibt keinen Beweis dafür, daß Bier süchtig macht«, entgegnete Rikki.

»Ach, und deshalb bringt es niemanden um?«

»Da gibt es einen Unterschied.«

»Dann erklären Sie ihn mir bitte«, sagte Jerry. Bei der Debatte ging es jetzt um zwei seiner Lieblingslaster. Konnte es sein, daß Glücksspiel und Schürzenjägerei als nächstes an die Reihe kamen?

Rikki sortierte einen Augenblick lang ihre Gedanken, dann stürzte sie sich in eine unerfreuliche Verteidigung des Alkohols. »Zigaretten sind das einzige Produkt, das tödlich ist, wenn es bestimmungsgemäß verwendet wird. Alkohol ist natürlich dazu da, konsumiert zu werden, aber in vernünftigen Mengen. Und wenn er in Maßen genossen wird, dann ist er kein gefährliches Produkt. Natürlich, Leute betrinken sich und bringen sich auf alle möglichen Arten um, aber es liegt auf der Hand, daß das Produkt in diesen Fällen mißbraucht worden ist.«

»Also bringt ein Mensch sich nicht um, wenn er fünfzig Jahre lang trinkt?«

»Nicht, wenn er mäßig trinkt.«

»Oh, das höre ich gern.«

»Und da ist noch etwas. Alkohol hat einen natürlichen Warnfaktor. Wenn man das Produkt benutzt, spürt man sofort die Folgen. Im Gegensatz zum Tabak. Man muß jahrelang rauchen, bevor einem klar wird, welchen Schaden man seinem Körper zufügt. Aber dann ist man bereits süchtig und kann nicht mehr aufhören.«

»Die meisten Leute können aufhören«, sagte Lonnie vom Fenster aus, ohne Angel anzusehen.

»Und weshalb, meinen Sie, versuchen alle Leute, damit aufzuhören?« fragte Rikki gelassen. »Tun sie es, weil sie ihre Zigaretten genießen? Tun sie es, weil sie sich jung und toll vorkommen? Nein, sie versuchen aufzuhören, um Lungenkrebs und Herzkrankheiten zu vermeiden.«

»Und wie wollen Sie stimmen?« fragte Lonnie.

»Ich denke, das liegt auf der Hand«, antwortete sie. »Ich bin ohne Vorurteile in diesen Prozeß gegangen, aber inzwischen ist mir klargeworden, daß unser Urteil die einzige Möglichkeit ist, die Tabakkonzerne zur Verantwortung zu ziehen.«

»Und was ist mit Ihnen?« fragte Lonnie Jerry, in der Hoffnung, einen Freund zu finden.

»Ich bin noch unentschlossen. Ich werde mir erst einmal anhören, was die anderen zu sagen haben.«

»Und Sie?« fragte er Sylvia Taylor-Tatum.

»Mir fällt es schwer zu verstehen, weshalb wir diese Frau zur Multimillionärin machen sollen.«

Lonnie wanderte um den Tisch herum und schaute in Gesichter, von denen die meisten versuchten, seinem Blick auszuweichen. Es bestand keinerlei Zweifel daran, daß er seine Rolle als Anführer der Rebellen genoß. »Was ist mit Ihnen, Mr. Savelle? Sie haben bisher überhaupt noch nichts gesagt.«

Das konnte interessant werden. Keiner der Geschworenen hatte eine Ahnung, wie Savelle dachte.

»Ich glaube an den freien Willen«, sagte er. »Absolute Willensfreiheit. Ich beklage, was diese Konzerne der Umwelt antun. Ich hasse ihre Produkte. Aber jeder Mensch hat das Recht, seine eigenen Entscheidungen zu treffen.«

»Mr. Vu?« sagte Lonnie.

Henry räusperte sich, dachte eine Minute lang nach und

sagte dann: »Ich überlege noch.« Henry würde sich Nicholas anschließen, der im Moment unglaublich still war.

»Was ist mit Ihnen, Mr. Obmann?« fragte Lonnie.

»Wir können in einer halben Stunde mit diesen Berichten fertig sein. Laßt uns das tun, dann fangen wir mit dem Abstimmen an.«

Nach dem ersten ernsthaften Scharmützel war es eine Erleichterung, wieder ein paar Minuten lesen zu können. Die Entscheidungsschlacht stand eindeutig nahe bevor.

Anfangs drängte es ihn, mit José am Steuer des Suburban die Straßen abzufahren, den Highway 90 hinauf und hinunter, ohne ein spezielles Ziel, ohne Aussicht darauf, sie zu erwischen. Aber zumindest wäre er dann draußen und täte etwas, versuchte, sie zu finden, in der Hoffnung, daß er vielleicht über sie stolpern würde.

Er wußte, daß sie verschwunden war.

Also blieb er statt dessen in seinem Büro, allein vor den Telefonen und betete, daß sie noch ein einziges Mal anrufen und ihm sagen würde, ein Handel wäre ein Handel. Den ganzen Nachmittag hindurch kam und ging Konrad und brachte die Nachrichten, mit denen Fitch gerechnet hatte: Ihr Wagen stand vor ihrer Wohnung und war seit acht Stunden nicht bewegt worden. Keinerlei Aktivitäten, kein Verlassen oder Betreten der Wohnung. Überhaupt nicht die geringste Spur von ihr. Sie war verschwunden.

Seltsamerweise schaffte es Fitch, sich um so mehr Hoffnung zu machen, je länger die Jury draußen blieb. Wenn sie vorgehabt hatte, das Geld zu nehmen und sich aus dem Staub zu machen und Fitch mit einem Urteil zugunsten der Anklage aufs Kreuz zu legen – wo blieb dann das Urteil? Vielleicht war es doch nicht so einfach. Es konnte durchaus sein, daß Nicholas Mühe hatte, seine Stimmen zusammenzubekommen.

Fitch hatte noch keinen Prozeß verloren, und er erinnerte sich selbst immer wieder daran, daß er diese Situation schon viele Male durchgemacht und Blut und Wasser geschwitzt hatte, während die Geschworenen berieten.

Um genau fünf Uhr kehrte Richter Harkin in den Gerichtssaal zurück und schickte nach der Jury. Die Anwälte eilten an ihre Tische. Der größte Teil der Zuschauer stellte sich wieder ein.

Die Geschworenen nahmen ihre Plätze ein. Sie wirkten müde, aber das taten alle Geschworenen zu diesem Zeitpunkt.

»Nur ein paar kurze Fragen«, sagte Seine Ehren. »Haben Sie einen neuen Obmann gewählt?«

Sie nickten, und Nicholas hob die Hand. »Ich habe die Ehre«, sagte er leise, ohne den geringsten Anflug von Stolz.

»Gut. Nur zu Ihrer Information. Ich habe vor ungefähr einer Stunde mit Herman Grimes gesprochen, und es geht ihm gut. Scheint etwas anderes gewesen zu sein als ein Herzinfarkt, und er wird voraussichtlich morgen entlassen. Er läßt Sie herzlich grüßen.«

Die meisten von ihnen schafften es, ein erfreutes Gesicht zu machen.

»So, inzwischen haben Sie fünf Stunden beraten, und ich wüßte gern, ob Sie vorankommen.«

Nicholas stand verlegen auf und bohrte die Hände in die Hosentaschen. »Ich denke schon, Euer Ehren.«

»Gut. Glauben Sie, ohne irgendwelche Andeutungen, worüber diskutiert worden ist, daß die Jury zu einem Urteil gelangen wird, so oder so?«

Nicholas ließ den Blick über seine Kollegen schweifen, dann sagte er: »Ich glaube, das werden wir, Euer Ehren. Ja, ich bin zuversichtlich, daß wir zu einem Urteil gelangen werden.«

»Wann wird das ungefähr der Fall sein? Ich will Sie keinesfalls bedrängen. Sie können sich so viel Zeit lassen, wie Sie wollen. Ich muß nur Pläne für diesen Gerichtssaal machen, falls wir bis in die Nacht hinein hierbleiben müssen.«

»Wir wollen nach Hause, Euer Ehren. Wir sind entschlossen, es zu Ende zu bringen und irgendwann heute abend zu einem Urteil zu gelangen.«

»Wunderbar. Danke. Das Abendessen ist unterwegs. Ich bin in meinem Amtszimmer, falls Sie mich brauchen sollten.«

41. KAPITEL

Mr. O'Reilly erschien zum letztenmal, servierte seine letzte Mahlzeit und verabschiedete sich von den Leuten, die er inzwischen als Freunde betrachtete. Er und seine drei Angestellten fütterten und bedienten sie, als wären sie königlichen Geblüts.

Das Abendessen war um halb sieben vorüber, und die Geschworenen wollten nach Hause. Sie einigten sich darauf, als erstes über die Frage der Haftbarkeit abzustimmen. Nicholas formulierte sie in einer auch für Laien verständlichen Form: »Sind Sie der Ansicht, daß Pynex für den Tod von Jacob Wood verantwortlich ist?«

Rikki Coleman, Millie Dupree, Loreen Duke und Angel Weese sagten entschieden ja. Lonnie, Philip Savelle und Mrs. Gladys Card sagten nein, keinesfalls. Die übrigen lagen irgendwo dazwischen. Der Pudel war unsicher, neigte aber zu nein. Jerry war plötzlich unentschlossen, neigte aber vermutlich gleichfalls zu nein. Shine Royce, das jüngste Mitglied der Jury, hatte den ganzen Tag über keine drei Worte von sich gegeben und ließ sich einfach im Wind treiben. Er würde auf den Wagen aufspringen, auf dem die Musik spielte, sobald er ihn erkennen konnte. Henry Vu behauptete, noch unentschlossen zu sein, wartete aber im Grunde nur auf Nicholas, der seinerseits wartete, bis sich alle anderen geäußert hatten. Er war enttäuscht, daß die Geschworenen so geteilter Meinung waren.

»Ich finde, es ist Zeit, daß Sie jetzt mit der Sprache herausrücken«, sagte Lonnie, dem nach Streit zumute war, zu Nicholas.

»Ja, lassen Sie hören«, sagte Rikki, gleichfalls diskussionsbereit. Aller Augen ruhten auf dem Obmann.

»Okay«, sagte er, und im Zimmer wurde es totenstill. Nach Jahren der Planung lief jetzt alles hierauf hinaus. Er wählte seine Worte sorgfältig, aber in Gedanken hatte er die

Ansprache bereits tausendmal gehalten. »Ich bin überzeugt, daß Zigaretten gefährlich und tödlich sind; sie kosten jährlich vierhunderttausend Menschen das Leben; sie werden mit Nikotin angereichert von ihren Herstellern, die seit langem wissen, daß das Zeug süchtig macht; sie könnten wesentlich harmloser sein, wenn die Konzerne es wollten, aber dann müßte der Nikotingehalt reduziert werden, und damit ginge der Umsatz zurück. Ich glaube, daß Zigaretten Jacob Wood umgebracht haben, und das wird keiner von Ihnen bestreiten. Ich bin überzeugt, daß die Tabakkonzerne lügen und betrügen und die Konsumenten hinters Licht führen und alles tun, was in ihrer Macht steht, um Jugendliche zum Rauchen zu verführen. Sie sind eine Bande von skrupellosen Schweinehunden, und ich sage, wir sollten es ihnen heimzahlen.«

»Ganz meine Meinung«, sagte Henry Vu.

Rikki und Millie hätten am liebsten geklatscht.

»Sie wollen eine Geldstrafe?« fragte Jerry ungläubig.

»Das Urteil ist sinnlos, wenn es nicht weh tut, Jerry. Die Geldstrafe muß gewaltig sein. Ein Urteil, das sich auf Schadensersatz beschränkt, bedeutet nur, daß wir nicht den Mut haben, die Tabakindustrie für ihre Sünden zu bestrafen.«

»Wir müssen dafür sorgen, daß es weh tut«, sagte Shine Royce, aber nur, weil er sich intelligent anhören wollte. Er hatte den Wagen gefunden, auf dem die Musik spielte.

Lonnie sah Shine und Vu fassungslos an. Er zählte rasch – sieben Stimmen für die Anklage. »Sie können nicht über Geld reden, weil Sie Ihre Stimmen noch nicht beisammen haben.«

»Es sind nicht meine Stimmen«, sagte Nicholas.

»Das können Sie Ihrer Großmutter erzählen«, sagte er bitter. »Das ist Ihr Urteil.«

Sie stimmten noch einmal ab – sieben für die Anklage, drei für die Verteidigung. Jerry und der Pudel hingen in der Luft, suchten aber nach einem Landeplatz. Dann brachte Mrs. Gladys Card die Rechnung ins Schwanken, indem sie sagte: »Ich möchte nicht für die Tabakkonzerne stimmen, aber gleichzeitig widerstrebt es mir, Celeste Wood all das Geld zukommen zu lassen.«

»Wieviel Geld würden Sie ihr geben?« fragte Nicholas.

Sie war verwirrt und aufgeregt. »Ich weiß es einfach nicht. Ich würde dafür stimmen, ihr etwas zu geben, aber – also, ich weiß es nicht.«

»An wieviel denken Sie?« fragte Rikki den Obmann, und im Zimmer wurde es abermals still.

»Eine Milliarde«, sagte Nicholas, ohne eine Miene zu verziehen. Es war, als wäre mitten auf dem Tisch eine Sprengbombe gelandet. Münder öffneten sich, Augen traten hervor.

Bevor jemand etwas sagen konnte, lieferte Nicholas eine Erklärung. »Wenn es uns ernst damit ist, der Tabakindustrie eine Botschaft zukommen zu lassen, dann müssen wir sie schockieren. Unser Urteil sollte Geschichte machen. Es sollte berühmt sein und von heute ab als der Moment gelten, in dem die amerikanische Öffentlichkeit, vertreten durch ihr Geschworenensystem, endlich gegen die Tabakindustrie zu Felde gezogen ist und gesagt hat: ›Jetzt reicht es.‹«

»Sie haben den Verstand verloren«, sagte Lonnie, und in diesem Augenblick waren die meisten seiner Meinung.

»Sie wollen also berühmt werden?« fragte Jerry sarkastisch.

»Ich nicht, aber das Urteil. Nächste Woche wird sich niemand mehr an unsere Namen erinnern, aber jedermann wird sich an unser Urteil erinnern. Wenn wir es tun wollen, dann sollten wir es auch richtig tun.«

»Mir gefällt das«, meldete sich Shine Royce zu Wort. Der Gedanke, soviel Geld auszuteilen, machte ihn schwindlig. Shine war der einzige Geschworene, der gern noch eine Nacht im Motel verbracht hätte, wo er umsonst essen und morgen weitere fünfzehn Dollar kassieren konnte.

»Sagen Sie uns, was dann passieren wird«, sagte Millie, immer noch verblüfft.

»Gegen das Urteil wird Berufung eingelegt, und eines Tages, vermutlich in ungefähr zwei Jahren, werden ein paar alte Böcke in schwarzen Roben es revidieren. Sie werden es auf einen etwas vernünftigeren Betrag senken. Sie werden sagen, es wäre ein verrücktes Urteil von einer verrückten Jury gewesen, und sie werden es ändern. Das System funktioniert fast immer.«

»Weshalb sollten wir es dann tun?« fragte Loreen.

»Um Veränderungen zu bewirken. Wir setzen den langen Prozeß in Gang, mit dem die Tabakkonzerne für den Tod so vieler Menschen zur Rechenschaft gezogen werden. Denken Sie daran – sie haben noch nie einen derartigen Prozeß verloren. Sie halten sich für unbesiegbar. Wir beweisen ihnen das Gegenteil, und wir tun es auf eine Art und Weise, die bewirkt, daß andere Kläger nicht davor zurückscheuen, die Industrie zu attackieren.«

»Sie wollen sie also in den Ruin treiben«, sagte Lonnie.

»Das würde mir keine schlaflosen Nächte bereiten. Pynex besitzt eins Komma zwei Milliarden, und praktisch seine gesamten Profite wurden auf Kosten von Menschen erzielt, die ihre Produkte konsumieren, aber nur zu gern damit aufhören würden. Ja, wenn ich mir's recht überlege – die Welt wäre ein besserer Ort ohne Pynex. Wer würde weinen, wenn der Konzern zusammenbräche?«

»Vielleicht seine Mitarbeiter«, sagte Lonnie.

»Gutes Argument. Aber ich habe mehr Mitgefühl für die Tausende von Leuten, die nach seinen Produkten süchtig sind.«

»Wieviel werden die Berufungsgerichte Celeste Wood geben?« fragte Mrs. Gladys Card. Was ihr zu schaffen machte, war die Idee, daß eine ihrer Nachbarinnen, obgleich es eine Frau war, die sie nicht kannte, reich werden sollte. Gewiß, sie hatte ihren Mann verloren, aber Mr. Card hatte seinen Prostatakrebs überlebt, ohne auf den Gedanken zu kommen, deshalb jemanden zu verklagen.

»Ich habe keine Ahnung«, sagte Nicholas. »Und das ist nichts, worüber wir uns Gedanken machen müssen. Das geschieht an einem anderen Tag in einem anderen Gerichtssaal, und es gibt Richtlinien, die bei der Reduzierung von hohen Geldstrafen berücksichtigt werden.«

»Eine Milliarde Dollar«, wiederholte Loreen leise, aber trotzdem hörbar. Es sprach sich ebenso leicht aus wie »eine Million Dollar«. Die meisten Geschworenen starrten auf den Tisch und wiederholten das Wort »Milliarde«.

Nicht zum erstenmal dankte Nicholas sich selbst für Herreras Abwesenheit. In einem solchen Augenblick, mit einer Milliarde Dollar auf dem Tisch, hätte Herrera einen Riesenaufstand gemacht und vermutlich mit harten Gegenständen geworfen. Aber im Zimmer herrschte Stille. Lonnie war als einziger Advokat der Verteidigung übriggeblieben, und er war damit beschäftigt, immer wieder die Stimmen zu zählen.

Auch Hermans Abwesenheit war wichtig, vielleicht noch wichtiger als die des Colonels, weil die Leute auf Herman gehört hätten. Er war bedächtig und abwägend, nicht anfällig für Emotionen, und hätte einer derart immensen Geldstrafe niemals zugestimmt.

Aber sie waren fort.

Nicholas hatte die Diskussion von der Haftbarkeit weg zum Thema Geldstrafe hingesteuert, eine entscheidende Verlagerung, die außer ihm selbst niemand bemerkte. Die Milliarde Dollar hatte sie fassungslos gemacht und sie gezwungen, an Geld zu denken, nicht an Schuld.

Er war entschlossen, ihre Gedanken beim Thema Geld zu halten. »Es ist nur ein Vorschlag«, sagte er. »Aber es ist wichtig, daß wir sie wachrütteln.«

Nicholas zwinkerte rasch Jerry zu, der auf das Stichwort hin prompt reagierte. »So hoch kann ich nicht gehen«, sagte er mit seiner besten Verkäuferroutine, die ziemlich beeindruckend war. »Es ist – nun ja, einfach zuviel. Ich sehe ein, daß sie zahlen müssen, aber, verdammt noch mal, das ist einfach verrückt.«

»Es ist nicht verrückt«, argumentierte Nicholas. »Der Konzern hat achthundert Millionen Barvermögen. Der Laden ist wie eine Münzanstalt. Alle Tabakkonzerne drucken ihr Geld selbst.«

Mit Jerry waren es acht, und Lonnie zog sich in eine Ecke zurück, wo er damit anfing, sich die Fingernägel zu schneiden.

Und der Pudel ergab neun. »Es ist verrückt, und ich kann da nicht mitmachen«, sagte sie. »Eine geringere Summe vielleicht, aber keine Milliarde Dollar.«

»Und wieviel?« fragte Rikki.

Nur fünfhundert Millionen. Nur einhundert Millionen. Sie konnten sich nicht überwinden, diese absurden Geldsummen auszusprechen.

»Ich weiß es nicht«, sagte Sylvia. »Was meinen Sie?«

»Mir gefällt die Idee, diese Leute in die Seile zu treiben«, sagte Rikki. »Wenn wir ihnen einen Denkzettel verpassen wollen, dann sollten wir nicht schüchtern sein.«

»Eine Milliarde?« fragte Sylvia.

»Ja, das brächte ich fertig.«

»Ich auch«, sagte Shine, der sich durch seine bloße Anwesenheit reich vorkam.

Es folgte eine lange Pause; das einzige Geräusch kam von Lonnies Nägelschneiden.

Schließlich sagte Nicholas: »Wer kann nicht dafür stimmen, daß wir überhaupt irgendeinen Anspruch anerkennen?«

Savelle hob die Hand. Lonnie ignorierte die Frage, aber sein Standpunkt war ohnehin klar.

»Damit steht es zehn gegen zwei«, verkündete Nicholas und notierte es. »Die Jury ist hiermit zu ihrem Beschluß über die Haftbarkeit gelangt. Und nun lassen Sie uns über das Thema Geld abstimmen. Können wir zehn uns darauf einigen, daß die Wood-Hinterbliebenen Anspruch auf zwei Millionen Schadenersatz haben?«

Savelle stieß seinen Stuhl zurück und verließ das Zimmer. Lonnie schenkte sich eine Tasse Kaffee ein und setzte sich ans Fenster, mit dem Rücken zu den anderen, aber auf jedes Wort lauschend.

Angesichts der voraufgegangenen Diskussion hörten die zwei Millionen sich wie Taschengeld an und wurden von den zehn gutgeheißen. Nicholas schrieb das auf ein von Richter Harkin dafür vorgesehenes Formular.

»Können wir zehn uns darauf einigen, daß eine Geldstrafe über einen noch zu bestimmenden Betrag verhängt werden sollte?« Er ließ den Blick langsam um den Tisch herumwandern und bekam von allen ein »Ja«. Mrs. Gladys Card zögerte. Sie konnte ihre Meinung ändern, aber das würde nichts ausmachen. Für ein Urteil waren nur neun Stimmen erforderlich.

»Gut. Nun kommen wir zur Höhe der Geldstrafe. Irgendwelche Vorschläge?«

»Ich habe einen«, sagte Jerry. »Lassen Sie alle ihren Betrag auf einen Zettel schreiben. Der wird dann zusammengefaltet und geheimgehalten. Dann addieren Sie alles zusammen und teilen es durch zehn. Auf diese Weise erfahren wir, wo der Durchschnitt liegt.«

»Wäre das bindend?« fragte Nicholas.

»Nein. Aber wir hätten dann einen Anhaltspunkt, wo wir stehen.«

Die Idee einer geheimen Abstimmung gefiel allen, und sie schrieben rasch ihre Zahlen auf kleine Zettel.

Nicholas entfaltete langsam einen Stimmzettel nach dem anderen und rief die Summen Millie zu, die sie niederschrieb. Eine Milliarde, eine Million, fünfzig Millionen, zehn Millionen, eine Milliarde, eine Million, fünf Millionen, fünfhundert Millionen, eine Milliarde und zwei Millionen.

Millie besorgte die Rechnerei. »Die Summe ist drei Milliarden, fünfhundert und neunundsechzig Millionen. Wenn wir das durch zehn teilen, ergibt sich ein Durchschnitt von dreihundert und fünfundsechzig Millionen und neunhunderttausend.«

Es dauerte einen Moment, bis alle die vielen Nullen verdaut hatten. Lonnie sprang auf und trat an den Tisch. »Ihr seid verrückt«, sagte er laut genug, daß alle es hören konnten, und verließ, die Tür zuknallend, das Zimmer.

»Das kann ich nicht«, sagte Mrs. Gladys Card, sichtlich erschüttert. »Ich lebe von einer Rente. Es ist eine gute Rente, zugegeben, aber solche Zahlen kann ich mir einfach nicht vorstellen.«

»Die Zahlen sind real«, sagte Nicholas. »Der Konzern hat achthundert Millionen Barvermögen, ein Kapital von mehr als einer Milliarde. Im vorigen Jahr hat unser Land sechs

Milliarden für die Kosten von Krankheiten ausgegeben, die in einer direkten Beziehung zum Rauchen stehen, und diese Zahl steigt von Jahr zu Jahr. Die vier größten Tabakkonzerne hatten im vorigen Jahr zusammen einen Umsatz von fast sechzehn Milliarden Dollar. Und auch diese Zahl steigt ständig. Sie müssen in großem Maßstab denken. Über ein Fünf-Millionen-Dollar-Urteil würden diese Leute nur lachen. Sie würden nicht das geringste ändern, sondern so weitermachen wie bisher. Dieselben auf Jugendliche abzielenden Anzeigen. Dieselben Lügen dem Kongreß gegenüber. Dasselbe wie immer, es sei denn, wir wecken sie auf.«

Rikki lehnte sich auf den Ellenbogen vor und schaute über den Tisch hinweg Mrs. Card an. »Wenn Sie das nicht akzeptieren können, dann gehen Sie wie die anderen hinaus.«

»Machen Sie sich nicht über mich lustig.«

»Das tue ich nicht. Dazu gehört Mut, zugegeben. Nicholas hat recht. Wenn wir ihnen nicht ins Gesicht schlagen und sie auf die Knie zwingen, dann ändert sich nichts. Diese Leute haben keinerlei Skrupel.«

Mrs. Gladys Card war nervös, sie zitterte und war dem Zusammenbrechen nahe. »Tut mir leid. Ich möchte helfen, aber das bringe ich einfach nicht fertig.«

»Das ist okay, Mrs. Card«, sagte Nicholas beruhigend. Die arme Frau war völlig verwirrt und brauchte einen Freund. Alles war in bester Ordnung, solange er neun andere Stimmen hatte. Er konnte es sich leisten, Anteilnahme zu zeigen; was er sich nicht leisten konnte, war, eine weitere Stimme zu verlieren.

Es herrschte Stille, während alle darauf warteten, ob sie ihre Fassung wiedergewinnen oder sie vollständig verlieren würde. Sie holte tief Luft, schob ihr Kinn vor und fand innere Kraft.

»Darf ich etwas fragen?« sagte Angel in Richtung Nicholas, als wäre er jetzt die einzige Quelle der Weisheit.

»Natürlich«, sagte er achselzuckend.

»Was passiert mit der Tabakindustrie, wenn wir sie zu einer so hohen Geldstrafe verurteilen wie der, über die wir jetzt reden?«

»Juristisch, wirtschaftlich oder politisch?«

»Alles.«

Er überlegte ein oder zwei Sekunden, aber es drängte ihn, die Frage zu beantworten. »Zuerst große Panik. Eine einzige Schockwelle. Massenhaft nervöse Manager, die sich vor der Zukunft ängstigen. Sie werden den Kopf einziehen und abwarten, ob die Prozeßanwälte sie mit einer Flut von Klagen überschwemmen. Sie werden gezwungen sein, ihre Werbestrategien zu überdenken. Sie werden nicht in Konkurs gehen, jedenfalls nicht in nächster Zukunft, weil sie so viel Geld haben. Sie werden zum Kongreß rennen und Sondergesetze fordern, und ich vermute, daß Washington sie mit immer weniger Entgegenkommen behandeln wird. Kurzum, Angel, wenn wir das tun, was wir tun sollten, wird die Industrie nie wieder das sein, was sie war.«

»Und wenn wir Glück haben, werden Zigaretten eines Tages verboten«, setzte Rikki hinzu.

»Entweder das, oder die Konzerne werden finanziell nicht mehr in der Lage sein, sie herzustellen«, sagte Nicholas.

»Was wird aus uns?« fragte Angel. »Ich meine, droht uns irgendwelche Gefahr? Sie haben gesagt, diese Leute hätten uns ständig beobachtet, sogar schon vor Prozeßbeginn.«

»Nein, uns wird nichts passieren«, sagte Nicholas. »Gegen uns können sie nichts unternehmen. Ich sagte es schon – nächste Woche werden sie sich nicht einmal an unsere Namen erinnern. Aber an unser Urteil wird sich jedermann erinnern.«

Phillip Savelle kehrte zurück und nahm seinen Platz wieder ein. »So, und was habt ihr Robin Hoods beschlossen?« fragte er.

Nicholas ignorierte ihn. »Wenn wir nach Hause gehen wollen, Leute, müssen wir uns jetzt über die Summe einig werden.«

»Ich dachte, das hätten wir bereits beschlossen«, sagte Rikki.

»Haben wir mindestens neun Stimmen?« fragte Nicholas.

»Und wieviel, wenn ich fragen darf?« erkundigte sich Savelle spöttisch.

»Dreihundert und fünfzig Millionen oder ein paar mehr oder weniger«, erwiderte Rikki.

»Ah, die alte Theorie von der Verteilung des Reichtums. Komisch, ihr Leute seht gar nicht aus wie ein Haufen Marxisten.«

»Ich habe eine Idee«, sagte Jerry. »Laßt es uns auf vierhundert aufrunden, die Hälfte ihres Barvermögens. Das sollte sie nicht bankrott machen. Sie können den Gürtel enger schnallen, noch ein bißchen mehr Nikotin in ihre Zigaretten stopfen, noch ein paar Kinder mehr verführen, und in ein paar Jahren haben sie ihr Geld zurückgewonnen.«

»Ist das eine Auktion?« fragte Savelle, und niemand antwortete.

»Machen wir es so«, sagte Rikki.

»Laßt uns die Stimmen zählen«, sagte Nicholas, und neun Hände hoben sich. Dann kam die eigentliche Abstimmung. Er fragte jeden der anderen acht nacheinander, ob sie für ein Urteil über zwei Millionen Schadenersatz und vierhundert Millionen Geldstrafe stimmten. Jeder sagte ja. Er füllte das Urteilsformular aus und ließ es von allen abzeichnen.

Lonnie kehrte nach langer Abwesenheit zurück.

Nicholas sprach ihn an. »Wir haben ein Urteil gefällt, Lonnie.«

»Was für eine Überraschung. Wieviel?«

»Vierhundert und zwei Millionen Dollar«, sagte Savelle. »Oder ein paar Millionen mehr oder weniger.«

Lonnie sah zuerst Savelle an und dann Nicholas. »Soll das ein Witz sein?« fragte er fast unhörbar.

»Nein«, sagte Nicholas. »Es stimmt, und wir haben neun Stimmen. Möchten Sie sich uns anschließen?«

»Auf gar keinen Fall.«

»Kaum zu glauben, nicht wahr?« sagte Savelle. »Und stellen Sie sich vor, wir werden alle berühmt werden.«

»So etwas hat es noch nie gegeben«, sagte Lonnie.

»Doch«, entgegnete Nicholas. »Texaco ist vor ein paar Jahren zu zehn Milliarden Dollar verurteilt worden.«

»Ach, dann ist das also ein gutes Geschäft?« sagte Lonnie.

»Nein«, sagte Nicholas im Aufstehen. »Das ist Gerechtigkeit.« Er ging zur Tür, öffnete sie und bat Lou Dell, Richter Harkin mitzuteilen, daß seine Jury zu einem Urteil gelangt war.

Während sie eine Minute warteten, nahm Lonnie Nicholas beiseite und fragte flüsternd: »Gibt es irgendeine Möglichkeit, meinen Namen da herauszuhalten?« Er war eher nervös als wütend.

»Natürlich. Machen Sie sich keine Sorgen. Der Richter wird uns alle einzeln fragen, ob das unser Urteil ist. Wenn er Sie fragt, brauchen Sie nur dafür zu sorgen, daß alle Leute wissen, daß Sie damit nichts zu tun hatten.«

»Danke.«

42. KAPITEL

Lou Dell nahm die Nachricht ebenso wie die früheren entgegen und gab sie Willis, der damit den Korridor entlangging und dann um eine Ecke verschwand. Er lieferte sie persönlich bei Seinen Ehren ab, der in diesem Augenblick gerade telefonierte und darauf brannte, das Urteil zu hören. Er hatte schon massenhaft Urteile gehört, aber er hatte so eine Ahnung, als könnte in diesem einige Sprengkraft stecken. Er war sich ziemlich sicher, daß er eines Tages über einen bedeutenderen Zivilprozeß präsidieren würde, konnte sich einen solchen aber im Augenblick nicht vorstellen.

Die Nachricht lautete: »Richter Harkin. Könnten Sie veranlassen, daß ein Deputy mich aus dem Gericht eskortiert, sobald wir entlassen worden sind? Ich habe Angst. Ich werde es Ihnen später erklären. Nicholas Easter.«

Seine Ehren erteilte einem vor seinem Amtszimmer wartenden Deputy die entsprechenden Anweisungen, dann machte er sich zielstrebig auf den Weg durch die Tür und in den Gerichtssaal, wo die Luft dick zu sein schien vor Hangen und Bangen. Die Anwälte, von denen sich die meisten in ihren nicht weit entfernten Büros aufgehalten hatten, eilten den Mittelgang entlang und begaben sich auf ihre Plätze, alle nervös und aufs äußerste gespannt. Zuschauer kehrten zurück. Es war kurz vor acht Uhr.

»Mir ist mitgeteilt worden, daß die Jury zu einem Urteil gelangt ist«, sagte Harkin laut in sein Mikrofon, und er konnte die Anwälte zittern sehen. »Bitte, bringen Sie die Geschworenen herein.«

Sie erschienen mit ernsten Gesichtern, wie alle Geschworenen in einer solchen Situation. Ungeachtet dessen, welche gute Nachricht sie der einen oder der anderen Seite bringen, und ungeachtet dessen, wie einig sie sich sind – ihre Augen sind immer niedergeschlagen, was beide Seiten veranlaßt, in sich zusammenzusacken und mit dem Schmieden von Plänen für die Berufung anzufangen.

Lou Dell nahm das Formular von Nicholas entgegen und händigte es Seinen Ehren aus, der es irgendwie schaffte, es zu überprüfen, ohne eine Miene zu verziehen. Er gab auch nicht den leisesten Hinweis auf die niederschmetternde Nachricht, die er in der Hand hielt. Das Urteil war ein unvorstellbarer Schock für ihn, aber verfahrensrechtlich konnte er nichts dagegen tun. Formell war alles in Ordnung. Später würde es Anträge auf Reduzierung geben, aber im Moment trug er Handschellen. Er faltete das Formular zusammen und gab es Lou Dell zurück, die damit zu Nicholas ging. Er erhob sich und war zur Verkündung bereit.

»Mr. Obmann, verlesen Sie das Urteil.«

Nicholas entfaltete sein Meisterwerk, räusperte sich, sah sich rasch um, um festzustellen, ob Fitch im Saal war, und als er ihn nicht entdecken konnte, las er: »Wir, die Geschworenen, entscheiden zugunsten der Klägerin, Celeste Wood, und erkennen auf Schadensersatz in Höhe von zwei Millionen Dollar.«

Das allein war schon ein Präzedenzfall. Wendall Rohr und seine Truppe von Prozeßanwälten stießen einen gewaltigen Erleichterungsseufzer aus. Sie hatten gerade Geschichte gemacht.

Aber die Jury war noch nicht fertig.

»Und wir, die Geschworenen, entscheiden zugunsten der Klägerin, Celeste Wood, und erkennen auf eine Geldstrafe in Höhe von vierhundert Millionen Dollar.«

Vom Standpunkt eines Anwalts aus ist das Entgegennehmen eines Urteils fast eine Kunstform. Man darf nicht aufschreien oder zusammenzucken. Man darf sich nicht Trost oder Glückwünsche heischend umschauen. Man darf seinen Klienten nicht umarmen, weder triumphierend noch tröstend. Man muß vollkommen still sitzen bleiben, darf nur den Block anschauen, auf dem man gerade schreibt, und so tun, als hätte man genau gewußt, wie das Urteil ausfallen würde.

Die Kunstform wurde entweiht. Cable sackte zusammen,

als hätte ihm jemand in den Bauch geschossen. Seine Kollegen starrten die Geschworenen offenen Mundes an, die Luft strömte aus ihren Lungen, ihre Augen wurden zu ungläubigen Schlitzen. Von irgendeinem der Verteidigungsanwälte im zweiten Glied hinter Cable war ein »Oh, mein Gott!« zu hören.

Rohr ließ sämtliche Zähne sehen, als er rasch seinen Arm um Celeste Wood legte, die angefangen hatte zu weinen. Die anderen Prozeßanwälte umarmten sich in stiller Gratulation. Oh, das Hochgefühl des Sieges, die Aussicht, sich vierzig Prozent dieses Urteils teilen zu können!

Nicholas setzte sich und tätschelte Loreen Dukes Bein. Es war vorüber, endlich vorüber.

Richter Harkin war plötzlich ganz Geschäftigkeit, als wäre dies nur ein Urteil unter vielen. »Und nun, meine Damen und Herren, kommen wir zur Bestätigung. Das bedeutet, daß ich jeden von Ihnen einzeln fragen werde, ob er diesem Urteil seine Stimme gegeben hat. Ich beginne mit Mrs. Loreen Duke. Bitte erklären Sie laut und deutlich fürs Protokoll, ob Sie für dieses Urteil gestimmt haben oder nicht.«

»Das habe ich«, sagte sie stolz.

Einige der Anwälte machten sich Notizen. Andere starrten einfach ins Leere.

»Mr. Easter? Haben Sie für dieses Urteil gestimmt?«

»Ja, das habe ich.«

»Mrs. Dupree?«

»Ja, Sir. Ich habe es getan.«

»Mr. Savelle?«

»Nein. Ich habe nicht dafür gestimmt.«

»Mr. Royce? Haben Sie dafür gestimmt?«

»Ja. Ich habe es getan.«

»Mrs. Weese?«

»Ich habe es getan.«

»Mr. Vu?«

»Ich habe es getan.«

»Mr. Lonnie Shaver?«

Lonnie erhob sich ein wenig und sagte so laut, daß alle Welt es hören konnte: »Nein, Sir, Euer Ehren. Ich habe nicht für dieses Urteil gestimmt, und ich bin absolut nicht damit einverstanden.«

»Danke. Mrs. Rikki Coleman? Haben Sie für dieses Urteil gestimmt?«

»Ja, Sir.«

»Mrs. Gladys Card?«

»Nein, Sir.«

Plötzlich flackerte für Cable, Pynex, Fitch und die gesamte Tabakindustrie ein Fünkchen Hoffnung auf. Drei Geschworene hatten sich bisher gegen das Urteil ausgesprochen. Nur noch einer, und die Jury würde zu weiteren Beratungen zurückgeschickt werden. Jeder Prozeßanwalt konnte Geschichten von Jurys erzählen, deren Urteile sich in nichts auflösten, nachdem sie verkündet worden waren und die namentliche Befragung stattfand. Vor Gericht, unter den Augen von Anwälten und Mandanten, hörte sich ein Urteil ganz anders an als nur Minuten zuvor in der Sicherheit des Geschworenenzimmers.

Aber die magere Aussicht auf ein Wunder wurde vom Pudel und von Jerry in den Boden gestampft. Beide bestätigten das Urteil.

»Sieht so aus, als wäre das Urteil mit neun gegen drei Stimmen gefällt worden«, sagte Seine Ehren. »Alles andere scheint in Ordnung zu sein. Irgendwelche Einwände, Mr. Rohr?«

Rohr schüttelte nur den Kopf. Er konnte den Geschworenen jetzt nicht danken, obwohl er am liebsten über die Schranke gesprungen wäre und ihnen die Füße geküßt hätte. Er saß selbstgefällig auf seinem Stuhl, mit einem schweren Arm um Celeste Wood.

»Mr. Cable?«

»Nein, Sir«, brachte Cable heraus. Oh, die Dinge, die er den Geschworenen nur zu gern an den Kopf geworfen hätte, diesen Idioten.

Die Tatsache, daß Fitch nicht im Gerichtssaal war, war für Nicholas äußerst beunruhigend. Seine Abwesenheit bedeutete, daß er irgendwo draußen im Dunkeln war, lauernd und wartend. Wieviel wußte Fitch inzwischen? Vermutlich zuviel. Nicholas brannte darauf, den Gerichtssaal zu verlassen und so schnell wie möglich aus der Stadt zu verschwinden.

Dann begann Harkin mit einem weitschweifigen Dankeschön, würzte es mit einer erhebenden Prise Patriotismus und Bürgerpflicht, brachte jedes Klischee an, das er je von einem Richterpodium gehört hatte, ermahnte sie, zu niemandem über ihre Beratung und ihr Urteil zu sprechen, sagte, daß er sie wegen Mißachtung des Gerichts bestrafen könnte, wenn sie auch nur ein Wort über das äußerten, was im Geschworenenzimmer passiert war, und schickte sie dann auf ihre letzte Fahrt zum Motel, damit sie ihre Sachen holen konnten.

Fitch saß im Vorführraum neben seinem Büro und sah und hörte zu. Er tat es allein – die Jury-Berater waren schon Stunden zuvor entlassen und nach Chicago zurückgeschickt worden.

Er konnte sich Easter schnappen, und darüber hatte er lange mit Swanson diskutiert, dem er sofort nach seinem Eintreffen alles erzählt hatte. Aber welchen Sinn hätte das? Easter würde nicht reden, und sie riskierten eine Anklage wegen Entführung. Sie hatten auch ohne einen Aufenthalt im Gefängnis von Biloxi genügend Sorgen.

Sie beschlossen, ihm zu folgen, in der Hoffnung, daß er sie zu der Frau führen würde. Was natürlich ein weiteres Dilemma aufwarf: Was würden sie mit der Frau tun, falls sie sie fanden? Sie konnten Marlee nicht bei der Polizei anzeigen. Sie hatte die grandiose Entscheidung getroffen, schmutziges Geld zu stehlen. Was würde Fitch dem FBI in seiner eidesstattlichen Versicherung sagen? Daß er ihr zehn Millionen Dollar gegeben hatte, damit sie ihm ein Urteil in einem Tabakprozeß verschaffte, und daß sie so niederträchtig gewesen war, ihn zu betrügen? Und würde sie nun bitte jemand vor Gericht bringen?

Fitch war gründlich aufs Kreuz gelegt worden.

Er betrachtete die ganze Szene durch die Linse von Oliver McAdoos versteckter Kamera. Die Geschworenen standen auf, verließen den Saal, und die Geschworenenbänke waren leer.

Sie versammelten sich im Geschworenenzimmer, um Bücher, Zeitschriften und Strickbeutel einzusammeln. Nicholas war nicht nach Geplauder zumute. Er schlüpfte zur Tür hinaus, wo Chuck, inzwischen ein alter Freund, ihn anhielt und ihm sagte, daß der Sheriff draußen wartete.

Ohne ein Wort zu Lou Dell oder Willis oder irgendeiner der Personen, mit denen er die letzten vier Wochen verbracht hatte, eilte Nicholas hinter Chuck her. Sie verließen das Gericht durch den Hinterausgang, wo der Sheriff selbst am Steuer seines großen braunen Ford wartete.

»Der Richter hat gesagt, Sie brauchten ein bißchen Hilfe«, sagte der Sheriff.

»Ja. Fahren Sie auf der Neunundvierzig Richtung Norden. Ich sage Ihnen, wo wir hin müssen. Und vergewissern Sie sich, daß uns niemand folgt.«

»Okay. Wer sollte Ihnen folgen wollen?«

»Böse Buben.«

Chuck schlug die Beifahrertür zu, und sie brausten davon. Nicholas warf einen letzten Blick auf das Fenster des Geschworenenzimmers im ersten Stock. Er sah Millie von der Taille aufwärts, die gerade Rikki Coleman umarmte.

»Haben Sie nicht noch Sachen im Motel?« fragte der Sheriff.

»Vergessen Sie's. Die hole ich später.«

Der Sheriff erteilte über Funk zwei Wagen die Anweisung, hinter ihm herzufahren und sich zu vergewissern, daß sie nicht verfolgt wurden. Zwanzig Minuten später, als sie durch Gulfport fuhren, begann Nicholas, dem Sheriff den Weg zu erklären, und der Sheriff hielt schließlich am Tennisplatz einer großen Wohnanlage nördlich der Stadt an. Nicholas dankte ihm und stieg aus.

»Sind Sie sicher, daß Ihnen hier nichts mehr passieren kann?« fragte der Sheriff.

»Ganz sicher. Ich wohne hier bei Freunden. Vielen Dank.«

»Rufen Sie mich an, wenn Sie Hilfe brauchen.«

»Mach ich.«

Nicholas verschwand in der Dunkelheit und beobachtete

um eine Ecke herum, wie der Streifenwagen verschwand. Dann wartete er neben dem Badehaus am Swimmingpool, in einer Position, von der aus er alle Fahrzeuge sehen konnte, die zu der Wohnanlage fuhren oder sie verließen. Er sah nichts Verdächtiges.

Sein Fluchtfahrzeug war brandneu, ein Mietwagen, den Marlee zwei Tage zuvor hier abgestellt hatte, einer von dreien, die jetzt verlassen auf unterschiedlichen Parkplätzen in den Außenbezirken von Biloxi standen. Er brachte die neunzigminütige Fahrt nach Hattiesburg, während der er ständig in den Rückspiegel schaute, unbehelligt hinter sich.

Der Lear wartete auf dem Flughafen von Hattiesburg. Nicholas schloß die Schlüssel im Wagen ein und betrat gelassen die kleine Abflughalle.

Irgendwann nach Mitternacht passierte er in Georgetown den Zoll mit frischen kanadischen Papieren. Es waren keine anderen Passagiere ausgestiegen, der Flughafen war praktisch menschenleer. Marlee erwartete ihn an der Gepäckausgabe, und sie umarmten sich leidenschaftlich.

»Hast du es schon gehört?« fragte er. Sie gingen hinaus in die feuchtwarme Luft.

»Ja, auf CNN ist von nichts anderem die Rede«, sagte sie. »War das das Beste, was du zustande bringen konntest?« fragte sie lachend, und sie küßten sich abermals.

Sie fuhren in die Stadt, durch die leeren, gewundenen Straßen, um die modernen, in Hafennähe konzentrierten Bankgebäude herum. »Das ist unsere«, sagte sie und deutete auf das Gebäude der Royal Swiss Trust.

»Hübsch.«

Später saßen sie auf dem Sand am Rande des Wassers und planschten im Schaum der sanften Wellen, die ihnen über die Füße spülten. Am Horizont bewegten sich ein paar Boote mit schwachen Lichtern. Die Hotels und Apartmenthäuser standen stumm hinter ihnen. Im Augenblick gehörte der Strand ihnen allein.

Und was für ein Augenblick das war! Ihr vierjähriges Bemühen war vorüber. Ihre Pläne hatten endlich funktioniert, und zwar auf geradezu ideale Weise. Sie hatten so lange von dieser Nacht geträumt, waren unzählige Male überzeugt gewesen, daß sie nie kommen würde.

Die Stunden drifteten dahin.

Sie hielten es für das beste, wenn Marcus Nicholas nie zu Gesicht bekam. Sie mußten damit rechnen, daß die Behörden später Fragen stellten, und je weniger Marcus wußte, desto besser. Marlee meldete sich um Punkt neun Uhr bei der Empfangsdame der Royal Swiss Trust und wurde nach oben begleitet, wo Marcus mit vielen Fragen wartete, die er nicht stellen konnte. Er bestellte Kaffee, dann schloß er seine Tür.

»Der Leerverkauf von Pynex scheint ein gutes Geschäft gewesen zu sein«, sagte er, über sein eigenes Understatement lächelnd.

»Es sieht so aus«, sagte sie. »Wann öffnet sie?«

»Gute Frage. Ich habe mit New York telefoniert, und die Lage ist ziemlich chaotisch. Das Urteil hat alle verblüfft. Nur Sie nicht, vermute ich.« Er hätte nur allzugern Fragen gestellt, aber er wußte, daß er keine Antworten erhalten würde. »Es kann sein, daß sie überhaupt nicht eröffnet wird. Sie könnten den Handel für ein oder zwei Tage einstellen.«

Sie schien das zu verstehen. Der Kaffee kam. Sie tranken ihn, während sie die gestrigen Schlußkurse erörterten. Um halb zehn setzte Marcus seinen Kopfhörer auf und konzentrierte sich auf die beiden Monitore auf seinem Nebenschreibtisch. »Der Markt ist offen«, sagte er und wartete dann.

Marlee hörte gespannt zu und versuchte gleichzeitig, einen gelassenen Eindruck zu machen. Sie und Nicholas wollten ein rasches Geschäft, hinein und hinaus, und dann mit dem Geld an irgendeinen weit entfernten Ort verschwinden, an dem sie noch nie zuvor gewesen waren. Sie mußte 160 000 Aktien von Pynex abdecken, und zwar möglichst schnell.

»Sie sind ausgesetzt«, sagte Marcus zu seinem Computer, und sie zuckte leicht zusammen. Er drückte Tasten und begann ein Gespräch mit irgend jemandem in New York. Er murmelte Zahlen und Punkte, dann sagte er zu ihr: »Sie bieten sie für fünfzig an, und es gibt keine Käufer. Ja oder nein?«

»Nein.«

Zwei Minuten vergingen. Seine Augen waren unverwandt auf den Monitor gerichtet. »Sie stehen mit fünfundvierzig auf der Tafel. Ja oder nein?«

»Nein. Was ist mit den anderen?«

Seine Finger tanzten über die Tastatur. »Wow. Trellco ist um dreizehn auf dreiundvierzig gefallen. Smith Greer minus elf auf dreiundfünfzig ein Viertel. ConPack minus acht auf fünfundzwanzig. Es ist ein Blutbad. Die ganze Industrie steht unter Beschuß.«

»Überprüfen sie Pynex.«

»Immer noch fallend. Zweiundvierzig, mit ein paar kleinen Käufern.«

»Kaufen Sie zwanzigtausend Aktien zu zweiundvierzig«, sagte sie, ihre Notizen konsultierend.

Ein paar Sekunden vergingen, dann sagte er: »Bestätigt. Auf dreiundvierzig gestiegen. Es hat Aufsehen erregt da oben. Ich würde es beim nächstenmal unter zwanzigtausend halten.«

Abzüglich Provision hatte die Partnerschaft Marlee/Nicholas gerade $ 740 000 eingebracht.

»Zurück auf zweiundvierzig«, sagte er.

»Kaufen Sie zwanzigtausend für einundvierzig«, sagte sie.

Eine Minute später sagte er: »Bestätigt.«

Weitere $ 760 000 Profit.

»Stetig bei einundvierzig, jetzt einen halben höher«, sagte er wie ein Roboter. »Man hat Ihren Kauf gesehen.«

»Kauft sonst noch jemand?« fragte sie.

»Noch nicht.«

»Wann werden sie anfangen?«

»Schwer zu sagen. Aber bald, denke ich. Dieser Konzern hat zuviel Geld, um unterzugehen. Der Buchwert pro Anteil liegt um die siebzig. Schon bei fünfzig ist es ein gutes Geschäft. Ich werde all meinen Kunden raten, jetzt einzusteigen.«

Sie kaufte weitere zwanzigtausend Aktien für einundvierzig, wartete dann eine halbe Stunde und kaufte weitere zwanzigtausend für vierzig. Als Trellco auf vierzig fiel, ein Minus von sechzehn, kaufte sie zwanzigtausend Aktien, mit einem Profit von $ 4 320 000.

Das rasche Geschäft wurde Wirklichkeit. Um halb elf lieh sie sich ein Telefon und rief Nicholas an, der vor dem Fernseher saß und auf CNN alles verfolgte. Sie hatten ein Team in Biloxi, das versuchte, Interviews zu bekommen – von Rohr, Cable und Harkin, von Gloria Lane oder überhaupt irgend jemandem, der vielleicht etwas wußte. Niemand wollte mit ihnen reden. Nicholas verfolgte außerdem auf einem Finanzkanal die Börsennotierungen.

Eine Stunde nach Börsenöffnung erreichte Pynex seinen Tiefststand. Bei achtunddreißig fanden sich Abnehmer, woraufhin Marlee sich der restlichen achtzigtausend Anteile entledigte.

Als Trellco bei einundvierzig auf Widerstand stieß, kaufte sie vierzigtausend Aktien. Damit war sie aus dem Trellco-Geschäft heraus. Nachdem sie nun den Großteil ihrer Verkäufe abgedeckt hatte, und zwar ziemlich brillant, war Marlee weniger geneigt, noch viel länger zu warten und bei den anderen Aktien habgierig zu sein. Sie zwang sich zur Geduld. Sie hatte diesen Plan viele Male geprobt, und eine solche Gelegenheit würde sich ihr nie wieder bieten.

Ein paar Minuten vor zwölf, während am Markt immer noch Chaos herrschte, deckte sie die restlichen Aktien von Smith Greer ab. Marcus nahm seinen Kopfhörer ab und wischte sich die Stirn.

»Kein schlechter Vormittag, Mrs. MacRoland. Sie haben mehr als acht Millionen eingestrichen, abzüglich Provision.« Ein Drucker summte leise auf dem Schreibtisch und spie Informationen aus.

»Ich möchte, daß das Geld per Kabel auf eine Bank in Zürich überwiesen wird.«

»Unsere Bank?«

»Nein.« Sie händigte ihm ein Blatt Papier mit schriftlichen Instruktionen aus.

»Wieviel?« fragte er.

»Alles. Natürlich abzüglich Ihrer Provision.«

»Wird gemacht. Ich nehme an, es eilt.«

»Ja. Bitte tun Sie es sofort.«

Sie packte rasch. Er sah zu, weil er nichts zu packen hatte, nichts außer zwei Golfhemden und einer Jeans, die er in einer Boutique im Hotel gekauft hatte. Sie versprachen sich gegenseitig neue Garderobe an ihrem nächsten Bestimmungsort. Geld würde keine Rolle spielen.

Sie flogen Erster Klasse nach Miami, wo sie zwei Stunden warteten und dann eine Maschine nach Amsterdam bestiegen. Der Nachrichten-Service an Bord in der Ersten Klasse beschränkte sich auf CNN und Financial News. Sie schauten sich überaus amüsiert an, wie über das Urteil aus Biloxi berichtet wurde, während Wall Street im Kreis umherrannte. Überall meldeten sich Experten zu Wort. Juraprofessoren machten furchtlose Vorhersagen über die Zukunft der Tabak-Produkthaftung. Börsenanalytiker äußerten Myriaden von Meinungen, jede in scharfem Kontrast zur vorhergehenden. Richter Harkin hatte keinen Kommentar. Cable war nicht zu finden. Rohr kam schließlich aus seinem Büro heraus und rechnete sich den Sieg als alleinigen Verdienst an. Niemand wußte etwas von Rankin Fitch, was ein Jammer war, weil Marlee nur zu gern sein gequältes Gesicht gesehen hätte.

Im nachhinein betrachtet, war das Timing perfekt gewesen. Der Markt beruhigte sich, kurz nachdem er zusammengebrochen war, und bei Börsenschluß stand Pynex fest bei fünfundvierzig.

Von Amsterdam aus flogen sie nach Genf, wo sie für einen Monat eine Hotelsuite mieteten.

43. KAPITEL

Fitch verließ Biloxi drei Tage nach dem Urteil. Er kehrte in sein Haus in Arlington und zu seiner Routine in Washington zurück. Seine Zukunft als Direktor des Fonds war zwar in Frage gestellt, aber seine anonyme kleine Firma hatte genug Nicht-Tabak-Arbeit, um weitermachen zu können. Allerdings nichts, was so einträglich war wie der Fonds.

Eine Woche nach dem Urteil traf er sich in New York mit Luther Vandemeer und D. Martin Jankle und beichtete alle Details des Handels mit Marlee. Es war keine erfreuliche Zusammenkunft.

Außerdem konferierte er mit einer Kollektion von skrupellosen New Yorker Anwälten über die besten Methoden, das Urteil zu attackieren. Die Tatsache, daß Easter so schnell verschwunden war, gab Anlaß zu Argwohn. Herman Grimes hatte sich bereits bereiterklärt, seine medizinischen Unterlagen zur Einsicht freizugeben. Es gab keinerlei Beweise für einen unmittelbar bevorstehenden Herzinfarkt. Bis zu diesem Morgen war er fit und gesund gewesen. Er erinnerte sich, daß sein Kaffee merkwürdig geschmeckt hatte, und dann hatte er auf dem Boden gelegen. Colonel im Ruhestand Frank Herrera hatte bereits eine eidesstattliche Versicherung abgegeben, in der er schwor, daß das unerlaubte Material unter seinem Bett nicht von ihm dorthin gelegt worden war. Er hatte keine Besucher gehabt. *Mogul* wurde nirgends in der Nähe des Motels verkauft. Die den Prozeß umgebenden Geheimnisse schlugen täglich höhere Wellen.

Die New Yorker Anwälte hatten keine Ahnung von dem Handel mit Marlee und würden auch nie davon erfahren.

Cable hatte einen Antrag ausgearbeitet und war fast bereit, ihn bei Gericht einzureichen, in dem er um die Erlaubnis nachsuchte, die Geschworenen zu vernehmen, eine Idee, die Richter Harkin zu gefallen schien. Wie sollten sie sonst herausfinden, was da drinnen vorgegangen war? Vor allem

Lonnie Shaver brannte darauf, alles zu erzählen. Er hatte seine Beförderung erhalten und war bereit, die amerikanische Geschäftswelt zu verteidigen.

Es gab Hoffnung für das weitere Vorgehen. Das Berufungsverfahren würde lang und mühselig sein.

Was Rohr und die Gruppe von Prozeßanwälten anging, die ihr Geld beigesteuert hatten, so war die Zukunft voll grenzenloser Möglichkeiten. Ein paar Leute wurden abgestellt, um die Flut von Anrufen anderer Anwälte und potentieller Opfer entgegenzunehmen. Eine Hotline wurde eingerichtet. Gruppenklagen wurden erwogen.

Wall Street schien Rohr mehr Sympathien entgegenzubringen als der Tabakindustrie. In den Wochen, die auf das Urteil folgten, kam Pynex nicht über fünfzig hinaus, und die anderen drei waren um mindestens zwanzig Prozent gefallen. Antiraucher-Gruppen prophezeiten den Konkurs und die schließliche Liquidation der Tabakkonzerne.

Sechs Wochen nachdem er Biloxi verlassen hatte, saß Fitch allein beim Lunch in einem winzigen indischen Restaurant in der Nähe des Dupont Circle in Washington. Er hatte einen Teller scharf gewürzte Suppe vor sich stehen und war nach wie vor im Mantel, weil es draußen schneite und drinnen auch nicht warm war.

Sie tauchte aus dem Nirgendwo auf, erschien einfach wie ein Engel, genau wie damals auf der Dachterrasse des St. Regis in New Orleans vor mehr als zwei Monaten. »Hi, Fitch«, sagte sie, und er ließ seinen Löffel fallen.

Er schaute sich in dem dunklen Restaurant um und sah nichts außer einer kleinen Gruppe von Indern, die vor dampfenden Schüsseln saßen. Im Umkreis von zwölf Metern war kein englisches Wort zu hören.

»Was tun Sie hier?« fragte er, ohne die Lippen zu bewegen. Ihr Gesicht wurde vom Pelz ihres Mantels eingerahmt. Er erinnerte sich wieder, wie hübsch sie war. Das Haar schien noch kürzer zu sein.

»Bin nur vorbeigekommen, um Hallo zu sagen.«

»Sie haben es gesagt.«

»Und das Geld geht jetzt, während wir miteinander sprechen, an Sie zurück. Ich habe veranlaßt, daß es auf Ihr Konto bei der Hanwa auf den Niederländischen Antillen überwiesen wird. Die ganzen zehn Millionen, Fitch.«

Darauf fiel ihm keine rasche Antwort ein. Er betrachtete das reizende Gesicht des einzigen Menschen, der ihn je geschlagen hatte. Und sie gab ihm immer noch Rätsel auf. »Wie nett von Ihnen«, sagte er.

»Ich hatte überlegt, es zu verschenken, an ein paar dieser Antiraucher-Gruppen. Aber wir haben uns dagegen entschieden.«

»Wir? Wie geht es Nicholas?«

»Ich bin sicher, daß Sie ihn vermissen.«

»Maßlos.«

»Ihm geht's gut.«

»Sie sind also zusammen?«

»Natürlich.«

»Ich dachte, Sie hätten vielleicht das Geld kassiert und wären dann vor allen Leuten davongelaufen. Auch vor ihm.«

»Da kennen Sie mich aber schlecht, Fitch.«

»Ich will das Geld nicht.«

»Großartig. Dann geben Sie es der American Lung Association.«

»Das ist nicht mein Typ von Wohlfahrtseinrichtung. Weshalb geben Sie das Geld zurück?«

»Es gehört mir nicht.«

»Also haben Sie zu Ethik und Moral gefunden, vielleicht sogar zu Gott.«

»Sparen Sie sich die Sprüche, Fitch. Sie klingen ziemlich hohl, zumal aus Ihrem Mund. Ich hatte nie vor, das Geld zu behalten. Ich wollte es mir nur ausleihen.«

»Wenn Sie schon lügen und betrügen, warum dann nicht noch einen Schritt weitergehen und stehlen?«

»Ich bin keine Diebin. Ich habe gelogen und betrogen, weil es das war, was Ihr Kunde versteht. Sagen Sie mir, Fitch, haben Sie Gabrielle gefunden?«

»Ja, das haben wir.«

»Und haben Sie ihre Eltern gefunden?«

»Wir wissen, was aus ihnen geworden ist.«

»Verstehen Sie jetzt, Fitch?«

»Es macht mehr Sinn, ja.«

»Sie waren beide wundervolle Menschen. Sie waren intelligent und kraftvoll, und sie liebten das Leben. Sie haben beide mit dem Rauchen angefangen, als sie auf dem College waren, und ich habe miterlebt, wie sie vergeblich versucht haben, es sich wieder abzugewöhnen, bis sie starben. Sie haßten sich selbst fürs Rauchen, konnten es aber nie aufgeben. Sie starben beide einen grauenhaften Tod, Fitch. Ich habe zugesehen, wie sie litten und schrumpften und nach Luft keuchten, bis sie überhaupt nicht mehr atmen konnten. Ich war ihr einziges Kind. Haben Ihre Lakaien das herausgefunden?«

»Ja.«

»Meine Mutter ist zu Hause gestorben, auf dem Sofa im Wohnzimmer, weil sie nicht mehr imstande war, in ihr Schlafzimmer zu gehen. Nur Mutter und ich.« Sie verstummte und sah sich um.

Fitch fiel auf, daß ihre Augen bemerkenswert klar waren. So traurig es auch gewesen sein mußte, konnte er doch keine Sympathie aufbringen.

»Wann haben Sie diesen Plan ausgeheckt?« fragte er, endlich wieder einen Löffel Suppe zum Mund führend.

»Auf dem College. Ich habe Finanzwissenschaft studiert, dachte an Jura, dann bin ich eine Weile mit einem Jurastudenten gegangen und hörte Geschichten über Tabakprozesse. Die Idee nahm Form an.«

»Ein toller Plan.«

»Danke, Fitch. Aus Ihrem Mund ist das ein Kompliment.«

Sie zupfte an ihren Handschuhen, als wollte sie gehen. »Wollte nur Hallo sagen, Fitch. Und sicherstellen, daß Sie wissen, warum es so gekommen ist.«

»Sind Sie fertig mit uns?«

»Nein. Wir werden die Berufung genau verfolgen, und wenn Ihre Anwälte beim Attackieren des Urteils zu weit gehen, dann habe ich Kopien der Kabelüberweisungen. Seien Sie vorsichtig, Fitch. Wir sind ziemlich stolz auf dieses Urteil, und wir werden auch in Zukunft genau aufpassen.«

Sie stand an der Tischkante. »Und nicht vergessen, Fitch, wenn Ihre Leute das nächstemal vor Gericht ziehen, werden wir da sein.«